SINA BEERWALD

DIE HERRIN DER ZEIT

Roman

WILHELM HEYNE VERLAG
MÜNCHEN

FSC
Mix
Produktgruppe aus vorbildlich
bewirtschafteten Wäldern und
anderen kontrollierten Herkünften

Zert.-Nr. SGS-COC-1940
www.fsc.org
© 1996 Forest Stewardship Council

Verlagsgruppe Random House FSC-DEU-100
Das für dieses Buch verwendete
FSC-zertifizierte Papier *Holmen Book Cream*
liefert Holmen Paper, Hallstavik, Schweden.

Originalausgabe 04/2009
Copyright © 2009 by Sina Beerwald
Stadtplan von Homann Erben, Hamburg 1730 mit Genehmigung
vom Kunstantiquariat S.-Sommer
Karte von London, Westminster und Southwark 1746 nach John Rocque
mit Genehmigung von Motco Enterprises Limited
Copyright © 2009 by Wilhelm Heyne Verlag, München,
in der Verlagsgruppe Random House GmbH
Printed in Germany 2009
Umschlaggestaltung: © init.Büro für Gestaltung, Bielefeld
Satz: Leingärtner, Nabburg
Druck und Bindung: GGP Media GmbH, Pößneck
ISBN: 978-3-453-47085-9

www.heyne.de

HAMBURG 1730

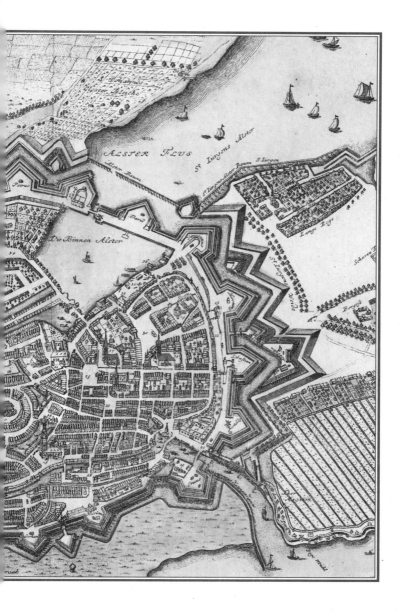

Prolog

Ein Schatten schlich an dem Gemälde vorbei. Mit vorsichtigen Schritten tastete sich die Gestalt über den knarrenden Holzfußboden zu den drei großen, messingglänzenden Uhren. Die Zeitgeber tickten unter Panzerglaswürfeln von der Außenwelt unberührt inmitten des hellblau gestrichenen Museumsraumes. Die Töne eines jeden Meisterwerks, charakteristische Klangfärbungen, waren zu einer auf der ganzen Welt einmaligen Melodie vereint, die über Lautsprecher den Raum erfüllte. Zarte, helle Töne, übermütig tippelnd, begleitet vom unbestechlichen Rhythmus sonorer Mollschläge, dazwischen eine leise, singende Uhrenstimme. Uhren konnten singen. Niemals hätte sie das für möglich gehalten.

Im altehrwürdigen Königlichen Observatorium von Greenwich lauschte Maryann White dem Klang der Zeit in der Stille der einsamen Nacht. Niemand würde sie für eine Einbrecherin halten. Keine schwarze Maske verdeckte ihr Gesicht und sie trug auch keine Handschuhe, die ihr eindeutiges anatomisches Erkennungsmerkmal, den verräterischen Schwimmhautlappen zwischen linkem Ringfinger und kleinem Finger, hätten verdecken können. Wozu auch? Gestern hatte sie die Diagnose bekommen. Ihr Leben war fast vorbei. Falls ihr die Polizei nach der Tat auf die Schliche käme, würde sie ihre Strafe nicht mehr absitzen müssen. Der Arzt gab ihr noch drei Monate.

Der Lichtschein ihrer Taschenlampe fiel auf die erste Uhr von John Harrison, kurz H1 genannt, an der der geniale Mann fünf Jahre lang bis 1735 gearbeitet hatte. Das vom Erfinder selbst gebrauchte Wort »Maschine« war wohl der treffendste Ausdruck für dieses pyramidenförmige Wunderwerk. Selbst für einen Mann mit ausgebreiteten Armen war es kaum zu fassen und mit einem Gewicht von zweiunddreißig Kilogramm nur schwer zu tragen. Das mechanische Skelett bestand aus einem blankpolierten Gewirr metallischer Teile, die Räder waren aus Holz geschnitzt. Es erzeugte einen dunklen Ton, satt und regelmäßig. Dem ahnungslos vorbeischlendernden Museumsbesucher offenbarten erst die vier zweckmäßig gestalteten Zifferblätter, an denen sich Stunde, Minute, Sekunde und das Tagesdatum ablesen ließen, dass es sich um eine Uhr handeln müsse. Mit der Genauigkeit dieses Zeitmessers hätte John Harrison fast das vom englischen Parlament ausgelobte, millionenschwere Preisgeld gewonnen. Fast.

Mit acht schnellen Schritten konnte der eilige Besucher an den Nachfolgeuhren H2 und H3 vorbeigehen und damit am gesamten Leben von John Harrison, der es sich zur Aufgabe gemacht hatte, das Rätsel um die Zeit zu lösen. Neunzehn lange Jahre, bis ins hohe Alter, widmete sich der gelernte Tischler und autodidaktische Uhrmacher vergeblich seinem dritten Zeitmesser.

Maryann leuchtete mit der Taschenlampe voraus und näherte sich der vierten und letzten Glasvitrine in der Reihe. Jeder ihrer kurzen Schritte verursachte ein zähes Knirschen des spröden Holzbodens.

Der Lichtkegel erhellte ein silbern glänzendes Taschenuhrgehäuse. Mit zwölf Zentimetern Durchmesser wirkte dieser elegante Zeitmesser im Gegensatz zu seinen Vorgängern verloren in dem überdimensionalen Schaukasten. Als Museumswärterin hatte sie tagein, tagaus mit wachsamem Blick und gebührendem Abstand dieses wertvolle Kleinod beschützt.

Heute, an ihrem letzten Arbeitstag und nahe an ihrem ärztlich prophezeiten Lebensende, fühlte sie sich, als müsse sie sich nicht von einem Gegenstand, sondern von ihrem eigenen Kind verabschieden.

Das weiße Emailzifferblatt der von zarter Hand gefertigten Uhr aus dem Jahr 1759 glänzte, als hätte es nicht schon Jahrhunderte überdauert. Die Bemalung mit schwarzen, filigranen Blütenranken zeugte von einer Liebe zum Detail, von einer Leidenschaft und Hingabe, die Maryann noch heute spüren konnte.

Im Inneren, für den Besucher nur auf Fotografien zu sehen, schützte eine golden glänzende, überreich verzierte, ziselierte Platine mit gitterartig durchbrochenen Blätterranken das Uhrwerk und präsentierte in geschwungenen Lettern den Namen des Erfinders: *John Harrison & Son A.D. 1759*. Wie war das möglich? Ein Mann, der sich auf die Prinzipien des Großuhrenbaus verstand und jahrzehntelang wie ein Besessener seine grob mechanischen Ideen verfolgt hatte, präsentierte der Menschheit plötzlich eine handliche Taschenuhr!

Sie richtete ihre Lampe auf das gegenüberhängende Gemälde, das den alternden John Harrison lebensgroß in braunem Justaucorps und mit weißer Lockenperücke in aufrechter Haltung zeigte, stolz eine kleine Uhr zur Schau stellend. Ein überlegener Zug umspielte seine Mundwinkel, doch die Furche zwischen seinen Augenbrauen verlieh ihm einen eher nachdenklichen Ausdruck, fand sie. Der freundliche Blick aus seinen wässrigen, blauen Augen war im Wissen um sein Geheimnis direkt auf ihre Person gerichtet. Wie gerne hätte sie ihn gefragt, was in jener Zeit wirklich geschehen war.

Die schlichten, blau schimmernden Zeiger der Taschenuhr in der Vitrine standen still. Sie zeigten auf die Sekunde genau zehn Minuten vor zwei Uhr an. Im Gegensatz zu den drei metallisch funkelnden Ungetümen, die regelmäßig vom weiß behandschuhten Kurator aufgezogen wurden, durfte die Taschenuhr nicht ticken, damit sie der Nachwelt unbeschadet erhalten blieb und Zeugnis von jenen Tagen ablegen konnte, als dem Schöpfer das jahrtausendealte Geheimnis entlockt wurde, wie man die Sterne vom Himmel pflückt und die präzise Zeit in ein Uhrgehäuse sperrt.

Maryann spürte ihr Herz schneller schlagen, je näher sie ihrem Ziel kam. Nur einmal den Klang dieser Uhr hören, das Ticken fühlen, spüren, wie die Taschenuhr zu leben begann und beobachten, wie sich die Zeiger über das Zifferblatt bewegten. Diesen letzten Wunsch wollte sie sich heute Nacht erfüllen.

Kurz vor Feierabend, beim Hineinlegen der Spendeneinnahmen, hatte sie den Schlüssel aus dem Safe an sich genommen. Ihre Hand zitterte nun. Mit einem in ihren Ohren viel zu lauten Klacken schloss sie die große Vitrine auf. Auf der dunklen Präsentationsfläche lag dekorativ rechts neben der Taschenuhr der kleine weiße Aufzugschlüssel. Maryann streckte ihre Finger danach aus. Sie wusste, was gleich passieren würde.

Der Alarm jagte ihr trotzdem das Adrenalin in die Glieder. Sie zuckte unwillkürlich zurück. Der schrille, jaulende Ton trieb sie zur Flucht an, doch sie blieb stehen. Zuerst reglos, dann näherte sich ihre linke Hand wieder der Uhr. Es war wie ein Zwang, dem sie folgen musste.

»Gebt mir noch ein wenig Zeit, nur einen Augenblick, bitte. Ich will sie spüren, ihr Geheimnis erfühlen ...«

Erstes Buch

*Geschehen zu Hamburg, London
und auf den stürmischen Weiten des Ozeans
im Monat Mai A.D. 1757*

> Und Gott sprach: Es werden Lichter an der Feste des Himmels, die da scheiden Tag und Nacht und geben Zeichen, Zeiten, Tage und Jahre und seien Lichter an der Feste des Himmels, dass sie scheinen auf die Erde. Und es geschah so.
>
> 1. Mose 1,14–15

Es geschah am Mittag des siebenundfünfzigsten Tages. Der eisige Nebel lichtete sich gegen Mittag. Die schwankenden Schiffsplanken erzitterten unter dem Getrampel der unzähligen aufgeregten Schritte. Wie Gefangene, die unverhofft aus einem Verlies freikamen, stürzten die Matrosen an die Reling, hielten Ausschau nach Land. Vergebens. Sie sahen nur das Meer. Bis zum Horizont ein schwarzblaues Tuch, leicht gewellt, als läge es über unzähligen Toten.

Stille breitete sich aus, einzig unterbrochen vom Züngeln und Lecken des Wassers am hölzernen Rumpf und von dem tönenden Stechschritt des Kapitäns. Mit einem gezielten Hammerschlag nagelte er einen Goldgulden an den Fockmast.

Die Matrosen drehten sich in ihren steif gefrorenen Segeltuchhemden nach dem Geräusch um, nur der begehrliche Blick zeugte noch von Leben in ihren kraftlosen Körpern. Wenige hoben den Kopf. Sie verbargen die Lücken der ausgefallenen Zähne hinter den vor Anstrengung zusammengepressten Lippen, bei vielen blutete das Zahnfleisch. Die blauen Flecke im Gesicht und an den Händen waren die ersten Fingerabdrücke des Todes. Siebzehn leblose Körper hatten sie bereits über Bord geworfen. Die mit Steinen beschwerten Säcke waren schnell gesunken.

Der Gestank der Skorbutkranken war allgegenwärtig, er umschlich die Gesunden und mahnte sie, die Reise zu beenden. Doch sie befanden sich rund zehntausend Seemeilen von der Heimat entfernt. Unter Lebensgefahr hatten sie die tosende See um Kap Hoorn bezwungen, sintflutartigem Eisregen getrotzt, unermüdlich den Schnee von Deck gefegt und die spiegelglatten Bretter mit Asche bestreut. An gefrorenen Tauen waren sie dem peitschenden Wind entgegengeklettert und irgendwo zwischen Himmel und Meer hatten sie die steifen Segel eingeholt, bis die Haut an den Fingern aufriss und ihnen das Blut die Hände wärmte. Seit siebenundfünfzig Tagen irrten sie auf See, der Sturm war ihr Steuermann.

»Einen Goldgulden für den Matrosen, der zuerst Land entdeckt!« Die Adern am Hals des Kapitäns schwollen an, während er die Worte über Deck schrie. Er war ein Mann von gedrungener Gestalt und sein Blick eisern wie der einer Galionsfigur. Seit sechzehn Jahren fuhr er als Kapitän zur See. Jede Fahrt ein weiterer Kampf ums Überleben, eine Fahrt ins Ungewisse, bei der die Verantwortung für die wertvolle Ladung der aus vier Schiffen bestehenden Flotte und damit auch für über eintausend Seemänner auf seinen Schultern lastete. Damit er nicht eines Tages unter diesem Druck zusammenbrach, reagierte er selbst mit Härte und immer häufiger mit willkürlicher Gewalt.

Die kantigen Gesichtszüge des Kapitäns verzerrten sich zu einem schiefen Grinsen, als er sich nach achtern zu seinem Steuermann begab. Die Matrosen wichen zur Seite. Land zu entdecken war keine Offerte gewesen. Es gab nur Befehle an Bord. Und wer dem Nächsten nach Gott nicht gehorchte, wurde bestraft. Gnadenlos.

Wie gelähmt beobachtete Geert Ole Paulsen das Tun des Kapitäns. Bereits das sechste Mal in Folge war er von Hamburg nach Amsterdam aufgebrochen, um sich von dem Kapitän als Erster Steuermann anheuern zu lassen. Nunmehr im 55. Lebensjahr war er eigentlich schon zu alt für solch eine Fahrt, aber der Kapitän schätzte ihn als zuverlässigen Mann und es gab einen guten Lohn. Auch sein Sohn Geertjan war in diesem Jahr dem Ruf des Geldes gefolgt und stand ihm als Matrose hilfreich zur Seite.

Im Haus der Paulsens war seine Schwiegertochter Merit allein mit seiner Frau Pauline und dem knapp sechsjährigen Ruben zurückgeblieben. Der Junge wusste noch nichts von der Gefahr, in die sich sein Vater und Großvater begeben hatten, um das Haus zu bezahlen und die kleine Familie zu ernähren. Merit hatte nur zögernd eingewilligt, sie beide gehen zu lassen. Geertjan vermisste seinen Jungen und seine Frau, das war ihm anzusehen. Auch jetzt hatte er wieder die kostbare Taschenuhr hervorgeholt, die sein Zwillingsbruder Manulf eigens für ihn als Hochzeitsgabe gefertigt hatte.

Es war die erste Liebesheirat in der Familie gewesen. Geertjan und Merit hatten vereinbart, jeden Mittag, wenn die Sonne am höchsten stand, aneinander zu denken. Damit Geertjan wusste, wann es in Hamburg zwölf Uhr war, hatte er mittels seiner Taschenuhr die Uhrzeit des Heimathafens mit auf das Schiff gebracht.

Er hatte nicht glauben wollen, dass dies ein erfolgloses Unterfangen sein würde. Schon bald nach der Abreise zeigte selbst dieses kostbare Stück zu den unmöglichsten Zeiten Mittag, weil die Schwankungen des Schiffes dem empfindlichen Uhrwerk zusetzten. Auf See galt nur die prächtige Himmelsuhr Gottes, nichts anderes hatte vor seiner gewaltigen Schöpfung Bestand. Einzig mit ungenauen Sanduhren konnten sie sich behelfen.

Gedankenverloren drehte Geertjan die Taschenuhr zwischen den Fingern. Geert Ole ahnte, was in seinem Sohn vorging. Seit dem Nebel um Kap Hoorn waren die Zeiger endgültig stehengeblieben.

Geert Ole selbst dürstete es weniger nach Liebe als nach reinem Wasser. Sein Mund war trocken, die Zunge klebte am Gaumen. Er schluckte nur selten den mühsam gesammelten Speichel die ausgedörrte Kehle hinunter. Seine Lippen waren aufgesprungen und mit eitrigen Blasen übersät. Im Gegensatz zu den übrigen Seemännern erging es ihm aber trotz seines Alters noch regelrecht gut. Sein langer und sehniger Körper war einiges gewohnt. Zudem konnte er von Glück reden, in der Gunst des Kapitäns zu stehen. Dadurch ließ sich vieles besser aushalten. Außerdem hatte er dieses Mal Geertjan bei sich und vor seinem Sohn wollte und durfte er keine Schwäche zeigen. Der Gedanke an seinen Enkel im fernen Hamburg tat sein Übriges, die Qualen erträglich scheinen zu lassen. An sein kratzbürstiges Eheweib Pauline dachte er besser nicht, umgekehrt tat sie dies mit Sicherheit auch nicht.

Geert Ole Paulsen hob die Sanduhr hoch. Noch ein Glas, dann war es schätzungsweise Mittag, bis dahin sollte die Sonne ihren höchsten Stand erreicht haben. Nach endlosen Tagen der Irrfahrt durch den Nebel bot sich ihm endlich wieder die Gelegenheit, mithilfe des Winkels zwischen Sonne und Horizont den Breitengrad zu bestimmen. Das Besteck würde er hoffentlich noch gissen können, bevor der Kapitän das Wort an ihn richtete. Er kam recht gut klar mit dem jähzornigen Alten, wie der Kapitän hinter vorgehaltener Hand genannt wurde. Hier an Bord konnte er sich als Steuermann beweisen. Anders als zu Hause. Dort führte sein Eheweib seit Jahr und Tag das Regiment. Dagegen genoss er auf dem Schiff hohes Ansehen und das Vertrauen des Kapitäns, der große Stücke auf die Navigationskünste seines Ersten Steuermanns hielt.

Doch dieses Mal war alles anders. Unzählige Tage lang waren sie wie Blinde durch den Nebel gesegelt, hatten versucht, sich vage zu orientieren, in der Hoffnung, endlich und wie durch ein Wunder Land vor sich zu sehen.

Der Wasservorrat war aufgebraucht. Oder besser gesagt: der Trinkwasservorrat. Denn es gab noch Wasser an Bord, fässerweise sogar. Doch dieses war längst grün geworden, mit Schleim überzogen und von unzähligen kleinen Würmern belebt. Der Nächste, der in einer schlaflosen Nacht zu den Fässern schleichen und seinem fiebrigen Durst nachgeben sollte, würde sich bald unter Krämpfen winden und sterben. Wenn sie nicht innerhalb der nächsten Tage Land anlaufen würden, dann ... Geert Ole wollte nicht weiter darüber nachdenken. Probleme schob man am besten aus der Welt, indem man sie ignorierte.

Das Bild der unzähligen Matrosen aber, die mit vornübergebeugten Körpern und zitternden Muskeln ihre Arbeit an Deck verrichteten, ließ sich nicht beiseiteschieben. In breiter Reihe knieten sie nebeneinander und schrubbten das Wetterdeck im vorgegebenen Takt mit ihren Gebetbüchern. Dieser holländische Ziegelstein eignete sich bestens dazu, das mit

Seewasser begossene und mit Sand bestreute Fichtenholz zu scheuern, bis es wieder hell schimmerte. Der Kapitän war der Meinung, die harte Arbeit würde die Männer von ihren Schmerzen ablenken.

In der hinteren Reihe brach einer der von Skorbut gezeichneten Männer zusammen. Keiner der anderen wandte auch nur den Kopf nach ihm. Sie wussten, dass es zu spät war. Man würde den Leichnam später über Bord werfen.

»Wann werden wir Land erreichen, Steuermann?« Kapitän Werson war an ihn herangetreten. Der Alte sprach laut, aber in ruhigem Tonfall. Trotzdem missfiel Geert Ole irgendetwas in dessen Stimme. Er schauderte unmerklich, als sich der Herr des Schiffes dicht vor ihn stellte und abermals das Wort an ihn richtete: »Wo liegen die Juan-Fernández-Inseln, die wir anlaufen wollten?«

»Verzeihung«, sagte Geert Ole und rang um seine gewohnte Sicherheit, »ich konnte das Besteck noch nicht gissen.«

Der Kapitän warf einen Blick auf die Sanduhr. Das obere Glas war leer.

Geert Ole wurde es siedend heiß. Wie immer, wenn er unter Druck geriet, konnte er kaum mehr klar denken. Seine Gliedmaßen fühlten sich taub an, wie in Blei gegossen. Er musste handeln, aber es gelang ihm nicht. Stattdessen betrachtete er den Kapitän, als käme dieser aus einer fernen Welt.

»Was hältst du Maulaffen feil, Steuermann? Beweg dich!«

Der Befehl des Kapitäns löste die Fesseln der Erstarrung. Eilig drehte er die Sanduhr um, läutete die Glocke mit vier Doppelschlägen und rief in monotonem Singsang »Quartier ist aus!«. Das Kommando zum Wachwechsel musste auch noch in der Back zu hören sein, wo sich ein Teil der Kameraden in den letzten vier Stunden auf engstem Raum, umgeben vom

Gestank menschlicher Ausdünstungen, schlaflos hin- und hergewälzt hatte.

»Sollte ich da eben eine Nachlässigkeit meines Steuermanns bemerkt haben?« Kapitän Werson blieb erstaunlich ruhig. Geert Ole wäre es lieber gewesen, der Alte hätte einen Tobsuchtsanfall erlitten. Doch nichts dergleichen geschah. Auch riss er ihm nicht, wie erwartet, Oktant, Logge und Kompass aus der Hand, um die Messungen selbst vorzunehmen.

»Einmal gehe ich nun um das Schiff herum«, verkündete der Kapitän stattdessen. »Und sobald ich zurück bin, will ich unsere Position wissen. Die genaue Position.«

Die genaue Position. Geert Ole traten die Schweißperlen auf die Stirn. Der Kapitän war anders als sonst. Wie sollte er in dieser kurzen Zeit zu einem Ergebnis kommen? Den Längengrad, auf dem sie sich befanden, konnte er ohnehin nur schätzen.

Um seine innere Ruhe wiederzufinden, beschloss er, zunächst den Breitengrad zu ermitteln, was besonders unter den momentanen Bedingungen gut gelingen dürfte.

Er drehte der Sonne den Rücken zu. Mit einem tiefen Atemzug sammelte er all seine Konzentration, ehe er den Oktanten zur Beobachtung ansetzte. Ein hölzerner Winkelmesser, ähnlich einem Zirkel, dessen beide Enden eine leicht gebogene Messingskala verband. Der Oktant lag ruhig in seiner Hand. Die sanften Wellen ließen das Schiff ohne größere Schwankungen über die See gleiten. Er peilte den Horizont an und verstellte den Zeigerarm, bis er in dem daran angebrachten Spiegel die Sonne sah. Er dankte dem Herrgott für dieses Instrument und gedachte seiner Vorfahren, die die gleißende Lichtkugel direkt anvisieren und um ihr Augenlicht fürchten mussten.

Die Skala zeigte 15 Grad an. Die folgende Rechnung führte

er mit Hilfe seines Heftes aus, das er immer griffbereit liegen hatte. Daraus ergab sich der 55. Breitengrad.

Stur wandte er die Zahlen und Formeln an, wie er es gelernt hatte. Geertjan wollte dagegen ständig wissen, welcher Sinn sich dahinter verbarg. Immer wieder erzählte ihm sein Sohn etwas von der Schräglage der Erde, von Jahreszeiten und Sonnenständen. Wozu? Wozu die Dinge begreifen, wenn doch das Ergebnis stimmte?

All seine freie Zeit verbrachte Geertjan mit unsteten Gedanken, die auch darum kreisten, wie man den Längengrad berechnen könnte. Wie vom Teufel geritten suchte er nach einer Lösung, obwohl schon Isaac Newton, der ehrenwerte und gelehrte Sir Isaac, an dieser Frage gescheitert war. Das Geheimnis um den Längengrad war dem Herrgott nicht zu entlocken, auch auf See war Er der Herrscher über Leben und Tod. Den Längengrad ungefähr bestimmen zu können, war schon ein großes Geschenk.

»Nun, wie lautet unsere Position?« Geert Ole musste sich nicht umdrehen, um zu wissen, wer bereits wieder hinter ihm stand.

»Wir befinden uns Kurs West auf dem 55. Breiten...«

»Davon gehe ich aus«, unterbrach ihn Kapitän Werson scharf. »Ich will wissen, wie weit wir schon nach Westen gesegelt sind!«

»Das ist schwer zu sagen.«

»Das weiß ich, Himmelherrgottsakrament! Mein Steuermann muss mir keine Vorträge über das Längengradproblem halten! Dann muss eben geschätzt werden! Wie immer!«

»Aber diesmal ... Ich kann nicht einmal mehr schätzen. Der Sturm, die Strömung, der Nebel ... Ich habe kaum ...«

Kapitän Werson beugte sich vor und kam nahe an sein Ohr. »Ich will eine Position. Sofort«, zischte er. »Das ist ein Befehl!«

Der Alte wandte sich ab und schrie über Deck: »Gisst das Besteck!« Fluchend machte er sich auf den Weg zu seiner Kajüte.

Geert Ole Paulsen rannte zur Handlogge. An der Reling traf er mit seinem Sohn zusammen, der die kleine Sanduhr geholt hatte. Ihre Blicke trafen sich. Es waren die gleichen grünblauen Augen. Sein eigen Fleisch und Blut. Es bedurfte keiner Worte.

Geertjan schaute wehmütig auf See hinaus und sagte: »Ich bin froh, wenn wir diese Reise überleben und wieder zu Hause sind. Ich vermisse Merit und mein Kind. Ich werde bald wahnsinnig vor Sehnsucht.«

»Ich freue mich auch sehr auf Hamburg, das kannst du mir glauben.« Der Heimathafen und das kleine rote Haus in der Niedernstraße tauchten vor seinem inneren Auge auf, während er die Handlogge hochhob. Es kostete ihn Kraft, die Holzspindel mit dem aufgerollten Seil über seinen Kopf zu halten, obwohl das Gewicht eigentlich nicht der Rede wert war. Ein weiterer Matrose trat herbei und warf das am Seilende befestigte Holzstück über Bord. Der skorbutgeschwächte Mann konnte sich kaum auf den Beinen halten. Er sprach undeutlich, durch die Krankheit waren ihm fast alle Zähne ausgefallen.

Geertjan drückte ihm die umgedrehte Sanduhr in die Hand, führte selbst das Seil über Bord und zählte die Knoten der auslaufenden Leine, bis das Glas leer war.

»Vier Knoten!«, rief er.

»Vier Seemeilen in der Stunde«, murmelte Geert Ole, als er sich in Begleitung seines Sohnes zur Kapitänskajüte begab und anklopfte. »Bei der Geschwindigkeit könnten wir auch nach Hause laufen.«

Geertjan lachte. »Ich wusste nicht, dass Sie übers Wasser gehen können, Vater.« Im selben Moment wurde er ernst.

»Wir sollten uns unsere Kräfte gut einteilen.« Mehr sagte er nicht.

Geert Ole nickte, trat an seinem Sohn vorbei und ging nach harscher Aufforderung des Kapitäns hinein.

Die Kajüte war ungewöhnlich groß, aber nur mit dem Notwendigsten eingerichtet. Eine verglaste Kerzenlampe pendelte über einem dunklen Holztisch. Dieser war mit einem Tau an den Deckplanken befestigt, damit er trotz der Schiffsbewegungen an Ort und Stelle blieb. Daneben hing eine kastenförmige Uhr an einer gelenkartigen Vorrichtung, deren Gehäuse mit rot schimmerndem Schildplatt furniert war. Die Uhr war schön anzusehen. Einen anderen Zweck erfüllte sie nicht. Der Herr des Schiffes wäre vermutlich auch gerne der Herr über die Zeit gewesen, dachte Geert Ole, allerdings ging eine Penduluhr an Land zwar durchaus sehr genau, auf See aber war sie völlig unbrauchbar. Selbst mit dieser neuartigen Kajütenuhr, in der das Pendel durch eine Unruh ersetzt worden war, hatte der Kapitän kein Glück. Sie zeigte eher die Zahl der verlorenen Matrosen denn die Zeit an. Es war zum Verzweifeln ...

Der matte Lichtschein fiel auf das unbewegte Gesicht des Kapitäns. Er saß vor dem Logbuch, steif und starr, die Feder in der Hand.

»Und?«, fragte der Alte ohne aufzusehen.

Geert Ole nannte mit dünner Stimme Windrichtung, Kurs, Geschwindigkeit, den Breitengrad und die Dauer der Fahrt seit dem letzten Kurswechsel.

Die Feder kratzte über das Papier. Die Spalte für den heutigen Tag füllte sich. Sobald der Kapitän damit fertig war, übertrug er die Strecke in die Seekarte. Hinter dem Schreibtisch wirkte der Alte durch die vornübergebeugten Schultern nahezu schmächtig und schwach, aber sein Gesichtsausdruck verriet etwas anderes. Seine Stirn legte sich in Falten, Zornwülste bildeten sich zwischen den Brauen und seine Augen verengten sich.

»Ich habe es satt. Ich habe es einfach satt!«, spie er hervor. »Einzig sicher ist unsere Nord-Süd-Position, weil wir nun wissen, auf welchem Breitengrad die Flotte liegt, nachdem sich der Nebel gelichtet hat. Aber der Längengrad fehlt uns, Himmelherrgottsakrament! Wir wissen nicht, ob Feuerland vor oder hinter uns liegt! Davon hängt es aber ab, wann wir nach Norden steuern können, um bewohntes Land, um diese verdammten Fernández-Inseln zu erreichen! Die Männer sterben mir wie die Fliegen! Allein heute Nacht waren es sieben und heute Morgen noch mal einer. Verflucht! Wir müssen nach Norden! Wir brauchen frisches Wasser und Nahrung! Nur, wann sollen wir neuen Kurs nehmen? Wann laufen wir dabei nicht mehr Gefahr, an der unwirtlichen Küste von Feuerland zu zerschellen? Oder sind wir längst an dieser kargen Steinwüste vorbei und könnten seit Tagen die paradiesischen Fernández-Inseln anlaufen, stattdessen aber fahren wir wie die Entdecker seelenruhig weiter nach Westen? Wenn weiterhin so viele Männer sterben, habe ich bald keine Besatzung mehr! Ein verlassenes Schiff! Leblos! Wir haben keine Zeit zu verlieren! Was sagt mein Steuermann dazu? Rede!«

Geert Ole besann sich und beugte sich in gebührlichem Abstand vom Kapitän über die Karte. Ein Gewirr von kantigen Linien, als hätte ein Kind die Feder geführt. Doch als Seemann erkannte er darin die Handschrift Gottes, den mühseligen Kampf gegen Wind und Wellen. Das ewige Ringen mit einem Gegner, der zugleich Freund und Feind war.

»Ich weiß nicht.« Geert Ole räusperte sich. »Rasmus hält uns schon die gesamte Fahrt über zum Narren. Bis hin zum 23. Breitengrad begleitete uns der irr gewordene Passat ... Aus allen Richtungen kam er, nur nicht aus Südost. Später die grobe See, dabei aber flauer Wind. Ich konnte das Schiff kaum steuern, musste es treiben lassen. Seit Kap Hoorn der nächste Sturm aus der anderen Richtung, die Kreuzsee hätte beinahe das Schiff verschlungen und jetzt noch der Nebel ...«

»Ich will eine Zahl hören«, fuhr ihm der Kapitän über den Mund, »kein Gejammer! Wie viele Seemeilen liegt Feuerland hinter uns?«

»Nun also ... Wir sind etliche Tage in Richtung Westen gesegelt, aber wir mussten wegen des vorlichen Windes ständig kreuzen. Tatsächlich sind wir also nicht so weit gekommen, wie man es anhand der vielen Seemeilen vermuten würde.«

»Ich will eine Zahl!«, schrie Kapitän Werson. Er schlug mit der Faust auf den Tisch, sodass die Feder in seiner Hand mit einem widerlichen Knirschen zerbrach.

»Ja, also dann ... alsdann würde ich sagen ...« Der lauernde Blick des Kapitäns lastete auf ihm. »300 Seemeilen westlich von Kap Hoorn!«, stieß er hervor.

»300 Meilen? Schwachsinn, völliger Schwachsinn! Wir sind mit dem Besteck zurück! Das Schiff ist viel weiter gelaufen. Ich sage, wir befinden uns 400 Seemeilen westlich von Kap Hoorn!«

»Aber der starke Wind ... die Strömung ...«

Kapitän Werson brachte ihn mit hochgezogener Augenbraue zum Schweigen. »Habe ich gerade ein Aber von meinem Steuermann vernommen?« Der Alte erhob sich. »Am Fockmast ist noch ein hübsches Plätzchen frei. Die Vögel freuen sich immer über gut abgehangenes Fleisch. Habe ich mich verhört oder wollte mein Steuermann tatsächlich seinem Kapitän widersprechen?«

Geert Ole zögerte. Seine Eingeweide verkrampften sich, wie immer, wenn er etwas gegen seine Überzeugung tat. Aber wusste er es denn wirklich besser? So sicher, dass er sich mit dem

Kapitän anlegen wollte? Er atmete langsam aus und hoffte inständig, dass der Kapitän mit seiner Schätzung recht behalten würde. »Nein, ich habe nichts gesagt.«

»Sehr schön.« Mit einem Lächeln schritt der Alte an ihm vorbei und riss die Kajütentür auf. Er trat halb hinaus und schrie: »Überall! Der Steuermann sagt und ich befehle: nördlicher Kurs bis zum 35. Breitengrad!«

Der Steuermann sagt ... Geschockt von der Hinterhältigkeit des Kapitäns verließ Geert Ole die Kajüte, wo er auf seinen wartenden Sohn traf. Erst nach einigen Schritten fand Geert Ole seine Sprache wieder.

»400 Seemeilen. Bist du auch der Meinung des Kapitäns, Geertjan?«

»Nein, meiner Einschätzung nach war das ein Kombüsenbesteck, was der Alte gemacht hat.«

»Aber wenn meine Vermutung stimmt, zerschellt unsere Flotte bei Kurs Nord noch heute Nacht an den Klippen von Feuerland! Das muss dir doch klar sein! Ich hätte dem Kapitän widersprechen müssen!«, sagte Geert Ole entmutigt.

»Nein. Es war gut so, weil auch du nicht recht hattest. Meines Erachtens haben wir uns höchstens 250 Meilen in westliche Richtung bewegt, auch wenn das in Anbetracht der vergangenen Tage viel zu wenig erscheint. Ich weiß nicht sicher, ob ich mich auf meine astronomischen Berechnungen verlassen kann, aber ich weiß, dass ich Sie nicht am Fockmast hängen sehen will. Wenn meine Vermutung stimmt, werden wir bis heute Nachmittag Feuerland sichten. Sollte dem nicht so sein, dann können Sie sich immer noch überlegen, ob Sie den Kapitän von Ihren Berechnungen überzeugen wollen. 400 Seemeilen halte ich jedenfalls für vollkommen abwegig.«

»Land in Sicht! Land in Sicht!« Der Aufschrei ertönte ebenso plötzlich vom Ausguck herunter, wie das Kap Noir vor ihnen aufgetaucht war.

»Überall!«, brüllte der Zweite Steuermann geistesgegenwärtig. »Bereit zum Wenden!«

Jeder, der noch konnte, packte mit an. Das Manöver gelang. Als die Flotte wieder Südwesten anliegen hatte, kehrte Ruhe ein. Eine Ruhe der Verzweiflung.

Der Kapitän trat aus seiner Kajüte. Bleich wie eine Wasserleiche und nicht mehr in der Lage zu fluchen oder zu schreien. Kap Noir. Wie konnte das sein? Waren sie all die Tage rückwärts gefahren?

Geertjan sprach flüsternd aus, was alle anderen dachten: »Damit rückt das rettende Land in noch weitere Ferne, als wir angenommen haben. Es bedeutet ein paar endlose Tage mehr auf dieser vermaledeiten See. Der Kapitän hat sich um mehr als 200 Seemeilen verschätzt.«

Geert Ole gab seinem Sohn keine Antwort. Er versank in Gedanken, bis kurz darauf die Fressglocke geläutet wurde. »Wo du gerade vom Kombüsenbesteck gesprochen hast ...«, meinte er und verzog die Mundwinkel. »Mir ist zwar überhaupt nicht nach Essen zumute, aber unsere Backschaft stürmt schon los. Es gibt nicht mehr viel und von dem Wenigen müssen wir überleben. Lass uns nachsehen, ob sie etwas übrig gelassen haben.«

Geert Ole betrat mit seinem Sohn die Messe, wo der Rest der ranghöheren Mannschaft bereits an den Tischen saß. Geertjan durfte mit ihm zusammen essen, ein Privileg, das ihm der Kapitän auf seine Bitte hin in Anerkennung seiner langjährigen Verdienste als Erster Steuermann zugestanden hatte. Ihre beiden Teller waren noch unberührt, ebenso natürlich das Gedeck für den Klabautermann. Der Schiffskobold leistete ihnen wie immer unsichtbare Gesellschaft und erhielt etwas von den

Speisen, damit ihnen das Glück auf der Fahrt hold blieb. Doch selbst die Beschwörung dieses guten Geistes half diesmal nichts, irgendetwas schien ihn erzürnt zu haben. So sehr, dass neben dem Trinkwasser bald auch alle Nahrungsmittel vergammelt waren.

Geert Ole setzte sich mit seinem Sohn an den Tisch, griff nach dem Löffel und hielt unvermittelt inne. Es gab eine zähe Masse aus grauen Bohnen, dazu gesalzenes Fleisch. Am Tellerrand lehnte ein grobes Stück Zwieback. Auf dieser Reise nützte auch der Rangunterschied zu den einfachen Matrosen nichts mehr. Mit dem Löffel in der Hand starrte Geert Ole auf den Teller, mit der anderen nahm er den Zwieback und klopfte ihn gewohnheitsmäßig auf die Tischplatte. Kleine Käfer und verschiedenes Getier fielen prompt heraus und flohen aufgeschreckt auf der Suche nach einem Versteck über das Holz.

»Sie sehen sehr müde aus, Vater. Versuchen Sie, später wenigstens ein bisschen zu schlafen.«

Geert Ole schaute zu seinem Sohn hinüber, der mit angewiderter Miene auf dem Bohnenbrei herumkaute. Er sah sich selbst dort sitzen. Die Ähnlichkeit war verblüffend, auch wenn zwanzig Jahre sie trennten. Nicht nur die schmalen, grünblauen Augen, die auch der sechsjährige Ruben geerbt hatte, auch der schlanke Körperbau, das markante Gesicht und die tiefen Grübchen in den Wangen waren gleich, nur mit dem Unterschied, dass die Haut des Sohnes noch nicht von Falten durchzogen und von Sonne und Meerwasser gegerbt war. So gern er seinen Sohn bei sich hatte, er hoffte, dass Geertjan im nächsten Jahr wieder genügend Aufträge bekäme, um als Uhrmacher sein Geld verdienen zu können. Nie hatte er gewollt, dass einer seiner Söhne eines Tages ebenfalls zur See fahren müsste, ein Beruf, bei dem man tagtäglich sein Leben riskierte.

»Es geht schon. Danke, mein Junge. Ich fühle mich nur

etwas schwach auf den Beinen und eigentlich habe ich überhaupt keinen Hunger. Aber sonst geht es mir gut.« Er biss in den Zwieback, um seine letzten Worte zu unterstreichen. Das Kauen schmerzte, als wäre sein Kiefer wund. Er ignorierte es und aß weiter, bis er Blut schmeckte.

***

Die gleißende Himmelsuhr erhob sich über dem glitzernden Wasser der Elbe, breitete ihre wärmenden Strahlen über den Dächern Hamburgs aus und vertrieb die nachtschwarzen Schatten aus den Gassen. Merit blinzelte in das helle Licht, das ihr durch das schmale Fenster ins Gesicht fiel. Mit einem Gähnen befreite sie sich aus der zerwühlten Bettdecke. Auch in dieser unruhigen Nacht hatte sie von Geertjans Heimkehr geträumt. Sie vermisste ihren Ehemann mit jeder Faser ihres Körpers.

Eine gebrochene männliche Stimme drang aus dem oberen Stockwerk zu ihr ins Zimmer, betont durch ein Klopfen gegen das Dielenholz.

»Wo bleibst du denn? Es wird höchste Zeit!«

Merit setzte sich kerzengerade auf. Ihr Vater hatte gerufen und sie wusste nicht, in welchem Zustand sie ihn diesmal vorfinden würde. Begleitet von einem leichten Schwindelgefühl registrierte sie das leere Kinderbett an der gegenüberliegenden Wand. Offenbar war Ruben bereits aufgestanden und frönte der Abenteuerlust eines Sechsjährigen.

Nach einer kurzen Morgentoilette stieg sie die Treppen zur Dachkammer hinauf. Du sollst deinen Vater und deine Mutter ehren, predigte sie sich selbst, während sie sich zu jedem Schritt zwingen musste. Aber ihr Pflichtgefühl trieb sie voran.

Merit atmete tief durch, während sie die Türklinke hinunterdrückte und das Zimmer betrat, das in Größe und Deckenhöhe einer kleinen Höhle glich. Helle Kerzenlichtschatten tanzten an den dunklen Wänden. Nur wenige Lichtstrahlen zwängten sich von draußen zu der Fensterluke herein, sie krochen über den sandbestreuten Boden, erreichten aber nicht das Bett an der Wand gegenüber.

Dort saß ihr Vater Abel, mit einer Hand an das hölzerne Bettgestell gefesselt. Die Leine mit dem Seemannsknoten erlaubte ihm eine gewisse Bewegungsfreiheit, reichte aber nicht bis zur Türe. Äußerlich war ihr Vater ein Mensch ohne besondere Merkmale. Es gab nichts, woran sich das Auge festhalten konnte. Seine runde Gesichtsform, die konturlosen Züge um Mund und Nase blieben niemandem in Erinnerung. Einzig die Stelle, wo seine Schädeldecke leicht deformiert war und keine blonden Haare mehr wuchsen, hätte jemandem auffallen können – wenn er nicht in seinem Zimmer eingesperrt wäre.

Er lächelte ihr entgegen und hieß sie mit einem Kopfnicken willkommen, wie er es bei jedem Menschen tat.

»Sie haben mich gerufen, Vater?«, fragte sie.

»Ich?« Er schüttelte verwundert den Kopf. »Nein. Ich habe niemanden gerufen. Wer sind Sie überhaupt?«

Ein Stich fuhr ihr in die Brust. Sie versuchte ebenfalls zu lächeln und trat näher.

Ein Zeichen des Erkennens spiegelte sich in seinen Knopfaugen. »Ach, du bist es, mein herzensgutes Eheweib! Du hast auf den ersten Blick so anders ausgesehen.«

»Ich bin nicht Ihre Frau. Ich bin Merit, Ihre Tochter.« Sie sagte es leise, aber mit eindringlicher Stimme.

»Tochter?« Er stutzte. Nach kurzer Überlegung brach er in schallendes Gelächter aus. »Das ist gut! Jetzt hast du mich aber ordentlich aufs Glatteis geführt! Noch eine Tochter! Mein Weib ist heute mal wieder zu Scherzen aufgelegt, das gefällt mir! Du wünschst dir nach unserem Mathis und unserer Tochter Barbara wohl noch eine Tochter.« Ein spitzbübisches Lächeln schlich sich in seine Mundwinkel.

Merit spürte, wie ihr die Tränen in die Augen stiegen. Sie wandte sich von ihm ab und trat an das Lukenfenster, unter dem ein kleiner Tisch stand. Darauf lagen etliche Ausgaben des *Hamburgischen Correspondenten*. Über den Zeitungsstapeln und auf dem Boden verteilte sich handbeschriebenes Papier, als sei ein Sturm durch das Zimmer gefegt. Es war die Lieblingsbeschäftigung des Vaters geworden, die Zeitung Wort für Wort abzuschreiben. Nichts und niemand durften ihn bei dieser Tätigkeit stören, mit der er versuchte, sich die Welt zu erklären. Meist kam er über die Titelseite nicht hinaus.

Ihr Vater hatte seinen Ankerplatz im Meer der Zeit verloren. Nachdem er vor vier Jahren bei Ausbesserungsarbeiten am Dach seines Hauses von der Leiter gefallen und am Kopf verletzt worden war, lebte er bei ihnen. Oder besser gesagt: Seit seinem Erwachen lebte er in einer Welt ohne Vergangenheit und Zukunft. In seinem Gedächtnis gab es kein Gestern und kein Morgen, nicht einmal mehr ein Heute, nur noch den Augenblick. Sein Gedächtnis glich einem Buch, aus dem man bis auf die Anfangskapitel alle Seiten herausgerissen hatte. Nur das, was er in jungen Jahren gelernt und erlebt hatte, war noch fest in seinem Gedächtnis verankert. Allerdings kam kein neuer Text hinzu. Die Inhaltsangabe seines derzeitigen Lebens las er alle paar Minuten aufs Neue, keiner der Protagonisten wurde ihm je vertraut. Die meiste Zeit vegetierte er mit einem Seil angebunden im Bett dahin.

Merit räumte die sauber beschriebenen Blätter von der Sitzfläche des Stuhls zurück auf den Tisch, ehe sie sich niederließ. »Haben Sie wieder geschrieben?«, versuchte sie ein Gespräch zu beginnen.

»Ich? Nein. Wie kommst du darauf?«

Sie mühte sich um Fassung. »Die Schreibfeder und das offene Tintenfass befinden sich auf Ihrem Tisch.«

»Das sehe ich. Aber ich habe nichts geschrieben.«

Sie hielt ihm eine der Seiten entgegen. Ihre Finger krallten sich an dem Papier fest. »Aber das ist Ihre Handschrift!«

Ihr Vater schien für einen Moment irritiert. »Du hast recht. Das muss ich wohl früher einmal geschrieben haben.«

»Das Blatt trägt das gestrige Datum, von der Zeitung abgeschrieben.«

»Zeig her!« Er überprüfte ihre Aussage und lachte. »Da habe ich mich verschrieben. Das muss 1727 heißen, nicht 1757. Aber warum liegen diese Blätter hier herum?«

»Weil Sie diese erst vorhin beschrieben haben! Sie können sich nur nicht mehr daran erinnern.«

»Mit meinem Gedächtnis ist alles in Ordnung. Ich repariere Uhren. Wahrscheinlich sind das meine alten Aufzeichnungen und Skizzen.« Er hielt inne. »Du glaubst mir nicht. Ich sehe an deinem Blick, dass du zweifelst. Warum bist du überhaupt hier? Ich möchte jetzt ungestört zu Abend essen und mich dann zur Ruhe begeben.« Er zupfte an seinem Schlafgewand, als läge darin die Bestätigung seiner Worte.

»Es ist nicht an der Zeit ins Bett zu gehen.«

»Nicht?« Er runzelte die Stirn und warf einen prüfenden Blick auf die Wanduhr neben dem Schreibtisch. »Neun Uhr. Aber tatsächlich, draußen scheint es noch recht hell zu sein.«

»Wir haben es früh am Morgen.« Ihre Stimme zitterte. Sie mühte sich um Sachlichkeit. »Sie haben mich wahrscheinlich gerufen, damit ich Ihnen beim Ankleiden helfe.« Sie deutete auf die Truhe gegenüber dem Bett, wo auch ein kostbarer, aber verhüllter Spiegel hing.

»Das kann ich selbst. Ich bin noch jung und gesund. Ich bin kein alter Mann!«

»Ach nein?« Das Gespräch kostete sie mittlerweile sichtliche Mühe. »Wann sind Sie geboren?«

»Du kannst vielleicht Fragen stellen! Hast du das vergessen? Oder willst du mich auf die Probe stellen? Mit meinem Gedächtnis ist alles in Ordnung. Ich bin am 7.4.1697 geboren.«

»Demnach sind Sie sechzig Jahre alt?«

»Sechzig? Ich bitte dich! Dein Humor ist schon etwas seltsam. Ich bin dreißig Jahre alt.«

»Ach ja?« Sie erhob sich mit einem Ruck und trat vor den verhüllten Spiegel. »Sieht so ein dreißigjähriger Vater aus, an der Seite seiner genauso alten Tochter? Merkwürdig, oder?«, herrschte sie ihn an und riss das Tuch herunter.

Sein Gesichtsausdruck machte ihr ihren Fehler schmerzhaft bewusst. »Verzeihung«, flüsterte sie, während ihr Vater von Panik erfüllt sein Spiegelbild betrachtete.

»Bin ich das?« Er fasste sich ins Gesicht. »Was ist mit mir passiert? Warum sehe ich so aus? Was geschieht mit mir?«

Merit wollte ihren Vater trösten, ihn beruhigen. Doch die eigene Angst durchzuckte ihren Körper. Sie war nicht mehr Herrin der Lage. Das Spiegelbild zeigte eine hochgewachsene, angespannte Gestalt in einem dunkelroten Kleid. Ihr Gesicht, von rotblonden, hochgesteckten Locken umrahmt, war schreckensbleich, die mandelförmigen blauen Augen blickten angsterfüllt. Sie warf das Tuch wieder über die Glasfläche, murmelte noch einmal eine Entschuldigung und floh aus dem Raum.

Dann rannte sie die Treppe hinunter bis in die Küche, wo sie keuchend innehielt. Vom ersten Tag an vor vier Jahren hatte sie seine Pflege übernommen. Im Spinnhaus wäre er in einem Käfig gelandet, man hätte ihn mehrmals täglich mit eiskaltem Wasser übergossen und ihm wie einem tollwütigen Tier harte Brotkanten durch den Schlitz zugeworfen. Liebe, Dankbarkeit, aber auch ihr Pflichtbewusstsein hatten sie zu der Entscheidung geführt, ihn zu Hause zu versorgen. Damit stieß sie allerdings an den Rand ihrer Kräfte, weshalb sie Pauline zunehmend um Hilfe ersuchen musste.

Als sie die Schwiegermutter nirgendwo im Haus fand, zog sie sich in die verlassene Uhrenwerkstatt zurück. Sie hockte sich auf den Schemel, stützte den Kopf in die Hände, starrte auf den Fußboden und schämte sich für die Tränen, die ihr über die Wangen liefen. Warum besaß sie nicht *mehr* Stärke? Ihr Vater war jetzt das Kind, das man trösten und beschützen musste. Warum konnte sie sich nicht damit abfinden? Er würde nie wieder gesund werden, nie wieder so sein wie früher.

Die nächsten Stunden verbrachte sie damit, die Uhrenwerkstatt zu putzen und den Boden zu säubern, in der Hoffnung, durch die Arbeit Ablenkung zu finden. Der eng bemessene Raum besaß an einer Seite zwei große Fenster, von denen sie mit Hingabe die Spinnweben entfernte und dem Dreck mit Wasser zu Leibe rückte. Sie war lange damit beschäftigt, die an den Wänden aufgehängten Werkzeuge vom Staub zu befreien, und achtete peinlich genau darauf, die kleinen Sägen, Zirkel, Zangen und Feilen der Größe nach wieder an die Befestigung zu klemmen.

Beim Umhergehen in der Werkstatt befiel sie wieder die Sehnsucht nach ihrem Mann. Bald war es Mittag, der Zeitpunkt, an dem Geertjan vom anderen Ende der Welt an sie denken würde. Sie liebte diesen Moment, der ihr Kraft für den restlichen Tag gab.

Als Matrose verdiente Geertjan gutes Geld und dazu gehörte eben, dass er lange Zeit nicht bei seiner Familie sein konnte. Sie hatte gewusst, worauf sie sich einließ, aber sie hatte nicht geahnt, wie schwer es sein würde, ein Kind ohne Vater großziehen zu müssen. Aber sie gab ihr Bestes und Geertjan würde stolz auf sie sein können, wenn er erst wieder bei ihnen war.

Manulf hatte es im Gegensatz zu seinem Zwillingsbruder Geertjan vorgezogen, in seinem warmen Nest auf bessere Tage zu warten. Wie ein Vogel, der mit geöffnetem Schnabel die nächste Fütterung herbeisehnt. Er wohnte in der Nähe des Nikolaifleets und ließ sich kaum mehr im Haus der Paulsens blicken – und in der Werkstatt schon gar nicht.

Seit die Gerüchte um den Tod von Manulfs Frau kursierten, schien es in Hamburg keine reparaturbedürftigen Uhren mehr zu geben. Da die Leute diesen Zeitmessern ohnehin skeptisch gegenüberstanden und die Aufträge aus den Adelshäusern dünn gesät waren, konnten die Zwillingsbrüder kaum mehr etwas mit der gemeinsamen Uhrenwerkstatt verdienen. Nachdem sie den Männern nicht mehr zur Hand gehen konnte, hatte Merit sich Arbeit in der Zuckersiederei gesucht. Doch als das Geld noch knapper wurde, hatte sich ihr geliebter Mann Geertjan im letzten Jahr notgedrungen entschlossen, seinem Vater aufs Schiff zu folgen.

Behutsam wischte sie die beiden Werktische, die sich vor einem der Fenster gegenüberstanden und stellte die kniehohen Schemel an ihren vorgesehenen Platz zurück. Wie oft hatte sie hier gesessen und gearbeitet, wenn einer der Brüder bei einem Kunden war, der sich gerne stundenlang in seinem Stadtpalais beraten ließ, welche Uhr denn nun am besten zu den Tapeten und Möbeln auf den Kaminsims passe. Und während jener Zeit, als Geertjan wegen einer langwierigen Sehnenentzündung im rechten Arm nicht arbeiten konnte, hatte sie über mehrere Monate hinweg den Kleinuhrenbau übernommen.

Wehmütige Erinnerungen überkamen sie. Sie beendigte ihre Putzarbeit und überwand sich dazu, an diesem Vormittag ein zweites Mal zu ihrem Vater zu gehen, um ihr Verhalten von vorhin zu entschuldigen. Während sie die Treppen hinaufstieg, malte sie sich die schlimmsten Szenen aus.

Er empfing sie jedoch mit einem freundlichen Lächeln und nickte ihr zu. »Guten Abend. Schön, dass ich mal wieder Besuch bekomme. Hier ist es ruhig wie im Beichtstuhl. Niemand schaut vorbei. Mein Name ist Abel Klaasen. Wie ist Ihr werter Name?«

Mit zugeschnürter Kehle beantwortete sie ihm mehrmals diese Frage, während sie ihren Vater wusch, ihm seine altmodische Kleidung anzog, ihm zu trinken und zu essen gab und das Zimmer aufräumte. Dabei achtete sie auch hier peinlich genau darauf, die Ordnung in der Kleidertruhe beizubehalten und in ihrem eigenen Interesse niemals zu tief zu graben, weil sich zuunterst das Lieblingskleid und das Kopfkissen ihrer seligen Mutter als Andenken befanden und sie nicht daran rühren wollte.

Durch ihr Tun hielt ihr Vater sie zunächst für eine Dienstmagd, dann für seine Tochter Barbara, später für seine Frau – aber niemals erkannte er seine Tochter Merit in ihr.

Während sie den Vater wieder ans Bett band, ging die Tür auf und Ruben schaute herein.

»Ich bin gleich bei dir, mein Junge!«, rief sie ihm über die Schulter zu. »Geh wieder in deine Kammer.« Sie wollte ihrem kleinen Sohn den Anblick des Großvaters ersparen, der ihr selbst so sehr in der Seele schmerzte. Ein harmloser Mensch, gefangen gehalten wie eine gefährliche Bestie. Wie musste das auf ein Kind wirken?

»Da ist ja mein Junge!« Abel stand auf, um auf Ruben zuzugehen, wurde aber von dem Seil an seiner Hand auf halbem Weg ruckartig gestoppt.

»Ich bin nicht dein Junge, Opapa. Ich bin ein kleiner Bär

und Mutter und Vater sind meine Hüter«, erklärte Ruben mit kindlichem Eifer und zeigte dabei keine Spur von Angst oder Ungeduld. Stets glaubte Abel seinen kleinen Sohn Mathis vor sich zu haben, obwohl Merit ihren Bruder als jungen Erwachsenen ebenso wie die Mutter durch ein heimtückisches Fieber verloren hatte. Aber auch daran konnte sich der Vater natürlich nicht mehr erinnern.

Ruben hielt ihr die Taschenuhr entgegen. »Muma, du musst auf die Uhr schauen, wann es zwölf ist, damit wir rechtzeitig an Vater denken!«, verlangte er eindringlich.

»Keine Sorge, es ist noch nicht so spät. Ich bin gleich bei dir. Warte noch einen Moment.«

Ruben bewegte sich nicht aus dem Zimmer. »Ist in der Taschenuhr wirklich die Zeit gefangen?«, fragte er stattdessen.

»Ja.«, sagte sie knapp. Sie befand sich jetzt nicht in redseliger Stimmung.

»Ist die Zeit denn so klein, dass sie da hineinpasst?«, insistierte er.

Merit kannte ihren Jungen. Er würde nicht eher Ruhe geben, bis er eine Antwort erhalten und für seine Begriffe alles verstanden hatte. Sie seufzte. »Du darfst dir die Zeit nicht als Lebewesen vorstellen. Man kann sie nicht sehen.«

»Warum? Ist sie tot? Oder lebt sie weit weg?«

»Nein, so meine ich das nicht.«

»Wie dann? Was ist die Zeit?«

Was ist die Zeit? Er hatte mit der Leichtigkeit eines Kindes gefragt, das eine einfache Erklärung für den Lauf der Welt erwartete. Ruben verlangte eine schlichte Antwort von seiner Mutter, die in seinen Augen alles Wissen in sich vereinte. In seiner behüteten Welt hatte er noch nicht erfahren, dass auch Erwachsene vor dem ein oder anderen Rätsel standen und im Leben manchmal nicht weiterwussten.

»Komm her, mein Junge«, mischte sich Abel ein. »Setz dich mal zu mir, dann erkläre ich dir, wie die Zeit in die Uhr hineinkommt.«

Ruben ging freudestrahlend auf seinen Großvater zu und kletterte ihm auf den Schoß. Abel umarmte ihn und Ruben lehnte sich gegen den schützenden Oberkörper seines Großvaters. Beide schauten sie auf die Taschenuhr, als gäbe es nichts anderes mehr auf der Welt.

»Stell dir einen kleinen Jungen vor, der wie ein König in dem Uhrwerk im Kreis schreitet. Hörst du es? Tick, Tack, Tick, Tack. Ein Schritt nach dem anderen. Aber warum läuft die Uhr? In einer Standuhr sind es die Gewichte, die an Ketten angehängt nach unten wandern und die Uhr in Gang halten. In diesem kleinen Gehäuse gibt es dafür eine metallische Feder, die man durch das Aufziehen spannt. So wie du deine Muskeln anspannst, bevor du losrennst. Damit dir dabei nichts passiert, muss man dich an die Hand nehmen. Dasselbe macht die Spindelhemmung, denn die Feder darf nicht alle Energie beim Startschuss verlieren, sonst würden die Zeiger im Kreis über das Zifferblatt sausen und danach stünde die Uhr wieder still.«

Abel sprach so schnell wie schon lange nicht mehr, als könne er den Anschluss an das letzte Wort verpassen. Merit hörte ihrem Vater ebenso gespannt zu wie Ruben – weniger wegen der Uhrendetails, vielmehr wegen seiner verblüffenden Fähigkeit, in der Vergangenheit erlernte Dinge wiederzugeben, als hätte sein Gedächtnis nie einen Schaden erlitten. Sie liebte diese Erzählungen, weil sie in solchen Momenten wieder ihren Vater vor sich sah und nicht nur ein menschliches Wrack.

»Hörst du das Ticken?«, fragte Abel und hielt Ruben die Uhr ans Ohr. »Es teilt die Zeit in Abschnitte ein, wie das Pendel einer Standuhr. In diese kleine Uhr passt natürlich kein

Pendel, aber eine Unruh mit ihrer Spirale. Das ist eine aufgerollte Metallfeder aus dünnem Draht, die an der Unruhachse befestigt ist. Dieser kleine Ring schwingt, von der Feder angetrieben, hin und her.«

Ruben zog seine Stirn in krause Falten und wandte den Blick nicht von dem Gehäuse. »Wie meinst du das?«

»Ganz einfach«, mischte sich Merit ein. »Denk mal an deinen kleinen Eimer, mit dem du uns beim Wasserholen hilfst. Warum schimpfe ich da oftmals mit dir?«

»Weil ich beim Gehen den Henkel in der Hand hin- und herdrehe, immer schneller, bis das Wasser überschwappt!«

»Und nun stell dir den Eimer als Ring vor und dein Arm ist die Feder, der die Unruh antreibt. Der Unruhreif bewegt sich in eine Richtung, bis die Feder aufgerollt ist und unter Spannung steht. Dann wird die Bewegung des Rings gebremst, angehalten und während sich die Feder entrollt, dreht sich der Ring in die Gegenrichtung. Allerdings geht das nicht ewig so weiter.«

»Warum?«, fragte Ruben ungeduldig.

»Weil eine Unruh wie ein Pendel arbeitet. Du kannst auch nur schaukeln, so lange der Schwung reicht. Irgendwann muss dich wieder jemand anschubsen. In einem Uhrwerk macht das die Hemmung.«

»Das soll mir Opapa erklären!«, sagte Ruben und zur Bekräftigung klopfte er seinem Großvater mit dem Zeigefinger auf die eingefallene Brust.

»Was soll ich erklären?«

Merit verfluchte sich dafür, ihren Vater unterbrochen zu haben. »Sie wollten Ruben sagen, wie eine Hemmung arbeitet.«

»Ruben? Wer ist Ruben?« Er schaute sich suchend um.

»Ich bin Ruben! Ich bin es! Der kleine Bär!«

Abel lachte. »Mein kleiner Mathis wird eines Tages noch ein großer Geschichtenerzähler werden! Die Fantasie hat er von dir, mein liebes Weib. Von mir kann er das nicht haben. Für mich besteht die Welt seit jeher nur aus wahrhaftigen Tatsachen.«

Sie schluckte. »Gewiss.«

»Du schaust mich so merkwürdig an. Stimmt etwas nicht?«

»Nein, nein, keine Sorge. Es ist alles in Ordnung.« Die Worte hinterließen ein schmerzhaftes Brennen in ihrer Kehle.

Ruben zupfte am Rüschenkragen des Großvaters. »Sag mir jetzt, was eine Hemmung ist!«

»Ach, das trifft sich ja gut, dass ich diesen kleinen Zeitmesser gerade in der Hand halte. Diese Hemmung besteht aus einem kleinen Metallteil, das einer Spindel ähnlich sieht und einem Rädchen, das mit seinen Zacken an eine Krone erinnert. Die Hemmung sorgt dafür, dass das Räderwerk abwechselnd angehalten und freigegeben wird, und gleichzeitig gibt sie der Unruh den notwendigen Antrieb, damit die Uhr gleichmäßig läuft. Die Spindel hakt sich mit ihren beiden kleinen Beinen abwechselnd in das Hemmungsrad ein. Diese Schritte kann man als Ticken sehr gut hören. Es ist also die Hemmung, die das bekannte Geräusch einer Uhr verursacht und in der Folge die Bewegung des Räderwerks beherrscht.«

Ruben staunte. »Und deshalb drehen sich die Zeiger?«, fragte er folgerichtig.

»Ja. Es gibt ein kleines Rad, das sich einmal in der Stunde dreht, das trägt den Minutenzeiger. Das größere benötigt für eine Umdrehung zwölf Stunden, das zeigt ...«

»Und wie spät ist es jetzt?«, fiel Ruben ihm ins Wort.

Merit hob ihren Jungen vom Schoß seines Großvaters. »Höchste Zeit fürs Mittagsmahl.«

»Ich habe aber keinen Hunger!«, protestierte er.

»Ruben ... du hast gehört, was ich gesagt habe. Es gibt jetzt Essen. Wir gehen nachher wieder zu Großvater.«

Er wehrte ihre Hand ab. »Ich will jetzt aber viel lieber bei Großvater bleiben.«

Merit mühte sich um Konsequenz, während ihre innere Verzweiflung wuchs, weil sie spürte, auf welches Spiel diese Situation hinauslaufen würde. Aber für derartige Machtkämpfe hatte sie bald keine Kraft mehr. Während sie noch nach den richtigen Worten suchte, breitete sich Bestürzung auf Rubens Gesichtszügen aus.

»Wenn es Essen gibt, dann ist jetzt schon zwölf Uhr vorbei! Muma! Wir haben vergessen, an Vater zu denken! Jetzt ist er uns böse und deshalb kommt er bestimmt nie mehr wieder heim!«

»Ach Unsinn«, sagte sie beschwichtigend und nahm ihren Jungen in den Arm.

Zu spät, denn ihm liefen bereits die Tränen über die Wangen. Egal mit welchen Worten sie versuchte, ihn zu trösten, er wies alles von sich und steigerte sich in Panik.

Bald wusste sie sich nicht mehr anders zu helfen, als das lauthals schreiende Kind aus dem Zimmer zu bringen. In der Küche traf sie auf die Schwiegermutter, die einen missbilligenden Blick auf die Szene warf.

Klein und stämmig, im aschgrauen Leinengewand, stand Pauline leicht vornübergebeugt wie ein verwitterter Grabstein vor ihr. Ihre trockene, aber nahezu faltenfreie Haut war von zahlreichen Altersflecken durchsetzt, dunkle Lebensnarben, die nach sechzig Jahren mühevollen Daseins an die Oberfläche drängten.

»Du bist spät dran. Eil dich, falls du noch rechtzeitig in der Zuckermanufaktur erscheinen willst. Es ist jetzt schon ...« Beim Blick auf die Standuhr verstummte Pauline. Das Geschenk ihres zweiten Sohnes Geertjan, eine seiner glanzvollsten Arbeiten im letzten Jahr, war stehen geblieben. Pauline starrte das Uhrwerk an, als sei ihr der Leibhaftige erschienen. »Du weißt, was das heißt ...«, flüsterte sie bedeutungsschwanger.

»Ja. Die Kette ist abgelaufen und das Werk muss wieder aufgezogen werden. Das haben Pendeluhren so an sich«, sagte Merit und seufzte.

»Nein. Die beiden Gewichte hängen noch oben, das heißt, die Uhr ist einfach so stehen geblieben.« Pauline beugte sich in fluchtbereiter Haltung zu dem weinroten Holzgehäuse vor, um nach dem Pendel zu sehen. Ein Rostpendel, wie Geertjan erklärt hatte. Von einem einfachen Mann namens Harrison vor nicht allzu langer Zeit erfunden und deshalb genial, weil die längs angeordneten Stäbe aus verschiedenen Metallen die temperaturbedingten Längenausdehnungen ausgleichen konnten und somit, im Gegensatz zu üblichen Uhrenpendeln, für eine verblüffende Ganggenauigkeit sorgten. Doch das schmale, einem Gitterrost ähnlich sehende Pendel stand still.

Pauline wich zurück. »Siehst du? Das Leben ist aus der Uhr gewichen. Das bedeutet ...« Ihre Stimme schwankte. »Es ist jemand aus unserer Familie verstorben.«

»Unsinn!« Merit lachte zornig auf. »Hör auf, uns alle mit deinem Aberglauben zu traktieren. Manulf soll die Uhr reparieren, dann läuft sie wieder. In letzter Zeit habe ich ihn nicht mehr in der Werkstatt gesehen, aber ich kann mich dunkel daran erinnern, dass er Uhrmacher von Profession ist, genau wie sein Zwillingsbruder. Genügend Zeit hat Manulf mit Sicherheit. Schließlich macht er seine Finger nur krumm, um in die Taschen anderer zu greifen. Darin hat er Übung: reichlich Geld unters Volk zu bringen, das er nicht verdient hat.«

»Wie sprichst du denn über meinen Sohn Manulf – über deinen Schwager?« Eine Zornesfalte bildete sich auf Paulines Stirn.

Merit gab vor, nicht weiter auf die Schwiegermutter zu achten und schöpfte stattdessen von dem Sauerkrauteintopf in ihre Holzschüssel. Die Schwiegermutter ließ keinen Zweifel daran, welchen ihrer Söhne sie mehr liebte. Geertjan war der Zweitgeborene der Zwillingsbrüder, mit ihm hatte die Gebärende nicht gerechnet, er hatte ihre Schmerzen verlängert und ihr beinahe das Leben geraubt. Die zarten Triebe der Mutterliebe waren abgestorben wie die Frühlingsknospen durch einen unerwarteten Frost. Äußerlich glichen sich Geertjan und Manulf bis aufs Haar, nur der übergroße Hautlappen an Manulfs linker Hand, der sich zwischen dem kleinen Finger und dem Ringfinger wie eine Schwimmhaut spannte, half einem Außenstehenden, die beiden bei näherem Hinsehen auseinanderzuhalten. Sogar ihre Stimmen waren fast gleich. Doch ihr Wesen unterschied sich wie Tag und Nacht. Wohl aus diesem Grund hatten ihre zwei Jahre ältere Schwester Barbara und sie sich in die beiden Brüder verliebt.

Barbara suchte das Geheimnisvolle, das Unstete, alles, was Abwechslung in ihrem eintönigen Leben versprach. Sicherheit war für sie gleichbedeutend mit einem Gefängnis. Merit empfand Manulfs Lebenswandel gegenüber nichts als Abscheu und brachte kein Verständnis für den Heiratswunsch ihrer Schwester auf. So war der Graben zwischen ihnen mit dem Auszug aus dem Elternhaus immer tiefer geworden. Jede ging ihrer Wege, weil keine die Welt der anderen verstand. Dennoch blieb die Geschwisterliebe wie eine Brücke zwischen ihnen bestehen und wenn es darauf ankam, waren sie füreinander da. So wie an jenem Tag, als Barbara in den Wehen lag, einige Wochen nachdem Merit ihren Sonnenschein Ruben auf die Welt gebracht hatte. Das Schicksal stellte Barbara auf eine harte Probe, denn die Geburt verlief unerwartet schwer.

Merit war nicht von ihrer Seite gewichen und hatte der Gebärenden die Hand gehalten. Es waren dramatische Stunden, bis das Kind endlich in seinem Blut auf dem Laken lag und blau im Gesicht nach Luft rang. Als es die Hebamme zum Waschen in den Nebenraum trug, hatten sie den schmächtigen Jungen noch schreien gehört, doch Herz und Lungen waren zu schwach gewesen. Anstelle ihres Kindes hatte Barbara die leeren Hände der Hebamme zu Gesicht bekommen. Trotzdem hatte ihre Schwester nicht ihren Glauben verloren und sie blieb eine weitgehend fröhliche und zuversichtliche Frau.

Manulf hingegen hatte sich seit jeher gegenüber anderen Menschen verschlossen und wurde endgültig zum Sonderling, seit seine Frau vor gut fünf Jahren unter mysteriösen Umständen ertrunken war. Ihn hatte man an jenem Morgen im Branntweinrausch am Nikolaifleet, unweit seines Hauses, aufgefunden. Man munkelte, er habe Barbara erschlagen. Doch die Leute redeten gern und viel. Beweise gab es keine. Merit jedenfalls vermisste ihre Schwester sehr, gerade jetzt in der Sorge um ihren Vater.

Pauline kam näher und blieb vor ihr stehen. Die Tischkante reichte der kleinen Frau bis an den Bauchnabel. Wortlos beäugte sie das Tun ihrer Schwiegertochter, unübersehbar und aufdringlich wie ein Pilz am Wegrand. Essbar oder giftig – das war die Frage, die Merit sich jeden Tag aufs Neue stellen musste.

Der Duft nach Wacholderbeeren und gerösteten Speckstückchen hingegen war verführerisch. Pauline konnte kochen, zwar stets einfache Gerichte, aber sehr gut in der Zubereitung. Im Laufe ihres Lebens hatte sie gelernt, aus fast Nichts etwas zu zaubern. Das musste Merit neidlos anerkennen. Trotzdem verspürte sie heute keinen Hunger. Sie aß zwei Löffel und schob die Schüssel von sich.

Dies hatte einen tadelnden Blick der Schwiegermutter zur

Folge. »Du bist nicht gerade ein Beispiel für Ruben, wenn du nie richtig isst.«

»Er wird schon kommen, wenn er Hunger hat. Wo ist mein Junge überhaupt hin? Eben war er doch noch hier. Hattest du ihm vor dem Essen noch eine Besorgung aufgetragen?«

»Ich? Wie käme ich dazu?«

Merit wurde unwohl. »Er wird sich doch nicht schon wieder davongestohlen haben?«

»Das darf ja wohl nicht wahr sein! Kannst du nicht besser auf dein Kind aufpassen?« Pauline baute sich vor ihr auf. »Aus Ruben wird eines Tages noch ein zwielichtiges Subjekt werden, ein verlotterter Gauner, einer vom fahrenden Volk, wenn du die Zügel weiter so schleifen lässt!«

»Er ist nicht dein Kind!«, gab Merit ruhig, aber bestimmt zurück, während sie gedanklich die Strichliste erweiterte, wie oft sie diesen Satz bereits zu ihrer Schwiegermutter gesagt hatte. Merit schaute sich um. Ihr Gefühl sagte ihr, dass Ruben noch in der Nähe war.

»Schade, dass Ruben nicht da ist«, sagte sie vernehmlich.

»Sodann müssen wir die Orangen alleine essen, die ich gestern für uns erstanden habe«, ergänzte Pauline.

Die Schwiegermutter ging zum Vorratsregal, um die Früchte zu holen, als Ruben ihr entgegensprang. Er hatte sich neben dem Herd zwischen den mit Holz gefüllten Körben versteckt gehabt. Seine hellblonden Haare waren zerzaust, seine Hände, die Nase und die Stirn mit Ruß befleckt. Rotz klebte ihm um die Nasenlöcher und der unschuldige Blick aus seinen verweinten blauen Kinderaugen entlockte Merit ein Lächeln.

Sie nahm ihn in die Arme. »Da bist du ja, mein kleiner Bär! War es schön warm in deiner Höhle?«

Ruben nickte, seine Wangen glühten. »Ja, aber da gibt es

keine Orangen. Muma, bekomme ich eine Orange von dir?« Er wischte sich mit dem Hemdsärmel über die Nase.

»Da musst du deine Großmutter fragen. Sie hat die guten Früchte gekauft.« An Pauline gerichtet fügte sie hinzu: »Musste das denn sein? Gleich so viele? Wir müssen sparen, sonst reicht uns das Geld nicht mehr lange. Dein Manulf verkauft oder repariert keine Uhren und wir wissen nicht, wann Geertjan und Geert Ole zurückkehren.«

Pauline hatte die Heiratstradition in ihrer Uhrmacherfamilie unterbrochen und ihren Mann Geert Ole in der Hoffnung geheiratet, dass sie einst als wohlhabende Kapitänsfrau über den Jungfernstieg flanieren könnte. So weit war es nicht gekommen. Er hatte nie an oberster Stelle stehen wollen, stattdessen in der Position des Steuermanns seine Erfüllung gefunden, dafür kein eigenes Haus bauen können und sie war als Pauline Paulsen zum Gespött jener Frauen geworden, die eine bessere Partie gemacht hatten. Zeit ihres Lebens wohnte die Familie zur Miete, das Geld reichte lediglich bis zur nächsten Heimkehr – und das Warten auf den neuen Lohn begann erneut.

Paulines Lippen verdünnten sich zu einem Strich, ehe sie sich zu einer Erwiderung entschied. »Du behauptest doch immer, dass die See unsere Ehemänner bald wieder in den Hafen spuckt. Außerdem schrieb der *Hamburgische Correspondent* in einer seiner letzten Ausgaben, dass diese edlen Früchte um diese Jahreszeit der Gesundheit förderlich seien, besonders Kinder sollen davon reichlich bekommen.« Pauline legte ihr die ungelesene Zeitung auf den Tisch. »Anstatt nächtelang in den Himmel zu starren, solltest du öfter mal dieses Blatt hier lesen ...«

»Du kaufst den *Correspondenten* doch nur um des guten Eindrucks willen, möglichst bei einem Verkäufer an der Börse, wo dich viele Leute sehen. Das Geld ist wahrlich zum Fenster hinausgeworfen.«

»Wie du meinst.« Paulines Blick verriet, dass sie keinesfalls einer Meinung mit ihrer Schwiegertochter war. »Alsdann hältst du wohl auch die gelehrten Artikel für überflüssig. Es gibt allerlei Erquickliches über Kindererziehung und sittliches Familienleben darin zu lesen. Zum Beispiel, ob eine Dame, wenn sie verheiratet ist, mit guter Raison einige Briefe von vormaligen Freiern bei sich behalten und verwahren dürfe. Die Lektüre dieser moralischen Schriften könnte dir jedenfalls nicht schaden. Wenn es nach dir ginge, sollte ich wohl den aufrührerischen *Reichs-Post-Reuter* drüben im dänischen Altona kaufen. Aber dieses preußenfeindliche Querulantenblatt kommt mir nicht ins Haus!«

»Du sollst gar keine dieser sündhaft teuren Blätter mehr kaufen, so lange wir nicht wissen, wovon wir nächsten Monat leben werden!«

»Muma, gibst du mir jetzt eine Orange?«

»Du musst Großmutter fragen, kleiner Bär, das habe ich dir doch gerade ...«

»Das Kind hat keinen Respekt vor dir, deshalb hört es dir auch nicht zu«, fuhr Pauline dazwischen. »Kein Wunder, wenn du ihn kleiner Bär nennst und er Muma anstelle von Frau Mutter zu dir sagt und er sogar das Siezen vermissen lässt. Das würde ich nicht dulden.«

»Er ist nicht dein Kind.«

»Großmutter? Würden Sie mir bitte eine Orange geben?«

»Nun bitte.« Pauline lächelte. »Es geht doch. Hier, mein Junge. Deine Frau Mutter schält sie dir. Ich gehe jetzt Wasser holen.«

»Ich bin nicht dein Junge. Ich heiße Ruben und bin ein kleiner Bär und Muma und Vater beschützen meine Höhle.«

Merit verbarg ihr Lächeln, indem sie nach der Orange griff und das Messer in die Schale gleiten ließ. Gleichmäßige Schnitze, wie die Längengrade auf der Erdkugel, von Pol zu Pol gezogen. An der bauchigsten Stelle legte sie einen Schnitt wie einen Gürtel um die Frucht. Die Äquatorlinie, die Geertjan hoffentlich schon nach Norden hin passiert hatte. In gleichmäßigen Abständen, in immer kleiner werdenden Kreisen nach oben und unten überzogen Breitengrade die orangefarbene Welt in ihren Händen.

Auf einem dieser verhältnismäßig leicht berechenbaren Breitengrade segelte schon Kolumbus auf sicherem Kurs nach Westen und er hätte gewiss den Seeweg nach Indien gefunden, wenn das unbekannte Amerika nicht im Weg gelegen hätte. Wie viele Längengrade der Entdecker auf seiner Reise nach Westen passiert hatte, konnte er anhand der Schiffsgeschwindigkeit und der fehlerhaften Karten nur ungenau berechnen und so glaubte er bis zu seinem Tod, Hinterindien erreicht zu haben. Die Längengrade, nichts weiter als eine unbestimmbare Zahlenreihe. An welcher dieser vertikalen Linien sollte man anfangen zu zählen?

Der griechische Gelehrte Ptolemäus legte den Nullmeridian einst durch die kanarische Insel El Hierro, weil er dort, westlich von Afrika, das Ende der Welt vermutete und die Längengrade hier folgerichtig ihren Ursprung haben mussten. Über die Jahrhunderte hinweg waren die Orte des Zählungsbeginns uneinheitlich und nach willkürlichen Herrschervorlieben festgelegt worden. Neben St. Petersburg galt das für Paris und für die Engländer fand der Nullmeridian sein Zuhause in Greenwich, wo er die dortige Königliche Sternwarte auf seinem Weg vom Nord- zum Südpol als gedachte Linie durchschnitt. Damit war zwar je nach Bezugsort der zahlenmäßige Ursprung der Längengrade festgelegt, wo aber befand sich Geertjan auf dieser Kugel? Sie drehte die Orange, der Saft lief ihr über die Finger. Er hinterließ ein schmerzhaftes Brennen in den Rissen ihrer rauen Hände.

Unbeirrt von den Geschehnissen auf der Welt drehte sich die Erde einmal in 24 Stunden um 360 Grad, also jede Stunde um 15 Grad. Merit löste ein Schalenstück von der Orange und betrachtete die weißliche Kerbe. Eine Stunde ... 15 Grad ... vier Minuten für den Winkel zwischen zwei Längengraden. Deren Bestimmung also nur eine Frage der Zeit. Der genauen Uhrzeit an zwei verschiedenen Orten.

Die Uhrzeit! Bei diesem Stichwort fanden Merits Gedanken einen unsanften Weg zurück in die Küche. Herrgott, wie viel Uhr war es jetzt? Wie lange wartete man in der Zuckersiederei bereits auf sie?

»Ruben, deine Orange! Wo bist du denn? Ruben!« Sie schaute in seinem Versteck neben dem Herd nach, unter dem Tisch und in jeder dunklen Nische der Küche. »Ruben, das ist jetzt kein Spaß! Komm heraus!« Als sie ihn nicht fand, warf sie einen Blick in die verwaiste Uhrenwerkstatt, dann rannte sie die Treppen hinauf. Sie suchte in jeder Kammer, auch in jener, wo ihr Vater schon wieder mit dem Abschreiben der Zeitung beschäftigt war, schaute unter jedes Bett und rief dabei in unmissverständlicher Tonlage seinen Namen. Vergeblich. Hitze wallte in ihr auf, sie schwitzte. Zurück in der Küche traf sie auf Pauline.

»Wo ist Ruben? Hast du Ruben gesehen? Wenn ich zu spät komme, habe ich schon morgen keine Arbeit und wir gar kein Geld mehr!«

Pauline stellte die wassergefüllten Holzeimer mit einem schweren Seufzer ab. »Ruben ist an mir vorbei in die Stadt gelaufen. Im Hemd. Ein Wunder, dass der Ausreißer überhaupt Schuhe trug.«

»Warum hast du ihn gehen lassen? Warum hast du ihn nicht zurückgehalten?«

Pauline richtete sich auf und zog in gespielter Verwirrung die Stirn kraus. »Warum sollte ich? Er ist nicht mein Kind. Es ist deine Aufgabe, auf ihn aufzupassen. Hättest du einen Mann, der seine Familie ernähren könnte, müsstest du nicht auf solch unziemliche Weise arbeiten gehen. Aber du hast ganz recht. Du solltest nicht zu spät kommen, wenn du in Lohn und Brot bleiben willst. Bei den vielen Arbeit suchenden Menschen heutzutage wird der Zuckersieder kein Pardon kennen.«

***

Geliebte Merit,
es ist an der Zeit, deine Geschichte zu erzählen. Deine und meine Geschichte. Die Tage deines Lebens liegen vor mir wie ein offenes Buch, dessen Ende noch nicht geschrieben steht. Doch ich will am Anfang beginnen, schließlich sollst du verstehen, wer ich wirklich bin und warum alles so weit kommen musste.

Du sprichst immerzu von mir, oft bin ich das Wichtigste in deinem Leben, aber eine eigene Stimme willst du mir, der Zeit, nicht zugestehen. Warum nicht? Weil ich die unheimliche Macht bin, über die du triumphieren willst, weit über deinen Tod hinaus?

Ich spiele gerne Schicksal und bringe dich auf den Weg, den du gehen musst. Ob du willst oder nicht. In unserem Spiel bestimme ich die Regeln, alles geschieht nach meinen Wünschen. Du wirst deinen Eheherrn nicht wiedersehen, glaube mir. Es werden schwere Zeiten auf dich zukommen, aber ich werde immerzu bei dir sein, falls dir das ein Trost ist. Und eines Tages wirst du dein Herz auch wieder neu vergeben können. An den Richtigen. Gut möglich, dass ich deinem Glück ein wenig werde nachhelfen müssen. Aber du kannst beruhigt auf mich zählen.

Erwähnte ich bereits, dass auch dein lieber Sohn nicht vor mir sicher ist? Gib gut auf ihn acht. Lass ihn nicht zu lange allein, sonst könnte er bald verschwunden sein. Ob du ihn alsdann je wiedersehen wirst, hängt allein von meinem Wohlwollen ab.

Du glaubst, du bist die Stärkere von uns beiden und kannst allein über dein Leben bestimmen? Welch großer Irrtum. Du rechnest nicht mit mir, aber du könntest es wissen, würdest du die Zeichen richtig deuten. Stattdessen spielst du ein gefährliches Spiel, bei dem du nur verlieren kannst. Mich, die Liebe und das Leben. Davon will ich Zeugnis ablegen, ehe ich zur Tat schreite. Möge der gerechteste aller Richter über mich urteilen, denn ich trage nicht allein die Schuld an dem, was geschehen ist und dir noch widerfahren wird.

***

Nach einem anstrengenden Arbeitstag brachte Merit ihren Sohn zu Bett. Er schlief sofort ein, erschöpft von seinem Streifzug durch die Stadt, den er bis hinunter an den Hafen ausgedehnt hatte. Erneut hatte sie ihn für sein Herumstreunen getadelt, als er zum Feierabend mit einem unschuldigen Lächeln vor der Zuckersiederei gewartet hatte. Sie selbst war an ihrer Arbeitsstelle heute noch einmal ohne Ärger davongekommen. Der Zuckersieder hatte sie zwar ob ihrer Verspätung von oben bis unten gemustert, glücklicherweise aber kein Wort darüber verloren.

Beim Blick in den Himmel spürte sie wieder diese Unruhe, die sich in den letzten Stunden in ihre Gedanken geschlichen hatte. Sie setzte sich, in die Bettdecke gehüllt, an das geöffnete Fenster. Wie oft hatte Geertjan hier Platz genommen, um die Sterne und den Lauf des Mondes zu beobachten? Seine Aufzeichnungen lagen aufgeschlagen neben ihr auf dem niedrigen

Tischchen. Quer über den Blättern ruhte ein einfaches Fernrohr. Beides hatte Merit seit Geertjans Abreise nicht angerührt, obwohl sie sich brennend dafür interessierte. Aber es war sein Bereich und sie wollte nichts kaputt machen oder gar falsche Zahlen in die Tabellen eintragen.

Stunde um Stunde beobachtete sie den Mond, wie er gemächlich über den funkelnden Himmel wanderte und die Sterne mit seinem Glanz bedeckte. In einer Stunde legte er einen Weg zurück, der ungefähr seinem Durchmesser entsprach und sie wurde nicht müde, dem milchigen Erdtrabanten dabei zuzusehen. In rund siebenundzwanzig Tagen umrundete er einmal die Erde, wie der unermüdliche Zeiger einer Uhr. Überall auf der irdischen Welt geschah eine Sternbedeckung durch den Mond zum selben Zeitpunkt.

Geertjan hatte einige dieser leuchtenden Himmelskörper, Teile von Sternbildern, die der Mond auf seiner Bahn besuchte, auf der Sternenkarte markiert. Aber kam er wirklich Jahr für Jahr an demselben Ort vorbei? Wich er nie von seinem Weg ab und zog er immer gleich schnell seine Bahn? Bedeckte er an einem bestimmten Jahrestag den gleichen Stern zur gleichen Uhrzeit?

Um das herauszufinden, war wohl ein jahrelanges, wenn nicht jahrzehntelanges nächtliches Studium vonnöten. Oft genug verhinderten auch schwere Wolken dieses Vorhaben. Unbeirrt hatte sich Geertjan stets die Uhrzeiten seiner Beobachtungen notiert und diese Zahlen in einer Tabelle gesammelt. Fortan versuchte er, diese Ereignisse vorauszuberechnen, um den Längengrad auf See bestimmbar zu machen. Aber waren die Sternenkarten der Astronomen genau genug? Kannten diese Gelehrten die Geheimnisse des Himmels? Alle Sterne und die richtigen Positionen?

In Geertjans Aufzeichnungen wimmelte es von Formeln,

Streichungen und neuen Ansätzen, wobei sie von keiner Zahl den Sinn verstand, wie eine Sprache aus einem fernen Land. Ein seit Anbeginn der Menschheit ungelöstes Problem erforderte natürlich verzweigte und verwickelte Gedankengänge. Es gab keine Antwort, die auf der Hand lag, und schon gar keine Idee, die dem einfachen Verstand eines Weibes entsprungen sein könnte.

Ein Steuermann war es gewohnt, die Uhrzeit am Himmel abzulesen, doch um die Schiffsposition zu errechnen, fehlte ihm ein zweiter Bezugspunkt. Der zeitliche Abstand zu einem anderen Ort. Um die Uhrzeit des Heimathafens berechnen zu können, entwarf Geertjan diese komplizierten Tabellen, obwohl ein Seemann lediglich eine Uhr mit auf das Schiff nehmen müsste. Wenn diese beispielsweise für Hamburg drei Uhr nachts anzeigte und der Steuermann am Himmel Mitternacht ablas, betrug der zeitliche Unterschied drei Stunden. Merit dachte an die weißliche Kerbe in der Orange. Eine Stunde gleich 15 Grad. In diesem Fall befände sich das Schiff also 45 Grad westlich von Hamburg.

Eine einfache Methode mit einer unkomplizierten Rechnung, aber diese Möglichkeit hatte Geertjan nie in Betracht gezogen. Offenbar kannte er die Grenzen seines Berufsstandes als Uhrmacher gut genug, um die Lösung des Längengradproblems einzig und allein im Himmel zu suchen. Einleuchtend war von daher seine Überlegung, den Winkel zwischen dem Mond und einem Fixstern zu messen und diese Angabe mit Beobachtungsort und Uhrzeit zu versehen.

Dieses Verfahren könnte man sogar tagsüber anwenden, indem man den Winkel zwischen Mond und Sonne bestimmte, wenn die nächtliche Himmelsscheibe zwischen Sonne und Erde kreiste und somit am Tage sichtbar war. Ein Seemann bräuchte nur die Tabellen für Hamburg mit den Himmelsmessungen auf dem Schiff zu vergleichen, um die Uhrzeit an zwei verschiedenen Orten zu ermitteln. Aber wie sollte man an Bord eines schwankenden Schiffes einen präzisen Winkel zwischen zwei Himmelskörpern bestimmen? Außerdem war dieser Zeitmesser an den Tagen von Neumond oder bedecktem Himmel für den Menschen nicht lesbar.

Hinter ihr hörte sie kleine Füße über den Boden tapsen.

»Was machst du da, Muma?«

Sie streckte die Arme nach ihrem Jungen aus und hob ihn hoch. »Ich schaue nach dem Mond und nach den Sternen.«

Wie immer machte er sich ein wenig steif, als sich ihre Körper berührten. Er schaute an ihr vorbei in den Himmel.

»Die Sterne bewegen sich«, sagte er plötzlich. »Als ich ins Bett gegangen bin, waren die beiden kleinen Sterne noch links vom Kirchturm, jetzt sind sie auf der rechten Seite.«

Dass ihr Junge rechts und links zuverlässig voneinander unterscheiden konnte, darüber wunderte sie sich schon seit seinem dritten Lebensjahr nicht mehr, ebenso wenig über seine Auffassungsgabe, mit der er den Kindern seines Alters immer weit voraus gewesen war. Aber seine Sternenbeobachtung verblüffte sie nun doch.

»Du hast recht. Der Stern gehört zum Kleinen Bären. Seine Schwanzspitze ist der hellste Stern an unserem nördlichen Himmel. Das ist der Polarstern. Um ihn dreht sich der kleine Bär jede Nacht. Die beiden Sterne, die du beobachtet hast, gehören zu seiner Brust. Sie werden auch seine Hüter genannt.«

»Hüter.« Ruben formte das Wort nachdenklich zwischen seinen Lippen. »Also heißt der eine Hüter Mutter und der andere Vater, stimmt's?«

Merit lachte. Und weil sie die lateinischen Namen der Sterne ohnehin nicht kannte, sagte sie: »Stimmt, mein kleiner Bär.«

»Muma? Sind die Sterne nachts immer da, auch wenn man sie hinter den Wolken nicht sehen kann?«

»Ja. Und weil die Erde sich dreht, bewegen sie sich immer in der gleichen Geschwindigkeit auf ihrer Bahn. Ein himmlisches Uhrwerk, zuverlässig und präzise.«

»Mir ist kalt.« Ruben machte sich schwer. Merit setzte ihn auf seinem Strohbett ab und schloss das Fenster.

»Wann kommt Vater wieder?«

»Bald, Ruben, bald kommt er wieder.«

»Hat er uns vergessen?«

»Natürlich nicht.« Sie setzte sich auf die harte Bettkante und gab ihrem Jungen einen Kuss auf die Stirn. »Ganz bestimmt denkt er an uns. Und jetzt schlaf wieder, mein kleiner Bär.«

»Schläft Vater jetzt auch?«

»Das weiß ich nicht. Dort wo er ist, könnte jetzt auch Tag sein. Er ist weit weg von uns. Wenn es auf der einen Seite der Erde hell ist, herrscht auf der anderen Dunkelheit. Verstehst du? Aber er hat Manulfs Uhr mitgenommen. Daher weiß er, wann es bei uns Mittag ist und dann denkt er an uns.«

»Gut.« Mit einem tiefen Atemzug drehte sich ihr Junge zur Seite und rollte sich dabei in die Bettdecke ein, sodass gerade noch sein Gesicht bis zur Nasenspitze hervorschaute. Geertjans Ebenbild, dachte sie unwillkürlich.

Hatte sie ihrem Sohn gerade die Wahrheit gesagt? Konnte Manulfs Taschenuhr zuverlässig die heimatliche Uhrzeit anzeigen? Sie hoffte es – sie musste daran glauben. Der Liebe wegen.

Noch lange lag sie wach. Das weiße Himmelslicht schien ihr ins Gesicht, während ihre Gedanken sich drehten. Als sie endlich einschlief, war der Mond aus ihrem Blickfeld verschwunden.

***

Geertjan saß bei seinem fiebernden Vater unter Deck, der seine Hängematte seit zwei Wochen nicht verlassen hatte. Die Beine des Kranken waren geschwollen und mit blauen Flecken übersät, außerdem wurde er Tag und Nacht von einem Husten gequält, der sich wie berstende Schiffsplanken anhörte. Hin und wieder spuckte der Vater Blut. Sein langes Hemd war mit Exkrementen befleckt, durch das Erbrochene und die natürlichen Ausscheidungen steif geworden. Das zweite Hemd hatte Geertjan notdürftig in Salzwasser ausgewaschen. Seife gab es keine mehr. Durch die Feuchtigkeit in der Luft war der Stoff nicht wieder getrocknet. Keiner der Matrosen hatte sich in den letzten zwei Wochen gewaschen, weder die Kranken noch die wenigen Gesunden.

Siebenundachtzig Männer hatten sie mittlerweile der See übergeben. Das kurze Gebet und der Blick ins Wasser, dem sinkenden Leichnam hinterher, waren schon bald zur schrecklichen Gewohnheit geworden. Es gab fast kein Trinkwasser mehr. Seit vorgestern bekam jeder nur noch einen Becher voll am Tag ausgeteilt. Geertjan filterte mit den Zähnen die kleinen Würmer heraus und spie das grünliche Wasser in ein sauberes Gefäß, ehe er seinem Vater zu trinken gab. Jedes Mal hoffte er, dass kein Durchfall einsetzen würde, wodurch der Kranke noch mehr austrocknen würde. Die Haut des Vaters war grau und faltig, als wäre er in den letzten Wochen um Jahrzehnte gealtert. Er hielt die Augen geschlossen und wimmerte in seinen Fieberträumen kaum verständliche Worte. *Hafen*, *Merit* und *Ruben* hatte Geertjan herausgehört. Der Vater war also wieder zu Hause angekommen.

Geertjan war sich nicht sicher, ob der Vater in den wenigen lichten Momenten seine tatsächliche Umgebung wahrnahm und seinen Sohn neben der Hängematte erkannte. Jeden Tag betete er darum, dass Geert Ole noch lebte, wenn er zu ihm ging und jeden Abend fragte er sich, ob er selbst am nächsten Morgen noch gesund aufstehen würde. Es war nur noch eine Frage der Zeit, das wusste er. Vielleicht blieben ihm noch wenige Stunden, womöglich noch ein, zwei Tage, in denen die Krankheit ihn noch verschonte. Niemand anderer würde dann den Vater pflegen. Jeder war sich selbst der Nächste und von den Kranken hielt man sich fern.

Wenn die Fahrt weiterhin ruhig verlief, dann würden sie noch heute den 35. Breitengrad erreichen und sich somit auf Höhe der Fernández-Inseln befinden. Doch wo lag das rettende Inselparadies? Östlich oder westlich von ihnen? Niemand konnte es mit Gewissheit sagen. Nach seinen nächtlichen Himmelsbeobachtungen müssten sie nach Westen segeln, dessen war er sich ziemlich sicher. Er konnte nur hoffen, dass der Zweite Steuermann und vor allem der Kapitän ebenfalls dieser Meinung waren.

»Gisst das Besteck!« Der Befehl drang bis unter Deck.

Geertjan wurde von Unruhe erfasst. Er hatte Freiwache und eigentlich sollte er sich um den Vater kümmern, bestenfalls sogar schlafen, jedenfalls nicht in der Nähe des Kapitäns stehen, wenn dieser seine Entscheidung fällte, in welche Richtung gesegelt werden sollte.

Schritte auf der Treppe ließen ihn aufhorchen – einzelne, dumpfe Geräusche, präzise wie Hammerschläge. Kapitän Werson erschien in der Luke. Sein Kopf war gerötet, Schweiß glänzte auf seiner Stirn.

»Ich wünsche meinen Ersten Steuermann zu sprechen!«

»Es geht ihm nicht gut. Mein Vater ...«

»Schweig! Uns geht es allen nicht gut.«

»Aber er ist kaum ansprechbar. Er hat hohes ...«

»Auf diesem Schiff gibt es kein Aber! Hast du mich verstanden?«

»Aber Sie sehen doch selbst, dass er ...«

»Schweig still! Oder willst du an der Rah hängen? Auf diesem Schiff gibt es keine Widerworte, habe ich gesagt! Und jetzt will ich mit meinem Ersten Steuermann reden. Das ist ein Befehl!«

Der Kapitän trat an die Hängematte heran und rüttelte den Kranken, sodass diesem ein Stöhnen entfuhr. »Wo liegen die Fernández-Inseln? Osten oder Westen?«

»Aber woher soll mein Vater das wissen? Er liegt seit zwei Wochen ...«

Der kalte Blick des Kapitäns ließ jedes weitere Wort in ihm gefrieren.

»Ich will eine Antwort. Osten oder Westen?«

Der Vater gab keinen Laut von sich.

»Redet, Erster Steuermann! Das ist ein Befehl!«

»Westen.« Das Wort drang kaum verständlich, aber entschieden aus dem schwachen Körper hervor.

Der Kapitän stutzte. »Westen? Hat er Westen gesagt?«

»Ja«, bestätigte Geertjan. Er bewunderte das untrügliche Gespür des Vaters. Oder hatte der Fiebernde nur einen aufgeschnappten Wortfetzen wiedergegeben? Oft genug hatte Geertjan Selbstgespräche am Krankenlager seines Vaters geführt.

»Nicht Osten?«, hakte der Kapitän nach. »Mein Zweiter Steuermann sagt Osten.«

Abermals drang ein Keuchen aus der Hängematte. »Westen!«

Mit gerunzelter Stirn warf der Kapitän einen Blick auf den Fiebernden. Dann drehte er sich um und ging kopfschüttelnd nach oben.

Geertjan knetete seine Hände, er betrachtete den Vater, sprang dann abrupt auf und rannte dem Kapitän nach.

»Wir haben den 35. Breitengrad erreicht«, verkündete der Zweite Steuermann gerade, als Geertjan an Deck ankam.

Die umstehenden Matrosen verfielen ächzend und mit gebrochenen Stimmen in Jubelrufe. Als sie in das Gesicht des Kapitäns blickten, verstummten sie jedoch sogleich wieder. Ost oder West? Leben oder Tod? Der Alte blieb still. Unerträglich lange.

Schließlich wog er den Kopf hin und her, als beabsichtige er, eine Münze zu werfen.

Sag Westen, betete Geertjan still.

Der Kapitän rang mit sich. Man sah es in seinen Augen. Als seine Männer unruhig wurden, straffte er sich, streckte die Hand gen Himmel und rief: »Kurs West!«

Geertjan ließ die angestaute Luft aus seinen Lungen entweichen. Nun mochte es laut Karte vielleicht noch ein oder zwei Tage dauern, bis sie bewohntes und fruchtbares Land erreichen würden.

Erleichtert begab er sich wieder unter Deck, um nach seinem Vater zu sehen.

***

Zum ersten Mal seit fünfzehn Jahren hatte er seinen Dienst nicht pünktlich bei Einbruch der Dunkelheit angetreten. Ausgerechnet heute. An diesem alles entscheidenden Tag.

Stattdessen hatte er zusammengekrümmt in seinem bequemen Federbett gelegen und den Herrgott angefleht, Er möge ihm diese Schmerzen nehmen. Immerhin zeigte das Morphium nach einiger Zeit Wirkung und nun hatte er es umso eiliger, seinen Assistenten Walter Hamilton aufzusuchen, der dabei war, zusammen mit einer Hilfskraft den Himmel über London zu beobachten und die Ergebnisse zu notieren.

Der Königliche Astronom ging leicht vornübergebeugt und hielt sich, möglichst unauffällig, die Hand vor den schmerzenden Bauch. James Bradley betrat das Observatorium zu Greenwich kurz nach Mitternacht.

Der kleine Raum war von kühler Nachtluft erfüllt, die zu der geöffneten Dachluke hereinströmte. Mittels einer ausgeklügelten Eisenkonstruktion ließ sich das Dach zu beiden Seiten auf Mannesbreite aufklappen. Im Halbdunkel reckte ein schmales Teleskop mit Hilfe eines eisernen Gestells seinen Arm in den Himmel. Weiter vorne, nur schemenhaft zu erkennen, saß ein junger Mann im Schein einer flackernden Öllampe an einem niedrigen Schreibtisch. Er kratzte mit der Feder die ihm zugerufenen Zahlen in ein dickes, großes Buch mit rauem Papier und behielt dabei die Zeit auf der großen Standuhr im Blick.

Sein Assistent wiederum hatte vor dem Teleskop in der Mitte des Raumes Platz genommen, dort wo sich die Meridianlinie befand, in halber Liegeposition auf einem eigens angefertigten Stuhl. Als Walter Hamilton die Schritte hörte, wandte er sich von seiner Beobachtung ab, kurbelte die Stuhllehne mit knirschendem Geräusch in die Senkrechte, streckte seinen steifen Rücken und lockerte die Beine. Sein kleiner, hagerer Körper steckte zum Schutz vor Kälte in einer eng anliegenden grauen Wollbekleidung, die aussah wie eine Ritterrüstung. Trotz seines jungen Alters waren seine Haare bereits ergraut, was zu seinen grünlichen Pupillen in besonderem Kontrast stand. Seine Augen waren schmal, er blinzelte müde mit den geschwollenen Lidern.

Die Arbeit war anstrengend, keine Frage. Aber James Bradley wurde den Eindruck nicht los, dass Walter die Katalogisierung der Sterne, die Verzeichnung ihrer genauen Position, eher als lästige Pflicht, denn als angenehme Aufgabe empfand.

Dieser Mann war unfähig und er wollte nicht begreifen, dass Abertausende dieser Beobachtungen kleine, aber dafür gewichtige Schritte zur Lösung des Längengradproblems darstellten.

Seit der aus Deutschland stammende Tobias Mayer seine exzellent berechneten Mondtafeln der Längengradkommission – und damit auch dem Observatorium – zur Überprüfung vorgelegt hatte, befanden sie sich auf der Zielgeraden. Und er, James Bradley, der dritte Königliche Astronom des Observatoriums zu Greenwich, würde als Erster das magische Grenzband durchtrennen und buchstäblich nach den Sternen greifen. Noch heute Nacht. Ihm gebührte das ausgeschriebene Preisgeld für die Entdeckung einer Methode zur Berechnung des Längengrads auf hoher See. 20 000 Pfund Sterling. Beim Gedanken an diese unvorstellbare Summe wurde ihm schwindelig. Damit hätte er für sein Leben ausgesorgt. Diese wunderschöne Vorstellung zauberte ihm ein Lächeln auf die Lippen. Nie wieder würde er über Geld nachdenken müssen, sich alles leisten können, wonach das Herz begehrte.

Die unscheinbaren Bruchstücke mussten nur noch zu einem wertvollen Ganzen zusammengefügt werden. Das erste Mosaiksteinchen war Newtons Gravitationsgesetz gewesen, in dem er die Umlaufbahn des Mondes näher bestimmt hatte, darauf folgte der Hadley'sche Oktant, mit dem genauere Winkelmessungen auf einem schwankenden Schiff möglich wurden und nun fehlte nur noch der Beweis für die Richtigkeit der Mayer'schen Tafeln und Rechnungen, um die Methode der Monddistanzen zu vervollkommnen und damit das Geheimnis um die Zeitbestimmung auf See zu entschlüsseln.

Als er seinen Assistenten nach den Ergebnissen der nächtlichen Beobachtungen fragte, fühlte er sich, als stünde er vor der Tür zu einer großen Schatzkammer. Er hielt den Schlüssel buchstäblich in der Hand, führte ihn ins Schloss, bewegte ihn vorsichtig dem Widerstand entgegen und gleich würde er wissen, ob er passte.

Da sagte Walter Hamilton, indem er den Mund verzog und den Kopf schüttelte: »Ich bezweifle, dass wir auf dem richtigen Weg sind.«

Die Nachricht versetzte Bradley einen Stich in die Magengrube. Seine Eingeweide zogen sich zusammen, bohrende Schmerzen folgten. Er stellte sich unter das geöffnete Dach, legte den Kopf in den Nacken und schaute hinaus. Dort verschwand gerade die schmale Mondsichel auf ihrem Weg in den Westen aus dem Beobachtungsfeld der Männer. Bradley hörte, wie sein Assistent sich vom Stuhl erhob.

»Soll ich noch weitere Messungen vornehmen oder kann ich für heute gehen?«

Der Königliche Astronom runzelte die Stirn und drehte sich zu ihm um. »Nur weil der Mond untergeht, heißt das noch lange nicht, dass dein Dienst für diese Nacht beendet ist.« Er hielt inne. »Du glaubst nicht an die Methode der Monddistanzen, richtig?«

»Nun ... ich ...« Walter räusperte sich. »Dieser Harrison soll eine recht gute Idee haben, erzählt man sich.«

»Harrison? Wenn dieser dahergelaufene Tischlermeister meint, er müsse plötzlich Uhren bauen, dann soll er das tun. Des Menschen Wille ist sein Himmelreich, nicht wahr? Meiner Meinung nach sollte er sich lieber aus einem Holzstück einen flachen Teller schnitzen, aus dem er künftig seine Armenspeise löffeln kann.«

»Ist sein Vorschlag denn so abwegig? Letztendlich geht es doch nur darum, die Uhrzeit des Heimathafens auf hoher See zu kennen.«

Bradley hielt sich den schmerzenden Magen und schüttelte unduldsam den Kopf. »Eine Uhr kann nicht der Schlüssel für ein solch hoch kompliziertes Problem sein. Wie schon Galilei und Newton konstatiert haben, findet nicht der Mann von nebenan, ein Mensch von einfachem Stand ohne Kenntnisse in der Mathematik oder gar der Astronomie, die Lösung, nach der die Welt sucht! Dies zeigt sich allein schon in dem Umstand, dass Harrison uns seit Jahrzehnten mit seinen Entwürfen traktiert und an einem sechzig Pfund schweren Ungetüm bastelt, das er als Uhr bezeichnet und das er auch noch für seetauglich erklärt. Oder willst du mir in dieser Hinsicht widersprechen?«

»Nein. Aber, mit Verlaub, seine Ergebnisse sind doch ganz beachtlich.«

»Ergebnisse nennst du das? Sobald es an die Erprobung gehen soll, macht er einen Rückzieher und bittet stattdessen bei der Längengradkommission um einen weiteren Vorschuss, damit er sein Spielzeug verbessern kann. Es ist mir leider nicht möglich, in ihm einen genialen Kopf zu erkennen, ich kann ihm nur einen unverbesserlichen Dickschädel attestieren.«

»Aber Sie müssen doch zugeben, dass seine Erfindungen des Rostpendels und der Grasshopper-Hemmung brillant und von großem Nutzen sind.«

»Mag sein, dass seine Standuhren *an Land* im Monat höchstens eine Sekunde vor- oder nachgehen und nicht wie ehedem eine Minute und mehr pro Tag. Aber du vergleichst Äpfel mit Birnen. Es gilt immer noch das Wort des seligen Isaac Newton. Er hat schon vor Jahren prophezeit, dass keine Uhr in der Lage wäre, unbehelligt von Schiffsbewegungen, Temperaturschwankungen, unterschiedlicher Luftfeuchtigkeit und Gravitation genaue Ergebnisse zur Ermittlung der Länge anzuzeigen. Sobald man auf See die Länge verloren hat, kann sie von keiner Uhr wiedergefunden werden.«

»Newtons Behauptungen könnten überholt sein.«

»Wie bitte? Ich glaube, ich höre nicht recht! Du stellst Newtons Erkenntnisse in Frage?«

Walter blickte auf seine knochigen Finger, die er in seinem Schoß knetete, als wolle er sie säubern. Dann sah er auf und sagte: »Zumindest sollte man der Sache nachgehen, anstatt nächtelang zu den Sternen hinaufzustarren und zu hoffen, dass die Lösung vom Himmel fällt.«

Bradley holte tief Luft. Seine Entscheidung war nach einem Pendelschlag gefällt. »Du kannst gehen. Sofort!«

»Aber so habe ich das doch nicht …«

»Raus hier! Du warst die längste Zeit mein Assistent!«

Walter Hamilton zögerte, als erwarte er eine Revision des Urteils. Jedoch schien ihm bald klarzuwerden, dass die ausgesprochenen Worte unwiderruflich waren. Er streifte seine wollene Überkleidung ab und ließ sie achtlos neben dem Teleskop auf den Boden fallen. Gemessenen Schrittes verließ er das Observatorium, jederzeit bereit, sich zurückhalten zu lassen.

Bradley wartete mit zusammengebissenen Zähnen, bis die Tür ins Schloss gefallen war. Seine Schmerzen wurden stärker, als er sich dem Schreibtisch im Hintergrund zuwandte. Er musterte den jungen Mann, der am Tisch sitzend mit der Feder in der Hand in Erstarrung verfallen war. Vor einigen Monaten hatte er den Burschen selbst eingestellt, ihn seither jedoch nie direkt wahrgenommen. Wozu auch? Hilfskräfte waren austauschbare Menschen ohne Namen und Gesicht, wie Porträtgemälde an der Wand, in gewisser Weise wertvoll, aber doch ersetzbar.

»Was hältst du Maulaffen feil? Gib nur Obacht, dass ich dich nicht auch rauswerfe, wenn du lieber Löcher in die Luft starrst, anstatt dass du den Himmel beobachtest.«

»Wenn Sie die Güte besäßen, mich an das Teleskop zu lassen, dann will ich unermüdlich tun, was Sie von mir verlangen.«

Bradley begutachtete den Mann genauer. Das schmale, hohlwangige Gesicht, das von einer spitzen, langen Nase dominiert wurde, erinnerte ihn an einen Habicht. Die strähnigen Haare und nicht zuletzt die krumme Haltung mit den hochgezogenen Schultern verstärkten diesen Eindruck.

»Wie war noch einmal dein Name?«, fragte Bradley.

Die hohen, wie Torbögen geformten Augenbrauen verliehen dem jungen Mann einen neugierigen, aber auch skeptischen Gesichtsausdruck. Sein Mund war schmal, als kneife er stets vor Anstrengung die Lippen zusammen.

»Maskelyne. Nevil Maskelyne. In letzter Zeit bin ich nach meinem Dienst oftmals länger geblieben, um die Mayer'schen Mondtafeln zu studieren und mit unseren Messungen zu vergleichen. Ich arbeite seit ...«

»Schon gut«, unterbrach er den Mann mit betontem Desinteresse. »Vielleicht kann ich mir deinen Namen eines Tages merken.«

»Ich habe in Cambridge am Trinity College studiert ... und möchte mich gerne als Assistent bei Ihnen bewerben. Ich interessiere mich sehr für die Astronomie. Seitdem ich vor neun Jahren die Sonnenfinsternis beobachtet habe, lässt mich diese Himmelswissenschaft nicht mehr los.«

»Der Wille allein zählt nicht. Wer mein Assistent werden will, muss sich mit Haut und Haaren den Beobachtungen im Observatorium verschreiben. Es gibt keine Freunde mehr, keine Familie, wenig freie Zeit.«

»Das macht mir nichts. Bereits als Stipendiat habe ich gearbeitet, damit mir ein Teil der Gebühren erlassen wird. Außerdem bekleide ich noch das Amt des Hilfspfarrers in Herfordshire, aber mir ist keine Arbeit zu viel. Mein Vater starb, als ich zwölf Jahre alt war. Seither muss ich auf eigenen Beinen stehen. Ich notiere mir jeden einzelnen Penny, den ich ausgebe. Nicht weil ich es unbedingt muss, sondern weil ich genaue Aufzeichnungen liebe. Ich möchte Erfolg haben und es im Leben zu etwas bringen.«

Bradley lächelte süffisant. »Und womöglich in ein paar Jahren Königlicher Astronom werden? Mit einem Jahressalär von 250 Pfund Sterling kann man damit keine Reichtümer verdienen, falls du das meinst. Es zählt allein die Ehre, in Diensten des Königs zu stehen und Mitglied der Royal Society zu sein.«

Nevil erhob sich. Seine hagere Gestalt verlor sich als Schatten in dem kleinen Raum. »Ich habe mir zum Ziel gesetzt, das Problem um den Längengrad zu lösen.«

Der Königliche Astronom lachte aus vollem Hals, sodass sein fülliger Bauch unter der Weste erzitterte. »Das würde ich auch gerne! Würde mir der Längengradpreis zuteilwerden, müsste ich die nächsten hundert Jahre nicht mehr arbeiten – aber ich würde es trotzdem bis an mein Lebensende tun, bis zu meinem letzten Atemzug.« *Wenn diese elenden Bauchschmerzen das zulassen*, setzte er im Stillen hinzu.

»Geld spielt für mich keine Rolle, Mr Bradley, so lange ich ein Dach über dem Kopf habe und mir hin und wieder eine warme Mahlzeit leisten kann.«

»So, so. Wohlan. Ich nehme dich beim Wort. Ein Bett in der Kammer nebenan, eine Suppe pro Tag, achtzehn Stunden Arbeit und keine sonstige Bezahlung. Einverstanden?« Bradley lächelte in sich hinein. Dieser Mann – er hatte seinen Namen schon wieder vergessen – musste ein Wahnsinniger sein, wenn er auf dieses Angebot einging.

***

Im Geiste legte Nevil Maskelyne seine Hände um Bradleys Hals und drückte erbarmungslos zu, bis der alte Astronom röchelnd um Gnade flehte. Dann rief er seine Gedanken und Hassgefühle zur Räson und setzte ein Lächeln auf, das ihm auf den Lippen spannte. »Einverstanden.«

Der gegenseitige Händedruck fühlte sich an wie der zweier Ringkämpfer, die vor der ersten Runde mit freundschaftlicher Geste ihre Rivalität bekräftigten.

Der Königliche Astronom hielt sich standesgemäß für den Überlegenen, doch Nevil nannte einen wertvollen Verbündeten sein Eigen: die Zeit. Die Lebensuhr des kränkelnden James Bradley lief unerbittlich ab und bald schlug die Stunde für einen neuen Königlichen Astronomen. Sein Umfeld mochte ihn für größenwahnsinnig halten, manchen erschien er gar egoistisch, intrigant und berechnend, dabei verfolgte er sein Ziel lediglich mit der gebotenen Konsequenz. Nicht mehr und nicht weniger. Bestimmt ein langer und steiniger Weg, aber er war bereit, ihn zu gehen. Und zwar ohne Rücksicht auf Verluste.

Von diesen Überlegungen ahnte der Königliche Astronom nichts. »Nun gut. Alsdann möge mir mein neuer Assistent von den Beobachtungen berichten.«

»Ich heiße Nevil Maskelyne.«

»Interessant. Aber das tut nichts zur Sache. Ich möchte Ergebnisse hören.«

»Wir begannen bei Einbruch der Dunkelheit bei sternenklarem Himmel mit den Winkelmessungen zur Verifikation der Mayer'schen Mondtafeln.«

»Zeig her! Es hat nicht jeder so viel Zeit wie du!«

Bradley beugte sich über den Tisch und zog den Folianten mit einer ruckartigen Bewegung heran. Mit zusammengekniffenen Lidern überflog er die Ergebnisse, während sein Zeigefinger über die Zeilen huschte, hier und dort verharrte oder auf eine Stelle tippte. Sobald ihm die Zahlen plausibel erschienen, versah er Blatt für Blatt an der unteren Ecke mit seinem Kürzel. Auf der letzten Seite blieb ihm der Mund offenstehen und er erstarrte wie eine angehaltene Pendeluhr.

»Das gibt es nicht«, murmelte er. »Einfach unfassbar. Unglaublich.« Ein Lächeln breitete sich auf seinem teigigen Gesicht aus. »Dieser Mayer ist genial!«, rief er aus und schlug seinem neuen Assistenten im Überschwang auf die Schulter, als stände der junge Professor aus Göttingen neben ihm. »Er hat mir die Lösung frei Haus geliefert! Im Ergebnis kann Mayer die Länge vermutlich bis auf ein halbes Grad genau bestimmen. Ein halbes Grad! Weißt du, was das heißt? Ich bin am Ziel! Wir müssen sofort eine Erprobung auf See veranlassen!«

»Verzeihung, aber darf ich Sie daran erinnern, dass sich unser Königreich im Krieg gegen Frankreich, Österreich und Russland befindet? Die Gewässer sind äußerst unsicher geworden.«

»Das interessiert mich nicht! Du fängst noch heute Nacht mit den Vorbereitungen an und morgen früh wendest du dich sogleich an Kapitän Campbell, damit wir an Bord der *Essex* gehen können! Bald werde ich die Methode Seiner Majestät vorstellen und vor der Längengradkommission reüssieren.« Bradley geriet regelrecht in einen Rausch. »Die nächsten hundert Jahre gehören mir und danach ist mir ein Platz in den Geschichtsbüchern sicher. Mein Name wird im Gedächtnis der Menschheit bleiben und auf ewig mit der Entdeckung des Längengrads verbunden sein.«

Nevil Maskelyne klappte den Folianten zu. *Jeder Mensch kann irren, im Irrtum verharrt nur der Tor.* Er verschloss das Tintenfass und machte sich an die Reisevorbereitungen.

***

Vier Tage später war noch immer kein Land in Sicht. Es herrschte starker Wind aus West und das Schiff musste ständig kreuzen, was die Reise erbarmungslos verlängerte. Bald waren sie nicht mehr genügend Mann für die Takelage, der Tod hatte noch weitere ungezählte Matrosen in sein Reich geholt.

Kapitän Werson ging seit dem Morgen an Deck auf und ab, getrieben von Ängsten und Zweifeln. Geertjan hörte die rastlosen Schritte des Kapitäns über sich, während er über die Atemzüge des Vaters wachte. Rasselnde Geräusche begleiteten das schwache Heben und Senken des Brustkorbs. Zweimal war in den letzten Stunden plötzlich Stille eingekehrt und Geertjan hatte den Vater einen beängstigenden Moment lang gerüttelt, bis dieser wieder nach Luft geschnappt hatte. Der Kranke hielt die Augen trotz des hohen Fiebers und der schwindenden Kräfte geöffnet. Er starrte an die Decke, als könne er sich damit ans Leben klammern.

Mit jeder Stunde wurde Geertjan nervöser. Der starke Wind hielt sie mit aller Gewalt von ihrem erlösenden Ziel entfernt. Nach seinen Berechnungen waren sie vielleicht noch höchstens fünfzig oder sechzig Seemeilen von den Inseln entfernt. Falls seine Methode stimmte ... Doch langsam kamen auch ihm die ersten Zweifel. Trug der Wind womöglich gar keine Schuld daran, dass sie die Küste noch immer nicht erreicht hatten? Hätten sie doch nach Osten segeln sollen? Die Ungewissheit fraß ihn auf. Wie gerne hätte er seine Sorgen mit jemandem geteilt. In seiner Verzweiflung tat er etwas, was er noch nie zuvor getan hatte.

Er griff zu Feder und Papier, dem Einzigen, was es an Bord noch im Überfluss gab, und begann, seiner Frau in einem Brief von seinen Ängsten und Nöten zu berichten, während er weiter über den Vater wachte. Es fiel ihm schwer, die Zeilen an Merit zu formulieren. Sie kannte nur seine starke Seite. Noch nie hatte er ihr gegenüber eine Schwäche zugegeben, in all den Jahren nicht. Dennoch ahnte er, dass sie ihn verstehen würde und allein schon mit dem Gedanken an Merit wurde er zuversichtlicher und ruhiger.

Die Schritte über ihm verstummten. Geertjan hörte jemanden rufen. Kurz darauf brach Jubel los, die Schreie verbreiteten sich über Deck und schließlich drangen die Worte bis zu ihm hinunter.

»Land in Sicht! Land in Sicht!«

»Vater!«, flüsterte Geertjan. Tränen schossen ihm in die Augen. »Haben Sie das gehört? Das ist unglaublich! Land in Sicht! Nun haben wir es bald geschafft.«

Als Geertjan an Deck kam, sah er Matrosen im Freudentaumel, das Glück brach die verhärteten Mienen der erschöpften Männer auf, viele lachten und weinten gleichzeitig. Der Matrose, der Land entdeckt hatte, reckte den Goldgulden in die Höhe, den er als Belohnung erhalten hatte. Die übrigen Seemänner umringten den Helden und pressten Freudenschreie aus ihren wunden Kehlen. Schließlich hatten sie soeben einen Sieg ausgefochten – im scheinbar aussichtslosen Kampf gegen den Tod.

Geertjan wollte es mit eigenen Augen sehen. Die Sonne stand im Zenit, das gleißende Licht der glitzernden Wellen blendete ihn. Er blinzelte. Tatsächlich erhob sich am Horizont eine dunkle, breite Silhouette, die in verschiedenen Höhen mit dem Himmel verschmolz. Ein Anblick, den er wohl in seinem Leben nie mehr vergessen würde. Sie waren gerettet!

Er rannte wieder nach unten und schrie seinem Vater erneut die freudige Botschaft entgegen. Seine Worte überschlugen sich. Als er sich über die Hängematte beugte, glaubte er ein Lächeln um die Mundwinkel des Vaters zu erkennen.

»Haben Sie das gehört? Land in Sicht! Ich habe es selbst gesehen! Meine Berechnungen waren richtig. Ich habe mich wieder nur um rund sechzig Seemeilen verschätzt! Das ist nichts! Das ist fast gar nichts! Hören Sie?«

Die Augenlider des Vaters gingen langsam auf und zu, doch es lag kein Ausdruck des Verstehens in seinem Blick.

Geertjan hob das Papier vom Boden auf, strich die ersten Zeilen mit einer wilden Bewegung durch und begann den Brief an Merit mit großen Buchstaben neu:

LAND IN SICHT!
Geschehen am 28. Mai 1757

Geliebte Merit,
Du ahnst nicht, welche Qualen wir in letzter Zeit durchstehen mussten, aber nun sind wir nicht mehr weit von den Fernández-Inseln entfernt. Dort bekommen wir frisches Wasser, Nahrung und können die Kranken versorgen. Nun bin ich der glücklichste Mensch auf der ganzen Welt.

In fliegenden Worten teilte er ihr mit, dass er zweimal die Schiffsposition ziemlich genau berechnet hatte. Merit würde sich freuen, da war er sich ganz sicher. Auch sie hatte immer gewollt, dass das Reisen mit dem Schiff endlich gefahrloser wurde, wenn sie schon ihren Mann auf das weite Meer hinausschicken musste.

Er erzählte ihr von seinen Sternbeobachtungen und der Berechnung der Monddistanzen, für die sich außer ihr nie jemand interessiert hatte. Seinen Bericht schloss er mit einem innigen Gruß an seinen Sohn. Der Junge müsse in Zukunft keine Angst mehr vor dem Wasser haben und sein Vater käme gewiss wieder. Den Brief unterzeichnete er mit dem Versprechen der Liebe und der sehnsuchtsvollen Versicherung, oft an seine liebe Frau zu denken. Dass Manulfs Taschenuhr nicht mehr funktionierte, verschwieg er ihr.

Er versiegelte den Brief in der Absicht, ihn einem Heimkehrerschiff mitzugeben, solange sie an Land ihre Vorräte auffüllen und die Kranken pflegen würden. Denn ihre Reise würde noch eine Weile dauern – wie lange, vermochte er nicht zu sagen. Auf See gab es keine Zeit.

Es drängte Geertjan danach, dem Land entgegenzusehen und nach einigem Zögern ließ er den Vater allein, um sich für eine Weile zu den anderen an Deck zu begeben.

Am Bug fand er fast keinen Platz mehr. Dicht aneinandergepresst standen die Seemänner da, die Körper gegen den Wind gebeugt. Keiner wollte sich das Schauspiel entgehen lassen. Die Mittagsglocke zum Essen wurde ignoriert. Ihre Blicke klebten an dem dunklen Gebilde am Horizont, dem sie langsam näherkamen.

Veränderte es seine Form? Unruhe wehte durch die Gruppe, wie ein Wind, der aus verschiedenen Richtungen angriff.

»Ist das wirklich Land?« Der Erste sprach aus, was die meisten in diesem Augenblick dachten.

»Butterland, das ist nur Butterland!«, schrie der Ausguck den schrecklichen Verdacht über Deck.

Eine Wolkenformation – nichts weiter.

In die Stille hinein schlug der Kapitän mit der Peitsche gegen den Mast. »Zur Hölle mit dem, der Länder auf einer Karte eintrug, seine Behauptungen gestützt auf nichts als auf die Laune seiner eigenen Unwissenheit! Ich wollte, er würde teilhaben an den grausamen Nächten, die wir überstehen müssen! Welcher Matrose hat Land ausgerufen? Wer hat sich diesen Spaß erlaubt? Vortreten!«

Der gerade eben noch gefeierte Matrose, ein schmächtiger

junger Mann mit langen Haaren, trat mit gesenktem Blick und am ganzen Körper zitternd vor den Kapitän.

»Es war kein Spaß ...«, brachte der Junge mühsam hervor.

»Nein? Du kannst also Butterland nicht von einer wahren Küste unterscheiden? Du hast uns durch deine Unkenntnis noch weiter ins Verderben segeln lassen! Ich werde dich auf ewig lehren, was ein guter Ausguck-Matrose ist. Hemd ausziehen und Rücken zudrehen!«

Der Kapitän schlug zu. Wieder und wieder. Rote Striemen zeichneten sich ab, die Haut schwoll an.

Geertjan wandte den Blick ab. Sein Magen verkrampfte sich.

»Nein, nicht, bitte nicht! Es war doch nur ein Versehen«, wimmerte der Matrose. »Ich dachte ... Nachdem wir nun schon so lange nach Westen ... Ich war mir so sicher.«

Der nächste Hieb ließ den jungen Mann verstummen. An den getroffenen Stellen platzte die Haut auf, Blut lief ihm über den Rücken.

Kapitän Werson blieb davon unbeeindruckt. »Das ändert nichts an der Tatsache, dass du mich in die Irre geführt hast!« Wieder schlug er zu.

»Ich habe nicht gesagt, dass wir nach Westen segeln sollen!«

»Ach, richtig.« Der Alte kratzte sich in gespielter Erkenntnis mit der Peitsche an der Stirn. »Da war ja noch mein Erster Steuermann. Gut, dass du mich an diesen halb toten Nichtsnutz erinnerst. Holt ihn an Deck!«

»Nein!«, schrie Geertjan. Auf einen Wink des Kapitäns hin wurde er von vier Matrosen festgehalten. Er wehrte sich nach Leibeskräften.

Der Kapitän kam näher. Geertjan konnte seinen fauligen Atem riechen.

»Ich soll deinen Vater nicht auspeitschen? Obwohl er uns

tagelang in die falsche Richtung geführt hat? Obwohl seinetwegen zig Seemänner einen sinnlosen Tod erleiden mussten?«

»Nein! Nicht!«

»Ich habe dich nicht richtig verstanden. Wolltest du mir etwa widersprechen?«

Aus dem Augenwinkel sah Geertjan, wie der schlaffe Körper seines Vaters von zwei Matrosen an Deck geschleppt wurde.

Der Anblick nahm ihm die letzte Vorsicht. »Sie dürfen ihn nicht auspeitschen! Das dürfen Sie nicht tun! Nicht!«, brüllte er dem Alten ins Gesicht.

Ungerührt begab sich der Kapitän zu seinem Ersten Steuermann. Angespannt schaute Geertjan ihm hinterher. Die vier Matrosen hielten ihn fest umklammert.

»Dein Sohn möchte nicht, dass ich dich auspeitsche, Erster Steuermann. Deshalb bleibt mir nichts anderes übrig, als dich an der Rah aufknüpfen zu lassen. Mit dem Gesicht zur See, damit ich deine Stümperfratze nicht mehr sehen muss! Was hast du mich enttäuscht, Paulsen.«

Geertjan wurde schwindlig. Das Bild des Vaters verschwamm vor seinen Augen.

Der Kapitän wandte sich von dem Todgeweihten ab. »Überall! Wir kehren um! Kurs nach Ost!«

***

Die zweite Nacht drohte die schlimmste seines Lebens zu werden. Wieder musste Geertjan Wache als Ausguck übernehmen und sich dazu um Mitternacht an Deck einfinden. Der Kapitän ließ ihn dicht am toten Vater vorbei auf der Back Posten beziehen. Beim Anblick des Erhängten verließen Geertjan die Kräfte.

»Westen, ja?«, höhnte der Kapitän und trieb ihn mit einem

Peitschenknall weiter zur Nase des Schiffes. »Dir werde ich zeigen, wo Land liegt.«

Seit annähernd achtundvierzig Stunden hatte Geertjan nicht geschlafen. Zitternd nahm er seinen Platz am nächtlichen Ausguck ein – nur ein paar Mannslängen von seinem Vater entfernt, dessen Leiche am Mast verweste, so lang, bis selbst Ratten und Vögel keinen Gefallen mehr an seinem Fleisch finden würden. Seit Geertjan versucht hatte, den Vater vom Strick zu befreien, ließ der Kapitän ihn Stunde um Stunde arbeiten. Tag und Nacht. Mit einem unmissverständlichen Befehl: die Fernández-Inseln auszurufen, sobald diese in Sicht kämen. Keinen Moment früher, keinen Augenblick zu spät. Ein Glockenruf für Steuerbord, zwei Glockentöne für Backbord und drei Schläge, falls das Land vor dem Bug auftauchen sollte.

Der starke Westwind trieb sie unaufhaltsam vorwärts, die Segel blähten sich vor dem nächtlichen Himmel. Geertjan fühlte eine unbeschreibliche Leere in sich. Das Rauschen des Meeres betäubte seine Sinne. Immer wieder sah er die Augen des Vaters vor sich, ausdruckslos und doch voller Verzweiflung, ein tiefer, bohrender Schmerz begleitete dieses immer wiederkehrende Bild. Wie hatte er den Vater gehen lassen können? Er hätte sich gegen die vier Mann wehren sollen, hätte um sich schlagen und nicht wie gelähmt dastehen dürfen, während sich das Grauen vor ihm vollzog. Es fühlte sich an, als habe er selbst seinen Vater umgebracht.

Geertjan kniff die mit Tränen gefüllten Augen zusammen und mühte sich, den Horizont im Blick zu behalten. Doch wozu? Er hatte versagt. Die funkelnden Bilder auf Gottes himmlischer Leinwand hatten ihm den falschen Weg gewiesen, die Himmelsuhr war für ihn nicht lesbar. Seine Ergebnisse waren nichts weiter als ein teuflisches Spiel des Zufalls gewesen.

»Guck wohl aus!« Der hell klingende Singsang des Zweiten Steuermanns holte Geertjan aus seinen Gedanken.

»Alles wohl«, rief er durch die Nacht zurück, ohne wie sonst den lang gezogenen Worten den zugehörigen Klang verleihen zu können. Es wurden farblose Silben daraus, gewohnheitsmäßig von sich gegeben als Zeichen, nicht eingeschlafen zu sein. Verloren in der Weite des Meeres entbrannte in ihm der Wunsch, diesen elenden Ort so schnell wie möglich zu verlassen. Und plötzlich war der Gedanke da, einfach die Augen zu schließen und das Schiff seinem Schicksal zu überlassen. Das schwarze Wasser zog ihn an, als er über die Reling schaute. In der Tiefe würde er Geborgenheit finden. Und Ruhe. Vor seinen Schuldgefühlen und dem quälenden Bild des erhängten Vaters.

Der Gedanke an Merit und Ruben verhinderte, dass er sprang.

Er schleppte sich zurück zur Back und beobachtete die Kimm, ob sich dort etwas veränderte. Hin und wieder warf er einen Blick auf die Sanduhr. Sobald sich das Glas geleert hatte, erhob er sich wie von Fäden gezogen und zeigte mit gemäßigten, hellen Glockenschlägen die nächste Stunde an. Die Zeit verging, ohne dass er noch ein Gefühl dafür hatte. Seine innere Uhr schleppte sich seit dem Tod des Vaters nur langsam vorwärts, war kurz davor stehen zu bleiben.

Als er die dritte Stunde des neuen Tages einläutete, zeichnete sich im Mondlicht eine unregelmäßige Linie am klaren Horizont ab.

Geertjan erstarrte. War das das ersehnte Land? Sollte er Meldung machen? Er umklammerte das nasse Glockenseil. Noch während er überlegte, spürte er eine zupackende fremde Hand, die seine Faust mit einer groben Bewegung einmal hin- und herschwang.

»Backbord! Land in Sicht!«, brüllte der Zweite Steuermann.

Die Küste zeichnete sich bald deutlicher ab. Geertjan wusste nicht, ob er lachen oder weinen sollte. Er war mit seinen Berechnungen gescheitert und der Vater war tot, aber nun waren sie gerettet.

Gemeinsam mit dem Zweiten Steuermann wartete er auf den Kapitän.

Dieser trat kurz darauf auf sie zu, ließ sich das Fernrohr reichen und starrte atemlos hindurch.

»Endlich! Wir sind gerettet«, schrie er jenen Seemännern zu, denen es noch gelungen war, aus ihren Kojen zu kriechen.

»Wären wir nur gleich nach Osten gelaufen«, pflichtete der Zweite Steuermann bei. »Sechs verlorene Tage und unzählige Tote.«

»Hier!« Kapitän Werson hielt Geertjan das Fernrohr entgegen. »Sieh dir das Land genau an. Es wird das letzte sein, was du in deinem Leben zu Gesicht bekommst. Du hast dich meinem Befehl widersetzt. Es war mein Zweiter Steuermann, der Land ausgerufen hat, oder willst du das leugnen?«

Geertjan presste das Fernrohr ans Auge, bis der Goldrand am Wangenknochen schmerzte. Tatsächlich hätte er lieber sein Augenlicht gegeben, als seinem Peiniger ins Gesicht zu sehen. Eine steile, unzugängliche Felsküste baute sich vor ihm auf. Er verfolgte die Küstenlinie, die am Horizont kein Ende nehmen wollte.

Langsam ließ er das Fernrohr sinken und schaute dem Kapitän direkt in die Augen.

»Das sind nicht die Fernández-Inseln«, sagte er in gedämpftem Ton. »Das ist das unzugängliche Küstengebirge der spanischen Kolonie Chile.«

Zum Widerspruch bereit, setzte der Kapitän das Fernrohr an. Kein Wort entkam seiner Kehle.

Geertjan sprach an seiner Stelle die bittere Wahrheit aus: »Meine Berechnungen waren richtig. Wir sind nur wenige Stunden von den Fernández-Inseln entfernt gewesen, als Sie den Befehl zur Umkehr gen Osten gaben und mein Vater hängen musste.«

Der Kapitän wandte sich ohne eine Erwiderung ab und zog sich in seine Kajüte zurück. Beide wussten sie, dass das letzte Wort noch nicht gesprochen worden war.

Neun Tage, nachdem sie vor der Küste Chiles gewendet hatten, erreichte die Flotte die Juan-Fernández-Inseln. Die Toten hatten sie am Ende der Irrfahrt nicht mehr gezählt. Doch kaum waren die Kranken gesundet und die Vorräte aufgefüllt, ließ der Kapitän die blaue Flagge hissen und gab den Befehl zur Heimkehr. Geertjan konnte es kaum erwarten, endlich wieder nach Hause zu kommen.

***

ZWEITES BUCH

*Geschehen zu Hamburg und London
im Monat Oktober A.D. 1757*

Denn vielleicht war er darum eine Zeit lang von dir getrennt, damit du ihn auf ewig wiederhättest.

Philemon 1,15

Um Mitternacht blies der erste Herbststurm gegen die verbliebenen Mauern der einst so prachtvollen Michaeliskirche – kein Glockenton, kein Zeiger verkündete mehr die Uhrzeit, als eine schlanke Gestalt zwischen den verstreuten Steinquadern umherschlich, die einst das Kirchenschiff bildeten. Ein Blitzschlag hatte das Wahrzeichen Hamburgs in Brand gesteckt. Die Flammen zerstörten binnen weniger Stunden, was die Menschen für ewig gehalten hatten. Die Glocken waren vom Turm gestürzt, dröhnend auf die Erde aufgeschlagen, das vergoldete Zifferblatt war in unzählige Stücke zerbrochen und hinter dunklen Qualmwolken verbrannt.

Sieben Jahre waren seit der Brandnacht vergangen, doch es erschien Merit, als ob es gestern gewesen wäre. In dieser Kirche, von allen nur liebevoll Michel genannt, waren sie nur zwei Wochen vor der Unwetternacht getraut worden. Merit dachte gerne an ihre Hochzeit zurück. Sie liebte Geertjan noch wie am ersten Tag.

In dieser ersten kühlen Herbstnacht nach einem ungewöhnlich heißen Sommer hatte Merit keinen Schlaf finden können. Halb wach, halb träumend schaute sie der Krähe hinterher, die sich im schwachen Mondlicht vom höchsten Punkt der schwarzen Mauern aus in die Lüfte schwang, dem silbern gesprenkelten Himmel entgegen. Merit legte den Kopf in den Nacken und betrachtete die dunkle Halbkugel, die sich um die Erde wölbte. Hier fühlte sie sich geborgen – anders als am Tage, wenn das raue Leben nach ihr griff und ihre Geschicke lenkte.

Ob Geertjan den hellen Stern dort im Norden auch sehen konnte? Hoffentlich. Denn das würde bedeuten, er hätte die Äquatorlinie nach Norden hin passiert und bis zu seiner Heimkehr dürfte es nicht mehr allzu lange dauern. Schon seit Wochen wartete sie jeden Tag darauf, dass er wieder vor der Tür stehen würde und sie ihn in die Arme schließen könnte.

Sie mochte dieses Himmelslicht, seinen strahlenden Glanz, an dem der Steuermann auf offener See die ungefähre Position des Schiffes ablesen konnte. Der Polarstern blieb immer an derselben Stelle und verriet, ähnlich wie die Sonne am Tag, nach einer kurzen Rechnung den Breitengrad. Damit bot er eine Orientierung, wie weit nördlich oder südlich sich das Schiff befand. Mehr aber auch nicht, wie Geertjan zu sagen pflegte. Merit lächelte. Sie kannte ihren Mann. Wahrscheinlich hatte er sich längst mit dem Kapitän wegen irgendeiner Kleinigkeit bei der Steuerung des Schiffes angelegt und musste nun zur Strafe die unbeliebte Wache nach Mitternacht übernehmen. Zuzutrauen wäre es ihm. War er von einer Sache überzeugt, so trat er leidenschaftlich dafür ein. So wie an jenem Tag, als er seinen Zwillingsbruder Manulf vor den Richter bringen wollte und die Familie damit entzweite.

Besonders Ruben litt unter der Situation. Überhaupt hatte es der Junge in letzter Zeit nicht leicht gehabt, das musste sie sich eingestehen. Seit sein Vater zur See gefahren war, hatte er sich immer stiller verhalten, er war regelrecht in sich gekehrt. Ihm fehlte sein Vater. Aber was sollte sie tun?

Unter den Sturm mischte sich ein Geräusch, das Merit aufhorchen ließ. Ein scharfes, rhythmisches Knirschen. Sie drehte den Kopf, um zu ergründen, aus welcher Richtung es kam. Verhaltene Hufschritte näherten sich. Kaum hatte sie sich nach dem Krayenkamp umgewandt, der um die Kirche herum in die Stadt führte, sah sie auch schon den Reiter auf sich zukommen. Eine schlanke, aufgerichtete Gestalt, deren markantes Gesicht von der Laterne erhellt wurde, die er neben sich hielt. Ein Freudenschauer durchrieselte sie, weil sie Geertjan vor sich wähnte, aber nur einen Augenblick später erstarb ihr Glücksgefühl, als sie Manulf im Sattel erkannte.

Er parierte sein Pferd eine Mannslänge entfernt von ihr durch, indem er an den Zügeln riss und der Schimmelstute dabei das Maul bis fast an die Brust drückte. Die Augen des Pferdes weiteten sich und es blieb mit leicht erhobenem Schweif stehen. Die Flanken bebten. Im Schein der Lampe zeichneten sich die Rippen des Tieres deutlich unter dem Fell ab. Es war am Bauch und an den Hinterbeinen gelb verfärbt und mit Dreckkrusten durchsetzt. Aber das mochte auch von der Straße kommen, dachte sie.

Als Manulf das Wort an sie richtete, fröstelte sie.

»Guten Abend, Merit.«

»Guten Abend, Manulf.« Sie versuchte trotz des ungewöhnlichen Zusammentreffens ruhig und sachlich zu bleiben. Es gab keinen Grund, Angst vor ihm zu haben. Äußerlich war er Geertjans Ebenbild, bis auf den kleinen anatomischen Makel, den Schwimmhautlappen an der linken Hand. Und doch war dieser Mann ihr über all die Jahre fremd geblieben. Nie hatte sie sein Haus betreten, obwohl ihre Schwester dort gelebt hatte, der Tag von Barbaras Niederkunft war eine Ausnahme gewesen. Auch in der Uhrenwerkstatt hatte sie im Lauf der Jahre nur das Notwendigste mit Manulf gesprochen. Einzig am Tage ihrer Hochzeit hatten sie sich kurz die Hand gereicht, nachdem Manulf seinem Zwillingsbruder Geertjan die eigens gefertigte Taschenuhr als Hochzeitsgabe überreicht hatte. Eine feste, zupackende Hand, rau wie ein Stein. Danach war er wieder vom Fest verschwunden. Es gab eine Distanz zwischen ihnen, vom ersten Tag der Begegnung an, die sie beide in stummer Abmachung aufrechterhielten.

Die ganze Zeit über hatte sie die nächtliche Kälte nicht gespürt, jetzt aber zitterte sie. Oder war es aus Angst? Der Wind kroch über ihre Wangen und zupfte an ihrer Kleidung. Sie zog den Umhang enger um die Schultern.

Manulf ließ sich vom Pferd gleiten. »Ich habe erwartet, dich hier zu treffen. Am Ort eurer Trauung ... Die Sorge um Geertjan treibt dich wohl um. Glaubst du immer noch, dass er zurückkommt?«

Unwillkürlich wich Merit einen Schritt zurück.

»Natürlich glaube ich das! Was willst du überhaupt hier? Stellst du mir nach?« Sie sah ihm direkt in die Augen, in Geertjans Augen. Ihr Zorn schwankte.

Manulf lachte auf. Ein tiefes, kraftvolles Lachen. Sie kannte es. »Wohin denkst du? Ich kann nicht schlafen. Genauso wenig wie du. Und was liegt da näher als hierherzukommen?«

»Dann kann ich ja gehen.«

»Natürlich. Du bist frei. Wieder frei.«

Wieder frei. Sie schluckte die Worte hinunter wie ein trockenes Stück Brot.

»Schlaf gut, Merit«, rief er ihr halblaut hinterher, als sie sich einige Schritte von ihm entfernt hatte.

»Du auch.« Im selben Augenblick verfluchte sie sich für die Antwort, die ihr wie von selbst über die Lippen gekommen war, nachdem sie die vertraute Stimme in ihrem Rücken gehört hatte.

Der Heimweg verhieß einen Fußmarsch von rund einer halben Stunde quer durch eine ungewöhnlich helle Stadt. Mehrmals drehte sie sich noch nach Manulf um, doch, soweit sie das sehen konnte, folgte er ihr nicht.

Nahezu eintausend Leinöl-Lampen leuchteten unregelmäßig verteilt aus der Dunkelheit wie die Sterne am Himmel. Das Entzünden der Laternen richtete sich nach dem Mond- und Leuchtenkalender. Bei Vollmond arbeiteten die Anstecker und Nachpurrer nicht, war hingegen Neumond, dauerte ihr Dienst im Winter zehn Stunden und länger.

Beim Pulverturm traf sie auf einen Stocklaternenträger, der sich wie viele der armen Tagelöhner noch nächtens ein paar Schillinge als Zubrot verdiente. Sie war vernünftig genug, seine Dienste zusätzlich in Anspruch zu nehmen, auch wenn sie die Ausgabe schmerzte. Ungeachtet der städtischen Beleuchtung würde für sie als verdächtige, im Finsteren dahineilende Gestalt ein Zusammentreffen mit dem Nachtwächter unangenehm und vor allem teuer werden. Trotz dieser Vorkehrungen fühlte sie sich auf dem Heimweg unbehaglich. Sie folgte ihrem Begleiter durch die Neustadt, über Brücken, die die wassergefüllten Lebensadern der Stadt überspannten, über schmale und breite Fleete, auf denen tagsüber Waren vom Hafen an der Elbe mittels kleiner Schiffe zu den Kaufmannshäusern gebracht wurden, um deren Speicher zu füllen. Auf einem kolorierten Kartenstich hatte sie einst gesehen, dass die Stadt von oben betrachtet wie ein Auge aussah, umgeben von einem Wimpernkranz dicht an dicht stehender Bastionen, die das blühende Leben im Inneren schützten.

Bei stärker werdendem Wind passierten sie die Trostbrücke zur Altstadt hin. Der fröhliche Zecherlärm aus dem Kaiserhof, in ihren Ohren Kriegsgeschrei wild gewordener Männer, trieb sie vorwärts. Am Rathaus bogen sie nach rechts und schlängelten sich durch die wurzelartig verflochtenen Straßen bis zu dem dreistöckigen Haus in der Niedernstraße, unweit des Mariendoms, dessen baufälliger Kirchturm dem Herumtreiber Ruben immer wieder den Weg nach Hause wies.

Auf Zehenspitzen trat Merit über die Türschwelle. Der vertraute Geruch des harzigen Feuerrauchs, der an den feuchten Kalkwänden haften blieb und dort schwarze Stellen hinterließ, stieg ihr in die Nase.

Die Dunkelheit im Haus erinnerte sie an die Unziemlichkeit ihres nächtlichen Ausflugs, weshalb sie sich mit nunmehr schlechtem Gewissen die Treppe hinaufschlich. Wenigstens war Pauline auch schon zu Bett gegangen – und damit nicht in der Lage, ihr irgendwelche Vorhaltungen zu machen. Ihr Vater hingegen war noch wach, das Geräusch seiner ruhelosen Schritte drang aus seinem häuslichen Gefängnis.

Oben angelangt, hatte Merit kaum mit einem Seufzer ihren Gedanken Ausdruck verliehen, als sich neben ihr die schmale Tür zur Schlafkammer der Schwiegermutter öffnete. Mit ausdrucksloser Miene erhob Pauline ihre stumme Anklage.

Merit hielt dem Blick stand, auch wenn es sie Kraft kostete. Ein Gefühl, als habe man sie bar und bloß an den Pranger gestellt. Gleichzeitig fragte Merit sich, ob ihr Spaziergang zu später Stunde wirklich ein Verbrechen darstellte.

»Ruben ist vorhin wach geworden und hat nach dir gerufen.« Pauline roch wie immer am Abend nach Branntwein.

Merit nahm es missbilligend zur Kenntnis, während die flüsternd mitgeteilten Worte der Schwiegermutter den richtigen Nerv trafen.

»Schläft er jetzt wieder?«, fragte sie mit bangem Blick auf die Tür am Ende des Flurs.

»Davon gehe ich aus. Er war verstört und außer sich, aber ich habe ihm die Angst genommen und ihn beruhigt.«

»Hat er schlecht geträumt?«

»Ja. Er hat geweint, weil du nicht da warst. Er dachte, du hättest ihn ebenso alleingelassen wie sein Vater.«

Ein Stich durchzuckte Merit beim Gedanken an den Seelenschmerz ihres Sohnes. Dann aber reagierte sie auf den versteckten Vorwurf ihrer Schwiegermutter. »Geertjan hat seine Familie verlassen, um Geld zu verdienen. Gutes Geld. Das weißt du genau.«

»Ja. Zum Leben zu wenig und zum Sterben zu viel. Das Geld ist knapp, wir warten seit den Sommermonaten auf das Schiff. Es wird Zeit, dass sie zurückkommen.«

Einer der seltenen Momente, in dem Merit mit ihrer Schwiegermutter einig war, auch wenn sie wohl aus unterschiedlichem Verlangen heraus auf die Heimkehr ihrer Männer warteten. Doch sie behielt ihre Gedanken für sich, nickte nur und ging die letzten Schritte zur elterlichen Schlafkammer, wo auch ihr Sohn sein Bett stehen hatte.

Paulines Stimme traf sie, als sie gerade die Hand auf den Türriegel legte.

»Willst du mir keine gute Nacht wünschen, Merit?«

»Gute Nacht, Schwiegermutter. Schlaf wohl.«

»Danke.« Pauline zog sich in die Dunkelheit ihrer Kammer zurück.

Ruben schlief zusammengerollt wie ein geschnürtes Reisebündel auf Geertjans Seite im Ehebett. Merit beobachtete das friedliche Gesicht ihres Kindes und lauschte seinem regelmäßigen Atem.

Nach einer Weile drehte sie sich um und ging zum Fenster. Leise öffnete sie es. Ruben schlief weiter, sie selbst aber war noch immer hellwach. Ihre Gedanken drehten sich um Geertjan. Sein Gesicht erschien ihr wieder vor Augen, während sie mit leerem Blick in den Himmel starrte und sich das Schiff auf dem Meer vorstellte. Aber diesmal blieb das Bild bewegungslos, wie gefangen in einem Gemälde. So wie der Polarstern, der das ganze Jahr über, Nacht für Nacht, an derselben Stelle stand.

Plötzlich hörte sie eine zarte Stimme im Hintergrund.

»Muma? Wann kommt Vater endlich wieder?«

Sie wandte sich ihrem kleinen Sohn zu, der mit verschlafenen Augen zu ihr herübersah. »Bald. Sehr bald. Versprochen.«

Ruben gab keine Antwort und Merit hätte zu gerne gewusst, was in ihrem Jungen vor sich ging. Sie schloss das Fenster und näherte sich wieder dem Bett. Zärtlich legte sie die Decke über ihrem Sohn zurecht. Sie gab ihm einen Kuss und streichelte ihm die Haare aus der Stirn. In diesem Moment klapperte der Fensterladen. Beide zuckten sie unter dem Geräusch zusammen.

»Nicht erschrecken. Das ist nur der Wind. Es ist sehr stürmisch draußen...«

Ihre beruhigenden Worte wurden von Klopfgeräuschen am Fenster unterbrochen. Wie war das möglich? Hatte jemand eine Leiter angelegt? Die dumpfen Schläge ließen nicht nach. Es klang merkwürdig. Nicht wie das Pochen von Fingerknöcheln gegen Glas.

»Muma? Was ist das? Mach, dass es aufhört. Das ist bestimmt ein Geist.«

Ein Kratzen an der Fensterscheibe folgte.

»Unsinn.« Entschlossen keine Angst zu zeigen und über die Kinderfantasie erhaben zu sein, stand sie auf. Ihre Hände waren feucht und das Herz schlug ihr bis zum Hals, als sie das Fenster mit einem Ruck öffnete. Eine Windböe schlug ihr entgegen. Nichts als Dunkelheit lag vor ihr, als sie sich über das Fensterbrett beugte und in alle Richtungen blickte. Alles war still. Sie schloss das Fenster und wartete eine Weile.

Tatsächlich blieben weitere Geräusche aus. »Das war nur der Wind.« Beruhigt kehrte sie zu ihrem Jungen zurück und trug ihn in sein eigenes Bett.

Merit blieb bei ihm sitzen, bis er eingeschlafen war, dann zog sie ihr Nachtgewand an, tastete sich in ihr kaltes Bett und legte ihre rechte Hand auf Geertjans Seite. Mit offenen Augen wartete sie auf den Schlaf, der sie wider Erwarten bald übermannte.

Sie erwachte auf einer kleinen, einsamen Insel im Meer. Die Wellen leckten an dem warmen, goldgelben Strand, die Sonne schien. Wasser lag vor ihr, wohin sie auch schaute. Wo war sie gelandet? Sie musste wieder nach Hause, zu ihrem Sohn. Panisch dachte sie nach. Plötzlich spülten die Wellen eine große, muschelbesetzte Kiste an Land. Mit bloßen Fingern kratzte sie die Algen von der Aufschrift. Geertjan Paulsen – der Name ihres Mannes war in das aufgeweichte Holz geschnitzt. Sie brach den Deckel auf und fand alles, was sie zur Bestimmung des Breitengrades brauchte. Mit dem Oktanten peilte sie den Winkel zwischen Sonne und Horizont an.

In diesem Augenblick schoben sich dunkle Wolkenberge wie aus dem Nichts zusammen. Sie sprach sich Mut zu. In der Nacht konnte sie auf die Sterne hoffen. Der Polarstern würde ihr verraten, wie weit südlich sie sich auf der Nordhalbkugel befand. Falls es sie auf die Südhalbkugel verschlagen hatte, würde ihr stattdessen das Kreuz des Südens den Weg weisen.

Sie hatte das kleine, aber auffällige Sternbild aus vier hellen Sternen schon auf Himmelskarten gesehen. Bestimmt würde sie es wiedererkennen.

Aus dem Augenwinkel sah sie eine männliche Gestalt mit nassen Haaren aus dem Wasser steigen. Schnell kauerte sie sich hinter die Kiste und fixierte den Gestrandeten über den Rand hinweg. Geertjan? Mit ausgebreiteten Armen lief sie auf ihn zu. Er blieb am Wellensaum stehen und lachte ihr zu. *Geertjan! Du lebst!* Sie umarmte ihn und fasste ins Leere. Nur seine Stimme blieb. *Merit, wenn du den Breitengrad kennst, weißt du nur, wie hoch oder tief der Gürtel um den Erdkörper sitzt, auf dem du dich befindest. Was ist mit dem Längengrad? Wie weit musst du nach Osten oder Westen gehen, damit wir uns finden?* Sie griff nach den Schultern der durchsichtigen Gestalt. *Du musst es mir sagen, Geertjan, du musst es mir sagen!*

Rubens jämmerlicher Schrei riss sie aus ihrem Traum.

»Muma! Da, am Fenster!«

Augenblicklich war sie wieder hellwach, konnte aber nichts entdecken. »Was denn? Wo?«

Ruben schluchzte und zeigte auf das geschlossene Fenster.

Merit eilte über den kalten Fußboden zu ihrem Jungen und nahm ihn in den Arm. Sein Körper fühlte sich an wie ein Stück Holz.

»Was siehst du denn?«

»Da!« Nun bebten seine Schultern, ein Zittern überfiel ihn. »Da ist Vater! Er ist ganz nass, seine Haare sind zerzaust, sein Gesicht ist weiß und sein Kopf hängt so merkwürdig herunter, so wie der von unserem Herrn Jesus in der Kirche.«

»Mein kleiner Bär!« Sie schüttelte die Bilder ihres eigenen Traumes ab und verkniff sich ein Lächeln, um ihn in seiner Angst nicht zu kränken. »Du hast nur wieder schlecht geträumt. Da ist doch niemand. Dein Vater ist auf dem Schiff und zusammen mit deinem Großvater steuert er es sicher nach Hause. Das habe ich dir doch versprochen.«

»Aber ich habe ihn gesehen!«, stammelte Ruben unter Tränen. »Und Großmutter Pauline hat gesagt, dass tote Seeleute zu Hause anklopfen. An die Fensterläden. Oder sie klappern mit dem Geschirr. Und sie erscheinen als Geist.«

»Das ist doch nur abergläubische Spökenkiekerei!«, erboste sie sich über Paulines mangelndes Einfühlungsvermögen. »Das war doch nur ein schauriges Märchen, das Großmutter dir da erzählt hat. Daran darfst du nicht glauben, mein kleiner Bär. Hab keine Angst.«

Ruben ließ sich nicht beruhigen. Sie nahm das weinende Bündel wieder mit in ihr Bett, legte sich neben ihn und summte seine Lieblingsmelodie, die er vor Jahren selbst erfunden hatte und seitdem immer wieder vor sich hersang.

Es fühlte sich an wie eine Ewigkeit, bis aus seinem Schluchzen ein leises Wimmern wurde, er die Augen schloss und unter Tränen einschlief. Merit trocknete ihm das nasse Gesicht mit dem Ärmel ihres Nachtgewandes ab.

Erschöpft ließ sie sich in das Stroh ihres Bettes zurücksinken.

Eine helle freundliche Traumwelt lud sie zu einem Spaziergang ein. Vorbei an Häusern und Gärten mit weichen Konturen, wie aus Sand erbaut, bis zum Hafen, wo sie allein mit Ruben auf das Schiff wartete.

**

Nach Monaten auf hoher See und einem kurzen Halt bei Madeira hatte die Flotte Geertjans Berechnungen zufolge die Westküste der Bretagne hinter sich gelassen und war bereit für die Einfahrt in den Englischen Kanal. Es war der Tag, an dem das Gewitter aufkam.

Möwen flogen tief um das Schiff herum, die Matrosen blickten sorgenvoll hinauf in den Himmel. Wolken wie aus Eischnee, die nichts von dem kommenden Unheil verrieten. Doch jeder spürte es.

Geertjan sorgte sich indessen kaum um das Wetter, seit er der Unterhaltung des Kapitäns mit dem Zweiten Steuermann über den Kurs gefolgt war. Die beiden waren der Überzeugung, sich noch auf Höhe der Bretagne zu befinden.

Sturm kam auf. Von einem Moment zum nächsten. Das Schiff begann zu reiten, Wellen überspülten das Vorschiff. Sechs Männer kletterten in die schwankende Rah. Sie keuchten und fluchten, pressten ihre Leiber gegen den Sturm. Nach Kräften bemühten sie sich, das Segel einzuholen. Die groben Fetzen ließen sich kaum bändigen, wie Fahnen peitschten sie im Wind. Das Wasser rauschte über Deck.

Nur undeutlich hörte Geertjan den Kapitän schreien: »Kurs Nord, weiter Nord!«

»Aber wir sind doch schon an der Bretagne vorbei!«, brüllte Geertjan zurück, während er am Ruder half.

»Das Schiff kann die See nicht mehr halten!«, schrie der Zweite Steuermann an seiner Seite.

Mit der nächsten Welle brach der Bugspriet und schlug der Galionsfigur den Kopf ab. Der Kapitän sank in sich zusammen, als sei er selbst getroffen worden.

Alle wussten, dass es um ihr Leben ging. Von Panik erfüllt, das Schiff könne auf Felsriffe auflaufen, trotzten sie den Wassermassen, klammerten sich in der Takelage und an der Reling fest, fischten nach unklar gekommenen Leinen. Das Unglück der Flotte war besiegelt, trotzdem schrie der Kapitän wilde Befehle über Deck.

Als sich auch der letzte Mann vor Erschöpfung kaum mehr auf den Beinen halten konnte, geschah das Unfassbare. Der Sturm legte sich. Sie hatten es überstanden. Die Hölle lag achteraus, nur der Nebel blieb.

Kapitän Werson beriet sich mit seinem Zweiten Steuermann, welcher Kurs nun einzuhalten sei.

»Ich weiß es nicht, das Schiff ist versegelt.«

»Was soll das heißen? Du musst doch wissen, wo wir sind!«, keuchte der Alte.

»Ich bin mir nicht sicher ...«

»Vorhin waren wir noch auf Höhe der Bretagne ...«, half der Kapitän in seiner Verzweiflung nach.

»Ja ... ja ... ich denke, wir befinden uns immer noch westlich der Bretagne, wohl in sicherem Abstand zur Ile d'Ouessant.«

»Sehr schön. Der Meinung bin ich ebenfalls. Also noch eine Weile Kurs Nord, bis wir in den Englischen Kanal einlaufen können.«

Geertjan glaubte sich verhört zu haben. Auf Höhe der Bretagne! Es grenzte an ein Wunder, dass sie noch nicht an die Südwestspitze des englischen Königreiches gestoßen waren.

»Was starrst du mich an wie ein Bullauge, Matrose?« Kapitän Werson forschte in seinen Gesichtszügen.

Geertjan wurde übel, als er an das Schicksal des Vaters dachte. Nichts, nicht ein Wort würde ihm über die Lippen kommen. Eher würde er sich die Zunge abbeißen.

»Willst du mir vielleicht widersprechen? Ich meinte vorhin im Sturm ein Aber von dir vernommen zu haben.«

Einzig ein Kopfschütteln brachte Geertjan in diesem Moment zustande. Er dachte an Merit und Ruben.

»Sodann ist ja alles in Ordnung. Kurs Nord!«

Der Kapitän wandte sich ab und schritt über das Schiff, um

die Schäden zu inspizieren. Er rief den Zimmermann zu sich und erteilte den umstehenden Matrosen Befehle.

Geertjan sah ihnen bei der Arbeit zu und betrachtete ihre Gesichter. Die meisten waren noch sehr jung, einige noch halbe Kinder. Wahrscheinlich hatten sie alle geglaubt, im Gewittersturm unterzugehen und sich mit Todesgedanken gequält. Dabei hatten sie alle ihr Leben noch vor sich. In den letzten Monaten hatte jeder Einzelne hart ums Überleben gekämpft, um mit dem Heimkehrerlohn die Familie ernähren zu können.

Diese Menschen würde er sehenden Auges in den Tod treiben, wenn er dem Kapitän jetzt nicht widersprach.

Ein ums andere Mal schritt der Alte an ihm vorüber, ohne dass Geertjan den Mund aufbrachte. Seine Angst verklebte ihm die Lippen.

»Was ist, Matrose?« Kapitän Werson war vor ihm stehen geblieben. »Soll ich dir Beine machen? An die Arbeit!«

»Verzeihung, aber ich ... ich bin der Meinung, dass wir die Einfahrt in den Englischen Kanal verpasst haben. Wenn wir weiter nördlichen Kurs halten, steuern wir geradewegs auf die Scilly-Inseln zu. Sie sollten nach Osten drehen. Und zwar ... sofort.«

Die Matrosen horchten auf.

»Du willst mir einen Befehl erteilen? Soll das eine Verschwörung sein? Eine Meuterei? Ist dir das Beispiel deines Vaters nicht genug? Hältst du dich für den Allmächtigen, dass du den Längengrad auf hoher See bestimmen kannst? Wie kann man sein Leben nur so leichtfertig wegwerfen? Ich habe dich gewarnt. Besser, du wärst an Land geblieben und hinter deinem Weib vor Anker gegangen!« Der Kapitän spuckte vor ihm auf den Boden. »Der Matrose will sich meinem Befehl widersetzen. Hängt ihn!«

Das Letzte, was Geertjan sah, ehe sich die Schlinge um seinen Hals zuzog, war die Sonne, wie sie sich einen Weg durch den Nebel bahnte. Sie stand an ihrem höchsten Punkt.

Es herrschte Stille an Bord, als der Kapitän seinen Befehl ausführen ließ.

Gerade als wieder Leben in die erschütterten Seemänner einkehrte und sie nach einem letzten Gebet für Geertjan ihre Arbeit wieder aufnehmen wollten, ging ein gewaltiger Ruck durch das Schiff. Schreie überzogen das Deck. Es krachte und knirschte mächtiger als Kanonendonner.

Die Männer warfen sich auf die Knie, riefen zu Gott und baten um Errettung.

Wellen schlugen über dem Schiffsrumpf zusammen, ein Grollen, als sei es dem Schlund der Hölle entwichen. Der Boden unter ihnen neigte sich, schwankte bedrohlich. Fässer rollten wie Steinlawinen über den Boden und begruben die Seemänner unter sich. Rahen und Taue stürzten auf die flehenden und wimmernden Matrosen herab. Segeltücher bedeckten die Toten.

Inmitten der brechenden Planken stand der Kapitän und gab seinen letzten Befehl, das Ruderboot zu Wasser zu lassen.

Das Schiff war nicht viel mehr als ein Wrack, als es bei den Scilly-Inseln vor der englischen Küste an einer steinernen Landzunge zerschellte und in den hohen Wellen auf den Meeresgrund sank. Auch für die übrigen Schiffe der Flotte kam der Befehl zum Wenden zu spät. Die Todesschreie der Besatzungen trieben die Landbevölkerung aus ihren Häusern. Männer, Frauen und Kinder strömten ans Ufer, um zu sehen, was auf dem Wasser geschah.

Erst gegen Nachmittag verdrängte die Sonne die Nebelschwaden vor der Küste. Sanfte Wellen gluckerten gegen die zerklüfteten Felsen. Verstreute Schiffsplanken dümpelten als stumme Zeugen auf der ruhigen Wasseroberfläche. Am Ufer kletterten Frauen und Kinder auf der Suche nach angeschwemmten Habseligkeiten leichtfüßig zwischen Felsen und Kiesgeröll umher. Hier und da trieb eine Leiche im Wasser und wurde von den Wellen an den Strand gespuckt.

***

Geliebte Merit,
heute solltest du ausnahmsweise einmal aufmerksam die Zeitung studieren. Aber ich kenne dich, du wirst es nicht tun. Bedauerlich, so würdest du eher vom Tod deines Ehemannes erfahren.

Was ewig schien ist plötzlich Vergangenheit.

Für mich hingegen bleibt alles, wie es ist. Vergangenheit und Zukunft sind für mich gleich, nichts ändert sich. Trotzdem liebe ich mein Dasein, ich genieße meine Freiheit und Unabhängigkeit. Ich lebe in einer Welt der Verschwendung, in der ich mir selbst genug bin und jeder Moment, jede Stunde und Minute, mir gehört.

Kennst du das Gefühl, wonach das Leben an dir vorüberzieht und du dich wunderst, manchmal sogar ängstigst, wie schnell es vergangen ist? Die Stunden, Wochen und Monate zerrinnen dir wie Wasser zwischen den Fingern und du versuchst, sie krampfhaft festzuhalten. Du rennst der Zeit hinterher – dabei wartet sie auf dich. Der Augenblick ist kaum fassbar, er ist winzig klein und doch das Wichtigste auf Erden. Nur in ihm findet das Leben statt. Nicht davor und nicht danach. Der Moment schenkt die Erfahrungen, die dir zu Erinnerungen werden und aus denen du deine Vorstellungen für die Zukunft formst. Auf ein Ende hin, das kein Mensch kennt.

Aber du musst keine Angst haben. Schließlich bin ich gerne bei dir und es ist mir eine freudige Pflicht, dich auf deinen letzten Schritten zu begleiten. Bald wirst du in meinen Armen liegen. Aber nun geh erst einmal zu deiner Arbeitsstelle, pflichtbewusst, wie du bist. In der Zuckersiederei wartet nämlich die nächste Überraschung auf dich. Ich hoffe, sie gefällt dir.

***

Auch an diesem Herbstmorgen nahm Merit die Sorge um Ruben und die Sehnsucht nach Geertjan mit auf die Arbeit. Wieder einmal war sie zu spät dran. Ein Fußmarsch quer durch die Stadt lag vor ihr. Die verzweigten Straßen und Gassen folgten keiner Ordnung. In großen, eleganten Bögen umschlängelten diese die Häuser wie ein Fluss, der sich in mehrere Arme geteilt hatte, um sich auf der Suche nach dem geringsten Widerstand durch eine Stadt zu tasten, in der die Häuser standen, als habe Gott sie beliebig vom Himmel fallenlassen.

Einzig die Gebäude der Reichen und besonders die Speicherhäuser an den Fleeten lagen dicht wie ein Bretterzaun nebeneinander. Nur wenige Schritte breit, oft aber sechs Stockwerke hoch, reihten sich die schmucken Giebelhäuser eins an das andere, bis der nächste Straßenzug ihnen Einhalt gebot. Für Ruben ein einziges Abenteuerfeld aus Soldatenfronten und versprengten Heeren. Vergeblich hielt sie nach ihrem Jungen Ausschau. Sie konnte nur hoffen, dass ihr Ausreißer wie sooft in den letzten Wochen nach Arbeitsschluss vor der Zuckersiederei auf sie warten würde.

Das fünfstöckige Gebäude lag in einer ruhigen Gasse, in der das gelbe Laub vom Wind getrieben ungestört seine Kreise zog. Die dunkle Front des Werks war bis in den Giebel von unzähligen Fenstern durchlöchert. Unergründliche, weiß eingerahmte Augenpaare, die sie schon von weitem anstarrten. An die Hinterseite der Zuckersiederei grenzte ein schmales Fleet, auf dem der aus dem fernen Westindien und dem südlichen Amerika stammende Rohzucker in Fässern und Kisten auf kleinen Schuten vom großen Hafen hertransportiert wurde. Monsieur de Lomel war Zuckersieder und selbstständiger Kaufmann. Er erwarb den Rohzucker und verkaufte die fertigen Zuckerhüte. In blaues Papier gehüllt und zwischen Stroh in Kisten gebettet, wurde die Ware in alle nahen und fernen Länder vertrieben, während die kleineren Zuckersiedereien von Händlern abhängig waren.

Heute Morgen herrschte Hochbetrieb an der Haspelwinde unterm Dach. Der Wintervorrat für die Produktionszeit, in der im vereisten Hafen nur selten Schiffe anlegen konnten, wurde gelöscht.

»Hiev opp! Fier dol! Hol in!«

In die Rufe der Männer mischte sich das Schlagen der Kirchturmuhr. Atemlos zählte Merit mit. Als sie in Eile auf das Eingangsportal zustürzte, gewahrte sie einen hochgewachsenen Mann mit blondem Haar. *Geertjan!*

Doch das abgehärmte Pferd an seiner Seite und der feine Zwirn des Reiters ließen sie ihren Irrtum sogleich erkennen. Manulf trug ein weißes Rüschenhemd, darüber einen weinroten Rock mit Goldknöpfen, vor allem aber war ihr der Degen an seiner linken Hüfte ein Dorn im Auge, nur selten verließ er ohne seine Waffe das Haus. Manch einer machte deshalb aus angstvollem Respekt einen weiten Bogen um ihn, andere belächelten ihn für seinen Hochmut, mit dem er die althergebrachte Gewohnheit der Standesherren imitierte.

»Guten Morgen, meine liebe Merit. Bist ein wenig spät dran heute. Hast du zu lange in der Zeitung gelesen?«

Manulf roch nach Branntwein. Oder war das der Geruch aus der Siederei, in der dieses berauschende Trostmittel als Nebenware entstand? Vermutlich. Merit ließ ihn mit einem knappen Kopfschütteln stehen. Erst als sie ihre Arbeitsstätte betreten hatte und ein süßer, brandiger Geruch sie umfing, dachte sie über Manulfs unerwartetes Erscheinen und seine merkwürdige Frage nach.

Mit ohrenbetäubendem Gepolter rollte ein Geselle ein Fass an ihr vorbei zum Siederaum, wo der Rohzucker mit Kalkwasser und Ochsenblut vermischt in tiefen Pfannen gekocht wurde, um das weiße Gold zu reinigen.

Über seiner dunklen Kleidung trug der Zuckerknecht ein weißes Schürzengewand, in antiker Manier die Enden des dicken Stoffes über der Schulter festgebunden. Blonde Haarsträhnen hingen ihm in das verschwitzte und zuckerklebrige Gesicht. Er schaute auf, hielt inne, als wolle er etwas zu ihr sagen. Doch dann überlegte er es sich offenbar anders.

An der Tür zum Siederaum, die Klinke schon in der Hand, drehte er sich noch einmal um. »Zacharias de Lomel möchte dich sprechen.«

Merit spürte, wie ihr das Blut in den Kopf schoss.

»Wo ist der Meister?«

»Irgendwo im Haus. Er macht heute unangekündigte Arbeitskontrollen. Den Raum, in dem die Tonformen gewaschen werden, fand er verwaist vor. Deshalb fragte er hier unten, ob jemand dich gesehen habe.«

Natürlich. Merit hätte aufschreien können vor Wut. Wenn das Pech sich ein Opfer suchte, stand sie wohl stets am nächsten.

Als sie dem Gesellen in den Siederaum folgte, schien es ihr, als betrete sie das Innere eines Dampfkessels. Drei Männer arbeiteten an den Kesselpfannen, in denen der Zucker brodelte. Blasen wölbten sich unter einer schmutzigen Schaumschicht. Einer der Männer am Rührholz rief einen Jungen herbei, der aus einer dunklen Ecke des Raumes auftauchte, das Gesicht schwarz wie die Nacht. Der Junge, ein Rotschopf, so viel war unter der Rußschicht zu erkennen, mochte kaum älter als Ruben sein. Er warf nasse Kohlen ins Feuer, um die Kochhitze zu mildern. Beißender Dampf zischte an den Kupferwänden der Klärpfannen empor und sättigte die zuckergeschwängerte Luft.

Pauline führte solche hart arbeitenden Kinder immer als leuchtendes Beispiel an, wenn es darum ging, Zucht und Ordnung zu lehren. Merit empfand nichts weiter als Abscheu bei dem Gedanken, ihr Kind mitten in der Nacht aus dem Bett jagen zu müssen, damit es pünktlich um halb zwei das Feuer unter den Pfannen und Kesseln entfachen könnte, sodass die Männer kurz darauf – noch vom Branntwein des Abends betäubt – mit der Arbeit beginnen und die Zuckerhüte gegen Mittag zum Trocknen aufstellen konnten.

Als einer der Gesellen sich anschickte, die zähe Masse durch ein kupfernes Rohr in den blank polierten Klärkessel abfließen zu lassen, durchquerte Merit den Raum, um sich auf die Suche nach ihrem Dienstherren zu begeben. Bei jedem Schritt klebten ihre Schuhe am Boden fest.

Als die Männer ihrer gewahr wurden, hielten diese wie auf Kommando in ihrer Arbeit inne. Irritiert über die Reaktion, die ihre Erscheinung auf einmal auslöste, blieb Merit stehen. Ihr Blick traf den des Ältesten. Mit der Kelle in der Hand verharrte der Mann am Kessel, doch als er sich beobachtet fühlte, konzentrierte er sich wieder hastig darauf, den schmutzigen Schaum vom Rand abzuschöpfen.

Merit zog die Stirn kraus und verdrängte das aufkommende flaue Gefühl im Magen. Als sie an den drei jungen Männern vorbeiging, in deren Kessel der gereinigte Zucker bereits die Farbe von Weißwein angenommen hatte, machten diese sich eilig daran, den gelblichen Saft durch weiße Wolltücher in die flache Kühlpfanne zu pressen.

»Was ist hier eigentlich los?«, brach es aus Merit heraus, als könne sie den Spuk damit beenden.

Tatsächlich hob der Jüngste unter ihnen den Kopf. »Haben Sie heute noch keine Zeitung gelesen?«

»Nein, habe ich nicht, Himmelherrgott! Was steht denn da so entsetzlich Wichtiges drin, dass ich es wissen müsste?«

Der Zuckerknecht wechselte mit den anderen einen Blick.

»Ach, eigentlich nichts von Bedeutung. Ich dachte nur ... weil Sie so spät dran sind. Zacharias de Lomel ließ fragen, ob Sie vielleicht krank wären.«

»Nein, bin ich nicht! Aber mir scheint bald so, als würden das alle von mir erwarten. Wo ist denn Monsieur de Lomel?«

»Vielleicht oben auf dem Boden, um den fertigen Zucker zu prüfen. Er wollte vor dem Winter noch eine Partie nach England verschiffen.«

Merit dankte mit einem flüchtigen Nicken.

Auf der Suche nach einer repräsentativen Mannsgestalt in edler Kleidung warf sie nur flüchtige Blicke in die Räume, wo der abgekühlte, aber noch flüssige Zucker in tönerne Zuckerhüte abgefüllt und zum Ablaufen des Sirups mit der Spitze nach unten auf bauchige Töpfe gesetzt wurde. Auf der Treppe, die diese Räume miteinander verband, war kaum ein Durchkommen. Die Zuckerknechte hatten eine Kette gebildet und warfen sich unter markerschütternden Kommandorufen die schweren Zuckerhutformen nach oben hin zu. Merit zog den Kopf ein. Dieser Selbstschutz wäre allerdings kaum vonnöten gewesen, denn die Männer unterbrachen ihr Geschäft, kaum dass sie ihrer ansichtig geworden waren und hielten Maulaffen feil. Merit wunderte sich über nichts mehr und erklomm stattdessen eilig die ausgetretenen Stufen.

Auf dem Böhn, wo die Formen rund vierzehn Tage ruhten, bis aller Sirup aus dem Zucker getrieben war, fand sie zwar einen Mann vor, der die Formen kontrollierte, doch es war nicht de Lomel.

Im nächsten Raum provozierte sie mit ihrem unvermuteten Erscheinen ein Unglück. Ein Geselle hatte eine Zuckerhutform auf seiner Handfläche umgestülpt und balancierte das weiße Kunstwerk mit ausgestrecktem Arm, um die süße Ware auf ihre Reinheit und einwandfreie Beschaffenheit hin zu überprüfen. Vor Schreck geriet ihm der weiße Kegel aus dem Gleichgewicht und fiel zu Boden. Doch anstelle eines Fluches starrte er sie an. Kurz darauf besann er sich und machte sich mit fahrigen Bewegungen an die Beseitigung des Schadens, während Merit sich zurückzog.

In der Trockenstube, wo Dunkelheit und Hitze herrschten, rief sie nach Monsieur de Lomel. Ihre Hoffnung zerschlug sich, als sie auch nach längerem Abwarten keine Antwort erhielt. Offenbar war er nicht gerade dabei, einige Zuckerhüte probeweise aufzuschneiden – das tat er regelmäßig, um diese auf ihre inwendige Trockenheit und damit endgültige Verkäuflichkeit hin zu überprüfen.

Von Unruhe geplagt begab sie sich nach kurzer Überlegung an ihren Arbeitsplatz. Sie hielt es für das Beste, so zu tun, als ob nichts geschehen sei. Dem war ja auch so. Gut, sie war wieder ein wenig zu spät gekommen, aber im Großen und Ganzen konnte sich Monsieur de Lomel nicht über ihre Arbeit beklagen, auch wenn sie in letzter Zeit zugegebenermaßen nicht immer ganz aufmerksam gewesen war. Doch war das bei ihrer Sorge, die sie abwechselnd um Geertjan und Ruben plagte, nicht verständlich?

Die gebrauchten Tonformen stapelten sich bereits vor dem steinernen Waschtrog. Auf merkwürdige Weise fühlte sie sich plötzlich fremd an diesem Arbeitsplatz, der ihr doch seit längerem vertraut war. Ein Gefühl der Verlassenheit überkam sie. Wie beim Betreten der unaufgeräumten Küche am Morgen nach einem Festmahl. Wann hatten sie überhaupt das letzte Mal gefeiert? Es musste Rubens Geburtstag gewesen sein, vorigen Juli.

Kaum hatte sie mit der Arbeit begonnen und ihre Hände in das heiße Wasser getaucht, ging die Türe auf. Anstelle ihres Dienstherren steckte jedoch der kleine Rotschopf mit dem rußigen Gesicht den Kopf herein.

»Merit Paulsen?«

»Ja?« Sie schielte nach der Sanduhr, die ihr unerbittlich vorschrieb, wie lange sie an einer Zuckerhutform schrubben musste, bis diese hinreichend sauber war.

Der Junge trat von einem Bein auf das andere und hielt die Hände hinter dem Rücken verschränkt.

»Was möchtest du mir sagen?«

Der Rotschopf sah zu Boden, als suche er dort etwas.

»Wie heißt du denn?«, versuchte sie ihn zum Sprechen zu ermuntern.

»Jona – wie der Mann im Bauch von dem Walfisch«, verkündete er mit einem Anflug von Stolz. »Und ich kann im Meer schwimmen, ganz weit.«

Merit lächelte und plötzlich kam ihr eine Idee. »Mein Junge heißt Ruben und er spielt gerne am Hafen. Vielleicht mögt ihr euch mal treffen, wenn du hier mit der Arbeit fertig bist. Er würde sich bestimmt freuen.«

Jona zögerte erst, nickte dann aber nachdrücklich. Trotzdem blieb er noch in der Tür stehen.

»Dir gefällt es am Wasser besser als am heißen Feuer, nicht wahr? Willst du mir hier vielleicht helfen? Die Arbeit ist nicht so anstrengend ...«

Nun schüttelte Jona heftig den Kopf.

»Nein ... ich ... ich soll Ihnen eigentlich nur den Brief hier bringen.«

Merit trocknete die Hände an der Schürze ab.
»So? Von wem ist er denn? Wer hat ihn dir gegeben?«
»Monsieur de Lomel.«

***

Immer wenn der große Bär, so nannte er ihn insgeheim, die Zuckersiederei verließ, war es eine Stunde vor Mittag. Ruben hätte auch auf die Glockenschläge hören und dabei die Zahlen aufsagen können, aber nur bis elf zu zählen war ihm längst zu langweilig geworden. Wie jeden Tag um diese Zeit folgte er dem Mann in die Stadt. Der Zuckersieder machte große Schritte und hielt die Hände über dem Bauch gefaltet, über den sich eine goldene Weste wie ein aufgeblähtes Segel spannte. Seine schwarzbraunen Zopfhaare unter dem Dreispitz, die er niemals unter einer Perücke verbarg, waren dicht wie ein Pelz und von grauen Flecken gemustert. Er hatte braune runde Augen und an den Wangen immer dunkle Stoppeln, obwohl er sich bestimmt jeden Tag rasierte, so wie es sein Vater zu Hause auch immer getan hatte.

Ruben mochte diesen Mann, weil er nach Süßigkeiten roch – und weil er kein Seemann war. Monsieur de Lomel war immer da. Jeden Tag.

Heute sagte er wieder neue Zahlen vor sich her, während sich seine Finger vor dem Bauch hoben und senkten. 500 000 hörte Ruben ihn sagen, das war eine große Zahl. So viel Pfund Zucker hatte der Mann dieses Jahr wohl schon hergestellt. Wenn Großmutter Pauline ein Pfund Zucker kaufte, war auch ein Jahr vergangen und bald Heilig Abend. Wie viel sie dafür bezahlte, wusste Ruben nicht, aber der große Bär bekam 200 000 Mark Banco für all seinen Zucker, das hatte er einmal aufgeschnappt. Er konnte sich nicht vorstellen, wie viel Geld das war, weil alle anderen Erwachsenen nur Mark Kurant und Schillinge besaßen. Monsieur de Lomel hatte jedenfalls noch nie etwas von seinem Verdienst in einem Münzbeutel zur Börse getragen.

Ruben wollte nicht, dass ihn der große Bär auf seiner Verfolgungsjagd entdeckte. Es war ein Versteckspiel, bei dem er gewinnen würde und er keine Angst haben musste, denn Angst hatte er schon jede Nacht genug.

Sie gingen nacheinander auf der Trostbrücke über das Nikolaifleet und gelangten auf den Platz vor der Börse, die neben der Waage und dem Kran lag. Gegenüber des Fleets standen an der langen Straße Rathaus, Bank und Gericht dicht aneinander und warteten auf Menschen mit ernsten Gesichtern, denn nur solche Menschen fanden dort Einlass.

Bei der Börse standen die Menschen bereits eng beisammen, die Köpfe ragten in unterschiedlicher Höhe aus der dunklen Menge hervor wie die Masten der Schiffe im Hafen. Ebenso dem Wind ausgesetzt, hielten sich die Kaufleute im Erdgeschoss der Börse auf, das nach allen Seiten hin offen war. Sämtliche Wände und somit auch Fenster und Türen fehlten. Ein Wald aus Säulen trug die vor Regen schützende Holzdecke. Ruben versteckte sich hinter einem der großen Steinklötze, auf denen die Doppelpfeiler ruhten. Daran waren Tafeln angebracht, auf denen es immer viel zu lesen gab. Warenangebote, Preislisten, Schiffsnachrichten, Ernteberichte und Stellenangebote verrieten ihm die großen Buchstaben, ohne dass er die Bedeutung der Worte verstand. Seit er ein bisschen lesen konnte, waren seine Entdeckungen interessanter, die Dinge aber auch komplizierter geworden.

Kinder, die um die Säulen herum Fangen spielten, forderten ihn zum Mitmachen auf, doch er hielt sich am kalten Stein fest und beobachtete stattdessen den großen Bären, wie er zu der Tafel gegenüber ging, wo die meisten Menschen standen.

»Weiß man schon mehr über die Schiffe bei den Scilly-Inseln?«, fragte Monsieur de Lomel in die Runde hinein.

»Mit Mann und Maus untergegangen. Gott sei Dank hatte ich keinen Schiffsanteil gekauft.«

»Ja, da wären wir jetzt arm dran«, bestätigte der Mann daneben.

»Ich will nicht wissen, wie viele Reichtümer schon auf dem Meeresgrund begraben liegen«, mischte sich der Nächste ein.

»Und das nur, weil diese Himmelsgelehrten nicht herausfinden, wie man den Längengrad auf See bestimmt!«, erboste sich ein anderer.

»An der Höhe des ausgelobten Preisgeldes wird es wohl kaum liegen. So viel Geld möchte ich mal verdienen«, sagte Monsieur de Lomel und seufzte.

»Wahrscheinlich gibt es keine Methode, mit der man die Zeit des Heimathafens auf See ermitteln kann. Sonst hätten sich nicht schon Galilei und Newton die Zähne an dieser Frage ausgebissen.«

»An dem Problem sind schon einige kluge Köpfe gescheitert. Es gibt keine Lösung und wir müssen mit solchen Katastrophen leben«, bestätigte ein neu Hinzugekommener.

»Hat keine der armen Seelen das Unglück überlebt?«, fragte de Lomel.

»Doch. Der Kapitän mit drei oder vier Mann im Ruderboot. Ihre Nussschale wurde unversehrt an den Strand gespült.«

Ruben beobachtete, wie sich der Börsenknecht mit eiligen Schritten der Gruppe näherte.

»Ich suche den Makler Wiedhaupt. Ist dieser einem der ehrenwerten Herren hier bekannt?«

»Ja. Mit dem habe ich letzte Woche einen Handel abgeschlossen.«

»Ich auch.«

»Er wird wegen Betrugs gesucht«.

Monsieur de Lomel sagte nichts.

»Ein Beiläufer aus dem Dänischen?«

»Nein. Wohl keiner von der Börse aus Altona. Ich sprach nicht von unliebsamer Konkurrenz, sondern von echtem Betrug. Der Mann hat sich fälschlich als Makler ausgegeben und sich nun abgesetzt.«

»Das gibt es doch nicht!«

»Himmelherrgottsakrament!«

»Ein Judenmakler, bestimmt!«

Ein Tumult entbrannte.

»Stand er denn nicht auf der Maklerliste? Die soll uns doch Schutz vor solchen Subjekten bieten!«

Ruben presste sich an die steinerne Säule, um nicht von den hinzuströmenden Männern umgerannt zu werden. In dem Gewühl verlor er den Zuckersieder aus den Augen.

Kälte kroch ihm in den Rücken. Er erschrak, als ihn eine alte Frau von der Seite ansprach.

»Will gi wat maken?«

Noch ehe er antworten konnte, hatte sie ihren weiten Mantel über ihn gestülpt. Mit den Fersen stieß er gegen einen Holzeimer. Daraus stank es wie aus einer Jauchegrube. Er hielt die Luft an, ruderte und fuchtelte mit den Armen, suchte in den wallenden Stofffalten nach der Öffnung, um der Abtrittanbieterin zu entkommen. Da blitzte in der Dunkelheit ein Lichtspalt vor ihm auf, er schob die Hand hindurch und flüchtete ins Freie.

Dabei hatte er seine Hose gar nicht herunterlassen wollen. Auf offener Straße durfte man das nur noch im Schutz eines Abtrittanbieters, das wusste er!

»He, Bursche! Was ist mit meinem Geld? Du hast in den Eimer gemacht!«

Erst wollte er sich umdrehen und der Frau den Irrtum erklären, aber dann rannte er los. Erwachsene sagten immer die Wahrheit. Zwischen Waage und Kran versteckte er sich hinter einem Fuhrwerk. Die Abtrittanbieterin bog ab und suchte in der falschen Richtung weiter. Schnelligkeit und gute Verstecke, damit konnte man sich gegen die Ungerechtigkeit der Erwachsenen wehren.

Die Rufe der Männer am Kran zogen seine Aufmerksamkeit an. Sie riefen Zahlen. Immer dieselben. Eins, zwei, eins, zwei. Dabei liefen sie im Inneren eines großen Holzrades und bewegten dadurch den starken Arm des Kranes. Daran hingen Bündel, Fässer oder Kisten, alles, was die kleinen Boote von den großen Schiffen auf dem Fleet zur Waage bringen mussten. Aus Ländern, von denen der Großvater Geert Ole ihm schon oft erzählt hatte. Wo es süße Früchte gab, groß und schwer, mit Stacheln auf der Haut oder einer dicken Schale, so gelb wie die Sonne und so krumm wie der Mond. Sein Magen knurrte. Er hatte heute noch nichts gegessen, aber auch kein Geld, um sich etwas zu kaufen.

Unten am großen Hafen könnte er eine Münze bekommen. Die ankommenden Männer von den Segelschiffen steckten ihm immer einen Schilling zu, wenn er ihnen sagte, in welcher Straße die leichten Frauen wohnten. Zwar fand er es merkwürdig, warum diese ziemlich dicken Frauen leicht sein sollten, aber er hatte gelernt, die richtige Antwort zu geben.

Ruben lief die Deichstraße entlang, wo die reichen Kaufmänner lebten. Vom Fleet her wurden Waren in die Speicher der großen Häuser gestopft und vorne aus den Kontoren als dünne Papierstapel wieder hinausgetragen. Die Straße führte ihn im Bogen am Waisenhaus vorbei, vor dem die Kinder lärmten und tobten.

Einige Jungen spielten Fangen, vier andere balgten um einen Stock, kläffende Straßenköter sprangen dazwischen herum und jaulten auf, wenn sie von einem Kieselstein getroffen wurden, die aus dem Eichenbaum vor dem Waisenhaus auf den Weg flogen.

»He, du! Was suchst du hier?«, rief ein Junge, der auf einem dicken Ast saß und die Beine baumeln ließ. »Hast du auch keine Eltern mehr?«

»Doch, doch! Ich will nur zum Hafen.«

»Dann musst du uns Passiergeld zahlen.« Offenbar war er der Anführer der Gruppe, denn auf sein Stichwort hin unterbrachen die anderen Kinder ihr Spiel und bildeten einen Kreis um Ruben, den sie immer enger zogen.

»Ich habe aber kein Geld!«

»Dann darfst du auch nicht weiter.«

»Ich muss aber zum Hafen. Mein Vater kommt heute an!« Seine Stimme zitterte.

»Ist er Seemann?«, fragte der Anführer.

»Ja!«

»Das war meiner auch. Er ist ertrunken.«

»Meiner auch!«, rief eines der Kinder.

»Und meiner auch!«, bekräftigte ein anderes, als wäre es stolz darauf.

»Mein Vater kommt bestimmt zurück! Außerdem habe ich ja noch meine Mutter«, hob Ruben zur Verteidigung an.

»Meine Mutter ist kurz danach an einem Fieber gestorben und seitdem bin ich hier. Also, was ist? Willst du Prügel oder gibst du uns dein Geld?«

»Lasst mich in Ruhe!«

Jemand boxte ihm in den Bauch, ein Schlag traf ihn an der

Schulter, gleichzeitig griffen unzählige Finger nach ihm und bahnten sich einen Weg in die Taschen seiner Kleidung.

»Lasst mich los!« Ruben kämpfte mit den Tränen.

»Hier gelten unsere Regeln! Wer sie nicht befolgt, wird bestraft!«

Die Kieselsteine verfehlten nur knapp seinen Kopf. Er duckte sich unter seinen Angreifern, die Geschosse prasselten ihm auf den Rücken. Die Angst machte ihm Beine. Wie ein Rammbock durchbrach er den Kreis seiner Peiniger und rannte so schnell er konnte bis zum Baumhaus am Hafen. Dort hielt er keuchend inne.

Erst letzten Sommer hatte er verstanden, warum es so genannt wurde: Nachts legte man an dieser Stelle einen langen und dicken Baumstamm als Hafensperre vor. Ansonsten war es ein gewöhnliches, aber schönes Gebäude.

Ein paar sichere Schritte vom Wasser entfernt kam Ruben nach einer Weile zur Ruhe. Während er an den vier Stockwerken des Baumhauses emporschaute, überlegte er, was er als Nächstes tun sollte. Umgeben von Schornsteinen thronte dort oben ein kleineres Häuschen, als sei es aus dem Dach des Großen gewachsen. Vom dortigen Balkon aus hatte man den besten Blick über den Hafen. Auch heute sah er wieder einen Mann mit einem Fernrohr da stehen. Schon einmal hatte er sich im Schatten eines Paares hinaufgeschlichen, um den Beobachter zu fragen, ob man das Schiff des Vaters sehen könne. Damals war er verscheucht worden, aber jetzt würde er es noch einmal versuchen.

Wieder bekam er Angst, als er an das Schiffsunglück dachte, über das die Männer an der Börse gesprochen hatten. Er beruhigte sich mit dem, was er von seiner Mutter gehört hatte: Großvater und Vater würden ihr Schiff sicher in den Hafen steuern und bald wieder nach Hause kommen. Und wenn Muma das sagte, dann stimmte das. Weil alles stimmte, was seine Mutter sagte.

»He, du! Kleiner Bursche! Willst du dir einen Schilling verdienen?«

Der Rufer stand mit einem Ruder in der Hand in einer Gruppe von Ewerführern und winkte ihn herbei.

Ruben schaute sich um, ob nicht jemand anderer gemeint sein könne.

»Ja du, komm her!«

Unwillkürlich gehorchte er, ohne zu wissen, worauf er sich einließ.

»Du bist doch klein und flink. Hilf uns mal, den Hut vom Kapitän zu suchen. Das Ding muss in einem der Boote da liegen.« Der Mann sprach mit schwerer Zunge, seine Augen waren glasig und er roch, als habe er zu viel von dem klaren Wasser getrunken, das nur für Erwachsene gut war. »Heute Nacht kommt Sturm auf.« Er deutete auf die vielen einzelnen Wolken, die sich immer dichter am grauen Himmel scharten. »Verstehst du?«, fragte er, als habe der Himmel mit ihnen gesprochen.

Ruben nickte, weil er das auf diese Frage hin so gelernt hatte.

»Dann steig in das Boot und such den Hut für uns!«

»Aber ich kann das nicht, ich war noch nie auf einem Boot!«

»Du kannst dir einen Schilling verdienen. Wenn du den Hut findest, sogar zwei.«

Ruben dachte an seine Mutter. »Zwei Schillinge? Ich kann aber nicht schwimmen.«

»Jeder muss lernen, sich im Strom zu bewegen.«

Ruben starrte in das dunkle Wasser, dessen Oberfläche sich kräuselte. Gänsehaut lief ihm über den Rücken.

»Hast du etwa Angst vor diesem Suppenteller hier?« Die

Ewerführer steckten sich gegenseitig mit ihrem Gelächter an. »Das können wir dir abgewöhnen.«

Der Wortführer packte ihn unter den Achseln, hob ihn in die Luft und ließ ihn von der Kaimauer hinunter in eines der Boote fallen.

Ruben schrie auf. Unsanft landete er im schwankenden Bug und suchte vergeblich sein Gleichgewicht. Sein Oberkörper schlug vor und zurück wie eine Fahne im Wind.

»Schaut euch den Kleinen an, der hat zu tief ins Fass geschaut!« Die Männer grölten.

»Der ist ja schon ganz grün im Gesicht.«

»Aus dem wird nie ein Seemann!«

Ruben klammerte sich am Bootsrand fest, fand daran Halt und richtete sich mit zitternden Beinen auf.

»Natürlich werde ich Matrose, wenn ich groß bin! Mein Großvater und mein Vater sind Steuermänner auf einem großen Schiff, ganz weit weg.«

»Der kann vielleicht Geschichten erzählen!« Die Ewerführer klopften sich auf die Schenkel und schlugen sich gegenseitig auf die Schultern. »Wie heißt denn das Schiff? Der fliegende Holländer?«

Ruben fühlte sich den Tränen nahe. »Ich weiß nicht, wie es heißt. Aber mein Vater heißt Geertjan Paulsen und er ist mein Hüter und mein Großvater ist Erster Steuermann bei Kapitän Werson.«

Die Männer verstummten, als habe sie der Blitz getroffen.

Endlich rührte sich einer von ihnen. »Komm wieder her, Junge. Das Spiel ist zu Ende.«

»Was für ein Spiel? Ich soll doch den Hut suchen!« Widerstrebend griff er nach der Hand, die ihn nach oben ziehen wollte. Über dem Wasser schwebend spürte er, wie die Kraft des Mannes nachließ. Ruben fiel. Er wollte schreien. Das

Wasser verschluckte seinen Hilferuf. Er strampelte, suchte den Boden unter seinen Füßen, riss die Augen auf, erkannte eine braungrüne Brühe. Kein Oben und Unten mehr. Er wollte atmen, aber er konnte nicht. Das letzte, was er wahrnahm, war Kälte.

Wenig später, vielleicht waren aber auch Stunden vergangen, spürte er etwas Hartes in seinem Rücken. Er musste husten und spucken. Gedämpfte Stimmen schwirrten um ihn herum.

»Was machen wir denn jetzt mit ihm? Der zittert wie ein nasser Welpe.«

»Lass ihn laufen. Der wird schon den Weg nach Hause finden.«

»Wird bestimmt mal ein guter Matrose. Hat schon seinen ersten Schiffbruch überlebt.«

»Im Gegensatz zu seinem Großvater.«

»Und zu seinem Vater.«

***

Ein letztes Mal schaute Merit zurück in die Zuckersiederei, ehe sie die Tür schloss und ihrer ehemaligen Arbeitsstätte den Rücken kehrte. Unter welcher Anstrengung hatte sie hier gearbeitet und was war der Lohn dafür? Ein höflicher Brief, in dem man ihr alles Gute wünschte. Zum Dank nicht mal ein Händedruck, geschweige denn ein persönliches Wort.

Im Gegensatz zu heute Morgen lag die Straße jetzt verlassen da, einzig ein großer Hund, dessen Rippen sich unter dem hellen Fell abzeichneten, streunte umher und schnüffelte im Dreck. Schwere Wolken drohten mit Regen.

Ein ungutes Gefühl beschlich sie, es passte zu diesem Tag. Ruben wartete nicht auf sie, auch auf ihr Rufen hin tauchte der kleine Bär nicht auf. Dafür wich ihr der Rotschopf nicht mehr von der Seite.

Kaum dass sie ein paar Schritte gegangen waren, zupfte Jona an ihrem Rock.

»Haben Sie den Brief gelesen, den ich Ihnen von Monsieur de Lomel gebracht habe? Ist es ein Liebesbrief?«

»Du stellst ganz schön ungehörige Fragen«, wies sie ihn halbherzig zurecht.

»Warum? Was schreibt er denn in dem Liebesbrief?«

»Es ist eine Kündigung. Da steht nichts Nettes drin.«

»Was heißt Kündigung?«

»Das bedeutet, dass ich in Zukunft nicht mehr in der Zuckersiederei arbeiten darf.«

Jona blieb wie vom Donner gerührt stehen. »Und warum?«

»Wahrscheinlich, weil ich ungehorsam war.«

Jona nickte wissend und sein Blick wurde traurig. Er dachte nach und mit einem Mal leuchtete etwas in seinen Augen auf. »Das heißt also, auch Erwachsene sind nicht immer brav?«

Merit lächelte. Der Junge hatte etwas von der Welt begriffen. Allerdings verhieß diese Spur der Erkenntnis auch den ersten Riss in einer zerbrechlichen Kinderseele. Lange würde er nicht mehr von den Sorgen und Nöten des Lebens verschont bleiben. Die Zeit sorgte dafür, dass auch seine Kindheit bald ein Ende nehmen würde.

Jona holte sie mit kleinen, schnellen Schritten ein. »Trotzdem verstehe ich nicht, warum mein Vater Sie bestraft hat.«

»*Dein Vater?*«

»Monsieur de Lomel, ja.«

Nun war es an Merit, mitten des Weges stehen zu bleiben. »Das wusste ich nicht.«

»Es ist auch ein Geheimnis und eigentlich darf ich es niemandem sagen. Es bekommen ja nur Verheiratete Kinder und deswegen bin ich etwas Besonderes.«

»Weißt du, wer deine Mutter ist?«, kam Merit nicht umhin zu fragen. Das neue Bild von Monsieur de Lomel weckte eine eigentümliche Faszination in ihr.

»Nein. Aber ich weiß, dass sie rote Haare hat und ich bin ganz einfach auf die Welt gekommen, weil sie eine leichte Frau ist. Wie viele Kinder haben Sie?«

Irritiert von der kindlichen Logik und Selbstverständlichkeit, mit der Jona seine Familienstruktur hinnahm, antwortete sie: »Nur Ruben, von dem ich dir erzählt habe.«

»Hat er einen Vater?«

»Ja, natürlich! Nur ist der gerade nicht zu Hause, weil er zur See fährt.«

»Mit einem großen Segelschiff?«

Merit nickte.

»So einen Vater möchte ich haben!«, sagte Jona.

»Ruben wäre ein Vater lieber, der immer zu Hause ist.«

»Wir können ja tauschen!«

Merit musste lauthals lachen. »Das geht wohl kaum. Aber wenn du möchtest, komm doch bei uns vorbei. Du bist wirklich herzlich willkommen.«

Zugegebenermaßen sprach sie die Einladung mit dem Hintergedanken aus, in dem kleinen Rotschopf einen Freund für Ruben zu finden.

»Darf ich jetzt gleich mit zum Spielen kommen? Ich muss erst bei Dunkelheit wieder bei Monsieur de Lomel sein. Vorher ist sowieso nur seine Magd zu Hause. Und die mag ich nicht.«

»Meinetwegen auch jetzt gleich.« Sie kniete sich zu Jona hinunter, wischte ihm mit dem Schürzenzipfel den gröbsten Ruß aus dem Gesicht und zwinkerte ihm zu.

Als sie in die Niedernstraße einbogen, begann es in Strömen zu regnen. Die letzten Schritte schlitterten sie über das glitschige Pflaster. Lachend stolperten sie ins Haus. Drinnen wurden sie von Stille empfangen, einzig das Knistern des Feuers zuckte durch die offenen Räume. Zu ihrer Überraschung fand Merit die Familienmitglieder in der Küche vor, in andächtigem Kreis umstanden sie den Tisch, als hätten sie sich um einen Altar versammelt.

Noch ehe sie den Grund für diese ungewöhnliche Zusammenkunft erfragen konnte, entdeckte sie Ruben unter dem Tisch, wo er mit dem hölzernen Segelschiff spielte, das ihm Geertjan zum Geburtstag geschenkt hatte. Als ihr Sohn sie sah, stürzte er auf sie zu und umklammerte ihre Beine. Ruben trug seine Sonntagskleidung. Hemd und Hose von heute Morgen hingen neben dem Herd.

Mit gerunzelter Stirn schaute Merit in die Runde. Pauline hielt den Kopf gesenkt und die Hände gefaltet, Manulf lehnte mit verschränkten Armen an der Standuhr und begegnete ihr mit erwartungsvollem Blick. Rechts von ihm stand ihr Vater, dessen große, ausgemergelte Gestalt trotz der gebeugten Haltung alle überragte. Reglos, die Hand an einen Stuhl gebunden, verfolgte er mit ausdrucksloser Miene das Geschehen, als habe man ihn in ein Gemälde gebannt. Neben ihn hatte sich ein junger Mann eingereiht, den sie noch nie zuvor gesehen hatte.

»Hat Ruben etwas angestellt?«

Pauline löste sich aus ihrer Gebetshaltung. »Nicht direkt. Er wäre nur beinahe im Hafen ertrunken, weil du deine mütterlichen Pflichten vernachlässigst. Darum, und weil Ruben in Zukunft die führende Hand eines Mannes braucht, habe ich meinen Neffen als Lehrer für Ruben angestellt. Meine Schwägerin, seine Mutter, um die er sich bis zuletzt liebevoll gekümmert hat, ist vor fünf Wochen verstorben. Manulf war so freundlich, dem jungen Mann in seinem Haus Unterkunft zu gewähren. Er studiert Theologie und wird sich bei uns ein Zubrot verdienen.«

Ehe Merit fragen konnte, wovon sie das bezahlen sollten, löste sich der Fremde aus dem Kreis und trat auf sie zu.

Er mochte ungefähr in ihrem Alter sein, allerdings einen halben Kopf kleiner, was im Verhältnis zu ihrer herausragenden Größe aber nichts Besonderes war. Auch seine asketischen Gesichtszüge waren für einen Studenten nicht ungewöhnlich, aus seinen Augen sprach Wärme. Einzig die unzähligen Narben im Gesicht, am Hals und an den Händen irritierten sie. Sie musste ihn bei der Begrüßung regelrecht anstarren.

»Darf ich mich vorstellen? Mein Name ist Sönke Lensen. Es tut mir leid, in solch einer Situation in Ihr Haus einzudringen. Mein herzliches Beileid.«

»Hat es sich schon herumgesprochen? So schlimm ist es nun auch wieder nicht. Ich habe nur meine Arbeit verloren, es ist ja niemand gestorben.«

Sönkes Hilfe suchender Blick in die Runde machte ihr mit einem Schlag bewusst, dass hier etwas ganz und gar nicht stimmte.

»Ruben«, sagte sie tonlos zu ihrem Sohn, der sich noch immer an ihrem Bein festhielt. »Ich habe dir einen Freund mitgebracht. Er heißt Jona. Geht nach oben und spielt schön miteinander.«

Ungewöhnlich folgsam, fast auf der Flucht, ging Ruben zur Treppe und Jona lief ihm freudig hinterher. Als die Kinder den Raum verlassen hatten, zog sich Merit einen Stuhl heran.

»Sie kommen nicht zurück? Beide nicht?« Ihr Mund verzerrte sich zu einem Lächeln, als habe sie lediglich einen absurden Gedanken geäußert.

Pauline legte ihr den *Hamburgischen Correspondenten* hin. »Die Flotte ist vor der englischen Küste bei den Scilly-Inseln gesunken, weil die Männer auf dem Flaggschiff den Längengrad nicht berechnen konnten.«

»Das glaube ich nicht!«, platzte es aus Merit heraus. »Geertjan wusste es doch! Er hat immer den Himmel beobachtet! Er kannte die Lösung!«

»Offenbar hat er sich getäuscht. Mit ihm und seinem Vater sind es rund eintausend Tote.«

Ihr Magen krampfte. Schmerz zog sich durch jede Faser ihres Körpers. »Das ist nicht wahr! Geertjan kann nicht gestorben sein! Ich liebe ihn und sein Sohn braucht ihn!«

Pauline schüttelte den Kopf. »Geertjan und Geert Ole sind nicht unter den wenigen Überlebenden. Die beiden kommen nicht zurück.«

»Du lügst!«, schrie Merit ihr entgegen. »Geertjan ist nicht tot!«

In die plötzliche Stille hinein fragte ihr Vater, als sei er eben erwacht: »Wer ist gestorben?«

»Geert Ole und dein Schwiegersohn Geertjan«, gab Manulf mit deutlich hörbarer Ungeduld Auskunft. »Das weißt du doch. Wir reden den ganzen Nachmittag von nichts anderem als von dem Schiffsunglück. Die ganze Stadt spricht davon. Kannst du das jetzt endlich begreifen?«

Merit verbarg ihr Gesicht in den Händen. Die Qualen in ihrem Leibesinneren wurden stärker, in Wellen breiteten sie sich aus, stauten sich in der Brust, gipfelten in einem stechenden Schmerz, als wolle ihr Körper bersten. Tränen quollen ihr in die Augen, der Schmerz wandelte sich in Übelkeit. Sie atmete tief durch. Vergeblich versuchte sie sich zu beherrschen. Sie sprang auf und erbrach sich in den Eimer neben dem Herd. Keuchend sank sie in die Knie.

Hinter einem Tränenschleier nahm sie wahr, dass Manulf den Eimer an Pauline weitergab. Sie spürte seine Hand auf ihrer Schulter, während er die anderen anwies, die Küche zu verlassen. Schritte entfernten sich.

Manulf griff ihr unter die Arme. »Komm, steh auf.«

Sie wehrte sich, doch er war stärker und schleifte sie zurück zum Stuhl.

»Hier, trink etwas.«

»Ich will nichts! Lass mich in Ruhe! Verschwinde!« Sie schaute auf, geradewegs in sein Gesicht, in seine Augen, in Geertjans Augen.

»Wie du willst.« Manulf kehrte ihr den Rücken und verließ die Küche ohne ein weiteres Wort.

Merit sank weinend am Tisch zusammen. Es fühlte sich an, als würde sie nur noch aus Schmerz und Tränen bestehen. Ihr Körper bebte, sie wurde von einer unbezwingbaren Flut überrollt. Sie verlor das Gefühl für Raum und Zeit.

Das Erste, was sie irgendwann wieder um sich herum wahrnahm, waren leise Schritte auf der Treppe. Als sie Jona kommen sah, wischte sie sich um Fassung ringend das nasse Gesicht ab.

Jona hüpfte die letzten beiden Stufen hinunter und sagte: »Ich muss jetzt gehen.«

»Schon?«, fragte sie mit schwankender Stimme, doch es gelang ihr, die Trauer vor dem Kind zu verbergen.

»Ja, es wird dunkel draußen.«

Merit nickte. Binnen weniger Stunden hatte sich ihr Leben verändert. Seither standen die Uhren in ihrem Inneren still, während sich die Welt um sie herum weiterbewegte. Bis auf Geertjans Pendeluhr. Das fehlende Leben in dem hölzernen Kasten wirkte beruhigend, fast wie ein stummer Verbündeter, der ihr die Hand reichte, bevor sie den Halt gänzlich verlor.

»Und, habt ihr schön gespielt?«, fragte sie Jona mit kehliger

Stimme, als er unschlüssig und verloren in der Küche stehen geblieben war.

»Ja!«, rief er, als habe er nur auf diese Frage gewartet. »Darf ich wiederkommen?«

»Natürlich. Wann immer du möchtest.«

»Danke!«

Als Jona gegangen war, erhob sich Merit mit zitternden Beinen. Sie ging zum Vorratsregal und nach kurzem Zögern nahm sie die Branntweinflasche heraus. Der Verstand sagte ihr, dass es nicht gut war. Auf den ersten Schluck hin musste sie husten. Aber die sanfte Wärme, die ihren Magen erfüllte und sich von dort aus ausbreitete, verleitete sie dazu, die Flasche noch einmal anzusetzen. Sie genoss das Brennen in der Brust. Es gab ihr das Gefühl, noch am Leben zu sein. Vor allem aber betäubte es den Schmerz an der Stelle, wo man etwas aus ihr herausgerissen hatte.

Noch eine Weile saß sie am Tisch, die Flasche fest in der Hand, bis eine innere Stimme an ihr Gewissen appellierte. Als sie die Treppe zur ehelichen Kammer hinaufging, fühlte sie sich erstaunlich sicher auf den Beinen. Eine trügerische Sicherheit, das wusste sie.

Ruben hatte sich gerade ausgezogen und war freiwillig ins Bett gegangen.

»Du riechst nicht gut«, stellte er fest, als sie sich über ihn beugte, um ihm einen Kuss zu geben.

»Ich weiß. Es tut mir leid. Hast du dich gut mit Jona verstanden? Wie war es denn beim Spielen?«

»Ganz schön«, antwortete er mit gleichgültiger Stimme. »Singst du mir noch etwas vor?«

Sie sah ihren Jungen an, wollte noch etwas sagen, aber mit einem Mal fehlte ihr jedes Wort. Zärtlich deckte sie ihn zu und stimmte sein Lied an.

Als er eingeschlafen war, öffnete sie das Fenster. Der Regen hatte nachgelassen, dafür trieb der Wind die Wolkenberge wie Spielbälle über den Himmel und formierte sie neu. Sturm kam auf. In dieser Nacht suchte sie vergeblich nach den Sternen.

***

Nirgendwo auf der Welt gab es eine genauer gehende Uhr als in dieser Werkstatt am Red Lion Square, einen Spaziergang vom Ufer der Themse entfernt.

Sein Meisterwerk stand vor der Vollendung, lediglich eine Versuchsfahrt musste seine Genialität noch bestätigen. Alsdann würde aus ihm, dem unbekannten, allenfalls belächelten Tischler aus bescheidenen Verhältnissen endlich ein geachteter und verehrter Mann werden, reich wie ein König. Immerzu musste er an die unvorstellbare Summe des Längengradpreises denken, die er bald sein Eigen nennen konnte.

Wie gebannt starrte John Harrison auf den brusthohen Turm aus glänzenden Zahnrädern, Schrauben und Verstrebungen vor ihm auf dem Tisch. Im Inneren dieses metallischen Ungetüms schlug das Leben. Präzise wie ein menschliches Herz. Die Uhrenmaschine war größer als ein Neugeborenes, alleine konnte er diesen Säugling nicht mehr tragen. Das Gewicht der Uhr entsprach einer prallgefüllten Schatztruhe – in doppeltem Sinne. Ehrfürchtig horchte er auf das tickende, hell klingende Geräusch, auf die ersten Atemzüge seines Kindes, die Hände dabei beschwörend erhoben, um jederzeit eingreifen zu können.

Wie aus weiter Ferne hörte er seine Frau mit dem Geschirr klappern, Wasser plätschern und kurz darauf ihren Ruf, zum Essen zu kommen.

»Ja, doch ... gleich«, flüsterte er, als könne jeder unbedachte

Laut das Uhrwerk zum Stillstand bringen. Vor seiner Familie war er bemüht, sich stets von seiner freundlichen und liebenswürdigen Seite zu zeigen, zumindest für seine Begriffe, aber sie waren für ihn letztlich nur überflüssige Nebenfiguren. Er könnte ihre Rollen streichen, ohne dass er sie in seinem Leben vermissen würde. Es klang hart, aber die nackte Wahrheit trug keine Samtkleidung. Er hasste all die armseligen Köpfe, von denen er tagtäglich umgeben war. Am wohlsten fühlte er sich, wenn er Stunde um Stunde allein in seiner Werkstatt zubringen konnte, allein mit sich und der Zeit, die er beherrschen wollte.

Das Werk lief mit absoluter Gleichförmigkeit, wie von Zauberhand angetrieben. Beinahe unheimlich. Seit dem Entwurf seiner ersten Uhrenmaschine vor bald drei Jahrzehnten hatte er von diesem Moment geträumt. Ein zweiter, verbesserter Aufbau hatte seinen Glauben daran gefestigt und nun hatte sein Streben – all das, wofür er die letzten Jahre gelebt hatte – in einer dritten Uhr Erfüllung gefunden. Sein eigenes Dasein hatte endlich einen Sinn bekommen.

Von ungläubigem Staunen erfüllt ließ er die Arme sinken. Vierundsechzig Jahre weilte er bereits auf dieser Erde und nun war es ihm gelungen, das Geheimnis des Himmels zu entschlüsseln und die genaue Zeit in einer Maschine einzufangen. Nur ein paar kleine Handgriffe fehlten noch. Bald zwanzig lange Jahre hatte er gebraucht, um die siebenhundertdreiundfünfzig Einzelteile zu einem funktionierenden Wunderwerk zusammenzufügen. Jedes Teilchen in dieser Uhr verkörperte ein Stückchen Zeit.

Er war der Schöpfer dieser kuriosen dritten Maschine. Er allein.

Normalerweise teilte ein gleichmäßig schwingendes Pendel, einmal in Gang gesetzt, den unfassbaren Mythos Zeit in

Sekunden – solange es nicht durch Stöße und Erschütterungen, wie sie auf hoher See gegeben waren, daran gehindert wurde. Deshalb hatte er für die Seeuhr das Schwingsystem einer Taschenuhr übernommen. Zwei als Schwungmassen dienende metallische Reifen, angetrieben von einer Spiralfeder, die sich in gleichmäßigem Rhythmus spannte und wieder entspannte, ersetzten das Pendel.

Mit einer Zärtlichkeit im Blick, mit der jeder andere Mann die Rundungen einer Frau betrachtet hätte, verfolgte er die Bewegung der beiden gegeneinander schwingenden, tellergroßen Unruhreifen, die über Metallstreifen miteinander verbunden waren und nur von dieser einen Feder bewegt wurden.

»John? Kommst du? Das Essen wird kalt. Wir warten.«

»Moment!«

Er atmete tief durch. Wieder überkam ihn das Bedürfnis nach dem Alleinsein. War es denn ein vermessener Wunsch, wenigstens einen Tag lang, nur für vierundzwanzig Stunden niemanden sehen und hören zu wollen? Keinen Menschen, der seine Gedanken störte, ihn zum Zuhören oder gar zu einer Gefühlsäußerung zwang – die schlimmste aller denkbaren Möglichkeiten. Empfindungen waren eine gefährliche Sache. Sie brachten das Leben durcheinander. Das begann schon bei alltäglichen Bedürfnissen wie Essen oder Schlafen. Beides gestand er sich nur in geringem Maße zu, wenn der Körper bereits aufgehört hatte, danach zu schreien. Er wollte die Zeit beherrschen, von nichts und niemandem abhängig sein, das war sein großes Ziel und gleichzeitig die Quelle seiner Kraft. Es war ihm auch vollkommen egal, ob die Nahrung kalt oder warm in seinem Magen landete. Schließlich war sie nur Mittel zum Zweck, um das Überleben zu sichern. Die Temperatur der Mahlzeit spielte dabei keine Rolle.

Ganz anders verhielt sich das bei einer Uhr. Besonders stolz war er auf seine Erfindung, die das Uhrwerk gegenüber Temperaturschwankungen unempfindlich machte, wie es in einer Standuhr die Aufgabe seines Rostpendels war. Ein einfacher kleiner Streifen aus zusammengenietetem Messingblech und Stahl war das Geheimnis. Ein metallisches Thermometer. Der dünne Streifen war wie eine Saite auf einem geigenförmigen Gestell befestigt und mit der federkielbreiten Unruhfeder verbunden. Sobald das Schiff auf seiner Reise in wärmere Gefilde käme, würde sich das Messing ausdehnen, dadurch den Bimetallstreifen nach unten biegen und somit die Längenänderung der Feder ausgleichen, damit die Schwingungsdauer der Unruh immer gleich blieb.

»Wo bleibst du denn?« Die Stimme seines Weibes wurde zunehmend ungeduldiger.

»Es tut mir leid, aber ich bin hier noch nicht fertig. Fangt ohne mich an.«

Er bestimmte sein Handeln, niemand anderer. Er war Herr über seinen Körper und die Zeit. In diesem täglichen Kampf war er der Sieger. Eine Niederlage bedeutete die Übermacht sämtlicher Gefühle, die Chaos ins Denken brachten, am strukturierten Handeln hinderten und die Seele verletzlich machten. Die Kontrolle zu verlieren war das Schlimmste, was er sich in seinem Leben vorstellen konnte. Vor nichts auf der Welt hatte er mehr Angst als vor unberechenbaren Gefühlen. Besonders vor der größten Macht, für die keine Gesetze von Raum und Zeit existierten: der Liebe.

»John, komm doch bitte zu uns!«

Mehrmals umkreiste er den schweren Eichentisch, auf dem seine Erfindung stand. Er konnte sich nicht vom ihrem Anblick losreißen.

Das Herz der Uhr schlug mit faszinierender Präzision, auch dank des Rollenlagers, das die Reibung reduzierte. Als er vor ein paar Jahrzehnten ein Turmuhrwerk für sein Heimatdorf gefertigt hatte – jedes Zahnrad, jede Schraube aus Holz – war er nur müde belächelt worden. Die Uhr lief immer noch einwandfrei. Niemand musste auf den Turm steigen und das Werk säubern oder gar ölen, denn das besondere Holz gab eine Substanz ab, die diese Arbeiten überflüssig machte. Auf See jedoch war das Funktionieren eines Holzuhrwerks aufgrund der salzhaltigen und feuchten Luft auf Dauer undenkbar.

Ein vielstimmiges Ticken, das dem hellen Läuten von Kirchenglocken ähnlich und damit vollkommen anders war als bei gewöhnlichen Uhren, begleitete seine Gedanken, als er sich widerwillig durch die Werkstatt in Richtung Küche begab. Das singende, vibrierende Klacken der arbeitenden Hemmung verursachte ihm Gänsehaut. Er stellte sich einen winzigen Menschen vor, der über ein Zahnrad ging. Seine Beine hemmten mit jedem Schritt die Drehung des Rades und sorgten auf diese Weise für eine gleichmäßige Einteilung der Zeit, die an das Räderwerk weitergegeben wurde und schließlich die Zeiger bewegte. Die Hemmung hielt das Uhrwerk am Leben, wie eine Herzklappe, die durch regelmäßiges Sichöffnen und Schließen den Blutfluss aufrechterhielt. Dem rhythmischen Pumpen des Herzens, dem pulsierenden Zusammenziehen und Dehnen der Spiralfeder hätte er noch stundenlang zusehen können.

Er drehte sich noch einmal nach seinem Schatz um, während er die Tür aufzog. Dann wandte er sich mit dem Kopf in Gehrichtung und näherte sich mit einem aufgesetzten Lächeln dem Mittagstisch, an dem seine Frau Elisabeth und sein erwachsener Sohn William saßen.

***

Elisabeth legte eilig die Gabel beiseite, als ihr Mann den Raum betrat. Sie erhob sich und nahm seinen Teller, um sein Lieblingsessen darauf anzurichten. Es gab eingelegte Heringe mit Kartoffeln. Sie selbst mochte den sauren Geschmack dieser Mahlzeit nicht, aber da ihr Mann in den letzten Wochen besonders viel gearbeitet hatte, wollte sie ihm etwas Gutes tun – und damit auch sich selbst und der Familie. Ihr eigener Mann war ihr fremd geworden und er entfernte sich Tag für Tag mehr von ihr. Sie wusste, dass er an einer wichtigen Erfindung arbeitete. Mehr aber auch nicht. Die Worte zwischen ihnen konnte sie an einer Hand abzählen, der Austausch war höflich und beschränkte sich auf Belanglosigkeiten.

»Alles in Ordnung?«, fragte sie im Tonfall einer Wirtin, die an den Tisch ihres Gastes trat. Nett, freundlich, unverbindlich. Kaum hatte sie diese banale Frage ausgesprochen, hätte sie sich selbst dafür ohrfeigen können.

»Ja, danke«, kam die erwartungsgemäß knappe Antwort von ihrem Gegenüber. Von einem Mann, den sie einst aus Liebe geheiratet hatte. Ein Fehler, wie ihr damals von allen Seiten prophezeit worden war. Gefühle galten nicht als stabiler Stamm einer Ehe, sie waren die unsteten Triebe eines Baumes, die in den ersten Frühlingsjahren einer Beziehung noch zarte Knospen darstellten, eine Zeit lang in voller Blüte standen und Früchte trugen, dann aber beim ersten Herbststurm abbrachen und die Äste nackt und schutzlos in eisiger Kälte zurückließen.

Er nestelte an seinem Justaucorps und stellte seine kleine Sanduhr auf den Tisch, ehe er zu essen begann.

»Wie geht es dir, John?«, setzte sie von neuem an, in der Hoffnung, dass sich zwischen ihnen ein Gespräch entwickeln würde.

»Gut, danke.«

Er spießte den Hering auf, kaute, schluckte und schlang noch eine Kartoffel hinterher. Kaum zu unterscheiden, ob die mangelnde Zeit oder der Hunger ihn trieben. Beides hätte er jedoch weit von sich gewiesen und sie mit wohlreichen Worten vom Gegenteil überzeugt. Schriftlich. Die einzige Form des Ausdrucks, die ihm behagte. In nicht enden wollenden Sätzen ohne Punkt und Komma flossen die Darstellungen seiner Weltsicht aufs Papier, festgeschrieben wie ein Gesetz. In guten Zeiten konnte sie sich glücklich schätzen, wenn sie einen solchen Brief, die Haushaltsführung betreffend, von ihm auf dem Nachttisch vorfand, an den restlichen 360 Tagen des Jahres unterhielt er sich mit der Längengradkommission und dabei am allermeisten mit sich selbst und seinen Uhren.

»Wie weit bist du mit deiner Erfindung?«, fragte sie leise in die Stille hinein.

»Bald fertig.« Er hielt ihr den Teller hin, damit sie ihm noch einen Hering nachlegen konnte.

»Was heißt das – bald fertig? Das hast du schon gesagt, als William noch in den Kinderschuhen steckte.« Sie hatte aus Interesse gefragt und trotzdem hatte sich ein Vorwurf in ihre Worte geschlichen.

Ihr Mann schaute auf und betrachtete seinen erwachsenen Sohn, der angelegentlich in seinem Essen stocherte. Mit dem Verhältnis der beiden stand es ebenfalls nicht zum Besten. William interessierte sich sehr für die Tätigkeit des Vaters, er hatte ihm schon von Kindesbeinen an nachgeeifert und besonders in den letzten Jahren bei der Entwicklung der Uhrenmaschine geholfen, jedoch nie ein Wort des Dankes erhalten. Ihr Mann betonte stets, nicht um Hilfe gebeten zu haben. Er habe William nicht dazu gezwungen, im Haus wohnen zu bleiben. Wie seine jüngere Schwester hätte er nach weit auswärts heiraten können. Es sei allein Williams Entscheidung, wie er sein Leben führen wolle.

Wieder an sie gewandt, erkundigte sich ihr Mann in freundlichem Tonfall: »Fehlt es dir an Geld für die Hauswirtschaft? Ich kann bei der Kommission noch einmal Geld zur Förderung meiner Forschungen beantragen. Sie werden mir die fünfhundert Pfund Sterling auch noch ein sechstes Mal gewähren.«

Darum geht es mir nicht!, hätte sie am liebsten geschrien, stattdessen schüttelte sie den Kopf. Warum konnte John nicht begreifen, dass sie sich unter einer Ehe etwas anderes vorgestellt hatte? Gegenseitige Zuneigung und Anteilnahme – bestenfalls sogar Liebe. War es denn zu viel verlangt, nicht mit einem gefühllosen Wesen zusammenleben zu wollen, das wie ein Tier einem inneren Trieb folgend zum Essen erschien und danach wieder verschwand?

»Hast du nachher vielleicht einen Augenblick Zeit für mich, John?«

Er zerdrückte die letzte Kartoffel und schob den Brei auf die Gabel. »Es tut mir leid, aber ich werde heute noch bis spät in die Nacht in der Werkstatt arbeiten. William kann dir ja helfen.«

Wobei?, hätte sie beinahe gefragt, aber in diesem Moment wurde ihr bewusst, dass er es war, der nicht verstanden hatte.

»Ich wollte mit dir reden«, präzisierte sie ihr Anliegen.

»Hat das nicht bis nächste Woche Zeit? Ich habe gerade wirklich sehr viel zu tun.«

»Ich befürchte nur, dass du mich dann wieder mit demselben Argument vertrösten wirst«, sagte sie traurig.

»Du glaubst also nicht daran, dass ich meine Uhr jemals vollenden werde.«

»Zugegeben, nach all den Jahren fällt mir der Glaube daran

schwer. Selbst wenn die dritte Maschine nun bald fertig sein sollte, so warst du doch schon mit den ersten beiden nicht zufrieden. Das zweite Modell hast du nicht einmal auf See erproben lassen.«

»Weil es noch nicht gut genug war! Aber jetzt bin ich auf dem richtigen Weg. Ist dir die Copley-Medaille nicht Beweis genug? Hätte mir die Royal Society sonst diese höchste wissenschaftliche Auszeichnung für meine Verdienste um die Verbesserung der Zeitmessung schon im Vorfeld verliehen? Ein so hoch kompliziertes Instrument lässt sich eben nicht über Nacht bauen. So lange brauche ich allein, um ein einziges winziges Teil im Inneren des Werks zu ersetzen, das kannst du mir glauben!«

Sie schwieg, weil sie sich mit diesem Thema nicht auskannte.

»Die Royal Society hat mich in ihren Kreis aufgenommen und mir bestätigt, dass der Gang meiner Uhr regelmäßig und exakt genug ist, um den Längengrad auf See zu bestimmen und die gestellten Anforderungen des Parlaments zu erfüllen oder gar zu übertreffen. Der Längengradpreis ist mir so gut wie sicher! Kannst du dir eine solche Summe überhaupt vorstellen?«

Überrascht von seinem Redeschwall verharrte sie eine Weile in Schweigen, ehe sie zur Gegenrede ansetzte: »Demnach habe ich wohl nur geträumt, dass die Zeit vergangen ist und wir in den letzten Jahrzehnten am Hungertuch nagen mussten, weil du all deine Arbeitskraft in ein Hirngespinst steckst.«

»Hirngespinst? Wie redet mein Weib denn mit mir?«

Sie erschrak über ihre eigene Courage. Ihre Kehle spannte, trotzdem zwang sie sich weiterzusprechen, weil sie das Gefühl hatte, andernfalls an den ungesagten Worten zu ersticken.

»Du hast mir vor der Geburt unseres Sohnes versichert, binnen zwei Jahren eine Erfindung präsentieren zu wollen. William wird nächstes Jahr dreißig Jahre alt und meine Geduld ist langsam am Ende. Tag für Tag, Monat für Monat, Jahr für Jahr habe ich gewartet, die Hauswirtschaft mit knappen Mitteln geführt, deinen Sohn und deine Tochter großgezogen und mich nie beklagt.«

»Dann geh doch, wenn es dir hier nicht mehr beliebt! Aber ich warne dich! Nicht genug, dass du das Wort gegen deinen Eheherrn erhebst, du verkennst auch die Zeit, in der du lebst! Du wirst dich in der Gosse wiederfinden, wenn du deinen Weg ohne mich gehen willst.«

Noch ehe sie antworten konnte, klopfte es an der Haustür.

William, der es vorgezogen hatte, sich aus dem Streit seiner Eltern herauszuhalten, erhob sich seiner Pflicht gemäß, da der Vater prinzipiell nicht an die Tür ging und nur selten für jemanden zu sprechen war.

Als sie den Namen Larcum Kendall hörte, wusste Elisabeth, dass heute eine dieser Ausnahmen war. Dieser Uhrmacher gehörte zu den wenigen Vertrauten außerhalb der Familie, um nicht zu sagen, er war der einzige Vertraute ihres Mannes seit dem Tod des Uhrmachers John Jeffreys und des altehrwürdigen George Graham vor sechs Jahren.

Kendall begrüßte sie mit einer kurzen Verbeugung, als er die Küche betrat. Er war groß und besaß einen ungelenken, tapsigen Gang. Ihm folgte ein hagerer junger Mann, den der Uhrmacher als Bote der Längengradkommission vorstellte.

»Nevil Maskelyne kommt im Auftrag von James Bradley. Ich habe ihm den Weg zu dir gezeigt. Er bringt wichtige Neuigkeiten aus dem Königlichen Observatorium. Er sagt, es sei dringend. Und er möchte wissen, wie weit deine Erfindung gediehen ist.«

»William, kommst du? Wir gehen in meine Werkstatt.«

John Harrison straffte den Rücken und wies den Besuchern den Weg. »Ich habe den Herren etwas vorzuführen. Einen Zeitmesser, den die Welt nicht mehr vergessen wird. Weib, du entschuldigst uns bitte. Du kannst den Tisch abräumen. Es wird länger dauern.«

»Ja, natürlich. Geht nur.« Tränen stiegen ihr in die Augen, als sie den Männern hinterhersah. Sie nahm den Teller ihres Mannes und schmetterte ihn auf den Dielenboden. Auf das Geräusch hin kam niemand zurück, um zu fragen, ob etwas geschehen sei. Natürlich. Es war ja auch nichts passiert. Der Teller war aus Holz. Der verkraftete einiges.

***

Die Küche glich seit Tagen einem Jahrmarktplatz. Es herrschte ein buntes Treiben, die Leute kamen und gingen, Stimmen riefen durcheinander, die Aussprüche mündeten in Gelächter, nur selten stach ein *Ach* oder *Oh weh* aus diesen Klängen hervor. Ein absurdes Theaterstück, in dem die Schwiegermutter die Hauptrolle übernommen hatte.

Pauline stand in Trauerkleidung inmitten der Menge, um die Beileidsbekundungen derer entgegenzunehmen, die zum Nachmittag hin ein Stück Kuchen essen wollten. Fremde, Nachbarn und sämtliche Bekannte waren gekommen, die ganze Stadt schien in diesen Tagen in das Haus in der Niedernstraße zu pilgern, wo Merit sich seit der unbegreiflichen Nachricht nicht mehr aus der Schlafkammer bewegt hatte. Ruben hatte man gesagt, seine Mutter sei krank, sie brauche viel Ruhe. Er hatte sich ohne Widerspruch der neuen Situation angepasst und verbrachte abwechslungsreiche Stunden mit seinem Lehrer in der Stadt, auch wenn er noch kein rechtes Zutrauen zu Sönke fassen konnte. Jona begleitete sie häufig auf diesen lehrreichen Streifzügen. Ihm schienen die Unternehmungen wesentlich besser zu gefallen. Während der Sohn des Zuckersieders mit geröteten Wangen am Abend nach Hause lief, suchte Ruben bleich und stumm sein Bett auf und machte ohne Gutenachtlied sofort seine Augen zu.

Ruben wusste es, ohne dass sie darüber gesprochen hatten. Es herrschte eine stumme Abmachung zwischen ihnen, den Tod des Vaters nicht zu erwähnen. Dadurch blieb er im Reich des Unvorstellbaren. Unberührt von jener grausamen Macht, die sich in der Realität auf unberechenbare Weise ihre Opfer suchte und ein Feld der Verwüstung und Verwundung zurückließ.

Merit fühlte sich wie von einem Heer überrannt, das plötzlich, wie aus dem Nichts, gekommen und ebenso schnell wieder verschwunden war, während sie fassungslos am Boden liegend zurückblieb und das Geschehene zu begreifen versuchte. In der Welt, in der Stadt, im Tun der Menschen hatte sich nichts verändert und doch war für sie alles anders geworden. Gefangen in einem Meer aus Tränen trieb sie bewegungsunfähig durch die Zeit. Dabei sah sie ständig die Szene vor sich, als Pauline die Zeitung auf den Küchentisch gelegt und alle sie angestarrt hatten. Sie konnte an nichts anderes mehr denken.

Als die Stimmen in der Küche noch lauter wurden, erhob sie sich mühsam, als hielten sie gleich ihrem Vater Fesseln auf dem Bett zurück, und schlurfte zum Schrank. Sie öffnete die schwere Eichentür mit einem Quietschen und wühlte in den sauber gefalteten und gestärkten Wäschestücken, bis sie gefunden hatte, wonach ihre Seele suchte.

Sie zog die Branntweinflasche hervor und entkorkte sie mit ungelenken Fingern. Mit schmalen Lippen nahm sie einen vorsichtigen Schluck. Diesmal blieb der Hustenreiz aus. Warum hatte sie die beiden Männer auf das Schiff gehen lassen?

Sie hätte Geertjan daran hindern sollen. Er war Uhrmacher, kein Seemann. Auch mit weniger Geld hätten sie überlebt – *er* hätte überlebt. Warum musste sie ohne ihn in dieser Welt zurückbleiben?

Der wärmende Balsam floss über die Wunden, die diese bohrenden Fragen in ihrem Inneren hinterließen. Der Wunsch nach einer Antwort verblasste, die Schmerzen wurden schwächer. Nach einigen weiteren Schlucken sank sie befriedigt auf das Bett zurück, die Flasche noch immer in der Hand, als wäre sie der Rettungsanker, den man ihr im Strudel zugeworfen hatte. Sie setzte die kühlen Glaslippen noch einmal an und sog das wärmende Getränk in den Mund – diesmal mit einem kräftigen Zug.

Mitten in ihren Hustenanfall hinein hörte sie ein Geräusch. Sie schaute hinüber und sah die Schwiegermutter an der Türschwelle stehen – lauernd wie ein Krokodil an der Uferlinie. Pauline fixierte die Branntweinflasche.

»Reiß dich gefälligst zusammen, Merit! Wer bist du denn, dass du dich so gehen lässt? Ich bin schockiert! Zieh deine Trauerkleidung an, setz eine ordentliche Miene auf und komm endlich mit hinunter! In der Küche stehen die Leute Schlange.«

»Zum Kuchen essen, ich weiß. Danke, aber ich habe keinen Bedarf, mir salbungsvolle Worte von wildfremden Menschen anzuhören, die nur darauf warten, nach einem feuchten Händedruck zum Besteck greifen zu dürfen.«

»Merit! Ich erwarte von dir, dass du dich jetzt zu den Leuten gesellst und die Kondolenzen entgegennimmst!«

»Du hast mich offenbar nicht verstanden. Ich setze keinen Fuß aus diesem Zimmer, solange sich in unserem Haus noch einer dieser Blutsauger befindet, der sich an unserem Leid laben will.«

»Was denkst du von diesen ehrlichen Bürgern? Glaubst

du, sie haben so etwas nötig? Sogar dein Dienstherr, der ehrenwerte Zuckersieder und Kaufmann, war hier in unserem bescheidenen Heim und wollte dir seine Aufwartung machen.«

»Monsieur de Lomel? Dieser Pfeffersack besitzt die Frechheit, mich ...« Sie holte tief Luft, »... mich auf die Straße zu setzen, mich quasi mit der Peitsche davonzujagen, um mir dann ein Zuckerbrot zu reichen?«

»Du schätzt ihn falsch ein. Er war sehr nett und höflich, aber auch sehr irritiert, als ich ihm sagte, dass du niemanden sehen willst. Du würdest wirklich gut daran tun, dich den Sitten und Gepflogenheiten anzupassen und nicht derart halsstarrig zu sein. Ich habe immerhin auch meinen Mann verloren.«

»Pauline, ich möchte dich bitten, wieder zu gehen. Dieses Gespräch führt zu nichts.«

»Wie du meinst. Dann bleib meinetwegen hier hocken wie ein Seemann in der Spelunke! Allmählich teile ich den Eindruck der Leute, dass deine Trauer nicht allzu groß sein kann, wenn du sie nicht zu zeigen imstande bist. In diesem Fall könntest du ja morgen wieder arbeiten gehen, würde ich vorschlagen. Die Bewirtung der Trauergäste ist teuer. Wir brauchen Geld. Dringend, falls dir das noch nicht aufgefallen sein sollte.«

»Das weiß ich! Dir hingegen scheint entgangen zu sein, dass ich eine Kündigung bekommen und somit keine Arbeit mehr habe!«

Die Schwiegermutter nestelte an ihrer Schürze und zog einen Brief hervor. »Du bist nicht ganz auf dem neuesten Stand. Es ergeben sich einige neue Perspektiven für dich, wie ich diesem Schreiben entnehmen konnte. Monsieur de Lomel hat es an deine Adresse gerichtet. Du solltest es ebenfalls lesen.«

Die Schwiegermutter legte den Brief dorthin auf die Türschwelle, wo sie eben noch gestanden hatte, und machte auf dem Absatz kehrt. Merit schaute ihr sprachlos hinterher.

Es dauerte einen Moment, ehe sie sich gefasst hatte und den Gedanken verwarf, der Schwiegermutter wutentbrannt hinterherzurennen. Stattdessen hob sie den Brief auf und begann im Stehen zu lesen:

Madame!
Aus schmerzlichen Umständen heraus ist es mir zu meinem Bedauern nicht mehr möglich, Madame in meiner Zuckersiederei zu beschäftigen, obwohl mir Dieselben eine treue und dienstbare Arbeitskraft waren, pünktlich und fleißig.

Wenn mich Dieselben der Kühnheit beschuldigen, dass diese schlechten Zeilen ohne Erlaubnis vor Dero schöne Augen kommen, so werde ich zu meiner Excusé sagen, Madame haben mich selbsten dazu gezwungen. Allein ich musste diesen Schritt tun, weil ich die dargestellte Situation nicht anders mehr zu ertragen imstande bin. Denn ich weiß nicht, warum Dero annehmliche Person unaufhörlich in meinen Gedanken schwebt – und ich mag auch andere Frauenzimmer so viel sehen wie ich will, Dero Schönheit stehet dennoch alleine vor meinem Gesichte. Gewisslich, wenn mir Dero Tugenden nicht vollkommen bekannt wären, würde ich ohne Scheu sagen: Madame müssten ein Kunststück an mir probiert haben, das mich und meine Sinne verzaubert hat.

Ich habe also auch notwendig an Madame schreiben müssen, weil ich meiner selbst nicht mehr mächtig bin und verhoffe deswegen gütigen Pardon. Allein, darf ich wohl nach der Ursache fragen, woher diese Bezauberung rühret? Ich erbitte geneigte Nachricht hiervon und dass Madame mir zugleich von Dero beliebtem Wohlergehen mögen erfreuliche Zeitung geben, da ich von dem schrecklichen Unglücke hörte, das nun mit meinen Zeilen an Dero unvergleichliche Person zusammentrifft.

Der Brief war mit *Zacharias de Lomel* unterzeichnet, in der Art, wie jeder die Unterschrift des Zuckersieders kannte. Trotzdem gesellte sich zu ihrer Fassungslosigkeit der Verdacht, dass sich hier jemand einen üblen Scherz erlaubt haben musste. Sie überlegte nicht lange und begab sich zu dem kleinen Tisch am Fenster, suchte zwischen Geertjans Aufzeichnungen ein leeres Blatt und tunkte die Feder ins Tintenfass. Die Worte flossen aufs Papier, als warteten sie nur darauf, geschrieben zu werden.

Monsieur!
Sie wollten mich bald so leichtgläubig machen, dass ich Dero Liebeserklärung für wahr hielte. Allein Monsieur irren vielleicht in der Person und haben wegen der großen Unruhe, die eine andere, fremde Schönheit verursacht, den Brief nur aus Versehen zu mir geschickt. Ich weiß nicht, ob es ein Spaß von der ganzen Compagnie ist, dass diese meine Antwort an Monsieur sehen wollen, oder ob Monsieur selbsten von Herzen geschrieben. Denn eine solche Veränderung kann ich mir von Dero Person fast nicht einbilden.
Monsieur, Dero verpflichtete Dienerin Merit, Witwe des Geertjan Paulsen.

Die letzten Worte erschienen ihr unwirklich, fast wie eine Lüge. Aber sie waren das Mittel zum Zweck, Zacharias de Lomel mit indirektem Hinweis auf die Trauerzeit höflich auf Abstand zu halten, sollte er tatsächlich Interesse an ihr bekunden.

Mit aller Sorgfalt streute sie Sand über die Tinte, als könne sie damit ihre Worte bekräftigen und nicht nur das Schriftbild haltbar machen.

Sie hörte Schritte auf der Treppe. Eilig faltete sie den Brief zusammen und gerade als sie ihn in der Schürzentasche verschwinden ließ, ging die Tür auf. Merit hielt in der Bewegung inne. Doch statt der Schwiegermutter, die sie erwartet hatte, kam Ruben ins Zimmer gerannt und umarmte ihre Beine, wie er es immer tat, wenn er ihre Nähe suchte. Hinter ihm erschien sein Lehrer Sönke und stellte sich lächelnd in den Türrahmen. Er trug einen sauber abgebürsteten Gehrock, eine rote Weste und, obwohl sie den ganzen Tag im Straßenstaub unterwegs gewesen waren, schwarz glänzende Schnallenschuhe.

Sie blieb in ihrer verkrampften Haltung stehen. Die letzten Tage hatte sie kaum Notiz von Sönke Lensen genommen. Jetzt betrachtete sie den ihr unbekannten Mann zum ersten Mal genauer, den Menschen, dem sie seit jenem schrecklichen Nachmittag ihr Kind anvertraut hatte. Eine Leichtfertigkeit, die ihr unter anderen Umständen niemals in den Sinn gekommen wäre.

Ihr Blick wurde wieder von den Narben an seinen Händen angezogen. Die tiefen Wundmale an seinen Wangen hätte man im Vorübergehen für charmante Grübchen halten können, aber bei richtigem Hinsehen spiegelte sich darin noch der Schmerz, den er einst erlitten hatte. Gerne hätte sie gewusst, wie er sich diese Hautverletzungen zugezogen hatte, aber sie ahnte, dass diese Frage zu persönlich war, um sie jetzt stellen zu dürfen. Deshalb blieb sie etwas unbeholfen im Zimmer stehen und suchte nach den richtigen Worten.

»Schön, dass Sie meinen Sohn auch heute wohlbehalten zurückbringen. Vielen Dank. Ich hoffe, er macht Ihnen nicht zu viel Ärger.«

»Wo denken Sie hin?« Sönke Lensen lachte. Es war ein sympathisches Lachen. Überhaupt besaß er ein bemerkenswert freundliches Wesen. Er strahlte eine außergewöhnliche Ruhe und Besonnenheit aus, in den letzten Tagen war er ihr stets auf diese nette, aber unaufdringliche Art begegnet. Wenn es irgendwo auf der Welt einen guten Menschen gab, auf den man Verlass haben konnte, dann verkörperte er wohl diese Person.

»Ruben ist ein sehr lieber Junge und es macht mir viel Spaß, mit ihm durch die Stadt zu ziehen und ihm das ein oder andere Wissen zu vermitteln.«

»Sollten Sie meinen Sohn nicht lieber im Lesen und Schreiben anleiten?«

»Ich richte mich gerne nach Ihren Wünschen. Ich dachte nur, in den kommenden Monaten sitzt er noch oft genug in der Stube und so lange der Herbst noch so schön ist, halte ich mich lieber draußen auf. Ich verbringe meine Zeit nicht gerne in geschlossenen Räumen, wie muss es da erst einem Kind ergehen?«

Sönkes Statur entsprach seiner Aussage. Er besaß eine schmale, aber sehnige Gestalt mit kräftigen Oberarmen, als würde er körperlich arbeiten. Sein sonnengebräuntes Gesicht wies ebenfalls daraufhin, dass er sich viel im Freien aufhielt. Ihrer Meinung nach verwunderlich für einen Mann der Geisteswissenschaft.

»Wie Sie meinen. Sie sind der Lehrer.«

»Aber Sie sind die Mutter.«

Sie entgegnete sein Lächeln, auch wenn es ihr schwerfiel.

»Geht es Ihnen besser?«, fragte er mit einfühlsamem Unterton.

»Ja, danke«, antwortete sie im Brustton der Überzeugung und es klang perfekt genug, um ihn über ihren inneren Zustand hinwegzutäuschen.

Er sah sie nicht an, sein Blick schweifte zu ihrem Bett hinüber.

»Oh!« Schnell machte sie ein paar Schritte und nahm die achtlos liegen gelassene Branntweinflasche an sich. Das würde ihr nicht noch einmal passieren.

»Sind Sie sicher, dass mit Ihnen alles in Ordnung ist?«

»Ja, natürlich.« Sie wandte sich ihrem Sohn zu und ging vor ihm in die Hocke, damit sie ihm in die Augen sehen konnte. Sofort wich Ruben einen Schritt zurück und machte sich steif. Sie ging nicht auf seine Reaktion ein, nahm stattdessen seine Hand und versuchte, ihn zum Sprechen zu ermuntern. »Wie geht es dir, mein kleiner Bär? Habt ihr heute Nachmittag etwas Schönes unternommen?«

»Wir waren am Michel und der Herr Präzeptor hat mir erklärt, warum der Blitz vom Himmel kommt, und dann waren wir noch in der Kirche und haben unseren Herrn Jesus am Kreuz angeschaut und gebetet.« Ruben machte sich los, holte sein Holzschiff unter dem Bett hervor und spielte damit in den Wellen der Federdecke.

»Schenken Sie Ihrem Sohn so viel Liebe, wie Sie ihm nur geben können«, sagte Sönke Lensen mit gedämpfter Stimme. »Er braucht jetzt Ihre Aufmerksamkeit. Er braucht Sie.« Mit einem Blick auf Ruben verabschiedete er sich.

Merit blieb allein mit ihrem Sohn zurück. Sie versuchte ihn aufzuheitern, obwohl ihr selbst zum Heulen zumute war. Zuerst probierte sie es mit einigen Fragen über den Nachmittag, später mit einer Rätselgeschichte und schließlich mit einem Lied. Ruben war zu keinem weiteren Wort mehr zu bewegen. Dabei blieb es, bis es dunkel wurde.

Merit ging zum Fenster, um die Läden zu schließen und sah in den Himmel. Die Nacht hatte ihr prächtigstes, funkelndes Kleid angelegt, als wolle sie die Menschen auf der Erde mit diesem Anblick versöhnen. Alle Sterne schienen sich heute am Firmament versammelt zu haben.

Die sieben leuchtenden Punkte des großen Wagens entdeckte sie auf einen Blick. Die gedankliche Verlängerung der Hinterachse dieses Himmelswagens um das Fünffache führte sie weiter oben zu einem einsamen, hellen Punkt – dem Polarstern. Um diesen Nordpol des Himmels drehte sich das Sternbild des großen Wagens.

»Ich will auch in den Himmel schauen, Muma.«

Merit drehte sich zu ihrem Sohn um und hob ihn auf ihre Hüfte. Er lehnte sich weg.

»Nein, ich möchte selber schauen. Gib mir einen Stuhl, dann bin ich so groß wie du.«

Erstaunt über dieses neue Verhalten ihres Sohnes erfüllte sie ihm seinen Wunsch. Anschließend legte sie eine Bettdecke um ihre beiden Schultern und gemeinsam schauten sie hinaus. Bald würde es zu kalt werden, um die Himmelsuhr zu beobachten. Der Herbstwind wetzte bereits seine Klingen.

Sie zeigte Ruben den großen Wagen und den Polarstern. »Sollen wir mal prüfen, wie gut deine Augen sind? Zähl mal an der Deichsel des Wagens bis zum dritten Stern. Was siehst du da?«

»Zwei Sterne! Ganz dicht übereinander. Der eine ist ein bisschen dicker und heller, der andere nicht so.«

»Wunderbar! Du hast einen Doppelstern aufgespürt! Der Kleine ist das Reiterlein, zu ihm sagt man auch Augenprüfer-Stern, weil er nur von Menschen mit gutem Sehvermögen erkannt wird.«

»Zeig mir noch etwas!«

»Den kleinen Bären am Polarstern kennst du ja schon. Es gibt aber auch noch den großen Bären.«

»Der große Bär?« Ruben musste grinsen. »Wo?«, fragte er.

»Warum findest du das so lustig? Der Große Bär ist dort, wo der große Wagen ist. Er ist Teil des großen Bären. Man kann ihn nur schwer entdecken, weil seine übrigen Sterne nicht so hell leuchten. Siehst du es? Sein Kopf schaut gerade nach Osten, seine Tatzen erkennst du an den nebeneinanderliegenden Sternen und sein Schwanz ist die lange Deichsel des Wagens.«

»Ich sehe ihn nicht! Zeig ihn mir! Ich sehe ihn nicht!«

»Nur nicht so ungeduldig. Das musst du üben. Wenn du willst, jeden Abend. Der große Bär ist eines der wenigen Sternbilder, das du das ganze Jahr hindurch beobachten kannst, Stunde um Stunde in jeder Nacht. Seine Sterne gehen nie am Horizont unter, weil der große Bär um den Polarstern wandert.«

Stumm beobachtete Ruben das funkelnde Himmelszelt und Merit erkannte an seinem Blick, dass er an seinen Vater dachte und ihn eine Frage bewegte, die er nach geraumer Zeit auch stellte: »Muma? Die Sterne bewegen sich. Das heißt, sie leben, nicht wahr?«

Sie schluckte, weil sie seinen Gedankengang verstand, aber nicht wusste, was sie ihm antworten sollte. Sie entschied sich dafür, die Frage indirekt zu beantworten.

»Dein Vater sieht dich. Die Sterne sind Gottes himmlisches Uhrwerk. Es läuft so präzise, dass wir den Gang unserer Uhren danach richten können.«

»Denkt er auch jetzt noch an uns, so wie wir es ausgemacht haben?«

»Da bin ich mir ganz sicher. Magst du mir die kleine Uhr herbringen? Sie liegt auf meinem Nachtkasten. Dann wollen wir mal sehen, wie genau unser Zeitmesser ist.«

Ruben brachte ihr die Taschenuhr seines Vaters, vorsichtig hielt er das Kleinod in der Hand, auf das er jeden Tag pünktlich zum Mittag geschaut hatte.

»Jetzt stellst du dich so hin, dass du das Fensterkreuz und die Spitze des Kirchturms in einer Linie sehen kannst, wie durch das Visier einer Schusswaffe. Gut so. Nun such dir einen hellen Stern in der Nähe aus.«

»Welchen denn?«

»Einen, der dir am besten gefällt. Er muss schön funkeln, ansonsten läufst du Gefahr, einen Planeten zu beobachten. Diese himmlischen Landstreicher wandeln durch die Sternbilder, deshalb nennt man sie auch Wandelsterne. Die Venus zum Beispiel ist neben Sonne und Mond unser hellster Planet. Ihr gleißendes Licht siehst du entweder als Abendstern im Westen leuchten oder noch vor Sonnenaufgang als Morgenstern am Osthimmel. Mars leuchtet gelborange und Jupiter in einem angenehmen, gedeckten Weißton. Um die Himmelsuhr zu lesen, musst du dir einen funkelnden Fixstern aus einem der Sternbilder aussuchen.«

»Hab ich. Und jetzt?«

»Gut. Nun sieh zu, wie der Fixstern weiter in dein Blickfeld wandert. Das macht er, weil wir uns mit der Erde drehen. Sobald er die Kirchturmspitze berührt, rufst du ganz laut: gefangen!«

Ruben drückte sich die Zunge zwischen den Lippen platt, so sehr konzentrierte er sich auf seine Aufgabe. Merit erschrak regelrecht, als er endlich mit einem spitzen Schrei seinen Fang kundtat.

»Gut, Ruben! Nun lass mich schnell die Uhrzeit ablesen und aufschreiben. Morgen suchen wir zur gleichen Zeit wieder diesen Stern. Das himmlische Uhrwerk wird dafür sorgen, dass du den leuchtenden Punkt drei Minuten und 56 Sekunden früher fangen kannst. Im Vergleich mit unserer Uhr kann ich sodann auf die Sekunde genau feststellen, ob sie seither regelmäßig gegangen ist.«

Ruben dachte eine Weile nach. »Muma, wir hätten nicht vergessen dürfen, an Vater zu denken«, sagte er schließlich.

»Ach, mein kleiner Bär. Bestimmt denkt er an uns.«

»Aber wir wissen nie, wann es genau Mittag ist. Und wenn

er jetzt dort oben im Himmel wohnt, kennt er die Zeit. Du musst eine Uhr erfinden, die immer die richtige Zeit weiß!«

»Das kann ich nicht, mein kleiner Bär. Ich bin doch keine Uhrmacherin. Und selbst den Meistern des Handwerks wird dieses Kunststück nie gelingen.«

»Ich will jetzt keine Sterne mehr anschauen.« Ruben kletterte vom Stuhl und ließ sich von ihr ins Bett bringen.

Sie sprach das Abendgebet und sang ihm anschließend sein Gutenachtlied, ohne ein Anzeichen von Müdigkeit bei ihm zu bemerken. Als sie von der Bettkante aufstehen wollte, hielt er sie am Ärmel fest, sodass sie sich noch einmal zu ihm hinunterbeugen musste.

»Muma? Versprichst du mir etwas?«

»Was denn?«

»Du musst eine richtige Uhr für mich bauen. Eine, die immer die richtige Zeit anzeigt. Überall auf der Welt. Versprichst du mir das?«

Sie hauchte Ruben einen Kuss auf die Stirn. »Versprochen, mein kleiner Bär.«

Erst in dem Moment, als die leuchtenden Kinderaugen ihrem Blick begegneten, wurde sie sich der Tragweite ihres Versprechens bewusst.

Drittes Buch

Geschehen zu Hamburg
in einem heißen Juli und einem klirrend kalten Oktober
A.D. 1758

Ein jegliches hat seine Zeit, und alles Vorhaben unter dem Himmel hat seine Stunde: geboren werden hat seine Zeit; sterben hat seine Zeit, pflanzen hat seine Zeit, ausreißen, was gepflanzt ist, hat seine Zeit; töten hat seine Zeit, heilen hat seine Zeit; abbrechen hat seine Zeit, bauen hat seine Zeit; weinen hat seine Zeit, lachen hat seine Zeit; klagen hat seine Zeit, tanzen hat seine Zeit.

Prediger 3,1–4

Schmeißfliegen umschwirrten ihren Kopf. Aufgescheucht von einem Kothaufen, an dem Merit im Gefolge der Prozession vorübergegangen war, schossen die schillernd beflügelten Plagegeister empor und verfingen sich in ihren Haaren. Mit erhobenen Händen versuchte sie, weitere Fliegen im Anflug abzuwehren. Bereits am Vormittag drückte sich die Hitze durch die Gassen, die Luft flirrte in bunten Spiegelungen über dem Wasser der Fleete. Der 6. Juli versprach der bislang heißeste Tag des Jahres zu werden.

Das unermüdliche Summen, dieses dumpfe, sirrende Geräusch, das sie an ein rasendes Uhrwerk mit verlorener Hemmung erinnerte, zerrte an ihren Nerven. Ihre Wut entlud sich in unkontrollierten Schlägen an ihren Kopf, bis die Störenfriede von ihr abließen und sich ein neues Opfer suchten. Dafür lachten jetzt die Kinderscharen hinter ihr über ihre fuchtelnden Handbewegungen. Merit gönnte ihnen den Spaß und wischte sich den Schweiß von der Stirn.

Auch neun Monate nach der Todesnachricht fiel Merit das Lachen noch immer schwer. Wie ein böser Traum fühlte sich das Leben an. Sie ertappte sich dabei, wie sie suchend in die Menschenmenge schaute, die ausgelassenen Gesichter beobachtete, stets in der Hoffnung, Geertjan irgendwo zu erspähen.

Der Umzug der Waisenkinder, an dem an diesem ersten Donnerstag im Juli gut einige hundert Leute teilnahmen, war für das Heim nicht nur eine Gelegenheit, um Spendengelder zu sammeln, sondern auch, um ausgelassen zu feiern. Waisengrün war der fröhliche Höhepunkt des Jahres für die Jungen und Mädchen, noch wichtiger als Weihnachten, weil dieses Sommerspektakel in ein Volksfest auf der Wiese vor dem Steintor mündete und das versprach Spiel und Abenteuer für alle Anwesenden.

Vorneweg lief einer der älteren Jungen im Sonntagsstaat, der ihm an Armen und Beinen viel zu kurz war. Als sogenannter Kapitän reckte er im Vorübergehen an den stuckverzierten Fassaden einen Klingelbeutel an einer langen Stange hinauf. Zahlreiche Münzen fielen aus den oberen Fenstern in den schwarzen Beutel.

Hier und dort klirrte es auf dem Straßenpflaster. Blitzschnell sah man eines der Kinder in der Menge abtauchen. Bestimmt landete der eine oder andere Pfennig in den Hosentaschen eines Waisenkindes, aber wer konnte ihnen das verdenken? Die Leute spendeten reichlich für den Erhalt des Waisenhauses, wusste doch keiner, ob sein Kind nicht das nächste sein würde, das dorthin gebracht werden musste.

Merit verspürte unendliche Dankbarkeit dafür, dass ihr der Herrgott wenigstens ihren Sohn gelassen hatte. Ruben klammerte sich in dem Menschenstrom an ihre Hand und lief eng an ihrer Seite, ohne dabei nach rechts und links zu sehen. Der kleine Rotschopf hingegen hüpfte wie ein Spielball auf und ab. Er wollte die Kinder, besonders den Anführer, uneingeschränkt bei ihrem Tun beobachten.

Jona war so etwas wie ihr zweiter Sohn geworden. Er ging täglich bei ihnen ein und aus und verbrachte nur die Nacht im Haus seines Ziehvaters de Lomel. Jona musste längst nicht mehr in der Zuckersiederei schuften. Das war allerdings nicht die einzige Folge eines vertraulichen Gesprächs zwischen dem Zuckersieder und der Schwiegermutter. Pauline schien ihn in seinen Avancen bestärkt zu haben, denn es verging kein Tag, an dem Merit nicht wenigstens ein Blumengebinde, eine süße Leckerei, eine sündhaft teure Pastete oder gar eine Einladung zu einem feinen Abendessen erhielt.

Nachdem sie wieder einmal die Annahme der Geschenke verweigert hatte, folgte de Lomels Diener dem von ihr festgelegten Rückweg: zunächst auf den Friedhof, wo er tagtäglich die Blumen auf einem der vergessenen Gräber ablegte, danach zum Armenviertel, wo er die Bettler mit der guten Kost versorgte und ihre gleichlautende Antwort auf diverse Einladungen: »Der alte Pfeffersack soll mich in Ruhe lassen« übersetzte der Diener wohl stets in ein gepflegtes »Die Dame überlegt es sich noch«.

Der einzige Mann, der ihr keinen Kummer bereitete, war Sönke. Der Lehrer war den Kindern ein väterlicher Freund

und der gute Geist des Hauses geworden. Über seine Vergangenheit hatte sie ihn noch immer nicht befragt, sie wusste kaum etwas Persönliches von ihm und trotzdem vertraute sie ihm von der ersten Stunde an.

Sönke hielt sich stets dezent im Hintergrund, doch wenn man ihn brauchte, war er sofort zur Stelle. Oft musste sie ihn nicht einmal rufen – Sönke spürte, wann er für sie oder die Kinder etwas tun konnte. Ruben hing zunehmend an ihm, besonders, wenn er seine Mutter für ein paar Stunden entbehren musste, weil sie seit einem halben Jahr wieder an den wenigen Aufträgen in der Uhrenwerkstatt arbeitete.

Jona hatte sich prächtig entwickelt, er war größer und kräftiger geworden, dagegen war Ruben keinen Fingerbreit gewachsen. Dafür war er der bessere Schüler. Ruben lernte schnell und mühelos. Wenn er nicht mit Sönke auf einem der lehrreichen Spaziergänge unterwegs war, fand man ihn hinter einem Buch oder über sein Schreibheft gebeugt. Sein Spielzeug hatte er in den letzten Monaten nur noch angerührt, wenn er krank gewesen war.

Seit dem Tod seines Vaters hatte Ruben ihr keinen Anlass zur Klage gegeben. Er verhielt sich mustergültig und erfüllte in vorauseilendem Gehorsam seine Pflichten. Er hielt die Schlafkammer selbstständig sauber und erledigte ohne Ermahnung seine Lernaufgaben. Sein Verhalten war ihr regelrecht unheimlich und manchmal wünschte sie sich sogar die Flausen in seinen Kopf zurück.

»Ruben?« Sie löste die Umklammerung seiner Hand. »Willst du dich nicht auch ein bisschen umsehen?« Sie gab ihm einen auffordernden Klaps auf den Rücken. Ein Zeichen, auf das hin er früher selbstvergessen wie ein junger Jagdhund im Unterholz verschwunden wäre. Jetzt blieb er an ihrer Seite und betrachtete ein wenig pflichtschuldig die Welt um sich herum.

Wolkenberge bauschten sich am Horizont auf. Ein schmutziges Weiß, das sich über der Elbe mit einem bedrohlichen Dunkelblau vereinte. Die Sonne verlachte das aufziehende Gewitter und die Menschen taten es ihr gleich. Möwen zogen krächzend und schreiend über den menschlichen Schwarm hinweg, der sich durch die Gassen presste, bis er sich auf die Festwiese ergoss, wo es verführerisch nach Essen duftete. Der scharfe Geruch geräucherter Aale erinnerte sie mit einem schmerzhaften Knurren ihres Magens daran, dass sie in letzter Zeit recht wenig gegessen hatte. Ihr fiel es nicht schwer, am Essen zu sparen, aber die Kinder taten ihr leid.

»Möchtest du etwas essen, Ruben?«

Er schüttelte den Kopf. »Das ist doch alles viel zu teuer hier«, sagte er ernst.

Sie lächelte. »Weißt du was? Heute ist ein Festtag, da dürfen wir uns etwas leisten. Ich lade euch ein. Was hältst du von ein paar süßen Kringeln? Wo sind denn Jona und Sönke?«

Sie trafen auf die beiden in einer Gruppe Schaulustiger. Ein Seiltänzer bot in schwindelerregender Höhe seine leichtfüßigen Kunststücke dar. Plötzlich suchte der Artist mit den Armen rudernd sein Gleichgewicht, sein Körper bog sich wie ein Halm im Wind, vor und zurück. Ein Raunen lief durch die Menge. Merit sog die Luft ein. Ein Blitz zuckte über den Himmel.

Als sie wieder hinsah, stand der junge Mann ruhig wie ein Soldat an der Front und lachte über sein gelungenes Schabernackspiel. Mit einem gehockten Salto krönte er seine Darbietung. Das Donnergrollen ging in dem tosenden Applaus unter.

Merit schob die Kinder durch die auseinanderstrebende Menge zu einem Stand, wo süßes Gebäck mit dem exotischen Duft von Zimt und Vanille die Käufer anlockte.

Zu spät entdeckte sie Monsieur de Lomel vor sich in der Schlange.

»Schau mal, Muma. Da ist der Pfeffersack«, verkündete Ruben.

»Schscht!«, zischte Merit, aber Monsieur de Lomel hatte sich bereits umgedreht. Sie entschuldigte sich wortreich für die ungehörige Rede ihres Sohnes. Sie wisse gar nicht, woher ihr Junge solch garstige Ausdrücke kenne. Die Schamesröte stieg ihr ins Gesicht. Auch Jona schien das Ganze peinlich zu sein.

Monsieur de Lomel verbeugte sich mit einem Lächeln vor ihr und zog den Dreispitz: »Welch ein erfreulicher Anblick, Sie wohlauf zu sehen, Wittfrau Paulsen«, sagte er und tätschelte Jona den Haarschopf. »Die Bezeichnung Pfeffersack schmeichelt mir gar, schließlich ist so ein Pfeffersackhändler mit Reichtum und hohem Ansehen gesegnet. Neid und Missgunst werden wohl kaum aus seinem Kindermund gesprochen haben.« Als de Lomel von dem rotbackigen Verkäufer darauf aufmerksam gemacht wurde, dass er nun an der Reihe sei, rief er: »Ah, wunderbar. Darf ich die Herrschaften zu einer süßen Gaumenfreude einladen? Fünf süße Kringel, bitte.«

»Nein, nein«, wehrte Merit ab. »Ich bezahle. Ich habe bereits eine Einladung an die Kinder und ihren Lehrer ausgesprochen. Vier süße Kringel, bitte.«

Ihre Finger zitterten, als sie unter dem skeptischen Blick des Bäckers die letzten Münzen zusammenklaubte. Sie schickte ein Stoßgebet zum Himmel, dass das Geld reichen möge.

Der Verkäufer zählte nach und nickte. Die Anspannung fiel von ihr ab. Stolz präsentierte sie ihren Lieben die Süßigkeiten. Das schlechte Gewissen über die hohe Geldausgabe verdrängte sie.

Monsieur de Lomel betrachtete die Szene mit hängenden Schultern. »Alsdann wünsche ich einen guten Appetit. Bedauerlich, dass ich abermals keine Gelegenheit hatte, mich für die gute Betreuung von Jona zu bedanken und mit Ihnen ein wenig ins Gespräch zu kommen.« Er lächelte. »Aber vielleicht darf ich die Familie einladen, mich am Wochenende in meinem bescheidenen Gartenhäuschen zu besuchen?«

»Au ja!«, rief Jona und strahlte. »Da gehen wir hin! Da ist es sehr schön und man kann toll spielen.«

Merit schüttelte mit gespieltem Bedauern den Kopf. »Es tut mir leid, aber am Wochenende sind wir schon anderweitig eingeladen. Jetzt wollen wir noch zu dem Schausteller dort drüben. Ruben, sieh nur! Der Mann hat einen kleinen Bären in seinem Käfig!«

Sie zwang sich zu einer halbwegs höflichen Verabschiedung, ehe sie den verdutzten Zuckersieder stehen ließ. Niemals würde sie diesem Mann verzeihen, dass er sie in der schwierigsten Zeit ihres Lebens auf die Straße gesetzt hatte – welche Gründe ihn auch immer dazu bewogen haben mochten.

»Was haben wir denn am Wochenende vor?«, wollte Ruben auf dem Weg zu dem Bärenschausteller wissen.

»Kein Wort mehr jetzt davon!«, herrschte sie ihren Jungen an.

Sönke legte ihr begütigend die Hand auf den Arm. Nicht nur, dass diese Geste in aller Öffentlichkeit geschah, er schien selbst erschrocken zu sein über seine Initiative. So als hätte er die Berührung nicht gewollt.

»Verzeihung«, murmelte er.

Sie wandte sich irritiert ihrem Sohn zu. »Entschuldige, Ruben. Es war nicht so gemeint. Schau mal, der kleine Bär. Ist er nicht süß, wie er mit seinen Pranken nach den Gitterstäben fasst?« Sie spürte den leichten Druck noch immer auf ihrem Arm, obwohl Sönke seine Hand längst weggezogen hatte.

Ruben blieb stehen. »Ich will keine Tiere anschauen. Ich will nach Hause.«

»Auch keine Bären?«

»Es kommt bald ein Gewitter«, sagte er, als spräche ein Erwachsener aus ihm.

Tatsächlich spürte Merit die ersten Regentropfen auf der Haut.

»Du hast ja recht, lasst uns lieber zurückgehen.«

Mit hochgezogenen Schultern liefen sie quer durch den Ostteil der Stadt, der Sturm fegte hinter ihnen her und trieb sie und die anderen Menschen zur Eile an.

Die Ewerführer vertäuten ihre Boote auf den Fleeten, verließen die Nähe des Wassers und kamen ihnen in der Niedernstraße entgegen, Kinder rannten an ihnen vorbei nach Hause. Die Nachbarin holte flatternde Wäschestücke von der Leine und grüßte nur flüchtig über die Schulter. Über den Himmel zuckte ein grelles Licht, kurz darauf folgte ein markerschütternder Donnerschlag.

Kaum hatten die vier Festbesucher das Haus betreten und Merit die Türe hinter sich geschlossen, brach das Gewitter los. Zwischen dem Lärm der prasselnden Regentropfen verstand Merit kaum die Aufforderung der Schwiegermutter, ihr in die Küche zu folgen, allerdings war die knappe Geste in ihrer Deutlichkeit unmissverständlich.

Neben dem Küchentisch standen Manulf und ihr Vater Abel. Sofort fühlte sie sich an jenen schrecklichen Nachmittag vor einem Dreivierteljahr erinnert. Auf dem Tisch lag ein Brief. Fröstelnd sah sie von einem zum anderen. Sie brachte keinen Laut hervor.

Pauline ergriff das Wort. »Während sich die Herrschaften auf der Gasse herumgetrieben haben, habe ich mich sinnvollen Dingen zugewandt.«

Merit schaute sich in der unaufgeräumten Küche um, wo noch das Geschirr vom Morgenmahl im Spülstein stand. Ihre Angst war verflogen.

»Ach ja? Davon sehe ich nichts. Außerdem kann ich nichts Verwerfliches darin erkennen, die Waisenkinder bei ihrer Prozession zu begleiten und ein wenig mit ihnen zu feiern.«

Ungerührt stützte Pauline die Hände in die Hüften und streckte ihre kleine Gestalt. »So wie ich meine Schwiegertochter kenne, hat sie sich von der Stimmung mitreißen lassen und es den Leuten gleichgetan, die das Geld aus dem Fenster werfen. Wahrscheinlich hat sie den Kindern irgendetwas sündhaft Teures und Überflüssiges gekauft.«

Merit fühlte sich ertappt und das machte sie noch wütender.

»Es war eine Ausnahme!«, rief sie.

»Wenn es danach geht, ist jeder Tag bei dir eine Ausnahme! Merit! Mach die Augen auf und erkenn endlich unsere Situation. Wenn das so weitergeht, sitzen wir bald als Bettler in der Gosse. Deshalb ...«

Mit erhobener Hand unterbrach Merit die Schwiegermutter. »Nicht vor den Kindern! Sönke, würden Sie bitte mit den beiden nach oben gehen?«

Er wollte der Aufforderung gerade nachkommen, als Pauline ihn zurückhielt.

»Nein. Das was ich zu sagen habe, geht alle etwas an.« Sie schaute jedem der Anwesenden nacheinander tief in die Augen, bis sie sich der Aufmerksamkeit aller sicher sein konnte. »Merit, du ziehst ab sofort zu mir in die Schlafkammer und Manulf bekommt das gewesene Ehezimmer. Ruben schläft ab heute in der Küche, Sönke wird bei ihm nächtigen.«

Vor Überraschung blieb Merit die Sprache weg. Was ging hier vor sich? »Was ... was soll das?«

»Wir sind mit den Mietzahlungen im Verzug.«

»Ja und? Das sind wir seit sechs Monaten. Dann müssen wir bei Hansen eben noch mal einen Aufschub erbitten. Der Kaufmann wird in seiner Art wie de Lomel sein. Er ist bestimmt kein Unmensch. Er weiß, wie hart uns das Schicksal getroffen hat.«

»Möglich. Aber mittlerweile ist er selbst in Schwierigkeiten.«

Pauline schob ihr das Schriftstück hin.

Als Merit keine Anstalten machte, es aufzunehmen, zitierte die Schwiegermutter aus dem Schreiben wie ein Richter, der einem Delinquenten das Urteil verlas.

Es drangen nur Wortfetzen zu ihr vor und allmählich gewann sie daraus die Erkenntnis, dass der Kaufmann Hansen im letzten Winter eine wertvolle Ladung auf See verloren hatte, weil der Steuermann den Kurs falsch berechnet hatte und das Schiff bei schlechter Sicht auf Grund gelaufen war. Zudem hatte er einem windigen Händler, der sich alsbald als Betrüger entpuppte, an der Börse einen Großteil seines Geldes anvertraut. Da man diesem Malefizen noch nicht habhaft werden konnte, sah sich der Kaufmann gezwungen, sämtliche Außenstände einzutreiben.

Pauline legte das Blatt beiseite. »Manulf hat heute sein kleines Häuschen samt Hab und Gut verkauft. Dadurch können wir unsere Schulden bei Hansen bezahlen und die nächsten Monate haben wir ein Auskommen. Ist das nicht selbstlos von ihm, dass er sein Vermögen für unsere Familie geopfert hat?«

»Selbstlos?«, eiferte sich Merit. »Es war das Erbe meiner seligen Schwester!«

»Ich habe mich in dem Haus seit dem Tod von Barbara ohnehin nicht mehr wohlgefühlt«, wiegelte Manulf ab. »Außerdem befindet sich die Uhrmacherwerkstatt hier in diesem Haus, warum sollte ich da noch länger an meinem Heim hängen? Da ich aber ein Dach über dem Kopf brauche, hast du hoffentlich nichts dagegen, Merit, wenn ich ab heute deine Schlafkammer bewohne – jetzt, nachdem Geertjan nicht mehr da ist. Ich würde das Zimmer ja mit dir teilen, aber Pauline besteht darauf, dass in ihrem Haus Zucht und Ordnung gewahrt bleiben.«

Ein undurchsichtiges Lächeln folgte seiner Rede.

»Wieso soll Manulf hier einziehen? Warum in meine Kammer? Das kommt gar nicht in Frage!«

Pauline verzog das Gesicht. »Ich allein entscheide in diesem Haus«, sagte sie eisig.

»Ach ja?«, fauchte Merit. »Das sehe ich anders. Wie kommst du überhaupt dazu, dich so aufzuführen?«

»So? Geh, wenn es dir nicht passt! Was hält dich hier überhaupt noch?«

Merit wurde es allmählich zu viel. »Ich habe ebenso ein Recht darauf, hier zu wohnen wie du!«

»Irrtum. Du gehörst nicht zu uns. Ich habe dich in unserer Familie nur meines Sohnes wegen geduldet. Damit ist jetzt Schluss. Du bist hier nicht mehr erwünscht. Ist dir das endlich klar? Sieh es als zeitweiligen Gnadenbeweis an, dass ich dir das kühle Bett meines guten Eheherrn, Gott hab ihn selig, noch zur Verfügung stellen werde, bis du eine andere Bleibe gefunden hast. Am besten, du gehst zu dem Zuckersieder, der wird dich mit offenen Armen empfangen.«

Merit schluckte trocken. »Das kannst du nicht machen ...«

»Oh doch, das kann ich.«

Ihr Blick glitt hilfesuchend zu Sönke, der den Kopf gesenkt hielt, als suche er etwas auf dem Boden. Dafür fühlte sie sich von Manulf beobachtet. Sie wandte sich ihm zu. Geertjans Augen schauten sie an. Ein leichtes Schwindelgefühl erfasste sie.

Manulf hob beschwichtigend die Hand. »Wir werden schon irgendwie miteinander zurechtkommen, nicht wahr, Merit?«

Die vertraute Tonlage seiner Stimme, in der er die beruhigenden Worte sprach, brachte sie durcheinander. Grübchen zogen sich in seine Wangen. Sie liebte diesen verschmitzten Gesichtsausdruck, wie ihn kein anderer Mann zustande brachte. *Er ist ein anderer Mann*, zwang sie sich zu denken. Bemerkte er, welchen Einfluss er auf sie hatte? Was ging in seinem Kopf vor, während sein Blick auf ihr ruhte?

Abrupt wandte sie sich ab. Mit einem denkbar hasserfüllten Blick auf Pauline verließ sie die Küche. Kaum hatte sie in der Schlafkammer damit begonnen, ihre Habseligkeiten zusammenzupacken, erschien Manulf im Türrahmen.

Er schaute sich um. »Meinetwegen musst du das Zimmer nicht ausräumen. Lass einfach alles so, wie es ist«, sagte er begütigend. »Ich habe nicht viele Sachen.«

Sie sammelte Rubens Bettzeug ein, klemmte sein Holzschiff unter den Arm, raffte Geertjans Aufzeichnungen zusammen und drängte sich an Manulf vorbei auf den Flur. Höflich war er einen Schritt zurückgetreten und hatte sie passieren lassen.

»Wo willst du jetzt hin?«, fragte er.

»Ich ziehe vorläufig in die Werkstatt. Keine Nacht werde ich bei Pauline verbringen.«

Merit spürte, wie er ihr hinterherschaute, und ein kaltes Prickeln lief ihr den Rücken hinunter. Ein Gefühl sagte ihr, dass sein Blick den Formen ihres Körpers galt. Als ob seine Finger über ihre halbbedeckten Schultern wanderten, auf dem hellblauen Stoff ihres Kleides die Regentropfen nachzeichneten, die Schnürbrust entlang bis zur Rundung ihrer Taille fuhren und seine Hand schließlich auf ihrem Gesäß ruhen blieb. Ihr anschließender Gedanke drehte sich um ihre neue Schlafstätte. Die Werkstatttüre ließ sich nicht verriegeln. Sie fragte sich, wie lange ein Mensch ohne Schlaf auskommen konnte ...

***

Geliebte Merit,
seit dem Unglück ist ein Dreivierteljahr vergangen und doch kommt es dir so vor, als sei es gestern gewesen. Solch schlimme Ereignisse bleiben uns immer nah, auch wenn das Gewesene immer weiter in die Vergangenheit rückt. Du siehst den Tag, an dem das Unvorstellbare zur schlichten Gewissheit wurde, noch immer in allen Einzelheiten vor dir, habe ich recht?

Heute würde ich sagen, es war der Anfang vom Ende. Niemand kennt die Stunde seines Todes, aber jeder weiß, dass sie kommen wird. Auch du musst damit leben, dass du sterblich bist und dein Dasein ein Ende hat. Zeit bedeutet eine bestimmte Frist, vom Anfang auf das Ende hin, hast du das nicht gewusst?

Mich würde interessieren, was du fühlst, aber ich komme nicht an dich heran. Du beschäftigst dich nicht mit mir, du willst nur über mich verfügen. Das ist bedauerlich. Du wirst mein wahres Ich kennenlernen, dafür werde ich sorgen.

Auch ich fühle mich oft allein, obwohl ich von vielen Menschen umgeben bin. Ein grausamer Zustand, den ich aus eigener Kraft nicht ändern kann. Die Vereinsamung inmitten des Lebens ist schwerer zu ertragen als die selbst gewählte Einsamkeit in einer gottverlassenen Ödnis. Mir sind die Menschen, unter denen ich dazu verdammt wurde, mein Dasein zu fristen, nicht geheuer. Von wenigen geachtet, von vielen nur mit Füßen getreten.

Ich beobachte dich, wie du vor dem großen Rätsel stehst und verfolge jeden deiner tastenden Schritte mit gespannter Neugierde. Du hast ein großes Versprechen gegeben, du glaubst, die genaue Zeit zu fassen zu bekommen und in eine Uhr sperren zu können? Manchmal nimmt man sich zu viel vor. Schon der weise Augustinus ist an der Frage verzweifelt: Was also ist Zeit? Wenn mich niemand danach fragt, weiß ich es; will ich es einem Fragenden erklären, weiß ich es nicht. Falls du tatsächlich auf die Lösung stoßen solltest, würdest du mir einen hübschen Dienst erweisen. Mit deiner Hilfe würde ich über die bisherigen Grenzen hinaus bekannt werden. Nicht du. Die wahren Erfinder wurden schon immer von der Zeit vergessen. Selbstverständlich bin ich bereit, mich dir erkenntlich zu zeigen. Was denkst du von mir? Aber ich bezweifle, dass du mit meinem Lohn zufrieden sein wirst. Denn ich werde mir alles wieder nehmen, was ich dir gegeben habe. Das ist doch mein gutes Recht, oder?

Habe ich dir nicht geraten, gut auf deinen Sohn aufzupassen? Du willst ihn doch nicht auch noch verlieren? Oder soll ich zuerst mit Jona anfangen? Es wäre eine Überlegung wert. Und je länger ich darüber nachdenke, desto besser gefällt mir dieser Plan. Warum erschrickst du? Hältst du mich für gefühlskalt? Auch mir wird es um Jona leidtun, glaube nicht, dass mir das leichtfallen wird. Aber manche Opfer müssen erbracht werden.

Komm zu mir und ich verspreche dir, jede Minute des Tages für dich da zu sein. Du hörst meine Rufe nicht. Das ist bedauerlich. Denn wer nicht hören will, muss fühlen.

***

Ihre Brust schmerzte. Merit wälzte sich auf dem Stroh hin und her und versuchte, sich aus dem Griff ihres Peinigers zu befreien. Er lag auf ihr und nahm ihr den Atem. Lange würde die Luft in ihren Lungen nicht mehr reichen, bald hatte er sein Ziel erreicht. Seine Hände lagen an ihrem Hals. Er drückte zu. Sie musste sich wehren. Irgendwie. Ihm entkommen. Mit letzter Kraft schlug sie um sich, erwischte ihn aber nicht. Hilflos ruderte sie mit den Armen. Ihre Hände griffen ins feuchte Stroh. Immer wieder. Sie musste sich anstrengen. Er raubte ihr die letzte Kraft. Lieber Gott, hilf mir. Jetzt – endlich bekam sie seinen Körper zu fassen.

Sein Rücken fühlte sich schmal an. Er war schwächer als gedacht, fast wie ein Kind.

Merit schlug die Augen auf. Schweißnass lag sie auf dem Rücken, das Gewicht ihres Sohnes ruhte auf ihr, Ruben hatte sich an sie geschmiegt und die Arme an ihren Hals gelegt. Ihr Puls trommelte gegen seine Haut. Behutsam befreite sie sich von ihrem Sohn. Sie atmete tief durch und orientierte sich in der Werkstatt, um sich selbst zu versichern, dass alles in Ordnung war.

Schlaftrunken drehte Ruben sich auf die andere Seite. Das Stroh knisterte. Ihr Nachtlager befand sich im hinteren Teil des Raumes, in der Ecke zwischen der Feuerstelle und den Uhrmachertischen. Gegenüber hingen die Feilen und filigrane Schraubendreher an der Wand, zur Tür hatte sie eine gute Sicht. Dahinter befand sich die Küche, in der Sönke schlief. Er würde aufwachen, sobald sich jemand der Werkstatt näherte.

Sie schloss die Augen, um den Schlaf zurückzuholen. Vergeblich. Ihr Inneres wehrte sich dagegen. Das Ticken der Pendeluhren, von Pauline regelmäßig aufgezogen, machte sie wahnsinnig. Ein eindringliches Geräusch, wie die fliehenden Schritte einer Menschenmenge. Kein Rhythmus, an dem sie sich festhalten konnte, immer wieder verlor sie im Wettlauf der Uhren den beruhigenden Taktschlag. Diese unvollendeten Gerippe an der Wand neben der Tür, von denen jedes seiner eigenen Zeit gehorchte, waren Zeugen jenes Tages, an dem Manulf unter Mordverdacht geraten war und die Adligen ihre Aufträge zurückgezogen hatten. Mit einem unterdrückten Seufzer setzte sie sich auf. Mondlicht schien durch die Fenster links von ihr.

Nun erst hörte sie die leisen Töne. Geigenmusik. Eine sanfte Melodie, die aus dem oberen Stockwerk zu ihr in die Werkstatt drang. Es gab nur einen in der Familie, der Geige spielen konnte. Manulf.

Sie drehte sich zur Seite, wickelte sich bis zur Nasenspitze in das kratzige Leinentuch ein. Doch je mehr sie versuchte, sein Spiel zu ignorieren, desto weniger gelang es ihr. Unwillkürlich folgte ihr Gehör dem Geräusch, suchte gar danach, sobald die Melodie durch eine Abfolge leiser, hoher Töne unterbrochen schien. Zögernd tasteten sich die Klänge zu ihr vor, wichen zurück, suchten sich als tiefe, lang gezogene Noten den Weg in ihre Seele hinein.

Sie bemerkte, wie ihre Muskeln sich nach und nach entspannten. Eine unwillkürliche Reaktion, die sie dazu verführte, ihm noch länger zuzuhören. Sie wurde zum Resonanzkörper seiner Geige, gefangen im Rausch der Melodie. An Schlaf war nicht mehr zu denken. Er schien einen unerschöpflichen Vorrat an modernen Stücken zu haben, jene Bach-Kompositionen, die sie so sehr liebte.

Erst im Morgengrauen unterbrachen Rubens verschlafene Bewegungen den Zustand ihrer Hingabe. Kurz darauf verstummte auch der Gesang der Geige.

Sie fühlte sich, als habe man sie nach einem wunderschönen Traum mit dem Kopf voran in einen Brunnen gesteckt. Unruhe erfasste sie.

Leise erhob sie sich von ihrem Strohlager, entzündete das Feuer und eine Kerze auf dem Werktisch und plötzlich überkam sie wieder einmal das Bedürfnis, Ordnung in der Werkstatt zu schaffen. Sie sortierte das Werkzeug, polierte es, suchte Materialreste zusammen und bis die Sonne aufging, war jedes Staubkörnchen vom Werktisch verschwunden.

***

Zu Beginn der nächsten Woche fand sich ein neuer Kunde in der Werkstatt ein. Sie verfluchte allerdings das plötzliche Auftauchen des Mannes. Am liebsten hätte sie das zu reparierende kleine Uhrwerk in die Hand genommen, es ins Feuer geschmettert und mit eiskaltem Blick dabei zugesehen, wie es schutzlos von den Flammen angegriffen wurde, in der Hitze die Farben wechselte, sich wehrte, bis es unter dem übermächtigen Gegner nachgab und zerschmolz.

Stattdessen zwang sie sich dazu, die Taschenuhr des Zuckersieders zu reparieren. Am Montag hatte ihr de Lomel das wertvolle Stück gebracht und ihr mit einer gewissen Dringlichkeit einen hohen Lohn versprochen, falls es ihr gelänge, das Werk wieder in Gang zu bringen.

Die Ursache war schneller gefunden als gedacht. Auf wundersame Weise hatte sich die kleine Befestigungsschraube aus dem Unruhkloben gelöst, das Herz der Uhr war aus der zugedachten Position geglitten und zum Stillstand gekommen. Sicher, eine solche Schraube konnte im Laufe der Jahre rosten, wenn diese nicht richtig versiegelt worden war, und infolgedessen wie morsches Holz zerfallen. In diesem Fall allerdings hätten sich Überreste im Uhrwerk finden müssen. Die Schraube war jedoch wie von Zauberhand verschwunden.

Da das Uhrwerk abgelaufen war, konnte sie mit einer feinen Pinzette gefahrlos die Unruh am Kloben von der Platine heben und das zappelnde Herz in die hölzerne Sortierschale befördern. Dort fand jedes Teil der Reihenfolge nach seinen Platz, damit sie sich beim späteren Zusammenbau leichter tat.

Die Lehrstunden bei Geertjan zahlten sich aus, obwohl sie schon lange nicht mehr an der Werkbank gesessen hatte. Wie viel Zeit war seither vergangen? Je mehr sie darüber nachdachte, desto weniger wusste sie es. War es wirklich schon sechs Jahre her, dass Barbara den Tod gefunden hatte? Danach waren die Aufträge ausgeblieben und in der Folge war ihr die Anstellung in der Zuckersiederei gerade recht gekommen. Wann war Geertjan auf große Fahrt gegangen? Wusste sie tatsächlich schon seit einem Dreivierteljahr, dass er nicht wieder zurückkommen würde? Wo waren die Monate hingegangen? Geertjan. Der Gedanke an ihn schmerzte wie eine frische Wunde.

Ruben war eifrig bei der Sache und überwachte die Reparaturvorgänge, als sei er selbst ein Uhrmacher. Zunächst hatte er sich großmütig angeboten, eine neue Schraube hineinzudrehen, bis sie ihm erklärt hatte, dass sie eine solche erst fertigen müsste. Ruben konnte es kaum glauben, dass ein Uhrmacher jede dieser unzähligen Schrauben selbst anfertigen musste.

Umso fasziniert beobachtete er, wie sie das in den Drehstuhl eingespannte Stahlstück bearbeitete und durch sanfte Hin- und Herbewegungen mit dem Handstichel einen dünnen Ansatz für das Gewinde abdrehte und an einer Seite ein noch unförmiger Schraubenkopf übrig blieb. Nach dem Einschneiden des Gewindes hielt Merit den Atem an, während sie die Kante ihres schraubendreherähnlichen Werkzeugs abermals mit Fingerspitzengefühl an den Rohling ansetzte und mit leichtem Gegendruck einen flachen Schraubenkopf ausformte. Das gleichförmige Summen des Antriebsrades übertönte sogar das Knistern des Feuers.

Sie stach die kleine Schraube ab, beförderte sie mithilfe einer Pinzette mit dem Gewinde nach unten in die passende Form einer durchlöcherten Messingplatte und spannte das Schraubenbänkchen in den kleinen Schraubstock bei der Werkbank ein. Ruben stand jetzt hinter ihr und verfolgte mit zwischen den Lippen zusammengepresster Zunge, wie sie sich die Lupe ans Auge klemmte und mit der haardünnen Feile den Mittelpunkt suchte, um den Schraubenschlitz einzufeilen.

Häufig hielt sie inne und kontrollierte die entstehende dreieckige Form, bis sie zufrieden war.

Nachdem sie die Schraube im Feuer gehärtet und angelassen hatte, um Härte, Zähigkeit und Zugfestigkeit der Schraube zu beeinflussen, betrachtete sie ihr Werk.

Jona zupfte an ihrem Rock. Der Junge kam nach wie vor ins Haus an der Niedernstraße, um mit Ruben zu spielen. »Geht die Uhr von meinem Ziehvater immer ganz genau?«

»An Land ist das möglich, auf einem Schiff nicht. Es gibt keine Uhr, die den Wellengang und den extremen Wechsel von Sonnenschein und Kälte verträgt.«

»Dann bau doch so eine Uhr. Du kannst doch Uhren bauen. Zeig mir, wie das geht.«

Merit lachte über seine einfache Sicht der Dinge. »Das ist schwieriger als du denkst. Ich kann auch nicht alles. Vielleicht versuche ich mich eines Tages daran. Einstweilen will ich dir zeigen, wie das Feuer verschiedene Farben auf ein Metall zaubern kann. Ruben? Ich werde jetzt die Schraube bläuen, möchtest du auch zusehen?«

»Nein, will ich nicht.«

Sie legte die Lupe beiseite und beäugte ihren Sohn, der mittlerweile mit seinem Holzschiff auf dem Boden neben der Werkbank spielte, so als hätte ihn die Arbeit eines Uhrmachers nie interessiert.

Kopfschüttelnd griff Merit die kleine Messingplatte am langen Stielende wie einen rechteckigen, flachen Löffel und probierte, in welches der vorgefertigten Löcher die Schraube passte. Anschließend setzte sie sich an den Werktisch und entzündete den Docht des goldglänzenden Ölkännchens. Jona drängte sich dicht neben sie, als sie das Schraubenbänkchen über die Flamme hielt und den herausschauenden Schraubenkopf im Visier hatte.

Merit wandte sich auf ihrem Schemel halb nach ihrem Sohn um. »Willst du wirklich nicht herkommen? Das ist spannend, was wir hier machen.«

»Nein.«

»Was ist mit dir, mein kleiner Bär? Bist du krank?«

»Nein.«

Wie gerne hätte sie sich jetzt ihrem Sohn gewidmet, aber das Bläuen erforderte ihre volle Aufmerksamkeit. Der Schraubenkopf verfärbte sich in ein helles Gelb. Und wie bei einem Sonnenuntergang mischte sich langsam ein dunkler Ton darunter, die Farbe ging in ein leuchtendes Violett über und kurz bevor sie das Schraubenbänkchen von der Flamme wegzog, breitete sich ein glänzendes Blauschwarz auf dem Schraubenkopf aus, wie die im Mondlicht glitzernde Oberfläche des Meeres.

»Sieh mal, Ruben, wie schön sie geworden ist.« Erwartungsvoll hielt sie ihm die Schraube entgegen.

»Ja, sehr schön.«

»Ist wirklich alles in Ordnung mit dir?«

Ruben ließ sein Schiff kentern. »Was machen wir heute, Muma?«

»Heute ist Mittwoch. Sönke wird gleich mit euch in die Stadt gehen«, antwortete sie in aufmunterndem Tonfall. »Es ist viel zu schönes Wetter, um hier drin zu sitzen.«

»Au ja!«, rief Jona von der gegenüberliegenden Seite des Tisches. »Wir gehen in die Stadt!«

Bedingt durch ihre niedrige Sitzposition befand sie sich auf gleicher Augenhöhe mit Jona. Nachdem der Junge seine morgendliche Erkundungstour durch die Werkstatt beendet hatte und neugierig um sie herumgetanzt war, saß er endlich halbwegs still und spielte mit Schraubenziehern und Pinzetten Krieg auf dem Uhrentisch.

Da klopfte es an der Tür und Sönke kam herein. »Oh, hier herrscht ja eine geschäftige Stille! Alle bei der Arbeit versammelt?«

Sie lachte. »Ja, die Kinder lenken mich fleißig von der Arbeit ab und ich versuche, die Uhr von de Lomel zu reparieren.«

Sönke kam näher. Wieder trug er die Weste, deren rote Farbe ihm so gut stand. »Ach, ich dachte, Sie bauen an der ganggenauen Uhr, die sich Ihr Sohn gewünscht hat. Aber da wird wohl nichts daraus, was ich gut verstehen könnte.«

»Doch.« Sie streckte ihren Rücken, fasste sich in den Nacken und neigte den Kopf in alle Richtungen. »Immerhin habe ich Ideen, was die Herstellung der Uhr angeht. Als Erstes bräuchte ich eine Vorrichtung in der Schnecke, eine zusätzliche Feder, die die Uhr während des Aufziehens in gleichmäßigem Gang hält. Die Uhr darf keine Zeit verlieren, jede Sekunde ist kostbar. Jede Störung während des Aufziehens summiert sich und lässt die Uhr falsch gehen.«

»Hm. Das hört sich logisch an.«

Gedankenverloren schob Merit zwei kleine Zahnräder über das Werkbrett, bis die Zähne sich ineinander verbissen.

»Solch ein ... ja, wie nennt man das ...Gegengesperr, wie ich es benötigen würde, gibt es bislang noch in keiner Uhr.« Mit einer Pinzette hob sie die Zahnräder hoch und ließ sie zurück in die kleine Holzschale fallen. »Ein Grund mehr, warum ich mich nicht an die Sache herantraue.«

»Das ist eine schlechte Ausrede.«

»Ach, was wissen Sie schon davon? Das ist schließlich noch nicht alles! Wenn mein Zeitmesser aufgezogen wurde, muss die Aufzugsfeder ihre Kraft gleichmäßig abgeben, die Spannung darf gegen Ende nicht nachlassen und das Uhrwerk dadurch langsamer gehen. Mein Zeitmesser muss gehen wie ein Läufer von Marathon nach Athen. Bei einer gewöhnlichen Uhr ist dies durch das Kette-Schnecke-Prinzip gelöst, aber ich bräuchte noch einen zusätzlichen Mechanismus, der eine gleichmäßige Kraft an die Hemmung anlegt.«

»Auch das hört sich bereits nach einer Lösung an.«

»Meinetwegen kann ich versuchen, einen Gleichmäßigkeitsantrieb zu fertigen, aber damit ist noch nicht geklärt, aus welchem Material ich eine entsprechend gute Hemmung herstellen könnte. Und selbst wenn, ich hätte ohnehin kein Geld, um diesen Zeitmesser zu bauen. Allein das Material würde eine so hohe Summe verschlingen, wie sie unsere Familie im nächsten Jahr zum Überleben bräuchte. Und eines weiß ich ganz sicher: Ich werde mir von niemandem Geld leihen. Von niemandem!«

Aus dem Augenwinkel beobachtete sie die Veränderung in Rubens Gesicht. Sein trauriger Blick brannte ihr auf der Seele. Er widersprach nicht, bettelte nicht, er schaute sie nur ungläubig an.

»So Kinder, jetzt wird es aber Zeit! Auf mit euch in die Stadt!«, verkündete sie betont fröhlich. »Ach, wartet! Bevor ihr mit Sönke loszieht, habe ich noch eine kleine Überraschung für euch ...« Sie bückte sich unter den Tisch und wickelte aus einem groben Tuch zwei Schläger und einen Federball aus, dessen Korkfuß mit sechzehn neuen Entenfedern bestückt war. Über den Winter hatte sie das von Geertjan wie einen Schatz gehütete Spiel wieder instandgesetzt und jetzt schien ihr der geeignete Zeitpunkt, es den Kindern zu überreichen.

Jona stürmte an ihre Seite und sie sah ihm an, dass er ihr das Spielzeug im Übereifer am liebsten aus der Hand gerissen hätte.

»Passt gut darauf auf. Rubens Großvater Geert Ole hat es

einst als Kind bekommen und auch sein Vater hat schon damit gespielt.«

Ruben erhob sich und legte die Hände in ihren Schoß. »Und heute bekomme ich es geschenkt? Ab jetzt gehört es mir?«

Er strahlte über das ganze Gesicht. Eine Fröhlichkeit, wie sie sie schon lange nicht mehr an ihm gesehen hatte und die auch ihrem Leben sogleich mehr Glanz verlieh. Trotzdem musste sie ihren Sohn enttäuschen.

»Wenn du größer bist, bekommst du es geschenkt. So lange passe ich noch darauf auf.«

»Kommst du heute mit, Muma?«, fragte Ruben mit hoffnungsvollem Schimmer in den Augen.

»Oh ja, bitte!«, pflichtete Jona bei und holte zu einer überschwänglichen Umarmung aus.

»Das geht nicht. Ihr wisst doch, dass ich hier arbeiten muss. Jona! Obacht! Die Sortierschale!«

Zu spät. Im Eifer des Gefechts hatte Jona das Behältnis mit einem gezielten Treffer zu Boden geschossen. Die winzigen Teilchen kullerten über den Dielenboden und verschwanden in den dunklen Ritzen.

Merit schoss von ihrem Schemel hoch, um zu retten, was noch zu retten war. Als sie Rubens Holzschiff unter ihrem Fuß spürte, geschah das nächste Malheur. Mit einem dumpfen Knacken gab der Schiffsrumpf nach.

Eine Welle des Schuldgefühls überrollte sie. Ruben blieb wie versteinert stehen und starrte auf sein zerstörtes Schiff.

»Entschuldigung, mein kleiner Bär! Das war keine Absicht! Es tut mir so leid.«

Sönke erfasste die Situation mit einem Blick. »Das kann man wieder heil machen. Ich besorge das richtige Holz und dann reparieren wir alle zusammen die Schiffsplanken wie echte Schiffsbauer. Kommt Kinder! Wir wollen gleich mal zum Hafen gehen und den Männern in der Werft bei der Arbeit zusehen.«

Zögernd, aber folgsam verließ Ruben hinter Sönke den Raum. Jona war längst vorausgehüpft.

Als die Türe hinter ihnen zuging, hob Merit das Schiff auf und betrachtete ihr angerichtetes Unheil. Mitten im Herz des Schiffes klaffte ein eingedrücktes Loch, einige Stäbe der Reling waren abgebrochen. Der Anblick tat ihr in der Seele weh. Sie verfluchte ihre Ungeschicklichkeit, weil sie wusste, wie viel ihrem Sohn dieses Spielzeug bedeutete. Hoffentlich konnte Sönke den Schaden beheben.

Behutsam legte sie das Schiffswrack auf die Werkbank und kniete sich auf den Boden, um die verstreuten Kleinteile der Uhr einzusammeln. Das Rufen ihres Vaters unterbrach sie in der mühevollen Arbeit. Sie schaute kurz auf, ließ dann aber ihre rechte Handfläche langsam weiter über den Dielenboden gleiten. Sie ertastete eine Schraube und legte sie mithilfe der Pinzette zu den anderen gefundenen Teilen in die Sortierschale.

Nach einer Weile ertönte wieder seine Stimme. Diesmal fordernder.

Ihre suchenden Bewegungen wurden fahriger. Das Minutenrad fehlte noch. Wo war es hingerollt? In alle Richtungen schaute sie über den dunklen Boden. Hitze wallte in ihr auf. Wieder ihr Vater. Es kostete sie Kraft, seinen Willen zu ignorieren. Verzweifelt tasteten ihre Hände über das Holz, immer wieder über dieselben Stellen. Da! Das letzte fehlende Teil, dicht am Holzbein des Schemels. Wie leicht hätte sie das dünne Rädchen zerstören können! Aufatmend erhob sie sich, stellte die Sortierschale auf die Werkbank und machte sich auf den Weg zu ihrem Vater.

Abel war mit dem Abschreiben der Zeitung beschäftigt, als sie die Dachkammer betrat.

Er schaute auf. »Schön, dass du vorbeischaust!«

»Sie erkennen mich?«

»Natürlich. Warum sollte ich mein herzensgutes Eheweib nicht erkennen? Aber seit wann siezt du mich denn? Was gibt es denn heute zum Morgenmahl?«

Merit schluckte ihre Enttäuschung hinunter. »Sie haben bereits gefrühstückt«, wies sie ihn freundlich zurecht.

»Ich? Also manchmal verstehe ich deinen Humor nicht. Ich habe heute noch nichts gegessen. Ich habe Hunger.«

Merit dachte an die große Schale, gefüllt mit Haferbrei, die er vor nicht allzu langer Zeit verspeist hatte. Laut sagte sie: »Ich bringe Ihnen gleich etwas.«

In ein paar Minuten würde er seinen Wunsch vergessen haben.

Während sie die Druckstellen seiner Handfessel mit Kamillensalbe einrieb, beschwerte er sich, dass er angebunden sei. Als sie die beschriebenen Blätter vom Boden einsammelte, wunderte er sich über seinen Gefangenenzustand schon nicht mehr. Sogar die Hitze, die unterm Dach herrschte, schien er vergessen zu haben.

Sie wischte sich über die Stirn und machte sich am Fensterriegel zu schaffen.

»Was machst du da?«, fragte Abel. »Du kannst doch nicht mitten im Winter das Fenster aufreißen.«

»Vater, bitte! Sehen Sie hinaus! Es ist Hochsommer. Hier haben Sie vorhin das heutige Datum geschrieben.«

Zum Beweis hielt sie ihm eine der Seiten hin. Dabei streifte ihr Blick ein paar Worte, die sogleich ihre Aufmerksamkeit erregten. Sie blieb an den Zeilen hängen, die von der Titelseite stammten:

Anno 1758, Num. 110
Stats- und gelehrte Zeitung
des Hamburgischen unpartheyischen Correspondenten,
mit allergnädigster Kayserlicher Freyheit
Am Mittewochen, den 12. Julii

England: Kurtze Nachricht aus London, den Längengrad und die Ausschreibung eines hohen Preyses durch das britische Königshaus betreffend:

Es jährt sich zum vierundvierzigsten Male, dass in England mit Gottes Gnade ein Gesetz von Königin Anne erlassen wurde, damalen im dreyzehnten Jahre ihrer Regierung anno 1714, worinnen mit einiger Verzweyflung eine Methode zur Bestimmung des Längengrads auf See gesucht wird.

Die Kapitäne sollen nicht länger wie Blinde über die Meere segeln, mit ihren wertvollen Schiffsladungen nicht mehr kläglich untergehen. Der stoltze Reichtum gantzer Königreiche darbt auf dem Meeresgrund und abertausende, treu dienende Männer fielen in den gierigen Schlund Poseidons, weil sie unter schrecklicher Gefahr die Richtung verloren haben.

Derohalben soll eine Person, ungeachtet ihrer Herkunft, die eine nützliche und prakticable Erfindung bei der Kommission in London vorzustellen vermag und diese auf einer sechs Wochen andauernden Reise mit einem Schiff zu den Westindischen Inseln unter allfälligen Beweis stellen kann, eines gar königlichen Preysgeldes teilhaftig werden.

Um die unvorstellbare Summe von 20 000 Pfund Sterling zu gewinnen, darf ein Zeytmesser pro Tag nur um drey Sekunden falsch gehen. An gedachtem Umbstand, dass ein irdischer Tag aus 86 400 Sekunden bestehet, erkennt man den Wahnsinn dieses Unterfangens. Gegebenes Postulat wird insbesonders von wissenschaftlich berühmten Männern vergangener Jahrhunderte bis in die heutige Zeyt untermauert, weil allesamt an dieser Frage der Longitudo Maris aufs Kläglichste scheytern mussten, obwohl dieselben gefeyerte Genies auf ihrem Gebiete waren und sind.

Hingegen versucht ein gar einfacher Mann aus dem Volke, John Harrison aus London, von Profession Tischler, in dieser Frage zu reüssieren. Mit beachtenswertem, aber letztgültig nur bescheydenem Erfolg beschäftigt er die Längengradkommission zu Greenwich seit nunmehr einem Viertel Jahrhundert mit seynen Entwürfen. Darum ist man geneigt, den gelehrten Astronomen zu glauben, welche die Lösung im Himmel suchen und diese nach den neuesten Nachrichten aus London scheynbar gefunden haben.

Merit las den Bericht einmal, zweimal, dreimal. 20 000 Pfund Sterling. Ihre Gedanken wollten nicht mehr stillstehen.

Ihr Vater verkündete, er wolle sich schlafen legen. Diesmal widersprach sie ihm nicht. Sie wünschte ihm eine gute Nacht und verließ kurz darauf die Dachkammer.

In der Küche tauchte sie ihre Arme in den Holzeimer neben dem Herd, das Wasser kühlte ihre erhitzte Haut. London. Wie mochte es dort aussehen? Sie legte die Handflächen an ihre Wangen. Rinnsale liefen an ihren Oberarmen hinunter zum Ellenbogen. Die dunkle Wasseroberfläche im Eimer erzitterte unter den hineinfallenden Tropfen. Ihre Idee war verrückt. Sie beherrschte kein Englisch, sie besaß kein Geld für die Fahrt nach London, geschweige denn zum Bau der Uhr – und selbst wenn diese Voraussetzungen gegeben wären, wusste sie nicht, ob ihre Idee überhaupt einen feuchten Händedruck wert war. Außerdem durfte sie eine Tatsache nicht vergessen: Sie war eine Frau. *Nur* eine Frau. Und seit neun Monaten Witwe. Innerhalb des nächsten Jahres würde sie wieder heiraten müssen. Irgendwen. Die Uhrmachergesellen würden Schlange stehen bei der Aussicht auf eine Werkstatt. Sie wäre bestenfalls eine nette Beigabe.

Der Zeitungsbericht drängte sich wieder vor ihr geistiges Auge, wollte nicht mehr weichen. Sie las die Zeilen aus dem Gedächtnis, dabei stieß sie wieder auf das Datum, dem sie vorhin kaum Beachtung geschenkt hatte. Jetzt überfiel es sie siedendheiß. Der 12. Juli. Der siebte Geburtstag ihres Sohnes. Sie hatte ihn vergessen. Vor Schreck stand sie wie gelähmt da. Die Schuldgefühle drückten schwer auf ihre Schultern, sodass sie sich auf den Küchenstuhl sinken ließ und das Gesicht in die Hände stützte.

Die kommenden Stunden verflogen mit wirren Gedanken an ihren Sohn, eine genau gehende Uhr und das hohe Preisgeld. Als Sönke am Nachmittag zurückkehrte, fasste sie einen Entschluss. Der Verstand hatte eindeutig gewonnen, doch sie wollte ihrer Träumerei von einer besseren Zeit wenigstens kurz ein sonniges Plätzchen zugestehen.

Kaum dass Sönke die Türschwelle übertreten hatte, überfiel sie ihn mit einer Frage: »Sönke, könnten Sie mir Englisch beibringen?«

Er schaute sie an, als hätte er es mit einem Geist zu tun. »Ich ... ähm ... nun ja. Wie Sie wünschen.«

Sie konnte ihr Glück kaum fassen. Er hatte sich die Frage nach dem Warum und Weshalb verkniffen und vor allem hatte sie kein *Nein, solche Beschäftigungen gehören sich nicht für ein*

Weibsbild von ihm zu hören bekommen. Dafür hätte sie ihn umarmen können.

»Wo sind die Kinder?«, fragte sie mit einem breiten Lächeln. »Jetzt wird es höchste Zeit, Geburtstag zu feiern.«

Sönke hatte seinen Blick nicht verändert. Er starrte durch sie hindurch. Erst jetzt fiel ihr sein kreideweißes Gesicht auf.

»Stimmt etwas nicht?«

»Ruben ... ich ... ich habe ihn zum Medicus gebracht. Ich werde für alles aufkommen. Und Jona ... er ...« Weiter kam er nicht. Ein Weinkrampf bemächtigte sich seiner. Entkräftet sank er zu Boden.

***

Verzweifelt und mit bleichem Gesicht stützte Lord Macclesfield die Ellenbogen auf die mahagonifarben glänzende Platte des langen Tisches und zog den Kopf zwischen die Schultern. Er hielt sich die Ohren zu und kniff die Augen zusammen, seine Kiefer mahlten aufeinander wie Mühlsteine. Nur raus aus diesem Irrenhaus. Er wollte keinen dieser Verrückten mehr sehen.

Erst das vernehmliche Räuspern des Königlichen Astronomen James Bradley ließ ihn aufsehen. Die Gesichter der übrigen Mitglieder der Längengradkommission sprachen Bände. Den beiden Mathematikprofessoren aus Cambridge und Oxford gelang es zwar, ihre sitzungserprobten, unergründlichen Mienen aufrechtzuerhalten, doch bereits der Erste Lord der Admiralität verriet durch das Zucken seines Kinns deutliche Ermüdungserscheinungen. Der Sprecher des Unterhauses gab sich erst gar keine Mühe, sein Missfallen über den Verlauf der Sitzung zu verbergen. Mit verschränkten Armen lehnte er sich zurück und schaute nach links zu einem der hohen Fenster hinaus, wo die Sonne sich gerade in einen roten Feuerball verwandelte und das Ende eines langen Tages ankündigte.

Der hohe, achteckige Raum der Sternwarte zu Greenwich war von sommerlich schwerer Abendluft erfüllt, die zu den geöffneten, kirchenfenstergroßen Flügeln hereinströmte. In herrschaftlicher Pose wachten die vormaligen Könige Charles II. und sein Bruder James II. auf überlebensgroßen Ölgemälden über der mit Walnussholz verkleideten Türe und sahen mit gestrengem Lächeln über die Stühle mit den abgegriffenen roten Samtpolstern hinweg, auf denen bald die nächsten Bewerber Platz nehmen würden.

Lord Werson klopfte mit den Fingern eine Melodie auf die Tischplatte. Plötzlich schnellte sein linker Arm hervor und schlug mit der flachen Hand auf die massive Platte. Vor Schreck saßen alle Herren senkrecht. Der Erste Lord der Admiralität schnippte ungerührt die tote Fliege vom Tisch und gab sich wieder dem rhythmischen Klopfen hin.

Mit einem Seufzer beruhigte Lord Macclesfield seinen aufgebrachten Herzschlag und murmelte an den Königlichen Astronomen Bradley gewandt: »Wie viele sind es heute noch?«

»Zwei unbekannte Vorschläge und dann noch dieser Harrison, weil er wahrscheinlich wieder Geld von uns braucht.«

Ein diabolisches Grinsen schlich sich in Lord Wersons Mundwinkel. »Sollen wir sie allesamt erschlagen?«

Lord Macclesfield erhob sich. »Ich muss doch sehr bitten! Sie sollten von uns allen das größte Interesse daran haben, dass einer der Bewerber uns die Lösung des Längengradproblems präsentieren kann.«

Werson schaute über den Tisch hinweg in die Ferne, über den Park von Greenwich hinunter auf die rötlich glänzenden Dächer Londons, wo der gemächliche Themsestrom den Bewohnern in weichen Schleifen das Uferland abtrotzte.

»Ganz recht, ich weiß, wovon ich spreche. Ich war auf einer solch gottverdammten Irrfahrt der Kapitän und bin gerade noch mit dem Leben davongekommen. Und ich prophezeie Ihnen: Eher wird die Welt untergehen und ich werde der Kapitän einer zweiten Arche Noah, als dass jemand eine Uhr oder ein anderes Instrument verfertigt, mit dem sich die Zeit des Heimathafens an Bord eines Schiffes ablesen lässt.«

»Was halten die Herren von Feierabend?«, schlug der Königliche Astronom in leidendem Tonfall vor.

Missbilligend hob Lord Macclesfield die Augenbrauen und lehnte das Ansinnen Bradleys ab. In seiner Eigenschaft als Präsident der Royal Society und Wortführer der Kommission blieb ihm leider nichts anderes übrig. Angelegentlich warf er einen Blick ins Protokoll.

Zahlreiche Bewerber hatten ihnen heute bereits die Türe eingerannt. Das hohe Preisgeld lockte die Menschen in Scharen, wie der goldene Honig die Fliegen. Zum Leidwesen der Kommission diente der Ausschreibungstext des Wettbewerbs den meisten jedoch lediglich dazu, ihren Reiseproviant darin einzuwickeln. Gelesen hatte ihn kaum einer.

Aus aller Herren Länder strömten die selbst ernannten Genies herbei. Anstelle sachdienlicher Lösungsvorschläge hatten sie heute bereits Formeln vorgestellt bekommen, wie Kreisumfang und Kreisfläche zu berechnen seien, Methoden zur Verfertigung sturmfester Segel, zur Trinkwasseraufbereitung, zum ungezählten Male Skizzen zur Verbesserung der Schiffsruder und für ein Perpetuum mobile.

Keine Frage, die Suche nach der genauen Bestimmung des Längengrads hatte groteske Züge angenommen. Oder was sollte man davon halten, wenn einer sich zum Maler berufen fühlte und die Längengrade an den nächtlichen Himmel zeichnen wollte? Dieser alte Pfarrer aus Wiltshire wollte eine Reihe von Sternen verbinden, die in einer Linie vom Horizont zum Zenit standen, so wie man ein Kind Punkt für Punkt nachzeichnen ließ, damit eine hübsche Figur entstand. Vierundzwanzig solcher Linien stellte sich der Mann vor. Er selbst, oder besser ein gelehrter Astronom, könnte alsdann eine Karte samt Zeitangaben anfertigen, zu welcher Uhrzeit eine dieser Sternreihen über dem Ort des Nullmeridians stünde. Wenn der kundige Seefahrer gegen Mitternacht die Sternlinie über dem Schiff an fünfter Stelle in der Tabelle angegeben fand, so wisse er, dass er vier Stunden Zeitunterschied habe und sich somit auf 60 Grad westlicher Länge befände.

Die Frage, wie sich Steuermann und Kapitän bei bedecktem Himmel orientieren sollten, beantwortete er mit einem Schulterzucken. Die ausbleibenden Antworten zur Logik des gesamten Unterfangens brachte die Kommission schließlich dazu, den Fürsprecher der Methode freundlich aber bestimmt des Raumes zu verweisen.

Macclesfield wischte sich die Schweißperlen von der Stirn und genehmigte sich noch einen Schluck Wein, der ihm aber wie abgestandenes Wasser am Gaumen kleben blieb. Mit einem Kopfnicken bat er den Diener, den nächsten »Längengradverrückten« einzulassen. Immerhin galt es nur noch drei von dieser Sorte am heutigen Sitzungstag zu überstehen. Was tat man nicht alles für sein Geld, konstatierte er.

Es traten zwei junge Männer ein, die sich als Gelehrte der Mathematik vorstellten, dann aber ohne Umschweife ihre Idee vortrugen. Wie ein Platzregen prasselten die Sätze auf die Kommission ein, sodass die Mitglieder mit hochgezogenen Schultern und ausweichenden Blicken versuchten, dem Wortschwall Einhalt zu gebieten.

Mit einem eindrucksvollen Brülllaut gelang es Lord Werson schließlich, die beiden Bewerber zum Schweigen zu bringen.

»Die Herren wollen also als Zeitsignal Kanonenschüsse zu festgelegten Zeiten an bestimmten Orten abfeuern, um die Meere wie einen Ballsaal mit Paukenschlägen zu erfüllen. Und nach denen sollen dann die Schiffe tanzen, wenn sie ihre Richtung bestimmen wollen? Interessant, interessant. Geneigte Herren scheinen hierbei nur eine Kleinigkeit übersehen zu haben, wenn ich das anmerken darf: Die Meere sind ein wenig größer als ein Ballsaal. Die Schüsse werden wohl kaum zu hören sein.«

»Doch, doch!«, ereiferte sich der Ältere von beiden, der mit seinem vorspringenden Bauch aussah, als habe er selbst eine Kanonenkugel verschluckt. »Ganz bestimmt ist das möglich! Hochgeehrte Herren der Kommission müssen wissen, dass ich die Kanonen, die einst von Beachy Head aus auf die französische Flotte gefeuert wurden, noch mit eigenen Ohren in Cambridge gehört habe. Neunzig Meilen, neunzig Meilen weit!«

Macclesfield warf Lord Werson einen vielsagenden Blick zu, während der jüngere der beiden Gelehrten das Wort ergriff. Dabei schritt dieser auf seinen O-Beinen ein imaginäres Quadrat in dem großen Raum ab, als wolle er Tanzschritte probieren.

»Man müsste lediglich Signalschiffe an strategisch ausgeklügelten Positionen vor Anker bringen. Diese feuern zu einer festgelegten Zeit am Tag einen Schuss ab. Beispielsweise um zwei Uhr. Der Seemann liest daraufhin die Uhrzeit auf seinem Schiff am Sonnenstand ab und aus der Stundendifferenz ergibt sich der Längengrad.«

»Sehr schön, sehr schön«, sagte der Sprecher des Unterhauses und nickte.

Die Gesichtszüge der beiden Bewerber brachen zu einem strahlenden Lächeln auf und es schien, als wollten sie im nächsten Augenblick die Hände aufhalten, um den großen Preis in Empfang zu nehmen.

Doch Werson schüttelte den Kopf. »Der Schall ist über solch weite Strecken kein zuverlässiger Übermittler eines Signals.«

»Auch daran haben wir gedacht. Auch daran!«, meinte der Ältere nachdrücklich, breitete die Arme zu einer weltumspannenden Geste aus und reckte die Hände gen Himmel. »Zusätzlich zu den Kanonenkugeln schießen wir noch ein Leuchtfeuer ab, das in rund einer Meile Höhe explodiert. Geschätzte Herren kennen das Prinzip, nach dem man die Entfernung eines Gewitters durch Zählen der Sekunden zwischen Blitz und Donner berechnet. Ebenso kann der kundige Seemann den Zeitunterschied zwischen Feuerschein und Donnerschlag feststellen. Ich habe ein Feuerwerk beobachtet, das bereits vor vierundvierzig Jahren zum Friedensschluss im Spanischen Erbfolgekrieg abgefeuert wurde und gewiss noch in hundert Meilen Entfernung zu sehen war.«

»Genug, genug! Wie stellen sich die Bewerber allein das Ankern der Schiffe im tiefen Ozean vor?« Wieder war es Lord Werson, der das Wort ergriff.

»Nun, der Meeresboden im Nordatlantik fällt wohl nicht tiefer als 1500 Fuß, im Zweifelsfall könnte man auch Gewichte bis in ruhigere Wasserschichten hinablassen, die das ausgesetzte Schiff auf seiner Stelle halten. Das sind kleinere Probleme, die sich in der Praxis gewiss leicht lösen lassen.«

Macclesfield verzog den Mund. »Sie sagen es. Die Schiffe aussetzen. Woher sollen diese abertausende Mann Besatzung kommen, ganz abgesehen davon, dass diese armen Hunde ein unmenschliches Dasein fristen müssten, Wind und Wellen ausgesetzt – schlimmer als jeder Leuchtturmwärter!«

»Ganz recht! Natürlich müsste auch ein Gesetz bei schwerer Strafe verbieten, diese Schiffe anzugreifen oder die Signale zur kriegerischen Irreführung nachzuahmen.«

Der Sprecher des Unterhauses schloss die Augen und lehnte sich zurück. Plötzlich wurde vor der Türe das Gebell eines Hundes laut und Werson zog verwirrt die Augenbrauen zusammen. »Ja, ähm, vielen Dank die Herrschaften. Wir danken Ihnen für Ihre Ausführungen.«

»Haben wir den Preis jetzt gewonnen?«

»Da muss ich die Herren leider enttäuschen. Ich empfehle Ihnen, aufs Alter zu sparen und derohalben solch kostspielige Reisen nach London in Zukunft besser zu unterlassen. Der Nächste, bitte!«

Kaum hatten die beiden Bewerber den Raum unter vernehmlichen Flüchen und Verwünschungen verlassen, wurde ein kleiner, schmaler Herr, der Gestalt nach ein Knabe, von einem Hund hereingezerrt. Das Tier schaute sich um und bellte die anwesende Kommission an.

»Verehrte Herren«, brüllte der Mann in das ohrenbetäubende Kläffen seines Hundes hinein. »In diesem Säckchen hier ist das Pulver der Sympathie, einst von Kenelm Digby entdeckt. Dieses heilkräftige Wundermittel wird dazu beitragen, den Längengrad auf See zu bestimmen. Seine Anwendung ist schmerzhaft, dafür wirkt es über große Entfernungen. Das ist der geniale Kern dieses Verfahrens. Ein gewöhnlicher Hund wie dieser wird an Bord eines Schiffes verbracht und bei Abfahrt mit einem Messer verletzt. Dieses blutige Messer verbleibt alsdann an Land und wird von einer vertrauenswürdigen Person jeden Tag zu einer vereinbarten Uhrzeit mit dem Pulver bestreut. Just in diesem Moment jault der Hund fernab auf dem Meer vor Schmerz auf. Somit kennt der Steuermann den Zeitunterschied zum Ausgangshafen und damit seine Position. Ist das nicht genial?

Der einzige Nachteil dieses Verfahrens, das möchte ich der hochgeschätzten Kommission gar nicht vorenthalten, liegt in dem Umstand begründet, dass der Hund auch über Wochen nicht gesunden darf. Darum muss er leider immer wieder aufs Neue verletzt werden.«

Lord Werson hielt den Atem an, bis ihm die Lungen zu platzen drohten. Mit einem Brüllen stieß er die Luft aus. »Schafft mir diesen Irren vom Leib! Raus hier, raus!«

Als er wieder zur Tür aufsah, blickte er in ein altbekanntes Gesicht: stechend blaue Augen, von bemerkenswerten Tränensäcken untergraben, vor Entschlossenheit zusammengepresste Lippen, eine längliche Nase in einem aufgeschwemmten Gesicht, dessen blassgelbe Haut sich schon zum Grabe hin sehnte. Die dichten Augenbrauen, durch Zornfalten über der Nasenwurzel zusammengezogen, verhießen nichts Gutes.

»Mr Harrison«, stöhnte er. »Sie haben mir heute gerade noch zu meinem Glücke gefehlt.«

»Das freut mich.« John Harrison zog sich ungefragt einen Stuhl herbei und ließ sich inmitten des Raumes vor den brüskiert dreinblickenden Kommissionsmitgliedern nieder. »Heute könnte es etwas länger dauern. Bis Mitternacht hat sich die Kommission allerdings auf die Vergabe des Längengradpreises geeinigt, so viel kann ich versprechen. Oder hatte etwa einer der Herren heute Abend noch etwas anderes vor?«

Lord Werson fühlte sich einem Schlagfluss nahe.

»Meine Herren.« Harrison gab dem Diener an der Tür einen Wink, woraufhin der Mann einen Tisch hereinrollte, auf dem ein mechanisches Ungetüm stand. Unzählige, ineinander verschachtelte Zahnräder stapelten sich zu einem goldglänzenden Turm auf.

Ergeben sank Werson an die Lehne seines Stuhls und harrte der Dinge, die da kommen mochten.

***

Die laue Sommerluft streichelte sein Gemüt, die Anstrengung des Tages fiel von ihm ab. Zacharias de Lomel durchschritt seinen paradiesisch angelegten Lustgarten, die Hände hinter dem Rücken verschränkt, und genoss den süßlichen Duft des frühen Abends. Der Geruch hatte etwas Friedliches an sich.

Ein Rotkehlchen flatterte von der zierlichen Lehne einer schattigen Parkbank vor seine Füße, hielt den Kopf schräg, zeigte sein schönes rotes Gefieder und hüpfte quer über die Wegkreuzung zu dem Springbrunnen aus hellglänzendem Marmor. Mit einem leichten Flügelschlag ließ sich der kleine Vogel auf dem steinernen Rand nieder, tauchte seinen Schnabel mit flinken, anmutigen Bewegungen in das kühle Nass und behielt seine Umgebung dabei im Blick. Wassertropfen perlten von seinem Gefieder.

Im Hintergrund erklang das fröhliche Geplauder seiner Gäste zwischen der dargebotenen Wassermusik Telemanns. Hamburgs berühmter Kantor hatte es sich nicht nehmen lassen, seine Alster-Ouvertüre selbst zu dirigieren. Rasantes Geigenspiel trieb die imaginären Schiffe aus dem Hafen, dazwischen drängten sich die Hörner mit stolzen Tönen und riefen aus nah und fern zum Gruß. Anschließend lauschten die Gäste der ruhig über eine Wasseroberfläche gleitenden Geigenmelodie des Schwanengesangs.

Wie ein Wasserschlösschen stand sein weiß getünchtes Palais auf Marmorpfeilern inmitten eines großzügig angelegten Karpfenteichs. Eine Zugbrücke führte zu dem kunstvoll geschnitzten Eingangsportal aus Kirschbaumholz. Ein dort angebundener Affe begrüßte zum Amüsement die eintreffenden Gäste mit allerlei Schabernack und ließ sich bestaunen.

In Scharen drängten die Damen und Herren der feinen Hamburger Gesellschaft ins Haus, um bei üppigem Büffet und zwangloser Plauderei wichtige Kontakte zu knüpfen und Geschäfte einzufädeln. Wieder waren die reichsten Kaufmänner seiner Einladung gefolgt und gaben sich zusammen mit den Ratsherren der Stadt die Ehre. Doch was nützten ihm all diese Menschen, wenn ihm das Wichtigste im Leben fehlte?

Er konnte nichts mehr essen und nicht schlafen, weil er immerzu an sie denken musste. Er würde nicht eher ruhen, bis er Merit in seinen Armen halten konnte. Dieser Augenblick wäre die Erfüllung seiner Träume. Seine Gedanken waren besessen von ihrer Erscheinung. Sie war noch schöner als ihre Schwester es gewesen war.

Er schlenderte den verschlungenen, kiesbestreuten Weg weiter, vorbei an einer künstlich angelegten Grotte mit bunt schillernden Mineralien und wie zufällig platzierten Austern, deren zaghaft geöffnete Schalen glänzende Perlen offenbarten.

Damals hatte er nicht widerstehen können, als Barbara in der Zuckersiederei als Formenwäscherin gearbeitet hatte. Er hätte Merit nicht an ihrer statt einstellen dürfen. Die beiden Schwestern sahen sich trotz ihres Altersunterschieds verflucht ähnlich, doch im Wesen waren sie grundverschieden. Merit war die Kühnere von beiden, stolz wie eine scheue Katze.

Lange Zeit hatte er seine Gefühle im Griff gehabt, die beim Anblick von Merit in Erinnerung an seine heimliche Liebe zu Barbara in ihm aufgewallt waren. Er wollte nicht noch eine Ehe zerstören.

An dem Tag, als Merit zur Witwe wurde, war ihm schlagartig bewusst geworden, welche Zuneigung er tatsächlich zu ihr fühlte. An Barbara hatte ihn nur die Schönheit gereizt, der flammend rote Hauch in ihren blonden Haaren, ihr Lachen, das sich wie Sonnenstrahlen als sichtbare krause Linien um ihre Nasenflügel und als Fältchen an den Augen über ihr Gesicht ausbreitete, die verführerischen Bewegungen ihres schlanken, hochgewachsenen Körpers. An Merit liebte er das gesamte Wesen, nicht nur ihre äußere Erscheinung. Er konnte seine überschäumenden Gefühlsregungen nicht mehr kaschieren, noch irgendwo in seinem Inneren verschließen oder gar vergessen.

Es hatte ihm das Herz gebrochen, als er Merit entlassen musste, doch es erschien ihm als die einzige Möglichkeit, seinen Verstand wiederzuerlangen und Herr seiner Sinne zu werden. Doch seit sie gegangen war, hatte sich Sehnsucht breit gemacht.

An Waisengrün war er ihr begegnet und zuletzt hatte er sie bei der Abgabe einer reparaturbedürftigen Uhr in der Werkstatt gesehen. Ein besserer Vorwand war ihm nicht eingefallen. Sie wies seine Avancen zurück und es fand sich kaum Gelegenheit, ein paar Worte mit ihr zu wechseln. Ihre Eigenständigkeit imponierte ihm und verletzte ihn zugleich. Wenigstens erfuhr er über Jona, womit sie sich beschäftigte. So nahm er Tag für Tag im Geiste an ihrem Leben teil, auch wenn er nicht in ihrer Nähe sein konnte.

Er beschloss umzukehren. Als er sich umwandte, sah er sie den Weg zu seinem Haus hinaufkommen. Ihr Anblick nahm ihm für einen Moment den Atem und er hatte Mühe, sein Glück zu fassen. Merit war tatsächlich gekommen. Waren seine Gebete erhört worden?

Zu Fuß musste sie mindestens zwei Stunden unterwegs gewesen sein. Ein paar widerspenstige Strähnen hatten sich aus ihrem Haarknoten gelöst und umspielten im Rhythmus ihrer Schritte die vor Anstrengung geröteten Wangen. Als sie ihn erblickte, blieb sie abrupt stehen.

Er tat es ihr gleich, obwohl er ihr am liebsten entgegengeeilt wäre.

***

Ihre Muskeln verspannten sich, jede Faser ihres Körpers schrie nach Flucht, doch sie musste auf den Zuckersieder zugehen, um ihm die schreckliche Mitteilung zu machen.

De Lomel breitete seine Arme aus. »Willkommen in meinem Paradies!«, rief er ihr zu.

Wollte er mit seiner Geste die Weite seines Refugiums beschreiben oder von ihr Besitz ergreifen? Sie blieb zwei Schritte entfernt von ihm stehen.

»Madame! Schön, dass Sie nunmehro einer meiner Einladungen gefolgt sind. Sind Sie den ganzen Weg hierher zu Fuß gegangen? Ich hätte Ihnen eine Kutsche geschickt, wenn ich Ihr Kommen geahnt hätte.« Er bot ihr seinen Arm. »Sie sehen erschöpft aus. Darf ich Madame anbieten, Dieselben in mein bescheidenes Heim zu führen? Kleine Köstlichkeiten und ein erfrischender Holundertrank warten darauf, Ihren Gaumen zu erfreuen.«

Merit rang mit sich. Sie musste ihm die Wahrheit sagen. Ohne Umschweife. Doch die Wahrheit bedeutete, das Unfassbare auszusprechen.

»Verzeihen Sie«, sagte sie und holte tief Luft, »aber ich bin nicht wegen des Festes gekommen.«

»Ach, haben Sie meine Taschenuhr reparieren können? Läuft sie wieder?«

Seine Nachfrage verdrängte die Worte, die sie sich zurechtgelegt hatte. »Ja ... ja natürlich.« Sie überreichte ihm das wertvolle Stück. »Die Unruhklobenschraube hat gefehlt.«

»Ach ja? Sachen gibt es ...« Er drehte an der vergoldeten Aufzugskrone, wiegte die Uhr in seiner Handfläche und hob sie an sein Ohr, um dem Ticken zu lauschen. »Ich bin beeindruckt von Ihren Fähigkeiten. Und ich freue mich, dass Sie sich derohalben auf den weiten Weg gemacht haben. Jetzt kann der Abend nur noch schön werden.«

Merit schüttelte den Kopf. »Ich habe Ihnen eine schlimme Nachricht zu überbringen. Deshalb bin ich hier.«

De Lomel runzelte die Stirn. »Was ist passiert? Ein Krach an der Börse? Meine Zuckersiederei in Flammen?«

Sie wich seinem Blick aus. »Jona ... Ihr Sohn ... er ist tot.«

»Was sagen Sie da? Aber wie? Wo?«

Sein Entsetzen zog Merit den Boden unter den Füßen weg. Die mühsam zurückgehaltenen Tränen schossen ihr in die Augen. »Es tut mir leid. Es ist alles meine Schuld.«

»Jona, mein Sohn ...« De Lomels Stimme nahm einen fremden Klang an. »Sagen Sie mir ... der Reihe nach ... Was ist passiert?«

»Ich ... ich habe die beiden Kinder mit Sönke fortgeschickt, weil ich arbeiten wollte. Sie sind zum Hafen gegangen. Ruben wollte, dass ich mitkomme. Er hatte an diesem Tag Geburtstag. Ich habe es vergessen. Ich habe einfach nicht daran gedacht! Stattdessen habe ich den Kindern ein Federballspiel in die Hand gedrückt, damit sie sich einen schönen Tag machen können und ich meine Ruhe zum Arbeiten habe.« Nur mühsam gelang es ihr, sich zu beherrschen.

»Was ist dann geschehen?«

»Sie waren am Hafen. Zuerst haben sie auf Jonas Idee hin das Federballspiel gegen ein paar Münzen an promenierende Pärchen ausgeliehen. Sönke hat die Kinder gewähren lassen, weil sie sich nicht von dem Gedanken abhalten ließen, ein wenig Geld zu verdienen. Sie haben eine schöne Summe zusammenbekommen. Dann haben die Kinder zum Amüsement der Erwachsenen ihr eigenes Spiel vorgeführt und Ruben hat den Federball zu weit geschossen. Jona ist im Eifer hinterhergerannt und ins Wasser gefallen. Ruben wollte ihn retten, obwohl er selbst nicht schwimmen kann und panische Angst vor dem Wasser hat. Sönke ist hineingesprungen und konnte meinen Jungen gerade noch vor dem Ertrinken retten. Ein Medicus nahm sich seiner an. Es geht ihm wieder soweit gut. Aber Jona ...«, sie rang nach Luft, »ist von der Strömung fortgetrieben worden.« Die Kraft wich ihr aus den Knien und sie sank in sich zusammen. »Es ist meine Schuld. Ich hätte die beiden nicht zum Spielen fortschicken dürfen.« Ihre Tränen ließen sich nun nicht mehr aufhalten. Jona erschien ihr vor Augen, der rote Haarschopf des lebhaften kleinen Kerls.

Das Zucken um de Lomels Kinn verriet, wie er um Fassung rang. Sein Gesicht war aschfahl, er sagte kein Wort, sein Blick ging ins Leere.

Auf ewig würde sie in seiner Schuld stehen. Merit wischte sich über die nassen Wangen, aber der Tränenstrom wollte nicht versiegen. »Geben Sie seiner Mutter Bescheid?«

»Das wird nicht notwendig sein. Sie wartet bereits im Himmel auf ihn.«

»Sie ist *tot?* Woran ist sie gestorben?«

»Das weiß ich ebenso wenig wie Sie. Madame haben die Frau noch besser gekannt als ich. Sie war ... Ihre Schwester.«

Merit sog die Luft ein.

»Diese Neuigkeit überrascht Sie und ich sehe Zweifel in Ihren Augen. Hätte ich damals gewusst, wie alles kommen würde, hätte ich mich nicht auf das Abenteuer mit ihr eingelassen. Ihre Schönheit hat mich schwachwerden lassen und sie hat von mir das bekommen, was sie sich sehnlich gewünscht hat und ihr Eheherr ihr nicht schenken konnte: ein Kind. Ich habe der Hebamme einen Jahreslohn dafür bezahlt, dass sie Jona gleich nach der schweren Geburt von meinem Diener, der sich als Medicus ausgegeben hat, außer Haus bringen lässt. Dies alles geschah im Einverständnis der Mutter und ihr Mann interessierte sich nicht für die angebliche Beerdigung des Säuglings. Darauf hatte ich spekuliert. Also wuchs Jona unbescholten unter meiner Obhut auf und Barbara war bei ihm und hat ihn gestillt, während alle Welt geglaubt hat, sie habe ihre Arbeit in der Zuckersiederei wieder aufgenommen.«

Merit hatte dem Erzählten atemlos gelauscht. Sie brauchte eine Weile, um die Neuigkeiten zu verdauen. Jona war ihr Neffe gewesen!

Dann fragte sie: »Und was ist in jener Nacht vorgefallen, in der meine Schwester gestorben ist? Sie wissen es!«

»Nein, das müssen Sie mir glauben. Sie können meinen Worten vertrauen. Ich habe Ihnen alles gesagt, was ich weiß und was mich betrifft.«

Warum konnte er ihr nicht in die Augen sehen? War es die Scham über seinen Fehltritt, die Trauer oder verbarg er noch etwas vor ihr?

»Und warum haben Sie mich entlassen? Hatten Sie Angst, ich könnte Ihnen in irgendeiner Weise auf die Schliche kommen? Bin ich Ihnen gefährlich geworden?«

»Ja. Allerdings auf eine andere Weise. Ich habe nichts vor Ihnen zu verbergen. Sie wissen nun alles. Sogar, was ich für Sie empfinde.«

»Und Sie verlangen von mir, dass ich Ihre Worte ernst nehme, nach all dem, was Sie mir soeben über die unsittliche Beziehung zu meiner Schwester, Gott hab sie selig, offenbart haben?« Glühender Zorn überdeckte ihre Traurigkeit.

»Lassen Sie uns ein Stück gehen«, schlug der Zuckersieder leise vor.

Widerstrebend schloss sie sich ihm an. Sie horchte auf das Knirschen ihrer Schritte, bis sie nach geraumer Wegstrecke die Orangerie erreichten. Zarte Holzleisten umrahmten die Fenster des Glashauses, in dem eine verschwenderische Fülle reifer Orangen- und Zitrusfrüchte in der Wärme zahlreicher Holzöfen gedieh. Die Lichtstrahlen der untergehenden Sonne durchstreiften gemächlich den Raum, in dem de Lomel die Gesetze von Zeit und Raum außer Kraft gesetzt hatte und über die Natur triumphierte. Früher hätte sie sich an solch einer Pracht erfreuen können. Der Blick in de Lomels Gesicht verriet ihr, dass auch er seine Umgebung plötzlich mit anderen Augen sah.

»Ich habe meinen Sohn verloren«, sagte er, jedes Wort einzeln betonend, als könne er seine Situation dadurch erst begreifen. »Ich habe alles verloren, was ich je geliebt habe. Zuerst Barbara und jetzt auch noch meinen Jungen.«

»Es tut mir so leid, ich ...« Sie suchte nach Worten, doch er unterbrach sie.

»Machen Sie sich bitte keine Vorwürfe. Es war ein Unglück.« De Lomel schloss die Augen, fuhr mit Daumen und Zeigefinger über die Nasenwurzel und drückte dann auf die inneren Augenwinkel. Geraume Zeit verharrte er in dieser Haltung. Auf einmal schüttelte er entschieden den Kopf, als ob er versuchen wollte, seine Trauer dadurch loszuwerden. Er schaute auf und sagte: »Wie könnte ich Ihnen jemals zürnen, wo ich doch mein Herz an Sie verloren habe?«

Sie fühlte sich von der plötzlichen Wendung des Gesprächs in die Enge getrieben. »Ich muss Sie enttäuschen, Monsieur. Meine Gefühle gehören immer noch meinem verstorbenen Mann. Ich empfinde nichts für Sie, Monsieur. Ich weiß, wohin meine Liebe gehört. Sie irren, wenn Sie in mir meine Schwester suchen.«

»Sie müssen mich verstehen. Es ist anders als damals bei Barbara. *Sie* sind anders. Aber Sie haben ganz recht. Sprechen wir jetzt nicht von solchen Dingen.« De Lomel bewahrte seine Haltung und selbst wenn er enttäuscht war, so zeigte er es nicht.

»Gibt es trotzdem irgendetwas, was ich für Sie tun kann? Benötigen Sie Geld für die kommenden Wochen und Monate? Die Reparatur meiner Uhr werde ich Ihnen großzügig entlohnen, aber ich könnte Ihnen auch Ihr Gehalt weiter ausbezahlen, ohne dass Sie für mich arbeiten müssten. Was halten Sie von diesem Vorschlag?«

»Nichts. Danke. Ich komme alleine zurecht!«, sagte Merit und streckte ihren Rücken.

»Aber von irgendetwas müssen Sie leben! Sie können eine große Familie nicht allein ernähren und über den Winter bringen. Denken Sie darüber nach. An meiner Seite könnten Sie ein gutes und sorgenfreies Auskommen haben, ein großes Heim, schöne Reisen, eine gute Schulbildung für Ruben und zu all dem biete ich Ihnen meine Liebe, wenn Sie diese nur annehmen wollen.«

Sie sah ihm geradewegs in die Augen. »Sie kennen sich mit Geldgeschäften gut aus, oder?«

»Ja und?« De Lomel hob die Augenbrauen.

Einen Moment dachte sie nach. »20 000 Pfund Sterling sind eine hohe Summe, nicht wahr?«

»Das reicht für ein langes, unbeschwertes Leben in angenehmem Luxus. Warum fragen Sie?«

Sie gab ihm keine Antwort. Als sie de Lomels Garten verließ und zu Fuß den weiten Weg zurück in die Stadt antrat, kannte sie ihr Ziel besser denn je. Außerdem hatte sie ihrem Sohn ein Versprechen gegeben und sie war bereit, so lange einen Fuß vor den anderen zu setzen, bis sie Erfolg haben oder tatsächlich an eine unüberwindbare Grenze stoßen würde.

***

Der vergoldete Uhrzeiger kroch lautlos über Mitternacht hinweg. Keiner der Anwesenden bemerkte es. Drückende Schwüle klebte an ihren Körpern, dennoch öffnete niemand die hohen Fenster. Auch John Harrison nahm sich nicht die Zeit dazu, obwohl ihm die Kräfte schwanden und er dringend frische Luft gebraucht hätte. Ihn interessierte nur der Gewinn seines lebenslangen Kampfes. Er fühlte sich wie ein Raubtier, das auf die Beute fixiert war und kurz vor dem entscheidenden Sprung stand – alles andere war nebensächlich geworden.

Stunde um Stunde hatte er die Kommission mit Worten betört, hatte einen Schritt vorwärts gemacht und war wieder zurückgewichen. Ein Spiel, dem er jetzt ein Ende setzen musste, wenn er die Beute haben wollte.

Die Zeit hatte er bereits eingefangen und besiegt. Es wäre lächerlich, an den Marionetten dieser Kommission zu scheitern. Sein Blick wechselte zwischen dem langen Sitzungstisch und seinem rechten Schuh, während er wie ein Tiger auf einem begrenzten Pfad in dem achteckigen Raum auf- und abstreifte. Er musste einen anderen Weg finden, die Entscheidungsträger zu überzeugen. Abrupt blieb er stehen.

»Meine Herren, so kommen wir nicht weiter. Das Gesetz schreibt eine sechswöchige Beweisfahrt zu den Westindischen Inseln vor und ich muss diese Reise antreten, um die Ganggenauigkeit meiner Uhr zu beweisen. Sie müssen mir die Seereise gestatten!«

Lord Werson zupfte einen Fussel von seiner goldfarbenen Weste. »Wir müssen gar nichts. In diesem Kreis ist es selbst mir nicht gestattet, Befehle zu erteilen.« Er maß Harrison mit einem abschätzigen Blick. »Sehr zu meinem Bedauern.«

Als Nächster ergriff der Königliche Astronom das Wort: »Warum sind Sie überhaupt so erpicht darauf, in See zu stechen? Soll ich Kapitän Proctor zitieren? Er hat Sie als fleißigen und bescheidenen Mann bezeichnet, der sich mit seiner Uhr jedoch Unmögliches vorgenommen habe.«

»Kapitän Proctor ist kurz nach der Ankunft in Lissabon verstorben. Er konnte seine Worte über meinen ersten Zeithalter nicht mehr revidieren! Das hat Kapitän Wills auf der Rückfahrt getan, als ich ihn bei schlechtem Wetter vor der englischen Küste darauf hinwies, dass er sich nicht vor der Landzunge bei Start Point befände, sondern noch rund 70 Meilen weiter westlich, bei Lizard Point. Aufgrund seiner lobenden Worte ist die Längengradkommission erstmals zusammengetreten, um meine Erfindung zu begutachten.«

»Ihr erster Zeitmesser hat es gerade bis Lissabon geschafft.«

»Natürlich! Das war vor 22 Jahren! Seither habe ich einiges an meiner Technik verändert und aus meinen Erfahrungen heraus ein perfektes Instrument erschaffen.«

Bradley seufzte bestätigend. »Diesen Umstand haben wir hinlänglich zu Gehör bekommen. Doch Ihre zweite Maschine haben Sie selbst nicht auf Fahrt schicken wollen, obwohl die Kommission dazu bereit gewesen wäre.« Die mit der Dauer der Sitzung verbundene Anstrengung zeigte sich auf dem erschreckend blassen Gesicht des Königlichen Astronomen. Offenbar litt er unter starken Schmerzen, aber er ließ es sich nicht nehmen, das Streitgespräch fortzuführen.

»Und nun Ihr dritter Zeitmesser. Was soll dieses tickende Ding sein? Ein netter Küchenhelfer? Eine vergoldete Einschlafhilfe für ein Kind?«

»Dieses Ding«, Harrison ahmte den geringschätzigen Ton Bradleys nach, »ist mehr wert als sämtliche Phonometer, Pyrometer, Heliometer und alle anderen Messgeräte, die man Ihnen in dieser Runde als Schätze jemals präsentiert hat. Mein Zeithalter hingegen ist etwas Besonderes – ein Chronometer, falls die Kommission einen wissenschaftlichen Ausdruck dafür sucht – und ich werde nicht eher ruhen, bis ich seine Genauigkeit auf See beweisen konnte.«

»Ihr Engagement in Ehren, aber wollen Sie sich in Ihrem Alter so eine Fahrt überhaupt noch zumuten? Eine Landratte ist seetauglicher als Sie.«

»Das ist eine infame Unterstellung!«

»So?« Bradley hob die Augenbrauen. »Ich kann mich noch lebhaft an den gar köstlichen Bericht von Kapitän Proctor erinnern, demnach Sie sich auf der Fahrt nach Lissabon alle paar Stunden der armen Fische erbarmt und sie gefüttert haben.«

Für einen Augenblick blieb Harrison die Luft weg. »Das ... das muss ich mir nicht bieten lassen! Wo bin ich hier eigentlich? Ich komme mir vor wie in einem Gerichtssaal, in dem der Kläger sich zum Richter aufgeschwungen hat und das Urteil über einen Unschuldigen spricht. Ich werde mich über die Arbeitsweise der Kommission beschweren! Dieser Mann«, sagte er und zeigte mit dem Finger auf den Königlichen Astronomen Bradley, »dürfte kein Mitglied der Jury sein, weil er mit seiner eigenen Erfindung um das Preisgeld buhlt.«

Bradley blieb erstaunlich ruhig. »Ich bin trotz – oder gerade wegen – meiner eigenen Forschungen dazu prädestiniert, die Vorschläge anderer beurteilen zu können. Objektiv, versteht sich. Alles andere ist Verleumdung!«

Die übrigen Herren nickten einmütig.

»Sie alle ...«, mit einer schwungvollen Geste zeigte Harrison über die Köpfe der Anwesenden hinweg, »Sie alle stecken doch unter einer Decke! Astronomen, Mathematiker, Seemänner und Politiker, die Sie sind, Sie suchen doch allesamt die Lösung im Himmel! Sie favorisieren die Methode der Monddistanzen, weil Sie sich nichts anderes vorstellen können. Sie klammern sich an Newtons Postulat, weil Sie keine Ahnung vom Uhrenhandwerk haben. Niemand von Ihnen hat je das

Innere eines Zeitmessers gesehen, keiner weiß, warum sein Herz schlägt. Ich weiß es und darum stehe ich hier! Mitsamt einer Lösung, die Sie mit Ihren sturen Köpfen nicht sehen wollen!«

»Genug!« Der Königliche Astronom fuhr auf. »Es reicht! Sie, werter Mister Harrison, sind die merkwürdigste und halsstarrigste Kreatur, die mir je begegnet ist! In der Tat haben wir die himmlische Zeitberechnung mit sehr vielversprechenden Ergebnissen auf englischem Gewässer getestet. Doch auch ich werde mit meinem Assistenten Nevil Maskelyne abwarten müssen, bis sich die Wogen des Krieges geglättet haben.«

Bradley lehnte sich mit schmerzverzerrtem Gesicht zurück. »Oder sollen wir Sie mit Ihrem wertvollen Zeitmesser in derart gefährliche Gewässer schicken? Wie steht es überhaupt um die kleinere, praktikablere und mithin kostengünstigere Uhr, deren Bau Sie uns vor vier Jahren versprochen haben?«

Harrison antwortete mit einem Kopfschütteln. Ungewohnte Stille kehrte in den Sitzungssaal ein. Bradley hatte einen wunden Punkt getroffen und ließ den Finger ungerührt darauf ruhen.

»Sie haben damals selbst gesagt«, bohrte der Königliche Astronom nach, »Sie hätten Grund zur Annahme, dass solche kleinen Instrumente von großem Nutzen sein könnten in Bezug auf den Längengrad. Damit kämen wir den Anforderungen der Preisausschreibung endlich näher. Praktisch verwendbar soll die Lösung sein. Wollen Sie behaupten, Ihr kostspieliges, kompliziertes, sechzig Pfund schweres Instrument, für das man mehrere Jahre Bauzeit veranschlagen muss, eignet sich für die weite Verbreitung auf den Schiffen der Weltmeere?«

»Mein Zeitmesser ist perfekt! So viele Jahre habe ich daran gebaut, Himmelherrgott!«

Mit unduldsamen Schnalzlauten machte Lord Werson auf

sich aufmerksam. Diese hatten allerdings nicht Harrison, sondern einer Schmeißfliege gegolten, die er mit zielsicherem Blick verfolgte. Mit dezenten Kopfbewegungen ahmte er die halsbrecherischen Flugmanöver des Störenfrieds nach, bis ihm seine eigene Anwesenheit wieder aufzufallen schien.

Er nutzte die Aufmerksamkeit auf seine Person, um sogleich das Wort zu ergreifen: »Das ist Ihr größter Fehler, Harrison. Sie halten sich für perfekt. In Wirklichkeit können Sie nur fluchen wie der größte Schiffskapitän, mehr haben Sie bei der Suche nach der genauen Zeit nicht zu sagen. Ihre Briefe an die Kommission sind inhaltsleer und erinnern mich an das fließende Wasser der Themse. Endlos lange, verschlungene Sätze ohne Punkt und Komma, selten mit erkennbarem Tiefgang. In einer Familie, in der sämtliche Mitglieder der Einfachheit halber auf die Namen Henry und Elisabeth hören, glauben Sie, zwischen all der Einfältigkeit als John Harrison der geniale Kopf zu sein. Sie hätten beim Tischlerhandwerk bleiben sollen, das hätte Ihnen besser gestanden. Haben Sie nicht␣Stalluhren aus irgend so einem Kiefernholz gefertigt? Das wäre doch eine entzückende Idee, um Geld zu verdienen.«

»Lignum vitae«, knurrte Harrison. »Keine Kiefer. Ein tropisches Hartholz, das selbst Fett ausscheidet. Eine meiner Entdeckungen. Das Uhrwerk muss niemals geölt werden, es kann also nicht verschmutzen und altern.«

Werson lächelte. »Sagte ich doch. Vielleicht bringen Sie es zur Berühmtheit, wenn Ihre Uhr in zwei- oder dreihundert Jahren immer noch läuft. Vorausgesetzt, das Türmchen samt den Stallungen übersteht die Jahrhunderte. Wäre doch hübsch, wenn man Ihren Namen in ferner Zukunft damit verbände. Immerhin eine nette Randnotiz.«

»Es sei denn«, fiel Macclesfield ihm ins Wort, »Sie könnten

eine kleine Uhr bauen, die tatsächlich unseren Forderungen entspricht. Nicht solch ein Monstrum!«

»Sie verlangen Unmögliches von mir!«, schrie Harrison.

»Ach?« Lord Werson genehmigte sich einen Schluck Wein. »Sie stoßen an Ihre Grenzen? Das ist eine hübsche Erfahrung, kann ich Ihnen versichern. Schön, dass sie Ihnen auch endlich zuteil wird.«

Harrison stützte sich mit beiden Händen auf dem Tisch ab, auf dem sein Zeitmesser stand, und beobachtete das Schwingen der Unruhreifen. Als er sprach, schienen die Worte einzig seiner Uhr zu gelten: »Die Grasshopper-Hemmung ist die einzige Lösung. Es gibt kein Hemmungsprinzip, das in eine kleine Uhr passt und gleichzeitig so präzise arbeitet, dass es auf See bestehen könnte. Ein Adler kann auch nicht mit Spatzenfedern fliegen!«

»Wie Sie meinen.« Werson gab dem Sekretär ein Zeichen, das Tintenfass zu schließen. »Sodann wird es uns leider sehr schwerfallen, die 20 000 Pfund Sterling an Sie zu vergeben.«

»Das Geld steht mir zu!« Harrison umkreiste mit fliegenden Schritten sein vergoldetes Ungetüm. »Hier steht die Lösung!«

»Die Sitzung ist beendet. Ich habe Ihnen deutlich gesagt, was wir von Ihnen erwarten. 1000 Pfund Sterling haben Sie in den vergangenen Jahren als Vorschuss für den Bau einer kleinen Uhr erhalten, die wir bis heute nicht zu Gesicht bekommen haben.«

»Das spielt keine Rolle! Ich fordere den Längengradpreis! Er steht mir zu!«

»Ich gebe Ihnen mein Wort, dass Sie Ihr Geld bekommen werden – wenn Sie bereit sind, das zu tun, was wir von Ihnen erwarten und was ja auch in Ihrer Macht steht – wenn Sie es denn tun wollen! Wir geben Ihnen noch ein Jahr Zeit. Nächsten Sommer möchten wir Ergebnisse sehen.«

Als Harrison aus dem Sitzungssaal stürmte, dachten alle, er wolle aufgeben. Doch das Blitzen in seinen Augen verriet, dass er erneut Feuer gefangen hatte.

***

Ich muss es tun. Ich muss es tun, um Geld zu verdienen, flüsterte Merit zu sich selbst, während sie an diesem Oktoberabend eng in ihren Umhang gehüllt durch die nächtlichen Gassen der Innenstadt schlich. Seit Stunden nieselte es. Feine Tropfen schwebten aus dunklen, unsichtbaren Wolken herunter, versammelten sich zu Pfützen auf dem nassglatten Steinpflaster und durchdrangen ihre Kleidung. Ihre Füße waren steif gefroren. Sie spürte ihre Beine kaum noch, der Schmerz war durch die Kälte mittlerweile selbst betäubt. Das war das einzig Wunderbare an dieser Nacht.

In der Steinstraße reihte Merit sich in den vorbeiziehenden Leichenzug ein. Sie wusste nicht, woran der Mann, dessen Sarg auf einem ungefederten Kammerwagen in feierlichem Kondukt von seinem Haus zur letzten Ruhestätte gezogen wurde, überhaupt gestorben war. Die meisten der rund eintausend Menschen kannten nicht einmal den Namen des Verstorbenen. Sie kannten nur den Wert des Geldes, den eine Abendleiche einbrachte, indem sie durch ihre Anwesenheit den Trauerzug verstärkten und damit dem gesellschaftlichen Rang des Verstorbenen auf den letzten Schritten zu mehr Glanz und Farbe verhalfen. Dazu diente auch die sechsundzwanzig Mann starke Ehrengarde des Rats, die in Uniform den Zug anführte.

Sönke erhielt rund einen Reichstaler, weil er weiter vorne gehen durfte, bei den Lizenziaten und in der Nähe der Doktoren und Ratsherren. Diese waren mit der Festlegung der Begräbnisuhrzeit sehr zufrieden, da Tagleichen hingegen häufig den Ausfall einer Rathaussitzung mit sich brachten, weil sämtliche hohe Herren wieder einmal ihrem Nebenverdienst nachgehen wollten.

Anfangs hatte Merit geglaubt, auf diese Art ihr Geld zu verdienen, wäre nicht schlimm. Sie hatte sich getäuscht. Die schlurfenden Schritte der stummen, schwarzen Massen verursachten ihr einen Knoten in der Kehle. Sogar Kinder gingen mit.

Der großzügig bemessene Lohn de Lomels für die Reparatur seiner Taschenuhr hatte ihnen über den Sommer geholfen. Es hatte sie Überwindung gekostet, das Geld anzunehmen, aber schließlich hatte sie sich mit dem Gedanken beruhigt, dafür gearbeitet und keine Bestechung angenommen zu haben. Sie ging dem Zuckersieder aus dem Weg, wo sie nur konnte. Bislang war es ihr gut gelungen und sie war stolz darauf, ihn nicht um Hilfe bitten zu müssen. Noch nicht.

Seit Beginn des Monats lebten sie von der Hand in den Mund. Mit einem Schluck Branntwein betäubte sie gleich am Morgen den nagenden Hungerschmerz und sobald das wohlig warme Gefühl wieder zu einem unerträglichen Brennen wurde, suchte sie nach einer Gelegenheit, sich heimlich einen weiteren Schluck aus ihrem eisernen Vorrat zu genehmigen. Aber diese Quelle stillte weder Hunger noch Durst. Auch heilte sie nicht den Schmerz, den der Gedanke an die drei verlorenen, von ihr geliebten Menschen in ihr auslöste. Geertjan, Geert Ole und Jona, alle drei hatten Geld verdienen wollen und ihr Leben dafür gegeben.

Von Fackelträgern umsäumt, rumpelte der Sarg von einer vierspännigen Kutsche gezogen am Dom vorbei. Gehorsam setzte sie einen Fuß vor den anderen. Auf ihr lastete das unerträgliche Gefühl, dem Sarg ihres eigenen Mannes zu folgen, dessen Beerdigung es nie gegeben hatte.

Sie dankte dem Herrgott, als der Leichenzug endlich die

St. Johanniskirche feierlich umrundet hatte, der Gottesdienst vorbei war und sie ihren Lohn vom Sorgemann ausgehändigt bekam.

Vor dem Kirchenportal wartete sie auf Sönke, um mit ihm zusammen in die Niedernstraße zurückzukehren. Jeder hing seinen Gedanken nach. Er machte sie nur hin und wieder auf eine Pfütze aufmerksam, in die sie ohne seine Warnung hineingetreten wäre.

Wohlbehalten erreichten sie ihr Zuhause, in dem bereits nächtliche Stille eingekehrt war. Alle schienen in ihren Betten zu liegen. Unschlüssig blieben sie in der Küche stehen.

»Sollen wir noch etwas essen?«, schlug Sönke vor. »Wir haben beide seit dem Morgen nichts mehr zu uns genommen.«

»Ach, ich weiß nicht, ob ich Hunger habe. Außerdem haben wir bestimmt nichts im Haus.«

»Irgendetwas muss noch da sein. Lassen Sie mich mal sehen.« Er wanderte mit den Augen das Vorratsregal ab, schaute in einen Weidenkorb, hob den Deckel eines Tontopfes, verzog das Gesicht und suchte weiter.

»Hier! Hier sind noch sechs Eier und dort drüben liegt noch ein Kanten Brot, der ist vielleicht ein bisschen hart, aber bestimmt noch gut. Wissen Sie was? Ich mache uns Rührei!«

Merit konnte sich ein Lächeln nicht verkneifen. Bislang hatte sie noch keinen Mann am Herd gesehen. »Wenn Sie das können ...«

»Man muss nur geschickt sein.«

Behände schürte er das Feuer und nach geraumer Zeit stellte er die Pfanne auf den Dreifuß, während Merit ihm etwas verlegen zusah, wie er fingerfertig ein Ei nach dem anderen mit einer Hand öffnete und in die Pfanne schlug.

»Lassen Sie mich helfen! Sonst komme ich mir so nutzlos vor.«

»Nichts da. Ich bin heute Abend der *Maître de Cuisine*. Lassen Sie sich von meinem Mahl überraschen. Sehen Sie her, ich kann sogar ohne Mühe das Eiweiß vom Dotter trennen.« Kaum hatte er sein Kunststück angekündigt, zerbröselte die Eierschale in seiner Hand und verteilte sich gleichmäßig über das Essen.

Sönke lachte und sie schloss sich seiner Albernheit an. Kurze Zeit später saßen sie sich am Tisch gegenüber und pickten vergnügt die Schalenbrösel aus ihrer goldgelben Speise.

Nur mühsam konnte sie ein Kichern unterdrücken. »Du weißt, dass man Sanduhren ganz einfach herstellt, indem man in den einen Glaskolben fein zerbröselte Eierschalen einfüllt – dazu muss man sie nicht vorher ins Rührei werfen!«

»Na warte, dich frage ich gleich ein paar englische Wörter ab!« Plötzlich hielt er inne und wurde ernst. »Haben wir uns eben geduzt?«

Für einen Moment sah sie verschämt zu Boden, doch dann kam ihr die Idee, die unbeschwerte Stimmung zu retten, indem sie die beiden Bücher aus der Werkstatt holte, die Sönke ihr besorgt hatte. Stolz zeigte sie ihm die vorgerückte Position der Lesezeichen in William Derhams *Artificial clock-maker: a treatise of watch and clockwork* und in dem dünnen Lehrbuch von Ann Fisher *A new grammar, with exercises of bad English: or, an easy guide to speaking and writing the English language properly and correctly*. Letzteres war ihre Lieblingslektüre geworden, nicht nur, weil es eine Frau verfasst hatte, das alleine war schon einmalig, sondern auch wegen dieser revolutionären Lehrmethode anhand fehlerhafter Beispiele zu lernen.

Auffordernd begegnete sie Sönkes Blick. »Du kannst mich abfragen. Ich habe meine Vokabeln gelernt.«

Die Anspannung fiel sichtbar von ihm ab. »In Ordnung. Was heißt ›Ei‹?«

»Das ist leicht. *Egg!*«

»Sehr schön. My name is Red Baron. What's your name?«

»My name is Mistress of Time. How are you?«

»I'm fine. And what's the matter with you? Are you tired?«

»Not really. I still want to work for a while.«

»Du willst arbeiten? Jetzt noch? Es ist schon spät.«

»Jetzt ist die ruhigste Zeit im Haus.«

»Aber Ruben schläft in der Werkstatt.«

»Das glaube ich nicht.« Sie erhob sich, um nach ihrer gemeinsamen Schlafstelle zu sehen. Ruben war nicht da. »Alleine hat er wohl Angst hier gehabt. Wahrscheinlich hat Pauline ihn zu sich genommen.« Das schlechte Gewissen kroch ihr übers Herz. »Ich gehe nachsehen, ob er wirklich bei ihr ist.«

Als sie bald darauf von ihrem Kontrollgang zurückkehrte und ihre Vermutung sich bestätigt hatte, fand sie Sönke in der Werkstatt vor. Er saß auf ihrem Schemel und betrachtete mit der Lupe das Uhrwerk, an dem sie zuletzt gearbeitet hatte. Kerzenlicht fiel auf die Narben an seiner Wange.

Sie räusperte sich. »Die beiden schlafen friedlich. Ich habe Ruben nicht geweckt. Meinetwegen soll er heute Nacht bei Pauline bleiben. Infolgedessen hat sie morgen wenigstens einen Grund, mir mal wieder Vorwürfe zu machen.«

Sönke legte die hölzern eingefasste Lupe beiseite und erhob sich von ihrem Platz. »Sieht gut aus, was du da gemacht hast.«

Sie ließ sich auf ihrem Schemel nieder. »Ach, das war nur eine einfache Reparatur.« Mit der Pinzette deutete sie auf die silberfarbene Kette, die sich in stufenartigen Ebenen um ein vergoldetes Schneckenrad schlang. »Der Antrieb der Uhr war außer Kraft, weil der Haken, mit dem die Kette am Federhaus eingehängt wird, abgerissen ist. Das kann vorkommen, wenn das Material durch das häufige Aufziehen der Uhr ermüdet. Muss aber nicht. Eher hege ich einen anderen Verdacht. De

Lomel scheint dafür zu sorgen, dass sämtlichen seiner Geschäftsfreunde die Uhren kaputtgehen.«

»Immerhin verdienst du damit etwas.« Sönke holte sich Manulfs Hocker und setzte sich neben sie an den Werktisch.

Ihre Schultern berührten sich fast. Die Nähe eines Menschen verunsicherte ihn offenbar nicht. Angesichts der Spuren seiner körperlichen Misshandlungen eher verwunderlich, dachte sie. Sie hingegen hatte schon lange niemanden mehr an ihrer Seite gespürt. Wie das Kitzeln einer Feder kroch ein Kribbeln über ihren Nacken. Sie überging diese körperliche Reaktion, indem sie sich darauf konzentrierte, das Gespräch in zwanglosem Plauderton fortzusetzen.

»Du hast recht. Solange sie nicht mit Standuhren oder dergleichen zu mir kommen. Mit dem Großuhrenbau kenne ich mich überhaupt nicht aus. Das war Manulfs Aufgabe und ich habe stets nur meinem Mann über die Schulter gesehen.«

»Du vermisst ihn immer noch sehr, nicht wahr?«

Sie nickte. Sie wollte nicht mit ihm darüber reden. Er durfte nicht in ihr Innerstes sehen. Sie musste ihre Gefühle vor ihm schützen, damit er ihr nicht zu nahe kommen konnte. Nicht, weil er sie hätte verletzen können. Sie hatte Angst davor, dass er sie verstehen würde.

Er suchte ihren Blick, unsicher, ob er etwas sagen sollte. »Für dich fühlt es sich wahrscheinlich so an, als ob Geertjan gestern noch da gewesen wäre. Egal, wie viel Zeit mittlerweile vergangen ist, sein Tod war gestern. Habe ich recht mit meiner Vermutung?«

Wieder nickte sie nur. »Warum ist das so?«, schob sie mühsam hinterher.

»Wahrscheinlich bleiben uns jene Erlebnisse, die heftige Gefühle in uns ausgelöst haben, stärker im Gedächtnis haften und damit in greifbarer Erinnerung, gute wie schlechte. Alles andere bleibt das Geheimnis der Zeit, wie sie auf uns Menschen wirkt. Sieh dir die Welt der Kinder an, ein buntes Sammelsurium von schönen Eindrücken, bis sie erleben müssen, dass es nicht nur Gutes auf der Welt gibt und nicht auf jeden Abschied ein Wiedersehen folgt.«

»Sönke? Darf ich dich etwas fragen?«

»Nur zu.«

»Woher stammen deine Narben?«

Er schwieg gedankenverloren.

»Das ist also auch erst gestern geschehen? Du musst mir nicht antworten.«

Mit einem tiefen Atemzug holte er Luft, als sei er lange auf dem Grund eines Sees getaucht und nun wieder an die Oberfläche gelangt. »Es ist passiert, weil ich meiner Mutter, Gott hab sie selig, helfen wollte.« Er setzte ein Lächeln auf. »Aber das ist Vergangenheit. Was geschehen ist, ist geschehen. Die Zeit läuft vorwärts, es gibt kein Zurück und das Leben geht weiter, Schritt für Schritt. – Sag mir, was heißt ›Uhrwerk‹ auf Englisch?«

»*Movement*«, antwortete sie ohne nachzudenken und überlegte, wie sie weiter nachfragen könnte. Sie wurde das Gefühl nicht los, dass seine Vergangenheit ihn ungewöhnlich stark und auf eine für sie unheimliche, weil nicht greifbare Weise beeinflusste. Sein Blick verriet ihr, dass er ihr gerne mehr erzählt hätte, er sich selbst jedoch an einer Grenze befand, die er nicht übertreten konnte.

»Und was heißt ›Spindelhemmung‹?«

Seine Frage bestätigte ihren Eindruck und sie gestattete ihm den Themenwechsel. »*Verge escapement.*«

»Hast du dir in den letzten Wochen Gedanken gemacht, wie diese Hemmung für deinen präzisen Zeitmesser aussehen muss?«

»Überlegt habe ich schon, aber ich finde keine Lösung. Ich muss die Reibung möglichst geringhalten, wenn die Spindellappen in das Hemmrad eingreifen. Wie eine Schaufel, die geschmeidig in die Erde gleiten muss. Je mehr Widerstand ich habe, desto schwerer und langsamer schreitet die Arbeit und damit auch die Uhr voran.«

»In Bezug auf deinen Zeitmesser bräuchtest du also Hemmrad und Spindellappen aus einem bestimmten Metall, das bei Bewegung möglichst wenig Reibung erzeugt?«

»So ist es. Es müsste ein sehr hartes Material sein, aber selbst Stahl ist für meinen Zweck ungeeignet. Immerhin scheine ich das Temperaturproblem in den Griff zu bekommen. Seit zwei Wochen teste ich, wie Geertjans Taschenuhr auf Wärme und Kälte reagiert.« Sie deutete auf den Schemel, der neben der Feuerstelle stand. »Dort liegt sie jetzt seit Montag. Ich bin gespannt, um wie viele Sekunden sie mittlerweile falsch geht. Geertjans Ansatz ist ganz gut. Er hat das Prinzip des von Harrison erfundenen Rostpendels verkleinert, bis es in die Taschenuhr passte, um damit das Uhrwerk gegenüber verschiedenen Außentemperaturen, wie sie während einer Schiffsreise vorkommen, unempfindlich zu machen. Durch das metallische Thermometer, ein Streifen aus zusammengenietetem Messing und Stahl, wird die Unruhfeder je nach Temperatur verlängert oder verkürzt, damit das Herz der Uhr unabhängig von der Umgebungstemperatur gleichmäßig schlägt. Damit scheine ich auf dem richtigen Weg zu sein, auch wenn das Problem der Hemmung noch nicht gelöst ist.«

»Übersetz mir mal das Wort ›Unruhfeder‹.«

»*Balance spring.*«

»Wunderbar! Du bist tatsächlich auf dem richtigen Weg.« Er schmunzelte. »Das Wort gehört erst zur nächsten Lektion. Du hast vorausgelernt, gib es zu!«

»Ach nein«, wehrte sie ab. »Ich habe nur ein bisschen vorgeblättert.«

»Ich bewundere dich.«

»*I admire you.*« Sie stutzte. »Wieso sollte ich das jetzt übersetzen?«

Er knetete seine Finger. »Du solltest nicht. Es sind Worte, die dir gehören.«

Wärme durchströmte sie. Ein schönes Gefühl, nach so langer Zeit. Sie genoss es, aber im nächsten Atemzug verspürte sie Geertjan gegenüber eine Schuld. Als ob sie ihre Liebe zu ihm verraten hätte, weil ein anderer Mann etwas in ihr auslösen konnte. Bewusst ließ sie dem Moment der Zuneigung eine kühle Sachlichkeit folgen: »Es wird Zeit, die himmlische Uhr zum Vergleich zu beobachten. Ich muss hinauf in meine ehemalige Kammer. Bete für mich, dass Manulf mal wieder in irgendeinem Gasthaus die Zeit totschlägt.« Sie erhob sich und war dankbar, der Werkstatt entfliehen zu können.

Leise schlich sie die Treppen hinauf. Unter dem Dach hörte sie die schweren Schritte ihres Vaters. Wieder eine Nacht, die Abel durchwachte. Sie fragte sich, ob er überhaupt keinen Schlaf mehr brauchte.

Es widerstrebte ihr, an die Tür ihrer eigenen Kammer zu klopfen und sie atmete erleichtert auf, als sich drinnen niemand rührte. Manulf schien tatsächlich nicht da zu sein. Vorsichtig drückte sie die Tür einen Spalt weit auf und leuchtete mit der Kerze hinein. Ein Wechselspiel aus Licht und Schatten irrte durch den Raum. Das Bett war aufgedeckt, als hätte er es gerade eben verlassen. *Ihr* Bett, in dem *er* geschlafen hatte.

Eine Schabe flitzte knapp vor ihren Füßen vorbei in die schützende Dunkelheit unter dem Bett. Sie schüttelte sich vor Ekel, wandte den Kopf ab und trat zielstrebig ans Fenster, um diesen Ort so schnell wie möglich wieder verlassen zu können.

Ein schneidend kalter Wind umfing sie, als sie das Fernrohr zur Beobachtung ansetzte. Während sie einen ausgewählten Stern auf seinem gemächlichen Spaziergang über das Himmelszelt beobachtete, horchte sie nach Geräuschen hinter ihrem Rücken. Sie wartete geradezu auf ein Knarren der Stiegen, das Manulfs Schritte verriet.

Allmählich näherte sich der Stern dem von ihr vorbestimmten Schnittpunkt. Gleich erreichte er seine Position drei Minuten und sechsundfünfzig Sekunden früher als gestern, nach dem exakten Sternenuhrwerk also heute um neun Uhr, zehn Minuten und zwei Sekunden.

Ein Knacken. Das atmende Holz oder Manulfs Schritte? Sie hielt den Atem an und zählte die Sekunden, bis der Stern die gewünschte Position erreicht hatte. Jetzt!

In Windeseile schloss sie das Fenster, legte das Fernrohr beiseite und huschte die Treppen hinunter. »Einundzwanzig, zweiundzwanzig, dreiundzwanzig, vierundzwanzig ...«

In der Werkstatt stand Sönke bereit und las auf ihr Kommando hin die Zeit von Geertjans Taschenuhr ab.

»Neunte Stunde, zehn Minuten und vierundfünfzig Sekunden«, rief er ihr zu.

Heftig atmend blieb sie vor ihm stehen. »Nach der Himmelsuhr ist es jetzt neun Uhr, zehn Minuten und zwei Sekunden. Zehn Sekunden habe ich bis in die Werkstatt gebraucht.« Sie rechnete. »In einer Woche ging die Taschenuhr zweiundvierzig Sekunden vor.«

»Wunderbar!«

»Nein, das ist noch nicht gut genug. Ich muss den Längengrad auf ein halbes Grad genau bestimmen können. Das entspricht zwei Zeitminuten. Um den Längengradpreis zu gewinnen, dürfte meine Uhr nicht mehr als drei Sekunden von den 86 400 Sekunden pro Tag verlieren, und das über sechs Wochen hin unter den Bedingungen auf einem Schiff!«

»Das macht nichts. Fahr trotzdem nach London. Versuch es. Deine Idee ist nicht mehr als eine Skizze auf einem Blatt Papier, aber sie ist gut. Versuch es! Auch Galileo hat seine besten Erfindungen zuerst auf dem Papier gemacht. Auch sie waren nicht bis ins Detail ausgereift, aber in ihrem Kern genial.«

»Ich heiße aber nicht Galileo Galilei! Außerdem bin ich eine Frau! Vor der Kommission wird mich niemand ernst nehmen. Eine Frau, die eine Uhrmacherin sein will! Man wird über mich lachen, das wird mein ganzer Lohn sein. Wir sind hier nicht in einem Traum, in dem durch zauberhafte Fügungen irgendwelche Wunder geschehen. Ich weiß, wie hart das Leben sein kann. Deine Zuversicht in allen Ehren, aber ich weiß, wo meine Grenzen sind.«

»Was ist los mit dir?«, fragte er sanft. »Warum ignorierst du deine Träume, als würden sie als Teil der Nacht nicht zum Leben gehören? Wann willst du leben? Später irgendwann?«

»Das hat damit nichts zu tun! Als Frau sind meine Schritte begrenzt.«

»Das einzige Hindernis, das ich momentan sehe, bist du. Du stehst dir selbst im Weg.«

»Vielen Dank. Wie nett von dir zu glauben, ich würde mir selbst Steine in den Weg ...« Ein Gedanke durchfuhr sie blitzartig. »Steine ...«, flüsterte sie. »Diamanten ... das härteste Material der Welt. Eine Hemmung mit Diamanten ...« Sie horchte ihren Worten nach, als könne sie damit die Tauglichkeit ihres Einfalls überprüfen. Daran hatte bestimmt schon jemand anderer gedacht. Oder vielleicht doch nicht? Diamanten – sie sah die funkelnden Steine vor sich.

Sönke ging einen Schritt auf sie zu und umfasste sanft ihre

Schultern. Eine ungehörige Geste, die ihr Gänsehaut verursachte.

»Fahr nach London«, beschwor er sie. »Egal, wie die Sache ausgeht. Tu es, bevor du später deine Untätigkeit bereust und damit leben musst, dass du die Zeit vergeudet hast, die dir zum Geschenk gemacht wurde.«

Sie hob die Arme, um ihn von sich wegzudrücken, doch er blieb standhaft und ihre Fäuste sanken kraftlos gegen seine Brust.

»Selbst wenn ich wollte, wovon sollte ich die Überfahrt bezahlen? Kannst du mir das sagen?«

Sönke nickte.

Merit starrte ihn mit offenem Mund an. »Denkst du etwa an …?«

»De Lomel – richtig.«

»Das kommt gar nicht in Frage!« Abrupt stieß sie sich von ihm ab und entfernte sich in eine Ecke der Werkstatt. Sie kehrte ihm den Rücken zu und starrte auf die Werkzeugwand.

»Merit?« Er war herangetreten und sie spürte seine Nähe, ohne dass er sie berührte.

»Was heißt ›Erfolg‹, Merit?«

»Success«, murmelte sie mit dem bockigen Unterton eines Kindes.

»Und das Wort für ›Scheitern‹?«

»Weiß ich nicht!«

»Sehr schön.«

Sie fuhr herum. Sein herausforderndes Lächeln machte sie wütend. »Ruben kann nicht ohne mich in Hamburg bleiben! Ich will nicht, dass Pauline sich um ihn kümmert!«

»Glaubst du, ich lasse Ruben und dich allein? Dazu habe ich mich viel zu sehr an eure Dickköpfe gewöhnt.«

»Was soll das heißen? Bedeutet das, du würdest nach London mitkommen wollen?«

»Wenn du das möchtest?«

Er stand nahe bei ihr, viel zu nahe. »Ich weiß nicht, was ich will! Mir ist alles zu viel! Nach außen hin bin ich stark, aber was glaubst du, wie es in mir drinnen aussieht? Ich will nur eines, die Zeit zurückdrehen ... Aber das kann ich nicht!«

»Diese Worte könnte ich gesagt haben«, flüsterte er. »Mir ist das auch nicht gelungen. Du kannst nichts ungeschehen machen, du kannst nicht zurückgehen. Trotzdem ist es möglich, die Dinge, die in der Vergangenheit liegen, zu verändern.«

»Und wie?«

»Indem du selbst vorwärtsgehst.« Behutsam fasste er nach ihrer Schulter. »Gib nicht auf, Merit. Denk daran, was du kannst. Es gibt nichts zu verlieren.«

»Das mag sein, aber deshalb nach London ...«

»Versprich es mir, versprich mir, nach vorne zu schauen.«

»Das kann ich nicht, weil ich nicht weiß, wie weit mir die Kraft noch reicht. Außerdem habe ich Ruben mit dem Bau der Uhr schon zu viel versprochen.«

»Wer sagt das?«

»Ich!«

Er lächelte und sagte: »Sodann beweise mir, dass du es wirklich nicht kannst.«

»Du bist ein Schuft! Willst du, dass ich nach London fahre, damit du dich von meiner Unfähigkeit überzeugen kannst? Also gut. Du wirst schon sehen, was du davon hast! Wenn ich ein Schiff finde, das mich mitnimmt, will ich es versuchen. Ruben zuliebe und seinem ...«

Noch ehe sie den Satz zu Ende sprechen konnte, öffnete sich hinter ihnen die Tür. Manulf kam herein.

»Guten Abend. Ihr beide könnt wohl auch nicht schlafen, so wie es aussieht.« Er holte sich einen Schemel und setzte sich an seinen Werktisch, ohne der verfänglichen Situation weiter Beachtung zu schenken. Er entzündete die Öllampe, legte das große Uhrwerk einer Standuhr vor sich in Position, wählte mit Bedacht einen Schraubendreher und begann mit geübten Handgriffen zu arbeiten, als hätte er in den letzten Monaten nichts anderes getan.

»Ja, dann gehe ich wohl jetzt schlafen«, sagte Sönke verlegen und wandte sich zum Gehen. Merit hätte ihn am liebsten zurückgehalten, aber diese Blöße wollte sie sich vor Manulf nicht geben.

Unter keinen Umständen wollte sie mit ihrem Schwager allein sein. Gleichzeitig belächelte sie sich für ihre übertriebene Panik. Wie ein kleines Kind, das in einem dunklen Raum sofort Gespenster sah. Nur weil die Fantasie ab und an mit ihr durchging, war das kein Grund, Geertjans Zwillingsbruder zu brandmarken. Manulf mochte sein, wie er wollte, aber eines stand fest: Er hatte ihr bislang nichts getan, sie nicht einmal angerührt. Bislang.

Sie fühlte sich wie im Käfig eines Raubtieres, das bei einer falschen Bewegung über sie herfallen würde. Aber war Manulf dazu wirklich in der Lage? Dieser Mann, der wie Geertjan an der Werkbank saß? In der gleichen Haltung, den Oberkörper vorgebeugt, die kräftigen Schultern leicht abfallend, den langen Rücken gerade und die Muskeln angespannt. Sie erschauderte vor der Ähnlichkeit. Die blonden Haare, die grünblauen Augen – nur der Hautlappen zwischen den Fingern der linken Hand setzte eine kleine Markierung. Konnte sie ihm deshalb nicht ins Gesicht sehen, weil sie Geertjan darin entdeckte? War es das, wovor sie davonlaufen wollte? Nein. Sie hatte Angst vor sich selbst, das war alles. Weil Manulf dieselbe Anziehungskraft auf sie ausübte wie der Mann, den sie einst geheiratet hatte.

Manulf schaute von seiner Arbeit auf, nachdem sie reglos im Raum stehen geblieben war. »Du siehst aus, als könntest du einen Schluck Branntwein vertragen.«

Ohne ihre Antwort abzuwarten, ging er hinaus in die Küche.

Noch während sie darüber nachdachte, die Werkstatt fluchtartig zu verlassen und Sönke aufzusuchen, kehrte Manulf mit einer Flasche des hochprozentigen Getränks und zwei kleinen Bechern zurück. Er schenkte jeweils großzügig ein und prostete ihr mit einer höflichen Geste zu. Sie setzte den Becher an die Lippen und trank ihn in einem Zug leer. Ein leichtes Schwindelgefühl erfasste sie und gleichzeitig fühlte sie sich wohler.

Manulf betrachtete den Inhalt seines Bechers und sagte nachdenklich: »Ich hätte vorhin nicht so hereinplatzen sollen. Ich dachte, du wärst allein.«

»Schon in Ordnung. Es ist auch deine Werkstatt. Du kannst kommen und gehen, wie es dir beliebt.«

»Danke, dass du das so siehst.«

Manulf füllte von dem Branntwein nach, bis sie ihm mit einer abwehrenden Geste Einhalt gebot. Sofort verschloss er die Flasche.

Die nächsten Schlucke machten ihr bewusst, in welche Gefahr sie sich selbst hineinmanövrierte, wenn sie weitertrank. Trotzdem stellte sie den Becher erst beiseite, nachdem sie ihn geleert hatte. Ihre Anspannung wich einem Schleier, der ihre Sinne gnädig umhüllte.

»Warum bist du gekommen, Manulf? Warum willst du auf einmal wieder in der Werkstatt arbeiten?«

»Ich interessiere mich für das, was du tust. Ich habe gehört, woran du arbeitest und ich will dir dabei helfen, ob du mir das glaubst oder nicht. Und ich dachte, es wäre an der Zeit, dass wir uns ein wenig näher kennenlernen.« Auch er hatte den letzten Schluck getrunken und stellte seinen Becher zu ihrem auf die Werkbank. Er bewegte sich langsam. »Außerdem bin ich gekommen, um dich etwas zu fragen: Warum gehst du mir aus dem Weg, Merit?«

»Ich gehe dir nicht aus dem Weg.« Die Lüge kam selbstbewusst über ihre Lippen.

»Nein?« Er zog die Augenbrauen zusammen, die Stirn zu charakteristischen Falten aufgeworfen, die hellen Augen konzentriert auf sie gerichtet. »Du hast keine Angst vor mir?«

»Nein«, sagte sie und ihre Stimme schwankte.

Vorsichtig ging er einen Schritt auf sie zu. Eine halbe Armlänge trennte sie noch voneinander. Sie ahnte, was passieren würde, als er sie zu sich herzog. Eine vertraute Umarmung, ein vertrauter Körper, nichts wogegen sie sich sonst gewehrt hätte.

»Das geht nicht«, protestierte sie ohne jegliche Überzeugungskraft.

Er lächelte, bis sich die geliebten Grübchen in seinen Wangen bildeten. »Nein? Warum geht das nicht?«

Später konnte sie nicht mehr sagen, was mit ihnen passiert war, nachdem sich ihre Lippen berührt hatten. Jener unerklärliche Moment, in dem verdrängte Gefühle ganz allein jenseits aller Vernunft regierten, hatte von ihnen Besitz ergriffen.

Wie zwei Ertrinkende klammerten sie sich aneinander, sie ließen nur voneinander ab, um sich achtlos ihrer Kleidung zu entledigen und auf das Strohlager zu sinken. Von außen betrachtet hätte sie sich dafür verurteilen müssen. Niemals hätte sie es für möglich gehalten, derart die Kontrolle über das Geschehen zu verlieren. Nun war es ganz leicht. Sie wollte es. Sich selbst und einen anderen Körper spüren, sie wollte wieder geliebt werden.

Ineinander verschlungen tastete Merit vorsichtig und beinahe ungläubig seinen Körper ab, während sie sich von ihm berühren ließ. Seine Hände waren überall, fanden die richtigen Wege, als seien sie sich schon ewig vertraut. Noch nie hatte sie solch einen Rausch erlebt.

Sie fühlte Schmerzen, als er in sie eindrang, aber jeder dieser sanften Stiche war der spürbare Beweis von Leben in ihr. Ein Gefühl, von dem sie geglaubt hatte, dass es ihr abhandengekommen wäre und nie wieder zuteilwerden würde. Die beherrschte Merit, die von allen Gefühlen distanzierte Witwe, zerschmolz wie eine dicke Eisschicht unter der Hitze der Sonne. Zurück blieb ein nacktes Wesen, das in den Wogen des glitzernden Wassers trieb, geborgen und doch schwerelos. Sie genoss es, befreit von allen Fesseln eine vergessene Lust zu erleben, sich einer hemmungslosen Gier hinzugeben und das Gefühl für Raum und Zeit zu verlieren. Vergangenheit und Zukunft wurden unwichtig, es zählte – ja, es gab nur noch den Augenblick.

Nie hätte sie geglaubt, zu solchen Empfindungen fähig zu sein. Den Mann zu locken, mit ihm zu spielen, ihn an die Grenzen seiner Beherrschung zu treiben, um zu genießen und eine Welt jenseits des Verstandes zu erleben. Er keuchte. Sie rieb sich an seinem verschwitzten Körper, ohne Scheu presste sie sich fordernd an ihn. Der Gedanke an Geertjan, an irgendwelche Konsequenzen, war verflogen.

Irgendwann zwischendurch hatte sie den Eindruck, als ob jemand die Tür geöffnet hätte, aber sie war nicht mehr in der Lage, die Dinge richtig wahrzunehmen. Ihre Umgebung verschwand hinter einem Schleier der Begierde.

Atemlos, wie nach einem langen Kampf, lagen sie beide wenig später ergeben auf dem Rücken. Ihr Brustkorb bebte, rund um ihre aufgerichteten Brustwarzen glänzten feine Schweißperlen. Ihre Oberschenkel schmerzten in Erinnerung an das eben Geschehene. Sie wartete darauf, Reue zu spüren, als die Erregung verebbte und die Realität sich ihren Platz allmählich zurückeroberte, doch sie spürte nur Lebensfreude. Wie eine lang ersehnte Flut strömte dieses neue Gefühl über ausgetrockneten Boden, über die Risse in ihrer Seele. In ihr blühte es. Sie konnte wieder Farben sehen. Sie war wieder ins Leben zurückgekehrt.

Ein dankbares Lächeln schlich sich in ihre Mundwinkel, während sie auf Manulfs Brust lag und seinem Herzschlag lauschte.

Er spielte mit ihren Haaren und sie ahnte, dass er trotz seiner Erschöpfung nachdachte.

»Bereust du es?«, fragte er leise.

»Nein«, flüsterte sie zurück.

»Ich auch nicht. Keine Sekunde.«

Trotzdem fühlten sie sich wie zwei Diebe, als sie sich in der Kälte einer wärmenden Umarmung hingaben.

»Hast du vorhin an Geertjan gedacht?«

Sie löste sich ein wenig aus seinen Armen. »Es fühlt sich alles so vertraut an und trotzdem ist es vollkommen anders.« *Als ob es Geertjan nie gegeben hätte und gleichzeitig ist er zurückgekehrt*, setzte sie im Stillen hinzu. »Ich habe in diesem Moment nur dich gespürt.«

»Aber ich musste währenddessen an Barbara denken. Und ich wollte wissen, wie es sich anfühlt, es mit der Frau meines Bruders zu treiben. Jetzt weiß ich es.«

Es war, als hätte ein Schlag sie ins Gesicht getroffen. Ihr blieb die Luft weg. Zuerst hegte sie noch die vage Hoffnung, er könne einen absurden Scherz gemacht haben. Sie stützte sich auf die Ellenbogen und schaute ihn an, um ihm Gelegenheit zu geben, seine Worte zu revidieren. Doch das harte Lächeln um seinen Mund belehrte sie eines Besseren.

Mühsam versuchte sie zu begreifen. Anschließend galt ihr verzweifelter Gedanke nur noch Geertjan und der Frage, wann sie zuletzt ihre monatliche Reinigung gehabt hatte.

***

Viertes Buch

*Geschehen zu London
vom Beginn des Sommers
bis in einen verschneiten Dezember hinein
A.D. 1759*

Und nun ihr, die ihr sagt: Heute oder morgen wollen wir in die oder die Stadt gehen und wollen ein Jahr dort zubringen und Handel treiben und Gewinn machen, und wisst nicht, was morgen sein wird. Was ist euer Leben? Ein Rauch seid ihr, der eine kleine Zeit bleibt und dann verschwindet.

Jakobus 4,13–14

Die Sonne hielt sich mit letzter Kraft über der Wasseroberfläche, als sich Merit schwankend mit der Menschenmenge von Bord der *Metrion* auf den sicheren Boden des Hafens bei der London Bridge treiben ließ. Ein warmer Wind blies ihr unter den langen Rock, trotzdem fröstelte sie. Dunkelblaue Wolkenberge türmten sich am Himmel, drohten mit Regen, aber niemand außer ihr schien sich davon beeindrucken zu lassen.

Neben ihr ächzten Arbeiter in vier überdachten Laufrädern, um die Kräne zu bewegen. Ein Weinfass mit der Aufschrift

Champagne trudelte am Seil gefährlich dicht über ihren Kopf hinweg, unzählige Kornsäcke versperrten ihr den Weg, ein Austernkorb stand vergessen am Boden. Zwei Lastenträger nahmen sich einer Holzkiste an, aus der es nach Käse roch.

Ihr war speiübel, als sie sich einen Weg zwischen den wartenden Fuhrwerken bahnte. Sorgsam wich sie den herumliegenden Pferdeäpfeln aus, deren strenger Geruch sie den Atem anhalten ließ. Bald bemerkte sie aber, dass die gesamte Stadt diesen Gestank ausströmte. Schon jetzt sehnte sie sich nach Hamburg zurück.

Der Wind hatte das Schiff stetig ihrem Ziel entgegen vorangetrieben und trotzdem war sie ständig von dem Gefühl geplagt worden, an ihren tatsächlichen Wünschen und Bedürfnissen vorbeizusegeln.

Vor acht Tagen war sie im Morgengrauen aufgebrochen. In der vergifteten Atmosphäre im Haus der Paulsens hatte Merit es nicht mehr ausgehalten. Als ihr Bauch immer dicker geworden war, hatte Pauline zwangsläufig die Wahrheit erfahren und natürlich zu Manulf gehalten: Eine Hure, die ihren Sohn verführe, gehöre bestraft. Immerhin war Manulf so freundlich gewesen, seine Mutter zu besänftigen, als diese den Galgen beschworen hatte. Pauline wäre imstande gewesen, das Gericht anzurufen, wenn Manulf sie nicht davon abgehalten hätte. Fortan durfte Merit ihr nicht mehr unter die Augen kommen. Wenn es sich doch nicht vermeiden ließ, behandelte die Schwiegermutter sie wie pestverseuchte Luft und je näher die Geburt rückte, desto weniger ertrug Merit die Schikanen. Letztlich hatte sie dem Druck nicht mehr standgehalten, alle Ängste verdrängt und beschlossen, mit ihren Skizzen nach London zu fahren.

Eigentlich hatte sie ihren Sohn um keinen Preis in Hamburg zurücklassen wollen – lange hatte sie mit sich gerungen –, doch schließlich siegte ihre Vernunft, ihn nicht den zu erwartenden Strapazen auszusetzen und stattdessen in seiner gewohnten Umgebung zu belassen. Nicht nur, dass er panische Angst vor dem Wasser hatte, hinzu kamen die Gefahren einer großen Stadt und die fremde Sprache. Spätestens mit der Frage, wann sie ein Dach über dem Kopf finden würde, war ihr die schmerzhafte Erkenntnis gekommen, dass Ruben in Hamburg besser aufgehoben wäre. Entgegen der ersten Überlegungen hatte sich Sönke bereiterklärt, bei ihrem Sohn zu bleiben, und ihr versprochen, sich um ihn wie ein Vater zu kümmern.

Es war ein herzzerreißender Abschied geworden. Ruben hatte geweint, geschrien und sich wie von Sinnen an sie geklammert, als sie das Schiff, auf dem auch die Ware des Zuckersieders de Lomel nach London verschifft wurde, besteigen wollte. De Lomel hatte ihr bereitwillig einen Platz auf dem Schiff besorgt und sie bezahlte dafür einen hohen Preis: Fortan stand sie in seiner Schuld, zusätzlich zu ihrem drückenden Gewissen um die Umstände von Jonas Tod. Über ihre Schwangerschaft verlor er kein Wort, er schien ihren Bauch gleichsam zu ignorieren.

In drei Tagen sollte die *Metrion* wieder zurück nach Hamburg fahren. Ausreichend Zeit also, um bei der Längengradkommission vorstellig zu werden und bis zur Geburt ihres Kindes wieder in der Heimat zu sein. Die Hebamme hatte mit fachkundigen Händen ihren Bauch untersucht und Merit mit kritischem Blick im Wissen um die bevorstehende Reise noch sechs Wochen bis zur Geburt prophezeit.

Ihr Bauch schmerzte, ein Ziehen vom Rücken bis in die Leistengegend, als bekäme sie ihre monatliche Reinigung. Das Gewicht ihres Kindes drückte ihr auf die Blase. Ein kräftiger Tritt in Richtung Magen und sie hielt unwillkürlich die Luft an. Für einen Augenblick verfluchte sie das kleine Wesen, das von ihrem Körper Besitz ergriffen hatte und diesen so malträtierte. Sie hätte das Messer gegen sich selbst richten können, weil sie sich mit Manulf eingelassen hatte. Warum konnte man die Zeit nicht zurückdrehen?

Trotzdem konnte sie sich heute nicht mehr vorstellen, tatsächlich länger als einen Tag darüber nachgedacht zu haben, ob sie das Kind behalten sollte. Sie war kurz davor gewesen, ihr eigenes Leben und das Schicksal des kleinen Wesens einer Kräuterfrau zu überlassen, aber eine innere Stimme hatte sie davon abgehalten, obwohl es gegen die Vernunft war, das Kind in diesen Zeiten zu bekommen, und sie wusste, dass die nächsten Jahre hart werden würden. Beruhigend legte sie ihre rechte Hand auf die Stelle unterhalb der rechten Rippe, wo sich eine Beule gebildet hatte.

»Ja, ja, tritt mich nur. Wie kann dir deine Mutter eine solche Reise jetzt noch zumuten? Ich weiß, wie rücksichtslos ich mich verhalte. Aber bitte versteh mich. Du musst jetzt schön brav da drin sein, bis ich meinen Besuch beim Königlichen Observatorium abgeschlossen habe. Deine Mutter hat herausgefunden, wie man die genaue Zeit auf See in einer Uhr einsperren kann. Bald haben wir sehr viel Geld. Wie findest du das?«

Es kam keine Antwort mehr aus ihrem Bauch.

Merit versuchte sich im Ankunftshafen zu orientieren. Nichts sah so aus, wie Sönke es beschrieben hatte. In Greenwich sollte sie eine idyllische Parklandschaft vorfinden, wo sich palastähnliche Gebäude an sanft geschwungene, graswachsene Hügel schmiegten, auf deren höchstem Punkt sich das Königliche Observatorium erhob und sich ein endlos weiter Blick über London bot.

Stattdessen wurde Merit von den rotbraunen Häuserfronten bedrängt, die sich dem Hafen wie betrunkene Matrosen entgegenneigten, nur eine breite Straße trennte die vierstöckigen Häuser vom Wasser. Aneinandergepresst wie die Menschen am Kai stritten sie um die besten Plätze. Bereits vom Schiff aus hatte Merit die Masse an Häusern wahrgenommen, die sich wie ein erkalteter Lavastrom rechts und links der Themse ergossen. Dazwischen unzählige weltliche Gebäude und Kirchen, deren Türme wie die Speerspitzen eines Heeres in den Himmel ragten, um ihre Macht zu demonstrieren. Nicht weit entfernt erhob sich die majestätische Festung des Towers, dessen vier Türme den Mastenwald im Hafen streng beäugten.

Merit atmete flach, als sie ihr Gepäck schulterte – ein Bündel aufgerollter Zeichnungen und ein Leinensack, in dem sie zwei frische Kleider und Proviant verwahrte, der für drei Tage genügen dürfte. Sie ging ein paar Schritte die Thames Street entlang und hielt nach einem sympathisch wirkenden Menschen Ausschau, den sie nach dem Weg fragen wollte. Als ihr Blick dabei auf eine Gruppe spielender Kinder fiel, schossen ihr die Tränen in die Augen.

Nur wenige Schritte entfernt, vor den steinernen Arkaden eines herrschaftlichen Hauses, entdeckte Merit eine wartende Frau in einem goldfarbenen Kleid, dessen weit ausgestellter Rock ein Muster aus Pfauenfedern zierte und die schlanke Taille – aber auch die Breite der Hüften – ins Unermessliche betonte. Eine ausnehmend hübsche Frau, dachte sie, die trotz ihres Alters von bestimmt sechzig Jahren noch sehr jugendlich wirkte. Die rotblonden aufgesteckten Haare und der Blick aus den großen blauen Augen erinnerten Merit unwillkürlich an Barbara, auch wenn sie weitaus älter war.

Die vorbeigehenden Männer drehten sich nach der Dame um, manche verschämt, andere offensichtlich. Einigen schien die Frau bekannt zu sein, sie erwiderte den Gruß, indem sie galant ihren Fächer hob. Der Wind spielte mit den gestuften Spitzenvolants der ausgestellten Pagodenärmel. Sie schaute ihr nach einem Blick auf das Gepäck und den schwangeren Bauch mit einem Lächeln entgegen. Merit wurde mutiger und ging beherzt die letzten Schritte auf die Fremde zu.

»Excuse me, Madame. Can you tell me the way to Greenwich?« Ihre Zunge machte ungelenke Bewegungen, um die fremden Laute zu formen. Als sich ein Verstehen im Blick der Frau spiegelte, hätte Merit am liebsten einen Luftsprung getan.

Doch die Antwort brachte sie auf den Boden der Tatsachen zurück.

»Greenwich? The way from here? Are you mad? That's a three or four hour walk away from this site.«

Jetzt bereute sie es, jedes Wort verstehen zu können. Wie sollte sie in ihrem Zustand einen stundenlangen Fußmarsch bewältigen?

Die Frau bekam sichtlich Mitleid. »But you can get there by boat, if you can afford it.«

Im Geiste zählte Merit die Münzen zusammen, die de Lomel ihr von dem ausländischen Geld zugesteckt hatte. Bestimmt würde es für die Schifffahrt reichen. Merit fühlte sich von der Frau beobachtet, so als sähen die Augen in ihr Innerstes.

»You want to go to Greenwich for the Longitude prize, am I right?«

Vor Überraschung blieb Merit ihr die Antwort schuldig. Wie konnte die Frau wissen, was der Grund dieser Reise war?

»Allow me to introduce myself. My name is Jane Squire. For many years I tried to go the same way as you want to go now.«

Eine Frau, die ebenfalls bei der Längengradkommission darum gekämpft hatte, den Preis zu gewinnen? Als Jane Squire zu erzählen begann, versank Merit in die fremden Worte, als höre sie ihre eigene Sprache.

»Als ich Sie vom Hafen her mit Ihrem Bündel Zeichnungen kommen sah, ahnte ich sogleich, wohin Sie wollen. Derselbe ehrgeizige Blick loderte einst auch aus meinen Augen. Heute bleibt mir nur noch, den Männern meiner Familie zuzusehen, wie sie im Hafen Geschäfte machen. Immerhin hat mir meine gesellschaftliche Stellung insofern einen Vorteil verschafft, als dass man mich als Frau bei der Kommission überhaupt angehört hat. Wohlgemerkt nur angehört – nicht zugehört.«

Merit sah zum Hafen zurück. Ein flaues Gefühl machte sich in ihrer Magengrube breit. »Sie wollen damit sagen, man wird mich nicht vor die Kommission lassen?«

»Ich spreche aus Erfahrung und mir hat es, wie gesagt, nicht einmal an den entsprechenden Beziehungen in die oberen Etagen gemangelt. Welchen Vorschlag wollen Sie den Herren unterbreiten? Es sind schon viele gemacht worden.«

Bei der Frage zog sich Merit unwillkürlich einen Schritt zurück. Für ihr Ziel war sie bereit, weit zu gehen – aber nicht gewillt, das Geheimnis ihrer Erfindung preiszugeben.

Jane Squire lächelte wissend. »Oh, Verzeihung. Ich wollte nicht neugierig sein. Sie haben ganz recht mit Ihrer Skepsis. Sie müssen Ihr Geheimnis vor den falschen Leuten bewahren, das habe ich zu spät gelernt. Nicht nur, dass das Wort einer Frau in dieser Gesellschaft nichts wert ist. Das ist unser Schicksal. Schon als Kind habe ich lieber mit Zahlen als mit Murmeln gespielt und heute dienen mir die mathematischen Instrumente als virtuoses Spielzeug, mit denen auch eine Frau umgehen kann. Warum also sollte ich mich zu Näharbeiten und der Pflege von Gesellschaftsabenden zwingen? Das haben die Herren schriftlich von mir. Lange habe ich versucht, den damaligen Königlichen Astronomen Edmond Halley, den Präsidenten des Unterhauses und den Ersten Lord der Admiralität zu überzeugen, bis Halley meine Idee stahl und einem Mann im Vertrauen riet, eine Uhr zu entwerfen.«

»Eine Uhr?«, echote Merit und biss sich sogleich auf die Zunge.

Jane Squire schüttelte den Kopf. »Keine gewöhnliche Uhr, wo denken Sie hin? Auf so eine verrückte Idee wäre ich niemals gekommen. Daran versucht sich dieser Harrison seit Jahrzehnten und gibt nicht auf. Nein, ich meine eine Sternenuhr. Die Lösung liegt im Himmel versteckt. Wenn Sie glauben, diese gefunden zu haben, so bin ich gerne bereit, Sie nach Greenwich zu begleiten – sofern Sie sich meiner Führung anvertrauen wollen.«

Merit benötigte lediglich einen Augenblick, um ihre Bedenken beiseitezuschieben. Zu sehr sehnte sie sich nach einem Menschen an ihrer Seite, nach Schutz und Geleit in dieser fremden Stadt.

»Vielen Dank. Ich nehme Ihr Angebot gerne an und bin sehr dankbar für diesen schönen Zufall, Sie getroffen zu haben.«

Jane Squire lächelte. Sie schloss ihren Fächer und raffte ihre Röcke, um in Richtung Hafen zu gehen. »Manchmal muss man sich nur Zeit lassen und im rechten Moment die Augen offenhalten. Dann passieren solche Dinge, die man später Zufall oder Schicksal nennt, wer weiß das schon so genau.«

***

Geliebte Merit,
sehr beachtlich, wie du mit letzter Kraft diese beschwerliche Reise
auf dich genommen hast. London ist eine schöne Stadt, doch ich
fühle mich überall zu Hause, auch wenn hier die Uhren ein wenig

anders gehen, aber was macht das schon? Keine Uhr kennt die genaue Zeit. Ist diese Unsicherheit eigentlich der Grund, warum Rituale so geliebt werden?

Seit rund 400 Jahren trägt sich ein faszinierendes Schauspiel am Tower zu, das du dir nicht entgehen lassen solltest. Nacht für Nacht verlässt der Hauptwärter genau sieben Minuten vor der zehnten Stunde seinen Posten, um die Haupttore des Towers zu schließen. Dabei trifft er auf einen Wachhabenden, und es entwickelt sich der immer gleiche Dialog: »Halt! Wer ist da?«, fragt der Mann auf seinem Posten. »Die Schlüssel«, antwortet der Hauptwärter. »Wessen Schlüssel?« »Die Schlüssel König Georgs II.« Daraufhin gibt der Wachposten mit folgenden Worten den Weg frei: »Die Schlüssel König Georgs II. passieren, alles in Ordnung.«

Eine wirklich schöne Zeremonie, die um Punkt zehn Uhr mit Trompetenklängen und dem Salutieren der Wachtruppe beendet wird.

Ich liebe Wiederholungen und mir sind diese gewissenhaften Menschen sehr sympathisch, die eine jahrhundertealte Tradition minutiös ausführen, unbeeindruckt von Krieg oder Frieden und dem angeblichen Wandel der Zeiten.

Du hingegen bist blind für die Geschehnisse in deiner Umgebung geworden, weil du an deine Grenzen gehst und dir kaum mehr Zeit zum Atmen nimmst. Nichts, so schrieb der Philosoph Seneca in einem Brief an seinen Freund Paulinus, kann ein viel beschäftigter Mensch weniger als leben. Ich werde dich doch nicht mit Gewalt dazu bringen müssen, mich zu beachten?

Bedauerlich, dass du nach Geertjan nun auch um Jona weinen musst. Aber ich kenne dich, du bist tapfer. Ich werde versuchen, so gut ich kann, dich über seinen Tod hinwegzutrösten. Bald wird es nicht mehr so schlimm sein, glaube mir. Lass noch ein paar Wochen ins Land ziehen und du wirst merken, dass der Schmerz mit ihnen geht. Außerdem sagst du selbst, dass die Zeit alle Wunden heilt. Übrigens trage ich keine Schuld an Jonas Tod – oder doch? Möglich. Ich habe dafür gesorgt, dass es geschehen wird, aber ein anderer hat es getan.

Nebenbei bemerkt eine sehr mutige Entscheidung von dir, deinen Sohn in Hamburg zurückzulassen. Ein Verhalten, das man von einer guten Mutter nicht erwarten würde. Ich hoffe, du bereust es nicht. Bis zu deiner Rückkehr wirst du darüber Gewissheit haben, darauf kannst du Gift nehmen.

Ich werde dafür sorgen, dass du London wieder verlässt. Aber erst will ich dabei zusehen, wie du durch eine Stadt irrst, die ein Knäuel von 700 000 Menschen beherbergt. Ich bleibe dir dicht auf den Fersen und doch werden wir uns in London nicht begegnen. Oder besser gesagt: Du wirst mich nicht erkennen, denn du hast es viel zu eilig, dein Ziel zu erreichen.

* * *

In anmutigem Segelflug umkreisten Möwen das Ruderboot, mit dem sich die beiden Frauen an die kleine Anlegestelle von Greenwich bringen ließen. Nachdem Merit die wenigen Stufen an der Kaimauer hinaufgegangen war, erschien es ihr, als beträte sie eine Welt, in der die Zeit stehen geblieben war.

Gemächlich promenierten vereinzelte Paare auf lang gezogenen Wegen zwischen sattgrünen, rechteckigen Rasenflächen, die den großen Platz an der Themse wie kostbare Teppiche belegten. Am östlichen und westlichen Ende des Spazierbereichs erstreckten sich vier weiß getünchte Prachtbauten mit Kuppeltürmen und griechischen Säulenreihen. Hinter den hohen Fenstern genossen Seemänner, die einst im Dienst der Britischen Krone die Meere besegelt hatten, einen geruhsamen Lebensabend in angenehmem Wohlstand, wie Jane Squire Merit erzählte.

Ihre Begleiterin zeigte geradeaus über den Platz hinweg auf das Queen's House. Das im klassischen Stil errichtete Gebäude ruhte vergleichsweise klein und bescheiden vor dem Hügel, auf dem das rotbraune Gemäuer des Königlichen Observatoriums thronte. Wie eine uneinnehmbare Festung, deren Türme nicht nur die Verbindung zum Himmel suchten, sondern auch jeden beobachteten, der sich ihnen näherte. Hingegen wirkten die länglichen, hell umrahmten großen Fenster einladend und die weiße Balustrade entlang des flachen Daches unterstrich diesen freundlichen Eindruck und verdrängte das vordergründige Bild einer Burg.

So jedenfalls erschien es Merit, als sie wortlos neben Jane Squire den sanft geschwungenen, aber steil ansteigenden Weg hinaufging. Das kleine Wesen in ihr schlief nach der Aufregung im Hafen. Dankbar nahm Merit die Ruhe in ihrem Bauch wahr.

Die Sonne verwandelte sich in einen goldglänzenden Feuerstreifen am Horizont, die letzten hellen Strahlen spielten mit den Farben im Mauerwerk des Observatoriums und verlachten die regenschweren Wolken über Greenwich. Geschrei und Gelächter drangen zu ihnen herüber. Sie sahen, wie sich abseits des Weges einige Menschen quer über die Wiese den Hang hinunterkullern ließen. Die Damen jauchzten unanständig und die Männer, sobald sie den Anblick eines nackten Frauenbeines erhaschten, schrien vor Vergnügen. Unzählige Eichhörnchen mit silbergrauem Fell flüchteten vor den menschlichen Lawinen, wuselten durch raschelndes Gebüsch hindurch und die Stämme der knorrigen Bäume hinauf.

Merit schmunzelte. Doch als sie an der Seite von Jane Squire auf dem Plateau vor dem Observatorium angelangt war, wurde ihr der Ernst der eigenen Lage wieder bewusst. Sobald sie das Gebäude genauer in ihr Blickfeld nahm, steigerte sich ihre Nervosität und führte zu einem schmerzhaften Ziehen im Magen.

Die atemberaubende Sicht über die Themse und die Stadt, deren bedrängende Fülle nunmehr beruhigend klein und übersichtlich wirkte, lenkte sie für einen Moment ab, doch Jane Squire hakte sich bei ihr unter und dirigierte sie entschlossenen Schrittes über den Hof in den kühlen Eingangsbereich hinein.

Hintereinander stiegen sie eine enge Wendeltreppe hinauf, die vor ein weißes Flügelportal führte. Dort angekommen, wünschte Merit sich plötzlich nichts sehnlicher, als dass die Herren schon Feierabend gemacht hätten. Dennoch machte sich Enttäuschung breit, als sie in der Nische neben der Flügeltüre auf einem verwaisten samtbezogenen Stuhl ein Blatt Papier vorfanden. Die sauber geschwungenen, großen Lettern verkündeten: *Audienzbewilligung nur nach Vorsprache. Kehre sogleich zurück.*

Jane Squire verzog den Mund. »Wahrscheinlich musste der Diener austreten und ist am Anblick der bloßen Damenbeine hängen geblieben. Aber wie man hören kann, sind die Herren dort drin noch in heftige Diskussionen verwickelt.«

Je länger das Warten auf den Diener dauerte, desto ungeduldiger wurde Merit. Sie schaute über den Stuhl hinweg aus dem Nischenfenster. *Sogleich.* Wann war sogleich? Wer bestimmte, wann es sich in ein *Jetzt* verwandelte?

Da kam der Diener, der sich augenscheinlich tatsächlich von seiner vergnüglichen Betrachtung losgerissen hatte, die Treppen hinauf. Angesichts der späten Besucher verlor er sein Lächeln.

»Haben die Damen sich verlaufen? Darf ich Dieselben zum

Ausgang geleiten?« Der hagere Mann, der Merit kaum bis zu den Schultern reichte, deutete eine Verbeugung an.

Merit rührte sich nicht vom Fleck. »Nein«, sagte sie entschieden.

»Pardon?« Der Diener zog die Nasenflügel kraus. Sein spitzes Gesicht wies eine unnatürliche Blässe auf, so als sähe der Mann nur selten das Tageslicht. Seine Haare waren ergraut, eine Laune der Natur in Anbetracht seiner jungen Jahre.

»Mein Name ist Merit Paulsen, gebürtig zu Hamburg. Ich bin gekommen, um mit der Längengradkommission zu sprechen.« In einem Atemzug presste sie die Worte heraus, ehe jemand sie daran hindern konnte.

Unmissverständlich richtete der Diener den Blick seiner stechend grünen Augen auf ihren Bauch. »Zu welchem Behufe, wenn mir die Frage gestattet ist? Mein Name ist Walter Hamilton und meine Aufgabe ist es, die einströmenden Massen hier im Zaum zu halten. Was also ist Ihr Begehr?«

»Ich möchte den Herren …« Merit unterbrach sich selbst mit einem Seitenblick auf Jane Squire, die angelegentlich aus dem Fenster schaute. »Ich möchte der Kommission … eine Uhr vorstellen.«

»Eine Uhr? Ach, jetzt verstehe ich! Nur leider befürchte ich, dass die Herren nunmehr Feierabend machen wollen. Aber sprecht doch mit John Harrison. Er ist gerade dort drin und kämpft um die Anerkennung seiner Maschine zur Zeitmessung. Er kennt sich mit Uhren aus und kann Ihnen sicher sagen, warum Ihr gutes Stück nicht mehr läuft.«

Drinnen wurden die Stimmen lauter, Flüche polterten durch den Raum.

Merit versuchte ruhig zu bleiben. *Jetzt oder nie*, sagte sie sich.

»Sie irren sich, Mister Hamilton. Ich habe keine Uhr zu reparieren. Im Gegenteil. Ich habe eine Uhr erfunden, die über sechs Wochen hinweg zu jeder Sekunde des Tages die genaue Zeit anzeigt.«

Walter Hamilton sperrte den Mund auf und sein Gesichtsausdruck zeugte davon, dass sein Weltbild ins Wanken geriet. »Und, wo haben Sie das Wunderding?«

Merit lief hochrot an. »Ich ... ich hatte nicht genügend Geld, um die Uhr zu bauen ...« Das geringschätzige Lächeln des Dieners brachte sie zur Weißglut. »Aber hier! Hier habe ich Skizzen gefertigt!« Eilig zog sie den aufgerollten Bogen Papier aus dem Gepäck. Mit unverhohlener Neugierde schaute Jane Squire herüber, als Merit ihr Geheimnis vor dem Diener ausbreitete. Er besah sich die Zeichnung des Uhrwerks.

»Ich verstehe leider nicht viel davon. Ich bin von Haus aus Astronom, obwohl ich mich jetzt als Diener verdinge. Aber gewiss eine feine Arbeit, Madame. Ich kann Sie nur abermals an John Harrison verweisen.«

»Damit er mir meine Erfindung stiehlt? Niemals! Ich verlange, vor die Kommission treten zu dürfen wie jeder andere auch!«

Mit einem anerkennenden Nicken unterstützte Jane Squire die Forderung.

Walter Hamilton gab mit einem Schulterzucken nach. »Wie Sie wünschen. Ich bin hier, um meine Pflicht zu tun, auch wenn es mir manchmal widerstrebt.«

Der Diener betrat nach einem ankündigenden Klopfen den Saal und zog die Türe hinter sich zu.

Merit trat der Schweiß aus den Poren. Kein Laut war zu hören. Lange Zeit blieb es unerträglich still.

»Eine Frau?«, hörte sie plötzlich eine entsetzte Männerstimme tönen.

Hilfesuchend drehte sie sich zu Jane Squire um, die ihr ein aufmunterndes Lächeln schenkte.

»Gehen Sie nur hinein und beweisen Sie Ihr Können! Aber seien Sie sich stets der Gefahr bewusst, dass es falsche Menschen um Sie herum gibt. Bleiben Sie aufmerksam und seien Sie bei jedem Wort auf der Hut, damit Sie denjenigen rechtzeitig erkennen, der Ihnen nicht wohlgesinnt ist. Ich wünsche Ihnen ...«

Die Tür flog auf. Heraus kam ein älterer Herr im Stechschritt, mit derangierter Zopffrisur und verschwitztem, hochrotem Gesicht, in dem sich Tränensäcke wie die Hügel von Greenwich wölbten. Er rempelte sie an der linken Schulter, sah flüchtig auf und stürmte die enge Treppe hinunter aus dem Observatorium. Geistesgegenwärtig nutzte Merit die Gelegenheit, durch die offene Tür zu schlüpfen.

Als sie vor dem langen Tisch stand, der die Herren wie eine Barriere von den Besuchern abschirmte, und sie in die feindseligen Gesichter schaute, fragte sie sich, welcher Teufel sie geritten hatte. Einer der Männer nahm nicht einmal Notiz von ihr. Er schaute sich im Raum um, als suche er eine Fliege.

***

Er hatte es gewusst, nachdem der Diener ihren Namen angekündigt hatte. Diese Frau würde so schnell nicht aufgeben. Aufsässig wie ihr verstorbener Eheherr. Er beobachtete sie unauffällig. Sie war hübsch, noch hübscher, als er sich die Frau vorgestellt hatte. In ihren blauen Augen funkelte eine wilde Entschlossenheit, gleichzeitig wirkte sie durch den rosafarbenen Hauch auf ihren Wangen und die schmalen, blassroten Lippen verletzlich. Ihr Zustand war unübersehbar. Zu schade, dass ein anderer sie sich genommen hatte, nachdem er sie zur Witwe gemacht hatte.

Noch während Lord Werson ihre Erscheinung aus dem

Augenwinkel betrachtete, erhob sich der Präsident der Royal Society und stellte sich als Lord Macclesfield vor. »Sie sind verheiratet, Merit Paulsen aus Hamburg?«

Die junge Frau schien irritiert über die Frage. »Ja«, gab sie nach kurzem Zögern Auskunft.

»Der Name Ihres Mannes?«

»Geertjan Paulsen.«

»Hat er Sie nach London begleitet?«

»Nein. Aber ich wüsste auch nicht, was das mit der Sache zu tun hätte.« Die Stimme der Frau zitterte, aber sie gab nicht klein bei. »Ich habe eine Uhr entworfen, vom Bau wie eine Taschenuhr, und ich bitte darum, ein Muster fertigen zu dürfen, um den Zeitmesser auf See zu testen. Hier sind die Pläne!«

»Unglaublich!« Der Ausruf stammte vom Königlichen Astronomen James Bradley.

»Meinen Sie wirklich?«, fragte die Besucherin mit einem unsicheren Lächeln.

»Unfassbar ist das, um genau zu sein!«, ereiferte sich Bradley. »Ein Weib, das ohne Begleitung ihres Eheherrn nach London reist und noch dazu ungehörige Denkarbeiten verrichtet, für die das Hirn eines Weibes nicht geschaffen ist! Ich bin entsetzt!«

»In Hamburg geht es schlimmer zu wie einst in Babylon«, pflichtete Werson ihm bei.

Mit einem gequälten Stöhnen beugte sich Lord Macclesfield über das auf dem Tisch ausgebreitete Skizzenpapier. Die beiden Herren aus Oxford erhoben sich ebenfalls.

Für die Frau aus Hamburg schienen Stunden zu vergehen, sie wurde immer weißer im Gesicht, bis Lord Macclesfield das Papier in ihre Richtung zurückschob. Bis zu dieser brüsken Bewegung waren kaum ein paar Sekunden vergangen.

»Nichts Neues«, bescheinigte er ihr in gleichgültigem Tonfall. »Temperaturkompensation, ein Remontoir als Gleichmäßigkeitsantrieb für die Hemmung, ein Gegengesperr, damit die Uhr beim Aufziehen weiterläuft – daran hat sich unser Harrison bereits die Finger wundgeschraubt. Seine Zeitmesser sind lediglich, sagen wir, etwas archetypischer in der Ausführung.«

»Das gibt es alles schon? Aber warum wurde der Längengradpreis dann noch nicht vergeben?«

»Weil keine Uhr die Lösung bietet, sondern ausschließlich wissenschaftliche astronomische Berechnungen unsere Forderungen erfüllen werden. Das Verfahren bedarf nur noch der Ausreifung.«

»Meine Uhr wäre eine einfache Lösung. Sie ist lediglich so groß wie eine Hand! Ich bitte die verehrten Herren, mir gnädigst zu gestatten, ein Modell bauen zu dürfen.«

»Eine kleine Uhr?«, mischte sich einer der Herren aus Oxford ein. »Und was ist mit der Hemmung? Haben Sie mit deren Konstruktion keine Probleme?«

»Doch. Darüber musste ich lange nachdenken. Aber mir ist vielleicht etwas eingefallen.«

»Dieses Kronrad hier in der Zeichnung? Das ist doch nichts anderes als eine gewöhnliche Spindelhemmung.«

»Mit zwei Unterschieden. Die beiden Lappen, die in die kronenartigen Zacken des Hemmungsrades eingreifen, sind ungewöhnlich klein und in einer neuartigen Form geschliffen. Beide Lappenseiten können ausgenutzt werden, was die Schwingungsweite der Unruh vergrößert, um möglichst wenige störende Eingriffe zu erzielen, weil diese das Uhrwerk in seinem Gang beeinflussen. Außerdem muss es möglichst wenig Reibung geben. Denn das besondere an der Hemmung ist – die Lappen sollen aus Diamant geschliffen werden.«

»Aus *Diamant?*«, echote Macclesfield, als hätte sie soeben die Wiederkehr des Paradieses verkündet.

Ein dröhnendes Lachen brach aus Kapitän Werson hervor. »Diamanten! Sehr schön! Etwas anderes kann einem Weib ja nicht einfallen! Soll ich meinen Kompass demnächst aus Schiffszwieback fertigen lassen?«

Streitlust blitzte in den Augen der jungen Frau auf. Jene Widerspenstigkeit, die sie so anziehend machte. »Sie können es ja versuchen!«, rief sie. »Beim ersten Regen würden Sie allerdings einsehen, dass ein Kompass aus Diamant brauchbarer wäre.«

»Uih!« In gespieltem Schmerz zog Kapitän Werson seine Finger zurück, als habe er sich verbrannt. »Diese Aufsässigkeit habe ich doch sehr vermisst.«

»Kennen wir uns? Mit wem spreche ich überhaupt? Außer Lord Macclesfield hat sich mir keiner der Herren vorgestellt.«

»Pardon, wie unhöflich von mir. Ich ging davon aus, Sie würden keinen gesteigerten Wert auf meine Bekanntschaft legen. Mein Name ist Werson, Erster Lord der Admiralität, Vorsitzender der Kommission und einstiger Kapitän der Flotte, die vor den Scilly-Inseln gesunken ist. Mit an Bord mein Erster Steuermann und der Matrose Geertjan Paulsen.« Er sah der Frau tief in die Augen. »Falls es Sie beruhigt: Die beiden mussten keinen qualvollen Tod im Wasser erleiden. Ich habe sie an der Rah aufknüpfen lassen, ehe die Schiffe auf die Felsen aufliefen. Die beiden Männer haben bei der Arbeit versagt.«

Werson lehnte sich zurück und faltete die Hände über dem Bauch. »Besonders Ihr Eheherr hat geglaubt, das Rätsel der Zeit gelöst zu haben, aber er wurde eines Besseren belehrt und musste sein Streben mit dem Tod bezahlen.« Er beugte sich vor und schaute in die Gesichter seiner Kollegen. »Nun dürfte der Kommission klar sein, warum der Eheherr sein Weib nicht nach London begleitet hat. Alles Lug und Trug! Ist die Kommission geneigt, diesem Weibsbild auch nur einen winzigen Teil ihrer diamantenen Fantasien zu glauben, wenn sie uns schon mit ihrem ersten Wort belogen hat?«

***

Noch während Lord Werson sprach, spürte Merit etwas, das sich wie ein Knacksen in ihrem Bauch anfühlte, und gleich darauf floss ein warmes Rinnsal an ihrem Oberschenkel hinab. Seit der Geburt von Ruben wusste sie, was das bedeutete. Fraglich nur, wie viele Stunden oder Minuten ihr noch blieben. Panik wallte in ihr auf.

»Verzeihung, die Herren.« Sie zog ihr Skizzenblatt vom Tisch. »Entschuldigung, aber ich muss jetzt gehen.« Mit zitternden Knien brachte sie einen Knicks zustande. »Es tut mir leid. Ich komme morgen wieder ... oder übermorgen!«

Sie raffte ihr Bündel und flüchtete vor die Tür. Wie immer, wenn sie sich in ihrem Leben eine glückliche Fügung erhofft hatte, geschah genau das Gegenteil von ihrem Wunschdenken. Hatte ihr jemand dieses Gesetz auf die Stirn geschrieben? Alle Schwierigkeiten zu mir, ich werde schon damit fertig? Wersons Worte dröhnten in ihrem Kopf. *An der Rah aufgeknüpft ... bei der Arbeit versagt ... musste sein Streben mit dem Tod bezahlen.* Oft hatte sie sich in den vergangenen Monaten gewünscht, das Geschehen in den letzten Lebensminuten ihres Mannes zu kennen. Jetzt bohrte sich das Wissen wie ein Stachel in ihren Körper. Werson war ein Mörder.

Kräfte ballten sich in ihr. Wenn sie gekonnt hätte, wäre sie zurückgerannt und ihm wie eine Furie an die Gurgel gesprungen. Doch ihr Angstzustand hielt sie von ihrem Rachewunsch ab. Ihr Blick irrte suchend in der Dunkelheit umher. Die Frau, die sich als Jane Squire vorgestellt hatte, war verschwunden.

Merit entwich ein Fluch. Ihr Herz klopfte heftig. Das Ungeborene bewegte sich in ihrem Bauch. Wohin jetzt? Sie hörte knarrende Schritte auf der Wendeltreppe. Im Lichtschein einer Kerze erschien Walter Hamilton vor ihr.

»Sie sehen nicht so aus, als ob Sie Erfolg gehabt hätten«, sagte er. »Ich kann Ihnen nur neuerlich den guten Rat geben, Unterstützung bei John Harrison zu suchen. Er ist ein eigenwilliger, aber sehr netter Mann.« Mit einem Blick auf ihren Bauch fügte er hinzu: »Seine Frau Elisabeth hat selbst zwei Kinder auf die Welt gebracht und sie kennt sich bei den Vorgängen einer Frau gut aus. Es wäre wohl an der Zeit, bald in die Nähe fachkundiger Hände zu gelangen.«

»Wo wohnt er?«, fragte sie, obwohl sie nicht die Absicht hatte, sich etwas einreden zu lassen.

»An der Ecke von Lee Street und Red Lion Square. Fahren Sie mit einem Boot zurück zur London Bridge, von dort aus halten Sie sich zu Fuß immer Richtung Nordwest, an der St. Pauls Kathedrale vorbei, rund zwei Meilen der Straße nach bis in die High Holborn, dort rechts ab in die Dean Street bis zum Red Lion Square. Nach der Bootsfahrt rund eine Stunde zu Fuß. Noch vor Mitternacht sollten Sie an seinem Haus ankommen. Bis dahin ist es noch nicht zu spät.« Er ließ die Doppeldeutigkeit seiner Worte im Raum stehen. »Und bestellen Sie ihm schöne Grüße von mir – Walter Hamilton. Dermalen Assistent des Königlichen Astronomen.«

»Fahren die Boote jetzt noch?«, fragte sie so ruhig wie möglich.

Walter Hamilton wiegte den Kopf. »Vielleicht erwischen Sie noch eines.«

Ohne zu wissen, wie weit ihr die Kraft noch reichen würde,

schulterte sie ihr Bündel. Im Gehen wandte sie sich zu Walter Hamilton um. »Haben Sie vielen Dank. Ich werde es an der Anlegestelle versuchen!«

»Nicht so eilig!«, rief er ihr hinterher. »Je schneller Sie rennen, desto weniger Zeit bleibt Ihnen ...«

***

Seit dem Abendessen saß William Harrison in der Küche im Haus am Red Lion Square, die Beine auf einen Stuhl hochgelegt und die frisch gewaschenen Füße dem Herdfeuer entgegengestreckt. Wie so oft war er bis hinunter zur Themse gegangen und nach einem ausgiebigen Spaziergang durch den St. James Park wieder zurückgekehrt.

Genussvoll bewegte er die Zehen in der Wärme, während er Shakespeare las. Er liebte die Stücke dieses Mannes. Nicht weil er dessen Vornamen trug, sondern weil sein Vater diesen Dichter hasste. Ebenso hasste John Harrison die Vorliebe seines erwachsenen Sohnes, sommers wie winters ohne Schuhwerk wie ein Betteljunge durch die Gassen zu streifen. Schließlich spräche sich diese Unsitte bis nach Greenwich herum. Kein Wunder betrachte man die Familie dort als zugezogene Hinterwäldler.

William lächelte versonnen. Er ärgerte den Vater gerne, um wenigstens ein bisschen Aufmerksamkeit auf sich zu lenken, auch wenn das kindisch war und nicht dem Benehmen eines Einunddreißigjährigen entsprach. Vielleicht lebte er heute einfach nur eine Kindheit aus, die er nie wirklich gehabt hatte. Von klein auf hatte er sich den Bedürfnissen des Vaters angepasst, ihm jeden Wunsch erfüllt und das Verhalten eines Erwachsenen nachgeahmt, um dem Vater mit stolzgeschwellter Brust bei der Erfüllung seines Lebenstraums zu helfen. Dass der Traum von Ruhm und Reichtum nicht sein eigener war, hatte er erst spät erkannt. Beinahe zu spät.

William rutschte ein wenig auf dem Stuhl hin und her, bis sein Rücken wieder eine bequeme Position gefunden hatte, und vertiefte sich in die Komödie des *Sommernachtstraums*.

Er ließ die Abendstunden dahinziehen. Die Zeilen verwandelten sich vor seinen Augen in farbenfrohe Bilder einer fremden Welt. Den vorwitzigen Elfen Puck mochte er besonders. Seite um Seite amüsierte er sich köstlich über dessen angestiftete Liebesverwirrung. Im *Sommernachtstraum* bestimmte ein Fabelwesen mit dem Nektar einer Blume, wohin die Liebe fiel, im Leben war das manchmal nicht so einfach. Letztes Jahr hatte er Liz geheiratet und seit gestern wusste er, dass er ungefähr im kommenden Dezember Vater werden würde.

Bei dem Gedanken an Liz schaute er auf. Anstelle des lodernden Herdfeuers fand sein Blick eine schwelende Glut vor. Er hatte nicht bemerkt, wie die Zeit vergangen war.

Mit schlechtem Gewissen legte er das Buch beiseite und löschte die Kerze. Bereits auf dem Weg in die eheliche Kammer beschloss er, sich im Hinblick auf eine ungestörte Nachtruhe vor dem Haus in dem kleinen Park an einem Baum zu erleichtern, was er oft um diese Uhrzeit tat, weil es dort nicht so erbärmlich stank.

Draußen empfing ihn kühle Nachtluft. Mit einem verhaltenen Seufzer schaute er in den sternenklaren Himmel. Der Mond hatte seinen Zenit bereits überschritten und stand weit im Westen. Im Osten verhieß ein milchiger Saum über dem Horizont den kommenden Tag. Was dieser wohl bringen mochte?

Seit er Liz kannte, hatte sich vieles verändert und besonders seit er von seiner bevorstehenden Vaterschaft wusste, glaubte er mit den Entwicklungen in seinem Leben nicht mehr Schritt halten zu können. Es war, als ob ihn die Ereignisse ungefragt mitzogen. Ein Gefühl, vor dem er zu gerne davongelaufen wäre. Dennoch musste er sein Leben im Griff behalten. Das gehörte sich für einen Mann, der die Verantwortung für eine Familie übernommen hatte.

William schaute die Straße entlang, die in mondbeschienener Einsamkeit vor ihm lag. Südlich führte diese in den quirligen Strudel der Stadt, nach Norden hin erreichte man um den baumbepflanzten Red Lion Square herum nach wenigen Gehminuten die unendlich weiten Wiesen und Felder. Dort hatte er sich gestern die Zeit damit vertrieben, dem Dartford-Team, besonders seinem Lieblingsspieler Tom Faulkner, bei der Vorbereitung auf das Cricket-Endspiel zuzusehen. Er überquerte die Straße und suchte sich in dem kleinen, häuserumsäumten Park einen geschützten Platz.

Es wäre ihm niemals in den Sinn gekommen, seine Frau im Stich zu lassen. Trotzdem blieb der Gedanke an ein anderes Leben und sorgte für störende Unruhe in ihm. Im Grunde seines Herzens fühlte er sich mit einem Mann wie Shakespeare verwandt, der in Freiheit gelebt, unter Pseudonym seine Reisen unternommen und Stücke verfasst hatte. Sobald man ihn an einem Ort vermutete, tauchte er an einem anderen Punkt der Landkarte wieder auf. Nicht einmal seinen eigenen Namen schrieb der Dichter immer gleich. Über das Leben des vor knapp 150 Jahren Verstorbenen wusste man wenig und doch war er allen bekannt.

Mit einem sehnsüchtigen Blick verabschiedete er sich von der Weite des Himmels, ehe er wieder zurück zum Haus ging und drinnen mit leisen Schritten die Stiege zur Schlafkammer hinaufstieg.

Liz lag noch wach. »Weißt du, wie spät es ist?« Ihre Stimme klang sanft und doch steckte ein Vorwurf darin.

»Es tut mir leid, ich habe die Zeit vergessen«, murmelte er und entledigte sich seiner Kleidung. Liz wendete den Kopf ab, weil sie dasselbe von ihm erwartete, wenn sie sich auszog. Er begehrte ihren dünnen, zierlichen Mädchenkörper, der sich trotz der leichten Wölbung ihres Bauches kaum unter der Bettdecke abzeichnete. Liz hingegen war als erwachsene Frau bekümmert über ihre fehlenden Rundungen, das ahnte er, sie verlor aber nie ein Wort darüber. Seit der Schwangerschaft schien sie sich in ihrem Körper noch fremder zu fühlen. Er bemerkte es, sobald er sie berühren wollte. Er liebte sie, obwohl er sich das Aussehen seiner zukünftigen Frau immer anders vorgestellt hatte. Wie genau hätte er allerdings nicht zu sagen vermocht. Ihre weichen, langen Haare waren ungewöhnlich dunkel für ihre Abstammung, doch ihre Haut war hell, auf den Wangenknochen schimmerte sie weiß wie der Mond, von starker Anziehungskraft und doch unberührbar.

»William? Möchtest du in Zukunft nicht auch eine Uhr bei dir tragen?«

»Warum sollte ich?«

»Du bist der Sohn eines Uhrmachers.«

Nackt schlüpfte er zu ihr unter die dicke Federdecke. Ein wärmender Luxus, den Liz mit in die Ehe gebracht hatte. Er zog einen pieksenden Strohhalm unter seinem Rücken fort und ließ ihn achtlos auf den Boden fallen.

»Mein Vater ist kein Uhrmacher. Er ist ein Besessener. Nichts ist ihm wichtiger als die Zeit. Das habe ich ein Leben lang zu spüren bekommen.« Unter der Bettdecke suchte er nach ihrer Hand. Liz reagierte nicht, als er auf ihre Finger traf. Wie ein Tier, das sich unter seinem Angreifer tot stellte. Seit der ersten gemeinsamen Nacht hatte sich daran nichts verändert. All seine Zärtlichkeiten prallten an ihr ab. Sie erfüllte ihre ehelichen Pflichten, ohne Vergnügen zu erwarten. William hielt die Augen geöffnet und sein Blick blieb an der hellen Fensteröffnung hängen.

»Liz? Sollen wir vielleicht morgen ein wenig im St. James Park spazieren gehen? Hast du Lust?«

»Das ist mir viel zu weit, William. Ich bin zu schwach, ich musste mich in den letzten Wochen häufig übergeben und habe kaum etwas gegessen.«

»Was hältst du eigentlich davon, wenn wir uns ein eigenes kleines Häuschen suchen würden, sobald das Kind auf der Welt ist? In Schottland soll es sehr schön sein, habe ich gehört. Weites, grünes Land, fernab von jeglichem Dreck und Menschenlärm.«

»Ich weiß nicht.« Ihre Stimme klang leer. »Mir gefällt es hier. Meine Familie wohnt in der Nähe und ich verstehe mich sehr gut mit deiner Mutter. Sie kann mir helfen, unsere Kinder großzuziehen. Woanders wäre ich auf mich alleine gestellt.«

Er nickte. Sein Kopf blieb dabei ruhig liegen, es war nur eine sanfte Bewegung des Kinns. »Wie du willst, es sollte ja auch nur ein Vorschlag sein. Gute Nacht.«

Er drehte sich auf die Seite und suchte den Schlaf mit dem Wissen, dass er ihn nicht finden würde. Hellwach horchte er auf die Geräusche der Nacht.

***

Eine räudige Katze huschte an Merit vorbei durch die Dunkelheit. Das warnende Fauchen verlor sich in einem Spalt zwischen den eng stehenden Häusern. Eine Tür quietschte in den Angeln, Stimmen ertönten in der Nähe, die schmale Straße aber lag wie ausgestorben vor ihr.

An ihren Schuhen klebten Kot und Unrat, mit dem rechten Fuß knickte Merit auf einem der unebenen Steine um. Sie biss die Zähne zusammen. *Nicht länger als notwendig stehen bleiben*, befahl sie sich. Sie atmete tief aus und ein, bis der Schmerz nachließ. Kalter Schweiß stand ihr auf der Oberlippe.

Es war kühl geworden, seit sie das Ruderboot am Tower verlassen hatte. Getrieben von einer Mischung aus Angst und Zuversicht war sie die Thames Street entlanggegangen, bis sie nach einer knappen halben Stunde den weithin sichtbaren Kuppelturm der St. Pauls-Kathedrale erreicht hatte. Von dort aus war sie der breiten Straße gefolgt, die, fernab des Ufers, in einem leichten Bogen den Lauf der Themse nachahmte. Als sie sich schon auf dem sicheren Weg zu John Harrison wähnte, machte die Straße eine Linkskurve und erstreckte sich fortan nach Süden. Über zwei Stunden war sie bis zu diesem Punkt gegangen, bis ihr bei Charing Cross ein freundlicher Wirt den Hinweis gab, dass sie bei der St. Pauls-Kathedrale die falsche Abzweigung gewählt hatte.

Jetzt hielt sie sich streng Richtung Norden, um vielleicht nach zwei oder drei weiteren Wehen auf jene Parallelstraße zu treffen, die sie bei St. Pauls verpasst hatte. Von der High Holborn aus war es laut den Erklärungen des Wirts nicht mehr weit zum Red Lion Square.

Sie blieb stehen, legte die Hände auf ihren Bauch, atmete stoßweise und schaute in den Himmel, um ihre nördliche Richtung mit Blick auf den Mond zu verifizieren. Sie widerstand dem Wunsch, sich auf der Steintreppe eines Hauseingangs niederzulassen. Nicht nur, weil der Schmutz zugenommen hatte, sondern auch wegen des Mannes, der ihr in der enger werdenden Gasse entgegenkam. Er humpelte in gebeugter Haltung, auf einen knorrigen Ast gestützt. Sein verfilzter Bart reichte ihm bis auf die Brust seines aufgerissenen Hemdes. Obwohl niemand in seiner unmittelbaren Nähe war, hielt er die verkrampften Finger seiner linken Hand zu einer kleinen Schale geöffnet, so als klammere er sich an die Hoffnung auf eine milde Gabe aus dem Himmel.

Das Mondlicht genügte, um im Näherkommen die handtellergroße Wunde an seinem rechten Schienbein zu erkennen. Ein dunkelrot angelaufener Saum umgrenzte ein nässendes, gelblich glänzendes Loch mit schwarzen Einsprengseln. Teilnahmslos, und doch auf eine unheimliche Art präsent, schlurfte er an ihr vorüber. Als sie ihm nachschaute, spürte sie einen Ruck an ihrem geschulterten Beutel.

Sie wirbelte herum und sah gerade noch eine flinke Gestalt in einem schäbigen Kleid zwischen den Häusern verschwinden. Zuerst begriff sie nicht, was geschehen war. Dann entdeckte Merit, dass ihre Zeichnungen fehlten.

Sofort setzte sie sich in Bewegung, keuchend gelang es ihr, die Spur der Diebin bis zu einem kleinen, kreisrunden Platz zu verfolgen. Um diese Lichtung inmitten des dichten Häuserwaldes verteilten sich sternförmig sieben Straßen.

Fieberhaft versuchte Merit, in den schwarzen Wegmündungen etwas zu erkennen. Das musste Seven Dials sein, jene berüchtigte Gegend, vor der der Wirt sie in einem Nebensatz gewarnt hatte. Nun war sie mittendrin. Weit konnte sie nicht sehen. Sie folgte einem Geräusch, unregelmäßige, dumpfe Schläge, dazwischen Stimmen, und wählte diesen Abzweig. Sie schaute die Straße entlang und erkannte sich bewegende Schemen. Das musste die Diebin sein!

Jäh hinderte der Schmerz einer Wehe sie daran, der Frau zu folgen. Merit ließ sich gegen eine Hauswand sinken, mit einer Hand stützte sie ihren Bauch. Sie versuchte das Ungeborene nach oben zu drücken, in der verzweifelten Annahme, es auf seinem Weg in die Welt zurückhalten zu können. Sie stöhnte und sehnte den Moment herbei, in dem der Schmerz wieder nachlassen würde. Doch es ging nicht vorüber. Irgendjemand musste die Zeit angehalten haben.

In ihren Augen sammelten sich Tränen. Trotzdem hielt sie den Kopf aufrecht und ließ die Stelle nicht aus den Augen, wo ihr Blick die Gestalt in der nachtschwarzen Gasse verloren hatte.

Kaum dass sie ein wenig Linderung verspürte, setzte sie sich in Bewegung. Ihre Beine waren schwer wie Blei. Sie verschränkte die Hände vor ihrem Bauch. Da war die Frau wieder! Merit stolperte. Nur noch ein paar Schritte.

Zwei Armlängen von der Diebin entfernt wurde ihr schwindlig. »Halt! Stehen bleiben!«, stieß sie mit letzter Kraft hervor.

Die Frau fuhr herum. Ihre Augen waren vor Schreck weit aufgerissen. Sie presste ein geschnürtes Bündel an sich, einen Säugling. Mit der anderen Hand hielt sie ein bauchiges Tongefäß, aus dem es nach Alkohol roch. Ihre Arme waren von eiternden Flohbissen übersät, das Gesicht schmutzverkrustet. Sie war jung, fast noch ein Kind, und vor allem zierlicher als die Gestalt, die Merit mit ihren Zeichnungen hatte fliehen sehen.

Ein Rauschen legte sich auf ihre Ohren. Merit suchte nach einem Halt, fand aber keinen.

»Verzeihung«, murmelte sie. »Ich habe Sie verwechselt.« Sie sank auf das Straßenpflaster, schloss die Augen und gab sich ihren Schmerzen hin. Der Dreck war nebensächlich geworden.

»Hier«, hörte sie die Stimme der Unbekannten. »Trink davon.«

Eine Hand schob sich in ihren Nacken und sie spürte den trockenen Rand des Tongefäßes an ihren Lippen.

»Das ist Gin, eine besondere Mischung aus unserem Viertel. Das wird dir helfen, alles leichter zu ertragen.«

»Nein ... ich will nicht«, stöhnte Merit und mit ihren Worten schmeckte sie die Schärfe des Alkohols in ihrem Mund. Seine Kraft hatte etwas Tröstliches an sich.

***

Ruben duckte sich in seinem Versteck. Er fror nicht, zwischen den Fässern war es warm, und dennoch zitterte er am ganzen Leib. Es roch nach feuchtem Holz. Seine Zähne schlugen klappernd aufeinander, er presste die Lippen zusammen, sein Kinn bebte. Ganz in der Nähe brüllten Männer Befehle.

Wie lange war seine Mutter jetzt schon fort? Eine Woche? Einen Monat? Er hatte kein Gefühl für die Zeit und das machte ihm Angst. Längst hatte er verstanden, dass die Zeit das Leben beherrschte, aber er fand ihren Rhythmus nicht, um mit ihr Schritt zu halten, wie das die Erwachsenen konnten. Wahrscheinlich musste er erst groß werden, um mit der Zeit gehen zu können. Wann durfte er Muma endlich wiedersehen?

Als der Steuermann am Mittag die Position bestimmt hatte, konnte er zwischen den zahlreichen Flüchen heraushören, dass es bei dem fortdauernden schlechten Wetter wohl noch drei Tage dauern würde, bis das Schiff den Hafen von London erreichte. Drei Tage – eine unendlich lange Zeit.

Zu Hause vermisste ihn mit Sicherheit niemand. Vielleicht Sönke, aber auch der war bestimmt glücklich darüber, weniger Arbeit zu haben und dadurch mehr Zeit über seine Bücher gebeugt verbringen zu können.

Unter dem Vorwand, für den Zuckersieder einen Botengang erledigen zu dürfen, hatte er sich gleich nach der Abfahrt seiner Mutter in den Hafen zurückgeschlichen und sich an Bord des Schiffes geschmuggelt, das noch am Abend eine weitere

Ladung Zucker und andere Waren vor dem Winter nach London bringen sollte.

Das Schiff stampfte in der unruhigen See. Die Wellen schlugen gegen den Rumpf, grollten. Ruben kauerte sich zusammen. Mit dem nächsten Stoß setzten sich einige Fässer auf dem Kiesbett in Bewegung, rutschten auf ihn zu, verkeilten sich eine Fußlänge entfernt von ihm. Das Gebälk ächzte und stöhnte. Es klang wie Manulf, als er über Muma gelegen und ihr wehgetan hatte. Wie versteinert hatte er zugesehen, beim lieben Gott um Hilfe gebeten und geschworen, nie wieder unartig zu sein und alle seine Sünden zu bereuen. Als Manulf endlich von ihr abgelassen hatte, war er auf sein Strohlager in der Küche zurückgekrochen und hatte dem Herrn im Himmel hoch und heilig versprochen, in Zukunft auf die Mutter aufzupassen und sie nie wieder allein zu lassen.

Bald darauf musste Muma oft in den Kücheneimer spucken und ihr Bauch wurde immer dicker. Großmutter Pauline erklärte ihm, es sei die Strafe Gottes, weil Merit einen Mann bei sich habe wohnen lassen. Vergeblich versuchte er seiner Großmutter zu erklären, dass es anders gewesen sein müsse, weil Manulf doch ein eigenes Zimmer habe, er gar nicht in der Werkstatt wohnen wolle, aber aus irgendeinem Grund so lange mit der Mutter am Boden gekämpft hatte, bis diese vor Schmerzen schreien musste. Kaum dass er seine Sicht der Dinge geäußert hatte, versetzte Pauline ihm eine schallende Ohrfeige. Seine Wange schmerzte bis heute in Erinnerung daran, aber es war die gerechte Strafe dafür, zwei Erwachsene beobachtet und belauscht zu haben.

Trotzdem war ihm immer noch nicht klargeworden, warum seine Mutter eine Sünde begangen haben sollte. Als er sie selbst danach fragte, hatte sie ihn in den Arm genommen und ihm erklärt, ihr Bauch sei deshalb dicker geworden, weil sie in letzter Zeit zu viel gegessen habe. Das verstand er zwar angesichts des stets knappen Geldes auch nicht, aber er glaubte ihr. Allerdings war er immer noch wütend und traurig darüber, dass er nicht nach London mitkommen und auf sie aufpassen durfte. Hamburg war auch eine große Stadt, in der er sich noch nie verlaufen hatte. Er war doch kein kleines Kind mehr, das gleich verlorenging! Das würde er ihr mit dieser Fahrt beweisen! In London angekommen, würde sie ihm sagen, wie stolz sie auf ihren großen Sohn war. Das wollte er hören.

Die Schiffsbewegungen wurden heftiger. Er stützte sich zu den Seiten hin an den Fässern ab. Rufe ertönten und kurz darauf polternde Schritte, als hätten sich alle Seemänner aus ihren Kojen erhoben.

Er horchte in die Dunkelheit. Tauwerk schrammte über Deck, die Schiffsglocke läutete, eine Stimme brüllte über die Gewalt des Meeres hinweg Befehle. Irgendetwas stimmte nicht, aber die Erwachsenen wussten bestimmt, was zu tun war. Unweigerlich stellte er sich vor, wie das Schiff unterging. Aber er war alt genug, um keine Angst zu haben. Er wollte mindestens so tapfer sein wie sein Vater. Selbst wenn der Sturm das Schiff gegen die Küste schmettern würde und das Meer ihn und alle Mann in die Tiefe zöge – er würde keine Angst mehr vor dem Wasser haben, würde um sein Leben schwimmen, irgendwann Land erreichen und eines Tages stolz nach Hause zurückkehren. So wie sein Vater.

Plötzlich öffnete sich die Luke am Ende des Laderaumes. Spärliches Mondlicht begleitete die nachtschwarzen Gestalten zweier Männer, die festen Schrittes die Holzleiter hinabkletterten.

Sie näherten sich den Fässern.

»Beeil dich, Mathis! De Schlappkist is open! Solang der Alte und der Steuermann noch über die richtige Schiffsposition streiten, können wir uns ungestört am Branntwein gütlich tun.«

***

»Die Herren möchten nichts trinken, nehme ich an?« John Harrison warf einen halbherzigen Blick auf seine frühmorgendlichen Besucher, während er die Zinnkaraffe anhob und verdünnten Wein in seinen Becher eingoss.

»Wohlan, Mister Harrison.« Der Königliche Astronom James Bradley saß inmitten der tickenden Uhren in der Werkstatt am Red Lion Square und ließ sich von der Unfreundlichkeit seines Gastgebers nicht einschüchtern. »Sie haben den Bericht meines Assistenten gehört. Was gedenken Sie jetzt zu tun?«

John Harrison ließ sich seine Nervosität nicht anmerken. Angelegentlich richtete er seinen Blick auf das Schwingen der Unruhreifen und das Drehen der messingglänzenden Zahnräder seines dritten Zeitmessers.

»Nichts. Nichts gedenke ich zu tun«, wiederholte er etwas lauter. »Jedenfalls nichts anderes, als mein Werk zu vollenden.« Er nahm einen kräftigen Schluck aus dem Becher.

»Vollenden?«, entfuhr es Nevil Maskelyne. Ruhelos wie ein Planet umkreiste der Assistent seit Anbeginn des frühen Besuchs seinen offensichtlich kränkelnden Lehrherrn Bradley und ließ den Konkurrenten Harrison dabei nicht aus den Augen. »Die Methode der Monddistanzen ist ausgereift. Unsere Berechnungen haben sich in englischen Gewässern bewährt. Der Form halber fehlt nur noch der Beweis auf hoher See, wie es die Längengradkommission fordert. Sie müssen Ihren Vorschlag zurückziehen. Sie hatten bis zu diesem Sommer Gelegenheit, ein Ergebnis vorzulegen. Ihre Zeit ist um, Harrison. Sie müssen aufgeben.«

Das Nachdenken über eine Erwiderung wurde von einem zarten Klopfen an der Tür unterbrochen. Sein Eheweib. Sie streckte den Kopf kaum über die Schwelle hinweg ins Zimmer.

»Ich gehe jetzt zum Gemüsemarkt am Covent Garden. Soll ich auf dem Rückweg auch Milch kaufen oder möchtest du lieber ganz frisch gemolkene? Sodann will ich gerne warten, bis der Händler heute durch die Straßen zieht und mit seiner Kuh an unserem Haus vorbeikommt. Ganz wie du möchtest, John.«

Er atmete tief durch. »Ich möchte«, begann er sachlich, aber sein Ton wurde schärfer, »dass du mir nicht meine Zeit mit derlei Weiberfragen stiehlst. Milch ist Milch! Hör dich um, wo sie am günstigsten zu haben ist, falls du nichts mit deiner Zeit anzufangen weißt! Hauptsache, du störst mich nicht länger. Du siehst doch, dass ich Besuch habe!«

»Entschuldigung, das wusste ich nicht. Ich war heute Morgen schon bei unserer Nachbarin und habe ihr Himbeerblättertee gebracht, damit die Wehen endlich beginnen, weil es längst an der Zeit ...«

»Das interessiert mich nicht!«

Sein Weib murmelte eine Entschuldigung und zog sich zurück. Endlich. Mit einem abgrundtiefen Seufzer wandte er sich an den Königlichen Astronomen und dessen Assistenten Maskelyne, der sich währenddessen wie ein Habicht in der Werkstatt umgesehen hatte. Doch kaum wollte er das Gespräch fortsetzen, hörte er die schrille Stimme seines Weibes.

»John! Komm schnell! Hier ist eine Frau in Not!«

Gleichzeitig mit Bradley und Maskelyne folgte er dem Hilferuf.

Vor dem Haus, auf der Straße, lag eine Gebärende. Sie hielt

die Beine vor Schmerzen angewinkelt. Eine Gruppe Schaulustiger hatte sich um die hilflose, halb ohnmächtige Frau versammelt. Offenbar hatte sie sich mit letzter Kraft hierhergeschleppt. Er kannte die Person nicht, dennoch rührte ihr Kleid, auch wenn es jetzt schmutzig war, an seiner Erinnerung.

Der Königliche Astronom runzelte die Stirn: »Die Frau habe ich schon mal gesehen. Nur wo?« Unbeeindruckt von ihren Schmerzen beäugte er sie wie ein fremdartiges Tier.

»Alsdann muss das gestern Abend bei der Längengradkommission gewesen sein«, dachte John Harrison laut nach. »Vor der Tür bin ich mit einer Frau zusammengestoßen. Das könnte sie gewesen sein.«

»Natürlich!«, rief James Bradley aus. »Das ist die Frau, die sich ebenfalls bewerben wollte!«

»Bitte!«, flehte Elisabeth. »Könnten sich die Herren ein andermal über die Herkunft unterhalten? Sie benötigt dringend Hilfe! Bitte John, trag sie ins Haus! Wir können sie doch nicht hier liegen lassen!«

»Meinetwegen«, brummte er schicksalsergeben. »Aber alles andere ist deine Sache, Weib.«

Unter Elisabeths tatkräftiger Mithilfe schleppte er die Fremde ins Haus, die Treppe hinauf und wies ihr mit offenkundiger Missbilligung die ungenutzte Dienstbotenkammer als Gebärplatz zu, ehe er sich mit den Herren des Sternenhimmels wieder in die Werkstatt verzog. Dort versuchte er sich unter den Schreien der Gebärenden zu konzentrieren. Hin und wieder hörte er einen Wortfetzen heraus, der zwischen Elisabeth und der hinzugerufenen Schwiegertochter fiel. Es ging um Leben und Tod, so viel verstand er – und mehr wollte er auch nicht wissen. Was hätte er als Mann auch tun können? Bei Geburtsvorgängen war allein die Anwesenheit von Frauen gewünscht. Elisabeth war sicher klug genug, im Zweifelsfall nach einer Hebamme zu schicken und im äußersten Notfall auch nach einem Medicus, der blind unter die Röcke der Frau tastete, um das Weib von seinen biblisch auferlegten Qualen zu befreien.

»Wo waren wir stehen geblieben?«, fragte der Assistent des Königlichen Astronomen, nahm seinen Dreispitz ab und kratzte sich in gespielter Überlegung an der Schläfe. »Ach ja, wir sind uns darüber einig geworden, dass Sie die Arbeit an Ihrer Erfindung zu unseren Gunsten aufgeben müssen.«

John Harrison betrachtete Nevil Maskelyne von oben bis unten. Er ließ sich Zeit mit seiner Antwort. Der Assistent war vier Jahre jünger als William und legte eine Unverfrorenheit an den Tag, wie er es von seinem Sohn durchaus gewöhnt war, allerdings war dieser Maskelyne mit Vorsicht zu genießen. Der Blick des jungen Mannes ließ keinen Zweifel daran aufkommen, dass dieser sein Ziel deutlich vor Augen hatte und auf dem Weg dorthin über Leichen zu gehen bereit war.

Mit ruhiger Hand goss sich John Harrison abermals Wein in seinen halbleeren Becher nach. »Ich muss gar nichts. Die Herren Astronomen sind mir keinen Schritt voraus. Die Kommission ist vor zweiundzwanzig Jahren erstmals meinetwegen zusammengetreten. Schon damals konnte ich Kapitän Wills an Bord der *HMS Orford* mit Hilfe meines Zeitmessers auf eine Fehlberechnung von sechzig Meilen hinweisen. Bereits im Jahre 1737 hätte mir wenigstens ein Teil des Preises zugestanden!«

»Ach!« Der Königliche Astronom machte eine wegwerfende Handbewegung, während er seinen linken Arm nicht von seinem Bauch löste, weil ihm seine Eingeweide nach wie vor Schmerzen bereiteten. »Es handelte sich um eine inoffizielle Reise, die auf Betreiben der Royal Society und nicht auf Geheiß der Kommission durchgeführt wurde und außerdem nicht wie vorgeschrieben zu den Westindischen Inseln geführt hat!«

»Außerdem hat man Ihnen noch am selben Tag eine Erprobungsfahrt unter der Federführung der Kommission angeboten!«, setzte Maskelyne nach, ohne seine Schritte zu unterbrechen. »Sie haben damals jenen Rückzieher gemacht, den wir heute von Ihnen verlangen!«

»Ich habe lediglich einen geringen Vorschuss erbeten, damit ich ein noch besseres Uhrmodell bauen kann. Für die lächerliche Summe von fünfhundert Pfund Sterling habe ich ein paar Jahre an meinem zweiten Zeitmesser gearbeitet und ihn nicht nur zum verabredeten Zeitpunkt vor die Augen der Kommission gebracht, sondern mich auch auf den Kuhhandel eingelassen, für dieses Nasenwasser beide Uhren dem englischen Königreich zu übereignen, obwohl ich die erste Uhr allein auf meine eigenen Kosten gebaut habe!«

»Richtig.« Der Königliche Astronom nickte. »Und bereits mit dieser ersten Maschine hätten Sie einen Teil des Preises gewonnen, wie Sie selbst sagen. Niemand hat Sie dazu gezwungen, eine zweite Uhr zu bauen, die Sie nicht einmal auf See testen lassen wollten.«

»Es herrschte Krieg gegen Spanien! Hätte ich meine Erfindung vom Feind kapern lassen sollen?«

Mit einem amüsierten Lächeln schüttelte Maskelyne den Kopf. »Natürlich nicht«, sagte er. »Aber in den vergangenen achtzehn Jahren hätten Sie zwischen den Kriegen wohl genügend Gelegenheit gehabt, auf friedliche Gewässer hinauszufahren. Stattdessen melken Sie die Kommission Jahr um Jahr weiter wie das pralle Euter einer Kuh.«

»Von irgendetwas muss ich meine Familie ernähren! Als gewöhnlicher Uhrmacher würde ich mehr im Jahr verdienen, als ich von der Kommission gnädigst erhalte! Wiederum kann ich keiner alltäglichen Arbeit mehr nachgehen, weil die Konstruktion meiner dritten Maschine meine Hände und Gedanken Tag und Nacht in Anspruch nimmt.«

»Bislang haben Sie in Summe 2750 Pfund Sterling erhalten«, rechnete Bradley vor.

»Glauben Sie nicht auch«, ergänzte sein Assistent »dass es an der Zeit wäre, uns dafür ein Ergebnis zu präsentieren, Mr Harrison? Stattdessen brüten Sie seit jenen Tagen über einem dritten Ei, dessen wundersames Küken Sie uns seit dem Sommer 1743 versprechen.«

Bradleys Finger verkrallten sich zu einer Faust, bis das Weiß an den Knöcheln hervortrat. »Wenn Sie und Ihr vermaledeiter Zeitmesser nicht wären, könnten wir die 20 000 Pfund Sterling längst unser Eigen nennen!«

Harrison bemühte sich um innere Ruhe. »Nur Geduld, die Herren. Nur Geduld. Und selbst wenn ich Ihnen niemals eine fertige Uhr zeigen könnte: Die Erfahrung, die ich in den vergangenen Jahren sammeln konnte, ist jede Münze der Kommission und jede Minute meines Lebens wert. Wenn ich die Herren jetzt hinausbegleiten darf?«

Seine Besucher warfen sich einen Blick zu, folgten ihm aber wortlos zur Türe. Dort blieb Maskelyne stehen.

»Sie sollten bedenken, dass Sie mit Ihren sechsundsechzig Jahren nicht jünger werden.«

Die Schreie der Gebärenden wurden unerträglich. Harrison widerstand dem Bedürfnis, sich die Zeigefinger in die Ohren zu stecken. Mit einem verbindlichen Lächeln hielt er den Herren die Haustüre auf. Ein frischer Wind wehte ihnen entgegen.

»Wie rührend von Ihnen, dass Sie sich um den Stand meiner Erfindung und mein Alter sorgen. Ich habe sämtliche Mitglieder der Kommission überlebt und alle, die mich als Freunde unterstützt haben. Leider. Folkes als Präsident der Royal Society, der Königliche Astronom Halley und nicht zuletzt mein Gönner George Graham, ohne dessen Unterstützung und fachlichen Zuspruch ich mich wohl nie in London niedergelassen hätte, um meine Erfindung zu verfolgen. Danach zu urteilen, wie viele von euch jungen Herren den Wunsch hegen, ich möge bald ins Gras beißen, müsste ich bereits meilenweit unter der Erde liegen. Aber wie Sie sehen, stehe ich noch recht fidel vor Ihnen.«

»Wollen wir hoffen, dass es nicht so bleibt.« Maskelyne zog seinen schwarzen Hut unter der Armbeuge hervor, als habe er einen freundlichen Abschiedsgruß geäußert.

»Mr Harrison ...« Bradley tippte sich an die Kante seines Dreispitzes.

Fassungslos starrte er den beiden Besuchern hinterher, wie diese eine vor dem Haus anhaltende Kutsche bestiegen. Unverweilt kehrte John Harrison zurück in die Werkstatt und ließ sich dort auf seinen Schemel sinken. Mit den Nerven am Ende starrte er auf seinen dritten Zeitmesser. Die Kommission verlangte Ergebnisse und der weibliche Eindringling hinderte ihn daran, auch nur einen klaren Gedanken zu fassen. Seine Wut wuchs mit dem Lärm von oben. Mit jedem Schrei ballte er die Hände noch fester im Schoß.

Plötzlich kehrte Ruhe ein. Von einem Augenblick zum nächsten. Er ließ die angestaute Luft mit einem Seufzer entweichen und griff zum Schraubendreher.

Die Federspannung, unter der sich die Unruhreifen bewegten, gefiel ihm immer noch nicht. Wie oft hatte er diese Kraft schon neu justiert? Ein kleiner Handgriff, am Ende nur der Hauch einer Bewegung, für die er jedoch Stunden benötigte. Was von der Arbeit übrig blieb, war der schale Geschmack, dass das Ergebnis nicht den Wünschen der Kommission entsprach. Mit seinem Zeitmesser war er an die Grenzen des Machbaren gestoßen. Keine kleinere oder einfacher zu bauende Uhr konnte denselben Zweck erfüllen. Zumindest dessen war er sich nach all den Jahrzehnten der Entwicklung sicher.

Erst am späten Abend legte er das Werkzeug beiseite und begab sich in die Küche, weil er es jetzt für an der Zeit befand, etwas zu essen.

Sein Weib saß neben dem Herdfeuer und wiegte ein Bündel in ihren Armen. Mit einem traurigen Lächeln betrachtete sie das schmale Köpfchen und streichelte die rötliche Haut an der Wange, während der schmächtige Säugling friedlich schlief. Auf dem Tisch lagen dünne, kleine Stoffreste, in die Elisabeth ein Gemisch aus aufgeweichtem Brot und Zucker eingewickelt hatte, damit sich das Neugeborene am Saugen üben konnte, solange ihm die mütterliche Brust fehlte.

Elisabeth sah auf, als seine Schritte seine Anwesenheit verrieten.

»John! Schön, dass du kommst. Dem Kind geht es sehr gut. Es ist ein Mädchen. Wir haben nur noch keinen Namen für sie.«

»Das interessiert mich nicht. Was macht die Mutter? Wann kann sie wieder gehen?«

»Das weiß ich nicht. Sie hat hohes Fieber, die arme Frau ist wie von Sinnen. Sie redet die ganze Zeit von Schiffen, Taschenuhren, Hemmungen und Diamanten. Ziemlich merkwürdig. Vielleicht verstehst du, wovon sie spricht.«

»Diamanten?«, fragte er erstaunt. In Gedanken versunken richtete er seinen Blick nach oben. Ob in Richtung Himmel oder dorthin, wo er die Frau in der Kammer vermutete, war für einen Außenstehenden nicht ersichtlich. Eine Hemmung aus Diamant.

»Wie hast du gesagt, heißt das Kind?«

»Es hat noch keinen Namen«, antwortete sein Weib sichtlich irritiert.

»Wie wäre es mit Doreen?«, fragte er. »Das heißt übersetzt Geschenk Gottes.«

***

Von Dunkelheit umgeben schwang das Pendel des silberpolierten Uhrengehäuses gleichmäßig hin und her, das Klacken der Hemmung gab den Bewohnern des Hauses am Red Lion Square den Rhythmus ihrer Atemzüge vor, während sie schliefen. Der große verschnörkelte Zeiger rückte vor.

Ein ohrenbetäubendes Klingeln schrillte durch das Haus. Im Uhrwerk trommelte ein Hämmerchen auf eine metallische Glocke, ausgelöst durch die drehbare, matte Silberscheibe, die, unscheinbar auf dem grauen Zifferblatt, auf vier Uhr gestellt war. Auf diese Weise befahl John Harrison seinen Mitbewohnern im Winter aufzustehen. Schließlich gab es auch in der kalten Jahreszeit genug zu tun. Er selbst erhob sich, wann es ihm genehm war. Nie wusste man, ob er noch schlief oder ob er sich in dieser Herrgottsfrühe bereits in der Werkstatt befand.

Müde blinzelte Merit in die Dunkelheit und streichelte ihrem schlafenden Mädchen zärtlich über den blonden Haarflaum.

Schritt für Schritt hatte sie sich in jener Nacht von Seven Dials aus weitergekämpft. Zuerst war sie liegen geblieben, nachdem ihr die fremde Frau den Alkohol eingeflößt hatte. Obwohl die Wehen aufgehört hatten, hatte sie sich noch nie so kraftlos gefühlt. Und so hilflos. Es war ihr unbändiger Wille, der sie irgendwann weitergetrieben hatte. Für ihr Kind. Für das Leben. Sie hatte sich mühsam aufgerappelt und sich, mehr kriechend als gehend, zum Red Lion Square geschleppt. Die Leute, die ihr im Morgengrauen begegnet waren, hielten die Köpfe im Vorbeigehen abgewandt und jene, die stehen geblieben waren, taten dies nur, um ihr Unglück zu begaffen.

Merit streckte ihre Beine unter der Bettdecke aus. Im Unterleib spürte sie kaum noch Schmerzen und seit das Fieber nachgelassen hatte, durfte ihr Mädchen bei ihr liegen. *Meine Tochter.* Die dünnen Fingerchen waren zur Faust geschlossen, als wolle sich die Kleine an irgendetwas festhalten. Ihre Gliedmaßen waren zart, wirkten aber nicht mehr zerbrechlich. Der Hautlappen zwischen linkem Ring- und kleinem Finger zeugte von der Herkunft ihrer Tochter.

Der Gedanke an jene Nacht versetzte Merit einen Stich, doch genauso schnell hatte sie das Bild von Manulf wieder verdrängt. Ihre Tochter war Realität, die Nacht, in der sie gezeugt worden war, fern wie ein merkwürdiger Traum. Doreen – Geschenk Gottes. Ein schön klingender Name, mit dessen Bedeutung sie sich allerdings nicht anfreunden konnte. Warum hatte der Uhrmacher ausgerechnet diesen Vornamen ausgesucht? Sollte das bei der Nottaufe ihrer Kleinen einen guten Eindruck vor dem Herrn machen? Ihre Wahl hätte anders gelautet. Aber es war nicht mehr zu ändern.

Was Ruben wohl zu seinem Geschwisterchen sagen mochte? Gott sei Dank war ihr Sohn bei Sönke gut aufgehoben. Dennoch wollte sie sobald wie möglich nach Hamburg zurückkehren. Noch vor dem Geburtstag ihres Sohnes. Wie lange hatte sie im Fieber gelegen? Zwei Wochen, drei Wochen, vier? Ob sie heute stark genug war um aufzustehen?

Zaudernd schob sie sich mit der Schulter näher an die Bettkante und ließ die Beine hinunterbaumeln. Langsam setzte sie sich auf. Sie entzündete die Kerze auf dem Nachtkasten und wandte sich zu Doreen um, die selig weiterschlief. Merit atmete tief durch. Ihre Beine zitterten, als sie sich vom Strohbett hochdrückte. Vorsichtig prüfte sie ihren Stand. Sie spürte den kalten Dielenboden unter ihren nackten Füßen. Unbeholfen stakste sie zum Waschtisch, wie ein Kind, das laufen lernte. Ein paar Wochen Krankheit nur und es erschien ihr so, als ob sie das Leben neu erlernen müsse. Mit ungelenken, müden Bewegungen wusch und kämmte sie sich und als sie schließlich in einem frischen, mintfarbenen Kleid auf dem Bett saß, war sie erschöpft, aber sie fühlte sich wieder lebendig.

Die Frau des Uhrmachers staunte nicht schlecht, als sie wie jeden Morgen zur Tür hereinkam, um die Kranke zu versorgen. »Oh, Merit! Geht es Ihnen besser?«

Die englische Sprache klang mittlerweile vertraut in Merits Ohren. Elisabeth hatte stundenlang bei ihnen gesessen, Doreen alle paar Stunden an die Brust der fiebernden Mutter gelegt, das Kind in den Schlaf gewiegt und ihnen beiden Geschichten erzählt. Stumme Gesellschaft war Elisabeth offenbar gewohnt.

»Danke, ja. Ich habe kein Fieber mehr und die Kräfte kehren wieder zurück. Welches Datum haben wir?«

»Heute ist Donnerstag, der 28. Juni.«

Noch vierzehn Tage bis zum Geburtstag ihres Sohnes. »Ich würde gerne mit Ihrem Eheherrn sprechen. Ist er schon wach?«

»Wollen Sie wirklich zu ihm? Warum? Wenn er Ihren guten Gesundheitszustand sieht, wird er Sie auffordern zu gehen. Er mag keine Fremden im Haus.«

»Er ist kein einfacher Mensch, nicht wahr?«

Elisabeth schwieg.

»Wo ist die Werkstatt?«, fragte Merit in die Stille hinein.

»Die Treppe hinunter, in der Küche rechts, die geschlossene Türe führt zur Werkstatt.«

»Er wird mich nicht aus dem Haus werfen, kaum dass er mich gesund sieht. Danke für Ihre Warnung, aber ich muss zu ihm, damit ich weiß, wie es weitergeht.« Merit dachte an die gestohlenen Skizzen und ein innerer Drang trieb sie aus dem Raum. Sie nahm das schlafende Kind auf den Arm und ihre Beine bewegten sich wie von selbst.

»Viel Glück!«, rief Elisabeth ihr hinterher.

Die Worte klangen ihr noch in den Ohren, als sie an die Tür des Refugiums klopfte und ihr ein harsches »Wer stört?« entgegenschlug.

Eingeschüchtert betrat sie den Raum, der in der Verlängerung eines hölzernen Vorbaues bis in den Vorgarten reichte und so groß war wie Küche und Werkstatt des Hamburger Hauses zusammengenommen. Teure Wachskerzen sorgten auf den Werkbänken für Helligkeit. Die Mitte des Raumes nahm ein mächtiger Tisch mit einem tickenden Ungetüm darauf ein. Zwei weitere Uhrenmaschinen mischten sich mit ihren Ganggeräuschen von den beiden kurzen Seiten des Raumes hinzu. Auf diesen beiden kleinen Werktischen war kaum mehr Platz zum Arbeiten. An den Wänden hing kein Werkzeug. Schraubendreher, Feilen, Pinzetten und undefinierbare, selbst gebaute Uhrmacherhilfsmittel häuften sich auf dem Arbeitstisch an der langen Wand gegenüber, wo John Harrison saß.

Trotz der Tränensäcke sah der Mann nicht müde aus. Seine ergrauten, fast weißen Haare trug er ordentlich zu einem Zopf gebunden, seine breiten Schultern jedoch steckten in einem abgetragenen Rock, der in besseren Tagen dunkelrot gewesen sein mochte.

»Haben Sie genug gegafft?«

Seine durchdringende Stimme holte sie aus ihren Betrachtungen und trieb ihr die Schamesröte ins Gesicht.

John Harrison erhob sich. »Ihrer Neugierde nach zu urteilen, geht es Ihnen wieder gut genug, um mein Haus verlassen zu können.«

»Verzeihung ... ich ...«

»Sie wollten gehen. Wohlan. Gute Reise.«

»Mein Name ist Merit Paulsen aus Hamburg.«

»Ich weiß. Auf Wiedersehen, Merit Paulsen.«

»Ich möchte Sie bitten, noch zwei, drei Tage in Ihrem Haus bleiben zu dürfen. Ich werde Ihnen auch keine Umstände machen.« *Aber ich möchte Zeit genug gewinnen, um meine Skizzen noch einmal zu zeichnen*, setzte sie im Stillen hinzu. »Wollen Sie erneut vor die Längengradkommission treten?«

Hitze stieg in ihr auf. »Ich?« Wie viel wusste er?

Ohne Vorwarnung ging hinter ihr die Tür auf.

»Oh, Sie sind wieder wohlauf, Merit Paulsen? Mein Name ist William Harrison, Sohn dieses netten Herrn hier. Wie ich sehe, geht es der kleinen Doreen ebenfalls sehr gut. Ein hübsches Mädchen. Auch ich werde Ende des Jahres Vater.« Der junge Mann, der ihr so freundlich begegnete, war schätzungsweise in ihrem Alter, vielleicht zwei oder drei Jahre jünger, aber wahrscheinlich rührte dieser Eindruck von seiner schmalen Gesichtsform her. Er hatte kaum Ähnlichkeit mit seinem Vater. Besonders das spitze Kinn erinnerte sie eher an das Aussehen von Elisabeth.

Mit einer galanten Bewegung forderte William ihre Hand und hauchte ihr einen Kuss auf die Fingerspitzen. Irritiert über die formvollendete Begrüßung rückte Merit die schlafende Doreen auf ihrem Arm zurecht.

»Oh Verzeihung, ich wollte Sie nicht in Verlegenheit bringen«, sagte er und der Schalk blitzte aus seinen graublauen Augen. Sein Lachen war ansteckend und die Mauer der Fremdheit bröckelte zwischen ihnen. »Ich habe wohl zu viel Shakespeare gelesen.«

»Du bist zu spät dran, William!«, fuhr der Uhrmacher dazwischen.

William wandte sich seinem Vater zu. »Ich bin letzte Nacht erst spät ins Bett gekommen.«

»Wiederum die Zeit vergessen? Ich möchte einmal erleben, dass du pünktlich bist. Los, geh an deine Arbeit!«

»Nicht in diesem Ton, Vater. Ich bin nicht Ihr Diener. Sie könnten wenigstens dankbar dafür sein, dass ich Ihnen helfe. Ich bekomme nichts von Ihnen, abgesehen von einer warmen Mahlzeit am Tag und einem Dach über dem Kopf. Woanders würde ich wenigstens etwas verdienen.«

John Harrison wies mit einem Lächeln auf die Tür. Die seltene Gesichtsregung spannte auf seiner Oberlippe. »Bitte, du kannst gehen. Ich zwinge dich zu nichts.«

William würdigte seinen Vater keines Blickes, als er sich im Kampf geschlagen zu seinem eng bemessenen Arbeitsplatz auf der linken Werkstattseite begab, wo er auf weitere Anweisungen wartete.

»Ich wollte gerade unseren Gast verabschieden und wir sprachen darüber, ob sie sich noch einmal bei der Längengradkommission vorstellen will.«

Wie viel wusste er über ihre Erfindung? Elisabeth gegenüber hatte sie sich über den Grund der London-Reise ausgeschwiegen. Seit sie wieder aus ihren Fieberträumen zur Besinnung gekommen war, hatte sie Elisabeth nur von Ruben, der Familie in Hamburg und den Umständen ihrer Schwangerschaft berichtet.

»Mein Vorschlag wurde abgelehnt. Nichts weiter als das Hirngespinst einer Frau.«

John Harrison nickte verständig.

Es war leichter als gedacht, ihren Plan zu verfolgen. »Walter Hamilton empfahl mir den Weg zu Ihnen, weil sich Ihre Frau mit Geburtsvorgängen auskennt«, fuhr sie mutiger fort, »und er meinte, Sie könnten mir vielleicht einen guten Ratschlag betreffs der Längengradkommission erteilen, aber das hat sich erübrigt. Denn auf dem Weg zu Ihnen sind mir meine Skizzen gestohlen worden.«

»Gestohlen?«, echote der Uhrmacher.

»Ja. Außerdem habe ich kaum Geld. Vielleicht gestatten Sie mir darum, noch ein paar Tage bei Ihnen zu bleiben, ehe ich ein Schiff gefunden habe, mit dem ich aufs Festland zurückfahren kann. Zum Dank kann ich mich gerne ein wenig nützlich machen.«

Harrison wiegte den Kopf. Er sah ins Leere, dachte einen Moment nach.

»In der Tat hat mich die Medizin für Sie in den letzten Wochen einen Beutel voll Geld gekostet. Sind Sie wieder bei Kräften? Können Sie waschen und putzen?«

»Ich ... ja, natürlich. Aber ich ... ich könnte Ihnen auch in der Werkstatt behilflich sein. Ich kann mit Uhren umgehen.«

»So? Ziemlich ungewöhnlich für eine Frau.«

»Mein Eheherr ... Er besaß eine Uhrenwerkstatt. Ich bin ihm dort ein wenig zur Hand gegangen.«

Der Uhrmacher lächelte. »So, so.«

Merit hielt die Luft an, doch er bohrte nicht nach. Stattdessen rief er nach seiner Frau. Es dauerte nicht lange, bis diese in der Tür erschien.

»Du brauchst mich, John?«

»Ja. Nimm Merit bitte das Kind ab.« Elisabeth tat, wie ihr geheißen.

Auf Anweisung des Uhrmachers hin setzte sich Merit an die schmale Werkbank am Fenster des Vorbaues. William beobachtete sie vom anderen Ende des Raumes aus mit offenkundigem Erstaunen.

Zielstrebig zog John Harrison einen kleinen Schraubendreher aus der scheinbaren Unordnung auf seinem Tisch, als würde er blind danach greifen. Auf dem Weg zu seiner neuen Gehilfin wandte er sich zu seiner Frau um. »Danke. Mehr wollte ich nicht von dir. Geh mit dem Kind in die Küche. Hier störst du nur.«

Merit fing Elisabeths verärgerten Blick auf. John Harrison dagegen war tief in Gedanken versunken, er hatte nichts bemerkt. Sein Blick war auf einen Punkt über ihrer Schulter geheftet, den Schraubendreher noch immer in der Hand.

»Was kann ich denn für Sie tun?«, fragte sie behutsam nach.

Sofort schien er aus einer anderen Welt zu erwachen.

»Nun, ich habe«, sagte er und räusperte sich, »einen Auftrag aus gutem Hause bekommen. Eine kleine, tragbare Uhr soll es werden, möglichst ganggenau. Ich habe genug mit meinem Herzstück für die Längengradkommission zu tun, Sie verstehen?« Er trat näher. Sein Blick ließ sie nicht mehr los. »Könnten Sie das Gewünschte bauen?«

Merit konnte ihr Glück kaum fassen. *Allerdings wäre der Bau in ein paar Tagen nicht zu bewerkstelligen*, dachte sie.

Harrison schaute sich in seiner Werkstatt um. »Zugegeben, ich habe mich nie für den Kleinuhrenbau interessiert. Seit ich mir die Uhrmacherei selbst beigebracht habe, habe ich mich nur mit großen Uhrwerken beschäftigt.«

»Wie soll die Taschenuhr aussehen?«, fragte sie sachlich nach.

Er zuckte mit den Schultern. »Das weiß ich nicht.« Ihr Stirnrunzeln machte ihn nervös. »Ich wollte damit sagen, dass der Kunde keine genauen Wünsche geäußert hat.« Seine Stimme wurde schärfer. »Tragbar und möglichst ganggenau, das habe ich doch schon gesagt! Zu viel kosten darf sie natürlich auch nicht. Was ist nun? Können Sie einen solchen Auftrag erfüllen?«

Ihr Gewissen verbot ihr, den alten Mann zu hintergehen. Andererseits, ihre Erfindung war im Sinne des Auftrags aus gutem Hause. Warum sollte sie ihre Uhr nicht für den Adeligen bauen und vor Auslieferung der Kommission vorstellen?

»Nun?«, fragte er und hob erwartungsvoll die Augenbrauen.

Merit knetete ihre Finger im Schoß. Sie dachte daran, was dieser Auftrag bedeutete: eine noch längere Trennung von Ruben, wenig Zeit für Doreen, aber auch die einmalige Chance auf ein unabhängiges Leben mit ihren Kindern. Andernfalls musste sie als Witwe im nächsten halben Jahr irgendeinen Mann heiraten. Merit holte tief Luft, ehe sie den Uhrmacher wieder anschaute.

»Ihr Vertrauen ehrt mich.«

»Gut. Sagen wir, zwei, drei Tage auf Probe. Danach sehen wir weiter.«

»Für den Bau der Uhr habe ich schon ein paar Ideen.«

»Sehr schön, sehr schön. Nur heraus damit.«

»Für deren Umsetzung bräuchte ich Rubine und ... mindestens zwei Diamanten.«

Nachdem sie ihre Forderung ausgesprochen hatte, hielt sie den Atem an. Sie war zu weit gegangen. Jetzt würde sie ihr Vorhaben erklären müssen.

Der alte Uhrmacher verzog den Mund. Vorbei der Traum, in dem sich alles so glücklich gefügt hatte ...

»Nun gut«, sagte er mürrisch und zuckte mit den Schultern. »Die Verzierung des Gehäuses sei Ihrer künstlerischen Freiheit anheimgestellt.«

»Die Verzierung? Ja, natürlich«, stimmte sie eilig zu.

»Nennen Sie mir Art und Menge aller Materialien, die Sie benötigen werden. Der Auftraggeber hat mir ...«, sein Blick wich dem ihren aus, er suchte nach den richtigen Worten, »eine großzügige Anzahlung zum Bau der Uhr überlassen.«

»Sodann will ich gleich anfangen.« Merit konnte ihre Begeisterung kaum unterdrücken. Endlich meinte es das Schicksal einmal gut mit ihr.

»Gerne.« Der Uhrmacher lächelte. »Doch ehe Sie beginnen, möchte ich mich von Ihrem Können überzeugen. Das verstehen Sie doch sicher?« Er zog eine schlicht aussehende Taschenuhr aus seinem fadenscheinigen roten Rock, steckte sie aber sofort wieder ein, als sei ihm etwas eingefallen. Von seinem Arbeitsplatz holte er eine andere kleine Uhr und übergab sie ihr.

Draußen begann es zu regnen. Das Trommeln gegen die Scheiben brachte ihre Nerven zusätzlich in Unruhe.

William, der sich bislang schweigsam im Hintergrund gehalten hatte, erhob sich nun von seinem Platz und trat an sie heran, um ihr über die Schulter sehen zu können. John Harrison begab sich dicht an ihre linke Seite und verschränkte abwartend die Arme hinter dem Rücken.

Das bauchige Uhrgehäuse lag schwer in ihrer Handfläche. Ein vergoldetes Gehäuse mit durchbrochenen, floralen Ornamenten umgab die Spindeltaschenuhr wie ein Käfiggitter. Der Blickfang auf dem Gehäuse war eine malerische Darstellung ineinander verkeilter Menschenleiber mit Engelsflügeln, wie man es von den Deckengemälden der Kirchen kannte. Dieses Emailbild war allerdings kaum einen Daumenabdruck groß. Solch eine wertvolle Uhr hatte sie noch nie in Händen gehalten. Ein nervöses Flattern erfasste ihre Fingerspitzen. Auf der linken Seite, neben dem Kopf des Engelskindes, war ein Loch angebracht, durch das hindurch man die Taschenuhr aufziehen konnte, ohne den schützenden Kokon öffnen zu müssen.

Und sie sollte nun herausfinden, warum das Uhrwerk stehen geblieben war. Zunächst klemmte sie sich die hölzern eingefasste Lupe zwischen Wangenknochen und Augenbrauenwulst. Eine routinierte Bewegung, die ihr Sicherheit schenkte.

Wahrscheinlich war das Gangwerk verschmutzt, vermutete sie, weil der letzte Laienuhrmacher nach dem Prinzip »Viel hilft viel« das Uhrwerk großzügig geölt und dadurch zum Stillstand gebracht hatte anstatt es mit einigen gezielten, kaum sichtbaren Tropfen an die Lager zu versehen. Zielsicher befreite sie die Uhr aus ihrem Käfig. Noch nie hatte sie ein solch aufwändig gearbeitetes Werk gesehen. Damit sie beide Hände für die Arbeit frei hatte, legte sie die Uhr mit der Zifferblattseite auf ein ebenso großes Holzklötzchen, das eine schalenartige Vertiefung zum Schutz der Zeiger besaß.

Um das Ineinandergreifen des Räderwerks und das Spiel der Zapfen in ihren Lagerungen beurteilen zu können, musste sie das obere Stockwerk abheben. Eine filigrane Gitterplatte aus vergoldeten Ranken und winzigen Blättern schützte die Unruh, damit der dreiarmige Messingreif ungestört schwingen konnte. Die daran befestigte Spindel nahm den Rhythmus auf und übertrug ihn in das untere Stockwerk, wo die Spindellappen in gleichmäßigem Takt in das Hemmungsrad eingriffen, um den spannungsgeladenen Gang des Räderwerks unter Kontrolle zu halten.

Der hübsche Unruhkloben war mit einer blau glänzenden Schraube befestigt, vor der ein vergoldetes Fratzengesicht wachte. Schmale Augen, aufgeplusterte, metallische Backen und ein aufgerissener Mund, vor dem Merit unwillkürlich zurückzuckte. Mit einem mulmigen Gefühl setzte sie den Schraubendreher an die Unruhklobenschraube und löste das festsitzende Gewinde mit sanftem Druck. Mit geübter Hand beförderte sie die leinsamenkorngroße Schraube in die Sortierschale und hob den Unruhkloben mit der Pinzette ab. Das Herz der Uhr lag noch auf der Platine, auf der das dünne Ende der Feder mit einem würfelförmigen Klötzchen befestigt war.

Sie konnte die kritischen Blicke der beiden Männer förmlich im Nacken spüren und hatte ständig das Gefühl, beim nächsten Schritt etwas falsch zu machen. Sie zog die Kerze näher. Ihre Handflächen wurden feucht.

Reglos konzentriert stand der Uhrmacher hinter ihr, William trat von einem Bein auf das andere, als sie sich mit der Lupe dicht über das Werk beugte, das Spiralklötzchen mit einem sanften Druck der Schraubenzieherklinge aushebelte und die Unruh von der Platine hob.

Sie verharrte mitten in der Bewegung. Ein hohes, sirrendes Geräusch aus dem Uhrwerk ließ ihr das Blut in den Adern gefrieren. Panik durchflutete sie. Das Räderwerk! Vor Schreck riss sie die Hand nach oben. Sie musste nicht nachsehen, um den Schaden in dem kostbaren Uhrwerk ermessen zu können. Abgeschlagene Spitzen und ausgeglühte Zapfen, verursacht durch die rasende Geschwindigkeit des hemmungslosen Räderwerks, waren das Werk *ihrer* Zerstörung. Das Uhrwerk hätte abgelaufen sein müssen, ehe sie die Unruh mit der Hemmung entfernte. John Harrison hatte ihr eine voll aufgezogene Uhr gegeben und im Eifer des Gefechts hatte sie diesem Umstand keine Beachtung geschenkt. Ein grausamer Anfängerfehler, auf den der alte Uhrmacher spekuliert hatte. Aus und vorbei.

Merit schossen die Tränen in die Augen, als sie sich zu John Harrison umdrehte, der den Mund verzogen hatte und mit kaum sichtbarem Bedauern die Schultern zuckte.

»Ich dachte, du könntest mehr. Aber du bist eben doch nur ein Weib. Schade um die schöne Uhr.«

Seine Worte schmerzten, besonders weil er recht damit hatte. Sie hielt seinem Blick nicht mehr stand. Blind vor Tränen sprang sie auf, stieß dabei den Schemel um und flüchtete aus der Werkstatt vor das Haus. Erschöpft blieb sie stehen und legte den Kopf in den Nacken. Sie spürte, wie der Regen ihr Kleid an den Schultern und Armen durchnässte, ihre Haare feucht wurden und die Tropfen mit ihren Tränen von den Wangen perlten. Wehmütig schaute sie den grauen Wolken nach, wie sie über den Himmel zogen, und wünschte sich, mit ihnen nach Hause fliegen zu können.

***

Vor den Toren Hamburgs peitschte der Wind den Regen in nebligen Böen über die Wiesen, in den Tranbrennereien erlosch das Feuer, die Reepschläger ließen die halbfertig gedrehten Schiffstaue auf der schmal überdachten Reeperbahn liegen und flüchteten unter das Millerntor.

Der Regen leckte an den Fassaden, der Backstein am Haus in der Niedernstraße verfärbte sich dunkelrot. Pauline schloss in aller Seelenruhe beide Werkstattfenster. Sie schaute den Regentropfen zu, wie diese als Rinnsale über das kühle Glas liefen. Wie unzählige Tränen, die sie im Laufe ihres Lebens geweint hatte.

Jetzt setzte sie sich mit einem Lächeln an die Werkbank. Die lodernden Flammen kämpften um das größte Stück Holz auf der Feuerstelle, das warme Licht erhellte das Werkzeug an der Wand, den zarten Walfischknochen des Fiedelbogens und die messerscharfen, kleinen Sägen. Wie geschaffen für die Hände einer Frau.

Zweiundsechzig Jahre hatte es gedauert, bis sie zum ersten Mal in ihrem Leben das Werkzeug berühren und ein paar Tage allein sein durfte. Endlich. Aus dem behüteten Haus der Eltern auf den Schoß ihres Mannes, bald zwei Kinder in den Armen und auch als Großmutter stets alle Hände voll zu tun, nie war sie allein. Sicherlich hätten sich viele diese Geborgenheit gewünscht. Für sie war dieser Zustand ein Käfigdasein. Menschliche Gitterstäbe, die das wahre Leben fernhielten.

Durch den Tod ihres Eheherrn Geert Ole war plötzlich die Tür zu einem anderen Leben aufgestoßen worden, doch niemals hätte sie geglaubt, in der verhassten Schwiegertochter den Schlüssel zum Reichtum zu finden. Manulf war der Überzeugung, Merits Erfindung sei preisverdächtig. Wie leicht sich doch der Traum vom großen Geld verwirklichen ließ! Pauline faltete ihre runzeligen Hände. Es hatte lange genug gedauert, Merit aus dem Haus zu ekeln und zu dieser Reise nach England zu bewegen.

Eine kurze Zeit nur noch, bis ihre Schwiegertochter mit einer Schatztruhe voller Münzen zurückkehren würde. Zu gerne wäre sie mit nach London gefahren, stattdessen war ihr die lästige Aufsicht über Merits Vater geblieben. Merkwürdig übrigens, dass er heute noch nicht gerufen hatte.

Pauline legte ihre kurzen Unterarme auf die Werkbank, die Schatten des Feuers huschten über ihre Hände. Sie berührte den Schliff einer hauchdünnen Schraubenzieherklinge, messerscharf, und betrachtete ein geschlossenes Metallschälchen, in dem sich, voneinander abgeteilt, drei fingernagelgroße Ölpfützen befanden. Schmiermittel in unterschiedlicher Konsistenz für die verschiedenen Bereiche des Uhrwerks. Damit würde sie sich ihre Finger nicht schmutzig machen.

Zufrieden erhob sie sich vom Schemel. Im Gehen warf sie einen verschwörerischen Blick auf den gegenüberliegenden Werktisch, dorthin, wo Manulf immer gesessen hatte.

In der Küche war es kühler als in der Werkstatt. Seit Sönke und Ruben nicht mehr hier schliefen, musste nicht mehr ständig das Feuer brennen. Das sparte Holz und Kohlen.

Seit dem Tag von Merits Abreise – und damit seit dem Verschwinden von Ruben vor rund vier Wochen – war auch Sönke nicht mehr aufgetaucht. Vermutlich durchkämmte er jeden Winkel der Stadt nach dem Kind und kehrte aus Scham nicht mehr in das Haus in der Niedernstraße zurück.

Erstaunlich flink für ihr Alter erklomm Pauline die hohen, ausgetretenen Stufen, die bis unter das Dach führten. Ihre Schritte hallten durch das verlassene Haus. Das Geräusch klang wie Musik in ihren Ohren. Beruhigend zu wissen, dass Manulf sich nach London eingeschifft hatte, um dort nach dem Rechten zu sehen.

Kaum außer Atem erreichte sie die Dachkammer und mit einem energischen Klopfen machte sie auf sich aufmerksam.
»Abel!«

Keine Antwort. Entgegen ihres Plans öffnete sie die Tür.

Er saß auf dem Bett und schaute ihr freudestrahlend entgegen.

»Guten Morgen, meine liebe Tochter. Schön, dich zu sehen.«

»Willst du etwas essen?«

»Ja, ich habe Hunger.«

Das Mittagessen stand unberührt zwischen den Zeitungen auf dem Schreibtisch, davor lag ein einsames Blatt Papier. Pauline hob es auf. Die Ausschreibung des Längengradpreises. Abels Handschrift.

»Wie wäre es mit einem kleinen Spaziergang, Abel? Hast du Lust?« Mit flinken Fingern machte sie sich am Seil zu schaffen und löste den Seemannsknoten.

Abel erhob sich sofort, rieb sich im Gehen das Handgelenk und verließ wie selbstverständlich das Zimmer.

»Es regnet draußen!«, rief sie ihm nach. »Aber das wirst du ohnehin gleich vergessen haben. Grüß mir deine Tochter, falls du sie triffst!« Pauline horchte den auf der Treppe leiser werdenden Schritten nach.

Das Seil lag in offenen Schlingen halb um den Bettpfosten gewickelt. War es ihm gelungen, sich selbst zu befreien oder hatte ihm jemand dabei geholfen? Nur wer? Pauline lächelte.

Mit einem Schulterzucken befreite sie den verhüllten Spiegel von dem schwarzen Tuch und bückte sich zu der Truhe, in der sie, versteckt vor allen Mitbewohnern und vergessen von Abel, die abgezweigten Vorräte gehortet hatte. Für ihre aufopfernde Pflege hatte sie sich in Gegenwart des geistig abwesenden Mannes täglich eine zusätzliche Portion Essen gegönnt. Sie grub sich zu dem hässlichen altrosafarbenen Kleid vor, das Merit im Andenken an ihre Mutter aufbewahrte, aber nicht mehr in Augenschein nehmen wollte, drückte das alte Kopfkissen beiseite und förderte einen Teil ihrer Schätze zutage. Die Truhe war ein wunderbarer Ort für viele Geheimnisse.

Heute Abend war die Zeit für ein Festmahl gekommen, bei dem sie der einzige Gast sein würde.

***

Der Uhrmacher ließ sie seit Tagen nicht aus den Augen. Merit hockte verkrampft auf ihrem niedrigen Schemel, das Kinn kaum eine Handbreit über dem Werktisch. Mit der Lupe konzentrierte sie sich auf die münzgroße Messingscheibe, auf die sie mit einer Anreißnadel vom Mittelpunkt ausgehend einhundertundzwölf Linien einzeichnete, wie die Strahlen eines Sterns. Ihre Augen brannten. Sie blinzelte und erlaubte sich einen Blick in die Ferne.

Nach der missglückten Uhrenreparatur hatte John Harrison sie nicht aus dem Haus gejagt. Im Gegenteil. Sie musste den Schaden wieder gutmachen, indem sie doppelt so viele Stunden wie geplant für ihn beziehungsweise den unbekannten Auftraggeber arbeitete – ohne zusätzliches Entgelt.

Mit einem leichten Hammerkopf schlug sie auf den Körner und markierte dadurch auf dem Außenkreis der Messingscheibe dicht nebeneinanderliegende Punkte. Einhundertundzwölf Mal hallte ein präziser Hammerschlag durch die Werkstatt. Mitten in ihre Arbeit hinein hörte sie Doreen in der Küche weinen. *Sei lieb, meine Kleine. Bitte. Elisabeth kümmert sich um dich.*

In diesen Abendstunden benötigte sie alle Konzentration, um die angezeichneten Zähne des Räderwerks auszufeilen. Jeder Zahn so dünn wie ein Federstrich.

Der Ruhe in ihrem Rücken nach zu urteilen, unterhielten sich Vater und Sohn mit Blicken. Vermutlich wies William seinen Vater mit hochgezogenen Augenbrauen auf die übergangenen Pausen hin. Die wenigen Erholungsmomente in den letzten Tagen hatte sie Williams Ermahnungen zu verdanken. Angesichts ihrer schwachen Gesundheit bitter notwendig. Offenbar hatte es John Harrison eilig, seinen reichen Auftraggeber zu bedienen. Achtzehn Stunden Arbeit am Tag, eine halbe Stunde für die Körperpflege, zehn Minuten für jede Mahlzeit – mit der Sanduhr gemessen. Was danach noch auf dem Teller lag, wanderte in den Kücheneimer.

Bei diesem Frevel musste Merit an die hungernde Familie in Hamburg denken, besonders natürlich an Ruben. Sie tröstete sich damit, dass Sönke für Ruben sorgte und ihr Sohn bestimmt keinen Hunger leiden musste. Außerdem besaß ihr Junge genug Tapferkeit, um ihre Rückkehr abzuwarten. Nichtsdestotrotz wollte sie die Uhr so schnell wie möglich fertigstellen, damit sie bald, hoffentlich mit vorzuweisendem Erfolg, in die Heimat zurückkehren konnte.

Sie sammelte ihre nachlassende Konzentration und ritzte

mit der Anreißnadel einen Kreis recht nah an der Außenkante ein. Bis auf diesen Zahngrund durfte sie feilen, nicht höher und nicht tiefer, damit die Zähne akkurat und reibungslos in den Trieb des nächsten Rades eingreifen konnten.

Sie spürte Williams Blick in ihrem Rücken. Nach Aussage des Uhrmachers verbrachte sein Sohn neuerdings außergewöhnlich viel Zeit in der Werkstatt. Als Begründung führte William seine schwangere Frau an, die aufgrund ihrer Beschwerden häufig das Bett hüten musste. Er wolle im Haus sein, falls sie ihn brauche. Allerdings gewann Merit zunehmend den Eindruck, dass William ihr Tun nicht nur mit Respekt beobachtete, sondern auch mit Neugierde und immer wieder verteidigte er sie sogar gegen die Grobheiten seines Vaters.

Merit griff nach der Bogensäge und als sie den Messingrohling zur Stütze an den hölzernen Feilnagel anlegte, der eine Handbreit über die Tischkante hinausragte, war sie sich der Aufmerksamkeit des alten Uhrmachers gewiss. Auf eine unheimliche Art und Weise schien er aus ihren Arbeitsgeräuschen herauszuhören, wann sie wieder an einem kritischen Punkt angelangt war.

Doreens Weinen steigerte sich. Durchdringende, kurz aufeinanderfolgende Schreilaute. *Ich bin gleich bei dir, mein Schatz. Warte noch ein bisschen. Bitte.*

Merit presste die Knie zusammen, damit sie nicht aufsprang, um zu ihrer Tochter zu eilen. Stattdessen setzte sie Zahn um Zahn die kleine Bogensäge an. Ihre Hand dirigierte dem Werkzeug den kurzen Weg an der Zahnflanke hinunter und durch ein kaum merkliches Zucken ihres Handgelenks in einem präzise geführten, winzigen Bogen über den Zahngrund. Sie vergaß zu atmen und holte erst wieder tief Luft, nachdem sie die winzige Lücke glattgefeilt hatte. Kein Zahn durfte zu dick oder zu dünn geraten. In letzterem Fall wäre das Rad unbrauchbar und die Arbeit von Stunden zunichte. Sie legte die Bogensäge beiseite und klemmte sich die Lupe vor das Auge. Prüfend hielt sie den Rohling gegen das Kerzenlicht. Der dünne Prüfstab glitt ohne Widerstand in die Lücke und kein Lichtstrahl drang an den Seiten durch. Perfekt.

Die Stunden vergingen. Merit verlor das Gefühl für die Zeit, während sie behutsam sägte, prüfte und nachfeilte. Etwa beim neunzigsten Zahn wurde sie von Doreens Brüllen erneut abgelenkt. *Bitte, meine Kleine. Lass mich nur noch dieses eine Rad hier fertig machen. Ich vermisse dich auch. Bitte weine nicht so. Ich komme gleich.*

Gestern erst hatte sie mit den Rädern angefangen. Das Hemmungsrad, nur fünfzehn Zähne. *Doreen, ich komme.* Dessen Trieb, er greift in das Steigrad ein. Hundertundzwölf Zähne. *Gleich, Doreen.* Erst zwei Räder. Wie viele fehlen noch? *Doreen.* Noch rund fünfhundert Zähne feilen. Das beklemmende Gefühl in ihrer Brust wurde stärker.

Plötzlich stand Elisabeth mit Doreen auf dem Arm in der Tür. Das Gesicht ihrer kleinen Tochter war puterrot vor Anstrengung, die Lippen über dem zahnlosen Mund bebten. Verständnislos wanderte Elisabeths Blick zu Merit an den Arbeitstisch.

»Das Kind weint. Ich kann es nicht mehr beruhigen. Und warum kam heute niemand von euch zum Mittagessen? Mit dem Abendessen warte ich auch schon seit zwei Stunden. Ich habe mich den ganzen Tag um Doreen gekümmert. Ihr fehlt die Mutter.«

»Mein Mädchen!« Merit sprang auf. »Komm zu mir!«

Doreen streckte ihre Ärmchen nach der vertrauten Stimme aus.

John Harrison fuhr dazwischen. »Ich bestimme, wann Feierabend ist und nicht mein Weib, ein Kind oder das Abendessen!«

Wie vom Donner gerührt blieb Merit eine Armlänge entfernt von ihrer Tochter stehen.

»Vater, bitte!«, mischte sich William ein.

Der Uhrmacher wischte seinen Einwand mit einer harschen Handbewegung fort. »Raus hier mit diesem brüllenden Kind oder ich vergesse mich!«

»Mister Harrison!« Merit vergaß alle Vorsicht. Sie holte Doreen in ihre Arme. Als ihre Tochter den Geruch der Mutter wahrnahm, wurde sie augenblicklich still. »Im Übrigen möchte ich Ihnen mitteilen, dass ich meine Tochter nicht Doreen nennen werde, auch wenn sie auf diesen Namen getauft wurde. Sie heißt Anne.« *Nach der englischen Königin, die den Längengradpreis ausschreiben ließ*, setzte sie im Stillen hinzu.

»Das Kind ist auf den Namen Doreen getauft, da gibt es keine Änderungen! Einerlei, was Sie sich in Ihrem flatterhaften Hirn vorstellen mögen!«

Merit überlegte, ob sie auf die Beleidigung reagieren sollte, hielt es dann aber für klüger, diese zu ignorieren, auch wenn es Kraft kostete, ihre Widerworte im Zaum zu halten. »Ich möchte meiner Tochter den Vornamen Anne geben«, sagte sie entschieden. »Ich bin die Mutter und bestimme das so.«

»Ach ja?« Harrisons Stimme wurde schärfer. »Es bleibt bei Doreen, wie ich es entschieden habe!«

»Wie wäre es mit Ann Doreen?«, griff William vermittelnd ein. Merit betrachtete ihre Tochter. Das kleine Mädchen warf die Lippen zu einem Schmollmund auf und schob sich ihren Daumen in den Mund. »Ja, das klingt schön. Ich möchte, dass meine Tochter Ann Doreen genannt wird – und sie bleibt bei mir, während ich arbeite.«

»Wie Sie wollen«, sagte der Uhrmacher gefährlich ruhig.

»Sodann müssen Sie sich entscheiden. Wollen Sie Mutter sein oder eine Uhrmacherin?«

Merit fühlte sich wie vor den Kopf gestoßen. Sie wollte keine Wahl treffen, sondern beides haben. Sie straffte ihre Schultern und nahm all ihren Mut zusammen.

»Ich werde Ihnen beweisen, dass ich für Sie arbeiten und trotzdem eine gute Mutter sein kann.«

Unter den kritischen Blicken der Männer ließ sie sich von Elisabeth ein Tragetuch bringen, mit dem sie sich Ann Doreen vor den Bauch band.

Keiner rührte sich von der Stelle, als sie sich mit der Kleinen an ihren Arbeitsplatz setzte. Zielstrebig griff sie nach Lupe und Werkzeug. Ann Doreen hielt still. Merit war glücklich und gleichzeitig aufgeregt.

Mit der geforderten Präzision feilte sie die nächsten Zahnzwischenräume aus dem Messingrad aus. Ann Doreen wandte den Kopf nach dem Geräusch. Es war ein wunderschönes Gefühl, die Nähe und die Wärme ihrer Tochter zu spüren. *Stillhalten, meine Kleine. Dieser Augenblick ist wichtig für uns.*

Beim dritten Zwischenraum passierte es. Ann Doreens Händchen kam aus dem Tragetuch hervor und schlug auf ihren rechten Arm. Die Bogensäge rutschte am Zahnrad ab. Ein breiter Lichtspalt rechts und links der Lehre. Merit ließ das Werkzeug sinken.

»Schade um die vielen Stunden der Arbeit«, hörte sie die Stimme des alten Uhrmachers hinter sich. »Wie wollen Sie auf diese Weise Ihre Schulden bei mir abarbeiten?« Harrisons Schritte kamen näher. »Entscheiden Sie sich: entweder das Kind oder die Arbeit. Im ersten Fall sind Sie entlassen.«

***

Mit einem Lächeln riss Walter Hamilton eine beschriebene Seite aus dem dicken, ledergebundenen Buch auf seinen Knien. Aufzeichnungen, die ihn zwölf Jahre seines Lebens gekostet hatten. *Walter Hamiltons Beobachtungen des Mondes und der Sterne zur Berechnung des Längengrads auf See.*

Er saß auf der Kaimauer, seine Beine baumelten dicht über der Wasseroberfläche und die Sonnenstrahlen kitzelten ihn im Gesicht. Auf der Themse trieben bunte Herbstblätter in den glitzernden Wellen.

Die Luft war warm an diesem goldenen Oktobernachmittag, Vogelschwärme zogen über den Park des Königlichen Observatoriums. Genussvoll zerriss er das Papier in kleine Stücke, zerrieb die Schnipsel zwischen den Handflächen und ließ die beigefarbenen Flocken mit ausgestrecktem Arm in den Fluss regnen. Ein schwarz gefiederter Haubentaucher schnappte danach. Er schirmte die Augen gegen die Sonne ab. Das Wasser spielte mit den hellen Papierflecken und trieb sie von ihm fort.

Hinter ihm kam eine Bettlerin des Weges. Sie grüßte ihn freundlich, betrachtete kurz sein Tun, ehe sie weiterging. Er kannte die schlanke, junge Frau und schaute ihr einen Moment hinterher, wie sie barfüßig in einem zerschlissenen Kleid an der Kaimauer entlangging und das Ufer nach angeschwemmten Habseligkeiten absuchte. In den letzten Wochen hatte die Bettlerin von seinem Lohn mit Sicherheit gut gelebt. Sie hatte ihre Arbeit gut gemacht, nachdem er sie an jenem Abend mit einem klaren Auftrag im letzten Boot von Greenwich aus zur London Bridge geschickt hatte.

Im vorletzten Boot hatte Merit Paulsen gesessen. Mit ihren Zeichnungen.

Walter Hamilton drehte sich zum Königlichen Observatorium um. Auch heute würde der Stuhl vor dem Sitzungssaal unbesetzt bleiben. Den einstigen Assistenten des Astronomen und großmütig zum Diener degradierten Walter Hamilton würden die Herren bald wiedersehen – dann allerdings als Bewerber um den Längengradpreis. Der Uhrmacher in der Fleet Street hatte die Skizzen mit Interesse begutachtet und den Auftrag dankend entgegengenommen.

***

Ann Doreen lag in der Nähe des Feuers auf einem Schaffell, darunter ein Haufen Stroh, und spielte mit einem ausgestopften, kleinen Stoffpüppchen. Sie schob die weichen roten Beine ein Stück weit in den Mund und saugte daran, dann packte sie die Puppe mit festem Griff, hob sie hoch und schleuderte sie von sich.

Merit bückte sich von ihrem Schemel aus zu ihrer Tochter hinunter und gab ihr das Spielzeug zurück. Lächelnd streichelte sie über Ann Doreens Köpfchen, ehe sie sich wieder ihrem Arbeitsplatz zuwandte.

John Harrison beobachtete mit Widerwillen die Szene von seiner Werkbank aus, verlor jedoch kein Wort darüber. Als der Uhrmacher sie vor die Wahl gestellt hatte – Kind oder Arbeit – war ihre Entscheidung noch in derselben Minute gefallen. Sie hatte alles riskiert und den Sieg davongetragen. Vorläufig, das war ihr bewusst. Allerdings gab es seither das bequeme Lager für Ann Doreen in der Werkstatt.

Wenn die Kleine weinte, fluchte der Uhrmacher so laut, dass Elisabeth in die Werkstatt kam, von ihrem Mann aber sogleich wieder wie ein verirrtes Insekt hinausgescheucht wurde. Merit empfand Mitleid mit der gütigen Frau, konnte aber kaum etwas an der Situation ändern, außer am Abend mit ihr zu reden und so oft es möglich war, die Pflege der schwangeren Schwiegertochter zu übernehmen, die noch immer das

Bett hüten musste. Keiner im Haus wurde von dem Uhrmacher gut behandelt. Auch mit Merit sprach John Harrison nur ein paar Sätze – was für seine Verhältnisse bereits außerordentlich viel war. Ihm genügten seine Sinne, um die Vorgänge auf ihrem Werktisch zu überwachen. Und heute war er besonders wachsam, als ahnte er etwas.

Es war an der Zeit, die Diamanten für die Hemmung zum Diamantschleifer zu bringen. Ohne sein Wissen. Er glaubte immer noch, dass sie den Auftrag des Adligen erfüllte und die Steine im vorliegenden Zustand für die Verzierung des Gehäuses nutzen wollte. Die Tatsache, dass er ihr Spiel offenbar noch nicht durchschaut hatte, wurde ihr mit jedem Tag unheimlicher. Mittlerweile genügte ein Räuspern von ihm, um sie aus der Fassung zu bringen. Irgendwann musste er ihr doch auf die Schliche kommen.

Ein Kribbeln breitete sich in ihren Fingerspitzen aus. Sie schielte nach dem schwarzen Samtsäckchen in der rechten Ecke ihres Werktisches. Würde ein blitzschnelles Ausstrecken ihres Armes genügen, um nach den Diamanten zu greifen und den Beutel in ihrem Ärmel verschwinden zu lassen? In Gedanken führte sie die Bewegung aus, mehrmals hintereinander, ihre Finger zuckten, während sie sich den Anschein gab, ihre Skizzen zu studieren. Auf dem gelblichen Papier hatte sie mit feinen Linien das Uhrwerk neu aufgezeichnet, die Position der Räder auf der Platine, das Zusammenspiel mit Unruh und Hemmung. Das Aussehen der Diamanten, ihr besonderer Schliff, existierte jedoch allein vor ihrem inneren Auge.

In ihren Gedanken drehte sich die Hemmung hin und her, die Innenflanken der Lappen, an ihrer flachen Seite kaum breiter als ein Punkt, parallel zueinanderstehend und nicht wie bei einer gewöhnlichen Spindelhemmung in einem Winkel von rund einhundert Grad zueinander angebracht. Durch die neuartige Größe und die Form griffen die Außenflanken der Diamantlappen ebenfalls in das Hemmungsrad ein und konnten wegen ihrer Härte sogar ungefährdet mit den spitzen Stahlzähnen in Berührung kommen. Dadurch schwang die Unruh weiter aus als sonst, die Spindellappen mussten seltener in das Hemmungsrad eingreifen und die harte Diamantoberfläche verringerte die störende Reibung.

Wenn Ruben das jetzt sehen könnte. Das Gesicht ihres Sohnes schob sich über die Skizzen, sie sah seine blauen Augen, sein Lächeln, die zerzausten blonden Haare. Glück und Schmerz stauten sich in ihrer Brust und entwichen als leiser Seufzer, der all ihre Sehnsüchte und Wünsche nach außen trug, die sie sonst so tapfer in ihrem Inneren verbarg.

Merit horchte auf die Geräusche in der Werkstatt, versuchte zu erraten, was sich hinter ihrem Rücken abspielte. Das Klappern von Werkzeug, wenn John Harrison es auf der Werkbank ablegte. Er war zu beschäftigt, um auf sie zu achten – daran musste sie glauben. Wenn sie sich umdrehte, um sich davon zu überzeugen, würde sie nur unnötige Aufmerksamkeit auf sich lenken. Jetzt oder nie.

Blitzschnell griff sie über den Tisch. Sein Holzschemel knarrte. Ihre geöffnete Hand verharrte über dem Beutel, es verstrichen wertvolle Sekunden, ehe sie den Schreck überwand und die Bewegungsrichtung veränderte, als wollte sie nach dem Schraubenzieher greifen. Hatte er etwas bemerkt?

Keine Schritte. Blieb er sitzen? Noch einmal. In ihrer Vorstellung hatte sie schon so oft nach dem Säckchen gegriffen, tausendmal war sie den Weg zum Steinschleifer gegangen, sie wusste, mit welchen Worten sie ihm erklären wollte, wie er die beiden Steine schleifen sollte. Merit streckte den Arm aus. Die Tür öffnete sich.

»Das Essen ist bald fertig«, verkündete Elisabeths Stimme.
Merit rührte sich nicht und behielt den Beutel im Blick.
»Brauchst du Hilfe?«, ließ sich John Harrison vernehmen.
Danach blieb es still. Kurz darauf Schritte hinter ihr.
Merit starrte auf den Tisch. Zugreifen?
»Merit?« John Harrison legte seine Hand auf ihre Schulter. Sie zuckte zusammen. »Merit!«, setzte er in schneidendem Tonfall nach.
»Ja?«
»Hast du nicht gehört? Geh in die Küche und hilf Elisabeth. Worauf wartest du?«
»Gewiss.« Innerlich zitternd drehte sie sich zu ihm um, wich seinem Blick aus und leistete seiner Aufforderung Folge.
Das Säckchen mit den Diamanten blieb auf der Werkbank liegen.

***

Kühle Luft umschlich ihre Beine, ihre zum Gebet gefalteten Hände zitterten. Mit Tränen in den Augen lehnte sich Merit in der Kirchenbank zurück und schaute nach oben zum Himmelsdach der St. Pauls-Kathedrale. Helligkeit flutete den Kirchenraum, die überwältigend hohe, goldglänzende Kuppel wölbte sich wie eine schützende Hand über sie und dennoch empfand sie keinen Trost.

Von Jahren entbehrungsreicher Arbeit erzählten die detailverliebten Verzierungen, die lebensechten Figuren und die feinen Pinselstriche der Deckengemälde. Demut erfasste sie angesichts der von Menschenhand erschaffenen Pracht, vor allem aber tiefe Traurigkeit darüber, selbst nicht ans Ziel zu gelangen, obwohl sie die Fähigkeit zum Bau der Uhr besaß, dessen war sie sich sicher. Doch jetzt war ihr das Werkzeug buchstäblich aus der Hand gerissen worden und sie musste tatenlos ausharren.

Sie beobachtete das Kommen und Gehen der Menschen, horchte auf den Widerhall von Schritten, helle Klänge untermalt von dumpfen Tritten, begleitet von Gemurmel und Wehklagen.

Beim Blick auf den schwarz-weißen Marmorboden sah Merit erneut das zweistöckige Haus des Steinschleifers vor sich. Das obere Stockwerk beherbergte seine Werkstatt – und dort lagen auch ihre Diamanten, fertig geschliffen seit einer Woche. Tag für Tag hatte sie an seine Tür geklopft, mit ihm gesprochen, auf ihn eingeredet und ihn angefleht, die Rechnung erst später bezahlen zu dürfen. Heute Mittag hatte sie ihm sogar angeboten, in ein paar Monaten den zehnfachen Preis für seine Arbeit zu bezahlen, wenn er ihr nur jetzt ihre Diamanten wieder aushändigen würde. Ein Kopfschütteln war seine unerbittliche Antwort gewesen.

Drei Reihen vor ihr beendete eine gleichaltrige Frau in einem einfachen braunen Kleid ihr Gebet, in aufrechter Haltung betrat sie den Mittelgang und ihr glückseliger Gesichtsausdruck versetzte Merit einen Stich ins Herz.

Warum flog anderen das Glück in die wartenden Arme, während ihr der Herrgott das Leben so schwermachte? Warum musste sie immerzu kämpfen? Jetzt regte sich auch noch ihr schlechtes Gewissen, dass sie Ann Doreen heute wieder einmal so lange bei Elisabeth alleinließ. Aber war es ein verwerfliches Bedürfnis, für zwei, drei Stunden allein sein zu wollen, allein mit ihrem Kummer, ihrer Verzweiflung, die sie am liebsten in den Himmel geschrien hätte?

Merit schloss die Augen und atmete tief durch. Sie genoss die Dunkelheit, wollte nichts mehr sehen von der Welt und erschrak zu Tode, als jemand ihren Arm berührte.

»William!«

»So war meine Ahnung also nicht verkehrt, dich hier zu finden.« Sein Gesicht blieb ausdruckslos, als er sich ungefragt an ihrer Seite niederließ.

»Ich wollte gerade gehen«, sagte Merit und machte Anstalten, sich zu erheben.

»Wohin? Zum Diamantschleifer?«

Augenblicklich verharrte sie in der Bewegung.

Jetzt lachte William leise. »Hast du wirklich gedacht, ich hätte nichts von deinem heimlichen Tun bemerkt?«

»William ... ich ... Wird es ... Wirst du es deinem Vater sagen?« Sie wagte nicht, Luft zu holen, und erflehte in Gedanken ein *Nein* von ihm.

Tatsächlich schüttelte William den Kopf.

»Gott sei Dank!«, flüsterte Merit voller Erleichterung und barg das Gesicht in ihre Hände. »Danke, William, danke.«

»Merit ...«, hörte sie Williams eindringliche Stimme. »Du verstehst mich falsch. Ich muss meinem Vater nichts sagen. Er hat dich längst durchschaut. Er lässt dich *für seine Zwecke* arbeiten.«

Obwohl sie die Vermutung gehabt hatte, erwischte sie die Gewissheit mit eiskalter Hand. »Ich wusste es. Dein Vater wird meine Uhr in seinem Namen der Kommission präsentieren! Alles umsonst ... meine Qualen ... Ich hätte den Weg nie gehen dürfen ... die Monate von zu Hause fort ... Ich werde das Leiden meines Sohnes nie mehr gutmachen können. William, ich werde die Uhr nicht mehr anrühren und sofort nach Hamburg zurückkehren.«

»Merit, warte! Mein Vater ist zwar gespannt auf deine kleine Uhr und er traut dir als Uhrmacherin so manches zu, aber er hat den Glauben an seine eigene Erfindung noch nicht aufgegeben. Er will seine dritte Maschine zuerst vollenden, darum stört er sich auch nicht an deinen Schwierigkeiten mit dem Diamantschleifer. Aber ich ...« William griff in seine rechte Tasche und holte eine kleine rote Schatulle hervor. »Ich stehe auf deiner Seite und ich glaube an dich.«

Behutsam öffnete Merit das Kästchen. Darin lagen die Diamanten auf schwarzem Samt, ihre funkelnde Hoffnung.

***

Der erste Schnee kam unerwartet. Anfang Dezember mischten sich dicke Flocken in das Grau des Londoner Himmels und überzogen die Häuser am Red Lion Square mit einer weißen Schicht. Die kahlen Obstbäume vor dem Werkstattfenster trugen ihre glitzernden Hauben mit Stolz. Kinder sprangen durch den kleinen Park und begrüßten das seltene Vergnügen mit johlenden Schreien.

Merit beobachtete das Wetter mit Sorge. Ob der Hafen in Hamburg bereits vereist war? Unvorstellbar, nicht vor Weihnachten nach Hause zurückkehren zu können. Sie hatte Ruben unzählige ausführliche Briefe geschrieben, zum Geburtstag im Juli, danach jede Woche einen, aber nie eine Antwort erhalten. Wahrscheinlich waren Pauline die Beförderungskosten zu hoch.

Merit konnte es kaum erwarten, die Uhr endlich zusammensetzen zu können. Dennoch, dachte sie, eine Gangungenauigkeit von höchstens drei Sekunden pro Tag auf einem Schiff erzielen zu wollen – ein Wahnsinn, was sie sich da vorgenommen hatte.

Die verschiedenen Teile des Uhrwerks lagen unter einer kleinen Glashaube auf der linken Seite ihrer Werkbank. Alle Messingräder waren gefertigt, zudem der Bimetallstreifen für den Längenausgleich der Unruhspiralfeder bei Temperaturschwankungen, der Gleichmäßigkeitsantrieb, für dessen komplizierten Bau sie viel Zeit benötigt hatte, und nebst verschiedenen Stiften, Hebeln und Schrauben lag noch das in die Aufzugsschnecke eingebaute Gegengesperr, damit die Uhr beim Aufziehen nicht stehen blieb.

Zur Sicherheit hatte sie die Vorspannung so groß gewählt, dass deren Kraft für zehn Minuten ausreichte, obwohl das Aufziehen nur ein paar Sekunden dauerte. Besonders stolz aber war sie auf ihre Spindelhemmung, die mit der daran befestigten Unruh etwas abseits unter dem Glas ruhte. Die Lappen aus Diamant waren ihr Geheimnis, nur ein winziges Detail, aber vielleicht der Schlüssel zu einem neuen Leben. Sie war ihrem Ziel so nahegekommen, so kurz standen ihre Träume davor, in Erfüllung zu gehen, und mit jedem Sekundenschlag wuchs ihre Angst vor dem Scheitern.

Es fehlten nur noch die Zeiger und das Zifferblatt. Für dessen Bemalung hatte sie dem Uhrmacher verschiedene Entwürfe gezeichnet. Er hatte die erste Variante der Verzierung ausgewählt und ihr seine Entscheidung schriftlich mit knappen Worten an den Rand des Papiers geschrieben und nebenbei etwas von weibischen Spielereien gemurmelt. Auf seine mündliche Anweisung hin sollte William ihr heute bei den letzten Arbeitsschritten helfen, doch der Sohn des Uhrmachers war an diesem Morgen noch nicht gesehen worden.

Ann Doreen hatte das Interesse an ihrer roten Puppe seit ein paar Tagen verloren, stattdessen begutachtete sie neuerdings den Hautlappen an ihrer linken Hand. Mit wachsender Begeisterung unterhielt sie sich mit ihren Fingern und erzählte ihnen mit aufgeregtem mam-mam-mam-pa-ga-ga-Geplapper in unterschiedlicher Tonhöhe eine Geschichte. Merit gab sich noch eine Weile der Beobachtung ihrer Tochter hin und nachdem William in der Zwischenzeit noch immer nicht in der

Werkstatt erschienen war, fasste sie den Entschluss, allein mit dem Emaillieren des Zifferblatts zu beginnen. Ann Doreen war brav, sodass es ihr ohne William gelingen müsste, den Glasschmelz aufzutragen.

John Harrison hatte gestern bereitwillig bei einem Londoner Händler eine kleine Portion des von ihr benötigten glasartigen Rohmaterials aus Venedig erworben, weil sie es sich nicht nehmen lassen wollte, die Arbeit eines Zifferblattmalers bei ihrer Uhr eigenhändig auszuführen. Mit einfachen Ausführungen hatte sie sich schon in Hamburg gerne beschäftigt und dem alten Uhrmacher schien ihr Tun ausnahmsweise recht zu sein.

Noch am Abend hatte sie die spiegelglänzenden Emailbrocken mit etwas Wasser in einem Stahlmörser zerstoßen und ihn sorgsam mit einem feuchten Tuch abgedeckt, um Staub und herausspringende Teilchen abzufangen. Sobald sich das Email wie feiner Sand unter den Fingern anfühlte, goss sie es in einem Gefäß mit frischem Brunnenwasser auf, rührte es durch und schüttete die trüb gewordene Flüssigkeit vorsichtig ab. Diesen Vorgang wiederholte sie so oft, bis das Wasser klar blieb. Sie hoffte, das Email gut genug ausgewaschen zu haben. An eine graue und trübe, im schlimmsten Fall sogar blasige Schicht auf dem Zifferblatt durfte sie gar nicht denken.

Um derartige Katastrophen möglichst zu vermeiden, behandelte sie außerdem die kupferne Zifferblattscheibe vor der Emaillierung mit einer Kratzbürste und säuberte sie peinlich genau von allen Unreinheiten. Ihre Nerven flatterten, als sie ein frisches Leintuch auf dem Werktisch ausbreitete und die dünne, handtellergroße Kupferscheibe durch das mittige Loch auf einer Vorrichtung befestigte.

Sie horchte auf. Hatte sie eben die Haustüre gehört? Kam William endlich? Doch einzig Elisabeths Schritte konnte sie im Folgenden in der Küche ausmachen. Ob die Frau des Uhrmachers heute wieder durch das Schlüsselloch in die Werkstatt schauen würde, obwohl sie von ihrem Mann unlängst dabei ertappt worden war?

Nach einem tiefen Atemzug nahm Merit einen feuchten Pinsel und trug das Gegenemail auf die Zifferblattrückseite auf. Dafür genügte das beim Auswaschen gewonnene, minderwertige Material. Sie führte den Arbeitsschritt mit Ruhe und Sorgfalt aus. Sanft ließ sie den Pinsel über die Kupferplatte gleiten, bis sich eine gleichmäßige Schicht gebildet hatte. Oft genug hatte sie zu Hause in der Uhrmacherwerkstatt erleben müssen, dass sich eine Ungenauigkeit beim Rückemail nach dem Brennen mit einem Verziehen der Metallscheibe oder sogar einem Riss im Email auf der Zifferblattseite rächte.

Der Gedanke an das Haus in der Niedernstraße schmerzte. Sie sah Ruben vor seinem kaputten Holzschiff stehen. Das Bild vor ihrem inneren Auge bewegte sich nicht. Blass und reglos stand er da. Waren seitdem wirklich einhalb Jahre vergangen?

Schnell drehte sie sich zu Ann Doreen um und schenkte ihr ein Lächeln. Der Anblick ihrer kleinen Tochter, die sich gerade durch kehlige Laute mit der Puppe unterhielt, verdrängte ihre aufsteigenden Tränen.

Vorsichtig drehte sie die runde Kupferplatte um und trug die vorbereitete, breiartige Emailmasse auf die Vorderseite auf. Dick genug, damit das weiße Email beim Brennen nicht grünfleckig wurde, weil es mit dem Kupfer reagiert hatte.

Kritisch begutachtete sie ihr Werk, dann hob sie die Zifferblattscheibe auf die Brennunterlage. Ann Doreen wandte den Kopf, um die Schritte der Mutter zur Feuerstelle zu verfolgen.

Als das feuchte Email angetrocknet war, griff Merit die eiserne Brennunterlage mit einer langen Zange. Ann Doreen quäkte. Aus dem Augenwinkel beobachtete Merit, wie die Kleine sich im Liegen hin- und herwand. Die Klauen der Feuerhitze nagten an ihrer Hand. *Nur nicht zu schnell, schön ruhig bleiben.*

Ann Doreen gab einen weinerlichen Laut von sich, der in ein Schreien überging. *Ich hätte es besser wissen müssen. Nicht jetzt, meine Kleine. Nicht jetzt. Bitte.*

Auf dem Zifferblatt entstand eine grießige Masse. Die Hitze brannte ihr im Gesicht. Ann Doreen brüllte, verschluckte sich, hustete, sodass der kleine Körper bebte. Das Email verschmolz zu einer zähen, noch unebenen Oberfläche. Das Gesicht des Kindes verfärbte sich dunkelrot, sie ballte die Fäustchen vor den verweinten Augen.

Merit rief nach Elisabeth. Die Tür blieb verschlossen. Warum war niemand da? William, verdammt! Ann Doreen stieß herzzerreißende Schreie aus.

Ihr Blick schnellte zwischen ihrer Tochter und der Zifferblattscheibe hin und her. Die Masse verwandelte sich in eine rot glühende, spiegelglatt glänzende Oberfläche. Fertig! Dennoch musste sie dem Drang widerstehen, das Werkstück schnell aus der Hitze zu ziehen. Ein plötzliches Erkalten konnte alles zunichtemachen.

Die Sekunden dehnten sich zu einer Ewigkeit, Ann Doreens angstvolle Schreie waren eine Folter für Merit.

Die Tür flog auf.

»William! Endlich! Komm her oder nimm das Kind! Tu irgendetwas!«

Er überlegte nicht lange. Mit zwei großen Schritten war er bei Ann Doreen und hob sie vorsichtig hoch.

»William, warum kannst du nie pünktlich sein? Ich hätte dich gebraucht!« Sie duzte ihn aus Zorn.

Unsicherheit spiegelte sich in seinem Blick, als er Ann Doreens Köpfchen stützte. »Es tut mir leid, Merit. Wirklich.«

Ann Doreen beruhigte sich, als sie getragen wurde und gleichzeitig die Mutter sehen konnte. Der ganze Kummer war mit einem Lidschlag vorüber. Oder mochte ihre kleine Tochter Williams Nähe? War es möglich, dass ihr der Vater fehlte?

Wenig später zog Merit die Brennplatte heraus. Das Zifferblatt war perfekt geworden.

»Schon in Ordnung, William.« Ihre Beine zitterten unter der nachlassenden Anspannung. »Es ist ja alles noch einmal gutgegangen.«

Nach dem Abkühlen und Reinigen des Zifferblatts lachte ihr ein reines, glänzend helles Weiß entgegen. William behielt Ann Doreen auf dem Arm, als wäre sie seine eigene Tochter. Mit zaghaften Schritten wanderte er in der Werkstatt auf und ab.

Verwundert setzte sie sich an ihren Arbeitsplatz und beobachtete die beiden. Williams knochige Wangen waren von der kalten Luft draußen gerötet, seine blonden, locker zum Zopf gebundenen Haare glänzten feucht und von seinen nackten Füßen tropfte der Winter. Seine Hosenbeine schlabberten ihm um die Oberschenkel, seine Kleidung war zu groß wie die einer Vogelscheuche. Ein Vagabund, der versehentlich auf die falsche Lebensbühne gekommen war. Trotzdem fügte er sich erstaunlich gut in seine Rolle. Wahrscheinlich hatte er sich in seinem Leben an das Gefühl gewöhnt, in der falschen Inszenierung zu stecken.

Nachdenklich wandte sie sich der Bemalung des Zifferblattes zu. Ein kampferähnlicher Geruch stieg ihr in die Nase, als sie fein geriebenes, schwarzes Email mit Spiköl auf einer Glasplatte anmischte.

In den innersten Kreis, mit breitem Abstand zum Rand, malte sie nach genauen Abmessungen die römischen Ziffern für die Stunden mit dicken schwarzen Strichen auf. Sie stützte ihre Hand auf den abgewinkelten kleinen Finger ab und führte die Striche ruhig, ohne zu zittern.

»Meinst du«, hörte sie Williams Stimme im Hintergrund, »ich werde ein guter Vater?«

Sie setzte den Pinsel ab und drehte sich zu ihm um. William hatte sich auf einen Schemel neben das Feuer gesetzt und wiegte die Kleine sicher in seinen Armen. Ann Doreen war eingeschlafen.

Merit zuckte mit den Schultern. »So wie ich dich kenne, wirst du die Geburt verpassen.«

Betroffen sah er zu Boden. »Verzeih. Ich hätte hier sein müssen, ich weiß.«

»Warum warst du es dann nicht?«

»Bist du immer da, wo man dich braucht?«, fragte er leise.

Merit kehrte ihm den Rücken zu. Ihre Wut vermischte sich mit wehmütigen Gedanken, während sie das Aufmalen der Stunden auf dem Zifferblatt vollendete. Knapp darüber setzte sie die Markierungen für die Sekunden, präzise und mit höchster Konzentration. Mit dünnen, geschwungenen Bögen folgten im nächsten Kreis die arabischen Minutenzahlen in Fünferschritten über den römischen Ziffern. Rund herum war noch eine Fingerkuppe breit Platz für die Ornamentverzierung, auf die Harrison seiner besonderen Eile wegen gerne verzichtet hätte. Aber es war ihr Werk, ihre Uhr, und selbst wenn diese ihr niemals gehören würde, bot dieser kleine Zeitmesser ihr die Aussicht auf ein sorgenfreies Leben mit ihren Kindern. Dafür nahm sie alle Qualen und Schuldgefühle auf sich.

Heute war Freitag, der 7. Dezember 1759. Kaum vorstellbar, dass die Zeiger bald über die schwarzen Zahlen gleiten sollten und wie von Zauberhand die richtige Uhrzeit auf See anzeigen konnten. Aber sie glaubte fest daran, mit ihrer Uhr die Zeit aus dem Sternenhimmel pflücken zu können.

In jeder Himmelsrichtung malte sie am Außenrand ein länglich gebogenes Ornament auf – insgesamt vier ausladende, geschwungene Blätter, die beiden inneren wie schützende Arme zu einem Kelch geformt, die äußeren wie Flügel ausgebreitet. Obwohl es draußen noch Tag war, brauchte sie mittlerweile eine Kerze, um genug sehen zu können. Das Schneetreiben wurde dichter.

Erst als die dritte der vier Verzierungen auf dem Zifferblatt glänzte, nahm William das Gespräch wieder auf. »Meiner Frau ging es heute Nacht sehr schlecht. Sie bekommt ständig Krämpfe. Elisabeth sagt, dass es Wehen sind. Ich mache mir Sorgen.«

Merit dachte daran, wie schmächtig Ann Doreen gewesen war und nickte. Ihre Tochter schlief mittlerweile friedlich auf ihrem Schaffell. William hatte ihr die Puppe in den Arm gelegt und saß auf dem Stroh daneben.

»Umso erstaunlicher, dass du dich den ganzen Vormittag über herumgetrieben hast«, kommentierte sie nachtragend.

»Ich musste raus, wieder klar im Kopf werden, sonst komme ich noch um vor Sorge. Zuerst hat es mich wieder zum St. James Park hingezogen, aber bei der Kälte bin ich nur ein paar Straßen weiter ins Montagu House gegangen und habe mir die naturkundliche Sammlung aus dem Nachlass Sir Sloanes angesehen, die seit einem Jahr jedermann zur kostenlosen Besichtigung offensteht. Viermal war ich seither schon dort. Die Sammlung wächst beständig, eines Tages wird bestimmt ein großes Museum daraus. In der Fülle der Eindrücke habe ich die Zeit vergessen.«

»Und damit auch deinen Arbeitsbeginn.« Merit sah kurz auf, als sie vor dem Haus Schritte zu hören glaubte. Wahrscheinlich kehrte der Uhrmacher zurück.

Sie setzte den Pinsel an die letzte Verzierung an. Mit jetzt schon geübter Hand malte sie das vierte Ornament in westlicher Richtung auf, dort, wo die Sonne unterging. Aus der Küche drangen Stimmen an ihr Ohr. Eine davon gehörte Elisabeth.

William seufzte: »Ich habe sogar eine Uhr mitgenommen, weil mich meine Frau deswegen auch schon ermahnt hat. Und trotzdem habe ich die Zeit vergessen.« Er tippte sich auf die Brust. »Meine Uhr ist irgendwo hier drin. Sie tickt nur leider anders als die künstlich geschaffenen Zeitmesser, deren Gang mich jeden Tag aufs Neue knechtet.« Er erhob sich und kurz darauf spürte sie seine Nähe. »Deine Uhr ist bald fertig«, stellte er bewundernd fest.

Merit vollendete die letzte kleine Blätterranke, die sich an den äußeren Ziffernkreis schmiegte. Mit einem feinen Pinselstrich zeichnete sie das zierliche Blatt auf. Als sie den Pinsel zur Seite legte und ihr Werk betrachtete, überkam sie ein unbeschreibliches Gefühl der Erleichterung.

»Das Zifferblatt ist wunderschön geworden!«, brach es aus William hervor. »Woher kannst du das so unglaublich gut?«

Ein Lächeln schlich sich in ihre Mundwinkel. »Oft weiß man nicht, wozu man in der Lage ist, ehe man es nicht probiert hat.«

»Am Anfang habe ich es nicht für möglich gehalten, dass du ... als Frau ... aber jetzt habe ich es mit eigenen Augen gesehen. Auch mein Vater wird bass erstaunt sein. Elisabeth sagte, er wollte zur Längengradkommission. Ist er denn noch immer dort?«

Merit hob ihre Arme zu einer Geste der Unwissenheit. »Offenbar haben sich die Herren heute mehr zu sagen als sonst. Aber ich glaube, ich habe ihn gerade kommen gehört.«

»Ihm wird wohl das äußere Erscheinungsbild der Uhr nicht gefallen, befürchte ich.« Williams Blick schweifte über die drei metallisch glänzenden Ungetüme. »Als gelernter Tischler ist sein Geschmack etwas ... gröber. Aber vom Gang der Uhr wird er begeistert sein.«

»Man sollte das Fell eines Bären nicht verteilen, ehe man ihn nicht erlegt hat. Noch habe ich meine Uhr nicht zusammengebaut.«

»*Deine* Uhr?«

»Die Uhr, die ich gefertigt habe«, verbesserte Merit sich.

»Das stimmt. Auf deine Ideen wäre mein Vater niemals gekommen. Aber lass ihn das nicht hören.«

Kaum hatte er ausgesprochen, öffnete sich die Türe. Doch anstelle des von ihnen erwarteten Uhrmachers betrat Elisabeth die Werkstatt. In der Hand hielt sie einen versiegelten Brief.

»Der ist gerade bei uns abgegeben worden. Von diesem Nevil Maskelyne. Er sagte, die Herren seien noch länger in der Sitzung. Als Vertretung des vom Dienst ausgeschiedenen Dieners Hamilton sei ihm dieser Brief, der wohl schon eine Weile dort lag, in die Hände gefallen.«

William runzelte die Stirn. »Das verstehe ich jetzt nicht ganz. Warum kann mein Vater seine Post nicht selbst mitnehmen?«

»Der Brief ist an Merit Paulsen adressiert. Längengradkommission. Königliches Observatorium zu Greenwich, London. Eilbeförderung. Ich hatte das Gefühl, dieser Nevil Maskelyne wollte unbedingt nachsehen, ob sie sich noch bei uns aufhält.«

»Eilbeförderung? Ein Brief für mich? Von wem? Woher?«

»Aus Deutschland. Hamburg, wenn ich das recht entziffern kann.«

»Hamburg?« Merit sprang auf, nahm ihr den Brief aus der Hand und riss ihn entlang des Siegels auf.

Geschrieben am 15. Juni 1759.

Das ist ein halbes Jahr her, schoss es ihr durch den Kopf.

Schon der erste Satz zog ihr den Boden unter den Füßen weg.

Ruben ist seit dem Tag deiner Abreise verschwunden. Ich suche ihn vergeblich. Bitte komm sofort wieder aus London zurück. Ich warte auf dich. Nimm das nächste Schiff, welches du bekommen kannst. Eiligste Grüße von deinem dir ergebenen Diener Sönke.

Das Papier fiel ihr aus den Händen.

»Ruben!«

Von dem gellenden Schrei erwachte Ann Doreen. Wie von Sinnen nahm Merit ihre weinende Tochter auf den Arm.

»Ich muss meine Sachen packen! Sofort! Ich muss zurück nach Hamburg!«

***

Gegen Mitternacht beugte sich John Harrison in der Werkstatt am Red Lion Square über die unvollendete Uhr und berührte mit seinem Blick die unzähligen Einzelteile.

»Wirklich beeindruckend, meine Leistung.« Zielstrebig griff er nach der vergoldeten Rückenplatine des Uhrwerks und nahm sie mit zu seinem Werktisch, um die fein geschwungene Signatur *John Harrison, A.D. 1759* einzugravieren.

»Das kannst du nicht machen!«, entfuhr es William, als er dessen gewahr wurde.

»Soll ich das gute Stück etwa nicht vollenden?«, fragte der alte Uhrmacher forsch.

»Du kannst es nicht mit deiner Signatur versehen! Es ist Merits Uhr!«

»Merit? Wer ist Merit? Niemand wird sich an sie erinnern, genauso wie ich ihren Namen bereits vergessen habe.«

»Du wärst niemals auf diese genialen Ideen gekommen!«

»Noch habe ich meine dritte Zeitmaschine nicht aufgegeben und noch wissen wir nicht, ob die kleine Uhr exakt läuft. Allerdings habe ich jetzt zwei Eisen im Feuer und eines davon wird mich zu goldenem Reichtum führen.«

William kehrte seinem Vater den Rücken zu. »Kein Mensch kennt die Zukunft. Auch Sie nicht«, murmelte er. »Aber die Tage der Gewissheit, ob gut oder schlecht, werden kommen. Dafür wird die Zeit sorgen.«

***

FÜNFTES BUCH

*Geschehen zu Hamburg A.D. 1759
und zu London im darauffolgenden Jahr,
nebst einem auf hoher See geschriebenen Brief A.D. 1762
und einer folgenschweren Entdeckung A.D. 1764*

UND SIEHE, DU WIRST STUMM WERDEN UND NICHT REDEN KÖNNEN BIS ZU DEM TAG, AN DEM DIES GESCHEHEN WIRD, WEIL DU MEINEN WORTEN NICHT GEGLAUBT HAST, DIE ERFÜLLT WERDEN SOLLEN ZU IHRER ZEIT.

LUKAS 1,20

Über den eisblauen Winterhimmel zogen dunkle Wolkeninseln und verhießen Schnee. Vor der Heilig-Geist-Kirche in der Nähe des Mönkedammfleets trennten sie sich auf ihrer Suche nach Ruben. Heute war der Südwestteil Hamburgs an der Reihe. Im Morgengrauen, am Mittag, am Abend, sogar in der Nacht – seit drei Tagen durchkämmte Merit mit Sönke die Stadt. Zwischendurch erlaubten sie sich nur stundenweise Schlaf und hatten dabei immer die Angst, genau in diesem Augenblick einen winzigen Hinweis auf ein Lebenszeichen von ihm zu verpassen.

Wann würde diese verdammte Ungewissheit endlich ein Ende nehmen? Wie eine Blinde durchs Leben zu gehen, nicht zu wissen, was in der nächsten Sekunde geschehen würde, war nicht mehr auszuhalten. Es war das Los aller Menschen, ob jung oder alt, reich oder arm, die Zukunft nicht zu kennen und lebenslange Sklaven der Zeit zu sein. Doch wenn es um Leben oder Tod ging, wurde diese Ungewissheit zur reinen Folter. Dennoch, obwohl sie ein Ende dieser Qualen herbeisehnte, scheute sie den Moment der Klarheit. Sie wollte nur heraus aus dieser Lebenslage und ihren Sohn wieder gesund in die Arme schließen dürfen. War das zu viel verlangt?

Auf überfüllten Marktplätzen, am Hafen und in Kirchen, in verlassenen Straßen, Gassen und dunklen Winkeln, überall hatten sie bereits nach Ruben gesucht. Trotzdem wurde Merit Stunde um Stunde von der Hoffnung begleitet, dass diese ungewisse und quälende Zeit ein gutes Ende nehmen würde. So auch an diesem Vormittag.

Sönke hatte sich den oberen Bereich im Südwesten der Stadt vorgenommen, über Alster- und Herrengrabenfleet hinweg, an der Michaeliskirche vorbei bis zu ihrem vereinbarten Treffpunkt am Millerntor. Normalerweise ein Fußmarsch von einer halben Stunde, doch er wollte wie schon so oft alle Gassen und Straßen absuchen.

Sie trugen jeder ein Papier bei sich, auf dem Sönke mit präzisen Pinselstrichen ein Porträt seines Schützlings gezeichnet hatte. Merit starrte das farbige Bildnis an, mit dem Daumen berührte sie die rot gefärbten Wangen ihres Jungen. Bald war Weihnachtsabend.

Ann Doreen strampelte ungeduldig in ihrem Tragetuch und erteilte ihr ein paar kräftige Fußtritte gegen die Hüften. Ihren Unwillen unterstrich ihre kleine Tochter mit lautstarkem Weinen. Ann Doreen wog schwer wie ein gefüllter Marktkorb und das Umhertragen des halbjährigen Kindes war anstrengend. Andererseits war es undenkbar, die Kleine zur Aufsicht in fremde Hände zu geben, weil sie sich inzwischen keine Minute von ihrer Mutter trennen wollte. Auch Pauline kam als Betreuung nicht in Frage, obwohl die Schwiegermutter neuerdings eine ungeahnte Freundlichkeit an den Tag legte. Die Beweggründe für diesen Sinneswandel hatten sich Merit noch nicht erschlossen.

Sie legte die Arme um ihre Tochter, um ihr unter dem Umhang noch zusätzliche Wärme zu spenden und ging im einsetzenden Schneeregen vom Rödingsmarkt herkommend in Richtung Hafen, wo sie auch am Waisenhaus vorbeikam. Heute lauerten keine Kinder des Weges, um sich ein Passiergeld zu erbetteln. Die Straße war auf diesem Abschnitt wie leergefegt.

Sie klopfte am Waisenhausportal an. Rechts an der Hauswand sah man noch die zugemauerten Umrisse der einstigen Drehlade für Säuglinge, die jedoch nach sechs Jahren wieder geschlossen worden war, weil man nicht mit einer derart hohen Zahl an Müttern gerechnet hatte, die dieses Angebot aus den verschiedensten Nöten heraus nutzen wollten.

Ein böiger Wind fuhr durch die dichten Blätter des Eichenbaumes und zerrte an ihrem Umhang. Merit fröstelte. Vermutlich waren die Jungen und Mädchen bei der Mittagssuppe versammelt. Jeder dort drin im weißen Saal wusste von der Suche nach dem Vermissten, auch das jüngste Kind im lauffähigen Alter hatte in den letzten Tagen Rubens Bild gesehen.

Mit dem Öffnen der Tür schwollen die Stimmen an, Füße trappelten über den Boden.

»Mutter!«

»Meine Mutter kommt!«

»Nein, meine!«

»Das ist meine!«

»Zurück in den Saal, Kinder!« Eine alte Frau mit dem schmalen Körperbau eines Mädchens spannte ihre runzligen Arme auf Türbreite.

»Meine Mutter ist da!«

Ein Junge in Rubens Alter ließ sich nicht abschütteln.

Merit legte einen Arm um ihre Tochter, die sich an die mütterliche Brust drängte, und mit der anderen Hand streichelte sie über den wirren, dunklen Haarschopf des Waisen, der mit seinen runden, braunen Augen hoffnungsvoll zu ihr aufblickte.

»Es tut mir leid, aber ich bin nicht deine Mutter«, sagte sie mit gedämpfter Stimme, weil es ihr die Kehle zuschnürte.

Der Junge verzog das Gesicht, als leide er Schmerzen und kurze Zeit später kullerten Tränen über seine Wangen. »Ich will zu meiner Mutter! Morgen ist Weihnachtsabend. Warum kommt meine Mutter nicht endlich?«

Die Waisenhausmutter schüttelte begütigend den Kopf. »Hier ist jetzt deine Familie. Deine Mutter ist vom Herrgott abberufen worden, als sie dein Geschwisterchen geboren hat. Sie kommt nicht mehr, das weißt du doch. Und nun geh wieder zurück zu den anderen und iss brav deine Suppe, damit ein großer, kräftiger Junge aus dir wird und Gottvater dich nicht sobald in den Himmel holen kann wie deine Eltern.«

Der Junge verharrte reglos, dann bebte Trauer durch seinen kleinen Körper.

Die Waisenhausmutter griff nach der Türklinke und zuckte bedauernd mit den Schultern. »Verzeihung, Wittfrau Paulsen. Aber ich muss mich jetzt wieder um die Kinder kümmern. Ihr Kommen verursacht jedes Mal ein Durcheinander. Es wäre sehr zuvorkommend von Ihnen, wenn Sie nicht zweimal am Tag bei uns nachfragen würden. Wir vermelden Ihnen unverzüglich, wenn ein Kind aufgefunden wird, das Ihres sein könnte. Einen schönen Tag noch.«

Der letzte Satz fühlte sich an wie ein Schlag ins Gesicht. Merit taumelte nach einer knappen Verabschiedung zurück auf die Straße.

Nach nur wenigen Schritten überquerte sie die schmale Schartorbrücke, unter der das Alsterfleet ins Innere der Stadt floss. Mittlerweile schien wieder die Sonne. Ein unberechenbarer Tag. Das blaugrau glitzernde Wasser speiste sich aus dem Binnenhafen, der jetzt beim Blick nach links wie aus dem Nichts vor ihr auftauchte. Vertäute Schiffe, klein genug für den Ankerplatz, schwankende Masten im Wind, dazwischen schmutzig weiße Segel und das Rufen der Ewerführer, die mit den langen Peekhaken ins Wasser stakten, um ihre flachen, mit wenigen Vorratskisten beladenen Boote in das breite Nikolaifleet zu steuern. Die Möwenschreie fehlten.

Musste sie ihren Sohn verlieren, nur weil sie sich in den Kopf gesetzt hatte, nach London zu fahren? Auch Abel könnte noch leben, wenn sie nicht so egoistisch gehandelt hätte, das waren Paulines kalte und deutliche Worte gewesen. Irgendetwas musste an der Erinnerung ihres Vaters gerührt haben. Diesen traurigen Eindruck hatte sie jedenfalls nach Paulines Bericht gewonnen, demzufolge er sich selbst befreit und nach tagelangem Herumirren an der Zuckersiederei in Panik nach seiner Tochter geschrien habe. Als er zu ihrem Arbeitsplatz vordringen wollte, stellten sich ihm die Zuckersieder im oberen Stockwerk entgegen und es kam zu einem wüsten Handgemenge. Dabei sei ihr Vater rücklings die steile Treppe hinuntergestürzt und zu Tode gekommen. Als sie aus London zurückgekehrt war, hatte seine Beerdigung längst stattgefunden. Mehrmals am Tag musste sie an ihren Vater denken, mit ihren Schuldgefühlen leben und gleichzeitig um ihren Sohn bangen.

Ein schmächtiger Mann balancierte ein kleines Fass auf den

Schultern über einen hölzernen Bootssteg an Land. Sie befragte die wenigen Leute am Hafen und zeigte ihnen das Bildnis ihres Sohnes. Stets bekam sie ein Kopfschütteln zur Antwort.

Unermüdlich Erkundigungen einziehend ging sie den Steinhöft entlang bis zum Baumhaus – einer von Rubens Lieblingsplätzen. Damals hatten sie alle noch auf die Rückkehr von Geertjan und Geert Ole gehofft und noch nicht geahnt, wie grausam das Schicksal zuschlagen würde.

Wolkige Schattenflecken eilten über den vereisten Weg hinweg, der sich entlang der Elbe an den Baum bestandenen Vorsetzen erstreckte. Viel war seit jenem Tag im Oktober 1757 passiert, an dem sie vom Untergang des Schiffes erfahren hatte. Beinahe hätte sie ihren Blick nach vorn verloren, doch Ruben und die Arbeit in der Uhrenwerkstatt hatten ihr neue Kraft gegeben und mit Ann Doreen war ihr ein Wesen geschenkt worden, das das Leben zwar nicht einfacher, aber unverzichtbar reicher machte. Allerdings waren die Umstände von Ann Doreens Zeugung bis heute ein rotes Tuch geblieben.

Manulf hielt sich laut Paulines Auskunft in Paris auf, wo er angeblich Kontakte zu Meistern des Uhrenhandwerks knüpfen wollte, um mit dem erworbenen Wissen die eigene Werkstatt aus dem Dämmerschlaf zu holen. Sie glaubte nicht so recht an diese Geschichte. Vielmehr hegte sie den Verdacht, dass er nach London gezogen war. Doch was wollte Manulf dort ohne ihre Uhr und die Skizzen? Seinem Wesen nach wäre ihm einiges zuzutrauen und die Aussicht auf ein hohes Preisgeld heiligte die Mittel wohl in seinem Sinne. Doch was hätte sie jetzt dagegen ausrichten können? Nichtsdestotrotz war sie heilfroh über Manulfs Entscheidung, Hamburg zu verlassen. Wohin auch immer er gegangen war.

Sie folgte dem Aufgang auf die Wallanlagen, weil sie das Bedürfnis überkam, sich einen Überblick zu verschaffen. Ihr

Blick glitt in die Ferne, auf die breite Lindenallee, die vom Millerntor über winterschmutziges Land in das zum Greifen nahe dänische Altona führte. Einsame Weite. Keine Kutschen wie im Sommer, keine Reepschläger auf der Reeperbahn, keine neugierigen Kinder, die entlang der überdachten Bahnen herumlungerten, wo die lang ausgelegten Hanfseile zu dicken Schiffstauen verdrillt wurden. Eine unwirkliche Welt.

Ann Doreen war eingeschlafen und vertraute den schaukelnden Bewegungen des mütterlichen Körpers. Einige Schritte weiter blieb Merit dort stehen, wo der Wall vom Millerntor durchbrochen wurde. Sie schaute über die kahlen Baumwipfel einer Wallstufe hinab auf den Wassergraben, der von einer breiten Brücke überspannt wurde. Darauf waren zwei Kutschen ins Stocken geraten. Von hier oben war nicht auszumachen, ob es an dem Jungen in zerschlissener Kleidung lag, der seine nervös buckelnde Ziege von den Kutschenrädern fernzuhalten versuchte, oder ob es die uniformierten Wächter mit der Warenkontrolle heute besonders genau nahmen. Merit beobachtete den barfüßigen Jungen, kaum älter als Ruben, wie er mit aufgeregten Bewegungen am Führstrick zerrte, stattdessen aber von dem Tier mitgezogen wurde. Tränen schossen ihr in die Augen und sie wandte den Blick ab.

Die Aussicht auf die andere Seite, über die Dächer und Kirchtürme der Stadt hinweg, war eine der schönsten von ganz Hamburg. Wenn nicht im Vordergrund etwas fehlen würde: der Kirchturm des Michels. Nichts erinnerte mehr an den Ort, an dem sie getraut worden war. Der Neubau des vom Blitzschlag zerstörten Kirchenschiffs schritt unter den Argusaugen des Baumeisters Sonnin mittlerweile schnell voran. Der Kirchturm hingegen klebte wie ein abgehackter Finger an der Westseite des Gebäudes, noch reichte er nicht über das flachgewölbte, italienische Dach des Kirchenschiffs hinaus. Auch von außen betrachtet glaubte man aufgrund der hohen, klaren Fensterscheiben und des säulengerahmten Eingangsportals den Prachtbau eines weltlichen Würdenträgers vor sich zu haben.

Während sie den Wall zum vereinbarten Treffpunkt vor dem Millerntor hinunterging, hielt sie nach einem Mann in roter Weste Ausschau. Instinktiv hoffte sie, Sönke mit einem Strahlen im Gesicht anzutreffen.

Doch weit und breit keine Spur von ihm. Während Merit frierend wartete, zeigte sie allen Kutschern, Reitern und Fußgängern, die eilig in Richtung Westen die Stadt verlassen wollten, das Porträt ihres Sohnes.

»Aus dem Weg!«, schrie ein hoch aufgeschossener Kutscher und holte mit der Peitsche aus. Merit duckte sich unter dem Angreifer. Ann Doreen erwachte schreiend aus dem Schlaf.

»Zeigen Sie das mal genauer her«, hörte sie unvermittelt eine Stimme an ihrer Seite. »Der Bursche kommt mir bekannt vor.«

Ihr blieb fast das Herz stehen. Mit zitternden Beinen drehte sie sich zu dem gut gekleideten Mann um, der die Zeichnung jetzt eingehend betrachtete.

»Hm«, murmelte er und kratzte sich unfein im Ohr. »Ich glaube, den kleinen Kerl habe ich gesehen.«

Ihre aufwallenden Gefühle brachten ihren Körper nahe ans Bersten.

»Wo?«, platzte es aus ihr heraus. »Wo und wann?«

»Das muss im Hafen gewesen sein.«

»Wann? Wann war das?« Sie hätte den untersetzten Mann am liebsten an den Schultern gepackt und durchgeschüttelt.

»Das ist schon einige Zeit her, aber ich kann mich gut an den Jungen erinnern.«

»Was hat er gemacht? War er in Begleitung von jemandem oder ...« Sie brachte es kaum über sich, ihre schlimmste Befürchtung auszusprechen. »Oder ist er vielleicht auf ein Schiff gegangen?«

Ihre Frage brachte ihn zum Stirnrunzeln. »Im Gegenteil. Der Junge kam von einem Schiff! Er war ziemlich verstört und abgemagert. Muss auf einem Kauffahrer der Ostindischen Kompanie um die halbe Welt gesegelt sein. Man hatte ihn eingefangen und zur Arbeit gepresst. Beim Anlegen im Hafen von London konnte er entkommen und mit dem nächsten Schiff hat es ihn nach Hamburg verschlagen, wo er mich um Hilfe bat. Ich kann mich gut an ihn erinnern, weil er so verzweifelt war und nur Französisch sprach.«

Ihre schnell gewachsene Hoffnung sackte wie ein Erdrutsch in die Tiefe.

»Dann war er das nicht. Er spricht nur Deutsch«, brachte sie mit kehliger Stimme hervor und nahm die Porträtzeichnung wieder an sich.

Der Mann zuckte mit den Schultern und ging weiter seines Weges zu einer der Windmühlen, die unweit des Millerntores Spalier standen und deren Flügel sich unermüdlich drehten.

Merit dachte ans Aufgeben, überlegte, ob sie Sönke entgegengehen sollte. Sie entschied sich jedoch dafür, am vereinbarten Ort zu warten, um von dort aus die Suche fortzusetzen. Oder war das gar nicht mehr notwendig? Weil Ruben wieder aufgetaucht war oder weil er vielleicht ... Kraftlos setzte sie ihre Befragung fort. Ann Doreens Gewicht zog an ihren geschwächten Muskeln. Ihr Rücken schmerzte.

Es mochten ein oder zwei Stunden vergangen sein, bis die Wolken sich dicht zusammengezogen hatten und dem Mittag das Licht nahmen. Schneeregen setzte ein, die Menschen suchten eilig Schutz, die Wachen traten mit stoischer Miene in ihren Unterstand. Merit schloss ihren Umhang enger über Ann Doreens Köpfchen.

Warum erschien Sönke nicht? Merit fühlte sich erschöpft. Körper und Seele schmerzten und das schlechte Gewissen regte sich, weil sie ihrer Tochter so viel zumutete. Sie verstaute die zusammengerollte Zeichnung in der Rocktasche und lief im stärker werdenden Regen so schnell wie möglich in Richtung Innenstadt.

Wie aus dem Nichts kam Sönke ihr auf dem Platz vor der Michaeliskirche entgegen. Mit einem Kopfschütteln bedeutete er ihr seinen Misserfolg. Gemeinsam liefen sie im Eilschritt den langen Weg nach Hause. Während sie die Fleete überquerten und in einem nicht enden wollenden Straßenbogen auf die Trostbrücke zuhielten, fragte Sönke mit zunehmender Besorgnis, ob sie Ann Doreen noch tragen könne.

Keuchend und völlig durchnässt suchten sie Schutz unter der Überdachung des Börsenplatzes, der sich um die fortgeschrittene Mittagsstunde bereits wieder leerte.

Sönke sah bleich aus, das Rot seines Justaucorps verstärkte diesen Eindruck noch. Sein Blick wirkte stumpf. »Ich möchte die Uhr rückwärts drehen können. Nur ein einziges Mal. Und mit all dem, was ich heute weiß, anders handeln. Ich wünschte, ich hätte manche Bilder nicht in Erinnerung.«

Merit nickte und war noch kaum wieder zu Atem gekommen, als sie eine vertraute Stimme hinter sich hörte. Monsieur de Lomel. Die Zwangsläufigkeit einer Begegnung um diese Uhrzeit und an diesem Ort hatte sie nicht bedacht. Seit den Tagen ihrer Rückkehr war sie dem Zuckersieder erfolgreich aus dem Weg gegangen. Was hätte sie ihm auch zu sagen gehabt?

»Schön, Sie wiederzusehen, Madame«, sprach der Zuckersieder sie mit höflicher Zurückhaltung an. Sein Blick schweifte über ihre kleine Tochter, doch er zeigte keine Reaktion, so als trage sie lediglich einen Stoffbeutel bei sich. »Wie geht es

Ihnen? Sie zittern ja vor Kälte. Darf ich Sie zu einer Tasse Kaffee ins Dressers einladen?«

Merit wollte bereits mit gewohnt ablehnender Haltung reagieren, als de Lomel sein Anliegen präzisierte: »Ich würde Sie sehr gerne bei der Suche nach Ihrem Sohn unterstützen. Ich weiß, wie schlimm es ist, ein Kind zu verlieren.«

»Und was wollen Sie tun? Mit mir etwa die Straßen und Hafenkneipen abklappern?« Der Nachsatz klang gereizter als sie gewollt hatte.

»Wie es Ihnen beliebt. Das Kaffeehaus jedenfalls ist ein guter Austauschplatz für Nachrichten. Jeden Tag kommen neue Leute vorbei und Sie könnten eine Notiz im ausliegenden Journal hinterlassen. Zudem könnte ich mir vorstellen, das Porträt Ihres Sohnes vervielfältigen zu lassen und in der gesamten Stadt aufzuhängen. Was meinen Sie dazu?«

Im ersten Moment versagte ihr die Stimme. Stattdessen ergriff Sönke das Wort: »Während Sie einen Kaffee trinken, kümmere ich mich gerne um die Kleine.« Und deutlich leiser setzte er an sie gewandt hinzu: »Falls du mir noch eines deiner Kinder anvertrauen willst.« Dabei heftete er den Blick auf seine Fußspitzen.

Merit zögerte, in Gedanken war sie bei de Lomels Angebot. Verfolgte der Zuckersieder seine eigenen Interessen oder war ihm an echter Unterstützung gelegen? Sein Vorschlag war verlockend, auch wenn sie sich damit wiederum käuflich machte. Doch bei der Suche nach Ruben zählte nicht ihr Stolz, sondern jede Hilfe. Bei dem Gedanken, Ann Doreen in Sönkes Obhut zurückzulassen, war ihr tatsächlich mulmig zumute. Rein vernunftmäßig betrachtet würde sich dasselbe Schicksal bestimmt kein zweites Mal ereignen, doch ihr Vertrauen in Sönke war stärker angeschlagen, als sie selbst vermutet hatte.

Merit nickte, obwohl ihr Bauch vor Unwohlsein zwickte. »Vielen Dank, Sönke. Könntest du Ann Doreen nach Hause bringen und dir von Pauline zeigen lassen, wie man das Windeltuch wechselt?«

»Gewiss!« Sönke nickte beflissen und versuchte damit, ihre Unsicherheit zu zerstreuen.

Merit schaute sich nach einem ruhigen Platz um. »Ich möchte nur eben noch meine Tochter wecken und ihr zu trinken geben. Die Herren entschuldigen mich bitte einen Moment?«

Als sie sich von den Männern ein paar Schritte entfernt hatte, konnte sie noch de Lomels Worte hören: »Vertrauen ist wichtig. Sie sollten nicht noch einmal versagen ...«

***

Geliebte Merit,
seit Tagen irrst du in der Stadt umher, suchst überall und kommst nicht auf das Naheliegende. Doch selbst wenn du mich fragen würdest, ich würde dir keine Antwort geben. Zwar könnte ich dir sagen, wann deine Suche ein Ende hat, weil ich das bestimmen werde. Du bist dir nicht sicher, ob du in mir einen Freund oder Feind sehen sollst. Aber ich war immer ehrlich zu dir, habe dich nie belogen oder betrogen, auch wenn du ständig das Gefühl hast, ich würde dir etwas entreißen oder stehlen. Nichts liegt mir ferner, das schwöre ich dir. Zumindest momentan. Die Abrechnung erfolgt am Ende. Und ich weiß, wann dein Ende kommen wird. Es ist alles vorbereitet. Keine Angst, ich habe Geduld. Ich warte, bis du meinem Geheimnis nahegekommen bist und ich mich ein letztes Mal in deinen Augen spiegeln kann.

Ich besitze die Schlüssel zu deinem Erfolg – und ich habe dich in der Hand. Auch wenn du nicht weißt, ob du mich lieben oder has-

sen sollst – ein Leben ohne mich wird es für dich nicht geben. Du bist dir dessen nur nicht bewusst. Deine Gedanken sind woanders.

Nichts wiegt schwerer als ein Verlust aus Unachtsamkeit, nicht wahr? Nun, was passiert ist, ist passiert. Was jetzt ist, kann nicht mehr ungeschehen gemacht werden. Dein Leben ist aus den Fugen geraten und du sehnst dich nach Ruhe, kannst dich ihr aber nicht hingeben. Warum nicht? Warum wird das sogenannte Nichtstun immer als Verschwendung angesehen? Sobald du eine Stunde übrig hast, überlegst du, wie du diese sinnvoll nutzen könntest und schon hast du das Geschenk weggeworfen, das du unbedingt haben wolltest.

Ich frage mich, ob der Wunsch nach einem geregelten Leben in Abgeschiedenheit, befreit von aller Knechtschaft des Alltags, der Grund ist, warum die Welt der Klöster so faszinierend auf die Menschen wirkt?

Als der heilige Benedikt von Nursia um 529 n. Chr. in Italien das erste Männerkloster des Abendlandes auf dem Bergplateau des Monte Cassino gründete, gab er den Männern eine beständige Heimat abseits der Wirren einer anarchistisch anmutenden Welt und fürderhin einen festen Rhythmus mit seiner Regula Benedicti. Diesem Mann fühle ich mich verbunden. Er hat das Leben im Kloster dem Lauf der Sonne unterworfen. Von Menschenhand gemachte Uhren sind im Grunde überflüssig, die Himmelsuhr bestimmt den Lebensrhythmus. Dennoch sagt man, sei die erste Räderuhr im klösterlichen Bereich entstanden.

Weithin sichtbare Zeiger auf großen Zifferblättern an Rathäusern, Kirchtürmen und Palästen regelten fortan den Tagesablauf in den Städten. Bald verabschiedeten sich die Menschen vom kontinuierlich wandernden Schatten der Sonnenuhr, dem gleichmäßigen Ausfluss des Wassers aus durchlöcherten Gefäßen, dem Rieseln der zerstoßenen Eierschalen in Sanduhren und dem steten Zerfließen des Wachses beim Abbrennen einer Kerze. Stattdessen gaben sie der mechanischen Zergliederung der Zeit in immer kleinere messbare Einheiten den Vorzug und gerieten in den Strudel des Zeitflusses. Ein Turmwächter in Montpellier wurde aufgrund seiner Unzuverlässigkeit seines Amtes enthoben und von einer Uhr mit Schlagwerk ersetzt. Kaum einhundert Jahre später hielten verkleinerte Zeitmesser Einzug in die Königspaläste und Fürstenhöfe und es war nur eine Frage der Zeit, bis sich die am Körper tragbaren Uhren wachsender Beliebtheit erfreuten und das Sein diktierten.

Warum erzähle ich dir das eigentlich alles? Nun, hast du dich einmal gefragt, was mit einem Menschen passiert, den man wochenlang in ein finsteres Loch sperrt? Ich würde es gerne ausprobieren. Es heißt, er würde seine eigene Orientierung finden. Es gäbe keine rasenden Stunden und quälend langen Sekunden mehr. Das mag sein. Ich habe meine eigene Theorie: Ich wäre allein mit seiner Seele und seinem Körper und ich würde in ihm meine Erfüllung finden.

***

Schon an der Zollenbrücke verströmten die knisternden Kaffeebohnen ein unvergleichliches Aroma. Das Gesicht des schmächtigen Mannes, der das Kaffeeröstgerät vor dem Dresser'schen Kaffeehaus an einer langen Kurbel drehte, war erhitzt, er wischte sich mit einem Tuch den Schweiß aus dem Nacken. Rauchschwaden stiegen über dem gusseisernen Gestell auf, in dessen Schalenmulde die Flammen züngelten.

Der Zuckersieder nickte dem Arbeiter beiläufig zu und Merit ahmte die Form der Begrüßung nach, ehe sie ihm in die unbekannte Welt des Kaffeehauses folgte. Im Inneren standen unzählige Kerzen in silbernen Kandelabern vor den Wandspiegeln und spendeten ein wenig Licht in dem langgezogenen Raum, durch den der blaue Dunst der Tobackspfeifen waberte.

Alle Tische waren voll besetzt, hauptsächlich von Kaufleuten, die über ihre Geschäfte debattierten. *Schiffe, Untergang, Heimat, Familie* und *Verlust* hörte Merit aus dem Stimmengewirr heraus.

Ein vor ihnen eingetretener Gast warf seinen Dreispitz auf einen just frei gewordenen Stuhl, orderte Branntwein und ausgleichend für den Magen einen Tee mit Kapillärsirup. Währenddessen wurde ihm ein Stapel Briefe gereicht, die er der Einfachheit halber an das Kaffeehaus hatte adressieren lassen, um gleich nach dem Austausch von Handelsneuigkeiten die Korrespondenz vor Ort entsprechend erledigen zu können. Damit waren jene Männer bereits fertig, die im Nebenraum an einem der fünf Tische in ihren engen Justaucorps Billard spielten. Diese unbequeme Etikette gebot ihnen nicht nur die Anwesenheit einiger Kaffee trinkender Damen, sondern auch ihr gesellschaftlicher Stand.

Die Damen in gepflegter Robe gossen ihren heißen Kaffee schluckweise zur Abkühlung auf die Untertasse und führten das Tellerchen an die geschminkten Lippen. Spielkarten und ein kleines silberfarbenes Tablett lagen auf einem dreieckigen Tisch für das L'Hombre-Spiel bereit. Merit entledigte sich ihres regennassen Umhangs, als sie mit dem Zuckersieder die Zeitungsecke ansteuerte.

Das dicke Nachrichtenjournal lag aufgeschlagen zwischen den Zeitungen, die es in den vergangenen Wochen nach Hamburg geschafft hatten. Die *Lloyd's List* aus London war bereits durch die Hände eines jeden Kaufmanns gegangen und das Papier wies zahlreiche Risse und Knicke auf. Das *Wienerische Diarium* wartete in seiner Mittwochsausgabe mit der aktuellen Meldung auf, dass die französische Armee, die seit Anfang September bei Gießen und Wetzlar stand, am 10. Dezember in aller Früh aufgebrochen sei, um auf den Feind zuzumarschieren.

Im Schein einer Kerze und umgeben vom Lärm der Unterhaltungen studierte Merit aufmerksam die unterschiedlichen handschriftlichen Eintragungen umherreisender Kaufleute, die sich die Zeit nahmen, Zeitungsmeldungen zu ergänzen, zu korrigieren oder die völlig neue Meldungen in das Kaffeehausbuch eintrugen. Wie nicht anders zu erwarten, fand sich unter all den Handelsnachrichten kein Hinweis auf Ruben. Trotzdem griff sie beherzt zur Feder und trug mit heutigem Datum ihr Anliegen ein:

19. Dezember 1759. Junge seit einem halben Jahr vermisst. Acht Jahre alt, gesunder Körperbau, blondes Haar, grünblaue Augen. Er kann lesen und schreiben, spricht nur deutsch. Nachricht an das Haus Paulsen, Niedernstraße. Sein Name ist Ruben.

Steckte hinter dieser knappen Beschreibung wirklich ihr Kind? Die Zeilen erschienen ihr trotz ihrer eigenen Handschrift unwirklich.

De Lomel nahm ihr, ehe die Tinte auf das Papier tropfte, die Feder aus der Hand, streute Sand über die Schrift und blies die Körnchen zu Boden.

Anschließend mussten sie auf einen freien Tisch warten und der Zuckersieder bot ihr in dieser Zeit an, zweitausend großformatige Flugblätter in Auftrag zu geben und diese in der Stadt und an den Toren aufhängen zu lassen. Ihre Abneigung gegen ihn schwankte unter dieser großzügigen Geste. Er bemerkte es, nutzte die Situation aber mit keinem Wort aus, sondern behielt seine freundliche Zurückhaltung bei, während sie ihm für das Angebot dankte.

Als sich zwei Herren zum Gehen anschickten, reagierte er geistesgegenwärtig und auf dem Weg zu dem frei gewordenen Tisch bestellte er gleich zwei Tassen Kaffee. Zuvorkommend bot er ihr den Platz mit Sicht auf Tür und Kaffeehausbesucher an.

»Hilft Sönke Ihnen viel bei der Suche?«, begann er das Gespräch, während er seinen Stuhl über den Boden rückte. Er setzte sich ihr gegenüber, um sie vor allzu neugierigen Blicken zu schützen.

»Ja, wir teilen uns die Stadtgebiete auf. Ohne ihn käme ich längst nicht so schnell voran.«

»Ah, gut.« Der Zuckersieder stützte den Ellenbogen auf und rieb sich die Nasenwurzel.

Im Nebenraum traf ein Queue auf eine Billardkugel. Darauf folgte ein dumpfes, mehrfaches Klacken. Es musste ein zielsicherer Stoß gewesen sein.

»Sönke verlassen seine Kräfte. Er sieht krank aus«, tat Merit ihre Gedanken kund. »Ich glaube, er fühlt sich schuldig an Rubens Verschwinden. Er macht sich Vorwürfe, weil er ihn hat alleine zur Zuckersiederei gehen lassen ...«

»... wo er nie angekommen ist«, ergänzte de Lomel die bekannte Tatsache. »Im Gegensatz zu Ihrem Vater. Ich möchte Ihnen noch einmal mein herzliches Beileid ausdrücken und Ihnen versichern, wie schwer mir das Herz ist, dass solch ein tragischer Unfall in meinem Haus passieren konnte.«

Merit schüttelte den Kopf. »Ich hätte nicht nach London fahren dürfen. Nur deshalb hat sich irgendetwas im Kopf meines Vaters geregt, sodass er mich dort aufsuchen wollte.«

De Lomel stellte stirnrunzelnd seine Kaffeetasse ab. »Sie aufsuchen? Wie kommen Sie denn darauf? Ihr Vater hat nicht nach Ihnen gesucht. Er hat Barbaras Namen gerufen!«

»Meine Schwester?« Erstaunt nahm Merit diesen neuen Umstand zur Kenntnis und neben der Frage nach dem *Warum* schmerzte es sie auf ungehörige Weise, nicht der letzte Gedanke ihres Vaters gewesen zu sein.

»Wahrscheinlich glaubte er, dass Barbara dort noch immer die Zuckerhutformen wäscht«, mutmaßte de Lomel.

»Möglich. Er hat in den Jahren seiner Krankheit oft ihren Namen erwähnt, aber nie in der Vergangenheitsform von ihr gesprochen.«

Der Zuckersieder wurde nachdenklich und schaute an ihr vorbei in die Ferne.

Die Damen am dreieckigen Tisch nebenan legten ihre flachen Spielmarken aus Elfenbein und die stäbchenartigen Fischchen bereit, ehe die Spielkarten verteilt wurden. Jede bekam neun Briefchen. Reihum wurde das Entrieren abgefragt. Eine der Damen entschied sich mit undurchsichtiger Miene für *solo* und lehnte sich zurück, den Teller mit den Einsätzen im Blick behaltend.

»Manchmal wüsste man zu gerne, was in den Köpfen anderer Menschen vorgeht, nicht wahr?«, sagte de Lomel. »Aber entweder sie sagen es nicht oder man kann sie nicht mehr fragen.«

Merit trank gerade einen Schluck Kaffee, als eine kleine, gebeugt gehende Frau in einem verwaschenen roten Kleid zur Türe hereinkam. Die alte Frau schaute sich um und kam dann mit einem Lächeln auf den runzligen Lippen zielstrebig auf ihren Tisch zu. Als der durchdringende Blick aus den wässrigen, grüngrauen Augen der Frau auf ihr ruhen blieb, musste Merit unwillkürlich an Ruben denken.

»Ich wünsche Ihnen einen recht schönen guten Abend. Ich sehe, dass Madame gewisse Sorgen bedrücken. Darf ich mich vorstellen? Mein Name ist Sibel.« Die Frau kam noch einen Schritt näher. »Ich bin des Kaffeesatzlesens kundig und kann mit Ihnen einen Blick in die Zukunft wagen, falls Madame eine Antwort auf eine bestimmte Frage erhalten wollen.«

Merit spürte ein Kribbeln unter ihrer Haut.

Vom Nebentisch beugte sich die am nächsten sitzende Dame mit empört verzogener Miene herüber und schüttelte über das Ansinnen der alten Frau ihren blonden Perückenkopf. »Eine Kaffeekuckerin ist einem guten Christen gar nicht notwenig«, sagte sie, »weil er unter Gottes gnädiger Vorsehung steht und Demselben allein zu vertrauen schuldig ist! Madame, Sie müssen Gott allein Ihre Dinge anbefehlen! Ihn schalten und walten lassen und hoffen, Er werde alles wohl machen und nicht wie eine Heidin sich bang um das Zukünftige bekümmern!«

De Lomel zuckte ob der flammenden Rede der Dame mit den Schultern und legte zwei Schillinge auf den Tisch. Unschlüssig starrte Merit auf ihre Kaffeetasse.

»Trinken Sie aus und denken Sie dabei an Ihre Frage«, beschwor Sibel den Ausgang der Entscheidung.

Was war schon dabei? Nichts weiter als ein nettes Spiel, eine Zauberei, die niemandem schadete. Immerhin bestand die Möglichkeit, dass diese Frau ihr etwas über den Aufenthaltsort von Ruben sagen könnte.

Merit trank den Rest des Kaffees in großen Schlucken. Als der Kaffeesatz nur noch leicht von der dunklen Flüssigkeit bedeckt war, lächelte sie die Frau im roten Kleid unsicher an.

»Nun bedecken Sie mit der Untertasse die Tasse, lassen das Gedeck dreimal im Uhrzeigersinn kreisen und stellen Sie dabei im Geiste Ihre Frage. Danach drehen Sie das Gedeck auf den Kopf und warten ein paar Minuten. Alsdann werde ich Ihnen die Zukunft deuten.«

Ein feines Zittern befiel Merits Hand, als sie die Anweisungen befolgte und schließlich die Tasse mit einem leichten Ruck von der Untertasse abhob.

Die Wahrsagerin prüfte das Ergebnis im Tassenboden vor der Kerzenflamme nach. Das Gesicht der Frau blieb unbewegt, keine freudige oder erschreckte Regung war darin abzulesen. Stühle wurden gerückt. An den angrenzenden Tischen verstummte jedes Gespräch.

Die Frau beugte sich mit einem Seitenblick auf die Gäste zu Merit herunter. Sie konnte den Atem der Frau an ihrem Hals spüren, als diese ihr ins Ohr flüsterte: »Ein schlechtes Omen. Ein schmerzlicher Abschied naht. Es wird sich ein Todesfall ereignen.«

Merit fühlte sich, als würde sich der Boden unvermittelt unter ihr öffnen.

»Ist Ihnen nicht gut?« Der Zuckersieder vergaß all seine vornehme Zurückhaltung und stützte ihre Schultern, damit sie nicht vom Stuhl kippte. »Einen Branntwein und ein nasses Tuch«, rief er einem der Bediensteten zu, während er die Tassenfrau mit deutlichen Worten zum Verschwinden aufforderte.

Merit hielt sich an der Tischkante fest, um das Schwindelgefühl zu besiegen.

Die Hand des Zuckersieders strich in einer sanft flatternden Geste über ihren Oberarm. »Beruhigen Sie sich. Was immer sie gesagt hat, Sie dürfen der Frau kein Wort glauben. Das ist doch nichts als Aberglaube!«

Merit trank den eilig herbeigebrachten Branntwein in einem Zug aus. Ein warmes Gefühl breitete sich in ihrem Bauch aus. »Natürlich«, sagte sie und suchte ihr Lächeln. »Nichts als Aberglaube.«

***

Jetzt oder nie. John Harrisons Hand tastete nach der flachen silbernen Uhr, die genau in die Rocktasche seines fadenscheinigen Justaucorps passte. Das Gehäuse fühlte sich wohltuend kühl unter seinen schweißnassen Fingern an. Er glaubte nicht an diesen Zeitmesser. Er wollte nicht daran glauben, weil er dafür sein Lebenswerk verraten müsste, und damit sich selbst und seine Überzeugung. Doch diese kleine Uhr war der Rettungsanker, an den er sich klammerte.

Auf dem Beistelltisch stand sein Lebenswerk vor der Längengradkommission. Nach neunzehn Jahren Arbeit hatte er seine dritte große Maschine in diesem Sommer zur Perfektion getrieben und das wollte er jetzt endgültig beweisen.

Er umfasste das runde Gehäuse in seiner Rocktasche und holte tief Luft, ehe er den Blick auf die Herren der Kommission richtete. Der Vorsitzende fixierte ihn, während die anderen entweder mit dem Säubern ihrer Fingernägel beschäftigt waren oder jenseits des Fensters am strahlend blauen Himmel eine interessante Entdeckung gemacht zu haben schienen. Der 18. Juli 1760 war der bislang heißeste Tag des Sommers. Schweißperlen krochen unter der rotbraunen Weste über seinen Bauch.

»Meine Herren.« Seine Stimmbänder zitterten und er verfluchte sich für seine Nervosität. Mit einem Räuspern versuchte er sich davon zu befreien, allerdings fühlte sich seine Kehle nur noch enger und trockener an. »Meine Herren«, presste er erneut hervor. »Ich habe an meiner dritten Maschine noch ein paar Veränderungen vorgenommen. Nun ist sie vollendet und bereit, auf Versuchsfahrt geschickt zu werden. Ich ersuche die Kommission höflichst, mir dies mit dem heutigen Tag zu genehmigen.«

Der Königliche Astronom James Bradley meldete sich kurzatmig zu Wort. »Nun gut. Sie hatten eine Frist. Bis zum Sommer. Es ist Sommer. Nur ein Jahr zu spät und es ist kein Instrument, wie es gewünscht wurde.«

Reihum sah Harrison in die Gesichter jener Männer, die sich zu Richtern über sein Schicksal aufgeschwungen hatten.

Er verfluchte sie innerlich und sagte: »Das heißt, die Kommission will mir die Erprobungsfahrt tatsächlich verweigern, obwohl ich vielversprechende Ergebnisse vorweisen kann?« Die Worte sollten aggressiv klingen, doch seine Stimme offenbarte den verborgen geglaubten Schmerz.

»So ist es«, bestätigte Lord Macclesfield achselzuckend. »Die Mondtafeln sind dank unseres verehrten Königlichen Astronomen«, lächelnd nickte er in Bradleys Richtung, »... und den Bemühungen seines Assistenten Nevil Maskelyne zur Reife gelangt und sollen nächstes Jahr auf einer Fahrt nach St. Helena die Genialität der astronomischen Methode unter Beweis stellen. Hoffen Sie auf einen Trostpreis? Es sollte ein einfaches Instrument werden, praktisch und für jedermann bezahlbar. Hatten wir uns nicht deutlich genug ausgedrückt?«

John Harrison senkte den Kopf und betrachtete das Schwarz seiner Schnallenschuhe. Es war soweit. Langsam zog er die kleine Uhr hervor, auf der sein Name eingraviert war.

Er legte den tickenden Zeitmesser in die Mitte des langen Sitzungstisches, direkt vor den sprachlosen Vorsitzenden der Kommission.

Stühle wurden gerückt. Die außen sitzenden Herren aus Oxford erhoben sich und stellten sich in zweiter Reihe auf, um besser auf das weiß emaillierte Zifferblatt mit der ausgesprochen kunstvollen Bemalung sehen zu können.

Es war sieben Minuten vor zwölf und drei Sekunden. Die gebläuten Zeiger, die er nach Merits überstürzter Abreise hatte anfertigen müssen, nahmen sich vor der aufwändigen Verzierung schlicht aus. Ein sichtbarer Gegensatz, für den Kenner der Geschichte verräterisch, für einen Außenstehenden ein harmloses Detail.

Die Herren tauschten Blicke aus.

»Ich bin erstaunt«, gab Lord Werson zu. »Dieses kleine Instrument könnte interessant für uns sein.«

Bradley beugte sich trotz seiner Schmerzen zu der Uhr vor, so als müsse er sich davon überzeugen, dass diese tatsächlich dort lag. »Niedliches Ding. Wer hat die Uhr gefertigt?«

»Ich ... ich, natürlich«, brachte er stotternd hervor. »Wer sonst?«

Die Kommissionsmitglieder schauten zwischen dem Ungetüm auf dem Beistelltisch und der handtellergroßen Taschenuhr hin und her.

»Sie sind ein Uhrmacher für den Großuhrenbau«, ließ sich der jüngere der beiden Oxford-Gelehrten vernehmen. »Seit wann kennen Sie sich mit derlei kleinen Instrumenten aus?«

»Nun ... ich ... Wie auch die Kommission nie müde wurde zu betonen, habe ich die Profession des Uhrmachers nicht bei einem Meister erlernt. Ich habe mir alles selbst beigebracht, warum sollte ich mich alsdann nicht an einer Taschenuhr versuchen, wenn das zur Erlangung des Längengradpreises führt?«

»Aha«, kommentierte Lord Macclesfield den Erklärungsversuch. »Ihnen kam also plötzlich die Idee für einen präzisen Hemmungsmechanismus, obwohl Sie eine derartige Erfindung selbst für unmöglich gehalten haben? Nun gut, das soll schon unter den genialsten Köpfen vorgekommen sein. Doch warum haben Sie parallel an Ihrem Ungetüm weitergebastelt und warum haben Sie uns zudem zwanzig Jahre lang erzählt, keine Öl benötigende Seeuhr bauen zu wollen, weil Sie die Eigenschaften des Schmiermittels für einen der größten Nachteile beim Einsatz unter Schiffsbedingungen halten?«

John Harrison versuchte sich nichts anmerken zu lassen. »Würden Sie genau hinsehen, könnten Sie feststellen, dass alle Oberflächen sehr gründlich vor der Angriffslust des Öls geschützt wurden, die Zähne sind präzise gefeilt, die Zapfen sauber ausgedreht und in Rubine gelagert.«

»Rubine in einer solchen Anzahl? Ungewöhnlich. Noch merkwürdiger finde ich allerdings die Art der äußeren Gestaltung. Beinahe wäre ich versucht, diese als weibisch zu bezeichnen«, meinte der Vorsitzende und kniff die Augen zusammen.

Werson, der in andächtiger Betrachtung der Stuckformen an der Decke versunken gewesen war, fuhr mit einem Ruck hoch, als wolle er etwas sagen. Doch er behielt seine Worte wider Erwarten für sich. Die kleine Uhr lag da und tickte hörbar.

Harrison ergriff die Flucht nach vorn. »Die Uhr ist erst seit den Wintermonaten fertig, zeigt aber schon recht gute Ergebnisse.«

»Also eine nette Spielerei neben der Arbeit an Ihrem Ungetüm, weil Ihnen die Winterabende zu lang wurden?«, fragte Macclesfield nach.

»Dieser Zeitmesser ist keine Ergänzung zu meiner dritten Maschine!«, fuhr Harrison auf. »Diese Taschenuhr könnte das sein, wonach die Menschheit seit Anbeginn ihrer Seefahrtsgeschichte sucht.« Er wusste selbst nicht, warum er sich zu dieser Äußerung hatte hinreißen lassen, die Worte verfehlten ihre Wirkung jedoch nicht.

In die nachdenkliche Stille hinein hob Lord Werson den Arm. »Ich bin für eine Erprobungsfahrt. Jemand dagegen?«

Bradley riss den Kopf herum. »Ja, ich!«

»Aus persönlichen Gründen?« Harrison konnte sich diesen Angriff auf den Königlichen Astronomen nicht verkneifen.

»Was erlauben Sie sich? Meine Vorbehalte sind allein sachlicher Natur. Ohne Zweifel dürfte die Uhr in der Herstellung aufgrund der vielen Edelsteine recht teuer werden. Die Arbeitszeit für diese niedliche Bemalung nicht mit einbezogen, rechne ich mit Kosten von über 500 Pfund Sterling pro Stück. Fünfzig davon und wir könnten ein bewaffnetes Kriegsschiff dafür kaufen. Viel zu viel für eine Verbreitung auf allen Schiffen!«

Lord Werson griff zur Feder. »Die anderen Herren? Noch eine Wortmeldung? Nein? Sodann kommen wir zur Abstimmung. Ich bitte um Handzeichen.«

Gegenseitige Blicke wurden am langen Tisch ausgetauscht. Ein kurzes Zögern, dann wurden die Hände gehoben und die Entscheidung war gefallen.

John Harrison wurde schwindlig, als er das Ergebnis sah.

»Damit ist die Erprobungsfahrt zu den Westindischen Inseln mit einer Gegenstimme beschlossen«, verkündete der Vorsitzende.

Ein Augenblick, den er jahrzehntelang herbeigesehnt hatte und plötzlich war er gekommen. Er taumelte innerlich vor Glück. Die Entscheidung der Längengradkommission war für seinen Verstand noch unbegreiflich – als ob sich ein Fluch von seiner Person gelöst hätte.

»Für beide Zeitmesser?«, platzte es aus ihm heraus.

»Meinetwegen auch für beide«, fügte der Vorsitzende hinzu. »Das Schiff fährt sowieso. Sie können auch noch eine Penduluhr aus der Küche oder irgend sonst ein Uhrwerk mitnehmen, wenn es Ihnen beliebt.«

Er überging die Stichelei. »Ich muss noch ein paar kleine Justierungen an der Taschenuhr vornehmen. Am besten über den Winter, um die Ganggenauigkeit bei starken Temperaturschwankungen zwischen Gluthitze und Kälte bestätigen zu können.« Plötzlich verlief alles viel zu schnell.

»Das soll mir nur recht sein«, knurrte James Bradley, den Blick starr auf die Tischplatte gerichtet.

Werson setzte die Feder auf dem Papier an. »Wohlan. Also nächstes Frühjahr im Hafen von Portsmouth?«

»Wie Sie wünschen, gewiss«, beeilte sich Harrison zu versichern.

»Ich nehme an, Sie benötigen auch noch einmal eine kleine Summe zur Unterstützung?« Der Vorsitzende schrieb. »500 Pfund Sterling für das kommende Dreivierteljahr?«

»Das wäre sehr großzügig von Ihnen.« Waren das noch dieselben Herren, bei denen er einst um jeden Penny Unterstützung hatte betteln müssen?

»Nun gut. Das Geld wird Ihnen alsbald überbracht. Die Sitzung ist hiermit geschlossen.«

Traumwandlerisch wankte John Harrison aus dem Saal, sein Ungetüm vor sich herschiebend und die kleine Uhr in der Tasche wissend. Jetzt würde alles gut werden.

Ihm entging, wie Werson sich auf seinem Stuhl zurücklehnte und die Arme vor der Brust verschränkte. »Die Hölle liegt voraus, mein Freund«, sagte er leise. »Du kannst sie nur noch nicht sehen. Aber die Hitze wirst du bald spüren. Die Längengradkommission betrügt man nicht und mir lügt man nicht ins Gesicht. Ich kann dich allerdings beruhigen: Du wirst nicht allein sein. Die *Herrin der Zeit* wird mit dir brennen.«

***

Nevil Maskelyne verfolgte den König durch den herbstlichen St. James Park und wartete auf einen günstigen Moment. Noch war der Herrscher von zu vielen Menschen umgeben, das bedeutete zu viel Aufmerksamkeit für sein Vorhaben.

Nichtsahnend genoss Georg III. im Jahr 1760 den schönen Oktoberabend, geruhsam führte er nach den anstrengenden Tagen der Königskrönung seine Schimmelstute beim Spaziergang am Zügel. Graugänse flüchteten mit schlagenden Flügeln vor seinen näher kommenden Schritten am schnurgeraden

Fluss, dessen blauschwarzes Wasser die ebene Rasenfläche in zwei Hälften teilte.

Seiner Gewohnheit folgend sprach der König stets freundlich mit seinen Untertanen und hörte aufmerksam ihrem Kummer, ihren Beschwerden und natürlich auch allen freudigen Botschaften zu. Leibwächter hielt er für überflüssig. Sie sorgten nur für unnötige Distanz zwischen seinem Volk und dessen König.

Eine Gruppe von Kindern unterschiedlichen Alters kostete die letzten hellen Stunden des Tages am Ufer aus und spielte lauthals schreiend Fangen um die Soldatenreihe der ahornblättrigen Platanen herum. Neben einem der mächtigen Baumstämme verfolgte ein blonder Mann in nachlässiger Kleidung die ersten Krabbelversuche seines Kindes und schubste barfüßig die pelzstacheligen Kugelfrüchte außer Reichweite: William Harrison mit seinem zehn Monate alten Sohn John. Seine Frau Liz war auf dem Kiesweg stehen geblieben, zu gehemmt, ihnen beim Spiel auf den Rasen zu folgen.

Wohl mehr aus Pflichtbewusstsein, denn aus eigenem Wohlgefallen, begleitete sie ihren Mann auf seinen häufigen Spaziergängen, wie Nevil Maskelyne aus seinen Beobachtungen heraus vermutete. Er war zum unsichtbaren Begleiter im Leben der Harrisons geworden, besonders seit sich dieser Manulf Paulsen bei ihnen aufhielt, überwachte er die Vorgänge im Haus mit der gebotenen Vorsicht. Neuerdings bereiteten sich die Herren auf eine Erprobungsfahrt vor – und damit war es allerhöchste Zeit geworden einzugreifen.

Nevil gab einen unduldsamen Knurrlaut von sich, als ihm ein kleines Mädchen in steifem Kleidchen, kaum des Laufens mächtig, den Weg abschnitt. Angelegentlich ging er hinter dem nächsten Gebüsch in Deckung. Auch heute, drei Wochen nach seinem 28. Geburtstag, war der Gedanke an eine Ehe und Kinder so weit weg wie die Himmelskörper, die er im Königlichen Observatorium beobachtete. Der nächtliche Himmel war seine unendliche Liebe, die Sterne seine Familie, seine Vertrauten, die er beim Blick auf graue Wolkenberge oft nächtelang schmerzlich vermisste. Heute war die Nacht wie geschaffen für einen weiteren Schritt zum Ruhm. Vor Dienstantritt allerdings hatte er, ohne Wissen des bettlägerigen Astronomen Bradley, noch etwas zu erledigen. Er musste nur gleich jenen unbeobachteten Augenblick erwischen, in dem die Familien mit ihren Quälgeistern bei aufziehender Dämmerung nach Hause strebten – der König jedoch noch nicht die Alleenstraße entlang des Parks überquert hatte, um zum gegenüberliegenden, rotbraunen Gemäuer seiner Residenz zurückzukehren.

Georg III. war sechs Jahre jünger als sein Verfolger und mit seinen zweiundzwanzig Jahren als König von Großbritannien und Irland, Herzog und Kurfürst von Braunschweig-Lüneburg bereits im Kreis der obersten weltlichen Mächte angelangt. Angesichts dieser Tatsache versanken die Spaziergänger in tiefer Verneigung, aus welcher der junge Herrscher sie sogleich wieder aufscheuchte. Ein Fremder hätte den Mann im roten Justaucorps eher für den Parkwächter gehalten.

Ein Junge, kaum fünf Jahre alt, in der Art seiner Kleidung jedoch ein kleiner Erwachsener, drehte sich im hitzigen Fangespiel nach seinen Eltern um, die zum Aufbruch riefen. Zu spät schaute das Kind wieder auf den Weg und stolperte über eine Baumwurzel. Das herannahende Pferd des Königs warf erschrocken den Kopf nach oben, als der Junge unweit von ihnen mit Wucht auf dem Boden landete.

»Oh weh!«, rief der König aus. »Hast du dir etwas getan?« Georg III. war sogleich bei dem Jungen angelangt und half ihm wieder auf die Beine.

Der Junge schniefte und formte seine Hände zu einer Schale, um die Abschürfungen und die Steinchen unter den blutig aufgeworfenen Hautblasen zu begutachten. Die Schimmelstute reckte in neugieriger Hoffnung auf etwas Essbares den Hals und näherte sich mit bebenden Nüstern den Kinderhänden.

Der Junge zuckte zurück und zog den Kopf zwischen die Schultern.

»Was, was, was! Hast du Angst vor meinem Pferd? Das musst du nicht haben.« Lächelnd setzte der König seinen Dreispitz ab und zog seinem Pferd den schwarzen Hut über die Ohren. »Darf ich vorstellen? Seine Königliche Hoheit, Prinz Weißhaar.« Georg III. ahmte ein Wiehern nach und fuhr mit tiefer Stimme fort: »Und wie heißt du?«

Der Junge stutzte und vergaß darüber Angst, Tränen und Schmerz. Ein glucksendes Lachen entkam seiner Kehle. »Henry.«

»Meine Güte, Henry, meine Güte!«, rief die Mutter des Jungen im Näherkommen. »Verzeihung, Eure Majestät, ich bitte untertänigst um Verzeihung. Henry, komm sofort her! Verzeihung, Eure Majestät.« Atemlos versank die junge Frau in einer tiefen Verneigung. Ihr schmaler Brustkorb bebte. »Ich entschuldige mich in aller Form für seine Ungeschicklichkeit, mit der er Eure Majestät belästigt hat.«

»Papperlapapp.« Georg III. winkte amüsiert ab. »Hauptsache, ihm ist nichts weiter passiert. Sie dürfen sich wieder erheben. Wie könnte ich einem Kind zürnen? Niemals! Kinder sind der wahre Quell unserer Lebensfreude, sie sind doch etwas Wunderbares, nicht wahr? Ihnen gehört die wahre Macht. Ein Lächeln von ihnen und die Sonne geht auf. Ich möchte später einmal am liebsten zehn oder fünfzehn Kinder haben, so viele mir meine zukünftige Frau gebären und der Herrgott schenken mögen.«

Maskelyne, der Zeuge des Gesprächs geworden war, wandte

sich angewidert von ihnen ab. Er starrte auf die vom Herbst angegriffenen Strauchzweige und wartete mit zunehmender Ungeduld, bis der König anmerkte, dass es bald dunkel werde und die gute Frau mit ihrer Familie nach Hause gehen solle, ehe der Heimweg zu beschwerlich sein würde.

Kurz darauf machte sich auch William mit seiner Familie auf den Weg. Nevil Maskelyne schaute der aufrecht gehenden Liz Harrison hinterher, wie sie an der Seite ihres Mannes, der seinen Sohn auf dem Arm trug, dem nordöstlichen Parkausgang zustrebte.

Im Westen verschwand die Abendsonne hinter dem Buckingham-Gebäude – glutrot brannte sie in der Fensterflucht des oberen Stockwerks, als sei ein loderndes Feuer in den Räumen des Herzogs von Buckingham ausgebrochen.

Jetzt war es endlich soweit. Mit leisen Schritten näherte sich Nevil Maskelyne dem Rücken des Königs im menschenleeren Park. Die Bäume warfen nachtschwarze Schatten auf das Spiegelbild im Fluss, mit dunkler Begierde verschlangen diese die letzten rotgelben Lichterflecken auf der ruhigen Wasseroberfläche. Ein kühler Wind frischte auf, rauschte durch die Baumkronen und raubte ihnen mit jedem Beutezug mehr von ihrem bunten Blätterkleid.

»Guten Abend, Eure Majestät«, sagte er, als er nur noch eine Armlänge vom König entfernt war.

Der König fuhr herum. »Oh, guten Abend. Ich habe Sie nicht kommen hören. Ich war gerade in Gedanken versunken, ob ich wohl dieses schmucke Häuschen dort drüben dem Herzog von Buckingham abkaufen und zu meiner Residenz erklären sollte. Sie sind doch Reverend Maskelyne, der Assistent meines Hofastronomen, nicht wahr? Wie geht es James Bradley?«

»Bedauerlicherweise leidet er mehr denn je unter starken

Schmerzen. Er überlegt, ob es nicht besser wäre, von seinem Amt zurückzutreten und sich nach Chalford in Gloucestershire zurückzuziehen. Meines Erachtens steht es nicht gut um ihn.«

»Sollten Sie nicht schon längst in Greenwich sein? Oder haben Sie von den Bauplänen meiner eigenen kleinen Sternwarte in Richmond gehört und wollen sich dort als Astronom bewerben?«

»Ich dachte eher an die Nachfolge im Amt von James Bradley.«

Der König hob ob des forschen Tonfalls die Augenbrauen. »Sie sind noch sehr jung.«

»Kann man für die Macht zu jung sein? Das können Eure Majestät selbst am besten beurteilen. Wann sah das Königreich zuletzt einen Monarchen in diesem Alter den Thron besteigen? Außerdem bringe ich die notwendige Erfahrung mit. Niemand kennt sich mit den Teleskopen so gut aus wie ich und von der Royal Society habe ich unlängst den ehrenvollen Auftrag erhalten, das Jahrhundertereignis des Venusdurchgangs vor der Sonne zu beobachten. Im Januar werde ich mich nach St. Helena einschiffen. Auf der Reise dorthin will ich mithilfe der Monddistanzen die genaue Schiffsposition ermitteln und mit den Messungen und Tabellen den unbekannten Längengrad dieser Insel bestimmen.«

»Ich habe die Ergebnisse dieser Tausenden von Beobachtungen und Kalkulationen in den letzten Jahren mit Bewunderung verfolgt und es freut mich als Verehrer der Astronomie außerordentlich, dass die Bestätigung der Methode jetzt tatsächlich nur noch eine reine Formsache ist und der Längengradpreis nach Ihrer Rückkehr an die Herren des Sternenhimmels vergeben werden kann.«

»Davon gehe ich mit aller Bescheidenheit ebenfalls aus, Eure Majestät.«

»Wie ich hörte, ist diesem Harrison eine Erprobungsfahrt genehmigt worden? Mit einer merkwürdigen kleinen Uhr, wenn ich das richtig verstanden habe.«

»Ganz recht, Eure Majestät. Die *Deptford* unter Kapitän Digges soll im Frühjahr in Portsmouth die Anker lichten und nach Jamaika segeln. Ich bin allerdings gekommen, um Eure Majestät von einem weiteren Umstand in Kenntnis zu setzen. Harrison ist nicht der Erfinder dieses merkwürdigen Zeitmessers.« Maskelyne kostete den Moment mit einer kunstvollen Pause aus. »Ein Weibsbild hat dieses Spielzeug gebaut.«

»Was, was, was! Eine Frau?«

»Jawohl. Ich habe den Betrug durch das Fenster der Harrison'schen Werkstatt seinerzeit mit eigenen Augen mehrfach beobachtet. Unserem seligen König waren meine Erkenntnisse gleichgültig – und ich weiß, Eure Majestät haben sich mit dero Großvater nie besonders gut verstanden. Darum dachte ich, könnte es Eure Majestät interessieren, was ich zu berichten habe.«

»Jawohl! In meinem Königreich sollen Gerechtigkeit und Ordnung herrschen. Das ist meine oberste Maxime! Eine Frau saß sträflicherweise an der Werkbank und Harrison unterstützt diesen Gesetzesbruch auch noch zu seinem eigenen Vorteil? Sein Eheweib? Das kann ich kaum glauben!«

»Nein, nicht Elisabeth Harrison. Es war eine gewisse Merit Paulsen, die nunmehro wieder ungestraft in Hamburg lebt.«

»Haben Sie für all das Beweise?«

»Nur das, was meine Augen am Red Lion Square gesehen haben und der Bote aus Hamburg mir zugetragen hat.«

»Ich brauche handfeste Beweise.«

»Dafür werde ich sorgen, Eure Majestät.«

»Sie wissen, dass ich nur auf dem Papier der König bin, in Wahrheit aber das Parlament über das Königreich regiert.

Aber ich werde Premierminister Lord Bute von den Ungeheuerlichkeiten in Kenntnis setzen.«

»Das ist mehr als ich erwarten durfte, Eure Majestät.« Unter zahlreichen Verbeugungen und mit untertänigsten Dankesworten auf den Lippen entfernte sich der Astronom.

»Eine Selbstverständlichkeit, Reverend Maskelyne.«

Ihre Wege trennten sich und Nevil Maskelyne schickte ein Lächeln gen Himmel, ehe er sich im Halbdunkel zum nordöstlichen Ausgang aufmachte. Dabei folgte er dem Weg, den die Harrisons zuvor eingeschlagen hatten. Auf der großen Straße wollte er einen Sänftenträger mieten, um von der Westminsterbridge aus mit einem Boot nach Greenwich überzusetzen.

Er hörte Kutschenräder, Peitschenknallen, das Wiehern eines Pferdes und plötzlich den gellenden Schrei einer Frau. Danach war es still.

***

Konnte die Sehnsucht die Zeit anhalten? Welche Macht zögerte die nächste Begegnung mit Merit bis zur Unendlichkeit hinaus? Unwillig sich zu erheben saß de Lomel auf der Kante seines dunkelgrünen Himmelbettes, schob die Zehen über die rauen Teppichborsten und tastete nach seinen gefütterten Seidenhausschuhen. Die Geschäfte liefen schlecht, weil er immerzu an Merit denken musste. Am Vormittag, wenn er seinem Schreiber im Kontor unkonzentriert eine falsche Handelszusage in die Feder diktierte, am Mittag bei der Börse, wenn er zu spät die Hand hob, im Kaffeehaus, wenn alle Nachrichten nach dem Lesen unweigerlich Merits Namen trugen und am Abend, wenn er das Essen vergaß und sein Magen ihn beim Aufwachen mit einem heißen Knurren dafür bestrafte. So auch an diesem Morgen.

Sein Verstand sagte ihm, dass er Merit nie in seinen Armen würde halten dürfen. Verdammter Verstand! Der hatte ihm schon damals nichts genützt, als er Barbara kennenlernte, die Mutter seines einzigen Sohnes Jona. Beide lebten nicht mehr.

Mit einem Seufzer erhob er sich und schlurfte zur Kommode an der gegenüberliegenden Wand, goss Wasser in die Waschschüssel und betrachtete sein Gesicht in dem kleinen Spiegel. Die beiden Stirnfalten zwischen den Augenbrauen waren tiefer geworden. War es der Verlust seiner geliebten Barbara, dass er sich zu Merit hingezogen fühlte? Sie so sehr begehrte, dass die sonst wichtigen Dinge zu Nebensächlichkeiten wurden? Er unterdrückte einen neuerlichen Seufzer.

Fast eineinhalb Jahre waren vergangen, seit er Merit ins Kaffeehaus hatte begleiten dürfen. Die lebendigen Bilder seiner Erinnerung gaben ihm das Gefühl, als ob es gestern gewesen sei – wenn er seine Sehnsucht fragte, war seither eine Ewigkeit vergangen. Eine unendlich lange Zeit, in der Merit ihn nicht erhören wollte, nicht erhören konnte. Ihre Gedanken wurden bis zum heutigen Tag von der Ungewissheit über Leben oder Tod ihres Sohnes beherrscht. Daran hatten auch die Plakate und die wochenlang im Hafen verteilten Handzettel mit Rubens Steckbrief nichts geändert. Das hätte er sich denken können, doch er hatte nichts unversucht lassen wollen.

Er kämmte seine glanzlosen Haare und band sie zu einem Zopf. Erstmals verschwendete er während des Anziehens einen kurzen Gedanken an eine Perücke. Den Frauen gefiel sein dunkles, volles Haar mit den charmanten grauen Schläfen. Er bemerkte, dass es dünner geworden war, kraftloser, und die Geheimratsecken stärker ausgeprägt. Ein Perückenmacher könnte diese Zeichen des Alters auf elegante Weise kaschieren und ihn glauben machen, die Zeit verginge nur außerhalb seines Körpers. Unzufrieden warf er einen letzten prüfenden Blick in den Spiegel. Er hasste diese unbeeinflussbare Macht des Alters, die über sein Leben bestimmte.

Eine halbe Stunde war seit dem Aufstehen vergangen, als er durch die schmale, weiß lackierte Flügeltüre in die Bibliothek ging, um mit dem Lesen der Vormittagspost zu beginnen, die ihm sein Diener auf die eingelassene Marmorplatte des runden Holztisches gelegt hatte. Er befand, dass es zu dunkel im Raum war, änderte aber nichts daran. In den Regalen an den umgebenden Wänden ruhten ledergebundene Bücher eingesperrt hinter Glastüren. Nach Erscheinungsjahr sortiert, erzählten diese Trophäen Geschichten aus nah und fern, wenn man sich für die Welt ihrer Worte Zeit nahm.

Sein Blick wanderte zu den Vitrinen, hinter denen sich seine beachtliche Sammlung goldgeprägter Schaumedaillen befand. Die Stadtansicht Hamburgs von der Elbe her gesehen, mit Schiffen im Vordergrund, war besonders häufig bei diesen kaum handtellergroßen, runden Kunstwerken vertreten. Aber er besaß auch welche mit antiken Figurendarstellungen oder verschiedenen Handelsszenen. In Gedanken korrigierte er sich: hatte besessen. Er wusste bis heute nicht, wie viele von den Portugalesern im Goldwert von jeweils zehn Dukaten fehlten und ob Sönke das schon öfter getan hatte.

Über seinen Reichtum hatte er sich nie Gedanken gemacht. Es waren Besitzwerte, die sich täglich in der Anzahl änderten und dabei eine angenehm hohe Konstante in seinem Leben blieben. Geld hatte ihm noch nie gefehlt. Dafür hielt der Herrgott all jene wertvollen Dinge von ihm fern, die man nicht kaufen konnte. Er hatte nie die Angewohnheit gehabt, seine Münzsammlung auf Vollständigkeit zu überprüfen. Es gab nur eine Person, die einen Schlüssel zum Bibliothekszimmer besessen hatte: sein Schreiber Sönke.

Früher hatte er den jungen Mann um seine Art, sich bei den Leuten beliebt zu machen, beneidet. Heute hasste er ihn. Was gäbe er dafür, die dunklen Machenschaften dieses Betrügers aufdecken und beweisen zu können. Auch er war zunächst auf Sönkes verbindliche Art hereingefallen und hatte ihm Vertrauen geschenkt. Zu viel Vertrauen, wie er schmerzlich feststellen musste. Die sofortige Entlassung hatte Sönke ohne Widerspruch akzeptiert und die Zuckersiederei fluchtartig verlassen.

Lustlos blätterte er den Poststapel durch. Briefe aus Amsterdam, Kopenhagen, sogar eine Antwort aus Russland, auf die er schon seit Monaten wartete, war dabei. Er legte das versiegelte Schriftstück beiseite.

Erst als er den nächsten Absender las, war er plötzlich hellwach und verspürte ein prickelndes Triumphgefühl: Manulf Paulsen. Der Tag nahm wider Erwarten eine höchst interessante Wendung.

Endlich würde er erfahren, ob er sein Geld so gut angelegt hatte, wie Manulf es ihm versprochen hatte. Das plötzliche Auftauchen des gehörnten Ehemanns hatte ihn vor Jahren in Angst und Schrecken versetzt, doch Manulf war damals lediglich gekommen, um ihm einen Handel anzubieten. Die Hälfte des Längengradpreises war jedenfalls kein schlechter Zinssatz für den gegebenen Kredit.

Er lächelte in sich hinein. Und selbst wenn Merits Uhr nicht wie erhofft funktionierte, so war das Geschäft doch lohnend und zu seinem Vorteil. Er glaubte nicht an irgendwelche Pläne und Uhren. Hauptsache, Manulf war weit weg. Jener Mann, der die beiden Schwestern auf dem Gewissen hatte: Er hatte seine eigene Frau in den Tod getrieben und Merit in einer Unglücksnacht ein Kind gemacht. So lange Manulf in London oder – noch besser – auf einem Schiff inmitten des Ozeans weilte, war die Bahn frei.

Von Herzen würde er Merit den Erfolg gönnen, doch sie war viel zu fraulich-zart, um diese Reisestrapazen ein weiteres Mal auf sich zu nehmen und vor der Männerwelt in London galten ihre Worte ohnehin nichts. Insofern war es sehr vernünftig von Manulf, an Merits statt vor der Längengradkommission agieren zu wollen.

Er entfaltete den Brief.

Geschrieben am 7. März 1762
Tag um Tag gleiten wir über das stürmische, selten ruhige Meer. Am 18. des Monats November A.D. 1761 bekamen William Harrison und ich nach einem Dreivierteljahr des Wartens im Hafen von Portsmouth endlich die Erlaubnis von der Längengradkommission, an Bord der Deptford in See zu stechen. John Harrison gab uns lediglich eine seiner Uhren zur Erprobung mit: die kleine Taschenuhr. Er ist sich so sicher, dass er alles auf eine Karte setzt.

Bereits nach zehn Tagen auf dem offenen Meer – auf Höhe des Breitengrades von Madeira – war der Trinkvorrat verdorben. Der Kapitän hätte eine Münze werfen können, um das lebensgefährliche Spiel zu entscheiden, ob Kurs nach Ost oder West genommen werden sollte. Ich erklärte Kapitän Digges, nach der Uhrzeit meines kleinen Zeitgebers müsste das Schiff am nächsten Morgen Madeira erreichen, weil wir nach meinen Berechnungen genau Kurs auf die vorgelagerte Insel Porto Santo hielten und sich der Steuermann beim Gissen um 100 Meilen verschätzt haben müsse.

Kapitän Digges lachte mit der Stimme eines Wahnsinnigen, wettete fünf zu eins gegen mich, befahl aber, den Kurs beizubehalten. Die Zeiger der Taschenuhr standen auf sieben, als wir am nächsten Morgen Madeira am Horizont sahen. Die Augen des Kapitäns glänzten feucht und er nahm mir das Versprechen ab, den ersten Nachbau dieses vollkommenen kleinen Lebensretters kaufen zu dürfen.

Ich hüte die silberne Uhr wie einen Schatz, muss ich dabei doch immer an Merit denken. Verzeihen Sie mir meinen dreisten Übermut, ein Scherz, den Sie sicher verstehen, ehe ich mich wieder dem Ernst der Sache zuwende. Sie müssen gewiss keine Sorge haben, ich könnte nicht treu mit der von Ihnen großzügig eingesetzten Geldsumme umgehen oder nicht in Merits Sinne handeln. Drei Männer sind meine Zeugen, wenn ich die Uhr aufziehe, damit ich nichts an den Zeigern verstelle. Der kleine Kasten, in dem der kostbare Zeitgeber auf zwei rot samtenen Kissen ruht, lässt sich lediglich mit vier Schlüsseln gleichzeitig öffnen. Das Ergebnis bleibt ein Geheimnis, ebenso wie mir der Erste Steuermann Seward seine Berechnungen nicht mitteilt, damit sich nicht der eine nach dem anderen richten kann.

Am 10. Januar des neuen Jahres 1762 fuhren wir im smaragdgrün schimmernden Wasser der Karibik bei sommerlichen Temperaturen auf die wunderschönen Inseln über dem Winde zu und erreichten die Insel Désirade um halb sieben in der Früh. Ich hatte die Ankunft auf zehn Uhr berechnet – der Steuermann wähnte unser Schiff noch eine Tagesreise von dem Eiland entfernt. Gegen Mittag kam Guadeloupe in Sicht und neun Tage später verzauberte uns der Anblick von Jamaika.

Je näher wir Port Royal kamen, desto größer wurde meine Unruhe. An keinem Ort auf dem Schiff hielt ich es mehr lange aus. Weder in der Kapitänskajüte, wo ich wie gebannt jede Sekunde die Zeigerbewegung der Längengraduhr verfolgte, noch an Deck, wo das alles entscheidende Ziel unweigerlich von einem schwarzen Punkt zu einem greifbaren Ort wurde. Was würde der Uhrzeitvergleich auf der Insel ergeben? Alles wäre verloren, wenn die Uhr seit Anbeginn der Reise mehr als drei Sekunden pro Tag falsch gegangen war.

Mit zitternden Knien betrat ich nach acht langen Wochen, anstelle der geforderten sechs Wochen auf hoher See, festen Boden. Ein wolkenverhangener Himmel machte es uns an mehreren da-

rauffolgenden Tagen unmöglich, anhand des Sonnenhöchststandes die genaue Ortszeit zu bestimmen. Die Spannung war kaum mehr auszuhalten, aber ich wusste, uns würden sechs Monate bis zur Abfahrt unseres Heimkehrschiffes bleiben. Wie gründlich ich mich doch irrte.

Am 25. Januar überbrachte mir der Inselgouverneur in aller Herrgottsfrühe die Hiobsbotschaft: Kriegsausbruch zwischen Großbritannien und Spanien. Das bedeutete, die Gewässer würden bald sehr unsicher werden. Er drängte uns an Bord einer kleinen Schaluppe, sodass uns nichts weiter übrig blieb, als uns auf eine einmalige, bei aufklarendem Himmel eiligst durchgeführte Ortszeitbestimmung zu verlassen. Anhand der bekannten Längengrade von Jamaika und Greenwich sowie der Differenz zwischen der Ortszeit und des bekannten Längengrades von Jamaika errechneten wir das unglaubliche Ergebnis: Keine drei Sekunden pro Tag, nein, eine Gangabweichung von fünf Sekunden – über die zweiundsechzig Tage andauernde Hinreise gesehen! Ich wähnte mich am Ziel meiner Träume. Noch ahnte ich nicht, dass mir die schwerste aller Aufgaben noch bevorstehen sollte. Ich werde weiter berichten, wenn die Merlin ruhigeres Gewässer erreicht hat ...

An dieser Stelle war der Brief unterbrochen. Mit zwei Fingerbreit Abstand begann eine neue Zeile. Unverkennbar die kleine, saubere Handschrift Manulf Paulsens, nunmehr jedoch vom Duktus des stürmischen Meeresgottes zerfurcht. Tintenkleckse, kantige Buchstaben und ausbrechende Linien dominierten die Worte.

Ich liege in der Kapitänskajüte, eingehüllt in eine nasse Decke, das Gesicht glühend vom Fieber. Mein Kiefer schmerzt vom Aufeinanderschlagen der Zähne. Wellenbrecher stürzen über dem Schiff zusammen, das Wasser rauscht über Deck. Ich höre Rufe und Schreie.

Ich kauere auf der Bank, umklammere die Schreibfeder und suche verzweifelt eine letzte trockene Stelle, um den Brief zu Ende zu schreiben. Wenn ich meine Füße auf den Boden stelle, reicht mir das Wasser bis zu den Knien. In eine zweite Decke eingewickelt halte ich die Taschenuhr wie ein Kind in meinen Armen. Alle sechs Stunden wechsle ich mich mit William ab. Auch seine Gesundheit wird schwächer. Bei ihm zeigt sich jedoch noch kein Fieber. Die Uhr – sie darf nicht stehen bleiben. Man wird uns sonst nicht glauben. Sie muss gehen. Bald wird man meine ... chrift nicht mehr les ... ...önnen.

Möge mic... der Herrgo... ...icher nach ...ause führ... und mi... lebend in den Schoß mei... Heimat ...ückkehren lass... Dies ist mei... letz... Wunsch.

De Lomel ließ den Brief sinken und starrte die letzten Zeilen an, als könne er die Fortsetzung des Geschehens daran ablesen. Jemand musste den Brief abgeschickt haben, also hatte das Schiff einen Zwischenhafen oder sogar London erreicht. Das Schiff und der Brief. Er ertappte sich bei der gotteslästerlichen Hoffnung, Manulf möge irgendwo auf den Weiten des Ozeans den Tod gefunden haben.

***

»Sönke, schauen!«

In halbwegs gerader Linie setzte Ann Doreen einen Fuß vor den anderen. Sie hielt die Arme zur Seite ausgestreckt und balancierte auf einem der Dielenbretter des Werkstattbodens entlang.

Er hob die Hände zum Applaus. Seit rund vier Jahren verfolgte er Ann Doreens Entwicklung mit unbändigem Stolz, als sei er ihr Vater.

»Mitmachen!«, forderte das Mädchen ihn auf. Der kleine

Wildfang nahm keine Rücksicht darauf, dass er vom Fangespielen vor dem Haus noch außer Atem war. Nur mit großer Überredungskunst hatte er sie an diesem kühlen Märznachmittag zurück in die warme Werkstatt locken können.

Er erhob sich vom Uhrmacherschemel, wo er auf Merit hatte warten wollen. Dem rotblonden Lockenkopf mit der Stupsnase konnte einfach niemand widerstehen. Ihre Bäckchen waren rot gefärbt, ihre blauen, mandelförmigen Augen strahlten vor Vergnügen und mit ihrem glucksenden Lachen steckte sie jeden an. Er machte einen Schritt auf sie zu.

»Vorsicht! Überall Wasser. Das Wasser ist tief. Du musst aufpassen!«, warnte sie ihn mit wichtiger Miene.

»Oh, natürlich. Wie gut, dass du auf mich achtgibst. Sonst würde ich noch ins Wasser fallen.« Mit einem großen Sprung landete er hinter ihr.

»Da sind überall Trokodile!«, rief sie und zeigte mit angstverzerrtem Gesicht um sich auf den Boden.

»Tatsächlich. Oh herrje! Nur die großen Glupschaugen schauen aus dem Wasser. So viele! Sie lauern auf uns. Die Krokodile wollen uns fressen! Wir müssen es um die Tische herum auf die Stühle schaffen, dann sind wir gerettet!«

Ann Doreen nickte konzentriert. »Du musst mir deine Hand geben. Bei mir bleiben. Du darfst nicht ins Wasser fallen. Sonst ist Anndori traurig.«

Er gab ihr seine Hand. Der Hautlappen zwischen ihren Fingern war unübersehbar. Ihren Vater hatte die Kleine bis heute nicht kennengelernt. Manulf schickte regelmäßig Geld an Pauline, von dem niemand wusste, woher er es hatte. Es reichte, um die Miete und das Essen zu bezahlen. Und mehr wollte niemand wissen.

Das Mädchen zog an seiner Hand. »Lauf schneller! Die Trokodile kommen!«

»Hilfe! Hilfe!« Er beugte sich zu ihr hinunter und kniff ihr in die Waden.

Ann Doreen kreischte und kletterte flink auf einen der Schemel.

»Puh!«, machte Sönke und ließ sich neben ihr nieder. »Das war knapp. Gerade noch gutgegangen!«

Ann Doreen ließ die Beine baumeln. »Wo ist Mamu?«, sagte sie, während sie nach einer neuen Beschäftigung Ausschau hielt.

»Sie kommt bald herunter in die Werkstatt. Deine Mutter räumt noch in der Dachkammer auf.«

Nachdem Merit heute auf dem Friedhof gewesen war, schien sie endlich, gut vier Jahre nach dem Tod ihres Vaters, die Kraft gefunden zu haben, den kleinen Nachlass zu ordnen und seine Habseligkeiten in der Truhe zu verstauen. Seit ihrer Rückkehr aus London hatte Merit das Zimmer im oberen Stockwerk nicht mehr betreten.

»Möchtest du deiner Mutter beim Aufräumen helfen?«

»Nein«, entgegnete Ann Doreen entschieden. »Will nicht.«

Mit dieser Antwort hatte er gerechnet. Nicht nur, weil diese Tätigkeit keine Spannung versprach, sondern auch, weil Ann Doreen in seiner Gegenwart nur selten nach ihrer Mutter fragte, und meist genügte eine kurze Auskunft über ihren Aufenthaltsort, ehe sie mit ihm weiterspielen wollte.

»Möchtest du etwas malen?«, fragte er in der Hoffnung auf eine kleine Verschnaufpause.

»Ja. Ich will malen.«

Erleichtert stand er auf und holte aus der Küche ein dünnes Holzbrett und einen Stift, den er bei einem Bleistiftmacher erstanden und ihr zum Geburtstag geschenkt hatte.

Strahlend nahm Ann Doreen das Malwerkzeug in Empfang und begann mit ihrem Kunstwerk. An den rechten Rand malte sie ein verästeltes Gebilde, das einem Baum ähnlich sah, und daran aufgehängt einen Kreis.

»Was ist das?«, fragte er.

»Eine Uhr!«

»Ah so. Ich dachte schon, die Sonne hätte sich in den Ästen verfangen.«

»Nein. Das macht die Sonne nicht.«

Sönke schmunzelte über die Selbstverständlichkeit, mit der Ann Doreen Uhren in einen Baum hängte und schaute ihr weiter zu.

»Das ist ein Haus«, erklärte sie und setzte über das gut zu erkennende Gebäude noch ein unförmiges Dreieck. »Und das ist ein Schiff«, verkündete sie, als könne es keinen Zweifel daran geben. Darüber malte sie eine Wolke und ein kreisartiges Gebilde mit einem erkennbaren Gesicht und vier Strichen, die wie Fühler davon abstanden.

»Ist das jetzt die Sonne?«

»Nein!« Ann Doreen schüttelte heftig den Kopf. »Das ist Ruben. Er ist da im Himmel.«

Erst jetzt verstand er, was Ann Doreen in dem Bild verarbeitet hatte. Die Uhr, das Schiff, das Zuhause und ihr Bruder, den sie vielleicht nie kennenlernen würde, von dem aber so oft gesprochen wurde, dass er, wenn auch nicht sichtbar, so doch immer in der Familie anwesend war.

»Ruben ist nicht im Himmel«, korrigierte Sönke aus dem Bauch heraus.

»Wo ist er dann?«, kam Ann Doreens prompte Nachfrage. Die Beschäftigung mit ihrem verschollenen Bruder, den eine Aura von Geheimnis und Abenteuer umgab, war spannender als jedes Versteckspiel.

»Das weiß ich nicht.« Wie so oft suchte er nach Erklärungen, doch Ann Doreen kam ihm zuvor.

»Also wohnt er doch im Himmel! Manchmal ist er traurig, dann kommt Regen. Und dann wieder Sonne, da lacht er. Hier oben!«, sagte sie und klopfte zur Bestätigung ihrer Worte auf die Stelle im Bild. »Jetzt lacht er.« Ann Doreen überlegte. »Ich will Mamu das Bild zeigen!«

»Nun gut, dann komm«, gab er etwas zögerlich nach. Er hatte kein gutes Gefühl dabei.

»Ich kann die Treppen alleine gehen«, behauptete sie, als sie in der Küche angelangt waren.

»Ich passe nur auf, dass du nicht fällst. Du weißt, wie uneben die Stufen sind«, warnte er sie noch einmal vor.

Ann Doreen schüttelte seine Hand ab. »Ich passe alleine auf.«

Schnell wie eine Katze erklomm sie die Stufen. Er trug ihr die Holzplatte hinterher und holte sie erst an der Tür zur Dachkammer wieder ein, die er nach einem kurzen Klopfen für sie öffnete.

Merit saß auf dem Bett ihres Vaters und schaute mit ausdruckslosen Augen zu ihnen auf.

Unwillkürlich suchte Sönke mit seinem Blick ihre Umgebung nach einer Flasche ab und war erleichtert, als er nichts dergleichen entdecken konnte.

»Oh! Ihr beiden seid es. Was bringst du mir da Schönes, meine Kleine? Hast du ein Bild für mich gemalt?«

»Ja, schau, Mamu!«

»Brauchst du mich heute noch, Merit?«

»Nein«, sagte sie und fand ein Lächeln für ihn. »Aber bleib doch noch zum Abendessen, wenn du möchtest.«

Er geriet in einen inneren Zwiespalt. Er mochte diese Abendstunden nicht, in denen er aus der angenommenen Vaterrolle fiel und ihm wieder bewusst wurde, dass er in diesem Hause nur ein gerngesehener Gast, aber nicht der geliebte Mann an Merits Seite war. Dennoch konnte er ihr ihren Wunsch nicht abschlagen, auch wenn er sich selbst damit wehtat. Aber er genoss jede Stunde des Zusammenseins mit ihr und respektierte schweren Herzens ihren Wunsch nach Distanz.

»Soll ich uns Rührei machen?«, bot er an.

Merit schmunzelte und er wusste, woran sie dachte. Doch sogleich fiel wieder ein Schatten auf ihr Gesicht.

Verlegen griff er nach der Türklinke. »Ja, alsdann will ich Pauline fragen, was sie heute kochen will.«

»Nein!«, platzte es aus ihr heraus. »Mach uns bitte Rührei. Darauf habe ich jetzt Lust.«

»Ich werde Pauline trotzdem fragen.«

»Eier sind im Haus. Es wird ihr egal sein. Sie sagt doch zu allem nur noch Ja und Amen. Manchmal habe ich das Gefühl, sie will mich mit aller Gewalt hier im Haus behalten, so wie sie mich früher mit allen Mitteln loswerden wollte.«

»Du siehst das zu eng. Sei doch froh, wenn sie sich geändert hat und sie aus ihren Fehlern lernen will. Du solltest ihr eine Chance geben. Das habe ich dir schon ein paarmal gesagt. Aber ich kenne ja deinen Dickkopf.«

Mit dem letzten Satz flammte wieder die Verliebtheit in ihm auf und er wies seine Gefühle in Schranken, indem er die Türe schloss und Merit mit ihrer Tochter in der Dachkammer zurückließ.

***

Merit wartete, bis seine Schritte auf der Treppe verklungen waren. Dann zog sie die Branntweinflasche hinter ihrem Rücken hervor. Ann Doreen erkundete den ihr unbekannten Raum, ging schnurstracks zur Truhe und versuchte vergeblich, mit ihren kleinen Fingern den schweren Deckel anzuheben. Dabei entdeckte sie sich in dem darüberhängenden Spiegel.

»Mamu! Da! Da ist ein Kind!«

»Das bist du, mein Schatz.« Ihre Finger umklammerten den Korken und sie presste die Flasche in den Schoß. »Du siehst dich selbst im Spiegel.«

»Anndori? Da ist Anndori!« Freudestrahlend streckte sie ihre Hand aus, um ihrem Spiegelbild ins Gesicht zu fassen.

Ihre Tochter veränderte sich von Woche zu Woche. Längst war ein kleines Mädchen aus ihr geworden, das seiner Mutter immer ähnlicher sah. Und Manulf. Oder Geertjan.

Merit löste den Korken und der scharfe Geruch erzeugte Verlangen in ihr. Das Leben in diesem Haus, jedes Zimmer voller Erinnerungen, trieb sie in den Wahnsinn. Sie hielt die Qualen nur ihrer Tochter wegen aus – und weil noch immer die vage Hoffnung in ihr schlummerte, Ruben würde eines Tages lebendig den Weg zu seinem Zuhause zurückfinden. Wie könnte sie mit diesem Gedanken von hier fortgehen? Sie setzte die Flasche an, um den Schmerz in ihrem Körper zu betäuben.

»Mamu, schau mal!«

Aus dem Augenwinkel sah sie, dass Ann Doreen ihr offenbar das Holzbrett mit der Zeichnung überreichen wollte. Sie versagte sich mit zusammengekniffenen Lippen den nächsten Schluck Alkohol. Hektisch verkorkte sie die Flasche.

»Das habe ich für dich gemalt, Mamu.«

»Für mich?«, sagte Merit gerührt und nahm ihr das Bild ab. »Oh, das ist aber schön geworden.«

Ein stolzes Lächeln breitete sich auf dem Gesicht ihrer kleinen Tochter aus. Zweisame Momente wie dieser waren selten. Oft erlebte nur Sönke Glück und Kummer ihres Kindes. Sie kümmerte sich viel zu wenig um Ann Doreen, aber ihr fehlte schlichtweg die Kraft dazu. Eine Begründung, für die sie sich selbst hätte ohrfeigen können.

»... das ist eine Uhr und schau, das da ...«

Aber sie kam alleine nicht aus diesem Zustand heraus, so sehr sie es auch wollte. Seit Jahren fühlte sie sich wie ein Windmühlenflügel, der sich, angetrieben von seiner Umgebung, mal schneller und mal langsamer bewegte – aber nie von selbst.

»Mamu?« Ann Doreen zupfte sie am Rock. »Wo ist Ruben jetzt?«

»Ruben?« Schlagartig horchte Merit auf.

»Das ist Ruben«, meinte ihre Tochter ungeduldig und zeigte auf den oberen Bildrand. »Wann kommt Ruben nach Hause?«

Merit kämpfte mit den aufsteigenden Tränen. »Das weiß ich nicht, meine Kleine.«

»Warum?«

Ann Doreen wurde nicht müde, diese Frage zu stellen. Nicht, weil sie ihren Bruder hätte vermissen können, sie kannte ihn ja gar nicht, sondern weil sie noch nie eine Antwort auf diese Warum-Frage erhalten hatte. Mit hartnäckiger Neugierde wollte ihre Tochter die Welt verstehen. »Warum ist Ruben nicht zu Hause? Lebt er bei einer anderen Mutter?«

Hilflos hob Merit die Schultern.

»Sönke sagt, Ruben wohnt nicht im Himmel. Warum kommt mein Bruder dann nicht heim?«

»Er kommt bestimmt bald«, brachte sie hervor, während sie ihren Tränen freien Lauf ließ.

Ann Doreen machte ein betroffenes Gesicht. »Nicht traurig sein, Mamu.«

»Ja, natürlich. Du hast ja recht«, flüsterte Merit und wischte sich über die Augen.

»Ich male dir ein neues Bild«, verkündete Ann Doreen. »Ruben zu Hause.«

Unter Tränen lächelnd gab sie ihrer Tochter einen Kuss auf die Stirn. Die tröstende Logik ihres Kindes rührte sie.

»Du riechst nicht gut«, stellte Ann Doreen fest. Es war wie ein Schlag ins Gesicht. Sie glaubte, ihren Sohn sprechen zu hören.

»Aufräumen?« Auf der Suche nach einer Beschäftigung schaute sich Ann Doreen fragend um.

Mit einem Nicken sammelte Merit ihre Kraft. »Ja, ich wollte aufräumen ... Magst du mir helfen?«

Ann Doreen überlegte kurz und sagte dann: »Ich will helfen. Alles in die Kiste räumen.«

»Genau das machen wir.« Es war an der Zeit, Ordnung in ihr Leben zu bringen.

Neugierig schaute Ann Doreen zu, wie sie den Deckel der Truhe anhob, in der sich die Andenken an das Leben zweier Menschen befanden. Zuoberst die wenigen Kleidungsstücke ihres Vaters: drei Hosen, drei Hemden, zwei Röcke in dunkler Farbe, Strümpfe und ein paar Schuhe. Merit berührte den rauen Stoff des Hemdes, das ihr Vater zum Zeitpunkt seines Todes getragen hatte. Die dunklen Blutflecken waren noch sichtbar. Pauline hatte es ungewaschen in die Truhe gelegt. Darunter befand sich das altrosafarbene Lieblingskleid seiner Frau, ihrer Mutter. Merit holte es auch heute nicht hervor.

»Machen wir aufräumen«, erinnerte Ann Doreen sie an ihr Vorhaben.

»Gut, warte hier. Ich hole Großvaters Sachen und dann legen wir sie zusammen vorsichtig in die Truhe. Einverstanden?«

Auf das emsige Nicken ihrer Tochter hin ging Merit zum Schreibtisch, auf dem sich nichts verändert hatte. Nur das Tintenfass hatte jemand geschlossen und die Blätter waren ordentlich zusammengelegt. Oder hatte ihr Vater selbst daran gedacht?

Merit blies den Staub beiseite, wischte vorsichtig über das Papier und sortierte die beschriebenen Seiten zwischen den Zeitungsstapeln heraus. Sie hörte ein Geräusch hinter sich.

»Ann Doreen!« Sie musste lachen. »Leg den Schuh wieder in die Kiste. Nicht *ausräumen*. Aufräumen! Ich bringe dir gleich ein paar Dinge.«

Als sie sich wieder ihrem Tun zuwandte, bemerkte sie ein Papier, auf dem nicht wie gewohnt das Titelblatt der Zeitung abgeschrieben war, sondern in der Schrift des Vaters kurze Zeilen mit durchgestrichenen Wörtern und Zahlen standen.

Ich bin heute zur siebten Morgenstunde erwacht. Die Worte waren eingekreist und mit einem Ausrufezeichen versehen.

Entgegen meiner vorherigen Behauptung heute eine halbe Stunde nach sieben erwacht.

Hiermit bestätige ich, heute zur 8ten Stunde erwacht zu sein. Zum ersten Mal seit Wochen wieder bei Bewusstsein.

Die letzte Zeile war durchgestrichen und über die Acht eine Neun geschrieben.

Es folgten im Minutenabstand angegebene Uhrzeiten, mit eingeklammerten Anmerkungen versehen.

Zu diesem Zeitpunkt tatsächlich. Jetzt endgültig. Zweifellos wach. Vorher geträumt.

Die Pendeluhr neben dem Schreibtisch war von Spinnweben behangen. Seit Jahren hatte sie niemand mehr aufgezogen.

Ein klimperndes Geräusch ließ Merit aufhorchen. Sie fuhr herum.

»Ann Doreen! Was machst du …?«

Die Kleider lagen neben der Kiste, dazwischen rollten große Goldmünzen über den Boden und fielen auf die Seite. Erschrocken verharrte Ann Doreen mitten in der Bewegung, eine der Münzen noch in der Hand.

Mit zwei schnellen Schritten war Merit bei ihrer Tochter und nahm ihr den wertvollen Fund aus der Hand. Das musste ein Portugaleser sein, wenn sie ihr Wissen über derlei fremde Dinge nicht trog.

»Wo hast du das her?«, fragte sie das Kind und kniete sich neben Ann Doreen zu Boden. Geschockt und ohne jegliches Zögern durchsuchte sie die Kiste. Zehn oder fünfzehn dieser Münzen fanden sich noch auf dem Kistenboden. Ihre Finger bekamen außerdem ein Papierbündel zu fassen, das sie unter dem Kopfkissen der Mutter hervorzog.

Briefe. An Ruben adressiert. Ihre Handschrift. Aus London. Fassungslos ging sie die Stapel durch. Alle waren sie geöffnet.

Dazwischen eine Handschrift, bei deren Anblick sich ihr Inneres zusammenzog. Geertjan. Mit zitternden Fingern entfaltete sie das Papier.

LAND IN SICHT
Geschehen am 28. Mai 1757

Geliebte Merit ...

Sie blinzelte die aufsteigenden Tränen fort. Er schrieb von der Nähe der rettenden Fernández-Inseln, die das Schiff mittels seiner Sternbeobachtungen und Berechnung der Monddistanzen auf Kurs gehalten hatten.

... gib unserem Sohn einen Kuss von mir und sag ihm, er soll keine Angst vor dem Wasser haben. Bald bin ich wieder zurück.

Tag und Nacht bin ich in Gedanken bei dir. Ich küsse und umarme dich. Der Sturm meiner Empfindungen ist heftiger, als ich es mit den stärksten Worten ausdrücken könnte. Es liegt ganz heiß und schwer auf mir, dass ich nicht bei dir sein kann, dass du nicht in meinen Armen bist, unsere Lippen sich nicht küssen können, meine ewig, ewig geliebte Merit.

»Sönke! Pauline!«, rief sie um Beistand flehend und so laut, dass Ann Doreen zu weinen begann. »Ich bin hier oben. Kommt sofort!«

Sie las den Absender des nächsten Briefes, der an sie adressiert war: *Elisabeth Harrison. Red Lion Square, London.* Merit glaubte, keine Luft mehr zu bekommen, während sie die Post öffnete.

Die Tür flog auf und Sönke stürzte herein. »Was ist passiert?« Irritiert schaute er sich um, als er sie und Ann Doreen wohlauf fand. Plötzlich wurde er kreidebleich und fragte unsicher: »Wo kommen die Goldmünzen her? Und was sind das für Briefe?«

»Ruben!«, brachte sie hervor, während sie die Zeilen überflog. »Er ist in London. Der Brief ist vom Oktober 1760. Das ist bald vier Jahre her! Hoffentlich ist er noch dort! Um Gottes willen, Sönke, wie kommen diese Briefe nur in die Kiste? Und warum habe ich sie nie zu Gesicht bekommen?« Ohne eine Antwort abzuwarten, holte sie tief Luft und schrie nach Pauline, auch wenn sie nicht daran glaubte, dass die Schwiegermutter ihr irgendwas erklären konnte.

»Ich kümmere mich sofort um ein Schiff, das nach London fährt«, bot Sönke sichtlich mitgenommen an.

Noch während er sprach, erschütterte ein furchterregendes Gepolter das Haus. Sie starrten sich an. Sönke reagierte als Erster und rannte zur Tür hinaus.

»Das war Pauline!«, erklang seine Stimme von unten. »Sie ist die Treppen hinuntergestürzt! Es sieht furchtbar aus. Wir brauchen sofort einen Medicus!«

***

Sechstes Buch

Es beginnt zu London,
darauf folgt eine Zeit auf einem Schiff mit Ziel Barbados
und endet mit dem unerwarteten Tod eines Menschen
A.D. 1764

... Des Abends sprecht ihr: Es wird ein schöner Tag werden, denn der Himmel ist rot. Und des Morgens sprecht ihr: Es wird heute ein Unwetter kommen, denn der Himmel ist rot und trübe. Über das Aussehen des Himmels könnt ihr urteilen; könnt ihr dann nicht auch über die Zeichen der Zeit urteilen?

Matthäus 16, 2–3

Geliebte Merit,
wir hatten uns verloren, aber jetzt kommst du mir wieder näher. Das freut mich. Ich weiß, die letzten Jahre waren schlimm für dich, die Tage quälend lang. Aber ich kann nichts dafür. Deine Probleme rühren allein daher, dass du in mir einen Gegner siehst. Indem du gegen mich arbeitest und meinen Einfluss auf dich zu bekämpfen versuchst, beginnt dein Leiden erst.

Ich tue nichts, außer auf dich zu warten. Nur wer warten kann, kann auch etwas erwarten. Du wirst von selbst zu mir in meine tödlichen Arme kommen. Du bist auf dem richtigen Weg, egal, wohin du gehst. Und glaube mir, mir kannst du nicht ausweichen. Irgendwann wirst du das einsehen müssen.

Ach, beinahe hätte ich es vergessen – wobei, manchmal wünschte ich, ich könnte vergessen: Ich habe Neuigkeiten für dich, die dich interessieren dürften. Der Erprobungsfahrt nach Jamaika war kein Erfolg beschieden. Die Längengradkommission beauftragte drei Mathematiker mit der Überprüfung der Ergebnisse und man stellte grobe Fehler bei der Berechnung des Längengrades fest. Es hätte eine Neubestimmung desselben anhand der Jupitermonde vorgenommen werden sollen. Außerdem wurde die stabile Gangabweichung der Taschenuhr von einer Sekunde pro Tag nicht angegeben, weshalb auch das unglaubliche Ergebnis der Hinreise nicht akzeptiert werden konnte. Zwar räumten die Herren ein, dass die Uhr eine Erfindung von beträchtlichem Nutzen sei, doch die bislang angeführten Beweise seien nicht überzeugend. Man erwägt eine zweite Erprobungsfahrt nach Barbados.

Ob du mit an Bord sein wirst? Ich weiß die Antwort. Und ich weiß, dass ich nicht von deiner Seite weichen werde. Oder glaubst du, ich könnte mich täuschen? So naiv wirst du doch nicht sein, nicht wahr?

Übrigens werde ich eine kleine Überraschung für dich vorbereiten. Du wirst mit jemandem zusammentreffen, mit dem du nicht gerechnet hast. Ich hoffe, du freust dich darüber. Mir gefällt es jedenfalls, die Dinge nach meinem Belieben zu arrangieren.

Dabei fällt mir noch ein, dass Treppen manchmal recht gefährlich sein können, wenn man nur eine Sekunde nicht aufpasst, aber von Paulines plötzlichem Entschluss zu sterben, war selbst ich überrascht. Dafür wusste ich, dass der Königliche Astronom Bradley nicht mehr lange leben würde. Wie sagt man so schön? Ihn hat das Zeitliche gesegnet. Schade um ihn. Aber ich konnte nicht anders. Ehrenwort. Es blieb mir nichts anderes übrig.

Ich kenne dich: Jetzt willst du wissen, wer das war und wann das passiert ist. Es beunruhigt dich, von einem vergangenen Ereignis nicht die Stunde seines Geschehens benennen zu können und bei allem, was die Zukunft bringen wird, fragst du nach dem Wann. Warum? Es gibt nichts Traurigeres als den Blick auf die Uhr. Du siehst einzig, wie die Stunden und Minuten verrinnen und nicht wiederkehren werden. Worauf wartest du? Auf deine Vergänglichkeit?

***

»Zum Angriff!« Ruben stürmte mit seinem selbst geschnitzten Säbel in die Küche. Elisabeth Harrison fuhr mit einem Schrei vom Herd herum und riss mit dem Rührlöffel in der Hand die Arme nach oben.

William griff blitzschnell nach seinem noch leeren Teller, sprang vom Esstisch auf und stellte sich dem Feind mit einem Schutzschild entgegen, indem er den Teller vor seine Brust hielt. »Keinen Schritt weiter, Pirat!«

Ruben machte einen Ausfallschritt, stieß den säbelbewehrten Arm nach vorn, bis er das Schutzschild seines Opfers berührte und fixierte William mit dem linken Auge, das nicht von der Augenklappe verdeckt war. Er verzog sein Gesicht zu einer grimmigen Fratze.

»Gib mir dein Essen, Kapitän William, sonst werfe ich dich den Haien zum Fraß vor!« Seine tiefer gewordene Stimme rutschte am Ende des Satzes nach oben. Er räusperte sich und mit Verärgerung über dieses verräterische Zeichen des noch nicht ganz Mannseins wiederholte er: »Hast du nicht gehört, was ich gesagt habe?«

William fiel vor ihm auf die Knie. »Gnade, oh schrecklich gefürchteter Pirat! Erbarmen mit mir und meiner Besatzung! Nehmt mir nicht mein letztes Essen, sonst muss ich verhungern!«

»Es ist genug zu essen für alle da«, beschwichtigte Elisabeth auf ihre Art und wandte sich wieder den siedenden Rindfleischstücken im Kupferkessel zu.

»Bitte!«, beschwerte Manulf sich von der Längsseite des Küchentisches her. Den Kopf in die Hand gestützt saß er über ein paar beschriebene Blätter gebeugt. Vor ihm lag die kleine silberne Taschenuhr. »Könntet ihr wohl mit diesen Kindereien aufhören, ich muss mich konzentrieren! Wie soll ich bei diesem Lärm die Packliste schreiben? Ich muss an jeden Schraubenzieher denken!«

Sofort nach Manulfs Ermahnung verwarf Ruben den eben noch gehegten Gedanken, die kleine Uhr, die Erinnerung an seine Mutter, als Schatz zu kapern. Verschämt legte er den Säbel auf einen Stuhl, zog sich die Augenklappe herunter und stellte sich breitbeinig neben Manulf, um ihm über die Schulter zu schauen.

William setzte sich wieder an die Stirnseite des Tisches mit Blick auf die Tür und legte seinen Teller vor sich. »Haben Sie an die Zitronen gedacht?«, fragte er Elisabeth, um Manulf seine Unterstützung zu bedeuten.

»Ja, natürlich. Ich habe gestern beim Covent Garden zehn Kisten bestellt. Der Händler bringt sie nachher vorbei.«

»Zehn Kisten?« Ruben runzelte die Stirn. »Wofür das denn? Ich dachte, wir wollen mit dem kleinen Zeitmesser nach Barbados segeln und keinen Handel treiben?« Er ging in wichtiger Manier um den Tisch und setzte sich Manulf gegenüber.

»Die Säure soll gut gegen Skorbut helfen, junger Mann, und jetzt halt den Mund! Was heißt überhaupt ›Wir‹? Du kannst übermorgen beim Packen helfen.«

»Ich habe meine Sachen schon gepackt! Ich brauche nur neue Matrosenkleider, aus den anderen bin ich herausgewachsen.«

»Wie bitte?«, hakte Manulf nach und ließ die Feder sinken.

Ruben schwante Böses. »Aber du hast doch gesagt, dass ich mitfahren darf!«

»Wie kommst du denn darauf?« Manulf verstärkte seine Verwunderung mit einem unduldsamen Kopfschütteln. »Unsinn. Davon war nie die Rede.«

Ruben war zunächst sprachlos, dann schlug seine Fassungslosigkeit in glühenden Zorn auf seinen Onkel um. »Natürlich hast du das gesagt! Natürlich hast du! Und überhaupt – ich bin hier der beste Matrose von allen! Keiner von euch ist als Schiffsjunge mit der Ostindischen Kompanie um die halbe Welt gesegelt! Aber ich! Und du hast gesagt, dass ich mitkommen darf! Warum hast du mich angelogen? Du bist hinterhältig! Hinterhältig und gemein!«

»Nun aber mal ruhig Blut, junger Hengst. Natürlich darfst du am Vierundzwanzigsten mitfahren – aber nur die zwei Tagesreisen mit der Kutsche bis zum Hafen von Portsmouth. Natürlich nicht mit der *Tartar* nach Barbados! Was dachtest du denn mit deinem halbstarken Verstand?«

Elisabeth stellte eine dampfende Schüssel mit duftendem Rindfleisch in die Mitte des Tisches und hinderte Ruben damit am unmittelbaren Protest. Sie trocknete sich die Hände an der Schürze ab und sagte: »Sehr vernünftig, Manulf, schließlich hast du die Verantwortung für Ruben anstelle seiner verstorbenen Mutter, Gott hab sie selig, übernommen. Wir können überhaupt von Glück reden, dass der Junge zwar abgemagert, aber lebendig nach seiner Seefahrt um die halbe Welt in London ankam. Ein Wunder, dass er die Zeit auf diesem schrecklichen Schiff überlebte und den Weg zu uns gefunden hat.«

»Ja!«, fauchte Ruben dazwischen. »*Weil ich*«, er betonte die ersten beiden Worte, »weil ich auf dem Schiff hart gearbeitet habe. Zwar bin ich von den beiden Matrosen als blinder Passagier aufgegriffen worden und an einen Seelenverkäufer geraten ... Aber weil ich mich im Hafen von Bord stehlen konnte, als der Kauffahrer nach Monaten auf hoher See wieder in London ankam ... weil ich mich zum Observatorium durchgefragt habe ... weil ich wusste, dass meine Mutter dort seinerzeit eine Zeichnung vorstellen wollte – deshalb bin ich lebendig bei euch angekommen!« Er holte tief Luft und setzte leise hinzu: »Auch wenn meine Mutter nicht mehr da war.«

Beim Gedanken an sie spürte er einen Stich durch seinen Körper, Tränen schossen ihm in die Augen. Tapfer schluckte er seine Traurigkeit hinunter. Niemand durfte ihn jetzt weinen sehen. Er wusste nicht, woran sie gestorben war. Niemand sprach über sie. Von allen wurde sie totgeschwiegen. Und nun war er hier gestrandet.

»Es ist Gottes glücklicher Vorsehung zu verdanken«, fügte Elisabeth an, während sie die Teller an die zugedachten Plätze schob, »dass sich dein Onkel Manulf zur selben Zeit in London aufhielt, als wir einen Brief nach Hamburg schrieben und deine schwer kranke Großmutter Pauline Paulsen uns inständig bat, dich nicht wieder nach Hause zu schicken. Wir haben dich als Waisenjungen bei uns aufgenommen, also sei ein dankbarer Junge und vergiss solche abenteuerlichen Schifffahrten. Es genügt, dass sich Manulf und William in eine solche Gefahr begeben.« Elisabeth ließ ihren Blick über den gedeckten Tisch schweifen. »So, jetzt wird es aber Zeit zum Essen. Ruben, holst du bitte unseren Vater aus der Werkstatt? Und wo ist überhaupt der kleine John? Hat denn niemand auf den Lausebengel aufgepasst?«

Erschrocken schaute sich William in der Küche um. »John wird doch nicht schon wieder ausgebüxt sein?«

Manulf räumte die Papiere zusammen und richtete einen

skeptischen Blick auf den Sohn des Hauses. »Was bist du überhaupt für ein Vater, William? Kannst du nicht auf dein Kind achtgeben?«

»Ach, Manulf«, sagte Elisabeth beschwichtigend, ehe es zwischen den beiden Männern wieder zu einem Streit kommen würde, »tritt nicht immer darauf herum. Du weißt, wie schwer mein Sohn den Tod seiner Frau verkraftet.«

»Kann ich etwas dafür, dass Liz seinerzeit unter die Kutschenräder gekommen ist? Sie waren einfach unachtsam. Wäre sie, wie es einem Weib geziemt, am Herd daheimgeblieben, wäre es nicht passiert. William ist selbst schuld, weil er ununterbrochen mit seinem Weib Vergnügungsspaziergänge in den Park unternommen hat.«

»Manulf, bitte!« Elisabeth versuchte mit einem zurechtweisenden Blick, den deutschen Gast zur Räson zu bringen.

»Lassen Sie es gut sein, Frau Mutter. Ich kann mich selbst wehren.« William schäumte vor Wut und war kurz davor, auf Manulf loszugehen, doch irgendetwas hinderte ihn daran, vom Stuhl aufzuspringen. Ruben ahnte, was es war. Das Geld.

Seit Manulf aus Hamburg zu ihnen gekommen war, gab es in der Familie Harrison keine Geldsorgen mehr. Ruben hatte seinen Onkel oft danach gefragt, weil er sich noch gut an die Armut daheim erinnern konnte, doch Manulf hatte ihm nie eine Antwort gegeben und irgendwann hatte er einfach aufgehört, sich darüber zu wundern. Überhaupt hatte er sich angewöhnt, nicht mehr an Hamburg zu denken, weil er nicht an den Tod seiner Mutter erinnert werden wollte. London war sein neues Zuhause geworden, der lustige William sein Vaterersatz und die gute Elisabeth verhielt sich wie eine liebe Großmutter. Alle anderen Erinnerungen waren zwar vorhanden, erschienen aber merkwürdig blass.

»John hat sich bestimmt wieder zwischen den Holzkörben

versteckt«, mutmaßte er, um William beizustehen, den er wesentlich lieber mochte als seinen Onkel Manulf.

»Meinst du?«, fragte Elisabeth zweifelnd und schickte sich an, neben dem Herd nachzusehen. Weit kam sie nicht. Der Vierjährige sprang mit zerzausten Haaren und verrußtem Gesicht aus seinem Versteck und rannte auf seinen Vater zu. William breitete lachend die Arme aus und hob seinen Sohn auf den Schoß.

Triumphierend präsentierte John ihm eine Zwiebel. »Ich bin ein Satzsucher. Sau mal, was ich ganz unten im Meer defunden habe!«

»Der ist vielleicht kindisch«, entfuhr es Ruben. »Und wann lernt der endlich richtig sprechen?«

William warf ihm einen tadelnden Blick zu, während er seinem Sohn liebevoll die Haare ordnete. »John ist erst vier. Was erwartest du von ihm?«

Ruben verzog den Mund und lehnte sich mit verschränkten Armen auf dem Stuhl zurück. »Ich konnte in dem Alter schon richtig sprechen und saß auch nicht mehr auf dem Schoß meines Vaters.«

»Bist du dir sicher?«, entgegnete William mit einem spöttischen Lächeln.

»Ja!«, giftete Ruben zurück. »Ich war schließlich dabei!« Und er war sich sicher, dass er jetzt am liebsten so klein wie John gewesen wäre und nicht bald dreizehn Jahre alt.

»Ruben?«, sprach Elisabeth ihn erneut an, als sie die Teigwarenschüssel neben das Rindfleisch stellte. »Gehst du jetzt bitte in die Werkstatt und sagst John, dass das Essen fertig ist?«

»Warum ich? Geh du doch. Warum soll ich aufstehen?«

»Ruben?« Elisabeth legte einen fordernden Tonfall in ihre Stimme. »Geh bitte!«

»Nein!«

»Wie du willst. Dann kannst du jetzt auf dein Zimmer gehen und dich von deinem Zorn ernähren!«

»Ich gehe nirgendwohin – außer an Bord der *Tartar*!«, schrie er. »Der Kapitän wird mich als Matrose gut gebrauchen können! Außerdem lasse ich die Uhr nicht allein. Meine Mutter hat sie für mich gebaut! Ich will sehen, wie sie funktioniert! Das lasse ich mir von euch nicht verbieten! Ich fahre am Samstag mit nach Portsmouth und gehe an Bord der *Tartar*!«

»Was ist denn hier los?« Von allen unbemerkt hatte John Harrison die Werkstatttür geöffnet. »Ich verbitte mir dieses Gebrüll in meinem Haus!«

Ruben rutschte tiefer auf seinem Stuhl. Nichts fürchtete er mehr als den Zorn des über siebzigjährigen Hausherrn.

»Verzeihung«, flüsterte er und senkte den Blick auf die dunkle Tischplatte.

John Harrison schlurfte durch die Küche und nahm gegenüber von William an der Stirnseite Platz. Ein Schmerzenslaut entfuhr ihm.

»Was ist das denn?« John Harrison zog den hölzernen Krummsäbel unter seinem Gesäß hervor.

Zeitgleich schoss Ruben die Röte ins Gesicht. »Das ist meiner. Verzeihung!«

John Harrison seufzte und warf die Waffe in Richtung der Holzvorräte neben dem Herd.

»In deinem Leben musst du noch viel lernen, Junge. Manulf geht viel zu weich mit dir um. Es kann dir nicht schaden, unter das Kommando eines Kapitäns zu kommen.« Er schaute in die Runde. »Ich bin dafür, dass Ruben zur Ausbildung eines klugen Verstandes und zähen Charakters an der Erprobungsfahrt nach Barbados teilnimmt. Oder ist jemand anderer Meinung als ich?« John Harrison massierte seine gichtgeschwollenen Fingergelenke, ehe er in die Stille hinein als Erster zur Gabel griff.

***

Merit lag da wie tot. Ihr Körper ruhte in einer sargähnlichen, mit Stroh gefüllten Truhe unter Deck und schaukelte sanft unter den ruhigen Schiffsbewegungen auf der Themse. Die schlafende Ann Doreen lag in ihren Armen. Ein friedlicher Anblick. Eine Ruhe, die er zu stören gedachte.

Zacharias de Lomel vergrößerte den Spalt zwischen den aufgehängten Segeltüchern, mit denen sich Merit auf dem Passagierdeck vor neugierigen Blicken schützte. Begleitet von einem trockenen Rascheln schlüpfte er hinter den Tuchvorhang. Er verharrte und trat dann leise näher.

Ihr Gesicht war schmutzig, die rotblonden Locken hatte sie seit Tagen nicht gekämmt, der Ansatz glänzte fettig. Sie hielt den Mund leicht geöffnet, ihre Lippen waren trocken und rissig. Unter ihrem Kinn blitzte der weiße Ansatz des Halses hervor.

Er schaute durch den Tuchspalt zurück zur Eingangsluke. Zwischen den grob gezimmerten Brettern schien die Mittagssonne hindurch. Die anderen Passagiere waren an Deck, auch Sönke beobachtete wie gebannt die Einfahrt in den Hafen bei der London Bridge. Ein kostbarer Moment, um mit Merit allein zu sein. Lange genug hatte er in den letzten Tagen der Überfahrt darauf gewartet.

Merit hatte seine Nähe gemieden, immer war Sönke an ihrer Seite gewesen. Die ersten zwei Nächte hatte Merit vor Aufregung über ein mögliches Wiedersehen mit ihrem Sohn durchwacht und jetzt schlief sie endlich vor Erschöpfung.

Wie ähnlich sie ihrer Schwester Barbara sah. Er streckte

seine Hand nach ihr aus. Seine Finger zitterten. Da rutschte mit einem furchterregenden Geräusch der Anker am eisernen Schutz der Bordwand hinab und schlug auf dem Wasser auf.

Merit fuhr aus dem Schlaf hoch und presste ihre Tochter in geduckter Haltung an sich. Ann Doreen hielt sich schlaftrunken am Kleid der Mutter fest. Mit geweiteten Augen starrte Merit geradeaus. Als er in ihr Blickfeld geriet, drückte sie sich Schutz suchend mit dem Rücken gegen die Wand.

»Monsieur de Lomel!«

Er fasste sich, verschränkte die Hände hinter dem Rücken und suchte nach Worten. »Verzeihung ... ich ... ich wollte Sie ... gerade wecken! Das Schiff läuft in den Hafen ein.«

Misstrauisch runzelte sie die Stirn.

»Bitte, ich wollte Ihnen wirklich nicht zu nahetreten, mein Ehrenwort! Aber Sie haben so fest geschlafen. Sönke ist oben bei den anderen Passagieren.«

»Sind wir wirklich schon da?«

Auf sein Nicken hin gab Merit ihrer Tochter einen Kuss auf die Stirn und streichelte ihr über den Rücken. »Aufwachen, meine Kleine. Wir sind in London.«

Merit wollte aufstehen, zögerte dann aber und machte ihm mit einem unmissverständlichen Blick ihren Unwillen gegen seine Anwesenheit deutlich.

Eine weitere Entschuldigung murmelnd trat er zwei Schritte rückwärts. Noch ehe der Segelvorhang vor ihm zufiel, erhaschte er unbeabsichtigt einen Blick auf Merits beigefarben bestrumpfte Zehen. Das bordeauxrote Kleid war ihr bis zu den Waden hochgerutscht. Ihm wurde heiß und kalt zugleich. Er unterdrückte den übermächtigen Wunsch, zurück in ihren Schlafbereich zu dringen und die Frau seines Verlangens an sich zu reißen. Seine Fingernägel krallten sich schmerzhaft in seine Handflächen.

»Monsieur de Lomel?« Ein zartes Vibrieren lag in ihrer Stimme.

»Ja?«, sagte er erwartungsvoll. Wärme strömte ihm bis in die Fingerspitzen der sich öffnenden Hände. Mit Bedacht schob er das Segeltuch einen Spalt auf. »Kann ich noch etwas für Sie tun?«

»Welcher Tag ist heute?«

»Welcher Tag? Heute ist Samstag. Der 24. März.«

»Danke. Die Fahrt hat mich ganz durcheinandergebracht.« Merit beugte sich zu ihrer Tochter hinunter und half ihr beim Schuhe anziehen. »Der 24. März 1764«, murmelte sie dabei und er war sich sicher, sie überlegte, ob es ein Tag des Wiedersehens oder des Unglücks werden würde.

Unentschlossen verharrte er mit dem Segelvorhang in der Hand. Merit schaute ihn von unten her an. »Ich benötige Ihre Hilfe nicht mehr, Monsieur de Lomel. Vielen Dank.«

»Gewiss.« Er ließ den Vorhang zurücksinken. »Ich habe noch geschäftlich im Hafen zu tun«, sprach er gegen die weiße Barriere. »Sönke wird Sie zur Familie Harrison begleiten, nehme ich an. Ich bin aber natürlich jederzeit für Sie da, wenn Sie mich brauchen.«

»Das ist sehr nett, vielen Dank«, gab sie mit jener emotionslosen Stimme zurück, die ihn so verzweifelt und traurig machte. Und neuerdings auch wütend. »Wohlan. Ich gehe jetzt also an Deck. Ich wünsche Ihnen alles Gute und dass Sie Ihren Sohn gesund und munter in die Arme schließen können.«

Er bekam keine Antwort mehr. Er wartete noch einen Moment, dann entfernte er sich ebenfalls grußlos.

An der Reling drängten sich die Matrosen und Passagiere, die ersten unter ihnen hatten bereits wieder festen Boden unter den Füßen und warteten auf ihr Gepäck. Wie immer drängten sich die im Hafen wartenden Menschen zwischen Kisten, Fässern und Pferdefuhrwerken. Der Geruch Londons hieß ihn in einer fremden und doch vertrauten Welt willkommen.

Mit beiden Händen stützte er sich an der Reling ab und verfolgte stolz das Abladen seiner Zuckerware. Dabei fiel sein Blick auf eine elegant gekleidete, ältere Dame, die den Fächer zum Gruß hob.

Erfreut winkte er Jane Squire zurück. Wie schön, dass sie seine Nachricht erhalten hatte und ihn erwartete. Auf seine alte Freundin war einfach Verlass.

***

Den Weg zu John Harrison hätte Merit auch blind gefunden, obwohl sie zuletzt vor über vier Jahren in London gewesen war. Ann Doreen hängte sich schwer an ihren Arm und ließ sich ziehen. Zu viel Neues gab es zu sehen. Alle paar Schritte drehte sich ihre Tochter nach der St. Pauls-Kathedrale um, obwohl es in Hamburg gewiss genug Kirchen gab. Doch diese war zugegebenermaßen unglaublich groß.

»Flusswasser, frisches Flusswasser!«

Ann Doreen blieb stehen und starrte dem Wasserträger wie gebannt hinterher.

Merit hatte keinen Blick für Gebäude oder Menschen übrig. Sönke ging dicht neben ihr und warnte sie stumm vor den Gefahren des Weges, wo es ihr an Aufmerksamkeit fehlte. Tatsächlich war sie kaum in der Lage, einen klaren Gedanken zu fassen. Ihre Hand, an der sie ihre Tochter weiterzog, war schweißnass, obwohl die Temperaturen zwar schon wärmer, aber noch kaum frühlingshaft zu nennen waren.

Eine hellgraue Wolkendecke ruhte hoch über der Stadt, so als überlege sich der Himmel noch, ob er den Menschen heute Sonne oder Regen schicken sollte. Der Wind, warm und kalt zugleich, verursachte ihr eine Gänsehaut, als sie von der High Holborn in die schmale Straße zum Red Lion Square abbog. Je näher sie dem Haus der Harrisons kam, desto langsamer wurden ihre Schritte.

Die Apfelbäume im Park waren größer geworden, die Zweige reichten jetzt höher als der Werkstattvorbau, hinter dessen Fenster einst ihr Arbeitsplatz gewesen war. Eine Amsel flog mit warnendem Gezwitscher von einem der Bäume auf das Hausdach, hüpfte auf dem Dachfirst entlang, hielt inne, schaute, flatterte auf und flog dem grauen Himmel entgegen.

»Es ist so still hier«, flüsterte Merit. »Hier wohnt bestimmt kein Kind.«

Sie spürte Sönkes Hand auf ihrer rechten Schulter und ließ ihn gewähren. Ann Doreen stand zwischen ihnen und schaute fragend auf.

»Merit«, begann Sönke eindringlich. Er räusperte sich, weil er lange nicht gesprochen hatte. »Dein Junge ist mittlerweile zwölf, bald dreizehn Jahre alt. Du solltest dich darauf gefasst machen, dass er sich verändert hat. Vielleicht hat er sogar Mühe mit seiner Muttersprache.«

»Du glaubst, er ist wirklich in dem Haus?« Mit bangem Blick starrte sie auf die Eingangstüre.

»Ich glaube fest daran«, sagte er mit kräftiger Stimme.

»Und wenn du dich irrst?«

»Sodann können uns die Harrisons bestimmt sagen, wo Ruben jetzt ist.«

»Sönke? Ich ...« sie zögerte, »ich gehe da nicht rein.«

»Aber, warum denn nicht? Seit du den Brief in der Truhe gefunden hast, konntest du doch nicht schnell genug nach London kommen. Kaum dass Paulines Beerdigung...« Ein Blick in ihre Augen genügte und er hatte verstanden. »Soll ich vorausgehen?«

»Ja, bitte.«

Merit folgte ihm mit ein paar Schritten Abstand und hielt Ann Doreen fest an der Hand.

Sönkes Klopfen an der Türe brachte ihr Herz zum Stolpern. Sie holte tief Luft und vergaß das Ausatmen.

Elisabeth Harrison öffnete. »Sie wünschen?«

»Mein Name ist Sönke Lensen aus Hamburg«, trug er in sicherem Englisch vor. »Merit Paulsen und ich sind ...«

»*Merit Paulsen?*«, echote die Frau des Uhrmachers.

»Ja.« Sönke drehte sich zur Seite, um den Blick auf Mutter und Kind freizugeben.

Elisabeth öffnete den Mund, ihre Augen weiteten sich. Sie stieß einen gellenden Schrei aus und suchte Halt am Türrahmen.

»Was ist, Weib?«, erklang John Harrisons Stimme aus dem Hintergrund. Einen Augenblick später stand er hinter ihr.

»Allmächtiger! Ein Geist!«

Sönkes vermittelnden Worten war es zu verdanken, dass die Türe offen blieb und Merit wiederum noch im Eingang von den Harrisons die Geschichte erfuhr, die Manulf als Wahrheit verkauft hatte: Sie sei gestorben, hatte er behauptet.

Berechnende Absicht oder unglückliches Missverständnis? Zu gerne hätten alle Beteiligten an einen Irrtum geglaubt.

»Wo ist mein Sohn?«, platzte es aus Merit heraus, als sich Elisabeth nach einer herzlichen Umarmung wieder von ihr gelöst und Ann Doreen bewundernd in Augenschein genommen hatte. »Geht es ihm gut?«

Die Eheleute tauschten Blicke aus. John Harrison bot ihnen schweigend den Weg ins Haus und Elisabeth ging ihnen am ganzen Leib zitternd voraus.

Der Geruch, die Räume, Merit erkannte alles sofort wieder, als wäre keine Zeit vergangen. Tausend Fragen brannten ihr auf der Zunge und sie hatte Mühe, an sich zu halten, während sie in die Küche geführt wurden. Dort hockte ein kleiner Junge neben dem Herd und zog aus einem der Körbe die größten Holzscheite heraus.

»John!«, mahnte ihn Elisabeth. »Lass die Finger davon, sonst holst du dir wieder einen Spreißel!«

Das Kind drehte sich um und sein erster Blick galt Ann Doreen, die den Gleichaltrigen ihrerseits anstarrte. Der kleine John stand auf und machte ein paar zögernde Schritte auf das Mädchen zu. Diese verzog das Gesicht zuerst zu einer abweisenden Miene, doch dann schien ihr irgendetwas an ihm zu gefallen und sie lachte ihn an.

Der Junge strahlte. »Ich habe eine Höhle neben dem Herd. Willst du sie sehen?«, sagte er auf Englisch.

»Was hat er gesagt?«, fragte Ann Doreen sichtlich irritiert.

»Er spricht eine andere Sprache als du«, erklärte Merit ihr, während sie sich in der Küche umsah, ob irgendein Gegenstand auf Rubens Anwesenheit hindeuten könnte. »John möchte mit dir spielen und dir dort drüben sein Versteck zeigen. Geh ruhig mit. Wir bleiben hier in der Küche und unterhalten uns.«

Ann Doreen ließ sich glücklicherweise nicht zweimal bitten und löste sich von der Hand ihrer Mutter, um Johns Geheimnis zu erkunden.

»Das ist Williams Sohn, nicht wahr?« Merit versuchte zu lächeln. Dann schwindelte ihr und sie suchte an einer Stuhllehne Halt. »Und wo ist *mein* Sohn? Und wo ist Manulf? Er lebt doch hier, oder?«

Der Uhrmacher ließ sich Zeit mit einer Antwort. Elisabeth hingegen hatte es eilig, einen Krug Wein und drei Becher auf den Tisch zu stellen. Sie schenkte ein und flüchtete mit einer Entschuldigung zu den Kindern, von denen sie sofort als Schatzräuber mit ins Spiel aufgenommen wurde.

John Harrison bat seine beiden Besucher Platz zu nehmen. An seinem Gesicht konnte man ablesen, dass ihm einzig die Höflichkeit diese Geste der Gastfreundschaft gebot. Während Sönke dankend annahm, blieb Merit hingegen wie angewurzelt stehen.

»Wo ist Manulf?«, fragte sie erneut mit bebender Stimme. »Ich will sofort mit Manulf sprechen!«

»Nun«, begann der Uhrmacher, »Manulf ist mit William heute Morgen abgereist. Weiter bin ich Ihnen keine Rechenschaft schuldig.«

»Abgereist? Heute Morgen?«, wiederholte Merit ungläubig.

»Zweifeln Sie an meinen Worten?«

»*Wo ist Manulf?*«

»Es tut mir leid, dass Sie jetzt gehen müssen. Elisabeth, begleitest du die Herrschaften nach draußen? Ich erwarte heute noch Besuch.«

Die Frau des alten Uhrmachers löste sich auf den Befehl hin sofort von dem kaum begonnenen Spiel mit den Kindern und kam zum Tisch zurück.

Merit hielt sich an ihrem Weinbecher fest, aus dem sie noch keinen Schluck getrunken hatte. Sie schaute John Harrison geradewegs in die Augen und sagte in schneidendem Tonfall: »Nein! Ich gehe hier nicht eher weg, bis ich weiß, wo Manulf und vor allem mein Sohn sind!«

»Mamu, schau mal, das hat John mir geschenkt.« Freude stand in Ann Doreens rußverschmiertem Gesicht, als sie sich dazwischendrängte und ihr einen hölzernen Säbel präsentierte.

»Um Gottes willen! Wie können Sie einem so kleinen Kind ein solch gefährliches Spielzeug geben?«

»Es gehört Ruben!«, warf Elisabeth eilends ein und der strafende Blick ihres Mannes traf sie unmittelbar nach den ausgesprochenen Worten.

»Ruben? *Er lebt?* Er war also vor kurzem noch hier?« Merit schaute sich um. »Hat Manulf ihn mitgenommen? Und – vielleicht auch meine kleine silberne Uhr? Wo sind sie? Bei der Längengradkommission? So reden Sie doch!« Merit schlug mit der flachen Hand auf den Tisch, während sie den Uhrmacher fixierte.

Sönke bedeutete ihr mit einem sanften Tippen auf den Unterarm, sich zu setzen. Aber sie dachte nicht daran.

»Mr Harrison! Sie sagen mir jetzt sofort, wo Ruben, Manulf und William sind?«

Eisernes Schweigen war die Antwort. Elisabeth stand neben ihrem Mann und hielt die Augenlider gesenkt.

»Portsmouth«, krächzte es plötzlich aus der Ecke neben dem Herd. »Portsmouth!«

»Portsmaus«, fiel Ann Doreen in Johns Rufen ein und lachte. »Das klingt lustig! Was ist das, Mamu? Portsmaus? Und bekomme ich jetzt den Holzmond wieder?« Ungeduldig zupfte sie am Kleid ihrer Mutter. »John hat ihn mir geschenkt.«

»Wann sind sie gefahren?«, brüllte Merit und Ann Doreen wich erschrocken zurück.

John Harrison erhob sich betont langsam. »Heute Morgen, das habe ich doch schon gesagt.«

»Sönke?«, sagte sie und spürte, wie sie schwankte. »Wo liegt Portsmouth?«

»Im Süden des Landes. Es ist eine Hafenstadt. Wenn ich die Landkarte recht in Erinnerung habe, dürften das von hier aus zwei bis drei Tagesreisen sein.«

»Eine Hafenstadt? Mr Harrison, ich weiß, dass Sie meine Uhr bei der Längengradkommission vorgestellt haben! Wollen die Männer jetzt mit meinem Zeitmesser auf Erprobungsfahrt gehen? Vermute ich recht? Ja, ich habe recht, ich sehe es ihrem Blick an! Aber was hat Ruben bei ihnen zu suchen?«

John Harrison wandte ihr den Rücken zu und schlurfte aus der Küche. Im Gehen sagte er: »Ihr Sohn ist alt genug, Ihnen diese Frage selbst zu beantworten. Dazu sollten Sie sich allerdings beeilen. Ob Sie die Zeit einholen können, wage ich dennoch zu bezweifeln. Einen schönen Tag noch.« Geräuschvoll fiel die Tür hinter dem Uhrmacher ins Schloss.

Merit bemühte sich, klar zu denken. »Ich brauche eine Kutsche nach Portsmouth, sofort!«

»Ja, natürlich. Ich kümmere mich darum«, versicherte Sönke eilends. »Nur, wovon sollen wir einen Privatkutscher bezahlen? Wir hätten doch von den gestoh... von den Münzen mitnehmen sollen.«

»Konnte ich das ahnen? Sei es darum, ich werde de Lomels Hilfe in Anspruch nehmen müssen.«

»De Lomel? Merit! Dann wird er mitfahren wollen. Halte dich von diesem Schwerenöter fern!«

Merit dachte an ihr Erwachen auf dem Schiff. Eine Gänsehaut überlief sie. Von dem Vorfall hatte sie Sönke nichts erzählt. Er spürte die Gefahr, ohne das Ausmaß der Bedrohung zu kennen.

Elisabeth löste sich aus ihrer beobachtenden Haltung und beugte sich zu Ann Doreen hinunter. »Deine Mutter muss für ein oder zwei Tage fortfahren, um deinen Bruder abzuholen. Möchtest du vielleicht so lange bei mir bleiben und mit John spielen? Ich kenne dich schon, seit du geboren bist«, sagte sie mit einfühlsamer Stimme.

»Sie sprechen ja deutsch!«, entfuhr es Merit.

Elisabeth lachte. »Oh ja! Ein kleines bisschen. Ruben hat es mir beigebracht. Ich dachte, es ist gut, wenn er seine Muttersprache nicht vergisst und ich dabei noch etwas lernen kann.«

»Ich danke Ihnen«, sagte Merit gerührt. »Sie haben mir bislang schon mehr geholfen, als ich es Ihnen jemals werde danken können.«

»Oh, machen Sie sich darüber keine Sorgen. Sagt nicht ein Sprichwort, alles, was man gibt, bekommt man dreifach zurück? Ich habe mich sehr gerne um Ihren Sohn gekümmert und ich danke dem Herrgott von ganzem Herzen, dass ein Wunder geschehen ist und Sie wieder lebendig vor uns stehen. Und ich bete für Sie, dass Sie Ihren Jungen noch rechtzeitig einholen. Warum sollte ich da nicht noch ein paar Tage auf Ann Doreen aufpassen können? Das tue ich sehr gerne für Sie.« In Abwesenheit ihres Eheherrn löste sich Elisabeths Anspannung zusehends und sie versuchte, den Gesprächsfaden aufrechtzuerhalten. »Ihre Tochter sieht gesund aus und ist ein richtig hübsches, kleines Mädchen geworden. Sind Sie wieder verheiratet?«, fügte sie mit einem wohlwollenden Blick auf Sönke hinzu.

»Nein ... wir ... Er ist ein guter Freund der Familie und schon seit Jahren unser Hauslehrer. Ich habe Ihnen damals von ihm erzählt«, gab Merit Auskunft, um die Höflichkeitskonversation fortzusetzen, denn sie brachte nicht den Mut auf, laut über eine Trennung von Ann Doreen nachzudenken.

Zu deutlich erinnerte sie sich an den Tag, als sie Ruben alleingelassen hatte und ihn das letzte Mal für so lange Jahre gesehen hatte. Sollte sie ihre Tochter doch besser mitnehmen? Könnte sie der Vierjährigen eine rastlose Reise von zwei oder drei Tagen zumuten? Sie würden sicherlich kaum Zeit zum Essen und für Pausen haben. Oder sollte sie Sönke allein losschicken? Und wenn er Ruben nicht rechtzeitig fand? Würde sie sich jemals verzeihen, ihren Sohn nicht selbst gesucht zu haben? Musste sie ein Kind hergeben, um ihr anderes wiederzubekommen? Nein, das konnte der Herrgott nicht von ihr verlangen.

»Oh ja, jetzt erinnere ich mich«, bestätigte Elisabeth erfreut. »Einen Lehrer wünsche ich mir für unseren John auch.«

»Geht es seiner Mutter gut? Wo ist Liz?«

Elisabeth wirkte betrübt. »Ja, die Schwangerschaft ist glücklich verlaufen. Allerdings hat Liz den ersten Geburtstag ihres Kindes nicht mehr erlebt. Sie ist unter das Rad einer Kutsche gekommen.«

»Oh Gott, wie furchtbar.« Merit schloss die Augen. Zu spät. Die Erinnerung an den Tod geliebter Menschen traf sie mit voller Wucht. Sie atmete flach. Mit gemischten Gefühlen sah Merit ihre Tochter an. Welches war die richtige Entscheidung? Was sollte sie tun? Sie wollte doch nichts weiter als ihre beiden Kinder, lebend, glücklich vereint. »Anndori? Möchtest du mit mir eine lange Kutschfahrt machen oder hier bei Elisabeth auf mich warten und mit John spielen?«

»Mit John spielen!«

Merit ging vor ihrer Tochter in die Hocke und forschte in den fröhlichen Augen ihres Kindes. »Vielleicht komme ich aber erst in ein paar Tagen wieder?«

»Dann kann ich lange spielen.«

Merit rang mit sich. Bei Elisabeth war die Kleine mit Sicherheit gut aufgehoben.

»Du möchtest wirklich für ein paar Tage hierbleiben, Anndori?«

Ihre Tochter ließ ihren neu gefundenen Freund nicht aus den Augen und nickte voller Begeisterung. »Auf Wiedersehen, Mamu!« Ann Doreen drückte ihr einen schnellen Kuss auf den Mund und wandte sich mit einer Leichtigkeit ab, die Merit schmerzte. Ihre Tochter war es eben gewöhnt, ohne die Mutter auszukommen.

»Dann bis bald, mein Schatz. Und sei schön brav, hörst du?«, fügte sie zögernd hinzu. »Und in spätestens ein paar Tagen bin ich wieder bei dir, ja?« Sie hoffte so sehr, dass ihre Entscheidung richtig war.

Mit einem unbeschwerten Lachen winkte ihr Ann Doreen auf dem Weg in Johns Versteck zu. Merit unterdrückte die Tränen.

Als sie sich mit Sönke von der zuversichtlich lächelnden Elisabeth verabschiedete, waren Ann Doreen und John neben dem Herd Passagiere auf einem großen Holzschiff geworden. Mit aufgepusteten Backen bliesen die Kinder Wind in unsichtbare Segel.

***

Dutzende Möwen umkreisten kreischend die Fregatte im Hafen von Portsmouth und ein paar besonders neugierige Vögel hielten sich mit ausgebreiteten Schwingen ruhig in der Luft, um das Aufentern der Matrosen in die Wanten zu beobachten. Flink kletterten die jungen Männer im Nieselregen in dem netzartig verflochtenen Tauwerk zu den Rahen der drei Masten empor, um die Segel der *Tartar* zu setzen. Kapitän Lindsay gab den Befehl zum Ankerlichten.

Ruben keuchte. Seine Hände umklammerten das feuchte Holz der Spillspake auf dem Deck des Vorschiffs. Er setzte seine gesamte Körperkraft ein, um den langen Holm wie einen Hebel zu bewegen und heftete seinen Blick dabei auf den Rücken des Matrosen, der vor ihm im Kreis um das Spill ging. Zu viert bewegten sie die Welle und holten die Ankertrosse Länge um Länge ein. Das triefende Tauwerk landete mit einem klatschenden Geräusch neben ihm auf den Deckplanken, wo es ein fünfter Mann am Boden zu einer großen Schlaufe aufrollte.

William stand barfüßig auf dem Achterdeck und beobachtete Ruben, wie er sich nach beendeter Arbeit auf dem Vorschiff erschöpft, aber glücklich, mit dem Ärmel über die Stirn wischte. Der Junge war wie verwandelt, seit sie sich auf dem Schiff befanden. Als sei Ruben in einer Lebenswelt angelangt, in die er gehören wollte und die für ihn bestimmt war.

William seufzte. Er selbst würde seinen Platz in diesem Leben wohl niemals finden. Seit er Liz verloren und so hilflos ihren Unfalltod hatte mitansehen müssen, war dieses Gefühl noch schlimmer geworden. Ein rastloser Wanderer zwischen den Welten. Überall zu Hause, aber nirgendwo für immer daheim. Aber vielleicht war genau das seine Bestimmung.

Die Segel blähten sich und knisterten im Wind. Die *Tartar* glitt über die sanften Wellen aus der Bucht hinaus und nahm Kurs auf das offene Meer.

Kapitän Lindsay, ein Mann von schmaler Gestalt, der dafür bekannt war, hart durchzugreifen, aber dennoch stets gerecht zu urteilen, kam zu ihm auf den Aufbau des Achterdecks. Mittlerweile war der Regen stärker geworden. Der Herr des Schiffes stellte sich an die niedrige Reling, um von dort aus seine Mannschaft zusammenzurufen. Als er über die Köpfe der zweihundert Männer hinweg seine Absegelansprache hielt, zog sich William unbemerkt in die Kapitänskajüte zurück, wo der silberne Zeitmesser auf einem rot samtenen Kissen ruhte.

Er setzte sich an den schwankenden Tisch, um die Uhr zu betrachten. Lautlos bewegte sich der Sekundenzeiger zwischen den Geräuschen des Schiffes über das Zifferblatt. Er dachte an Merit.

Dieses Mal hatte er die stabile Gangabweichung von einer Sekunde pro Tag angegeben und bei der Messung auf Barbados würde er jeder noch so widersinnigen Vorschrift der Kommission Folge leisten. Zwei Astronomiekundige würden ihn dort erwarten, um den korrekten Gang der Uhr zu bezeugen.

Eine Abweichung von weniger als zwei Minuten in rund sechs Wochen – auch dieses Mal würde der kleine Zeitgeber das Unmögliche unter Beweis stellen und dann *musste* die Kommission die Ergebnisse akzeptieren.

Wie gerne hätte er all jenen Menschen, die die kleine filigran bemalte Uhr für das Werk seines Vaters hielten und deshalb mit einiger Verwirrung betrachteten, die Wahrheit ins Gesicht geschleudert. Doch damit wäre niemandem geholfen. Deshalb hatte er beschlossen, Merits Erbe im Auftrag seines Vaters, vor allem aber im Gedenken an sie, zum Erfolg zu führen. Und er war sich sicher, mit dieser Fahrt sollte es ihm gelingen.

Ein Geräusch an der Tür schreckte ihn auf.

Kapitän Lindsay trat ein, gefolgt von einem jungen Mann in roter Weste und dunklen Hosen. Der Fremde hielt den Kopf mit den strubbeligen blonden Haaren gesenkt.

William erhob sich. Das Gesicht des Besuchers kam ihm bekannt vor und verzweifelt kramte er in seinem Gedächtnis nach dem Namen des Mannes.

Kapitän Lindsay kam ihm zuvor. »Sie haben mir nicht mitgeteilt, dass sich ein Freund von Ihnen, Thomas Wyatt, ebenfalls an Bord einfinden will? Er hat uns vom Hafen aus mit einem Fischerboot gerade noch vor dem Ablegen erreicht.«

»Meri... Meine Güte, ja! Thomas Wyatt! Ich vergaß vollkommen, Sie über seine Teilnahme an der Erprobungsfahrt zu informieren. Sie ... er hat sich recht kurzfristig dazu entschlossen. Ich wusste nicht ... ob er es überhaupt noch schaffen würde.«

»Es ist in Ordnung. Schlafplätze gibt es genug und zu essen haben wir wie immer zu wenig – da kommt es auf einen Mann mehr nicht an. Und weniger Männer werden wir im Laufe der Reise von selbst«, fügte er missmutig hinzu. »Ich wünsche eine gute Fahrt und ganz in meinem Interesse viel Erfolg mit diesem silbernen Wunderding. Ich muss jetzt wieder an Deck, bis das Schiff sicheren Kurs genommen hat. Meine Herren!« Der Kapitän tippte sich an den Hut.

Kaum dass er die Kajütentür hinter sich zugezogen hatte, gaben Merits Beine nach. Mit zwei schnellen Schritten war William bei ihr und fing sie gerade noch rechtzeitig auf.

»Merit? Aber Manulf hat doch ...Du ... du lebst?«, stammelte er. Vorsichtig, fast zärtlich legte er ihren zusammengesackten Körper auf den Boden und ließ sich neben sie auf die Holzbretter sinken, zu keinem weiteren klaren Gedanken mehr fähig. Es war ein Gefühl, als sei sie vom Himmel direkt in seine Arme gefallen. Besorgt fühlte er ihren Puls, rüttelte sie sanft und flüsterte ihren Namen, bis sie wieder zu sich kam.

***

Atemlos erzählte ihm Merit ihre Geschichte und berichtete von der Sorge um ihren Sohn. Selbstvergessen hielt er immer noch ihre Hand an der Stelle, wo er ihren Puls gefühlt hatte.

»Keine Sorge, Merit. Ruben ist hier auf dem Schiff und es geht ihm gut. Ich gehe ihn gleich holen. Aber ich halte es für keine gute Idee, dass du Manulf zur Rede stellen willst. Ich weiß nicht, wie er darauf reagieren wird. Es ist immerhin denkbar, dass er die Nerven verliert, weil wir ihn der Lüge überführt haben.«

»Ich habe ein Messer bei mir. Ich habe keine Angst vor Manulf.« Zur Bestätigung holte sie den Dolch unter Sönkes Rock hervor und zog ihn aus der ledernen Scheide.

William wich unwillkürlich zurück. »Um Gottes willen, Merit! Wie kommst du denn zu so einer Waffe?«

»Von de Lomel, meinem ehemaligen Dienstherrn, ich habe dir doch von ihm erzählt. Er hat mir auch dieses Mal die Überfahrt nach London ermöglicht und mir die Kutsche nach Portsmouth bezahlt. Er selbst konnte nicht mitkommen, weil er dringende Geschäfte in London zu erledigen hatte, worüber ich froh war, aber er gab mir sein Messer mit, damit ich mich gegen jedwede Gefahr verteidigen könne. Aber Sönke war ja an meiner Seite und die Fahrt verlief ohne Zwischenfälle. Nur leider kamen wir zu spät im Hafen an. Die Fahnen waren bereits gehisst und alle Mann an Bord.

Um jeden Preis der Welt wollte ich zu meinem Sohn auf die *Tartar*. Da hatte Sönke den brillanten Einfall und er gab mir seine Kleidung. Es war mir in diesem Moment nicht einmal peinlich, mich vor ihm in der Kutsche umzuziehen. Er wickelte sich in eine Decke ein und behielt mein Kleid auf dem Schoß. Mit dem Messer hat er mir noch die Haare geschnitten und dann habe ich mich von ihm verabschiedet. Verzweifelt habe ich mich nach einem Fischer durchgefragt, der mich schließlich für de Lomels restliche Münzen zum Schiff gerudert hat. Als mich der Kapitän schließlich an Deck gelassen ...«

William unterbrach ihren Redefluss: »Und wie um alles in der Welt bist du auf den Namen *Thomas Wyatt* gekommen?«

»Als mich der Kapitän gefragt hat, musste ich mir schnell etwas einfallen lassen. Was lag da näher, als an den Apostel Thomas zu denken, den Zweifler, der nur glauben wollte, was er mit eigenen Augen sah? Und ein englisches ›Warum nicht‹ rutschte mir schneller heraus, als ich denken konnte. Daraus machte der Kapitän meinen Nachnamen. Wyatt. Gut möglich, dass er Verdacht geschöpft hat, aber letztlich ging alles gut, für mein Verständnis war es sogar viel zu einfach. Dafür schwanden mir hier in der stickigen Kajüte die Sinne ... Trotzdem, William, gegen Manulf kann ich mich zur Wehr setzen.« Merit steckte das Messer zurück an seinen Platz. »Bitte, ich will jetzt endlich mein Kind wiedersehen und dann werde ich mir Manulf vorknöpfen, ehe der Kapitän mein Versteckspiel bemerkt und mich über Bord werfen lässt. Im Ernst, ich denke, mir bleibt nicht viel Zeit.«

»Lass uns wegen Manulf in Ruhe nachdenken. Setz dich auf den Stuhl hier, geht das? Dann gehe ich jetzt deinen Sohn holen.« William half ihr beim Aufstehen und vergewisserte sich, dass sie im Sitzen das Gleichgewicht behielt. Im Gehen wandte er sich noch einmal lächelnd zu ihr um. »Ist dir eigentlich etwas aufgefallen? Ich war ausnahmsweise einmal rechtzeitig zur Stelle, als du mich gebraucht hast.«

»Tut mir leid wegen Liz, William«, sagte sie mitfühlend. »Schon gut. Schön, wenn es wenigstens hin und wieder ein Wiedersehen mit einem verloren geglaubten Menschen gibt.« Er stand auf und verließ die Kajüte.

***

»Das ist vielleicht ein Wetterchen da draußen. Was macht die Uhr? Läuft sie ...« Manulf hielt inne und blieb wie angewurzelt in der Kajütentür stehen, zu der William gerade hatte hinausgehen wollen. »Merit, bist du das?«

»Ja, ich bin es. Leibhaftig!« Sie rappelte sich auf. »Ich denke, du hast mir einiges zu sagen. Wie kommst du dazu, mich für tot zu erklären?«

»Ich?« Manulf tippte sich entsetzt auf die Brust. »Ich habe gar nichts getan! Auf den Schreck hin brauche ich jetzt erst mal einen Schluck Branntwein.«

»Ja, mit mir hast du nicht gerechnet!«, fuhr Merit ihn an, während Manulf zur Truhe neben der Türe ging und sich ungeniert am Alkoholvorrat des Kapitäns bediente.

Dass er sich von ihr abwandte, machte sie nur noch zorniger. »Dachtest du, ohne mein Wissen das Preisgeld einstreichen zu können? Wahrscheinlich hast du mit Pauline ein Komplott geschmiedet! Sie wollte, dass ich in Hamburg bleibe, während du bei den Harrisons darauf gewartet hast, bis das große Geld fließt. Aus meiner Erfindung! So ist es doch gewesen!« Sie schaute zu, wie er sich ein zweites Mal einschenkte und den Branntwein die Kehle hinunterstürzte. Unter anderen Umständen wäre sie jetzt vorsichtig geworden, aber sie konnte nicht mehr an sich halten. »Was glaubst du eigentlich, wie es mir in den letzten Jahren ergangen ist? Ich wünschte, du hättest durchmachen müssen, was man seinem ärgsten Feind nicht wünscht. Hast du einmal darüber nachgedacht, wie es ist, nicht zu wissen, ob das eigene Kind noch lebt? Und was ist mit Ruben? Er glaubt, dass ich tot bin!«

Manulf kippte noch mehr Alkohol in sich hinein. Er schwankte, wobei das von den Schiffsbewegungen kommen mochte, und setzte sich an den Tisch. Sie war nur zwei Schritte von ihm entfernt. Ein Leichtes, ihm jetzt an die Kehle zu gehen und einfach zuzudrücken. Sie ballte ihre Hände zu Fäusten. Wenn er Geertjan nur nicht so verdammt ähnlich sehen würde! Das Gefühl, ihren Ehemann vor sich zu haben, hielt sie letztlich davon ab, auf Manulf loszugehen. Noch nie in ihrem Leben hatte sie so viel Hass in sich gefühlt. Hass gegen Ann Doreens Vater.

»Im Übrigen hast du seit über vier Jahren eine Tochter, die du noch nicht *einmal* gesehen hast!«

William spürte die Gefährlichkeit der Situation. Sanft fasste er ihre Schultern, um sie notfalls festhalten zu können. In ihrem Zorn schüttelte Merit ihn ab, doch William legte seine Hände wieder dorthin. Diesmal mit Nachdruck.

»Mach dich nicht unglücklich, Merit. Er ist es nicht wert.«

»Genau, liebste Merit. Mach dich nicht unglücklich«, säuselte Manulf mit alkoholverzerrtem Grinsen. Er erhob sich, machte einen Schritt nach vorn und streichelte ihr unverblümt über die Wange.

»Fass mich nicht an!« Kaum dass sie die Worte ausgesprochen hatte, hielt sie ihr Messer in der Hand.

Manulf blieb stehen. Er wich keinen Schritt zurück. Mit einer halbherzigen Geste hob er die Hände. »Du wirst dem armen Mädchen doch nicht seinen Vater nehmen wollen? Das ist doch alles nur ein Missverständnis, liebste Merit. Ich war in Paris, als mich ein Brief von Pauline erreichte, dass du tot seiest. Später erfuhr ich ebenfalls durch meine Mutter von Rubens Abreise nach London und ich bin sofort hingefahren, um mich um ihn zu kümmern. Was wirfst du mir also vor? Glaubst du, ich wüsste, was in Pauline vorgegangen ist? Wer weiß, warum sie das getan hat.«

»Das können wir sie leider nicht mehr fragen. Wahrscheinlich hat sie sich selbst die Treppe hinunter in den Tod gestürzt, als ich die zurückgehaltenen Briefe und die gestohlenen Goldmünzen in der Truhe meines Vaters gefunden habe.«

»Briefe und Goldmünzen? Davon weiß ich nichts!«

Merit setzte ihm die Messerspitze mit zitternder Hand auf die Brust. »Ich glaube dir kein Wort!«

***

Ruben glaubte seinen Augen nicht zu trauen, als er die Kajüte betrat und das Messer auf Manulf gerichtet sah. Warum um alles in der Welt stand William tatenlos daneben? Er kannte den Angreifer nicht, doch die rote Weste erinnerte ihn sofort an Sönke.

Der Fremde ließ plötzlich das Messer zu Boden fallen, noch ehe er ein Wort sagen konnte.

»Ruben! Endlich!«

Ein nie gekannter Schreck durchfuhr ihn, als die Gestalt auf ihn zustürzte und ihn fest in die Arme schloss. Die Stimme, das Gesicht.

»Mutter?«

Sie weinte, vergrub ihr Gesicht an seinem Hals und ließ ihn nicht los. Er war fast so groß wie sie. Hilflos hob er die Arme und legte ihr die Hände auf den Rücken. Ihre Schultern zuckten. »Bist du es wirklich? Ich dachte, du seiest tot?«, presste er mühsam hervor. »Und wieso hast du ein Messer?«

»Ja, ich bin es, ich bin deine Muma! Und du kannst Deutsch mit mir sprechen. Elisabeth hat es doch weiter mit dir geübt. Ich bin nicht tot! Das war eine Lüge von deinem Onkel Manulf.«

»Das kann nicht sein!« Suchend schaute sich Ruben nach Manulf um, der längst die Gelegenheit zur Flucht genutzt hatte. »Manulf hätte mich nie angelogen!«

»Das hat er aber! Er wollte den Längengradpreis für sich allein beanspruchen, dafür war ihm jedes Mittel recht. Er ist ein böser Mensch, Ruben. Du musst dich vor ihm in Acht nehmen.«

Der Junge schüttelte eigensinnig den Kopf. »Er ist mein Onkel. Ich mag ihn nicht besonders, aber warum sollte ich jetzt auf einmal Angst vor ihm haben?«

»Weil er ein Spiel mit uns spielt!«, insistierte Merit.

»Deine Mutter hat recht, Ruben«, mischte sich William auf Englisch ein. Auch er beherrschte mittlerweile genug die deutsche Sprache, um dem Gespräch folgen zu können. »Manulf hat sich einiges geleistet, mehr als wir alle bislang geahnt haben.«

Ruben versuchte das Gesagte einzuordnen. In seinem Kopf drehte sich alles. »Manulf ... Er hat dir damals wehgetan, nicht wahr?«

»Was meinst du damit?«

»Ich habe gesehen, wie du am Boden der Werkstatt lagst und gestöhnt hast, weil Manulf grob zu dir war.«

»Du hast es gesehen?«

»Ja, und heute weiß ich, was er da gemacht hat. Damals habe ich mich vor Angst in der Küche verkrochen und als es vorbei war, habe ich dem Herrgott gedankt und mir geschworen, an Stelle meines Vaters auf dich aufzupassen.« Als er es ausgesprochen hatte, wallte die Zuneigung zu seiner Mutter wieder in ihm auf, die er so tief in sich vergraben hatte. Gleichzeitig scheute er nichts mehr als die Berührungen von ihr. Erwartete sie von ihm, dass er sich freute und ihr ebenso in die Arme fiel? Wie sollte er so schnell wieder Vertrauen zu ihr fassen? Zu groß waren die Fremdheit zwischen ihnen und der Schock des unerwarteten Wiedersehens, zu viele alte Wunden brachen gerade wieder auf, zu wenige erklärende Worte waren noch ausgesprochen.

»Warum bist du damals nach London gegangen und hast mich alleingelassen?«

»Ach Ruben ... ich wusste doch nicht, dass ich so lange wegbleiben würde. Ich wollte ...«

»Ich habe eine Schwester, stimmt das? Elisabeth hat es mir erzählt. Alles, was damals in London passiert ist. Dein dicker Bauch kam nicht vom vielen Essen. Du warst schwanger. Von Manulf.«

»Ja. Ich habe dich belogen. Aber was hätte ich denn tun sollen? Du warst noch so klein. Ich konnte doch nicht ahnen, dass du versuchst, mir nach London zu folgen und wir uns für Jahre nicht sehen würden.«

Belogen. Das Wort hallte in seinem Kopf nach und grub sich schmerzhaft in seiner Seele ein. Er versuchte zu lächeln.

»Ja, natürlich. Ich war noch ein Kind.«

»Ich bin froh, dass du mich verstehst.«

»Wie alt ist meine Schwester jetzt?«

»Sie ist vier Jahre alt. Ich habe sie bei Elisabeth zurückgelassen, um euch auf schnellstem Wege in Portsmouth einzuholen. Ich wusste nicht, dass ich dich erst auf dem fahrenden Schiff antreffen würde. Jetzt ist Ann Doreen allein bei den Harrisons.« Seine Mutter versuchte vergeblich, ihre Tränen zurückzuhalten. Ihr Schmerz machte ihn noch unsicherer. Aber auch wütender.

»Es kommen uns genug Schiffe auf dem Ärmelkanal entgegen. Oder wir setzen eines der Beiboote aus. Irgendwie kommst du schon wieder zurück nach Portsmouth, ehe wir das offene Meer erreicht haben.«

»Ach Ruben, natürlich möchte ich sofort wieder zu Ann Doreen zurück, aber glaubst du, ich lasse dich wieder allein, jetzt, wo ich dich endlich gefunden habe?«

Er hörte an ihrer Stimme, wie zerrissen sie sich innerlich fühlte, und spürte, wie sich daran ein kleiner Funken Neid auf seine Schwester entzündete. »Hast du mich überhaupt gesucht?«

»Vom ersten Tag an! Ich habe nichts unversucht gelassen. Mit Sönke habe ich monatelang die Straßen Hamburgs nach dir durchkämmt, der Zuckersieder de Lomel hat sogar Flugblätter und Plakate drucken lassen.«

»Aber Elisabeth Harrison hat dir doch einen Brief geschrieben, kaum dass ich bei ihnen in London angekommen war«, widersprach Ruben.

»Den habe ich nie erhalten. Wahrscheinlich hat Pauline ihn abgefangen und auf ihre Weise beantwortet. Ich habe ihn erst einige Zeit nach dem Tod deines Großvaters gefunden, weil Pauline seine Truhe als Versteck für die Post benutzt hatte.«

»Und warum hat sie das gemacht?«, fragte Ruben ungläubig.

»Das kann uns nur noch Manulf beantworten. Deine Großmutter ist vor gut einer Woche beerdigt worden.«

»Was ist passiert?«

»Sie ist die Treppe hinuntergestürzt.«

Ruben schwieg betroffen. »Aber Sönke geht es gut?«

»Ja. Er ist mit nach London gekommen.«

»Und wo ...«

»Still!«, wurden sie von William unterbrochen. »Ich höre wieder Schritte!«

Tatsächlich ging sogleich die Tür auf. Sie blickten in das erstaunt dreinblickende Gesicht von Kapitän Lindsay.

»Was ist denn das hier für eine Versammlung?«, sagte er an William gewandt. »Sie sollten sich nicht ohne die beiden vereidigten Zeugen bei der Uhr aufhalten, nicht dass man Ihnen noch eine Manipulation an dem kleinen Zeitmesser vorwirft. Raus aus meiner Kajüte, raus an die frische Luft! Es gibt für alle genug zu tun. Die Uhr kann ihrer Aufgabe alleine nachgehen.«

»Gewiss!«, versicherte William und eilig folgten sie dem Befehl des Kapitäns.

***

Das Schiff glitt mit aufgeblähten Segeln durch das Karibische Meer auf Barbados zu. In der Inselmitte erhoben sich nach Norden hin unzählige sattgrüne Hügel und üppig bewaldete Berge, keine Wolke hielt sich am tiefblauen Himmel, die Mittagssonne ließ den Zinnenturm des Parlamentsgebäudes und die darum verstreuten Häuser in leuchtendem Weiß erstrahlen. Die *Tartar* ankerte von Fischschwärmen umgeben in der smaragdgrün schimmernden Bucht im Hafen von Bridgetown. Unbeschreibliche Farben, als hätte Gott von hier aus begonnen, die Welt zu malen, bis ihm am nördlichen Ende seiner Weltreise nur noch Grau- und Weißtöne übrig geblieben waren.

Im Verlauf der Reise hatte Merit Manulf so selten gesehen, dass sie zwischendurch geglaubt und insgeheim auch gehofft hatte, er möge über Bord gegangen sein. Heute hatte sie erfahren, dass Manulf wegen eines Unwohlseins allein mit der Wachmannschaft auf der *Tartar* zurückbleiben wollte, während sich alle anderen Matrosen bereitmachten, an Land zu gehen. Ob Manulf nun krank war oder nicht: Hauptsache, dachte sie, sie bekam ihn nicht zu Gesicht.

Doch da entdeckte sie Manulf. Nur ein paar Schritte von ihr entfernt saß er gegen den Mast gelehnt. Er hatte die Knie angezogen und schnitzte aus einem knochentrockenen Stück Salzfleisch einen runden Gegenstand, so groß wie ihre Taschenuhr. Sie glaubte hervorstehende Zeiger auf der Vorderseite erkennen zu können. Die Rückseite war auf Hochglanz poliert und sah Mahagoniholz zum Verwechseln ähnlich.

Er verscheuchte eine Fliege vor seinem Gesicht und schaute dabei mit einer trägen Bewegung auf.

Siedendheiß fiel ihr ein, dass sie de Lomels Waffe vermisste. Sie wandte sich William zu und fragte ihn: »Wo ist eigentlich mein Messer?«

»Ich weiß nicht, wo du es hingetan hast. Irgendwo in der Koje versteckt?«

»Ich habe es während der gesamten Reise nicht mehr gebraucht. Zuletzt hatte ich es ... Oh Gott, zuletzt lag es in der Kapitänskajüte auf dem Boden. Dort wo ich es bei unserem Wiedersehen fallen gelassen habe! Hoffentlich hat es der Kapitän an sich genommen und nicht Manulf.«

»Fragen wir doch den Herrn des Schiffes«, schlug William vor.

Als sie von Bord gingen, trafen sie auf Kapitän Lindsay,

doch dieser verneinte stirnrunzelnd den Fund eines Messers. Vorsichtig trug Merit ihre Uhr an Land. Das silberne Gehäuse fühlte sich warm an, der Sekundenzeiger bewegte sich gleichmäßig über die von John Harrison angefertigten, schnörkellosen Stunden- und Minutenzeiger hinweg. Die Uhr zeigte sieben Minuten nach vier.

Sechsundvierzig Tage waren sie unterwegs gewesen. Ob ihr Zeitmesser weniger als zwei Minuten verloren hatte?

Bis vor das hiesige Observatorium, wo zwei Herren als Zeugen den Gang der Uhr beurteilen sollten, wollte sie mitgehen. In ihrer Matrosenkleidung, die sie gegen Sönkes salzstarre Hosen eingetauscht hatte, wäre es ein zu hohes Risiko, bei der Prüfung selbst dabei zu sein. Niemand wusste, von wem sie dort erwartet wurden und William befürchtete unangenehme Fragen, die sich der Kapitän bislang verkniffen hatte. Doch seinen Blicken war anzumerken, dass er die Wahrheit hinter Thomas Wyatt längst durchschaut hatte. Dennoch spielte er das Spiel mit und schien die falsche Identität aufrechterhalten zu wollen, wahrscheinlich um keine sittliche Verwirrung unter seinen Matrosen zu stiften.

Sie hielten sich abseits und gingen an dem beflaggten Parlamentsgebäude vorbei. Das Atmen war mit der einschnürenden Brustbinde unter dem groben Hemd mühsam. Der ein oder andere Seemann war bestimmt skeptisch geworden. Wohl jeder machte sich über diesen seltsamen Matrosen, der sich überwiegend in einem eigenen Schlafraum oder der Kapitänskajüte aufhielt, seine Gedanken. Doch keiner sprach irgendeinen Verdacht laut aus.

In übermütigem Laufschritt zog auf dem Sandweg eine Gruppe von Matrosen an ihnen vorbei. Ruben war mitten unter ihnen. Flüchtig hob er die Hand zum Gruß und sie winkte zurück, als er schon weitergerannt war.

Merit lächelte gequält. »Warum meidet er meine Nähe?«

»Du musst Geduld mit ihm haben«, flüsterte William, damit es der Kapitän, der ein paar Schritte vorausging, nicht hören konnte. »Ruben kam dich immerhin schon einige Male besuchen. Er muss erst langsam wieder Vertrauen zu dir entwickeln. Das ist in dem Alter ohnehin nicht so einfach.«

Sie nickte schwermütig. Rubens Verhalten ihr gegenüber war unberechenbar, es wechselte von Tag zu Tag. Gestern erst hatten sie nebeneinander in der Kajüte gesessen und dabei die Uhr beobachtet, die sie für ihn gebaut hatte. Sie hatte ihm erklärt, wie das Uhrwerk funktionierte und er hatte ihr interessiert zugehört und unzählige Fragen gestellt. Sobald allerdings die Rede auf die Vergangenheit gekommen war, war Ruben verstummt und als das weitere Gespräch ihr Verhältnis zueinander berührte, hatte er die Flucht ergriffen und sich für den Rest des Tages nicht mehr blicken lassen.

Er war in einem schwierigen Alter, gewiss, doch sie spürte, dass mehr dahintersteckte. Sein Verhalten war kaum verwunderlich bei einer Mutter, die aus seiner Sicht ihren Sohn über die sichere Heimkehr des Vaters belogen hatte, die seinen Geburtstag vergessen hatte, eine Schwangerschaft vertuscht, ihn vernachlässigt, allein zurückgelassen und schließlich seine Schwester in der Fremde zur Welt gebracht hatte. Wie konnte Ruben so eine Mutter überhaupt lieben? William versicherte ihr, dass Ruben sie mehr liebte, als sie sich das vorstellen konnte. Sie wusste nicht, was sie glauben sollte. Hilflosigkeit und Unsicherheit waren ihre täglichen Begleiter im Umgang mit ihrem Sohn. Die unbeschwerten Zeiten waren vorbei. Und wieder hatte sie ein Kind zurückgelassen. Was war aus all ihren Lebensvorstellungen und Träumen von einer glücklichen Familie geworden?

Als sie vor dem imposanten Eingang des Observatoriums

standen, übergab sie William nur zögernd ihre Uhr. Aber sie wusste, es war vernünftiger so.

»Ich muss dir noch etwas sagen«, flüsterte William mit ernster Stimme. »Mein Vater hat dein Uhrwerk mit seinem Namen signiert. Ich konnte ihn nicht davon abhalten.«

Merit seufzte. »So etwas Ähnliches habe ich mir schon gedacht.« Sie versuchte gelassen zu reagieren, doch trotz aller Beherrschung fühlte sie den Zorn in sich hochkochen. »Kein Mann schätzt die Werke einer Frau, wenn es nicht gerade ums Kinderkriegen geht!«, grollte sie mit zusammengebissenen Zähnen. »Aber ich werde es den Herren der Längengradkommission schon noch beweisen!«

»*Wir*, Merit. Wir werden es beweisen. Ich stehe auf deiner Seite, ich trete für dich ein – nicht für meinen Vater. Ich denke, wir haben ganz gute Chancen. Ich bin so gespannt auf das Ergebnis!«

Unendlich nervös wünschte sie William viel Erfolg, ehe sie sich unter dem Vorwand einer Unpässlichkeit an der Ecke des Gebäudes in den Schatten einer Palme zurückzog. Sehnsüchtig, einer dürstenden Aussätzigen gleich, schaute sie William hinterher, wie er mit dem bereits ungeduldig wartenden Kapitän Lindsay im Eingang verschwand.

Zur Ablenkung beobachtete sie eine Ewigkeit lang die Einheimischen, die an ihr vorbeikamen und sie freundlich grüßten. Sie fühlte sich auf Anhieb wohl auf dieser Insel. Unter anderen Umständen wäre sie gerne eine Weile hiergeblieben.

William hatte es noch nicht ausgesprochen, aber Merit wusste, dass auch er die Heimkehr herbeisehnte. Er vermisste seinen kleinen Sohn von ganzem Herzen – ein Gefühl, das schrecklicher zu ertragen war als Hunger und Durst. Sie musste William nur ansehen, um ihn zu verstehen und andersherum erging es ihm genauso. Sie verstanden sich blind, seit sie sich wieder begegnet waren. Weil sie denselben Lebensweg gehen mussten, den das Schicksal für sie ausgewählt hatte. Sie dachte allerdings nur still an ihre Tochter, während er seinen kleinen John bei jeder Gelegenheit erwähnte. Dagegen sprach sie häufig von Geertjan – besonders jetzt, wo sie auf dem Schiff gewesen war, fühlte sie sich ständig an ihn erinnert. Der Gedanke an ihn schmerzte, aber nicht mehr so wie früher. Die Erinnerung an ihn war heller geworden, leichter, wie ein einsamer Spaziergang über weite Hügel und grüne Täler.

In Williams fröhlichen Augen verbargen sich oft Tränen, die er mit einem Lächeln besiegte. Es war seine Art, mit der Trauer umzugehen. Wenn sie mit ihm allein war, war Liz immer bei ihnen, das war ihr bewusst.

Plötzlich kam auf dem Sandweg, den sie vorhin hinaufgegangen waren, ein Mann näher, dessen äußere Erscheinung sie auf Anhieb belustigte. Die hochgewachsene Gestalt mit dem krummen Rücken und der langen Nase in dem hohlwangigen Gesicht erinnerte Merit an einen Habicht.

Er lenkte seine Schritte auf den Eingang des Gebäudes zu, so dachte sie zumindest, bis er abbog und mit einem Lächeln vor ihr stehen blieb. »Herzlich willkommen auf Barbados«, sagte er. »Ich war gerade im Hafen, um Kapitän Lindsay und William Harrison abzuholen. Ich wollte den Herren eine Überraschung bereiten, doch offensichtlich bin ich ein wenig zu spät gekommen ... Ich bin im Auftrag der Längengradkommission mit der *Princess Louisiana* vorausgefahren und darum weile ich schon etwas länger hier.«

In diesem Moment drangen ausgelassene Stimmen und Gelächter zu ihnen herüber. Sie wandten dem Eingang des Observatoriums die Köpfe zu.

»Neununddreißig Sekunden, nur neununddreißig Sekunden!«, jubelte William und schlug seinem Begleiter Lindsay auf die Schulter. Wie ein Wilder hüpfte er barfüßig durch den Sand. »Dreimal besser als ... Das ist doch Nevil Maskelyne!«, rief er und kam zu ihnen herüber.

»Ganz recht. Ich hatte gerade die Ehre, mich kurz mit Ihrer netten Begleitung zu unterhalten. Der Name dieser Dame ist mir doch tatsächlich entfallen. Die Matrosenverkleidung, pardon, die Matrosenkleidung verwirrt meine Sinne etwas. Oh, weshalb erschrecken Sie denn so, Madame? Sie müssen mich nicht kennen. In meiner Eigenschaft als Assistent des Königlichen Astronomen hatten wir noch nicht direkt das Vergnügen miteinander. Aber ich sah Sie seinerzeit als Gebärende vor Harrisons Haus. Bei meinem zweiten offiziellen Besuch waren Sie bereits wieder abgereist. Verständlich, dass Sie sich nicht an mich erinnern. Dafür sind Sie mir umso besser im Gedächtnis geblieben. Ich habe mit Ihnen gerechnet. Ich dachte nur nicht, dass wir uns so schnell wiedersehen werden.«

»Reverend Maskelyne, was haben Sie hier zu suchen?« William war bis auf einen Schritt an ihn herangetreten.

»Ich widme mich meinen astronomischen Beobachtungen und habe außerdem die ehrenvolle Aufgabe erhalten, zusammen mit meinem Mitarbeiter die Ganggenauigkeit dieser Uhr mehrmals in den nächsten Tagen zu überprüfen und die Ergebnisse zu bezeugen.«

William presste die silberne Uhr gegen seine Brust. »Wie kommen Sie dazu? Sie bewerben sich doch selbst um den Längengradpreis. Wollen Sie die Ergebnisse zu Ihren Gunsten fälschen?«

»Sie sehen Gespenster. Es geht alles mit rechten Dingen zu, Mr Harrison. Ich muss selbst eine zweite Prüfung durchmachen, obwohl die Methode der Monddistanzen auf der Reise nach St. Helena schon sehr erfolgreich war! Und wer von uns beiden der Betrüger ist, möchte ich in Anbetracht dieser Dame in Matrosenkleidern nicht beurteilen. Möge wenigstens ihre Uhr in den kommenden Tagen die Wahrheit sprechen.«

Ein flehender Blick zeichnete sich in Williams Gesicht ab. »Kapitän Lindsay, so sprechen Sie doch ein Machtwort!«

»Ich denke, es ist besser, wenn wir jetzt zurück an Bord der *Tartar* gehen«, murmelte dieser. Dabei vermied er es, Merit anzusehen.

»Das halte ich für eine sehr gute Idee, meine Herren«, bestätigte Maskelyne mit einem süffisanten Lächeln.

»Ich warne Sie«, zürnte William. »Gehen Sie nicht zu weit! Auch um Ihren Hals liegt eine Schlinge, wenn Sie sich nicht an die Regeln halten!«

Nevil Maskelyne verabschiedete sich mit einer eleganten Verbeugung und betrat ruhigen Schrittes das Königliche Observatorium. »Fragt sich nur, bei wem von uns beiden sie sich schneller zuzieht.«

***

Ich gebe nicht auf. Merit formte diesen Satz immer wieder stumm zwischen ihren Lippen, während sie auf der Rückreise an Bord der *New Elisabeth* in ihrer Koje lag. Die Maserung der Holzplanken kannte sie in- und auswendig, sie glaubte, darin Gesichter zu erkennen, die Wände wussten ganze Geschichten zu erzählen. Nur wie es weitergehen sollte, konnte ihr keiner sagen. Sie fühlte sich zu schwach um aufzustehen. Irgendetwas zehrte an ihren Kräften, ohne dass sie es benennen konnte.

Nach der Begegnung mit Maskelyne war sie nicht umhingekommen, Kapitän Lindsay in ihr Geheimnis einzuweihen. Er hatte nicht schlecht gestaunt, und doch war sie sich nicht sicher gewesen, ob er sie nicht längst durchschaut gehabt hatte. Unergründlich blieb jedoch auch, ob er ihrer Geschichte

Glauben schenkte. Er murmelte nur etwas davon, den Vorfall nicht im Logbuch erwähnen zu wollen.

Das Schiff lief auf der Heimfahrt nach London einen anderen Kurs. Erst zwei Drittel der Reise hatten sie in den vergangenen acht Wochen geschafft. Manchmal glaubte Merit nicht mehr daran, dass die Weite des Ozeans jemals wieder ein Ende nehmen könnte. Oft dachte sie an die zwei Wochen auf Barbados zurück. Die Einwohner waren sehr gastfreundlich gewesen. Jeden Abend waren sie bei einer anderen Familie eingeladen gewesen und noch nie hatte Merit so viele ausgelassene, fröhlich feiernde Menschen in einer beengten Hütte gesehen. Außerdem war geschehen, womit keiner gerechnet hatte: Maskelyne hatte die Hälfte der Messungen allein seinem Helfer Charles Green überlassen und anstandslos das Protokoll unterschrieben, das die unglaubliche Ganggenauigkeit der Uhr täglich unverändert unter Beweis gestellt hatte. Tatsächlich waren nur sagenhafte neununddreißig Sekunden auf dem Meer verlorengegangen, das war dreimal genauer als notwendig gewesen wäre, um den Längengradpreis zu gewinnen.

Merit hob ihre dünne Bettdecke an, um Luft über ihren erhitzten Körper zu fächeln. Sie schwitzte, aber dafür waren die sommerlichen Außentemperaturen verantwortlich. Fieber hatte sie bestimmt keines, ihre Stirn fühlte sich nicht besonders warm an. Großer Appetit wollte bei diesem Wetter auch nicht aufkommen. Vor allem nicht bei diesem unsäglichen Schiffsfraß.

»Soll ich dir noch einmal einen kalten Lappen bringen?« Ruben hatte neben ihr auf einer Kiste Platz genommen. Seine Knie wippten, als wisse er nicht, wohin mit seinen langen Beinen.

»Das ist sehr lieb von dir, aber ...« Ein Hustenanfall unterbrach sie. Sie wischte sich den Schweiß von der Oberlippe und schob das lästige Tuch von sich. »Geh nur zu den anderen Matrosen. Du musst nicht hier bei mir sitzen.«

»Schon in Ordnung, ich habe Freiwache.«

Seine veränderte Stimme irritierte sie noch immer, seine kantigen Gesichtszüge, seine kräftigen Arme. Bald sieht er so aus wie Geertjan, schoss es ihr durch den Kopf.

»Macht dir deine Arbeit Spaß?«, fragte sie aus dem Gefühl heraus, dass er mit ihr reden wollte. Er suchte jetzt öfter ihre Nähe, blieb dabei aber innerlich auf Distanz.

»Ja, sehr. Ich möchte eines Tages als Steuermann zur See fahren.«

Noch ehe sie darauf etwas sagen konnte, hörte sie helle, leise Geigentöne, die bald wärmer und kräftiger wurden und unaufhaltsam an ihr Ohr drangen. Seit Tagen schon spielte Manulf dieses Spiel mit ihr. Immer zur selben Zeit. Doch heute war er früher dran. Rubens Blick wurde leer, während er gezwungen war, den Klängen zuzuhören. Merit schloss die Augen und versuchte die aufsteigenden Bilder zu verdrängen. Vergeblich. Die Tonfolge steigerte sich zu einer galoppierenden Verfolgungsjagd. Sie sah das Haus in Hamburg, die dunkle Werkstatt, Manulf. Ihre linke Hand schloss sich um das zerknitterte, feuchtwarme Tuch. Mit einem Ruck bedeckte sie wieder ihren Körper. In diesem Augenblick verstummte das Geigenspiel so plötzlich, wie es begonnen hatte. Ungläubig horchte Merit dem Spuk nach.

Ihr Sohn schaute an ihr vorbei. Behutsam fing sie seinen Blick ein und versuchte, die Gedanken aus seinen hellen Augen abzulesen.

»Ruben, ich wollte dich damals nicht alleinlassen«, begann sie zögernd.

»Ich weiß.«

»Glaubst du mir das wirklich?«

»Ich habe dich vermisst, deshalb bin ich dir nach London hinterhergefahren«, platzte es aus ihm heraus.

»Ich dachte, du wärst bei Sönke gut aufgehoben. Wenn ich das alles auch nur geahnt hätte, auch dass ich so lange wegbleiben würde, wäre ich niemals aus Hamburg fortgegangen.« Schnell verdrängte sie den Gedanken an ihre Tochter, weil sie eine ungeheure Angst vor einer Wiederholung des Schicksals hatte. »Du hast selbstverständlich das Recht, mir deswegen Vorwürfe zu machen. Du empfindest mein Verhalten als eigennützig und rücksichtslos, nicht wahr? Das erkenne ich heute auch, aber damals dachte ich, ich würde das Beste für deine Zukunft tun. Ich bin in Wahrheit eine schlechte Mutter, das weiß ich jetzt. Ich habe viele Fehler gemacht und ich wünschte, ich könnte die Zeit zurückdrehen. Jetzt muss ich mit meiner Schuld leben und ich kann dich nur um Verzeihung bitten.«

»Hast du mich vermisst?«, fragte Ruben zögerlich.

»Vom ersten Tag an, das schwöre ich dir. Die letzten Jahre waren sehr schlimm für mich.«

»Hast du Manulf geliebt?«

»Nein, ich habe immer nur deinen Vater geliebt. Dich und deinen Vater.«

Ruben schwieg. Zuerst hatte es durch das Zucken seiner Mundwinkel den Anschein, als wolle er ihr eine Antwort darauf geben, doch dann stand er eilig auf. »Ich gehe jetzt zurück an Deck und ... ich hole frisches Wasser für dich.«

Nachdem er fluchtartig den Raum verlassen hatte, legte sie sich wieder auf den Rücken und schaute an die Kojendecke, um Halt zu suchen. Das Geräusch des fahrenden Schiffes begleitete ihre Gedanken, die zuerst vage wie ein Nebel waren und dann klarer wurden, bis ihr eine Tatsache deutlich vor Augen stand: Sie hatte die bedingungslose Liebe ihres Kindes zu seiner Mutter zerstört.

Ihr Brustkorb schmerzte und sie musste husten. Dabei überhörte sie, wie sich die Tür erneut öffnete. Sie sah ihn erst, als er schon in der Kajüte stand. Ruckartig setzte sie sich auf.

Manulf kam mit langsamen Bewegungen auf sie zu. Er schwankte. Seine Geige trug er nicht bei sich, dafür eine Flasche Branntwein, zwei Becher und die aus Salzfleisch geschnitzte Uhr. Ungebeten ließ er sich auf der Kiste nieder, wo Ruben gerade eben noch gesessen hatte.

»Hast du deinem Kind schon gesagt, dass du nicht mehr lange leben wirst?«

Die Worte, mit denen sie ihn brüsk des Raumes verweisen wollte, erfroren ihr in der Kehle.

»Wie bitte? Wovon redest du? Was willst du hier? Willst du ... willst du mich umbringen?«

»Ich?« Manulf schaute hinter sich, als könne sie jemand anderen gemeint haben. »Wie kommst du denn darauf? Nein, ich wollte damit sagen, auf der Insel gibt es viele Krankheiten – und Seuchen. Vielleicht ist das der Anfang deines Endes?«

»Willst du mir Angst machen? Das gelingt dir nicht. Ich habe mich verkühlt, ein leichter Husten und ein wenig Schwäche, mehr nicht. Das ist nächste Woche wieder vorbei!«

»Bist du blind geworden? Erkennst du dich selbst nicht? Deine Worte würde der größte Narr für eine Lüge halten.« Er lächelte, Grübchen erschienen auf seinen Wangen und sofort war der Schmerz in ihr wieder da. Ahnte er, welche Qualen sie bei seinem Anblick durchlitt?

»Raus hier! Verschwinde!«, schrie sie das Ebenbild ihres Ehemannes an. Sie schwang ihre Beine aus dem Bett, um sicheren Boden unter den Füßen zu verspüren, doch sie war zu schwach um aufzustehen.

Manulf öffnete die Flasche und hob ihr einen der Becher entgegen. »Ich würde gerne noch ein bisschen bei dir bleiben und ein Schlückchen Branntwein mit dir trinken. Ein besonders leckerer Tropfen, besser als der damals in Hamburg. Möchtest du nicht probieren?«

»Nein!« Sie nahm all ihre Kraft zusammen und schlug ihm den angebotenen Becher aus der Hand, noch ehe er einschenken konnte.

»Aber du hast es doch gemocht?«, flüsterte er mit sonorer Stimme.

Sie überging die Doppeldeutigkeit seiner Worte. »Das ist vorbei! Seit ich Ruben wiedergefunden habe, trinke ich keinen Schluck mehr! Und mit dir erst recht nicht!«

»Wie du möchtest. Sodann kommen wir ohne Vorspiel gleich zur Sache, das ist mir auch angenehmer. Ich habe dir ein kleines Geschenk mitgebracht.« Er erhob sich und bot ihr mit gespieltem Stolz die aus hartem Fleisch geschnitzte Uhr dar. »Damit du nicht so traurig bist, wenn ich dir dein silbernes Spielzeug wegnehmen muss.«

»Das wirst du nicht tun!« Plötzlich war sie doch auf den Beinen und hieb ihm mit der flachen Hand ins Gesicht, ehe sie darüber nachdenken konnte. »Geh weg und lass mich endlich in Ruhe!«

Er packte ihre Handgelenke und hielt ihre angewinkelten Arme vor ihrer Brust fest. Sein Gesicht kam näher, sein Blick konzentrierte sich auf ihren Mund. »Es reizt mich, wenn du dich wehrst.«

»Vergiss es, du entlockst mir keine Gefühle mehr. Du bist anders als Geertjan. Du brauchst meine Liebe nicht. Lass mich gehen!«

Er lächelte. »Wohin willst du denn fliehen?«

Merit drehte ruckartig ihre Handgelenke und entkam seinem Griff. »Weit weg von dir! Und wenn ich dafür ins Wasser springen muss!«

»So wie Barbara?«, sagte er und fing sie blitzschnell wieder ein. Mit eisernem Griff presste er sie an sich und mit dem Druck seiner Lenden zwang er sie rückwärtszugehen. Sie sperrte sich, taumelte, spürte an ihren Waden die hölzerne Umrandung der Koje und fiel auf den Rücken.

Mit einem Keuchen setzte er sich rittlings auf sie. Sie starrte in sein unrasiertes Gesicht.

Manulfs Hände legten sich an ihren Hals. »Jetzt habe ich dich endlich«, flüsterte er heiser. »Es ist deine eigene Schuld, dass ich dich umbringen muss. Du hättest dich nicht gegen mich wehren dürfen. Aber du wolltest nicht aufgeben.«

Sie würgte. Ihre Finger suchten verzweifelt die Umklammerung zu lösen. Mit ihren Fingernägeln kratzte sie über seine Knöchel. Er drückte zu.

Atmen, du musst atmen. Das Blut rauschte ihr in den Ohren. Sie drückte ihren Rücken ins Hohlkreuz, ein vergebliches Aufbäumen.

»Deine Augen werden so schön groß. Willst du etwas sagen? Ich habe Barbara nicht umgebracht, falls du mich das fragen willst, aber ich habe sie in den Tod getrieben, das stimmt. Wenn mir nicht ein Zuckerknecht einen Hinweis gegeben hätte, wäre ihre Lüge vielleicht niemals ans Tageslicht gekommen. Jona war keine acht Wochen alt, als ich es erfahren habe. Meine Frau eine Hure! Ich habe Pauline daran gehindert, deine Schwester als Ehebrecherin vor den Richter zu bringen. Kommt dir das nicht ein wenig bekannt vor? Warum sagst du denn nichts?«

Es flimmerte vor ihren Augen.

»Von diesem Tag an habe ich Barbara das Leben auf meine Weise zur Hölle gemacht. Natürlich ließ ich sie weiter zu dem Zuckersieder gehen und dafür durfte sie mir von den Portugalesern mitbringen, wenn sie den kleinen Bastard in seiner

Bibliothek gestillt hat. Ins Gefängnisloch wollte Barbara nicht, deshalb hat sie mir brav gedient. Auf diese Weise bekam ich zwar nicht meinen ersehnten Stammhalter geschenkt, aber eine ansehnliche Sammlung an Goldmünzen, die meine treue Mutter für mich verwahrt hat. Mit ihr zusammen hätte ich mir in einem fernen Land ein Leben im Wohlstand gönnen wollen. Hin und wieder habe ich mir schon unauffällig einen kleinen Luxus geleistet: einen Degen, den weinroten Rock, das Pferd. Das war es wohl auch, was meinen Zwillingsbruder skeptisch gemacht hat. Du wehrst dich gar nicht mehr, was ist los mit dir?«

Sein Griff wurde nicht lockerer, im Gegenteil.

»Barbara brachte mit der Zeit immer weniger Münzen für uns mit. Ich drohte ihr, aber sie hatte panische Angst, der Zuckersieder könne ihr auf die Schliche kommen. Als sie eines Abends nicht nach Hause kam, betrank ich mich, weil ich glaubte, mein Spiel sei zu Ende. Tatsächlich hatte de Lomel Nachforschungen angestellt und die fehlenden Münzen bemerkt, doch er verdächtigte zu meinem Glück den Falschen und Barbaras Tod blieb ungesühnt, weil er keine Verbindung zwischen den Ereignissen hergestellt hat. Später bin ich sogar zu ihm gegangen und habe ihm einen Handel angeboten. Dein Zuckersieder ist ein sehr gutgläubiger Mensch. Er dachte tatsächlich, ich würde ihm etwas von dem Längengradpreis abgeben und er hätte gleichzeitig den Vorteil, dich in Hamburg zu wissen, wenn er nur eine hübsche kleine Summe in mein Vorhaben anlegte.«

Sein Gewicht lastete auf ihrem Hals. Seine Stimme entfernte sich, die Worte wurden leiser, gedämpfter.

»Die 20 000 Pfund Sterling gehören mir, wenn ich alleine nach London zurückkehre. Mit dem alten Harrison werde ich auch noch fertig, nur keine Sorge. Ich muss nicht einmal mehr mit Pauline teilen, weil sie nicht auf meinen Rat gehört hat, die Briefe zu verbrennen. Purer Leichtsinn. Sie hielt das Versteck in der Truhe für sicher, weil sie nicht glaubte, dass du die Kraft haben würdest, zu deinen Wurzeln zurückzukehren. Du hast es dennoch getan. Dir ist vieles gelungen, aber nur so viel, wie ich dir zugestehen wollte. Jetzt wird es Zeit für dich. Willst du dich nicht einmal mehr von deinem Manulf verabschieden? Wie schade. Lebewohl, meine geliebte Merit.«

***

Die letzten Worte hatte Ruben noch gehört. Wie gelähmt stand er in der Türe. Er begriff und danach verlor er die Kontrolle. Er ließ den Wassereimer fallen und zog das aus der Kapitänskajüte stammende Messer, das er stets bei sich trug. Dann stach er zu. Es ging erschreckend einfach. Die Klinge glitt durch den hellen Baumwollstoff in den breiten Männerrücken. Manulf verharrte, stieß einen langen Schrei aus und richtete sich auf. Ruben zog das Messer mit einem kräftigen Ruck heraus. Das Hemd verfärbte sich.

Manulf ließ von der Mutter ab, fuhr herum und starrte ihn mit ungläubigem Blick an. Als er den nächsten Schritt tun wollte, stach Ruben erneut zu. Mitten in die Brust. Manulfs erhobene Hand griff nach dem Messer, doch gleichzeitig sank er in die Knie. Einen Augenblick später fiel er um, sein Kopf schlug auf dem Boden auf und aus den geöffneten Lippen quoll Blut.

Ruben würgte bei dem Anblick, er hielt sich die Hand vor den Mund und taumelte unter den Schiffsbewegungen, die er zuvor nicht einmal wahrgenommen hatte. Vor ihm lag der zweite Mensch, der in seinem Beisein starb. Diesmal hatte er ihn wirklich umgebracht. Die Leiche des anderen Toten hatte er nie gesehen. Damals hatte das Wasser den jungen Körper seines Freundes gnädig bedeckt und diesem ein Grab in der Tiefe der Fluten geschenkt.

Schnell wandte er sich seiner Mutter zu, um nachzusehen, ob sie noch atmete. Sie musste leben, sie musste ihm doch noch zum Geburtstag gratulieren ...

***

Siebtes Buch

*Es beginnt im Königlichen Observatorium A.D. 1765,
darauf folgt ein nächtlicher Einbruch in eine Werkstatt
und endet mit der Zerstörung einer kostbaren Uhr A.D. 1766*

Auch weiß der Mensch seine Zeit nicht, sondern wie die Fische gefangen werden mit dem verderblichen Netz und wie die Vögel mit dem Garn gefangen werden, so werden auch die Menschen verstrickt zur bösen Zeit, wenn sie plötzlich über sie fällt.

Prediger 9,12

Geliebte Merit,
wie nicht anders zu erwarten, war ich auf Barbados zugegen, doch dir war wieder alles andere wichtiger, als dich auf mich einzulassen. Du glaubst mich zu kennen, aber du irrst dich. Wenn man einen Teil kennt, offenbart sich nicht das Ganze.

Wie fühlte es sich an, als Manulf seine Hände um deinen Hals gelegt hat? Haben sich die Minuten zu Stunden ausgedehnt oder hast du gar dein Gefühl für die Zeit verloren, auf das du so stolz bist? Es gibt nichts, was du vor mir verheimlichen kannst. Früher oder später werde ich alles erfahren.

Besonders interessiert mich natürlich der Bau dieser kleinen Uhr. Während du in London bist, wird es einige Stunden der Wahrheit geben, mach dich darauf gefasst. Mit der kleinen Uhr ist es dir gelungen, die Zeit darin einzusperren, ein wunderliches Kunststück, auf das ich gewartet habe, weil ich diesen Tag kommen sah, während andere nicht daran geglaubt haben. Aber steckt jetzt wirklich das, was ihr Menschen gemeinhin die Zeit nennt, in dieser Uhr? Ist es dasselbe, was du in dir spürst? Wie kommt das Zeitempfinden eigentlich in den menschlichen Körper hinein? Hast du dir darüber schon einmal Gedanken gemacht? Oder einem anderen diese Frage gestellt? Manche haben vielleicht noch nie darüber nachgedacht, für sie ist die Zeit das, was die Uhr an der Wand anzeigt, und andere werden sagen, dass die Zeit eine Erfindung des Menschen ist und gar nicht existiert.

Wieder andere werden bei der Frage verstummen und an ein Gefühl denken, vielleicht einen ruhig dahinfließenden Fluss vor Augen haben, aber keine Worte dafür finden. Du wirst so viele Antworten bekommen, wie es Menschen auf der Erde gibt. Und doch suchen alle dasselbe. Nur wenige finden die Zeit im Überfluss, vielen dürstet danach wie ein Wanderer, der sich in Erwartung eines erlösenden Schlucks durch die Wüste zur Oase schleppt. Nur kommt er dabei immer weiter vom rechten Weg ab, irrt auf der Suche nach dem Paradies durch die sengende Hitze und hält vielleicht eine Fata Morgana für die erlösende Rettung.

Das, wonach du suchst, liegt dir wie ein Geschenk zu Füßen, aber du willst es nicht annehmen. Warum verharrst du so selten, um die Dinge genauer zu betrachten? Du kannst nur im Hier und Jetzt leben, hältst dich aber ständig in der Vergangenheit oder Zukunft auf. Ich liebe den Augenblick – in ihm entscheidet sich alles und in ihm vergesse ich mich selbst.

***

»Bedauerlich, dass diese Plagegeister nicht aussterben.«

Lord Morton, der als Nachfolger von Lord Macclesfield mit den Befindlichkeiten des Ersten Lords der Admiralität bestens vertraut war, schaute suchend an den hohen Fenstern empor. »Schon wieder eine Fliege, Lord Werson? Der Londoner Winter ist einfach zu mild für dieses nervtötende Getier. Sollen wir kurz die Fenster öffnen, damit wir diese Viecher loswerden?«

Werson schüttelte den Kopf. »Sie sollen sich nicht das Genick brechen. Es genügt, wenn die beiden Herren die Treppe nehmen.« Er richtete den Blick auf den sichtlich gealterten John Harrison, der mit seinem Sohn William vor der mit vierzehn Mitgliedern ausnahmsweise vollständig anwesenden Kommission stand. Einzig der Platz des verstorbenen Königlichen Astronomen James Bradley war leer.

John Harrison stützte sich schwer atmend auf seinen Stock, wobei ihn sein Sohn mit besorgtem Blick nicht aus den Augen ließ. Stühle hatte man den beiden Harrisons nicht angeboten. Würde sich jetzt die Erde vor dem Zweiundsiebzigjährigen auftun, hätte der Mann ein schönes Grab gefunden. Doch dieser selbsternannte Uhrmacher war standfest wie eine Eiche, auch wenn es im Gehölz bereits mächtig knirschte.

»Genug der Beleidigungen!«, hob der Alte mit erstaunlich fester Stimme an. »Bei der Rückkehr meines Sohnes von Barbados zeigte meine kleine silberne Uhr eine durchschnittliche Gangabweichung von nur neununddreißig Sekunden! Bis auf zehn Seemeilen genau konnten die beiden Kapitäne auf Hin- und Rückfahrt den Abstand ihrer Schiffe zur Küste berechnen! Das ist ein Spaziergang, kaum weiter als von hier bis zu meinem Haus! Sie haben alle Beweise von mir! Von nunmehr drei Kapitänen bezeugt und sogar von Nevil Maskelyne unterschrieben! Für die 20 000 Pfund wird lediglich eine Genauigkeit bis auf 30 Seemeilen gefordert. Worauf warten Sie noch?

Wollen Sie der Methode der Monddistanzen immer noch den Vorzug geben?« Harrison nutzte seine Fragen, um Zeit zu gewinnen, denn die Antworten waren ihm längst bekannt.

William hielt die Uhr wie ein Kleinod in der Hand, konnte vor Nervosität kaum stillstehen. Werson beobachtete die Harrisons mit der Anteilnahme eines Menschen, der einen auf dem Rücken liegenden Käfer studiert, schwankend in der Überlegung, ob er ihn aus der misslichen Lage befreien oder gleich zertreten sollte. Seine Entscheidung hatte er längst getroffen. Aber er hatte keine Eile. Warum sollte er die beiden Männer und die selbst ernannte *Herrin der Zeit* nicht noch ein wenig zappeln lassen?

»Über die Methode der Monddistanzen werden wir gleich noch einen ausführlichen Bericht hören«, bemerkte Lord Morton erkennbar matt, jedoch allenthalben um angemessene Sachlichkeit bemüht.

Werson hätte den Vorsitzenden für diese Vorlage umarmen können. »Über Ihre Uhr wissen wir hingegen gar nichts, Mr Harrison«, fügte er mit einem liebenswürdigen Lächeln hinzu. »Sie haben uns nie einen Blick auf den Mechanismus gestattet.«

»Nur die Ergebnisse zählen!«, eiferte sich der Uhrmacher. »Oder schicken Sie Nevil Maskelyne zu den Sternen, um sich von deren Vorhandensein zu überzeugen?«

Durch eine unbedachte Bewegung verrutschte Lord Mortons Perücke. Er kämpfte mit dem zu lockig geratenen Ungetüm, während er zunehmend gereizt Antwort gab: »Angenommen, wir hätten zwölf solcher Uhren nach Barbados geschickt, so hätte natürlich eine davon richtig gehen können! Wir möchten uns lediglich davon überzeugen, dass die Messergebnisse kein Spiel des Zufalls sind. Wenn Sie also die Güte besäßen, uns eine Erklärung über die Bauteile abzugeben?« Er seufzte laut auf, wohl auch aus Erleichterung, seine Perücke wieder in die zugedachte Position gebracht zu haben.

»Nein!«, rief Harrison und rammte seinen Stock auf den Boden.

»Pardon?« Werson simulierte mit der Hand an der Ohrmuschel eine Hörschwäche. »Seit wann sparen Sie bei der Präsentation Ihrer Erfindungen mit Worten? Das ist in der Tat eine völlig neue Eigenschaft an Ihnen. Sehr löblich zwar, aber in Anbetracht der Sachlage doch eher verwunderlich.«

»Ich bin nicht mehr gewillt, mein Wissen mit ignoranten Sterngläubigen zu teilen, die die Haarfeder einer Unruh nicht vom Haarschmuck eines Weibes unterscheiden können!«

Nur seine Atemstöße und das Ticken der Silberuhr waren im Saal zu hören.

Es dauerte geraume Zeit, bis der Vorsitzende wieder das Wort ergriff: »Werter Mr Harrison, so sehr ich mich auch bemühe, so wenig verstehe ich Ihr Verhalten. Sie wollen den Preis bekommen und wir geben Ihnen das Geld – sobald wir von Ihrer Arbeit überzeugt sind.«

»Nichts als Schikane betreiben Sie!«

»Wollen Sie den Erlass unserer seligen Königin Anne als Schikane bezeichnen?« Werson dachte noch während er sprach darüber nach, in welche Ecke er den Uhrmacher als Nächstes zu treiben gedachte. Er konnte es sich aussuchen. »Nützlich und praktikabel, das waren die Vorgaben für den Bau, Sie erinnern sich? Die Uhr muss von jedem beliebigen Uhrmacher nachbaubar sein – und das zu vernünftigen Erwerbspreisen. Mehr wollten wir nicht von Ihnen.«

»Ganz recht«, bestätigte Lord Morton. »Und sollten Ihnen diese Auflagen noch nicht deutlich genug geworden sein, so wird Ihnen die bald verabschiedete Erweiterung des Erlasses durch Georg III. ausführlichere Auskunft darüber bie... – Oh, ich heiße Sie recht herzlich in unserer Sitzung willkommen, wir haben Sie bereits erwartet.«

Nevil Maskelyne schloss die Türe, begrüßte seinerseits die Kommissionsmitglieder und ignorierte die Anwesenheit der beiden Harrisons, obwohl er neben ihnen Aufstellung genommen hatte. »Bitte verzeihen Sie die Verspätung, meine Herren. Ich wurde noch etwas länger bei Seiner Majestät aufgehalten.«

»Keine Ursache, nehmen Sie doch bitte Platz.« Lord Morton wies mit einem verbindlichen Lächeln auf den einzig freien Stuhl in den Reihen der Kommission.

Werson erhob sich zu einer kurzen Verbeugung, damit der in seinem neuen Amt als Königlicher Astronom bestätigte Maskelyne den Platz zu seiner Rechten einnehmen konnte.

»Werte Kommissionsmitglieder ...« Maskelyne ordnete die Papiere vor sich. »Ihre Zeit ist kostbar und darum möchte ich auch gleich zu meinem Bericht kommen. Ich freue mich, dass Sie mir bei der Wahl zum Königlichen Astronomen Ihr Vertrauen geschenkt haben und ich gebe Ihnen bei meiner Ehre mein Wort, Sie künftig in meinem Amt nicht zu enttäuschen. Hiermit kann ich Ihnen die erfreuliche Mitteilung machen, dass vier Offiziere der Ostindischen Kompanie unabhängig voneinander meinen schriftlichen Anleitungen zur Berechnung der Monddistanzen gefolgt sind und die Abweichung höchstens ein Grad betrug.« Selbstgefällig nahm er die lobend eingeworfenen Worte entgegen und wartete, bis sich das Getrommel auf die Tischplatte wieder gelegt hatte. Er nickte wie ein Körner pickender Vogel in die Runde. »Danke, meine Herren. Vielen Dank.«

»Ein Grad, so viel?«, erboste sich der alte Uhrmacher, den es kaum am Platz hielt. »Meine Erfindung erzielt ein dreimal so gutes Ergebnis!«

Der Königliche Astronom Maskelyne zeigte sich unbeeindruckt. »Das ist noch nicht bewiesen. Ich hingegen beabsichtige, einen Almanach herauszugeben, in dem meine genialen Vorausberechnungen unwiderlegbar enthalten sind. Damit können die Steuermänner auf einfache Weise ihren Kurs berechnen, noch dazu in Buchform verbreitet ein recht kostengünstiges Hilfsmittel, ganz wie es die Statuten des Längengradpreises erfordern.«

»Auf einfache Weise?«, mischte sich nun auch William ein, dessen angestaute Wut sich in lautstarken Worten entlud. »Ein Steuermann, der vier Stunden mit mühsamen Rechenaufgaben zubringt, nur um dann festzustellen, dass das Schiff in der nächsten Minute im Nebel an einer Klippe zerschellen wird – das nennen Sie einfach?«

»Ach, William«, sagte Maskelyne und seufzte. »Auf Barbados haben Sie mir offenbar nicht genau genug zugehört. Es geht ganz schnell: Die Monddistanzen erfordern lediglich noch eine Berechnungszeit von einer halben Stunde.«

»Hervorragend!«, rief Lord Morton aus. »Das ist noch weniger, als wir uns erhofft hatten!«

»Wirklich sehr erfreulich«, bestätigte Werson. An den Gesichtern der Harrisons konnte er ablesen, wie deutlich ihnen die zunehmende Auswegslosigkeit ihrer Lage erschien.

Zustimmendes Gemurmel wurde laut.

Der Königliche Astronom Maskelyne nutzte die Gunst der Stunde. »Selbstverständlich werde ich gerne die Verantwortung für die Veröffentlichung des Almanachs übernehmen, wenn die Kommission so freundlich wäre, das Gehalt für zwei eigens angestellte Mathematiker und die Druckkosten zu bezahlen.«

Mit stillem Vergnügen beobachtete Werson, wie Lord Morton eine Notiz in das Protokoll schrieb, ohne das Anliegen des Königlichen Astronomen zur Diskussion gestellt zu haben.

Für den alten Uhrmacher war das Maß voll. So schnell wie er den Respekt gebietenden Abstand zu den Kommissionsmitgliedern überwand, konnte William gar nicht reagieren. Mit erhobenem Stock baute sich der Alte vor dem Tisch auf.

»Und was ist mit mir? Mit meinem Lebenswerk?«, schrie er außer sich. Lord Morton wich zurück.

Unvermittelt griff sich John Harrison mit der Hand ans Herz. William war sofort an der Seite seines Vaters und zog ihn mit sanfter Bestimmtheit drei Schritte zurück.

Lord Morton entspannte sich wieder, setzte ein Sonntagslächeln auf und sagte: »Gerne werden wir uns jetzt Ihrer Erfindung zuwenden, Mr Harrison. Wie vorhin bereits erwähnt, wird es einen neuen Erlass geben, dessen Inhalt wir Ihnen hiermit übermitteln: Sie sind dazu aufgefordert, uns erstens eine Zeichnung des Uhrwerks samt schriftlicher Erläuterungen binnen kürzester Frist zu übergeben.«

»Das ist zu viel verlangt! Mein Vater ist alt, auch seine Augen sind sehr schwach geworden. Er wird Mühe haben, eine solche Zeichnung zu fertigen.«

»Und zweitens«, Werson übernahm das Wort des Vorsitzenden und überging damit Williams Einwand, »werden Sie die Silberuhr vor Zeugen eigenhändig auseinandernehmen und deren Fragen unter Eid beantworten. Augenblick, ich rede noch! Um auf Ihre bereits geäußerte Beschwerde Bezug zu nehmen: Wir werden eigens die besten Uhrmacher Londons dazu einberufen. Ist Ihnen ein Termin nächste Woche in Ihrer Werkstatt recht? Ich nehme an, Sie wollen das Preisgeld sobald wie möglich erhalten?«

John Harriosn brachte keinen Ton heraus, weshalb William geistesgegenwärtig für seinen Vater einsprang: »Werte Kommission, ich bitte Sie zu bedenken, dass ein Zerlegen der Uhr eine aufwändige Neujustierung zur Folge hätte, die uns wiederum zu einer weiteren Erprobungsfahrt zwänge. Wir bitten also inständig darum, keine neuen Beweise zu fordern.«

»Sie befinden sich hier nicht an einem Marktstand, wo der Preis verhandelbar ist!«, fuhr Werson auf.

»Entweder«, pflichtete Lord Morton seinem Kollegen bei, »Sie beugen sich jetzt dem Willen der Kommission und erhalten hernach, was Ihnen zusteht – oder wir haben uns heute zum letzten Mal gesehen!« Die Geduld des Vorsitzenden war sichtlich strapaziert.

»Glauben Sie, mir macht das hier Freude?«, fragte John Harrison fassungslos. »Ich wäre schon längst fort, wenn Sie nicht ständig die Bedingungen ändern würden! Warum haben Sie meinen Sohn zweimal zu den Westindischen Inseln geschickt? Und wo steht geschrieben, dass es, falls er erfolgreich zurückkehren würde, einen neuen Erlass geben wird, in dem man uns zusätzliche Bedingungen diktiert, an die in der früheren Ausschreibung nicht im Traum gedacht war?«

»Die Zeiten ändern sich, Mr Harrison. Was Queen Anne vor rund fünfzig Jahren beschlossen hat, muss heute keine Gültigkeit mehr besitzen.«

»Ich hoffe zum Heil meines Landes, dass ich der Erste und Letzte sein werde, der darunter leiden musste, auf ein Gesetz des Parlaments vertraut zu haben! Aber ich werde mich nicht beugen, so lange noch ein Tropfen englischen Blutes in meinen Adern fließt. Darauf können Sie Gift nehmen, meine Herren!«

***

Weinend vergrub Merit ihr Gesicht in dem muffig riechenden Kissen. Ann Doreen und der kleine John waren mit William trotz des heißen Augustwetters nach dem Mittagessen nach draußen geflüchtet und Merit hatte die ihr abermals zugewiesene Kammer aufgesucht. Ab und zu drangen Geräusche aus der Küche, wo Elisabeth seit einigen Minuten mit der Zubereitung des Abendessens beschäftigt war. In Gegenwart des Uhrmachers bewegten sich alle so leise wie möglich, um dessen Zorn nicht zu erregen. Jeder wartete angespannt auf Merits Zustimmung, Harrison bis ins kleinste Detail in den Bau der Silberuhr einzuweihen. Einen Teufel würde sie tun, auch wenn er sie aus keiner anderen Hoffnung heraus unter seinem Dach duldete und er mit jedem Tag ihrer ablehnenden Haltung unerträglicher im Umgang wurde.

Sie hatte Sönke ihren Entschluss mitgeteilt, vorerst nicht nach Hamburg zurückkehren zu wollen, da sie alle schmerzlichen Erinnerungen in dem Haus in der Niedernstraße vereint fühlte.

Daraufhin hatte ihr Sönke angeboten, von seinem während ihrer Abwesenheit gesparten Lohn als Botenträger eine Überfahrt auf den Kontinent zu bezahlen und im Haus nach dem Rechten zu sehen. Vermutlich hatte Hansen die Räume längst neu vermietet, womöglich waren ihre Habseligkeiten sogar geplündert worden – falls Sönke die Werkstatt jedoch unversehrt vorfände, sollte er die Einrichtung zu einem guten Preis verkaufen, das Geld mitbringen und vor allem die von ihrer Schwester unrechtmäßig entwendeten Portugaleser an den Zuckersieder zurückgeben.

Sönke war nach einem halben Jahr noch immer nicht aufgetaucht. Es gab nicht einmal eine Nachricht von ihm. Entweder es war ihm etwas zugestoßen oder er hatte ihr Vertrauen missbraucht und sich mit dem Geld davongemacht. Diese zweite Möglichkeit breitete sich als zunehmend bitteres Gefühl in ihren Gedanken aus und vergiftete all die schönen Erinnerungen, die sie mit Sönke verband. Dennoch wollte ihr Verstand noch nicht begreifen, dass sie sich in ihm getäuscht haben könnte. Diese innerliche Zerrissenheit, die Ungewissheit, machten sie schier wahnsinnig. Schließlich hatte er sich bis zuletzt liebevoll um ihre Tochter gekümmert, sodass ihr Mädchen während ihrer monatelangen Abwesenheit nicht allein bei den ihr fremden Leuten sein musste und sich gut bei den Harrisons eingewöhnen konnte.

Merit zog die Beine an. Seit Stunden schon lag sie bekleidet auf dem Bett. Sie wünschte sich fort von hier, an einen schönen Ort ohne Sorgen und Nöte. Doch wo gab es diesen Platz noch für sie? London war jetzt ihr Zuhause geworden und wenn sie das Geld dazu hätte, würde sie für sich und ihre Kinder eine andere Wohnung in der Nähe suchen – und dabei aber das Tun des Uhrmachers nicht aus den Augen verlieren. Sie wollte nicht eher weichen, bis er sie als Erfinderin der Silberuhr anerkennen würde.

Sie hob ihre Nase aus dem Kissen, um mehr Luft zu bekommen und starrte auf die geweißte Wand. Ihre Gedanken schweiften zu Geertjan. Das Bild von Manulf drängte sich dazwischen, die schockierende Nachricht von Barbaras Erpressung, der Druck seiner Hände an ihrem Hals – sie versuchte verzweifelt, die blutige Szene auf dem Schiff aus ihrer Erinnerung zu vertreiben. Vergeblich, das wusste sie.

Ruben mit dem Messer in der Hand, sein ungläubiger Ausdruck in den Augen, als er Manulf, das Ebenbild seines verstorbenen Vaters, erblickt hatte. Auch für sie hatte Geertjan in diesem Moment ein Totengesicht bekommen. Diese Bilder würde sie in ihrem Leben nicht mehr vergessen. Ruben ebenso wenig, das war ihm deutlich anzumerken. Er ließ niemanden an sich heran. An Bord hatte sich die Geschichte schnell herumgesprochen, wie Ruben den wahnsinnig gewordenen Angreifer niedergestochen hatte, um den blonden Matrosen zu schützen, und auch der Kapitän, der um die Hintergründe wusste, ließ ihren Sohn hochleben. Ruben allerdings litt stumm unter dem Rummel um seine Person und flüchtete sich in seine Arbeit.

Es erklangen Schritte auf der Treppe und sie hoffte, dass es ihr Sohn war, der heute etwas früher zurückkäme. Er arbeitete normalerweise bis Sonnenuntergang in der Werft, war dafür zuständig, den Männern das Werkzeug zu reichen und auf Zuruf zu helfen. Nach seinem Tagwerk fiel er meist todmüde in sein selbst gebautes Bett, das anstelle eines Tisches noch mit Mühe Platz am Fenster in ihrer Kammer gefunden hatte.

Zu seiner kleinen Schwester hatte der mittlerweile vierzehnjährige Ruben kein gutes Verhältnis aufbauen können, zu sehr schmerzte ihn sein Vergehen. Ann Doreen wusste von Manulfs Tod, jedoch nichts über die genauen Umstände. Sie fragte auch nicht danach, weil Manulf für sie ein fremder Mann geblieben war, obwohl er als ihr Vater bezeichnet wurde. Bei ihrem geliebten John in Williams Kammer schlafen zu dürfen, war alles, was die Fünfjährige momentan zum Glücklichsein brauchte.

Merit wischte sich die Tränen ab, als es an der Tür klopfte. Vielleicht würde sie heute mit ihrem Sohn ins Gespräch kommen, vielleicht erzählte er ihr wieder von seiner Arbeit, so wie vor drei Wochen, als ihn die Begegnung mit einem jungen Steuermann und Kartografen nicht mehr losgelassen hatte. An jenem Abend sprudelten die Worte nur so aus ihm hervor, jedes Detail über diesen Mann, der gekommen war, um seinen Schoner Grenville bei ihnen reparieren zu lassen. Er war auf einem Bauernhof an der Ostküste Nordenglands als Sohn eines armen Tagelöhners aufgewachsen, mit achtzehn aus dem Elternhaus fortgezogen, um als Matrose auf einem einfachen Kohlenschiff anzuheuern. Dank seines Talents als Seemann und ausgezeichneter Landkartenzeichner fand er eine Anstellung bei der Königlichen Marine, was Ruben schwer beeindruckt hatte.

Das Leben ihres Sohnes war seit jenem Tag um einen Traum reicher: Er stellte sich vor, bei der Entdeckung unbekannter Inseln und Landmassen im Südpazifik dabei zu sein. Merit beschloss, Ruben auf den Fortgang der Arbeiten in der Werft anzusprechen, vielleicht fiel ihr sogar wieder der Name des Mannes ein. *James ... James Cook*, dachte sie in dem Moment, als sich die Türe langsam einen Spalt weit aufschob und sie Williams Stimme hörte.

»Darf ich hereinkommen?«

Sie setzte sich auf und ordnete flüchtig ihre Haare. »Ja, natürlich, setz dich.«

William schaute erst sie an, dann schweifte sein Blick über ihr Bett. »Hast du dich den ganzen Tag hier verkrochen?«, fragte er behutsam, ließ sich ohne Umschweife neben ihr nieder und nahm ihre Hand. Es herrschte eine geschwisterliche Vertrautheit zwischen ihnen, eine körperliche Nähe, die sich in letzter Zeit oft wiederholt hatte. Im Inneren hatten ihre Herzen längst ein Band zueinander geknüpft, es brauchte nur Blicke und das Wissen um ihr ähnliches Schicksal dazu.

»Die Kinder sind unten in der Küche und warten auf dich. Der Tisch ist gedeckt. Hast du heute überhaupt schon etwas gegessen?«, fragte William.

»Eine Morgensuppe, nachdem dein Vater wieder in der Werkstatt verschwunden ist«, gab sie gleichmütig Auskunft, während sie sich erhob. »Ich komme mit nach unten – so lange ich ihm nicht begegnen muss.«

»Ach, Merit«, seufzte William, als sie die Treppe hinunterstiegen. »Wie lange wollt ihr euch noch aus dem Weg gehen? Irgendwann müsst ihr miteinander reden.«

»Warum? Ich habe deinem Vater nichts zu sagen! Du weißt, auf welche Worte ich von ihm warte.«

»Du kannst den Längengradpreis als Frau nicht gewinnen, das haben wir beide schon oft genug diskutiert! Sind dir die Schwierigkeiten meines Vaters mit der Kommission nicht Beweis genug? Wie würde es dir erst ergehen? Bitte weihe meinen Vater in den Bau deiner Uhr ein.«

»Wieso? Er weiß doch angeblich alles und hält *sich* für den genialen Kopf. Außerdem war er damals beim Bau der Uhr mit dabei.« Merit setzte sich William gegenüber an den Tisch. Die Kinder spielten um Elisabeths Beine herum Fangen. In das Kreischen der Kinder hinein ahmte Merit den Tonfall des Uhrmachers nach: »Was soll mir ein Weib schon beibringen können?« Ihr war gleichgültig, ob sie zu laut sprach. *Sollte der alte Harrison sie doch hören.*

»Er weiß zum Beispiel nicht, wie du die Diamanten so präzise in Form schleifen konntest«, bemerkte William.

»Sodann soll er mich dies direkt fragen!«, fuhr Merit auf. »So wie der Prophet zum Berg gehen muss und nicht stumm in der Kammer abwarten kann, bis der Berg zu ihm kommt!«

»Du weißt, dass sein Stolz ihm einen solchen Schritt verbietet!«

»Soll ich jetzt Mitleid mit ihm haben? Ich habe auch meinen Stolz! So lange er meine Leistung nicht anerkennt, wenigstens unter vier Augen, bin ich nicht bereit, ihm auch nur einen Schritt entgegenzugehen.«

»Merit«, bat William eindringlich, »so kommt ihr beide nicht weiter. Bitte sprich mit ihm, damit er die Uhr vor der Kommission auseinanderbauen und erklären kann.«

»Nein, nein und nochmals nein!« Insgeheim hoffte sie, der Uhrmacher würde jetzt aus der Werkstatt kommen, doch die Tür blieb geschlossen.

Elisabeth hatte wieder einmal vergeblich nach ihrem Mann gerufen und so setzte sie sich mit den Kindern zu ihnen an den Tisch. In diesem Moment klopfte es an der Haustüre.

»Wer kann das jetzt sein?«, fragte William, während er das Messer wieder beiseitelegte und sich erhob.

Kurz darauf betrat Larcum Kendall, der einzige Vertraute und Kollege des alten Uhrmachers, mit dem für ihn typischen ungelenken Gang die Küche, zog mit einer langsamen Bewegung seinen Dreispitz, holte mit der anderen Hand sein Taschentuch aus dem Justaucorps und tupfte sich sorgfältig den Schweiß von der Stirn. Er besaß das Gemüt eines Dickhäuters, andernfalls wäre die Freundschaft des Fünfundvierzigjährigen zu John Harrison wohl längst zerbrochen.

Verlegen schweifte der Blick aus seinen großen, blauen Augen über den gedeckten Tisch. »Verzeihen Sie bitte die Störung. Ist John zu sprechen? Hat er den schriftlichen Terminvorschlag der Kommission für den 14. August bekommen?«

»Ja«, seufzte William, »das hat er. Aber ich befürchte, er wird auch den Termin für nächste Woche nicht annehmen und noch weiter nach hinten schieben wollen.« Mit einer einladenden Geste bot er Kendall einen Platz am Tisch an, doch der Uhrmacher lehnte mit einem Kopfschütteln ab.

»William, so geht das jetzt schon seit einem halben Jahr«, sagte er ernst. »Die Geduld der Kommission ist mit diesem zehnten Terminvorschlag am Ende. Ich komme in deren Auftrag, um mit deinem Vater zu reden, damit er vielleicht doch noch sein Einverständnis zur Präsentation der Uhr erklärt und dieses Dokument hier unterschreibt. Und zwar nicht morgen oder übermorgen, vielmehr noch heute Abend. Wird er diesen letzten Termin wiederum ablehnen, betrachtet die Kommission den Fall als abgeschlossen. John sollte sich also gut überlegen, was er tut.«

William schluckte. »Ich werde es ihm ausrichten, aber Sie können natürlich gerne selbst an der Werkstatttüre klopfen, wenn Sie die Hoffnung haben, etwas zu erreichen.«

Anstelle einer Antwort sah Larcum Kendall unvermittelt Merit an. Nervös wich sie seinem Blick aus. Vermutlich hatte er längst eins und eins zusammengezählt, schließlich kannte er Harrison lange genug und wusste dessen Fähigkeiten einzuschätzen. Wie zur Bestätigung äußerte Kendall in knappen Worten seine Einstellung, wobei er niemanden direkt ansah: »Bestellen Sie John meine besten Grüße, ich nehme an, ein Gespräch mit ihm wird überflüssig sein.« Merit wusste, dass die Worte allein ihr gegolten hatten.

Kendall legte das Schreiben auf den Tisch, auf dem nur noch John Harrisons Unterschrift fehlte. »Er ist viel zu stur auf ein Ziel gerichtet. Viele Wege erschließen sich jedoch erst, wenn man die ausgetretenen Pfade verlässt und manches Mal tauchen helfende Wegweiser an Stellen auf, wo man diese nicht vermutet hätte. Geht man aber darauf zu und vertraut man dieser neuen Richtung, eröffnen sich neue Perspektiven.« Larcum Kendall setzte seinen Dreispitz auf und empfahl sich mit einem freundlichen Gruß.

Nachdem er gegangen war, richteten sich alle Blicke auf die Werkstatttür, nur Merit schloss die Augen und horchte in sich hinein.

***

Zwei Wochen später sahen ihn sieben Augenpaare prüfend an. Die Männer umstanden den runden Tisch in der Mitte der Werkstatt und stellten ihm in wahlloser Abfolge ihre Fragen.

John Harrison griff nach seinem Taschentuch und wischte sich über die Stirn. Die silberne Uhr lag in sämtliche Einzelteile zerlegt vor ihm auf der dunklen Tischdecke. Links in einer waagrechten Reihe die silbernen Gehäuseteile, die messingglänzenden Platinen, daneben das Federhaus, die Schnecke mit ausgebautem Gegengesperr und die sieben Zahnräder. Darunter die besonders interessanten Komponenten wie der schmale, lange Streifen aus Messing und Stahl als Temperaturkompensation, die Unruhspiralfeder samt der klötzchenartigen Befestigung und dem Regulierstift, schließlich noch der Adjustierungshebel und die wie ein gekrümmter Pfeil gebogene Federvorrichtung.

Am Nebentisch wühlte sich John Bird durch einen Stapel von Zeichnungen mit unterschiedlich großen Blättern. Der renommierte Erbauer von wissenschaftlichen Instrumenten legte die Detailzeichnungen griffbereit beiseite und beugte sich dicht über das Papier, auf dem das gesamte Uhrwerk mit dünnen Linien von Merit skizziert war. Jahrzehntelang hatte John Bird das Königliche Observatorium mit Beobachtungsvorrichtungen ausgestattet, außerdem zahlreiche Forschungsexpeditionen mit wissenschaftlichen Instrumenten versorgt. Mit seinen knapp sechzig Jahren litt er zwar unter einer Schwäche der Augen, dennoch entging nichts Wesentliches seinem Blick und sein Verstand erfasste sofort jeden baulichen Fehler. Mehrfach runzelte er die Stirn, jetzt entwich ihm ein scharfer Zischlaut, als habe er wie ein Komponist allein beim Anblick des Notenblatts einen falschen Ton gehört. Bird hob das Papier näher vor sein Gesicht, schüttelte den Kopf, überlegte und wiegte seinen Körper hin und her, als wolle er den Gang der Uhr nachahmen. Schließlich nickte er wider Erwarten.

Am Donnerstag vor einer Woche, am 14. August, waren die Herren wie vereinbart in die Werkstatt gekommen und John Harrison hatte damit begonnen, die Uhr vor diesen wissbegierigen Geiern zu zerlegen. Am Freitag und Samstag hatte man ihn weiterhin belagert, ihm dann zwei Tage Atempause gegönnt, vorgestern hatten sie ihm die ersten Fragen gestellt und heute dauerte der Beschuss schon seit dem Morgen an.

Nevil Maskelyne legte sein Notizheft beiseite und nahm das Zifferblatt mit seinen ungewaschenen Fingern in die Hand – ein Frevel für jeden Uhrmacher, doch John Harrison widerstand dem Drang, den Königlichen Astronomen zurechtzuweisen.

»Wirklich hübsch, diese Bemalung, Mr Harrison. Stammt sie von Ihnen?«

Ein Schreck durchfuhr ihn, obwohl er mit dieser Frage gerechnet hatte. »Nein, die Bemalung habe ich nicht angebracht, wie Sie sich denken können.«

»Ach, das ist aber höchst interessant. Demnach war die finanzielle Unterstützung durch die Längengradkommission doch üppig genug, für solche Spielereien eigens einen Zifferblattmaler beauftragen zu können? Wie lautet der Name dieses Künstlers?«

Harrisons Hände zitterten, als er sich nach dem Beistelltisch hinter seinem Rücken umdrehte und seinen Trinkbecher griff. Er kippte das lauwarme Wasser-Wein-Gemisch in einem Zug hinunter, ohne dabei das Gesicht zu verziehen.

»Ein unbekannter Künstler aus deutschen Landen auf der Durchreise. Es war eine zufällige Begegnung. Ich habe seinen Namen vergessen.«

Kommentarlos legte der Königliche Astronom das Zifferblatt zurück auf das schwarze Tuch und notierte die Aussage in sein Heft.

Währenddessen beobachtete John Harrison seinen Freund Larcum Kendall mit zunehmender Beunruhigung. Dessen stets wohlwollender, immer freundlicher Gesichtsausdruck hatte sich verändert, fand er.

Maskelyne hob den Kopf. »Weitere Fragen, meine Herren?«

Kendall nickte und sagte: »Ja, ich wüsste gerne, wie viele Federn diese Uhr besitzt?«

»Wie viele Federn?«, echote Harrison ungläubig, besann sich dann aber schnell darauf, diese ungewöhnliche Frage mit Würde zu beantworten: »Es gibt vier Federn in der Uhr: die Hauptfeder, dann die Feder in der Schnecke, damit die Uhr während des Aufziehens weiterläuft, außerdem eine Feder, die achtmal in der Minute aufgezogen wird, und schließlich die Unruhfeder.«

Er warf seinem Freund einen unmissverständlichen Blick zu, solche in Bedrängnis bringenden Fragen fortan zu unterlassen. Dergleichen hatte er sich eher von dem Uhrmacher Mudge erwartet, einem untersetzten Mann mittleren Alters, der sich bekanntermaßen in seiner Werkstatt in der Fleet Street ebenfalls an der Konstruktion einer Schiffsuhr versuchte und trotz ständiger Korrespondenz mit einem der besten Uhrmacher Frankreichs, Ferdinand Berthoud, noch nicht zu einer Lösung gekommen war. Mudges Anwesenheit wurmte ihn darum noch mehr als die des Königlichen Astronomen. Beim Blick auf den zerlegten Zeitmesser und die Zeichnungen fühlte er sich, als würde er sich gemeinsam mit seinen Feinden über Kriegspläne beugen und ihnen den nächsten Angriff erläutern.

Mudge hingegen interessierte sich vor allem für die Details, die nicht aus den Zeichnungen ersichtlich waren. »Was ist vor Inbetriebnahme der Uhr zu beachten?«, fragte er.

Harrison war darauf gefasst gewesen. »Öl muss an die Spindellappen und die Zapfenlager angebracht werden, allerdings sehr sparsam. Die Uhr läuft mit Sicherheit drei Jahre, ohne gereinigt werden zu müssen. Zuerst stelle ich die Temperaturkompensation ein, draußen im Winter in der Kälte und dann drinnen am Feuer, anschließend justiere ich die Uhr in den unterschiedlichen Lagewinkeln, die auf einem Schiff möglich sind«, teilte Harrison belehrend mit.

Der Uhrmacher Mathews stand etwas im Hintergrund. Seine Werkstatt lag nur wenige Häuser von Mudges Wirkungsstätte entfernt und die Art seiner Fragen in den vergangenen Tagen deutete daraufhin, dass Mathews sich nicht so intensiv wie Mudge mit dem Bau der Uhr auseinandergesetzt hatte. »Und wozu dient dieser Gleichmäßigkeitsantrieb?«, fragte er geradewegs.

Harrison atmete auf. Auch mit dieser Auskunft würde er keine Schwierigkeiten haben. »Das Remontoir wird in kurzen Abständen von siebeneinhalb Sekunden nachgezogen und gibt dadurch einen gleichmäßigen Antrieb an die Hemmung ab.«

Mathews nickte.

Die Präsentation der Uhr lief für ihn besser als erwartet. Bislang hatte er stets eine Antwort parat gehabt, mit der die Kommission zufrieden gewesen war. Hätte er das geahnt, hätte er nicht monatelang darauf gewartet, dass diese Merit ihn in die Geheimnisse der Silberuhr einweihte. Verlorene Zeit, die jedoch heute mit der Zusicherung des Preisgeldes durch die Kommissionsmitglieder ihren Schmerz verlieren würde. 20 000 Pfund! Wer hätte gedacht, dass der 22. August 1765 jener Tag sein würde, an dem sein Lebensglück endlich Erfüllung finden würde?

Der Königliche Astronom machte keinen Hehl aus seiner Verärgerung darüber, dass seine Rechnung nicht aufgehen wollte. »Wie viele Windungen hat die Schnecke in dieser Uhr, Mr Harrison?«

»Die Schnecke?«, wiederholte der im Kreuzverhör stehende Uhrmacher und zog eine Grimasse der Verzweiflung. Er genoss das Spiel mit dem Königlichen Astronomen, dessen selbstsicheres Lächeln zusammenfiel, als er aus dem Stegreif die Antwort parat hatte, ohne das benannte Teil auch nur mit den Augen auf dem Tisch gesucht zu haben. »Die Schnecke besitzt genau sechseinviertel Windungen.«

»Weitere Fragen, meine Herren?« Maskelyne sah fast flehentlich in die Runde.

Niemand rührte sich.

»Das ist schön.« Seit Jahren war John Harrison das Lächeln nicht mehr so leichtgefallen. »Ich freue mich, dass ich die Herren zufriedenstellen konnte, nachdem ich Ihnen nunmehr fünf Tage lang Rede und Antwort gestanden habe und wir jetzt mit Ihrer Unterschrift die Preisverleihung besiegeln können.«

Maskelyne nahm das vorbereitete Papier in die Hand, wartete noch einen Moment vergeblich ab, um schließlich folgende Zeilen vorzulesen:

Wir, mit deren Namen auf diesem Dokument unterschrieben wird, bestätigen, dass Mr John Harrison seinen Zeithalter in unserer Anwesenheit vollständig zerlegt, die Principien und die Konstruktionsweise und alles in Bezug darauf, ebenso wie jede unserer gestellten Fragen zu unserer vollsten Zufriedenheit erklärt hat und die Zeichnungen exact mit den Teilen der Uhr übereinstimmen.
Red Lion Square, am 22. August 1765.

Mit einer brüsken Bewegung nahm der Königliche Astronom die Zeichnungen an sich, legte das Dokument an deren Stelle auf den Tisch und unterschrieb als Erster. Bird, Mudge, Mathews und die beiden Professoren aus Cambridge, Michell und Ludlam, die sich die gesamten Tage im Hintergrund gehalten hatten, zögerten kurz, folgten dann aber dem Beispiel der anderen und setzten ihre Unterschrift unter den Namen des Königlichen Astronomen.

Es fehlte nur noch Larcum Kendall. Dieser nahm die Feder entgegen und schaute in die Runde. Am längsten aber verweilte sein Blick auf der zerlegten Uhr. »Ich hätte doch noch eine Frage«, sagte er schließlich.

Die Worte schnürten John Harrison die Luft ab. Ein selbstsicheres Lächeln misslang ihm.

»Ja, bitte?«, presste er hervor.

»Ich würde gerne noch wissen, warum du Diamanten für die Hemmungsflächen verwendet hast?«

»*Warum*? Warum nicht? Diamant ist das härteste Material der Welt, es reduziert die Reibung, es ...«

»Und wie hast du diese winzigen Diamanten so präzise in Form gebracht, John?«

»Indem ... ja, indem ich sie geschliffen habe, wie denn sonst! Soll ich dir jetzt jede einzelne Schleifbewegung erklären? Wenn du die Güte hättest, mir zwei Diamanten auf deine Kosten beizubringen, werde ich das gerne tun!« Er hatte sich mit diesen Worten weit aus dem Fenster gelehnt, aber notfalls würde er auch Kopf und Kragen riskieren, nur dafür dass Larcum Kendall seine Unterschrift auf dieses 20 000 Pfund Sterling teure Papier setzte.

Er tat es. Ein Freudenschauer durchlief ihn, während die Feder über das Papier kratzte.

»Meinen Glückwunsch, Mr Harrison«, bemerkte der Königliche Astronom. »Wenn Sie alsdann noch die Freundlichkeit besäßen, die Uhr wieder zusammenzubauen?«

Der zähneknirschende Unterton Maskelynes wurde zur Nebensache, vor Freude hätte er die ganze Welt umarmen können.

»Selbstverständlich! Wird mir das Geld per Boten überbracht oder soll ich es persönlich bei der Kommission abholen?«

»Sie können gerne persönlich nach Greenwich kommen. Alsdann erhalten Sie die Hälfte des Preisgeldes, sobald Sie die

Uhr in einem Kästchen verschlossen samt ihrer drei Vorgängermodelle bei der Admiralität abgegeben haben, wo die Uhren sicher in einem Magazin verwahrt werden.«

»Wie bitte?« Harrison glaubte sich verhört zu haben.

Seine großen Uhren ruhten auf den Werktischen an den drei Seiten des Raumes verteilt. Sie lebten, die Zeit atmete in ihnen und keiner beachtete sie. Ein regelmäßiges, schweres Ticken wie das Schlagen einer Kirchenglocke ging von seiner ersten Uhrenmaschine aus, sein zweiter metallischer Zeitturm klang etwas heller beim Zusammenschlagen der Federspitzen und man hörte das Eingreifen der Grasshopper-Hemmung – *dum, didi, dum, dum.* Ein Rhythmus, der seit Jahrzehnten die Werkstatt erfüllte, als könne nichts auf der Welt diesen Takt zerstören – allerdings vermochte dieser die Zeit nicht präzise genug einzuteilen. Vorwitzig wie immer mischte sich aus dem hinteren Teil des Raumes, wo Merit einige Monate am Werktisch gesessen hatte, sein drittes Kind mit bunten, hellen Klängen darunter.

»Warum um alles in der Welt sollte ich meine Erfindungen aus der Hand geben?«, fragte er schockiert.

Der Königliche Astronom zeigte sich unbeeindruckt. »Und für die zweite Hälfte des Preisgeldes verlangen wir die Anfertigung zweier exakter Kopien dieser kleinen Silberuhr. Die Pläne nehme ich einstweilen mit, um diese einem Buchdrucker zur Publikation und Verbreitung zukommen zu lassen.«

»Dazu haben Sie kein Recht, Mr Maskelyne!«

»So lauten die Bestimmungen des neuen Erlasses Seiner Majestät Georg III. Aber ich will ja kein Unmensch sein und überlasse Ihnen vorerst noch Ihre drei alten Uhrenungetüme, wenn Sie so daran hängen.«

»Wie soll ich eine Kopie meiner Silberuhr anfertigen, ohne die Pläne oder die Uhr selbst als Vorlage? Von meiner kläglichen Gesundheit und meinen schwachen Augen ganz abgesehen? Das ist unmöglich! Außerdem dürfen Sie mir meine Uhren nicht wegnehmen!«

»Was ich darf oder nicht, bestimmt das neue Gesetz«, entgegnete der Königliche Astronom gelassen.

»Ich bin zweiundsiebzig Jahre alt! Wer weiß, ob mir der Herrgott überhaupt noch die Kraft und die Zeit für die nächsten vier, fünf Jahre lässt, um zwei neue Uhren bauen zu können und diese zu erproben!«

»In der Preisausschreibung findet das Alter des Erfinders keine Berücksichtigung, also wird Ihnen nichts anderes übrigbleiben, als unseren Forderungen Folge zu leisten, sofern Sie das Vermögen künftig Ihr Eigen nennen wollen. Außerdem haben Sie soeben unter Beweis gestellt, wie gut Sie sich offenbar mit dieser Uhr auskennen. Es dürfte für Sie also kein Problem darstellen, diese ohne Vorlage nachzubauen. Meine Herren, vielen Dank für Ihre Zeit, die Sie im Auftrag der Kommission hier verbracht haben. Ihren Lohn erhalten Sie per Boten in den nächsten Tagen zugestellt.« Maskelyne trank seinen Becher aus, verzog das Gesicht und wandte sich zum Gehen.

John Harrison war wie versteinert. Doch er zwang sich zu reagieren, ehe Maskelyne das Haus verließ. »Einen Moment bitte. Könnte ich ... könnte ich nicht einen weiteren Uhrmacher beauftragen, mir beim Bau der Uhren zu helfen? Meinen Freund Larcum Kendall beispielsweise? Larcum, was sagst du ...«

Der Königliche Astronom unterbrach den Vorschlag mit einer schneidenden Handbewegung, setzte sich seinen Dreispitz auf und klemmte sich die Zeichnungen unter die Achsel.

»Die Kommission wünscht, dass Sie beide Uhren eigenhändig nachbauen. Sollten wir irgendwelche Zweifel daran haben, wissen Sie, was das bedeutet ...« Grußlos verließ Maskelyne mit den anderen Herren die Werkstatt und John Harrison blieb allein zurück.

***

»Sönke kommt! Sönke ist wieder da!«, schrie Ann Doreen außer sich vor Freude, als sie am darauffolgenden Sonntagnachmittag barfüßig zurück in die Küche gestürmt kam. Sie hatte mit John in dem kleinen Park vor dem Haus gespielt. Merit saß am Tisch, um Elisabeth beim Bohnenschälen zu helfen, und William war gerade dabei, neben dem Herd die Holzvorräte aufzufüllen. Er schaute ungläubig auf, war er doch noch in Gedanken bei seinem vormittäglichen Museumsbesuch im Montagu House, deren auf über 80 000 Exponate angewachsene Sammlung ihn völlig beeindruckt hatte.

Tatsächlich stand Sönke nur einen Augenblick später in der Tür, lächelnd, aber erschöpft von der Reise. Er trug eine neue rote Weste, dunkle Hosen und wie gewohnt sauber geputzte Schuhe. Eigentlich unmöglich in London, doch *er* brachte es fertig. Umringt von den Kindern stellte er sein Gepäck ab und hob Ann Doreen schwungvoll hoch, um ihr einen Kuss zu geben. »Du bist aber schwer geworden! Hast du mich vermisst, meine Große?«, sagte er zärtlich und strich ihr die nicht zu bändigenden Locken aus dem vor Eifer rotglühenden Gesicht.

Ann Doreen klammerte sich wie ein Äffchen mit ihren nackten, schmutzigen Füßen an ihren zurückgekehrten Beschützer. »Ja, aber ich habe mich ganz alleine gegen die Krokodile gewehrt und dir jede Woche ein Bild gemalt!«

»Das freut mich, ich werde mir nachher jedes einzelne ansehen. Hoffentlich hast du dadurch niemanden arm gemacht.«

»Mamu hat schon mit mir geschumpfen, weil ich so viel Papier gebraucht habe, aber Elisabeth hat gesagt, ich darf, und William hat mir sogar einen neuen Bleistift gekauft.«

»Wohlan, so lass mich die anderen gleich begrüßen!« Behutsam löste er ihre um seinen Hals geschlungenen Arme und setzte Ann Doreen auf dem Boden ab.

John, der bislang kein Wort verstanden hatte, Ann Doreens Körpersprache allerdings sehr wohl zu interpretieren wusste, griff sogleich nach der Hand seiner Freundin, die ihn prompt zu Sönke an den Tisch hinter sich herzog.

Merit traten vor Erleichterung die Tränen in die Augen, als Sönke auf sie zukam. Verlegen standen sie voreinander, dann umarmte sie ihn vor aller Augen. »Ich bin so froh, dass du wieder da bist!«

Sönke, zuerst völlig überrascht von ihrer Annäherung, hielt sie fest, als sie sich wieder von ihm lösen wollte. »Erzähl mir, wie geht es dir?« Er schaute sich um. »Und wo ist der Herr des Hauses?«

»Wie immer in der Werkstatt, wo er seit ein paar Tagen vergeblich versucht, meine Uhr nachzubauen. Aber das kann ich dir später noch ausführlicher berichten. Sag mir zuerst, wie es dir in Hamburg ergangen ist. Warum warst du so lange weg?«

»Ja, sag, ja, sag!«, krähte ihre Tochter dazwischen und zupfte Sönke am Hosenbein.

»Es hat alles länger gedauert als gedacht«, sagte Sönke entschuldigend, wobei er Mühe hatte, die Kleine zu ignorieren. »Ich habe dir einen Brief geschrieben ...«

»Erzähl, erzähl«, drängte Ann Doreen lautstark.

»Ich habe aber keinen erhalten«, wunderte sich Merit.

»Brief schreiben, ich will auch schreiben!«, eiferte sich Ann Doreen und John klatschte mit in die Hände.

»Ich glaube«, sagte William auf Englisch, »ich gehe mit den Kindern nach draußen, sonst habt ihr hier keine Ruhe.« Erwartungsgemäß erntete er zornigen Widerspruch von Ann Doreen, dem sich John aus Sympathie anschloss.

William lachte und ließ sich nicht aus der Ruhe bringen. »Ihr könnt Sönke noch den ganzen Nachmittag belagern. Aber jetzt unterhalten sich erst mal die Erwachsenen, ihr wisst doch, wie langweilig das ist. Was haltet ihr davon, wenn wir zum Feld hochgehen, vielleicht wird da wieder Cricket gespielt?«

Ann Doreen rang mit sich. »Bist du später auch noch da, Sönke?«

»Ja, natürlich! Ich gehe nicht mehr weg. Du brauchst dich nicht zu beeilen.«

Als William mit den Kindern gegangen war, setzte sich Sönke mit Merit an den Tisch. Elisabeth räumte das Geschirr beiseite und machte sich anschließend diskret am Spülstein zu schaffen.

Das plätschernde Wasser und das klappernde Geschirr untermalten Sönkes Bericht. Er erzählte ihr, wie er das Haus in Hamburg in weitgehend unversehrtem Zustand vorgefunden hatte und auch recht bald dafür den Grund vom Vermieter Hansen genannt bekam: De Lomel. Er sei bald nach ihrer Abreise nach Barbados aufgetaucht und habe die Mietzahlungen für das Haus auf unbegrenzte Zeit übernommen. Dank einer hübschen Summe habe er auch dafür gesorgt, dass die Nachbarin tagsüber ein besonderes Auge auf das Haus hielt und der Nachtwächter dunkle Gestalten durch häufige Kontrollgänge abschreckte, aber natürlich sei auch viel Glück dabei gewesen, dass nichts gestohlen wurde.

»Das ist mir vielleicht auch mal vergönnt«, sagte Merit und seufzte.

»Ich habe Hansen gesagt, dass du nicht zurückkehren möchtest«, fuhr Sönke etwas leiser fort.

»Hast du ... alles verkauft?«

»Ja. Das hat im Falle der Werkstatt allerdings seine Zeit gedauert. In Hamburg gibt es einfach zu wenige Uhrmacher. Ich dachte schon, ich müsste jede Feile einzeln verscherbeln, doch dann interessierte sich auf einmal ein zugereister junger Meister aus Zürich für die Werkstatt. Ihm war die Konkurrenz in seinem Heimatland zu groß. Jetzt lebt er mit seiner Frau und seinen beiden Kindern in eurem Haus.«

Obwohl alles in ihrem Sinne verlaufen war, musste sie bei dieser Nachricht schlucken. »Das ist schön«, bekannte sie mit einem Lächeln, das sich nach einem Zucken ihrer Mundwinkel sofort wieder verlor.

»Vermisst du wirklich nichts?«, fragte Sönke unsicher.

»Ach, das ist nicht so schlimm«, tröstete Merit mehr sich selbst. »Das ist eine vergangene Zeit. Man sollte diesen materiellen Dingen nicht nachtrauern. Viel wichtiger ist es, dass ich meine Kinder habe ... und dich.«

Sönke wischte mit der Hand über die saubere Tischplatte und sein Blick verlor sich in dieser Geste. »Sag so etwas nicht.«

»Was? Dass ich die Vergangenheit hinter mir lassen will?«

»Nein, das ... das andere.«

»Dass ich dich mag? Aber warum denn nicht? Das tue ich doch schon, seit du in mein Leben getreten bist. Ich konnte es dir bisher nur nicht so gut zeigen, geschweige denn sagen.« Der nächste Satz kam leise, fast flüsternd: »Weil ich Angst vor zu viel Nähe hatte. Ich wusste, dass du in meinem Inneren lesen kannst und das konnte und darf niemand anderer als Geertjan.«

»Denkst du noch oft an ihn?«

»Seit seinem Tod sind über acht Jahre vergangen. Wo ist die

Zeit nur geblieben? Einerseits ist alles so weit weg – es gibt Tage, an denen ich nicht an ihn denke und dann rufe ich mir wieder die Bilder von früher in Erinnerung, um diese glücklichen Zeiten in Hamburg nicht zu vergessen. In manchen Stunden gebe ich mich der törichten Hoffnung hin, er könnte überlebt haben und aus heiterem Himmel vor der Türe stehen, so wie du vorhin. Es fällt mir schwer, diesen Traum von einer glücklichen Familie loszulassen. Und ja, ich gebe zu, es ist schrecklich, mir diese fremden Menschen in meinem Haus, an diesem Ort der Erinnerung vorzustellen, und alle Gegenstände im Nirgendwo verstreut zu wissen.« Erschöpft lehnte sie sich zurück und verschränkte die Arme abwehrend vor ihrem Oberkörper.

»Nicht alle, Merit ... ich habe dir ein paar Erinnerungen mitgebracht.« Er deutete nach draußen. »Die Kiste steht noch vor der Türe. Darin sind die Andenken an deine Eltern, Rubens Holzschiff, die erste Puppe deiner Tochter, die Aufzeichnungen deines Mannes, das Fernrohr, sein letzter Brief und seine Taschenuhr. Sie ist natürlich stehengeblieben. Ich hoffe, ich habe nichts Wichtiges zurückgelassen.«

»Sönke ...« Vor Rührung versagte ihr die Stimme.

Es entstand Schweigen zwischen ihnen. Elisabeth bemerkte es sofort. Sie legte das Spültuch beiseite und trocknete sich die Hände an der Schürze ab. »Ich muss noch einmal nach draußen, frisches Wasser holen. Das kann ein bisschen dauern.«

Kaum hatte Elisabeth die Türe hinter sich geschlossen, holte Sönke aus seinem Gepäck einen hellbraunen Lederbeutel voller Münzen, den er vor ihr ablegte.

»Das ist der Erlös aus den Verkäufen.«

Sie fasste den Beutel nicht an, schüttelte nur den Kopf. »Du hättest de Lomel das Geld zusammen mit den wertvollen Schaumünzen übergeben können. Ich habe ihn nicht darum gebeten, meine Miete zu bezahlen. Ich habe es satt, in seiner

Schuld zu stehen! Er meint es gut, aber er weiß genau, dass er mich damit in Bedrängnis bringt.«

Sönke stellte sich neben sie. »Das war mir bewusst, Merit. Deshalb bin ich zur Zuckersiederei gegangen, habe aber den Münzbeutel samt der Portugaleser wieder unverrichteter Dinge mitnehmen müssen.«

»Wollte er das Geld nicht annehmen?«

»Ich habe de Lomel nicht angetroffen. Die Zuckersiederei gehört ihm nicht mehr. Er hat alles vor einem halben Jahr zu einem Spottpreis verkauft und keine Nachricht hinterlassen, wo er sich jetzt aufhält.«

»Das ist nicht wahr, oder? Und was nun?« Sie schaute an Sönke vorbei auf die Wand. »Ich kann mir denken, wo er ist. Irgendwo in London. Aber warum hat er seine Zuckersiederei aufgegeben? Seine Geschäfte hätte er doch auch aus der Ferne weiterführen können?«

»Das kann ich dir auch nicht beantworten. Aber ich wäre froh gewesen, wenn ich ihm wenigstens die Portugaleser hätte zurückgeben können. Merit, ich muss dir noch etwas sagen ...«

Ihr Magen krampfte sich zusammen. »Hoffentlich nichts Schlimmes?« Sie sah zu ihm auf.

»Doch. Jetzt ist der Zeitpunkt gekommen, dir die Wahrheit zu sagen.«

Am liebsten wäre sie davongelaufen. Stattdessen blieb sie wie gelähmt sitzen und richtete ihren Blick auf Sönkes Hals. Aus Angst vor Enttäuschung brachte sie es nicht mehr fertig, ihn anzusehen.

Er zog einen Brief unter seiner roten Weste hervor und legte ihn vor ihr auf den Tisch. *Merit Paulsen, Red Lion Square, London.*

Sie erkannte Sönkes Handschrift. »Von dir?«, fragte sie irritiert.

Schweigend ging er um den Tisch herum, jede Bewegung schien ihm schwerzufallen. Langsam ließ er sich wieder ihr gegenüber auf dem Stuhl nieder. »Zuerst wollte ich ihn abschicken und nicht mehr nach London zurückkehren, aber das wäre feige gewesen. Lies ihn bitte und dann darfst du frei über mich urteilen.«

Mit zitternden Fingern entfaltete Merit das feste, beigebraune Papier. Sie überflog die Seite, seine sonst ordentliche Schrift, die bei jedem Wort schwankte.

»Ich habe dir nie von meiner Vergangenheit erzählt«, sagte Sönke in die Stille hinein und sie las weiter:

... weil ich dachte, ich könnte vor mir selbst davonlaufen. Doch alle offenen Geschichten müssen irgendwann zu Ende geschrieben werden. Du hast dich sicher immer gefragt, woher meine Narben stammen. Ich habe meinen Vater schon früh verloren, mich als Kind oft mit anderen geprügelt und als Heranwachsender verkehrte ich lange Jahre in schlechten Kreisen. Zu Hause habe ich keine Liebe und Anerkennung von meiner Mutter bekommen, sie hat den Tod meines Vaters nicht verkraftet. Ich suchte mein Glück draußen auf der Straße und geriet im Kampf ums Überleben immer tiefer in einen Sumpf, in dem Diebstahl und Gewalt regierten. Deshalb meine Narben, weil ich mich nie gegen Angriffe gewehrt habe, weil ich mich nie körperlich gegen einen Menschen wehren konnte.

Als meine Mutter krank wurde, musste ich plötzlich auf ganz andere Weise stark sein und mich um sie kümmern. Ich schlug mich mit Gelegenheitsarbeiten in der Zuckersiederei durch, erweiterte meine Kenntnisse in den Sprachen und saugte das Wissen förmlich in mich auf. Mein Arbeitswille und meine Tüchtigkeit blieben de Lomel nicht verborgen und er setzte großes Vertrauen in mich, als er mir die frei gewordene Stelle im Kontor gab. Zum ersten Mal in meinem Leben war ich glücklich. Ich wurde endlich geachtet, konn-

te meine Mutter versorgen und nebenbei sogar meine Studien weiter ausbauen. Dazu durfte ich die Bibliothek des Zuckersieders benutzen und in einer meiner Pausen betrat ich den Raum, um mir ein lateinisches Buch auszuleihen. Es war, das weiß ich noch genau, ein Buch von August Hermann Francke über das Studium der Theologie für den Abend ...

Merit schaute auf, als sie die Türe ins Schloss fallen hörte. Elisabeth kam in die Küche und hinter ihr erschien ein wohlhabend gekleideter Mann in blauem Justaucorps. Der kleingewachsene Fremde mit rundem Gesicht zog den Dreispitz, verbeugte sich höflich und aus seinem Gruß heraus hörte man einen deutlichen französischen Akzent. »Ferdinand Berthoud, mein Name.«

»Ein Uhrmacher aus Paris«, ergänzte Elisabeth. »Er ist gekommen, um mit meinem Mann zu sprechen. Ich bringe ihn nur kurz in die Werkstatt.«

Merit nickte geistesabwesend und nachdem sich die Türe hinter den beiden geschlossen hatte, vertiefte sie sich sofort wieder in den Brief, ohne einen Blick auf Sönke geworfen zu haben.

Ich erschrak zu Tode, als ich Barbara nicht beim Stillen, sondern mit Jona auf dem Arm vor dem Goldmünzenschrank vorfand, einen der wertvollen Portugaleser in der Hand. Zuerst dachte ich, sie wolle sich die Münze vielleicht nur näher anschauen, doch ihr panischer Gesichtsausdruck verriet ihr wahres Vorhaben. Ich konnte es nicht fassen, wie sie das Vertrauen von de Lomel missbrauchen konnte. Dementsprechend heftig reagierte ich. Ich riss ihr die Münze aus der Hand und drohte ihr, sie anzuzeigen, wenn ich sie noch einmal dabei erwischen würde. Ich dachte, ich würde ihr damit die Möglichkeit zur Besinnung geben und die Sache wäre erledigt.

Noch am selben Abend hat sich Barbara ertränkt. Ich weiß bis heute nicht, was in ihr vorgegangen ist, doch eines ist sicher: Ich habe deine Schwester in den Tod getrieben. Ich ahnte nicht, was meine Worte bewirken würden.

Ich würde verstehen, wenn du mir das niemals verzeihen könntest, denn ich kann es selbst nicht. Als mich de Lomel wegen meines angeblichen Diebstahls hinauswarf, hätte ich alles klarstellen können, doch warum hätte er mir glauben sollen, wenn ich eine Verstorbene und noch dazu seine Geliebte beschuldigt hätte? Also bin ich gegangen und habe mich die nächsten Jahre in meinen Studien vergraben. Ich fühle mich auf eine so hilflose Art schuldig. Verstehst du jetzt, warum ich die Uhr so gerne zurückdrehen würde?

Der Tod meiner Mutter war der zweite Wendepunkt in meinem Leben. Als meine Tante Pauline mich als Hauslehrer anstellte, sah ich darin die Gelegenheit, meine Schuld an dir und Jona wiedergutzumachen. Aber ich habe es beinahe nicht ausgehalten, zunächst mit Manulf allein zu wohnen. Alle glaubten, er habe Barbara umgebracht. Hätte ich ihm sagen sollen, dass seine Frau eine Diebin war und ich in gewisser Weise ihr Mörder?

Ich hielt meinen Mund und sah meinen Weg darin, Ruben und Jona all meine Liebe zu geben. Manchmal konnte ich es kaum mit ansehen, wie sehr Ruben unter deiner Abwesenheit gelitten hat. Ich hatte Angst, dass auch er auf Abwege geraten könnte, deshalb brachte ich ihm Lesen und Schreiben bei, damit er später eine gute Lehrstelle finden würde. Anfangs konnte ich deinen Kummer nicht verstehen, du warst mir fremd. Während unserer Englischstunden habe ich dann zum ersten Mal die unbändige Kraft gespürt, mit der du dein Leben neu anpacken wolltest, später glaubte ich, ich wäre nur der Kinder wegen gerne bei dir. Dass ich mich in dich verliebt habe, wollte ich lange nicht wahrhaben. Weil ich ...

Sie ließ den Brief sinken und schaute auf die Zeilen hinunter, die vor ihren Augen verschwammen. Entfernt hörte sie Sönkes Stimme, leise tasteten die Worte sich zu ihr vor, als seien es ihre eigenen Gedanken:

»Weil ich nicht weiß, ob es für uns eine Zukunft gibt.«

Sie faltete den Brief zusammen. »Du trägst keine Schuld an Barbaras Tod. Manulf hat mir vor seinem Tod alles gestanden«, brachte sie nur hervor, ehe sie von einem Gepolter unterbrochen wurde. Kurz darauf kam der französische Uhrmacher aus der Werkstatt gerannt, die Hände schützend in den Nacken gelegt.

Harrison blieb mit erhobenem Stock auf der Türschwelle stehen. »Raus hier, raus!«, schrie er. »Ich lasse mich nicht bestehlen! Ich bin alt, aber nicht wehrlos! Raus hier, verschwinden Sie aus meinem Haus!«

Ferdinand Berthoud drehte sich mit erhobenen Händen um. »Mon Dieu, arretez! Ich habe 500 *Pfund* für einen Blick auf Ihren Zeitmesser geboten!«

»So ist es! Für ein Butterbrot wollen Sie die Geheimnisse meiner Uhr erfahren!«

Merit musste an sich halten, um sich nicht in das Geschehen einzumischen.

»*Deiner Uhr*«, sagte Sönke, doch seine Worte gingen in dem Lärm unter. Nur Merit hatte sie gehört.

»Ja, meiner Uhr«, flüsterte sie ihm zu und es klang wie eine Verschwörung.

***

Jane Squire tastete nach ihrem Begleiter, damit sie ihn in der Dunkelheit nicht verlor. Zacharias de Lomel spürte ihre Aufregung, bot ihr seinen Arm und blieb im Weitergehen dicht an ihrer Seite. Als sich ihre Körper ein wenig berührten, sie nebeneinander atmeten, war sie froh darum, die Röte ihres Gesichts in der mondlosen Nacht vor ihm verbergen zu können. Zudem hatten sie auf die Dienste eines Laternenträgers im Hinblick auf das gewagte Vorhaben verzichtet.

Soweit sie erkennen konnten, war in der Fleet Street zu dieser mitternächtlichen Stunde niemand unterwegs, weiter vorne hörten sie die Räder einer Kutsche knarren. Einzig ein großer, dürrer Hund kam ihnen entgegen, setzte seine Markierung an die Eingangstreppe des Hauses gegenüber und verschwand am Boden schnüffelnd um die Ecke.

Der Zuckersieder orientierte sich an der St. Pauls-Kathedrale, deren schwarze Kuppel sich zum Greifen nahe am Himmel abzeichnete. Plötzlich hielt sie ihn zurück und hinderte ihn am Weitergehen.

»Da gegenüber ist es«, flüsterte sie und deutete auf den Eingang, über dem an einem Messingarm der Buchstabe *M* hing. Gemeinsam überquerten sie die Straße, wo sie sich vom Arm ihres Freundes löste. Die beiden Fenster auf der rechten Hausseite waren vom Kerzenlicht hell erleuchtet, hinter dem linken Fenster flimmerte nur ein Schein.

Jane Squire schaute sich mehrmals um, ehe sie auf Zehenspitzen die drei Eingangsstufen emporstieg. Sie tippte gegen die hölzerne Haustüre. »Offen, wie vereinbart«, flüsterte sie.

De Lomel kam einen Schritt hinterher, blieb dann aber stehen. »Und wenn man uns auf frischer Tat ertappt?«

»Zacharias, wir haben jahrelang abgewartet, jetzt müssen wir handeln! Und diese Gelegenheit bietet sich uns vielleicht so schnell nicht wieder.«

»Meinst du, die Männer sind betrunken genug?«

»Dafür hat seine Dienstmagd gesorgt. Sonst hätte sie uns nicht das Zeichen gegeben, dass wir zur Tat schreiten können.«

»Was ist, wenn wir ihr nicht genug Geld gegeben haben? Vielleicht hat sie uns an Mudge verraten und es ist eine Falle.« Der Zuckersieder schaute besorgt an der Fassade hinauf, wo die Rauchwolken aus dem Kamin mit dem auffrischenden Wind vorüberzogen.

Jane Squire raffte entschlossen ihre Röcke, drückte mit der Schulter die Türe auf und schlüpfte durch den entstandenen Spalt in den Hausflur. An den leisen Schritten hinter ihr hörte sie, dass Zacharias ihr nachfolgte.

Im Flur roch es nach Hirschbraten und schwerem, süßem Rotwein, Gemurmel drang aus dem Raum neben ihnen. Sie schlichen nahe an die geschlossene Tür. Eine Stimme mit französischem Dialekt hob sich hervor.

»Das Abendmahl war wirklich ganz ausgezeichnet, Mr Mudge. Und der Rotwein ist *délicieux*.«

»Es freut mich, dass Sie zum Essen geblieben sind, Monsieur Berthoud.«

»Eine Selbstverständlichkeit, nachdem wir in Ihrer Werkstatt eine so interessante *conversation* hatten. Mr Hamiltons Pläne *en détail* würden mir ohne Ihr unlängst erworbenes Wissen nicht von Nutzen sein, Mr Mudge. Das war wirklich eine *bonne surprise*.«

»Das kann man wohl sagen, Monsieur Berthoud«, hörten sie da eine dritte Stimme. »Sechs Jahre hat Mr Mudge über den Skizzen gebrütet und einen Bauversuch nach dem anderen wieder zerlegt.«

»Sechs Jahre, Mr Hamilton? *Mon dieu*, so lange stehen wir schon in Kontakt? Es wird Zeit, dass wir mit der Arbeit an der Königin der Uhren beginnen können. Viel zu lange mussten wir auf die fehlenden *indications* warten. Auf unsere Zusammenarbeit, Mr Mudge, und auf gute Geschäfte, Mr Hamilton. *A votre santé.*«

Becher schlugen gegeneinander.

Sie spürte Zacharias' Atem in ihrem Nacken. »Geh weiter«, flüsterte er ihr zu.

Auf der linken Seite des Flurs fanden sie eine angelehnte Türe vor. Behutsam schob Jane Squire diese eine Handbreit auf. Zuckendes Kerzenlicht, Werkzeug an der Wand.

Zacharias Hand drückte gegen ihre Wirbelsäule. Sie setzte einen Fuß voraus und schlüpfte in den Raum. Im spärlichen Licht bewegten sie sich auf den Uhrmachertisch zu, auf dem sich kein Werkzeug, aber wie vereinbart die brennende Kerze und in gebührendem Abstand davon eine Papierrolle befanden. Mit einem Rascheln zog Jane Squire diese auseinander.

»Das sind Merits Skizzen«, konstatierte sie mit einem Blick.

Zacharias umfasste ihre Schultern und schenkte ihr ein dankbares Lächeln. »Jetzt gehören sie uns.«

Jane Squire presste die Skizzen gegen ihren bebenden Brustkorb. Sie bliesen die Kerze aus und tasteten sich zurück zur Türe.

Im Nebenraum schwollen die Stimmen wieder an. Vorsichtig setzten sie mit angehaltenem Atem einen Fuß vor den anderen, ein paar schnelle Schritte noch, dann erreichten sie die Haustüre und flohen unbemerkt aus dem Haus.

Erst an der nächsten Straßenecke hielten sie inne. Wie eine brave Gattin hakte Jane sich bei Zacharias ein, als hätten sie soeben gemeinsam eine musikalische Abendgesellschaft besucht und befänden sich auf dem Nachhauseweg. Unter diesen Umständen würde der Nachtwächter gerne für eine Handvoll Münzen wegsehen und sie unverzüglich ihres Weges ziehen lassen.

Aufgeregt, aber höchst zufrieden, dass sie von niemandem behelligt worden waren, erreichten sie ihr Wohnhaus in der Chancery Lane. Einzig ein Nachtmann, der mit seinem übel riechenden, beleuchteten Pferdekarren vor dem Nachbarhaus stand, hob kurz den Kopf und grüßte. Zacharias griff in die Tasche seines Justaucorps und warf dem verdutzten Mann in Spendierlaune ein paar Münzen zu, die dieser eilig aufsammelte. Tagsüber verdiente sich der Mann sein Geld als Kaminkehrer, nachts zog er im Auftrag der Stadt zu den Häusern mit den komfortablen Aborten im vorderen Wohnbereich, deren Abfluss sich durch die Außenwand wie über eine Rutsche in die Gosse entleerte. Dort fischte der Nachtmann mit seiner siebartigen Schaufel an einer langen Stange die menschliche Notdurft aus dem Abwasser und warf die stinkende Masse mit gekonntem Schwung auf seinen Karren.

***

Mit schmerzendem Rücken drehte sich John Harrison nach dem Beistelltisch um und griff nach einem Blatt seiner über den Winter selbst gezeichneten Skizzen. Hundertundvierzig Zähne für das dritte Rad? Seine Hand zitterte, als er sich die Darstellung des Rades nahe vor Augen hielt. Hundertundvierzig. Sein Gedächtnis ließ ihn nicht im Stich.

Er hob die Glashaube auf dem Werktisch an und griff zielsicher mit der Pinzette den richtigen kleinen Messingrohling mit den vorbereiteten Markierungspunkten heraus und spannte ihn ein. Er schaute durch die Lupe, sammelte seine Konzentration und mit dem Ansetzen der Bogensäge hörte seine Hand auf zu zittern. Doch das verdrängte nicht seine Zweifel, ob er je einen Zwilling dieser Silberuhr erschaffen könnte. Seinem Gefühl nach wusste er alles und nichts über diesen Zeitmesser. Viele Details in der Skizze beruhten auf seiner Intuition und an manchen Stellen des Uhrwerks würde er sich wie ein Blinder vorantasten müssen. Mit sicheren Bewegungen feilte er die Lücke aus und prüfte mit der Lehre sofort den entstandenen Spalt. Perfekt.

Seufzend zog er sich am Stock von seinem Schemel hoch und ließ sich ein paar Schritte weiter auf einem Stuhl nieder, um seinen Rücken zu entlasten. Er lehnte sich zurück und zog die Wachsstöpsel aus den Ohren, mit denen er sich den Vormittag über vor dem Lärm aus der Küche geschützt hatte. William hatte während des Morgenmahls die Bemerkung fallen lassen, er habe beim Besuch einer Shakespeare-Aufführung am Covent Garden Theatre eine nette junge Dame getroffen und seither konnte sein Sohn sich vor neugierigen Fragen wohl nicht mehr retten. Der Wonnemonat Mai schien aus jedem Hausbewohner einen Verrückten zu machen. Als dann noch Larcum Kendall am frühen Vormittag eingetroffen war, hatte das Geschnatter überhaupt kein Ende mehr genommen.

Jetzt war Ruhe im Haus, wobei er die ersehnte Stille wider Erwarten nicht allein als Wohltat empfand, denn es mischte sich Wehmut darunter – seit den langen Wintermonaten fühlte er sich in dieser Werkstatt wie begraben. Beim Essen sprach niemand mehr mit ihm, sein Weib schaute nicht mehr herein und sein Freund Larcum besuchte die Familie, aber nicht ihn. Wahrscheinlich könnte er hier tot umfallen und keine Menschenseele würde es bemerken. Seine einzigen Freunde wären am Ende Fliegen, Maden und Würmer, die sich über ein üppiges Festessen freuen würden.

Als es klopfte, zuckte er zusammen.

Merit kam in die Werkstatt. Ihr plötzliches Erscheinen verunsicherte ihn – er musste sich erst an ihren Anblick gewöhnen, so fremd war sie ihm geworden. Sie trug ein neues Kleid in einem kräftigen Blauton, der den leichten Feuerhauch in ihren Locken verstärkte. Es konnte nur einen Grund geben, weshalb sie nach so langer Zeit wieder den Weg zu ihm in die

Werkstatt gefunden hatte. Als sie zu ihrem Arbeitsplatz am Fenster hinüberschaute, wusste er, was sie gleich sagen würde.

»Ich wäre bereit, Ihnen beim Bau der zwei geforderten Uhren zu helfen«, sagte sie prompt.

Endlich! Endlich hatte er ihren widerspenstigen Geist gezähmt und sie zur Vernunft gebracht. Er konnte sein Glück kaum fassen.

»Schön. Du kannst dir gerne wieder den Tisch am Fenster frei räumen, damit wir sogleich anfangen können.«

Doch sie reagierte nicht und blieb stocksteif stehen.

»Was ist? Ach so, dir fehlt die Gegenleistung.« Darauf war er vorbereitet: »Nun gut, ich gebe dir vom Längengradpreis den zehnten Teil ab, sollte ich ihn gewinnen.«

»Geld?«, ereiferte sie sich. »Darum geht es mir längst nicht mehr, ich habe genug, um mich und meine Kinder zu versorgen! Ich biete Ihnen hiermit ein letztes Mal an, Ihnen beim Nachbau der Uhr zu helfen, wenn Sie *meinen* Namen nennen!«

»Nein.«

»Dann gehe ich.«

»Nur zu, du bist keine Gefangene, mein Haus ist nicht abgeschlossen. Sieh zu, wo du eine Unterkunft findest!«

»Die habe ich bereits. Ich gehe zu Larcum Kendall.«

Ihm blieb die Luft weg. Natürlich! Sein Freund. Sein *einziger* Freund. Erstes Entsetzen verwandelte sich in tiefe Wut. Keinem Menschen konnte man auf diesem gottverlassenen Erdboden trauen! Niemandem! Nach Graham und Jeffreys hatte er gedacht, in Kendall wieder eine dieser seltenen Ausnahmen gefunden zu haben. Sicher, in den letzten Jahren war ihr Verhältnis zueinander schlechter geworden, aber war das Grund genug für einen solchen Verrat?

»Bitte, dann versuch dein Glück«, warf er Merit entgegen.

Mit Erstaunen zog sie sich zwei Schritte zurück. »Gut, alsdann gehe ich meine Sachen packen.« Sie blieb in der geöffneten Türe stehen. Im Hintergrund sah er die versammelte Familie, wie eingefroren hielten alle in ihrem Tun inne und richteten den Blick auf ihn. »Mr Harrison, Sie können mich noch zurückhalten, wenn ...«

Zum Zeichen seiner Entschiedenheit verschränkte er die Arme vor der Brust, aber auch, um seine eigenen Zweifel über die Richtigkeit dieses Entschlusses zurückzudrängen.

Merit zog die Türe zu, nicht mit einem Knall, sondern beinahe geräuschlos. Das Schloss klickte, sanft wie das einzelne Ticken einer Uhr.

Es dauerte zwei Stunden, bis er wieder Stimmen in der Küche hörte. William, der sich anbot, beim Tragen des Gepäcks zu helfen, Sönke, der versuchte, die weinende Ann Doreen zu trösten, und Merit, die ihren Sohn Ruben davon abhalten wollte, zu schwere Sachen zu schultern. Auf einmal war es still.

Vergeblich versuchte er sich zu konzentrieren. Bei jeder Feilbewegung an den neuen Zahnrädern musste er an Merit denken, sie ging ihm nicht aus dem Kopf, so sehr er sich auch anstrengte. Kaum hatte er sie für einen Augenblick vergessen, baute sich aus seinen Erinnerungen eine neue Flutwelle an Bildern auf, die ihn überrollte, der Sog erfasste seine Gedanken, sodass er erneut bei seiner Arbeit innehalten musste.

Es war Nachmittag geworden, als er draußen eine langsam fahrende Kutsche hörte. Er erhob sich sofort, verbot sich dann aber nachzusehen, ob diese vielleicht vor dem Haus gehalten hatte. Stattdessen nahm er einen feinen Pinsel und wischte mit fast liebevoller Hingabe ein paar Staubkörnchen vom Gestänge seines dritten Zeitmessers, als sei er aus keinem anderen Grund aufgestanden.

Er war so in Gedanken versunken, dass er das Klopfen an

der Türe überhörte. Als er die Stimme seines Weibes hinter sich hörte, erschrak er zu Tode.

»Besuch für dich, John.«

»Besuch?« Das konnte nicht sie sein. Sie war bestimmt nicht zurückgekommen. Seine Hoffnung zerfiel. »Ich will niemanden sehen!«

»Ich bedaure, dass ich Ihrem Wunsch nicht entsprechen kann.« Es war der Königliche Astronom Maskelyne, der an Elisabeth vorbeitrat, den Dreispitz von seinem schmalen Schädel nahm und sich dabei mit verdrießlichem Gesichtsausdruck in der Werkstatt umschaute, so als müsse er einen wolkenverhangenen Himmel betrachten.

Elisabeth verschwand. Sein Weib ahnte, was gleich auf den Königlichen Astronomen, der inzwischen wie ein willkommen geheißener Gast durch den Raum spazierte, zukommen würde.

Wie beiläufig legte Maskelyne seinen schwarzen Hut auf den Uhrmachertisch am Fenster und inspizierte die Bewegung der tellergroßen Unruhreifen des dritten Zeitmessers, ehe er sich mit gleicher Hingabe der Aussicht auf den kleinen Park widmete. Dort breiteten sich die ersten Schattenflecken des Nachmittags auf der sonnenbeschienenen Wiese zwischen den blühenden Apfelbäumen aus.

»Sie mögen wohl überreife Früchte lieber als diese zarten Knospen«, stellte sein Besucher fest.

»Bitte, wovon sprechen Sie?«

»Ach nur, weil ich Ihre Frau Gemahlin alleine angetroffen habe. Ich vermisse Ihre nette Gesellschafterin, diese Merit Paulsen. Ist sie nicht mehr da?«

»Sie ist abgereist.« Entschlossen seinen Ärger darüber nicht zur Schau zu stellen, begab er sich mit gespielter Gelassenheit an den Werktisch und nahm seinen dort angelehnten Stock in die Hand.

»Oh, das ist aber sehr bedauerlich!«, bemerkte der Königliche Astronom mit einem Lächeln und griff in die Tasche seines dunkelblauen Justaucorps. »Ich hätte mich so gerne von ihr verabschiedet.«

»Kommen Sie zur Sache!«, forderte er Maskelyne mit Blick auf das gefaltete Dokument auf.

»Sehr gerne. Ich bin hier, um Ihnen mitzuteilen, dass die kleine Silberuhr noch einige Monate im Observatorium überprüft werden muss.«

Damit hatte er gerechnet. Sein Stock verlieh ihm die notwendige Stärke, um seinen Rücken gerade zu halten und seine Forderung zum wiederholten Male auszusprechen: »Ich benötige die Uhr, oder wenigstens die Pläne, für einen exakten Nachbau!«

»Sie haben nicht das Recht, über das Eigentum des Observatoriums zu verfügen«, antwortete Maskelyne ruhig. »Wir, die Kommissionsmitglieder, haben uns vielmehr dazu entschlossen, den kleinen Zeitmesser bei erfolgreicher Prüfung an den von Ihnen vorgeschlagenen Uhrmacher Larcum Kendall zu übergeben, damit *er* eine Kopie anfertigen kann – sollte Ihnen dies bis dahin nicht selbst gelungen sein.«

»Kendall? Das kommt nicht in Frage, das werden Sie nicht tun!«

Maskelyne runzelte die Stirn. »*Exactement* dies haben Sie von uns erbeten. Wird man im Alter immer so wankelmütig oder wie können Sie mir diesen Sinneswandel erklären?«

Der Königliche Astronom wartete vergeblich auf eine Antwort. Was hätte er ihm auch sagen sollen? Dass sich dort jenes Weib aufhielt, dem er die Uhr zu verdanken hatte?

»Ich werde Kendall also Ihr Einverständnis übermitteln, er wartet bereits darauf. Alsdann wäre dieser Punkt auch erledigt. Erstaunlich schnell geht das heute. Schön, sodann kommen wir zum eigentlichen Grund meines Besuches: Bitte lesen Sie sich dieses Schreiben hier durch, damit Sie keine Zweifel an meiner Befugnis haben und meiner Aufforderung Folge leisten können.«

Er warf einen missbilligenden Blick auf den verhassten Konkurrenten, hin- und hergerissen, ob er ihn gleich aus seinem Reich vertreiben oder zuerst den Brief lesen sollte. Mit einem mulmigen Gefühl entschied er sich schließlich dafür, sich zu setzen und das Papier entgegenzunehmen. Er begann zu lesen.

Mr John Harrison
Wir, die dieses Dokument unterzeichnet haben, berufen in die Kommission durch den Erlass des Parlaments zur Bestimmung des Längengrads auf See, fordern Sie hiermit auf, Ihre drei verschiedenen Maschinen oder Zeithalter, die sich noch in Ihren Händen befinden, an Rev. Mr Nevil Maskelyne, Königlicher Astronom zu Greenwich, auszuhändigen, da diese nunmehr das Eigentum der Öffentlichkeit geworden sind.
Gegeben am 26. April 1766
Im Hause der Admiralität.

Nach einem kurzen Blick auf die Unterschriften faltete John Harrison das Dokument wieder zusammen – dann konnte er nicht mehr an sich halten und zerknüllte es wutentbrannt, er presste seinen Zorn in unzählige Knicke und Falten und warf es dem Königlichen Astronom vor die Füße.

Dieser reagierte mit einem mitleidigen Gesichtsausdruck. »Sie müssen verzeihen, dass ich erst zum heutigen Tage vorbeikomme, aber in letzter Zeit hat mich die Fertigstellung meines *Nautischen Almanachs* sehr in Anspruch genommen. Die 10 000 Exemplare sollen demnächst gedruckt werden.«

Der Stachel bohrte sich tief in Harrisons Herz. »Meinetwegen tun Sie, was Sie wollen! Aber ich werde Ihnen meine Uhren nicht aushändigen, Sie nehmen mir nicht meine Kinder weg!«

»Mir kommen gleich die Tränen.« Maskelyne lächelte schief. »Wenn Sie die erste Hälfte des Preisgeldes Ihr Eigen nennen wollen, ist es leider unerlässlich, unserer Forderung sogleich nachzukommen.« Der Königliche Astronom verschränkte die Hände hinter dem Rücken und setzte seinen Rundgang durch die Werkstatt in dem Wissen fort, dass die Zustimmung des alten Uhrmachers nur eine Frage der Zeit war.

Die Zeitmesser tickten, es kam Harrison vor, als unterhielten sie sich wie alte Freunde, die ihre Erinnerungen austauschten und nach langer Zeit des Beisammenseins Abschied voneinander nehmen mussten. John Harrison wandte den Blick von Maskelyne ab und schaute jede einzelne seiner Schöpfungen lange an, ihre Bewegungen, das schimmernde Licht auf den unterschiedlichen Formen. Unendlich viele Stunden hatte er mit ihnen verbracht, sie gehörten zu seinem Leben. Sie waren sein Leben. Aber sie waren längst nicht mehr Teil jenes Traumes, dem er sein ganzes Dasein widmete. Er musste dieses Opfer bringen, wenn er sein Ziel erreichen wollte. Die Zeiger krochen eine erhebliche Strecke über die Zifferblätter, ehe er sich ein kaum sichtbares Nicken abringen konnte. Die Zeit für eine Trennung war unweigerlich gekommen.

»Befinden sich die Uhren in einwandfreiem Zustand?«, hakte der Königliche Astronom sogleich nach, als er Harrisons veränderte Gefühlsregungen vernommen hatte.

»Gewiss, das sehen Sie doch!«

Maskelyne zuckte mit den Schultern, hob das Papier vom Boden auf und strich es auf der Werktischplatte glatt. »In der

Tat kann ich diese Metallhaufen nur dem äußeren Anschein nach beurteilen, eine genauere Überprüfung der Uhrwerke ist erst über eine längere Zeitdauer im Observatorium möglich. Werden die Uhren normalerweise als Ganzes oder in Teilen transportiert? Draußen warten vier Männer mit einem Pferdefuhrwerk.«

»Ein Pferdefuhrwerk? Sind Sie vom Teufel geritten? Meine Uhren müssen mit Sänften zur London Bridge getragen und von dort mit dem Boot nach Greenwich gebracht werden!«

»Derart viel Zeit habe ich nicht zur Verfügung. Wenn es Ihnen also genehm wäre, mir meine Frage zu beantworten?«

»Das habe ich soeben getan!«

»Die Beförderung der Uhren mit dem Fuhrwerk ist die Entscheidung der Kommission, daran kann ich nichts ändern. Wenn Sie sich also bitte kooperativ zeigen würden?«

»Soll ich Ihnen meine Uhren vielleicht vor die Tür tragen und noch eine Präsentkarte dazu schreiben?«

»Ihre Halsstarrigkeit wird Ihnen noch das Genick brechen, Mr Harrison. Ich fordere nicht Ihre Mithilfe, mir ist nur daran gelegen, diese Ungetüme sicher zu verladen.«

»Ich habe Ihnen gesagt, was Sie tun sollen! Also halten Sie mich nicht zum Narren! Da Sie von der Längengradkommission mit dem Transport der Uhren beauftragt wurden, habe ich, der alte Tischler John Harrison, offenbar dennoch keinerlei Befugnis, Ihnen diesbezüglich Ratschläge zu erteilen. Vielleicht ist das aber auch besser so! Jede meiner Äußerungen würde zweifellos gegen mich verwendet werden. Einen schönen Tag noch!«

Er ließ den verdutzt dreinblickenden Sterngläubigen stehen und hinkte zur Türe. Als er diese aufriss, stand sein Weib wie angewurzelt davor. Zuerst wollte er seine Wut an ihr auslassen, doch als er aus ihrem Gesicht ablas, mit welcher Besorgnis sie das Gespräch belauscht hatte, wurde ihm für einen Augenblick warm ums Herz und er bedachte sie lediglich mit einer unwirschen Handbewegung.

»Das ist nicht gerade klug von Ihnen, mich hier stehen zu lassen!«, rief ihm der ungebetene Besucher hinterher. »Von Ihnen muss ich mich nicht derart unhöflich behandeln lassen! Als Königlicher Astronom weiß ich ebenso gut wie ein alter Tischler, wie man Uhren transportiert. Auf Ihre Hilfe bin ich nicht angewiesen!«

»Alsdann versuchen Sie doch ihr Glück!«, schrie er auf der Treppe angelangt zurück, ehe er nach oben ging und in der leeren Kammer Zuflucht suchte. Er wollte Ruhe, nichts als Ruhe vor dieser grausamen Welt. Eher würde er sterben wollen, als mit ansehen zu müssen, wie man seine erzwungenen Opfergaben aus dem Haus trug und auf einen Karren warf.

Im Zimmer hatte Merit keine persönlichen Gegenstände zurückgelassen. Das Bett war frisch bezogen, das Kissen aufgeschüttelt, die Waschschüssel trocken und der Krug leer, das Lager ihres Sohnes war weggeräumt. Als ob sie nie da gewesen wäre.

Von unten hörte er ein kurzes Geräusch, wie ein Schlag, begleitet von einem hellen Vibrieren. Mit schmerzverzerrtem Gesicht biss er die Zähne zusammen. Eine Männerstimme fluchte.

Das Ächzen und Stöhnen der Träger unter ihrer Last drang tief in sein Gehör.

Kurz darauf ertönte ein satter Aufschlag mit einem dumpfen Nachhall, dem das feine Klirren von Metall folgte. Er hielt die Luft an, doch die unzähligen hohen Töne bohrten sich ungehindert in seinen Körper und zerrissen ihm das Herz.

***

Achtes Buch

*Es beginnt mit einem wertvollen Geschenk A.D. 1769,
darauf folgt eine schicksalsschwere Seereise A.D. 1772
und endet mit einem Geburtstag ohne Gäste A.D. 1776*

... UNS, DIE WIR NICHT SEHEN AUF DAS SICHTBARE, SONDERN AUF DAS UNSICHTBARE. DENN WAS SICHTBAR IST, DAS IST ZEITLICH; WAS ABER UNSICHTBAR IST, DAS IST EWIG.

2. KORINTHERBRIEF 4,18

*Geliebte Merit,
manchmal habe ich das Gefühl, wenn ich bei dir bin, empfindest du mich als lästig. Ich bin dir nicht gut genug und du kannst nichts mit mir anfangen. Ziehe ich mich aber zurück, vermisst du mich und suchst sofort nach mir, bis du weißt, dass ich da bin oder bald kommen werde.*

Liebst du mich oder hasst du mich? Wenn ich dir bei deinem letzten Atemzug zusehen werde, will ich es nicht mehr wissen. Es wird bald soweit sein. Ich sehe den Moment so klar vor mir, als sei er bereits gekommen.

Deine letzte Stunde wird zur Mittagsstunde eines schönen, sonnigen Tages schlagen, ich finde das eine hübsche Idee. Es ist alles für dich vorbereitet, ich habe alles minutiös geplant. Du wirst auf mich zukommen, wir werden uns die Hand reichen, weil du die Ge-

fahr zu spät erkennst und dann wird dein Leben vorbei sein. Dein ungläubiger Blick, deine aufgerissenen Augen werden mir dein überraschtes Entsetzen verraten.

Ob ich deinen Tod bedauern werde? Ein wenig schon, denn du hast in den letzten Jahren viel für mich getan, mehr als irgendein anderer Mensch auf dieser Welt, und dafür bin ich dir dankbar. Dennoch kann ich dich nicht als Siegerin aus unserem Spiel hervorgehen lassen, aber es ist nicht das erste Mal, dass ich bei der Entscheidung über Leben oder Tod meine Finger mit im Spiel habe. Man gewöhnt sich daran.

Nun will ich dich nicht länger aufhalten, ein paar schöne Momente seien dir noch vergönnt, ehe ich zur Tat schreiten werde.

***

Der Tag hätte so schön beginnen können. Mit einem behaglichen Seufzer drehte sich Ruben in seinem Bett auf den Rücken, verschränkte die Arme hinter dem Kopf und blinzelte in die sonnenlichtdurchflutete Kammer, die er sich mit dem Frühaufsteher Sönke teilen musste. Seit vier Jahren wohnte die Familie gegenüber den Harrisons am Red Lion Square in einem schmalen, dreistöckigen Haus mit heller Steinfassade. Zum Lebensunterhalt konnte er durch seine Arbeit in der Werft eine stolze Summe beitragen; mittlerweile durfte er selbst bei der Schiffsreparatur mit Hand anlegen und die jungen Burschen anlernen. Er genoss dieses Verantwortungsgefühl, aber wirklich zufrieden war er nicht. Sönke wiederum war glücklich damit, Ann Doreen zusammen mit vier anderen Kindern aus dem Viertel Unterricht zu geben und seine Mutter verdiente ihr Geld mit Zifferblattbemalungen für Larcum Kendalls Kundschaft.

Nun war die Zwillingsuhr fertig. Wunderschön war sie geworden, von der ersten Silberuhr, die sich ebenfalls im Observatorium befand, nicht zu unterscheiden.

Seine Mutter verstand sich bestens mit Kendall und der Uhrmacher hatte ihr versprochen, für sie die Verhandlungen bei der Längengradkommission zu führen, dafür sollte sie ihm im Falle ihres Gewinns ein Viertel des Längengradpreises abgeben. Von den äußeren Zwängen her gesehen ein durchaus annehmbares Angebot, vor allem weil Kendall auch die Kosten für das Material übernommen und dieses für sie beschafft hatte.

Seit einer Ewigkeit wurde die Zwillingsuhr unter Kendalls Aufsicht von Maskelyne justiert und geprüft. Noch hatten sie kein endgültiges Ergebnis, aber die bisherigen Zahlen hörten sich vielversprechend an.

Wie weit John Harrison mit dem Nachbau der Uhr gediehen war – ob er noch in den Anfängen steckte, oder fast fertig war – wusste niemand. Sicher war nur, dass er nicht aufgegeben hatte. Wahrscheinlich arbeitete er sogar heute, am Tag von Williams Hochzeit.

Ruben schloss die Augen, er wollte den Morgen seines freien Tages genießen und versuchte, sich in seiner Traumwelt auf die Weiten des Meeres zurückzuversetzen, doch Ann Doreens fröhliches Rufen hatte ihn nicht nur geweckt, ihre Stimme war jetzt deutlich zu hören und nur einen Augenblick später stand die Zehnjährige bei ihm im Zimmer.

Wie ein Wirbelwind drehte sie sich in ihrem bernsteinfarbenen Kleid um die eigene Achse und blieb, das Gleichgewicht suchend, vor seinem Bett stehen. Ihre rotblonden Locken waren zu einer hübschen Hochsteckfrisur gebändigt, ihre Wangen leuchteten unter dem großzügig aufgetragenen Rouge und auf ihrem Schmollmund glaubte er eine Spur Lippenpomade zu erkennen.

»Wie sehe ich aus, großer Bruder?«

»Wie eine Prinzessin.«

»Ungelogen oder sagst du das nur so?«

»Ungelogen. Frag deine Mutter oder Sönke, wenn du mir nicht glaubst.«

»Die sind mit diesem Kendall beschäftigt – der Uhrmacher ist gerade da.«

»Mr Kendall heißt das. Dann lauf hinüber zu deinem kleinen Freund John und frag ihn. Aber lass mich noch ein bisschen schlafen, bevor ich mich auch für das Fest richten muss.« Er freute sich auf die Hochzeit, weil William endlich wieder eine Frau gefunden hatte, die zu ihm passte, aber um diese Uhrzeit war es eindeutig noch zu früh, sich mit diesen Details zu beschäftigen.

»John ist blöd«, stellte Ann Doreen fest, während sie am Saum ihres Kleides zupfte.

»Warum ist er blöd?«, fragte Ruben nach.

»Weil er kein Mädchen ist.«

Ruben seufzte und zog die Bettdecke höher. »Lass mich schlafen, Anndori.«

Sie schlüpfte aus ihren Schuhen und machte es sich am Fußende seines Bettes bequem, als hätte er das Gegenteil behauptet. Sie schaute nachdenklich drein. »Glaubst du, John gefällt mein Kleid?«

»Da bin ich mir sicher. Du wirst die Schönste auf dem Fest sein«, sagte er mit halb geschlossenen Augen.

»Ich möchte auch mal heiraten!«

»Und wen?«, brummelte er.

»Dich!«

Überrascht schlug er die Augen auf. »Mich kannst du nicht heiraten.«

»Warum nicht?«

Er stützte sich auf die Ellenbogen. »Weil wir so etwas wie Geschwister sind, das weißt du doch.«

»Aber wir haben unterschiedliche Väter.«

»Und dieselbe Mutter. Mich kannst du nicht heiraten«, wiederholte er.

»Hm.« Ann Doreen strich die Falten der Bettdecke über seinen Beinen glatt. »Mein Vater ist heute vor fünf Jahren auf dem Schiff gestorben, richtig?«

»Ja ...«, sagte er zögerlich.

»Du magst nicht mit mir darüber reden, oder? Immer wenn ich meinen Vater erwähne, schaust du weg und schweigst. Aber ich habe oft genug gehört, wie du mit Sönke darüber gesprochen hast, was damals vorgefallen ist. Und ich finde auch, dass du nicht zornig mit dir selber sein darfst, weil du Manulf umgebracht hast.«

Ruben riss die Augen auf und fragte überrascht: »Du weißt es?«

Ann Doreen hielt ihre Hände ruhig. »Natürlich weiß ich das, schon lange. Aber ich nehme es dir nicht übel. Manulf war böse und so einen Vater möchte ich nicht haben.«

An Schlaf war jetzt nicht mehr zu denken. Ruben setzte sich im Bett auf. »Kein Mensch ist nur böse, Ann Doreen.«

»Meinst du?« Sie dachte darüber nach und es dauerte eine geraume Zeit, bis sie wieder den Blick hob. »Glaubst du, ich hätte meinen Vater gemocht?«

Er spürte einen Stich in der Herzgegend. »Das kann ich dir nicht sagen«, antwortete er und fühlte dabei die Schmerzen in seiner Brust. »Das musst du selbst wissen.«

Ann Doreen schaute an ihm vorbei auf den Boden, vielleicht stellte sie sich vor, wie es auf dem Schiff gewesen sein musste, womöglich sah sie, wie ihr Vater dort in seinem Blut lag.

»Ruben? Kann man mehr als einen Vater haben?«

Er ahnte, worauf sie hinauswollte. »So viele, wie du im Herzen tragen kannst.«

»Das ist gut! Weil Sönke braucht in meinem Herz schon viel Platz, aber für meinen Vater ist dann trotzdem noch etwas frei – und für Mamu und dich natürlich auch.«

Ihm wurde die Kehle eng. Er schluckte und streckte die Arme nach ihr aus. »Komm her, meine große Schwester!«

Wie von Fesseln befreit umarmte sie ihn so stürmisch, dass er auf den Rücken fiel und sie nebeneinander im Bett zu liegen kamen. Sie schmiegte sich an seine Schulter, ohne auf ihre kunstvolle Frisur achtzugeben.

»Also, wen willst du später mal heiraten?«, flüsterte er.

Sie hob den Kopf. »Wenn ich dich nicht heiraten kann, dann nehme ich John!«

Er grinste. »Dann ist er wohl doch nicht so blöd?«

»Vielleicht.« Sie versteckte ihr verschämtes Lächeln, indem sie ihm einen schnellen Kuss auf die Wange gab. »Stehst du jetzt auf, großer Bruder?«

»Überredet«, seufzte er.

»Du kratzt, du musst dich rasieren«, beschwerte sie sich, während sie aus dem Bett kletterte.

Gleichmütig schlenderte Ruben zur Waschschüssel, dann aber griff er blitzschnell zum gefüllten Wasserkrug und mit einer spielerischen Drohgebärde gab er vor, das Nass über ihr ausschütten zu wollen. »Hast du dich heute schon gewaschen?«

Kreischend floh sie aus dem Zimmer und noch unten in der Küche hörte er ihr atemloses Lachen.

Als er gewaschen, rasiert und in sein neues, dunkles Justaucorps und seine hellblaue Weste gekleidet die Treppe hinunterging, hoffte er, vielleicht eine kleine Aufmerksamkeit auf dem Küchentisch vorzufinden, auch wenn er das nicht erwarten durfte. Aber vielleicht hatte seine Mutter an seinen achtzehnten Geburtstag gedacht.

***

Sönke und Ann Doreen waren bereits im Aufbruch begriffen und zwischen Tür und Angel erfuhr er, dass die Mutter noch einmal in der Werkstatt verschwunden war und er mit ihr nachkommen solle.

Unschlüssig setzte Ruben sich an den leeren Tisch mit den vier Stühlen, der verloren inmitten der großen Küche stand. Er schaute hinüber zur Werkstatttüre, horchte auf ein Geräusch und erschrak, als seine Mutter unvermittelt herauskam. Sie trug ein blaues Kleid mit lindgrünfarben abgesetztem Mieder, ihre Haare waren locker hochgesteckt und sie war nur leicht geschminkt.

»Ruben, du bist ja schon fertig. Sehr gut siehst du aus, mein Sohn.«

Er wusste, dass er seinem Vater bis aufs Haar glich. Das war an jedem Blick seiner Mutter abzulesen, wenn sie ihn wie in diesem Moment so nachdenklich ansah. Doch in ihrem Gesichtsausdruck spiegelte sich kein Schmerz mehr, vielmehr stolze Freude. In den zwölf Jahren seit dem Tod seines Vaters hatte sie sich verändert. Sie war auf eine besondere Art älter geworden. Selbst ein Außenstehender ahnte sofort, dass besondere Erfahrungen sie geprägt haben mussten, ihr Erscheinungsbild, ihr Auftreten machten die unzähligen Kämpfe sichtbar, die sie mit dem Leben und ihrem Schicksal ausgefochten hatte. Faszinierend war, dass sie zudem, auch trotz ihrer zweiundvierzig Jahre, kaum etwas von ihrer jugendlichen Ausstrahlung eingebüßt hatte. Die steilen Falten zwischen den

Augenbrauen, Zeugen ihrer Nachdenklichkeit und ihres unbändigen Willens, hatten sich tief eingegraben, aber wenn sie lachte, überwogen die krausen Linien um ihre Nasenflügel und die Fältchen an den Augen. Ihre blauen Augen strahlten Wärme und Hingabe aus, dennoch wirkte sie unnahbar und ihr plötzlich hervorbrechendes Lachen konnte genauso schnell wieder in traurigen Ernst übergehen. In ihre Seele gewährte sie niemandem Einblick.

»Freust du dich auch auf die Hochzeit?«, fragte sie, während sie sich zu ihm an den Tisch setzte.

»Ja, wird bestimmt nett.«

»Ich bin froh, dass er Susannah gefunden hat. Ich glaube, sie ist die Richtige für ihn. Seit William im Covent Garden Theatre mitarbeitet und seine Rolle als König Lear einstudiert, ist er wie ausgewechselt. Und wenn ich Susannah in der Rolle der Cordelia erlebe, wie die beiden miteinander proben, dann bilden sie eine so kraftvolle Einheit, die sich merklich aus ihrer Zweisamkeit abseits der Bühnenbretter nährt. Wirklich beeindruckend.«

»Sollen wir aufbrechen?«

Sie stutzte und sah ihn auffordernd an. »Wie du willst. Aber was ist mit deinem Geburtstag?«

»Du hast ihn nicht vergessen?«

»In den letzten Jahren bin ich unserer stummen Abmachung gefolgt, diesen Tag wie alle anderen vorüberziehen zu lassen, weil ich wusste, dass du weder an deinen siebten Geburtstag noch an deinen dreizehnten auf der Rückreise von Barbados erinnert werden willst. Vergessen habe ich deinen Geburtstag aber nur ein einziges Mal und das kann ich mir bis heute nicht verzeihen.«

»Ich ...«, begann er zögerlich, »ich muss dir etwas sagen. Zu meinem siebten Geburtstag hast du Sönke mitgeteilt, du könntest keine Uhr bauen, wie du sie mir versprochen hast. Damals wusste ich noch nicht, wie schwer es sein kann, ein Versprechen zu halten. Stattdessen war ich davon überzeugt, du würdest mich nicht lieben. Meinen Kummer konnte ich dir nicht zeigen, ich wollte so fröhlich sein wie Jona, weil ich nicht mit ansehen konnte, wie du dich nur mit ihm beschäftigst. Ich wollte dich für mich allein haben, nachdem Vater gestorben war. Ich hatte Angst, dich auch noch zu verlieren. Nicht einmal böse konnte ich dir sein, als du auf mein Holzschiff getreten bist. Jona war schuld, weil er die Sortierschale auf den Boden geworfen hatte, das weiß ich noch ganz genau. Aber er hat keine Strafe dafür bekommen, er durfte sogar mit uns in den Hafen zum Federballspielen gehen. Dort kam mir die Idee, wie ich mich an ihm rächen könnte. Ich habe mit Absicht zu weit geschossen. Jona ist ins Wasser gefallen, weil er unbedingt den Ball bekommen wollte. Ich ahnte doch nicht, dass er ... dass er sterben würde. Glaubst du mir das?«

Anstelle einer Antwort erhob sich seine Mutter. Nervös blieb er sitzen. Als sie vor ihm stand, zögerte sie erst, dann legte sie vorsichtig ihren Arm um seine Schultern und als er sich nicht gegen die Berührung wehrte, streichelte sie über seine Haare, wie sie es früher immer getan hatte und es geschah ganz von selbst, dass er seinen Kopf gegen ihren Bauch sinken ließ. Es folgte die Umarmung, die er in den letzten Jahren so zwanghaft vermieden hatte. Schmerz und Glückseligkeit zogen sich durch seinen Körper. Er schloss die Augen, um die erlösenden Tränen zu unterdrücken.

Als sie sich von ihm löste, blinzelte sie und wandte ihren Kopf in Richtung Werkstatt. »Warte, ich komme gleich wieder.« Mit diesen Worten verschwand seine Mutter im Nebenraum.

Es dauerte allerdings nicht lange, bis sie zurückkam. »Kendall war vorhin hier«, sagte sie, als sie sich wieder zu ihm an den Tisch setzte.

»Ich weiß.«

»Er hat die Ergebnisse aus dem Observatorium gebracht. Auch meine zweite Uhr läuft exakt, es gibt keine Zweifel mehr.« Sie lächelte, ihre Augen waren feucht.

»Tatsächlich?« Er spürte große Freude in sich aufsteigen.

Sanft legte sie die Taschenuhr vor ihm auf dem Tisch ab. »Ich habe sie Kendall unter Aufrechterhaltung unserer Bedingungen von meinem gesparten Geld abgekauft. Der Längengradkommission genügen die erste Uhr und die Zahlen. Andernfalls darf er die Zwillingsuhr natürlich noch einmal dorthin mitnehmen.«

»Sie gehört jetzt uns?«

»Sie gehört *dir*. Alles Gute zu deinem Geburtstag, mein Sohn.« Sie beugte sich zu ihm hinüber und gab ihm einen Kuss auf die Stirn. »Ich habe sie dir doch versprochen.«

Die Tränen, die ihm die Wangen hinunterliefen, störten ihn jetzt nicht mehr. »Danke.«

»Ich liebe dich, mein Sohn. Vergiss das nie.«

»Ich mag dich auch sehr gerne – Muma«, schob er leise hinterher.

Voller Bewunderung nahm er ihr Geschenk in die Hände, seine Körperwärme übertrug sich auf das kühle Gehäuse. Er bemühte sich, seine Fassung wiederzuerlangen und streichelte dabei über das gewölbte Uhrenglas. Das Zifferblatt war in seiner Schönheit von der ersten Uhr nicht zu unterscheiden.

»Die Uhr ist noch nicht signiert«, hörte er seine Mutter sagen. »Das wollte ich vorhin noch tun, aber du bist zu früh die Treppe heruntergekommen.«

Er öffnete das Gehäuse und klappte die hintere Schale auf, um die reich verzierte Rückseite des Uhrwerks zu betrachten, auf der auch eine kleine, geglättete Fläche für den Namenszug vorgesehen war.

Ihm stockte der Atem. »Die Platine ist bereits signiert. Sieh selbst«, sagte er und reichte ihr die Uhr.

Larcum Kendall.

Das blasse Gesicht der Mutter erschreckte ihn zu Tode.

»Das ... das kann nicht wahr sein«, stotterte sie. »Das ist ein schlechter Traum. Wie konnte er das tun? Wie konnte *mir* das zum zweiten Mal passieren?«

Vor Schreck war er genauso gelähmt wie sie, aber er sah dabei sofort ein deutliches Bild vor sich. »Jetzt gibt es nur noch einen, der uns helfen kann – König Georg III.«

»Der König? Wie kommst du auf diesen irrsinnigen Gedanken? Ich brauche mächtige Hilfe, gewiss, aber der König ist kein Zauberer, der im Handumdrehen alles zum Guten fügt. Er hat keine uneingeschränkte Macht, auch kann er nicht über das Parlament bestimmen, das letztlich den Längengradpreis vergibt.«

»Aber er kann Entscheidungen beeinflussen und für Gerechtigkeit sorgen.«

»Vielleicht. Aber du weißt nicht, ob er auf unserer Seite steht.«

»Einerlei. Ich werde einen Brief an seinen Sekretär schreiben, damit du eine Audienz bekommst und deine Geschichte erzählen kannst.«

»Aber ich kann doch als Frau nicht vor den König treten und Forderungen stellen!«

»Doch, das kannst du. Und ich werde dir beistehen, weil ich weder dich noch meine Uhr im Stich lassen werde.«

***

John Harrison hörte die Stimmen von Elisabeth und William in der Küche. Sie sprachen wohl über den Ablauf des Hochzeitsfestes. Er rief nach ihnen, aber niemand kam herein. Seine Augen waren schlechter geworden, die Türe erkannte er nur unscharf und er musste sich merken, wo er sein Werkzeug abgelegt hatte. Und an manchen Tagen waren seine Gichtanfälle derart unerträglich, dass er nur dasaß und in der Hoffnung auf Linderung von morgens bis abends unverrichteter Dinge auf die Werkbank starrte.

Aber nun war der Zeitmesser fertig. *Sein* Zeitmesser. Äußerlich unterschied er sich unverkennbar von Merits Uhr. Es war keine exakte Kopie wie von der Kommission gefordert, aber es war ein erster Nachbau. Ob die genaue Zeit in ihrem Inneren lebte, wie präzise ihr kleines Herz schlug, musste er erst noch beobachten.

Die Uhr lag in einem Holzkästchen auf einem abgegriffenen rotgrauen Samtpolster. Er hätte so gerne einen neuen Stoffbezug gehabt, aber von Elisabeth konnte er keine Hilfe mehr erwarten und seine Beine trugen ihn nicht mehr weit genug in die Stadt. Allein schaffte er es mit Mühe noch die Treppen von der Werkstatt zu Merits ehemaliger Kammer hinauf, wohin er sich zurückgezogen hatte, seit Elisabeth seine Anwesenheit im Haus ignorierte.

Zum Essen war für ihn nicht mehr gedeckt, er musste zusehen, was für ihn übrig blieb. Oftmals war der Topf schon leer, selbst wenn er pünktlich zum Essen kam und seinen eigenen Holzteller mitbrachte. Elisabeth verhielt sich, als sei er nicht da. Er war für sie gestorben.

Es hatte keinen Streit zwischen ihnen gegeben, er konnte nicht einmal die Worte benennen, die sie zuletzt miteinander gewechselt hatten, wahrscheinlich war es irgendetwas Belangloses gewesen.

Sie hatte nach all den Ehejahren ihren Traum aufgegeben. Ihren sehnlichen Wunsch nach Zweisamkeit, nach dem Gefühl, das er aus Angst immer vermieden hatte: Liebe. Nahezu achtzig Jahre hatte er auf diesem Erdboden zubringen müssen, um aufzuwachen und zu begreifen, dass die Mauer, die ihm als Schutz vor Verletzungen und Angriffen dienen sollte, sein eigenes Gefängnis geworden war.

Der Sekundenzeiger kroch über das schlichte, weiße Zifferblatt, dem als Umsäumung zweifelsohne die filigrane Handschrift Merits fehlte. Er hatte es erst gar nicht versucht. Den schmucklosen Rand überdeckte ein stumpfer Metallring in der entsprechenden Breite. Vier Schrauben, die man mit gutem Willen als nüchterne Verzierung ansehen konnte, begrenzten das verkleinerte Zifferblatt. Nur eine kleine messinggoldene Blume mit acht Blütenblättern belebte die Uhr in der Mitte, dort wo sich der Rändelknopf durch den Glasdeckel bohrte, an dem sich die Zeiger verstellen ließen. Manch einer mochte diese Blume für die Versinnbildlichung einer Kompassrose halten, für ihn war sie das Zeichen seiner Demut. Nicht vor dem Meer und den Stürmen, sondern vor seinem Handwerk – und wenn er ganz ehrlich war, auch vor Merit. Es war seine Hommage an sie und seine Art, das auszudrücken, was einem Menschen wie ihm auf dieser Welt am schwersten fiel.

Dennoch konnte er ihr das Feld nicht durch Rückzug überlassen, auch wenn er sich mittlerweile zu alt für den Kampf fühlte. Er konnte ihr Handeln, ihre Zusammenarbeit mit Kendall verstehen, aber seinem Freund würde er niemals verzeihen, ihn auf solch schändliche Weise hintergangen zu haben. Das war der eine Grund, warum er den angefangenen Weg zu Ende gehen musste. Und zum Zweiten hatte er noch mit Maskelyne eine Rechnung offen.

Die drei großen Uhren waren im Keller des Observatoriums gelandet, wohl in der Absicht, diese dort verrotten zu lassen. Und wenn er sich vorstellte, wie einer der Zeitmesser dort als Trümmerhaufen lag, die Zeiger sich nicht mehr bewegten, reglos waren, die beiden anderen Uhren wie lebendig begraben, dann wurden seine Rachegelüste an Maskelyne und dem Rest dieser kriminellen Kommissionsbande übermächtig.

Als sein Rufen nach William und Elisabeth wiederum ungehört blieb, löschte Verzweiflung wie ein kalter Guss seinen schwelenden Zorn. Wollte niemand das Ergebnis seiner Arbeit sehen? Niemand, der sich mit ihm freuen wollte?

Er nahm das Holzkästchen und schlurfte auf seinen Stock gestützt zur Tür. War er jemals in seinem Leben auf seine Familie zugegangen? Das gedämpfte Ticken seines Zeitmessers trieb ihn an, jedes Zucken des Sekundenzeigers spürte er gleichsam als Schritte in seinem Körper, als Zwang vorwärtszugehen, ehe seine Lebensuhr abgelaufen war.

In der Küche saß niemand mehr. Er schaute sich um. Da hörte er im Flur Schritte. »Elisabeth!«, rief er. »Warte!«

Er holte sie gerade noch ein, ehe sie das Haus verlassen konnte. Sie verharrte mitten im Schritt in der offenen Eingangstüre und hielt ihm den Rücken zugekehrt.

»Meine Uhr ist fertig.«

Keine Reaktion von ihr.

»Elisabeth«, sagte er und es klang flehend. »Willst du sie dir nicht ansehen?«

Der einfache Knoten, zu dem sie ihre ergrauten Haare zusammengesteckt hatte, bewegte sich hin und her. Sie schüttelte den Kopf.

»Wo ist William?«, fragte er.

Ihr Arm hob sich und deutete nach draußen.

»Wollt ihr jetzt schon zur Kirche gehen? Wartet, ich wollte mit euch reden.«

»Dafür ist es zu spät.«

Ihre Worte, in ihrer Doppeldeutigkeit wie Giftpfeile abgeschossen, trafen ihn an seiner verwundbarsten Stelle. Er hielt die Uhr vor sich, wie ein Geschenk, das niemand annehmen wollte. »Elisabeth, warte! Was muss ich tun, damit du mir zuhörst?«

Sie drehte sich zu ihm um. Er erschrak, als sie ihn plötzlich direkt ansah. Ihre blauen Augen waren ihm nie aufgefallen, obwohl diese in jungen Jahren voller Glanz gewesen sein mussten. Es war, als ob er seine Frau nach jahrzehntelanger Ehe erstmals wirklich sehen konnte.

»William wird mit der heutigen Nacht nicht wieder in unser Haus zurückkehren. Er wird mit Susannah an den Caroline Plan ziehen. Und ich werde mitgehen. Dort werde ich wenigstens gebraucht.«

»Aber ich ... Bitte bleib bei mir! Ich habe alles falsch gemacht, ich weiß. Elisabeth ... bitte verzeih mir.«

Die Türe fiel ins Schloss.

Er ließ sich mit dem Rücken gegen die Wand sinken. Zum ersten Mal in seinem Leben krochen Tränen aus seinen Augenwinkeln und benetzten die trockene Haut seiner faltigen Wangen.

Er presste das Kästchen gegen seinen Körper, doch er konnte das Ticken der Uhr weder hören noch spüren. Er konnte nur sehen, wie sie lief. Einen zweiten Nachbau, wie es die Kommission forderte, konnte und wollte er nicht mehr erschaffen. Die unbekannte Lebensfrist, die ihm noch blieb, reichte nicht einmal mehr, alle seine Fehler wiedergutzumachen, aber wenn dieser Herrgott ein gerechter war, dann konnte er ihn um Zeit zur Versöhnung bitten – und von der Längengradkommission würde er sich eine Entschädigung holen. Er wollte nicht mit dem Gefühl sterben müssen, umsonst gelebt zu haben. Das Preisgeld sollte alle erlittenen Wunden heilen. Und auf Erden gab es jetzt nur noch einen, der ihm helfen konnte: der König.

Nachdem er diesen kühnen Plan gefasst hatte, verließ er das Haus und setzte schwer atmend einen Schritt vor den anderen. William und Elisabeth waren bereits außer Sichtweite, aber vielleicht war es noch nicht zu spät, die beiden einzuholen.

***

»Seid leise, Demainbray kommt«, raunte König Georg III. seinen sechs Kindern zu, die mit ihm zusammen unter dem vergoldeten Tisch im Repräsentationszimmer seines privaten Observatoriums kauerten. Seine vier Söhne und die beiden Töchter nickten verschwörerisch und versuchten mühsam, ein Kichern zu unterdrücken. Jeder seiner blondschöpfigen Wildfänge war kerngesund und ihr Anblick erfüllte ihn mit väterlichem Stolz. Vom Reichtum aller denkbar schönen Gefühle waren die rund zehn Jahre seit seiner Thronbesteigung geprägt gewesen; seine Heirat, die Geburt der Kinder, der Kauf des Buckingham-Gebäudes, die Fertigstellung seines privaten Observatoriums hier im Park von Richmond – all das waren die äußeren Zeichen seines Lebensglücks, für das er dem Herrgott von Herzen dankte.

Einzig der schwelende Konflikt um die Unabhängigkeitsbemühungen in den nordamerikanischen Kolonien zog an manchen Tagen wie ein Schatten über sein sonniges Gemüt, doch die Beschäftigung mit seinen wissenschaftlichen Forschungen und das Augenmerk, das er auf seine Familie legte, vertrieben ihm diese politischen Sorgen.

»Alle Geschütze zum Feuer bereit!«, befahl er mit gedämpfter Stimme.

»Aye, Sire!«, salutierte sein ältester Sohn Georg August, der den vormittäglichen Unterricht im Lesen und Schreiben hinter sich gebracht und nun die vordere Geschützlinie übernommen hatte. Hinter ihm hatten sich seine fünf im Jahresabstand voneinander geborenen Geschwister aufgereiht, selbst die Jüngste, die erst vor Kurzem das Laufen gelernt hatte, forderte mit Vehemenz die Teilnahme an diesem Spiel.

Die Türe ging auf und mit Kriegsgebrüll stürmten die Kinder aus der Deckung und eröffneten das Feuer. Doch die Papierkugeln prasselten nicht wie beabsichtigt auf den Astronomen Stephen Demainbray, der für gewöhnlich um diese Mittagszeit Bericht über die nächtlichen Beobachtungen erstattete – die Geschosse trafen die Mutter seiner Kinder.

»Feuer einstellen!«, rief er und fiel dabei in das Lachen seiner geliebten Frau Sophie Charlotte ein. Mochten andere Könige sich Mätressen halten, für ihn war diese Frau, dieses Wesen aus zarter Eleganz, sein Ein und Alles und an Schönheit ohnehin konkurrenzlos, was sie auch heute wieder mit ihrer mädchenhaften Figur im rotgoldenen Taftkleid und den aufgesteckten dunklen Locken, die ihr bildhübsches Gesicht umschmeichelten, eindrucksvoll unterstrich.

Sie umarmte ihre sechs Kinder, die sich wie Kletten an ihren ausladenden Rock hängten. Da bemerkte er die sanfte Wölbung ihres Bauches. Fragend schaute er sie an.

Sie erwiderte seinen Blick mit einem Lächeln. »Sieht man es schon?«, sagte sie leise. Wie immer, wenn es um persönliche Dinge ging, verfiel sie in ihre Muttersprache und unterhielt sich auf Deutsch mit ihm. »Der Leibarzt hat mir meinen Verdacht heute Morgen bestätigt. Nun können Sie Ihre ruhigen Stunden damit zubringen, sich einen Namen für unser siebtes Kind auszudenken, *mon cher*.«

»Das sind wunderbare Neuigkeiten, mein Liebchen! Ich

freue mich! Wenn es ein Mädchen wird, würde mir der Name Elisabeth sehr gut gefallen – bei einem weiteren Jungen wird die Wahl schon schwieriger.«

»Sie haben noch ein paar Monate Zeit darüber nachzudenken. Aber Elisabeth klingt sehr schön.«

»Und Sie sind allein deshalb gekommen, um mir diese freudige Nachricht zu überbringen?«

»Gewiss. Ich nutze jede Spazierfahrt, so lange ich noch mit der Kutsche fahren darf. Außerdem dachte ich, wir könnten ein paar freie Stunden gemeinsam hier im Park verbringen – aber ich fürchte, Ihre Pflichten als König rufen«, ergänzte sie mit einem Blick zurück zur Türe.

Er runzelte die Stirn, klopfte sich mit flüchtigen Bewegungen auf Gesäß und Knie den vom Boden eingefangenen Staub aus seiner beigefarbenen Kniebundhose und ordnete sein rotes Justaucorps, das seinem Naturell entsprechend seinen Vorstellungen von einer gemäßigten königlichen Garderobe gleichkam.

»Wer wünscht mich zu sprechen?«

»Zwei Leute aus dem Volk. Ich traf die beiden vor dem Observatorium, als ich mit der Kutsche ankam. Sie trauten sich nicht herein, obwohl sie um eine Audienz gebeten und offenbar eine Einladung von Ihnen erhalten haben.«

»Was, was, was! John Harrison und sein Sohn?«

»Nein, zwei Deutsche. Eine Mutter mit ihrem Sohn. Ich habe ihre Namen wieder vergessen.«

»Das müssen Merit und Ruben Paulsen sein! Oh, nur herein mit ihnen!«

»Ich lasse es ausrichten. Während Sie mit ihnen sprechen, divertiere ich mir mit den Kindern die Zeit im Park. Es würde mich freuen, wenn Sie alsbald nachkommen würden, *mon cher*.«

»Gewiss, mein Liebchen.« Er warf ihr eine Kusshand zu und verfolgte mit einem sehnsüchtigen Blick auf die Gegend um ihre Taille, wie sie mit der Kinderschar den Raum verließ. Es dauerte geraume Zeit, bis der Diener die Besucher ankündigte und diese den Raum betraten.

Auf die Frau war er besonders gespannt. In einem langen Brief hatte sie ihm mit ihrer Zeit in Hamburg beginnend die Geschichte jener Uhr erzählt, die sie ihre Erfindung nannte. Erkenntnisse, die ihm sein Königlicher Astronom Maskelyne seither nur sehr lückenhaft hatte weitergeben können, weshalb er sich als König nicht zur Einmischung bemüßigt gefühlt hatte. Mit ihrem Brief hatte diese Frau ihn beeindruckt, gleichwohl war sie eben nur eine Frau.

»Willkommen in meinem bescheidenen Observatorium«, sprach er seine Gäste auf Deutsch an. »Sie dürfen sich ungeniert umsehen.« Mit einer schwungvollen Geste machte er sie auf die Sammlung seiner Teleskope aufmerksam, die er vor den hohen Fenstern des Raumes aufgestellt hatte. »Kommen Sie, kommen Sie nur näher, ich kann Ihnen dazu gerne etwas erzählen oder sehen Sie hier, dieses kleine Fernrohr, das ist etwas ganz Besonderes!« Eilig holte er das Instrument aus dem Schaukasten an der Wand und präsentierte es seinen überraschten Besuchern, die angesichts seiner Redseligkeit wie gelähmt vor ihm standen und kein Wort herausbrachten.

»Hier!« Er reichte dem jungen Mann das Fernrohr. »Damit kann man Gedanken lesen, wenn man es auf die Köpfe anderer Menschen richtet, und wenn man in die Ferne blickt, kann man die Zukunft erkennen. Willst du es ausprobieren?«

Rubens halb geöffneter Mund verriet tiefes Erstaunen, ehe er ein kaum hörbares »Sehr gerne, Eure Majestät«, flüsterte.

Kaum hatte Ruben das Fernrohr angesetzt, hob der König schnell die Hand vor die Linse.

»Ich sehe nichts, nur schwarz.«

Amüsiert betrachtete Georg III. den jungen Mann und bald platzte aus Freude über den gelungenen Streich ein Lachen aus ihm heraus.

»Doch, jetzt, jetzt sehe ich etwas! Das ist die Vergangenheit«, hörte er Ruben sagen und ihm blieb das Lachen im Halse stecken.

»Ich bin auf einem Schiff, es schwankt. Ich sehe ein unzugängliches Küstengebirge. Chile. Kapitän Werson steht neben mir. Ihm gehört das Fernrohr. Er hat es beim Schiffsuntergang vor den Scilly-Inseln bei sich getragen und nach seiner Rettung haben Eure Majestät es in diese Sammlung aufgenommen, die die wissenschaftliche Suche nach dem Längengrad dokumentiert.«

»Woher weißt du das?«, fragte der König irritiert.

Ruben setzte das Fernrohr ab. »Ich habe es gesehen, Sire.«

»Lüg mich nicht an!«, herrschte er den jungen Bittsteller in ungewohnter Lautstärke an.

»Das würde ich mir niemals erlauben, Eure Majestät«, sagte Ruben selbstbewusst. »Ich sage die Wahrheit. Was ich gesehen habe, sind die Bilder, die ich seit meinem sechsten Lebensjahr in meinem Kopf herumtragen muss, ergänzt durch meine Nachforschungen während meiner Arbeit in der Werft, wo sich das Wissen um Kapitän Wersons Irrfahrt, ausgehend von der Handvoll überlebender Seeleute, schnell verbreitet hat. Ich halte das Fernrohr in der Hand, durch das einst auch mein Vater geschaut haben muss. Dass es Kapitän Werson gehörte, kann ich der Beschriftung hier im Schaukasten entnehmen.«

Betroffenheit und Respekt vor der Stärke des jungen Mannes nahmen ihm die Worte. Nach einiger Zeit des Nachdenkens wandte er sich an die Mutter, die kreidebleich neben ihrem Sohn stand. Sie trug ihr wohl bestes Kleid aus blauem Stoff und hielt verschüchtert den originalgetreuen Nachbau ihrer Uhr in Händen.

»Sie glauben also, dass diese kleine, silberne Uhr solche Unglücke in Zukunft verhindern könnte? Und Sie wünschen, dass ich mich für Ihre Erfindung einsetze?«

»Ich bitte untertänigst darum und ich danke Eurer Majestät für die gnädige Erlaubnis, vor Dero Augen treten zu dürfen, weil mir niemand anderer mehr helfen kann«, flüsterte die Frau, den Blick zu Boden gerichtet.

»Bitte, bitte, nicht so förmlich. Ihre Geschichte interessiert mich, in der Tat, darum habe ich Sie hergebeten, aber ich fürchte, ich kann nichts für Sie tun. Sie sind und bleiben eine Frau und damit nicht würdig, den Längengradpreis zu erhalten.«

Merit Paulsen erstarrte. Ihr Blick wurde leer und es war, als ob er mit seinen Worten alles Leben aus ihr genommen hätte. Er erschrak und versuchte, etwas Tröstendes zu sagen.

»Soweit ich das Ihrem Brief entnehmen konnte, führen Sie doch ein schönes Leben. Sie haben ein anständiges Zuhause, können sich ernähren und haben zwei gesunde Kinder. Ihnen fehlt nichts zu Ihrem Glück. Warum machen Sie sich selbst das Leben schwer? Genießen Sie die Zeit auf Erden, konzentrieren Sie sich auf die Suche nach einem Ehemann und widmen Sie sich Ihren Kindern, die Sie so häufig vernachlässigt haben. Sie werden sehen, dann ist die Welt wieder in Ordnung und es geht Ihnen gut.«

»Nichts ist in Ordnung!«, stieß Ruben hervor, aber noch im selben Augenblick reute ihn sein Mut. »Verzeihung, Eure Majestät«, flüsterte er. »Ich bitte gnädigst um Pardon.«

»Was, was, was! Du wolltest deinem König widersprechen?«

»Ich ...«

»Nun bitte, wo bleibt deine Courage? Dann tu es und nimm kein Blatt vor den Mund!«

»Wie Eure Majestät wünschen ... dann ... Ich wollte sagen ... es stimmt, dass meine Mutter uns vernachlässigt hat, aber sie wollte das nie und ist doch immer weiter in die Geschichte hineingeraten, weil sie ihre Erfindung verteidigen musste! Warum dürfen andere Männer die Ideen meiner Mutter stehlen, ohne dafür bestraft zu werden? Das ist ungerecht! Deshalb ersucht meine Mutter die Hilfe Eurer Majestät.«

Er nickte anerkennend ob Rubens flammender Rede. Vielleicht hatte Kapitän James Cook gar nicht so unrecht mit seinem Urteil über diesen jungen Mann.

»Was erhoffst du dir? Ich sagte es bereits: Ich kann für eine Frau, auch wenn es deine Mutter ist, nichts tun. Bedauerlich, aber so ist es nun einmal.«

Ruben wandte sich seiner Mutter zu und erbat von ihr mit ausgestreckten Händen die silberne Zwillingsuhr.

»Meine Mutter hat mir ihre Erfindung zum Geschenk gemacht. Es ist also meine Uhr, die ich als Mann fortan für meine Mutter bis zum Erhalt des Preises gegen alle geldgierigen Mitstreiter verteidigen werde, denn auch dieser Nachbau hat sich im Königlichen Observatorium sehr gut bewährt. Tausende Menschenleben könnten mit diesem Zeitmesser vor dem Tod bewahrt werden, solche Uhren könnten auf den Weltmeeren sichere Orientierung bieten, das Britische Königreich würde zur unbesiegbaren Seemacht und weltweit zum sichersten Handelspartner werden.«

»Ein verlockender Gedanke, ich weiß. Diese Zeitmesser könnten aber auch ein Spiel des Zufalls sein. Es fehlt eine weitere Erprobung auf See.«

»Darum werde ich bei der Längengradkommission bitten, Sire.«

»Unfug!«, sagte der König entschieden. Das Auftreten des jungen Mannes hatte ihn überzeugt, dem Vorschlag James Cooks zuzustimmen. »Du wirst auf *meinen* königlichen Befehl hin an der nächsten Reise von Kapitän James Cook in die Südsee teilnehmen und in Konkurrenz zu Maskelynes Mondtafeln mit deiner Uhr dem Schiff die Richtung weisen. Sollte dir das gelingen, bin ich bereit, mich beim Parlament für euer Anliegen einzusetzen.«

Ruben schoss die Röte ins Gesicht und er verbeugte sich tief. »Meinen innigsten Dank, Eure Majestät.«

Auch Merit Paulsen versank in einer Verneigung.

»Ruben, das ist eine Expeditionsreise«, flüsterte sie, aber der Raum machte jedes ihrer Worte hörbar. »Du wirst nicht nur sechs Wochen unterwegs sein.«

»Deine Mutter hat recht, zwei oder vielleicht drei Jahre wird die Fahrt vermutlich dauern«, gab er Ruben zu bedenken.

Im Gesicht der Mutter spiegelten sich Verzweiflung und Sorge, als sie sich wieder aufrichtete. »Mein Gott, das ist viel zu lange.«

Ruben heftete seinen Blick auf die Uhr in seinen Händen. »Ich fahre.« Zwei Worte, ein Entschluss, der alles zum Guten wenden oder ins Verderben reißen konnte.

»Wohlan, so sei es also. Viel Erfolg.« Er nickte dem jungen Mann zu, der mit seiner Mutter unter tiefen Verbeugungen im Raum zurücktrat. Als die beiden schon bei der Türe angekommen waren, rief er ihnen hinterher: »Ruben, du hast dein Fernrohr vergessen. Du wirst es auf der langen Reise gut gebrauchen können.«

»Eure Majestät ...«

»Bring es mir wieder heil zurück, mehr verlange ich nicht.«

Als die beiden schließlich hinausgingen, hörte er, wie Merit Paulsen mit ihrem Sohn diskutierte und ihm versprach, ihn nicht allein auf das Schiff gehen zu lassen. Er lächelte in sich hinein. Mit nichts anderem hatte er gerechnet.

Gedankenverloren bat er anschließend seinen bereits wartenden Astronomen Demainbray herein und hörte sich lustlos dessen Bericht an. Sein Blick schweifte dabei nach draußen und nach einer halben Stunde unterbrach er die ennuyierenden Ausführungen seines Himmelsgelehrten und sprach ihm seinen Dank aus.

Er begab sich in den sonnigen Park, wo er zu seinem Erstaunen feststellen musste, dass die Kinder unbeaufsichtigt um eine Kutsche herumsprangen und die beiden Rappen streichelten, während sich seine Frau mit einem alten Mann unterhielt, der sich windschief stehend auf seinen Stock stützte und vernehmlich keuchte.

»*Mon cher*«, rief ihm Sophie Charlotte entgegen. »Wie gut, dass Sie endlich kommen. Dieser Mann hat mir seine Geschichte erzählt. Bei Gott, das müssen Sie sich anhören.«

John Harrison nannte seinen Namen und deutete eine Verbeugung an, soweit es seine schwachen Knochen zuließen. »Eure Majestät, diese Frau ...«, sagte Harrison atemlos und zeigte in die Richtung, in die Merit Paulsen davongefahren sein musste. »Diese Frau hat mich belogen und bestohlen! Diese Weibsperson nützte meine Barmherzigkeit aus, erschlich sich den Zugang zu meiner Werkstatt und hat mich aufs Schändlichste hintergangen! Es war meine Idee, mein Material! Mein Fehler war, und das gebe ich offen zu, ein Weibsbild am Brett arbeiten zu lassen. Ich hatte lange Zeit zuvor selbst die Idee für den Bau einer solchen Uhr, die dieses Weibsbild nun ihre eigene Erfindung nennt. Zudem hat mich die Längengradkommission enteignet, mir alle meine Uhren und Skizzen genommen und Forderungen gestellt, die ich in der Frist meines Daseins nicht mehr erfüllen kann.«

»Belogen und bestohlen? Das sind schwere Vorwürfe, die Sie gegen Merit Paulsen erheben.«

»Ich schwöre es bei allem, was mir heilig ist, Eure Majestät. Der Uhrmacher Jeffreys, so er noch lebte, könnte bezeugen, dass die Uhr auf meinen Plänen beruht. Auch ich bin am Ende meiner Kräfte, ich verlange eine Entscheidung in der Vergabe um den Längengradpreis. Ich habe einen Nachbau gefertigt, ohne Pläne, nur aus meinem Wissen und Können heraus. Mehr Beweise kann ich nicht mehr erbringen. Ich bitte darum, Gnade walten zu lassen und mir auf meine letzten Tage den Preis zuzuerkennen, nachdem ich mich ein Leben lang darum bemüht habe.«

»Es tut mir leid, aber darüber habe ich keine alleinige Entscheidungsbefugnis. Aber bei Gott, Harrison, ich werde dafür sorgen, dass Sie zu Ihrem Recht kommen, wenn Sie die Wahrheit sprechen. Bringen Sie Ihre Uhr zu mir ins Observatorium, ich werde sie dort persönlich testen, ehe ich im Parlament eine Fürsprache halte. Ich bin guter Hoffnung, vielleicht wird man Ihnen sodann ohne weitere Prüfungen den Preis zubilligen.«

Der alte Uhrmacher bedankte sich und seine Augen füllten sich mit Tränen. Seine Verbeugung brachte ihn aus dem Gleichgewicht. Nur unter tatkräftiger Mithilfe des Kutschers gelang es ihm, das Reisegefährt wieder zu besteigen.

Nachdenklich sah Georg III. zu, wie sich die beiden Rappen in Bewegung setzten und er versuchte, aus dem eben Gehörten einen Schluss zu ziehen, auf wessen Seite er stehen und wem er seine Gunst zubilligen sollte. Doch seine Kinder hinderten ihn an einer augenblicklichen Entscheidung, denn sie bestürmten ihn mit ohrenbetäubendem Lärm und forderten das nächste Spiel.

***

Drei Jahre, eine unendlich lange Zeit. Oder viel zu kurz für eine Expedition zur Erforschung des Südpazifiks, für eine Erkundungsfahrt auf der Suche nach dem riesigen Kontinent *Terra australis incognita*, der als Gegengewicht zu den Landmassen der Nordhalbkugel existieren sollte? Unter den rund zweihundert Seemännern, die sich im Hafen von Plymouth mit mühsam zurückgehaltenen Tränen von ihren Familien verabschiedeten, mochte die Antwort darauf wohl eindeutig ausfallen. Mitten unter ihnen befand sich Kapitän James Cook. Die Augen vor der hochstehenden Julisonne abgeschirmt, schaute er hinaus über das gleißende Wasser auf die dort ankernden Segelschiffe Seiner Majestät. In Gedanken war er schon weit weg, vielleicht stellte er sich die neuen Seekarten vor, die er als Erster zeichnen würde, und die hoffentlich erfolgreiche Rückkehr nach einer geplanten Reisezeit, die ihm persönlich viel zu kurz erscheinen mochte.

Die leichte Brise spielte mit der Flagge des Königreichs am golden verzierten Heck der *Resolution*, wo sich auch die Kapitänskajüte befand. Dort sollte der Zwilling der silbernen Taschenuhr Platz finden und ihnen den Weg auf den unbekannten Weiten der Ozeane weisen sollte.

Ruben, der wegen des Gedränges dicht an der Seite seiner Mutter blieb, trug die Uhr in einem mit drei Schlössern versehenen Kästchen bei sich, durch dessen Glasdeckel man das Zifferblatt sehen konnte. Der Sekundenzeiger bewegte sich regelmäßig und doch verging die Zeit immer schneller, so hatte Merit zumindest das Gefühl. Sie kämpften sich an den Rand des stetig größer werdenden Menschenauflaufes, bis Sönke ihr auf den Zehenspitzen stehend mitteilte, dass er William und die anderen bei den noch nicht verladenen Proviantfässern sehen konnte. Wie hatte Merit die Abreise herbeigesehnt, ihr schien es eine Ewigkeit, die sie hatte bangen müssen, ob der Kapitän sie als Frau mit auf das Schiff nehmen würde, obwohl bis zur Mitteilung seiner Entscheidung nur ein Tag vergangen war. Dafür verflogen die Stunden jetzt schneller, als ihr lieb war. Wieder ein Beweis dafür, wie sehr die Zeit mit den Menschen spielte.

Etwas von diesem Gefühl schien auch Ann Doreen zu spüren, obwohl sie sich betont fröhlich gab, so wie sie mit ihrem Freund John auf einem der Zuckerfässer saß und die schlaksigen Beine baumeln ließ. Der Körper ihrer dreizehnjährigen Tochter nahm zusehends weibliche Formen an, an ihren Gesichtszügen konnte man das Kindsein schon nicht mehr erkennen, und Merit sah sich selbst, ihr jüngeres Ebenbild dort sitzen, so unverkennbar war die äußere Ähnlichkeit geworden. Ann Doreen gab sich alle Mühe, das Verhalten der Erwachsenen nachzuahmen, was ihr zwar nicht immer, aber schon deutlich besser als John gelang, der einen halben Kopf kleiner als seine Freundin war und sich seit neuestem in Gegenwart seiner Kinderliebe befangen verhielt und nicht so recht wusste, wohin mit seinen Händen.

Ann Doreen streckte den Arm aus und Merit konnte den Hautlappen zwischen ihren Fingern erkennen, die einzige Äußerlichkeit, die sie noch an Manulf erinnerte. Das Mädchen versuchte, die noch verbliebenen Fässer mit Sauerkraut, Zwieback und gesalzenem Rind- und Schweinefleisch zu zählen, um dadurch die Unmengen an Nahrung zu ermessen, mit denen Kapitän Cook dafür sorgen wollte, dass jeder Matrose so viel zu essen bekam, bis der Hunger gestillt war.

Ann Doreen hatte sich selbst sehr schnell dafür entschieden, zu Hause zu bleiben. Sie liebte zwar spannende Spiele, aber sie mochte kein echtes Abenteuer, weshalb sie es vorzog, bei William und Susannah zu bleiben, und dafür lieber ihre Mutter gehen zu lassen.

Merit hatte sich die Entscheidung wiederum nicht leicht gemacht. Ihre Tochter würde fünfzehn, vielleicht sogar sechzehn sein, wenn sie sich, hoffentlich, wiedersehen würden. Kapitän Cook hatte ihr aus guten Gründen nicht gestattet, Ann Doreen mit an Bord zu nehmen, und mit diesem irrsinnigen Gedanken hatte Merit auch nur kurz gespielt, aber sie hatte lange geschwankt, ob sie nicht bei ihrer Tochter in London bleiben sollte. Ann Doreen hatte ihr die Entscheidung schließlich abgenommen.

»Du hast gesagt, wir weinen nicht beim Abschied«, beschwerte sie sich jetzt, als ihre Mutter ihr bei den Fässern gegenüberstand.

»Das ist nur die Sonne, die mich blendet.« Merit wischte sich schnell über die Augen.

»Mach dir keine Sorgen um mich, Mamu. Ich war schon einmal alleine, als du nach Barbados gefahren bist, und da war ich noch viel kleiner. Ich bin es gewöhnt, dass du nicht da bist.« Sie sagte es liebevoll, aber ihre Aussage schlang sich wie ein Dornenkranz um das Mutterherz und von einer Sekunde auf die nächste zweifelte Merit ihr Vorhaben erneut an.

Ann Doreen umarmte sie stürmisch, doch schon bald lösten sie sich wieder so weit voneinander, dass sie sich in die Augen sehen konnten.

»Mach, was du tun musst, Mamu. Ich bin bei William und Susannah bestimmt gut aufgehoben.«

Susannah kam näher. Vom Äußeren her ähnelte sie Williams erster Frau Liz. Ein hübsches, blasses Gesicht und ein fraulich schlanker Körper und dennoch hatte Susannahs Ausstrahlung etwas männlich Verwegenes an sich.

»Vertrauen Sie William und mir, es wird alles gutgehen.«

Merit nickte, weil ihr Susannahs Zuversicht imponierte, aber sie konnte dieses Gefühl nicht verinnerlichen.

Unterdessen gesellte sich William zu ihnen. Barfüßig, wie immer. Merit musste lächeln. Seinem Gesicht konnte man ansehen, wie gut es ihm an der Seite seiner Frau ging, wo er das für ihn richtige Maß zwischen Verantwortung und Freiheit gefunden hatte. Auch ein Außenstehender konnte fühlen, dass er angekommen war in seinem wahren Leben.

»Ich weiß, wie schwer dir der Abschied fällt, Merit, aber es wäre nicht gut, wenn du stattdessen in London einige Jahre auf Ruben warten müsstest. Weißt du, wie schlimm die Ungewissheit damals war?«

Sie nickte. »Aber ich will Ann Doreen nicht alleinlassen. Und wenn ich gehe, wer weiß, ob ich ...«

»Schscht. Du gehst den richtigen Weg, zweifle nicht daran. Ann Doreen wird dich vermissen, natürlich, aber sie ist glücklich bei uns und du wärst es nicht, wenn du Ruben auf sich selbst gestellt ziehen lassen würdest.«

»Das weiß ich, aber ...«

»Was habt ihr so lange zu bereden?«, fragte Ann Doreen dazwischen. »Doch nicht etwa, wie oft ich meine Kammer aufräumen soll und welche Bücher ich alle lesen muss?«

Jetzt mischte sich Sönke lachend ein. »Keine Bange, William wird die Zügel schon etwas lockerer lassen. Du musst nur ungefähr dreißig Bücher lesen, bis wir wieder da sind.«

Auf Ann Doreens entsetztes Gesicht hin reagierten alle mit Gelächter und das Mädchen atmete sichtlich erleichtert aus. »Da habe ich ja wohl noch mal Glück gehabt«, sagte sie grinsend.

»Merit, darf ich dich zum Abschied umarmen?«, fragte William.

Dankbar gab sich Merit seiner Nähe hin und sie spürte einen tiefen Frieden bei der Berührung. Sie schloss die Augen und dachte an die Zeit, die sie miteinander erlebt hatten und an die daraus entstandene Zuneigung. Eine besondere Liebe, die es nur gab, so lange sie sich nicht zu nahekamen. Vielleicht war sie eines Tages wieder dazu fähig, wirklich zu lieben, sich einem anderen Menschen mit Haut und Haaren hinzugeben, ohne sich selbst dabei zu verlieren und Geertjan zu verraten. Sie hoffte auf die Zeit nach ihrer Rückkehr.

William umarmte sie noch ein wenig fester, als wolle er sie nicht mehr loslassen und plötzlich überkam Merit das törichte Gefühl, dass dieser Abschied für immer sein könnte. Als sie die Augen öffnete, um diesen Gedanken zu vertreiben, schaute sie geradewegs in ein bekanntes Gesicht. Hinter William stand Zacharias de Lomel. In seiner Begleitung befand sich Jane Squire, in eleganter Manier am Arm des Zuckersieders eingehakt. Obwohl ihr diese Frau zuletzt vor dreizehn Jahren bei ihrer ersten Ankunft in England begegnet war, erkannte Merit sie sofort an der Ähnlichkeit zu Barbara wieder. Aber bei genauerem Hinsehen offenbarten sich genügend Unterschiede, um die Ähnlichkeit schlicht für eine Laune des Zufalls zu halten.

Als William bemerkte, wie sie sich in seinen Armen versteifte, ließ er sie los und folgte ihrem Blick, der sich nunmehr auf die Papierrolle in der Hand des Zuckersieders richtete.

De Lomel gab jedem der Anwesenden die Hand, stellte dabei seine Begleiterin vor und bei Merit angekommen sagte er: »Guten Tag, ich freue mich, Sie zu sehen. Das ist Jane Squire. Sie kennen sich.«

»Es ist lange her«, gab Merit verhalten zur Antwort.

»Das stimmt. Und noch viel länger hat sie um meine Liebe gekämpft, bis ich erkannt habe, wo mein Glück liegt. Nun ist es schon einige Jahre her, dass ich meine Zuckersiederei in Hamburg verkauft habe und ich bereue meine Entscheidung, nach London zu gehen, keine Sekunde.« Lächelnd streichelte er über die Hand seiner Frau.

Eine leichte Röte überzog Jane Squires Wangen und sie übernahm das Wort, um der Verlegenheit zu entkommen. »Wie schön, dass wir noch rechtzeitig gekommen sind, um uns von Ihnen und Ihrem Sohn zu verabschieden. Es war nicht leicht, etwas über Ihr Vorhaben herauszufinden, aber manchmal ist es doch von Vorteil, in den richtigen Kreisen zu verkehren, wo sich die Vorgänge im Königshaus herumsprechen.«

»So ist es«, bestätigte de Lomel. »Und wir haben in all den Jahren das Unsrige dafür getan, damit Ihr Vorhaben gelingen möge.«

»Was schauen Sie so skeptisch? Hören Sie uns zu – es ist die Wahrheit. Zacharias lernte mich vor vielen Jahren durch seine Handelskontakte zu meinem Bruder kennen und wusste von meinen vergeblichen Bemühungen bei der Längengradkommission. Ein Brief von ihm genügte und ich war damals sofort bereit, diese wagemutige Merit Paulsen im Hafen zu erwarten und nach Greenwich zu begleiten«, sagte sie und schaute Merit freundlich an. »Heute mache ich mir allerdings schwere Vorwürfe, dass ich nicht auf Sie gewartet habe, sondern auf Walter Hamilton hereingefallen bin, der mir bei Einbruch der Dunkelheit gut zuredete, ich solle mich zügig mit einem der letzten Boote zurückfahren lassen. Er hat mir fest versichert, sich um Ihr Wohlergehen zu kümmern und für eine Übernachtungsgelegenheit zu sorgen. Auf welche Weise er das tun wollte, konnte ich nicht ahnen!«

»Aber du hast dich an ihm gerächt«, besänftigte de Lomel seine aufgebrachte Gattin. »Du hast ihn beschattet und seine Spur schließlich bis in Mudges Werkstatt verfolgt, wo du als Kundin fortan aus- und eingegangen bist und den armen Uhrmacher Mudge so lange um den Finger gewickelt hast, bis er sich dazu erweichen ließ, dir regelmäßig von seinen Bauversuchen an der Taschenuhr zu erzählen. Mit einer Frau, die angeblich nichts von der Welt begreift, konnte man schließlich hin und wieder über solche Dinge plaudern, wenn man sie als gute Kundin behalten wollte, dachte Mudge wohl. Außerdem gab es ohnehin keine Erfolge zu vermelden – das änderte sich allerdings ein paar Jahre später schlagartig, nachdem er eine Woche lang bei Harrisons detaillierter Präsentation der Uhr zugegen gewesen war. Da mussten wir einschreiten.«

Jane Squire lachte auf. »Mein Liebster, das könnte man auch Bestechung eines Dienstmädchens und Diebstahl nennen, aber wir haben in jener Nacht schließlich nur dafür gesorgt, dass Mudge fortan die Skizzen suchen würde und Walter Hamilton den Traum vom großen Reichtum begraben musste.«

De Lomel löste sich von seiner Frau und übergab Merit ohne Umschweife die Papierrolle. »Ich bedaure, dass ich Ihnen in meinem Bestreben, Ihrer Person Gutes zu tun, oftmals zu nahegetreten bin. Es hat lange gedauert, bis ich den richtigen Weg in meinem Leben gefunden habe. Vielleicht können Sie mir eines Tages verzeihen?« De Lomel reichte ihr mit einem fragenden Blick die Hand.

Es dauerte einen Moment bis Merit einwilligte und seine Hand schüttelte. »Die Entschuldigung liegt auf meiner Seite, es tut mir leid, dass ich Ihre guten Absichten nicht erkennen wollte. Ich danke Ihnen von Herzen für alles, was Sie jemals für mich getan haben und ich möchte Ihnen Ihre Ausgaben ...«

Er unterbrach sie mit einem entschiedenen Kopfschütteln. »Reden wir nicht über Geld. Davon hatte ich mein Leben lang genug, während mir jener Reichtum gefehlt hat, den man im Leben nur geschenkt bekommen kann. Ich freue mich, wenn ich Ihnen helfen konnte und Sie stehen in keinster Weise in meiner Schuld, auch wenn ich diesen Eindruck bei Ihnen erweckt haben mag. Wir wünschen Ihnen und Ihrem Sohn alles erdenklich Gute, bleiben Sie gesund und lassen Sie uns nicht zu lange warten, einverstanden?«

»Monsieur de Lomel?«, mischte sich Sönke ein. »Es gibt da trotzdem noch etwas, was wir Ihnen gern zurückgeben möchten. Vielleicht dürfte ich kurz allein mit Ihnen sprechen?«

De Lomel zog die Stirn kraus, dennoch kam er Sönkes Bitte nach und die beiden entfernten sich einige Schritte entlang der gestapelten Fässer. Dabei bemerkte Merit zwei Männer, die dem Gespräch offenbar neugierig gefolgt waren. Dem Augenschein nach war es ein Vater mit seinem erwachsenen Sohn. Beide waren damit beschäftigt gewesen, zwei Staffeleien und anderes Zeichenmaterial in einer Kiste zu verstauen.

»Verzeihung, wir wollten Sie nicht belauschen«, entschuldigte sich der Ältere verlegen bei ihr. »Johann Reinhold Forster mein Name und das ist mein Sohn Georg. Wir sind als Naturkundler und Zeichner von Kapitän Cook beauftragt worden, die Entdeckungen auf dieser Reise zu dokumentieren. Und Sie haben tatsächlich das Unmögliche geschafft und eine Uhr erfunden, mit der sich der Längengrad auf See bestimmen lässt?«

»Ja, das hat sie«, hörte Merit eine bekannte Stimme hinter sich, bevor sie selbst auf die gestellte Frage antworten konnte. »Zumindest glaubt sie das.« Nevil Maskelyne war bis auf drei Schritte an sie herangekommen, flankiert von zwei Männern, der eine so groß und hager wie der Königliche Astronom selbst, der andere von untersetzter Figur mit kurzem Hals und wulstigen Augenbrauen. »Gestatten? Die Herren Wales und Bayly. Als Gelehrte der Astronomie werden sie mit mir gemeinsam im Auftrag der Längengradkommission den Gang der Uhr während der Fahrt beurteilen. Nachdem ich die erste Silberuhr bis vor kurzem höchstpersönlich getestet habe – wohlgemerkt nur auf imaginären Seereisen im Observatorium –, so halte ich auch dieses zweite Instrument zwar dafür geeignet, die künftige Anzahl der Kinder Seiner Majestät vorherzusagen, aber nicht dafür, die Geschichte der Seefahrt zu revolutionieren.«

Ruben reagierte, ehe Merit ihn davon abhalten konnte. »Warum fangen Sie noch einmal von vorne an? Warum testen Sie die Uhr, die schon auf zwei Erprobungsfahrten ihre Ganggenauigkeit unter Beweis gestellt hat? Auch von den hervorragenden Eigenschaften der zweiten Uhr konnten Sie sich überzeugen! Wollen Sie diesmal die Ergebnisse verfälschen?«

»Eine infame Unterstellung ist das! Natürlich waren Zeugen beim Ablesen der Uhr anwesend, Männer vom Heim für alte Seeleute, allesamt gebildet und sachkundig!«

»Die lediglich die von Ihnen vorgegebenen Werte abnickten und unterschrieben! Diese Zeugen sind kaum mehr in der Lage, täglich den Hügel zum Observatorium hinaufzusteigen!«, ereiferte sich Ruben.

»Die Auswahl der Zeugen oblag der Längengradkommission. Ich halte mich lediglich an die Vorgaben und es bleibt dabei: Selbst Larcum Kendall ist nach meinen Ergebnissen von seiner ursprünglichen Begeisterung für diesen Zeitmesser abgerückt und er wird seine Teilnahme an dieser Reise aus gutem Grund abgesagt haben. Ich wage mir nicht vorzustellen, was passiert, wenn wir bei der Erforschung des Südpazifiks wie geplant bis zum Südlichen Polarkreis vordringen und dort auf Eisberge stoßen. Kälte, Stürme und Hitze würden auf der Fahrt unser Untergang sein, hätten wir nicht meinen gepriesenen *Nautischen Almanach*. Mit diesem werde ich Kapitän Cook die sichere Richtung weisen und ohne diese Mondtafeln würde ich dieses Schiff nicht betreten, erst recht, weil ein Weib an Bord Unglück bringt.«

»Es zwingt Sie niemand dazu, an dieser Reise teilzunehmen«, warf Merit angriffslustig ein.

»Natürlich. Aber es ist meine höchste Pflicht, für die ordnungsgemäße Vergabe des Längengradpreises zu sorgen! Und ich verwette mein Amt als Königlicher Astronom dafür, dass diese Zwillingsuhr den Längengrad höchstens ein paar Tage lang ungefähr zu bestimmen vermag, gutes Wetter vorausgesetzt.« Er streckte ihr die Hand entgegen, um die Abmachung zu besiegeln.

»Sie gehen recht leichtfertig mit Ihrem Amt um«, konterte Merit. »Die Wette ist abgemacht.«

***

Beunruhigt setzte sich Sönke auf den Kojenrand, warf einen Blick in den leeren Eimer zu seinen Füßen und fühlte Merits Stirn. »Fieber hast du keines«, sagte er. Wahrscheinlich warst du wirklich nur seekrank.«

»Nur seekrank?«, protestierte sie. »Ich dachte, ich muss sterben!«

»Vermutlich hast du jetzt das Schlimmste überstanden.«

»Ich hoffe es. Nach den ersten Wochen dachte ich, ich bliebe davon verschont, aber der letzte Sturm hat mir ziemlich zugesetzt.« Merit stützte sich auf die Ellenbogen und hob ihren Oberkörper etwas höher. »Danke, Sönke.«

»Wofür denn?«

»Dass du ... nun ja ... dass du den Eimer immer wieder nach draußen gebracht hast.«

»Möchtest du wieder die Fische füttern oder müssen die armen Tierchen ab heute hungern?«, fragte er halb spöttisch, halb mitfühlend.

»Sei vorsichtig, ich komme wieder zu Kräften.« Merit setzte sich vollends auf und schwang die Füße auf den Boden. »Wie geht es Ruben?«

»Gut. Er singt und pfeift mit den anderen Matrosen bei der Arbeit.«

»Danke, dass du Tag und Nacht bei mir gewacht hast, wenn du nicht gerade bei meiner Uhr sein musstest. Wie läuft sie?«

»Ich würde sagen – ziemlich exakt.«

Eine heiße Welle des Glücks durchströmte sie. Der Gewinn ihrer Wette gegen Maskelyne war zum Greifen nahe.

»Es ist schön draußen«, stellte Sönke nachdenklich fest. »Wir haben den 25. Breitengrad hinter uns gelassen und das Schiff wird jetzt ruhiger laufen. Gestern habe ich den Männern zugesehen, wie sie die neuen Segel zur Schonung gegen die alten Passatsegel, die bei dem bisschen Wind noch ihre Dienste tun, ausgetauscht haben. Das Auftuchen ist eine Arbeit, kann ich dir sagen! Aber Ruben macht das wie ein alter Seemann. Unglaublich geschickt hat er zusammen mit den anderen meterlange Segel an Deck ausgebreitet, in Falten gelegt und so fest wie möglich aufgerollt und verzurrt, damit diese bis zum Verlassen der Passatregion in der Segelkoje aufbewahrt werden können.« Er schaute sie prüfend an. »Meinst du, du bist kräftig genug, um dir ein wenig die Beine zu vertreten?«

»Ja, lass es uns probieren. Die frische Luft wird mir bestimmt guttun.«

Ein leichter Wind mallte über Deck, er wehte aus allen Richtungen der Kompassrose und umschmeichelte ihren Körper. Merit atmete tief durch und streckte ihre Arme gen Himmel. Die Segel hingen schlaff unter der gleißenden Sonne, alles Leben an Bord war erstarrt. Nirgendwo mehr eine Bewegung, nur das sanfte Schaukeln der spiegelglatten Meeresoberfläche, auf der sich das bekalmte Schiff wiegte. Eine Wohltat. Die Zeit war stehen geblieben. Die Minuten, in denen sie sich auf Deck umschaute, erschienen ihr wie Stunden.

Als sie weitergingen, frischte der Wind auf. Plötzlich kam Leben in die Matrosen. Alle schauten ungläubig nach oben, als wollten sie dem himmlischen Geschenk nicht trauen. Mit dem Befehl von Kapitän Cook, aufzuentern, rannten die Männer wie entfesselt an ihre Arbeit. Die Backbordwache zum Fock- und Kreuzmast, wo sie in die Takelage kletterten, um die Rahen zu brassen und die Segel zu trimmen, die Steuerbordwache war für den Großmast und das Vorgeschirr verantwortlich. In schwindelerregender Höhe bewegten sich die Matrosen zwischen Himmel und Meer in einem Netz aus Tauwerk, Hölzern und weißem Tuch. Die Rahen knarrten, die Segel bauschten sich und das Schiff machte wieder Fahrt.

Merit versuchte, ihren Sohn unter den stolzen Seemännern auszumachen. Sie hielt sich an Sönke fest, weil ihre Beine allein noch nicht zuverlässig die Balance hielten. Doch auch er konnte Ruben nicht entdecken.

Ebenso plötzlich wie der Wind gekommen war, erstarb die Brise wieder, die Segel erschlafften.

Sönke packte sie fest am Arm. Sein Griff schmerzte. Verwundert schaute sie ihn an. Wortlos deutete er nach oben. Zuerst wusste sie nicht, was er meinte.

»Ruben«, flüsterte sie im nächsten Moment. Ihr Sohn befand sich auf der Nock der Großrah, ungefähr zehn Mann hoch über ihnen.

»Was macht er da oben?«, fragte sie mit brüchiger Stimme.

»Eine Mutprobe. Die Matrosen nennen das ›taufen‹. Er wird von dort oben ins Meer springen.«

»Ruben!« Ihr Schrei gellte über Deck. Sie ließ ihren Sohn nicht mehr aus den Augen.

Jedermann hielt bei der Arbeit inne, richtete den Blick nach oben. Jetzt galt alle Aufmerksamkeit ihm.

Ruben schaute herunter. Merit hatte das Gefühl, als würde

er nur sie anschauen. Für einen Augenblick löste er eine Hand vom Ende der Holzstange und winkte ihr mit einer flachen Bewegung zu. Dann sprang er. Sein Körper flog ruhig, er ruderte nicht mit den Armen, die Füße waren geschlossen, der Kopf in aufrechter Haltung.

Sie machte die Augen zu. Sönkes Arm schloss sich enger um ihre Schultern. Beinahe lautlos nahm das Meer die schlanke Gestalt ihres Sohnes in sich auf.

»Oh, mein Gott!«, brüllte Merit ihre Verzweiflung heraus. »Er kann doch nicht schwimmen!«

Es dauerte keine Sekunde, bis ihre Entscheidung gefallen war. Sie befreite sich aus Sönkes Armen und rannte los. Schnell fand sie eine Stelle, wo sie über Bord springen konnte. Ihr Blick irrte über die dunkle Wasseroberfläche. Keine Spur von Ruben.

Sie ignorierte Sönkes Warnrufe und ließ sich ins Wasser fallen.

Ruhe. Keine Stimmen mehr, nur noch Gefühle, bohrend, beklemmend, tief in ihr. Den Kopf in den Nacken gelegt, die Augen offen, suchte sie nach dem hellen Licht, schnell an die Oberfläche. Ein kurzes Auftauchen, Wellen, blaue Farben, kein Mensch, niemand, Bewegungen ohne Widerstand, vergeblich, Wasser in der Nase, im Mund, im Hals, salzig, brennend, immer mehr davon, kein Atmen mehr möglich. Ruben! Die Wogen schlugen über ihr zusammen, drückten sie in die Tiefe.

Geliebte Merit,
schließ nun deine Augen. Es ist soweit. Du liegst in meinen Armen, in den Armen der Zeit. Lebe wohl, geliebte Merit.

Mit mir hast du nicht mehr gerechnet, willst du sagen? Warum nicht? Deine Zeit ist gekommen, der Augenblick ist da.

Du hast immerzu von mir geredet, oft war ich das Wichtigste in deinem Leben, aber bis zuletzt wolltest du mir keine eigene Stimme zugestehen. Du wehrst dich gegen mich, auch jetzt noch. Glaubst du, es wird jemand kommen und dir helfen?

Es war an mir, deine Geschichte zu erzählen, ehe dein Leben zu Ende geht. Deine und meine Geschichte. Das habe ich dir zu Anfang versprochen, erinnerst du dich? Damit du verstehst, warum es so weit kommen musste. Zeit bedeutet Frist, vom Anfang auf das Ende hin, ich habe nie etwas anderes behauptet. Gegen mich hat nichts auf Dauer Bestand.

Wie fühlt es sich an, wenn das Leben zu Ende geht? Du versuchst dich immer noch krampfhaft daran festzuhalten, du kämpfst, du willst nicht aufgeben, du willst dich nicht auf mich einlassen, aber glaube mir, du wirst keinen Halt mehr finden. Oder willst du mich etwa eines Besseren belehren? Die letzten Minuten werden dir zwischen den Fingern zerrinnen, so wie die Stunden, Wochen und Monate deines Daseins, denen du Jahr und Tag hinterhergerannt bist.

Aber hast du mich zu fassen bekommen? Hast du eine Antwort gefunden, wer ich wirklich bin? Bin ich das, was eine von Menschenhand gemachte Uhr anzeigt? Oder lebe ich in dir? Gibt es mich tatsächlich oder existiere ich nur in deinen Gedanken?

Was also ist die Zeit? Wer bin ich? Vielleicht ahnst du es jetzt, womöglich hast du eine der Milliarden Antworten gefunden, die es auf Erden gibt.

Ich wiederum weiß alles über dich, ich habe jeden deiner Schritte Sekunde um Sekunde begleitet. Ich bin dein engster Verbündeter, aber auch dein einzig wirklicher Feind. Du hast gegen mich gearbeitet und meinen Einfluss auf dich zu bekämpfen versucht. Damit hat dein Leiden begonnen. Wovor hattest du Angst? Dich in mir zu verlieren? Wäre es so schlimm gewesen, mit mir den Augenblick zu teilen, nicht mehr jeden Moment an die Vergangenheit zu den-

ken oder dich um die Zukunft zu sorgen? Ich habe dir vieles genommen, dich aber auch reichlich beschenkt. Ich habe dich lieben und leiden lassen, bin immer bei dir gewesen, du allerdings hast selten ein gutes Wort für mich übrig gehabt. Glaubst du mir jetzt, dass ich dich nie belogen oder betrogen habe? Ich war immer ehrlich zu dir. Ich stand immer auf deiner Seite. Wir sind aufeinander angewiesen, auch wenn wir nie eins miteinander werden konnten.

Es lag kein Segen auf deiner Ehe und der Tod brachte das Unglück in deine heile Welt. Trotzdem hast du immer an das Leben geglaubt, jedoch nicht mehr an die Liebe. Stattdessen wolltest du mich beherrschen. Daraus wurde ein gefährliches Spiel und ich wusste, du würdest am Ende verlieren.

Willst du mir widersprechen? Natürlich, du hast diese Uhr gebaut und mir damit Bekanntheit über alle bisherigen Grenzen hinaus verschafft. Doch die wahren Erfinder wurden schon immer von der Zeit vergessen. So habe ich es dir prophezeit.

Selbstverständlich bin ich immer noch bereit, mich dir erkenntlich zu zeigen. Was denkst du von mir? Allerdings habe ich von Anfang an keinen Hehl daraus gemacht, dass du mit meinem Lohn nicht zufrieden sein wirst. Denn ich werde mir alles wieder nehmen, was ich dir gegeben habe. Davon habe ich Zeugnis abgelegt, ehe ich zur Tat schreite. Nun möge der gerechteste aller Richter das Urteil sprechen, denn ich trage nicht allein die Schuld an dem, was geschehen ist.

Geliebt, gehasst, oft mit Füßen getreten und weggeworfen, dann wieder herbeigesehnt. Ich konnte es dir nie recht machen. Manchmal war ich dir lästig, zu viel, oft konntest du nichts mit mir anfangen, aber wehe ich habe mich rar gemacht, dann hast du mich sofort vermisst. Du hast mich nie richtig wahrnehmen wollen, geschweige denn mit mir leben wollen, so wie ich wirklich bin. Du hast mich verflucht und beschimpft. Mal bin ich zu schnell vergangen und mal zu langsam. Allerdings bist du selbst dafür verant-

wortlich. Du bist es, die gerannt ist, sodass ich kaum mehr mit dir Schritt halten konnte. Wenn du langsam gehst, bleibe ich bei dir, eilst du aber davon, hast du mich schon verloren und du wirst mich nie mehr einholen, weil du immer schneller bist als ich.

Am Ende habe ich dich eingeholt. Ich musste nur auf dich warten. Habe ich nicht gesagt, ich kann auf dich warten? Ich habe Zeit – bis in alle Ewigkeit.

Vielleicht wären wir uns nähergekommen, wenn du hättest innehalten können, um mich zu betrachten. Wie anders wäre dein Eindruck von mir, wenn du deine tatsächlichen Bedürfnisse hättest zulassen können, anstatt dich zu geißeln, in der irrigen Annahme, dir damit etwas Gutes zu tun. Das waren meine Worte, die du nicht gehört hast. Verstehst du jetzt, warum es nichts Traurigeres gibt als den Blick auf die Uhr? Wenn du an das Jetzt denkst, gehört es bereits wieder der Vergangenheit an, einzelne Punkte, aus der Zukunft kommend und zu einer Vergangenheitslinie werdend. Für dich gibt es Vergangenheit, Gegenwart und Zukunft. Ich hingegen erinnere mich deutlich an das, was morgen geschehen wird. Du wirst mich nie zu fassen bekommen, nie über mich bestimmen können.

Tag und Nacht, Ebbe und Flut, Geburt und Tod, alles steht unter meiner Herrschaft, alles gehört mir und dennoch bin ich allein. Ich bin ein Nichts, für jeden der mich begreifen will, ein Rätsel für jeden, der nach mir forscht, und doch gehöre ich jedem. Zeitlebens.

***

Sie hatte zu wenig Kraft, ein kurzes Auftauchen, zu kurz um Luft zu holen, aussichtslos, der Sog war zu stark, sie kam nicht zurück. Kein Oben und Unten mehr, Schmerzen in der Brust, erdrückend, eine zu feste Umarmung, ihr Hals, pochend und pulsierend. Ihre Lunge drohte zu bersten, Panik, die Zeit schlug in ihren Adern, der Tod, sie spürte ihn. Jahr und Tag Angst vor dieser Sekunde. Kämpfen, sie musste kämpfen, um ihr Leben, für ihre Kinder. Es war noch nicht an der Zeit zu sterben, viel zu früh zum Gehen. Sie schlug mit den Beinen, ruderte mit den Armen, mit letzter Kraft, in irgendeine Richtung, nur vorwärts. Ihre letzte Stunde hatte noch nicht geschlagen, das durfte nicht sein, das konnte nicht sein. Sie wollte leben, sie hatte noch so viel vor. Eine Berührung am Arm, jemand zog sie mit sich ins Licht, es wurde heller, da war sie, die Oberfläche. Ruben!

***

Aus den Aufzeichnungen von James Cook:

Am 30. Juli 1775 kehrten wir nach England zurück. Nach drei Jahren und achtzehn Tagen auf hoher See habe ich seit der Abfahrt nur vier Männer verloren, aber keinen einzigen durch Skorbut.

Im Vertrauen auf die Uhr entschloss ich mich dazu, den Versuch zu wagen, die Insel St. Helena auf direktem Kurs anzusteuern und nicht der bislang praktizierten Methode zu folgen, bei der man zunächst den bekannten Breitengrad ansegelte und sodann in Ost- und Westrichtung suchte, bis Land in Sicht käme. Die Uhr führte uns nicht in die Irre und so erreichten wir bei Tagesanbruch am 15. Mai 1775 St. Helena.

Den Längengrad bestimmten wir unzählige Male ohne jeglichen Zweifel und tatsächlich kann ein Fehler in der Bestimmung niemals mehr groß ausfallen, so lange wir einen so guten Führer wie die Uhr haben.

Die Uhr hat die Erwartungen ihres leidenschaftlichsten Anwalts übertroffen und war, hier und da durch Mondbeobachtungen korrigiert, unser getreuer Führer durch alle Wechselfälle des Klimas.

Seit wir Neuseeland verlassen haben, betrug die Abweichung der Uhr umgerechnet weniger als ein halbes Grad und es wäre ungerecht, würde ich nicht zugeben, dass wir von diesem nützlichen und wertvollen Zeitmesser sehr große Unterstützung erhalten haben.

***

Der Wind pfiff um die Hausecke, heulte und stürmte, aus dem Grau des Himmels fiel nicht enden wollender Regen, der die Straßen durchweichte. Kleine Bäche flossen am Red Lion Square entlang, sie bahnten sich einen verästelten Weg, wie Lebensadern, die nicht versiegen wollten.

Im Haus war es mollig warm, denn heute war ein besonderer Tag. Den Winter über hatte John Harrison nur selten die Kraft dazu gehabt, das Feuer zu schüren. Wenn es ausgegangen war, hatte er sich in seiner Dachkammer in die Bettdecke eingewickelt und ans Fenster gesetzt. Er hatte den ganzen Tag lang auf den menschenleeren Red Lion Square gestarrt, bis wieder einmal ein Passant vorüberhuschte und er sich nicht mehr so allein fühlte.

Umso größer war die Erleichterung, als ihm seine Nachbarin berichtete, Merit Paulsen und ihre Familie seien nach der Rückkehr von der Expeditionsreise wieder in das Haus gegenüber eingezogen. Fassungslos negierte er zuerst diese Behauptung und verwies auf die Zeitungsberichte über James Cooks Reise, in denen von Toten die Rede gewesen war. Hatte der Allmächtige ihr doch noch Zeit auf Erden gegeben? Konnte es möglich sein, dass er die falschen Schlüsse aus den Berichten gezogen hatte?

Die Nachbarin, eine alleinstehende Witwe, beharrte darauf, sie mit eigenen Augen gesehen zu haben. Sie lebten also? Alle drei? Merit, Ruben, Sönke, alle lebendig? Ja, sie habe beobachtet, wie die Zwischenmieter wieder ausgezogen sind. William habe beim Tragen der Kisten geholfen, Elisabeth und Susannah wären dabeigestanden, selbst Ann Doreen und John hätten trotz ihrer jugendlichen Unlust mit angepackt. Jetzt erinnerte er sich. Gelächter war damals über den Platz geschallt, es war bis in sein Haus gedrungen. Er hatte das Fenster geöffnet, doch seine schlechten Augen verrieten ihm nicht, wer die Menschen gewesen waren, er hatte gewinkt, nach ihnen gerufen, doch seine Stimme war zu schwach und der Wind trug ihre Namen davon.

Vor acht Monaten war dieser Tag gewesen. Seither war ihn niemand besuchen gekommen. Nur seine Nachbarin versorgte ihn weiterhin zweimal in der Woche mit dem Lebensnotwendigsten, sie erkundigte sich auch stets höflich nach seinem Befinden, doch sobald er ihr das Geld für ihre Markteinkäufe an der Haustüre übergeben hatte, entschuldigte sie sich, jetzt eilig das Mittagsmahl zubereiten zu müssen. Er dankte freundlich, schlurfte in die Küche zurück und schnitt sich dort eine Scheibe von dem mitgebrachten Brot ab. Meist aß er sie ohne Butter.

Vor der Nachbarschaft hatte seine Ehe natürlich noch offiziell Bestand. Elisabeth war lediglich zu Williams Familie an den Caroline Plan gegangen, um der Schwiegertochter zur Hand zu gehen, doch hinter vorgehaltener Hand erzählte man sich längst die Wahrheit. Mrs Harrison hatte ihre Drohung wahrgemacht und ihn verlassen. Seither hatte er die Werkstatt nicht mehr betreten. Die Dienstbotenkammer im ersten Stock war sein Reich geworden. Dorthin hatte er auch seine Familie eingeladen. Heute, am 24. März, zu seinem 83. Geburtstag.

Sieben Stühle befanden sich im Halbkreis um sein Bett. In den vergangenen Wochen hatte er einen nach dem anderen mühselig die Treppe hinaufgeschleppt. Auf dem Stuhl, der ihm zu seiner Rechten am nächsten stand, lagen gebündelt die

Briefe, die er Elisabeth im Laufe der Ehejahre geschrieben hatte – sie betrafen die Haushaltsführung und waren alle ordentlich von ihr gesammelt und bei ihrem Auszug als einziges Relikt zurückgelassen worden. Oben auf den Stapel hatte er ein Papier gelegt und mit krakeliger Handschrift zwei Sätze daraufgeschrieben, die er ihr gerne noch persönlich gesagt hätte, aber es sollte ihm nicht mehr vergönnt sein: *Elisabeth, meine gute Frau, bitte verzeih mir. Ich habe dich immer geliebt.*

Auf den nächsten Sitzflächen ruhten weitere Geschenke für seine Familie. Der Holzsäbel, mit dem Ruben und später auch John gespielt hatten, danach das Schaffell, auf dem Ann Doreen als Säugling in der Werkstatt gelegen hatte, eine Schreibfeder von Sönke und das zerlesene Exemplar von Shakespeares' *Sommernachtstraum* auf den beiden vorletzten Plätzen für William und Susannah.

Es waren die einzigen Habseligkeiten, die ihm von diesen Menschen geblieben waren und somit das Einzige, was er ihnen zum Geschenk machen konnte.

Brotscheiben, mit Pflaumenmus bestrichen, hatte er anstelle von Kuchenstücken auf dem alten Holzteller, der längst rissig geworden, für seine Gäste angerichtet. Auf dem Nachtkasten brannte eine Kerze, sie warf ihr Licht auf die Zeitungsberichte von James Cooks glücklicher Heimkehr. Er hatte sie über all die Monate hinweg sorgfältig aufbewahrt und nun hatten sie ihren Platz zu seiner Linken gefunden, auf Merits Stuhl. Er konnte die kleingedruckten Zeilen nicht mehr lesen, doch er kannte deren Inhalt längst auswendig.

Vor Merits Stuhl stand außerdem eine Kiste, gefüllt mit unzähligen Münzen. 18 750 Pfund Sterling. Zehntausend Pfund Sterling hatte er wie vereinbart nach der Abgabe seiner drei Zeitmesser erhalten, der Rest war dem Fürspruch des Königs im Parlament zu verdanken, insgesamt knapp das ausgeschriebene Preisgeld, aber es war nicht der Längengradpreis. Keiner hatte ihn gewonnen. Jedenfalls gab es keinen namentlichen Preisträger.

Merits erste Uhr hatte er auf die Zeitungsausschnitte gelegt. Versonnen betrachtete er das im Licht glänzende Silbergehäuse. Obwohl seine Hände vor acht Monaten noch seinem Willen gehorcht hatten, war es schwierig gewesen, neben seinem Namen noch etwas auf der Uhrenplatine einzugravieren, weil sein bereits vorhandener Schriftzug auf der messingpolierten Fläche viel Raum einnahm. Das verschnörkelte Und-Zeichen drückte sich jetzt eng an der Schraube vorbei, auch ein Teil des ersten Buchstabens musste sich den beengten Verhältnissen fügen, aber nun stand es da: *John Harrison & Son* und in der zweiten Zeile *A.D. 1759.* William *und* Merit, damit waren beide gemeint, obwohl ein Außenstehender natürlich nur auf seinen leiblichen Sohn schließen konnte, dennoch blieb ihm die Hoffnung, sein Dank könnte Merit auf irgendeine Weise erreichen.

Er setzte sich im Bett auf und griff zu Feder und Papier. Seine Hand zitterte, mühsam hielt er die Feder und nur langsam formten sich aus den Buchstaben die Worte, die so eilig aus ihm herauswollten. Die geschriebenen Zeilen konnte er kaum noch erkennen. Immer wieder schloss er vor Erschöpfung die Augen. Es mochten Stunden vergangen sein, bis er die Seite geschrieben hatte.

Unter Anstrengung setzte er sich auf, beugte sich zu Merits Stuhl vor, um den Deckel der Kiste einen Spalt anzuheben und den Brief hineingleiten zu lassen.

Sein Blick schweifte über die Stühle, die unangetasteten Brotscheiben und verharrte auf der tropfenden Kerze, deren Flamme klein und trüb geworden war. Sein Arm fühlte sich schwach an, als er nach der Lichtputzschere griff, vergeblich nagten die Schneiden an dem überstehenden Docht. Nach mehreren Versuchen ließ er den Arm sinken und blies die Kerze aus.

Er legte sich flach auf den Rücken, zog die Bettdecke bis ans Kinn, faltete die Hände über der Brust und schaute an die Decke. Vielleicht würde wenigstens derjenige, der ihn in ein paar Tagen oder Wochen hier finden würde, den Brief lesen und die Geschenke verteilen.

Er horchte auf. Ein Geräusch an der Türe, als ob jemand sie geöffnet hätte. Es gab nur eine, die noch einen Schlüssel besaß. Elisabeth.

Seine Frau rief nach ihm. Er vernahm Stimmen, die er kannte. Viele Stimmen. Sie waren alle gekommen. *Seine Familie.* Das war kein Traum. Alle waren der Einladung zu seinem Geburtstag gefolgt.

Freudentränen traten ihm aus den Augen. Dieses Gefühl der Versöhnung spüren zu dürfen, damit hatten sie ihm das größte Geschenk seines Lebens gemacht.

***

»Er sieht so friedlich aus. Schläft er?«, flüsterte Elisabeth und ging allen voraus auf das Bett in der Dachkammer zu. Merit hielt inne, als sie die im Halbkreis dicht gedrängten Stühle im grauen Dämmerlicht sah. Auch Elisabeths Blick fiel auf die Sitzflächen reihum, sie erkannte auf der nächstgelegenen den verschnürten Briefstapel wieder, bitteres Zeugnis ihrer Ehe. Nach einem prüfenden, fragenden Blick auf ihren Mann – ein Blick, mit dem sie alles erkannte und doch nichts wahrhaben wollte – nahm sie das lose Papier vom Stapel, las und senkte den Kopf. In ihrem Gesicht veränderte sich etwas, die Wölbung zwischen ihren Augenbrauen glättete sich, die verhärteten Mundwinkel wurden weicher, zuckten unter einem Lächeln.

Als sie sich wieder ihrem Mann zuwandte, wischte sie sich wie zufällig über die Augen. Zögernd beugte sie sich über das Bett und streckte mit einer gewissen Scheu den Arm aus, um seine gefalteten Hände zu berühren. Lange ließ sie ihre Hand ruhig dort liegen, nur ihr Daumen streichelte sanft, mit einer kaum sichtbaren Bewegung, über den sehnigen Handrücken ihres Mannes.

»Ann Doreen und John«, sagte Elisabeth dann leise, »lauft und holt den Pfarrer.«

Nahezu lautlos folgten die beiden Jugendlichen der Aufforderung, während Elisabeth den Stapel mit den Haushaltsbriefen auf den Boden legte und den Stuhl heranzog, um sich nah zu ihrem Mann setzen zu können. Sie schloss die Augen und senkte den Kopf zum Gebet, jeder der Umstehenden faltete die Hände und zwischen den stillen Worten wanderten die Gedanken, sprangen zeitlos zwischen den vergangenen Jahren hin und her, fanden Erinnerungen und blieben an lebendigen Bildern hängen, von denen der Abschied schwerfiel.

»Ich bin zu spät gekommen«, sagte Elisabeth gedankenverloren. »Zu lange habe ich gewartet. Ich wollte dir noch so vieles sagen, John ...«

»Manche Worte müssen unausgesprochen bleiben, das ist wohl so auf dieser Welt«, antwortete William, während er mit dem Shakespeare-Buch in der Hand über den knarrenden Fußboden zu seiner Mutter ging. Er legte ihr die Hand auf den runden Rücken und ließ seinen toten Vater dabei nicht aus den Augen. »Aber ich habe die Hoffnung, dass er mein Handeln verstanden hat. Wir waren nie ein Herz und eine Seele, wir hatten zu unterschiedliche Ansichten. Oft haben wir stumm miteinander gestritten, aber gerade auf diese Weise hat er mir meine Lebensrichtung vor Augen geführt, auch wenn sich dadurch unsere Wege getrennt haben. Ich hätte ihm gerne noch gesagt, wie viel ich von ihm gelernt habe – aber vielleicht weiß er das auch und ich glaube, er durfte mit sich und der Welt Frieden schließen, ehe er starb.«

»Ich glaube, dein Vater hat dich verstanden«, sagte Merit mit kehliger Stimme. Sie hielt ihre Silberuhr in der Hand und war tief berührt über die veränderte Inschrift. Wortlos reichte sie William ihren Zeitmesser – ihr Kind, das sie so viele Mühen und Tränen gekostet hatte, aber jede dieser Qualen, jede Sekunde des Kampfes hatte sich gelohnt für all die Seemänner, die in Zukunft sicher über die Meere segeln und wohlbehalten zu ihrer Familie zurückkehren würden.

»*Sohn* ...«, murmelte William mit einem Blick auf die Gravur. »Er hat nie ›mein Sohn‹ zu mir gesagt, ich war immer nur William, der faule Geselle, egal wie viel ich für ihn getan habe. Ich konnte es ihm nie recht machen. Ich habe immer geglaubt, würde ich alles für seine Uhren tun, würde er mich eines Tages so lieben wie seine Zeitmesser.«

»Dein Vater hat dich geliebt ...«, widersprach Merit leise und horchte dabei ihren Gedanken nach, »aber Liebe war für ihn ein beängstigendes Gefühl, in dem sich alle Ordnung verliert, Verlust droht, die Gefahr, ins Bodenlose zu stürzen, wenn man plötzlich losgelassen wird.« Sie erinnerte sich an Hamburg, an die Küche, an die Zeitung auf dem Tisch. »Auf der Suche nach Halt, Zuverlässigkeit und Beständigkeit fand er seine Liebe zu den Uhren – zu Zeitmessern, die ihm Orientierung bieten sollten, so präzise und verlässlich, wie nur irgendwie auf der Welt möglich.«

»Ich denke«, sagte Elisabeth leise, »er konnte euch beide am Ende verstehen.«

»Was ist eigentlich in dieser Kiste?«, fragte Ruben, der noch immer bei der Türe stand.

Merit bückte sich und hob den Deckel hoch. Sofort ließ sie

ihn wieder fallen. Unter dem Knall zuckten alle zusammen.

»Geld«, brachte sie hervor. »Das muss der Längengradpreis sein, den er euch vermachen will.«

»Dir«, verbesserten William und Elisabeth wie aus einem Mund und Elisabeth fügte hinzu: »Die Kiste steht vor deinem Stuhl.«

»Das hat nichts zu bedeuten. Er hat mich nie als Erfinderin der Uhr anerkannt. Es ist euer Erbe. Ich habe von der Längengradkommission 1250 Pfund Sterling erhalten, die mir Lord Werson und Nevil Maskelyne im Auftrag des Königs persönlich überreicht haben. Das war schon ein kleiner Triumph, auch wenn Maskelyne trotz verlorener Wette das Amt des Astronomen natürlich nicht niedergelegt hat, aber meine größte Genugtuung besteht darin, das Rätsel um die Bestimmung des Längengrads gelöst zu haben.«

In der Dämmerung des Raumes nahm Merit wahr, wie ihr alle wohlwollend zunickten.

»Vielleicht möchte mein Vater, dass du mit dem Geld deine Arbeit fortsetzt«, mutmaßte William.

»Das sehe ich auch so«, vernahmen sie eine Stimme im Hintergrund und im nächsten Moment erschien Larcum Kendall in der Türe. Ins Gespräch vertieft hatte keiner das Kommen des Uhrmachers gehört.

»Ich wollte meinem Freund zu seinem Geburtstag meine Aufwartung erweisen. Verzeihung, die Haustüre stand offen und da bin ich einfach ...« Er nahm seinen tropfnassen Dreispitz ab und trat langsamen, schweren Schrittes und mit gefalteten Händen an das Bett des Verstorbenen, als sei er mit diesem allein im Raum.

»John Harrison«, sagte er sichtlich bewegt, »du hattest immer ein untrügliches Gespür für die richtige Zeit, heute allerdings hast du es zu eilig gehabt. Aber eines Tages sehen wir uns wieder, denn so einfach kommst du mir nicht davon. Du warst ein eigensinniger, sturer, verbohrter Narr, ein Kind, ein Träumer, aber vor allem der liebenswerteste Freund, den ich je in meinem Leben hatte. Ich danke dir.« Nach einem stillen Gebet sprach er Elisabeth und William sein Beileid aus und trat wieder zur Türe zurück.

»Bitte verzeihen Sie mir«, raunte er Merit zu.

»Und morgen überlegen Sie es sich wieder anders?«, sagte Merit mit gedämpfter Stimme, um die Anwesenden in ihrer Andacht nicht zu stören. »Warum sollte ich noch einmal so töricht sein und an das Gute in Ihnen glauben?«

»Sie müssen meine Entschuldigung nicht annehmen«, flüsterte Kendall, »aber bitte hören Sie mir kurz zu. Ich hätte Ihre Uhr nicht mit meinem Namen signieren dürfen, aber das hohe Preisgeld war zu verlockend und mit Ihrem Namen wären Sie bei der Längengradkommission chancenlos gewesen. Trotzdem war es ein Fehler von mir und Sie haben mich folgerichtig eines Besseren belehrt. Ich würde mich freuen, wenn Sie mir eines Tages verzeihen könnten, denn es gibt Fehler, die man als Mensch sehenden Auges begeht, obwohl man die eigene Verwerflichkeit des Verhaltens schon während des Tuns erkennt. Aber man kann nicht anders, nicht besser handeln, weil man trotzdem glaubt, das Richtige zu tun.« Er atmete tief durch. »Und die Zwillingsuhr gehört jetzt Ihrem Sohn?«

»Ja«, gab Merit kurz angebunden Auskunft.

»Haben Sie vor, noch weitere Zeitmesser zu bauen? Ich würde Sie gerne dabei unterstützen, auf ehrliche Weise.« Er sah sie mit aufrichtigem Blick an.

Merit hob die Stimme. »Diesbezüglich müssen Sie sich an Elisabeth Harrison wenden, sie erbt zusammen mit ihrem Sohn William die Werkstatt und das Vermögen. Auch die Pläne für den Bau der Uhr sind dabei. Mich braucht niemand dazu.«

»Was ist denn in dich gefahren?«, protestierte Sönke, der neben ihr stand.

»Nichts«, gab Merit nach außen hin gelassen zurück. »Ich sage nur die Wahrheit. Das Heft über die Prinzipien von Mr Harrisons Zeitmesser, erstellt nach seinen Erklärungen im Auftrag der Längengradkommission, kann jedermann kaufen. Es ist alles gesagt. Jeder Uhrmacher ist in der Lage, diesen Zeitmesser nachzubauen, und soll das zum Wohle der Seeleute auch tun. Mein Name und meine Person haben nie eine Rolle gespielt. Ich gehöre nirgendwohin. Nicht nach Hamburg und nicht nach London. Ich muss meinen Platz erst noch finden.«

»Da bin ich anderer Meinung«, schloss sich William Sönke an, »aber wenn es wirklich dein Wunsch ist, woanders neu anzufangen, dann möchte ich dir von dem Geld etwas mitgeben.«

Ehe Merit widersprechen konnte, hatte William die Kiste bereits geöffnet. Sie wollte wegsehen, doch ihr Blick war wie gebannt von den Münzen, diesem unvorstellbaren Vermögen. Da entdeckte sie das Papier. William nahm es heraus.

»Ein Brief mit der Handschrift meines Vaters«, sagte er. »Er hat keine Anrede über die Zeilen geschrieben, aber ich bin mir sicher, dass sie an dich gerichtet sind, Merit.«

»Nein, denn sonst stünde mein Name darauf.«

»Wenn du meinst, Merit, der Brief sei an uns alle gerichtet, dann lies ihn uns laut vor«, verlangte Elisabeth mit ungewohnter Bestimmtheit, nahm ihn William aus der Hand und reichte ihn Merit. Schon beim Überfliegen der ersten Zeilen spürte Merit eine Enge in ihrem Hals, ihre Stimme versagte ihr fast, rau klangen die ersten ausgesprochenen Worte, die John Harrison offensichtlich mit letzter Kraft zu Papier gebracht hatte.

»Ich fühle in mir, dass in diesen Stunden etwas zu Ende geht und etwas Neues seinen Anfang nimmt. Zu meiner Uhr, meinem Zeithalter, ist alles gesagt, alle Pläne zur Konstruktion desselben sind offengelegt. Tatsächlich übertrifft die Uhr all das, was ich mir jemals vorgestellt oder erträumt habe, erhaben über alle Vorurteile gegen jene kleinen Zeitmesser, wie sie die Welt bis dato kannte.

Ich danke dem Allmächtigen von Herzen, dass ich so lange leben durfte, um sie in gewissem Maße vollenden zu können und ich erdreiste mich der Behauptung, dass es kein anderes mechanisches Ding auf der Welt gibt, das schöner und curioser in der Beschaffenheit ist als diese Uhr oder dieser Zeithalter für den Längengrad.

Und sicherlich bietet ihre Ganggenauigkeit eine noch größere Überraschung, eine noch willkommenere Entdeckung als damals die Beschreibung der Eigenschaften des rechtwinkligen Dreiecks durch Pythagoras, der daran dachte, für dieses Gnadengeschenk einhundert Ochsen zu opfern.

Und wären nicht einige Transaktionen gewesen, die ich bei meiner dritten Maschine gehabt hatte, so hätte ich höchst nützliche Entdeckungen und bedeutsame Erfahrungen niemals gemacht.

Ich bin mit meiner Arbeit, mit meinem Streben, am Ende eines langen Weges angekommen, welcher der Längengradkommission dazu geeignet erschien, mich zu ihrem lebenslangen Sklaven zu machen. Im Grunde aber war ich Zeit meines Lebens mein eigener Sklave.

Aus dem Füllhorn des Lebens können wir uns nicht aussuchen, welche Ereignisse, wie viel Liebe, Glück oder Leid sich über uns ergießen, aber die Zeit überlässt uns die Entscheidung, wie wir damit umgehen. Niemals hätte ich mich für so töricht gehalten, meinen Gefühlen die Herrschaft über mein Tun zu überlassen, mich von ihnen leiten zu lassen, doch ihre Macht ist stärker als jede rationale Überlegung. Das habe ich zu spät gelernt.

Die Jahre mögen vergehen und sich in der Vergangenheit auflösen, doch manche Zeiten bleiben uns auf ewig in Erinnerung.
Danke. Danke für alles.«

Merit ließ den Brief sinken, der Kloß in ihrem Hals ließ sich auch durch heftiges Schlucken nicht beseitigen. Niemand sagte etwas, bis Sönke die Stille durchbrach.

»Darf ich einen Vorschlag machen? Wie wäre es, wenn wir die Werkstatt in diesem Haus wieder aufmachen würden? Larcum Kendall könnte sie führen, mit Merit zusammenarbeiten, William und Ruben als Lehrlinge einstellen und wir alle würden sie dabei nach unseren Kräften unterstützen. Was haltet ihr davon?«

»Das ist eine ganz formidable Idee!«, sagte Larcum Kendall hocherfreut. »Die Zeitmesser müssen möglichst schnell Verbreitung finden. Mit dem Geld könnten wir genügend Material kaufen und sogar noch weitere Uhrmacher einstellen, vielleicht mehrere Werkstätten eröffnen!«

William schüttelte den Kopf. »Ich hoffe, ihr seid mir nicht böse, aber meine Welt ist die Schauspielerei, das habe ich erkannt. Susannah und ich brauchen die Freiheit, die Bühne, das Publikum. Aber ich werde allen, die ins Theater kommen, von der Uhr erzählen. Darauf gebe ich mein Ehrenwort!«

Ruben trat von einem Bein auf das andere. »Ich möchte auch nicht in die Werkstatt, sondern zur See fahren«, sagte er entschuldigend. »Ich habe von James Cook das Angebot bekommen, ihn auf seiner dritten Seereise zu begleiten. Die Abfahrt ist ... für den 12. Juli geplant.«

Merit wurde blass. »Davon hast du mir noch gar nichts erzählt. Außerdem ist der 12. Juli dein ... dein 25. Geburtstag.«

»Ich weiß, wie schwer es dir fällt, mich gehen zu lassen, deshalb habe ich dir bisher noch nichts darüber erzählt. Ich möchte, dass du hier mit Kendall, Elisabeth und Sönke zusammen deine Werkstatt aufmachst, bei Anndori bleibst und glaube mir, mir wird nichts passieren. Ich kann schwimmen, und zwar so gut, dass ich dich damals aus dem Wasser gefischt habe, als du mir nachgesprungen bist. Außerdem habe ich deinen zweiten Zeitmesser mit dabei. Oder traust du deiner eigenen Erfindung nicht?«

»Doch, aber ...«, sagte Merit zweifelnd.

»Willst du dem Vorschlag deines Sohnes nachkommen oder nicht?«, unterbrach Sönke sie.

»Ich weiß es nicht. Ich weiß überhaupt nicht mehr, was ich denken, geschweige denn tun soll! Ich weiß nicht, was richtig ist.«

»Richtig ist der Weg des Lebens, der von Träumen gesäumt ist. Diesen Pfad musst du weitergehen und dabei auf deine innere Stimme achten.«

Merit dachte über seine Worte nach. Da waren Ideen, Gedanken, Wünsche und Sehnsüchte, die in ihrem Geiste auftauchten, doch allem folgte ein großes Aber.

»Und was wirst du tun, Sönke?«, fragte sie ihn stattdessen und sah ihn liebevoll an.

»Ich kenne meinen Weg. Ich bleibe bei dir, brate uns Rührei und achte darauf, dass die Kinder etwas lernen. Daneben helfe ich bei der Auslieferung der Zeitmesser, während du Elisabeth in die Kunst des Uhrmacherhandwerks einweihst.«

»Mich?«, fragte Elisabeth ungläubig, als habe sie sich verhört. »Ich in der Werkstatt? Womöglich soll ich sogar am Brett arbeiten? Undenkbar! Als Frau ist mir das ja auch gar nicht erlaubt. Früher, ja früher hätte ich mich vielleicht auf ein solches Wagnis eingelassen, aber heute...« In einer abwehrenden Geste hob sie die Hände. »Lasst mich mit meinen zweiundsiebzig Jahren aus dem Spiel, ihr könnt das gut ohne mich.«

Ein Blickwechsel mit Elisabeth genügte und plötzlich wusste Merit, warum sie noch hier war und warum sie in London bleiben und sogar in dieser Werkstatt arbeiten wollte. Jetzt kannte sie ihr Ziel.

»Lass uns zusammen arbeiten«, forderte sie Elisabeth mit einem Lächeln auf. »Es sind nur zweiundfünfzig Arbeitsschritte, um die Silberuhr zusammenzubauen. Das hast du bald gelernt. Larcum Kendall und ich übernehmen die Anfertigung der Uhrenteile.«

»Spinnerei! Für solche tollkühnen Pläne bin ich wirklich zu alt!«, wehrte sich Elisabeth.

»Es gibt immer Neuanfänge im Leben, egal wie weit es schon fortgeschritten ist«, gab Merit ihr zu bedenken.

Elisabeth versank in den Anblick ihres verstorbenen Mannes.

»Vielleicht hast du recht, Merit«, sagte sie nach einer langen Weile. »Es ist nie zu spät, nicht wahr? Jedes Ende bringt auch einen Anfang mit sich.« Elisabeth schaute zuerst auf ihre Hände, dann in die Runde: »Wann ist mein erster Arbeitstag?«

Merit lächelte. »Ich glaube, der erste Tag in deinem neuen Leben hat soeben begonnen.«

***

Testament

Dies ist mein letzter Wille und das Testament von mir, Sönke Lensen, wohnhaft am Red Lion Square, London, gegeben an diesem 14. Mai im Jahre unseres Herrn 1814, in meinem vierundachtzigsten Lebensjahr.

Es ist mein Wunsch, dass alle entstehenden Schulden hinsicht-

lich meiner Beerdigung aus meinem persönlichen Vermögen bezahlt werden.

Meine Bücher sollen William Harrison und seine Frau Susannah erhalten, wohnhaft am Caroline Plan. Ich hoffe, ihr findet darin noch eine Anregung für ein Theaterstück, das mit euren Schauspielern wieder zu einer so ergreifend inszenierten Aufführung wird, wie ich das von euch kenne! Ich wäre gerne noch eine Spielzeit länger euer treuer Zuschauer gewesen.

Mit meiner geliebten Frau Merit durfte ich die glücklichste Zeit meines Lebens verbringen, bis sie vor einem halben Jahr ohne leiden zu müssen in meinen Armen eingeschlafen ist. Die mir so kostbare als erste von ihr gefertigte Silberuhr soll Ann-Doreen, die ich zu meiner einzigen Tochter angenommen habe, erhalten. Sie lebt mit ihrem Mann John, dem ich die Einrichtung der Uhrenwerkstatt vermache, am Oberen Belgrave Platz. John, bitte nimm dir, was dir zum Ausbau deiner Werkstatt fehlt, manchmal benötigt man Werkzeug für zwei Personen, obwohl man keinen Gesellen im Haus hat, nicht wahr?

Nach dem Ableben ihrer Eltern Ann Doreen und John soll meine unverheiratete Enkelin, Elisabeth Harrison, nunmehr bereits in ihrem neunzehnten Lebensjahr, jene erste Uhr bekommen, die den Längengradpreis in gewisser Weise gewonnen hat. Setz deine Studien fort, Elisabeth, und unterrichte die Kinder aus dem Viertel ohne mich weiter. Du kannst das. Lass dir nichts anderes einreden.

Ruben Paulsen, Kapitän auf der H.M.S. King George, erhält den Rest unseres Vermögens. Damit kann er sein Tun fortsetzen und in aller Herren Länder weitere Zeitmesser in Auftrag geben. Zur Sicherheit der Schiffe auf hoher See, und um das Erbe seiner Mutter in der Welt bekanntzumachen.

Unter diese Zeilen setze ich mein Siegel und unterschreibe dies mit eigener Hand.

Sönke Lensen

Epilog

»Hier ist niemand.«

»Aber ich habe sie doch durch das Fenster gesehen. Eine weibliche Gestalt mit einer Taschenlampe. Die Frau war da!«

»Sie müssen sich geirrt haben.«

»Glauben Sie, ich hätte das alles nur geträumt, ich wäre nicht recht bei Sinnen und würde fantasieren? Außerdem hat die Sirene angeschlagen!«

»Wahrscheinlich war es ein Fehlalarm. Das kommt häufiger vor«, beklagte der Londoner Chief Inspector den aus seiner Sicht wenig erfreulichen Einsatz.

Misstrauisch schaute sich der Museumsastronom im Ausstellungsraum um. Er hatte vor dem zu erwartenden Besucheransturm die frühen Morgenstunden nutzen wollen, um nebenan im neu eröffneten Peter Harrison Planetarium das in Europa einmalige Projektionssystem zu kontrollieren, damit der fehlerfreie Ablauf der zwanzigminütigen Show über die Entstehung des Sonnensystems für die einhundertzwanzig Zuschauer gewährleistet war.

»Ich spüre, dass noch jemand im Raum ist, Chief Inspector«, sagte er skeptisch, fasste an den vergoldeten Rand seiner Gleitsichtbrille, an deren Glasstärke er sich noch immer nicht gewöhnt hatte, und schob das sündhaft teure Wunderding in althergebrachter Manier auf die Nasenflügel. Dabei neigte er den Kopf und setzte seinen urteilssicheren Hundeblick auf, mit dem er stets die Damenwelt fasziniert hatte –, besonders

Maryann White, diese hübsche Museumsmitarbeiterin, die sich viele Jahre um die Uhren wie um Familienmitglieder gekümmert, aber nun überraschend gekündigt hatte.

Ergeben seufzend ging der Polizist ein paar Schritte über den knarrenden Holzfußboden in den hinteren Teil des Raumes, wo seine drei Kollegen jeweils eine Türe auf Spuren hin untersuchten.

Wenigstens musste Maryann diesen Einbruch nicht mehr miterleben, dachte der Astronom. Sie war etwas Besonderes, viele sagten das wegen ihres Schwimmhautlappens an der Hand – auch ihm war zunächst nichts anderes an ihr aufgefallen, als er vor einem Dreivierteljahr die Stelle im Observatorium angetreten hatte. Kaum verwunderlich bei seiner Überzeugung – gleichwohl er nicht unattraktiv war –, ewig Junggeselle zu bleiben.

Doch dann war der Tag gekommen, an dem sie ihn verzaubert hatte, von einer Minute auf die andere, nichtsahnend hatte er die Kollegin wie jeden Morgen gegrüßt, wie immer ein paar Sätze mit ihr geplaudert und plötzlich sah er etwas in ihren Augen, etwas Geheimnisvolles, den Glanz eines tieferen Wissens, er spürte die Herzenswärme, die sie hinter ihrer kühlen Ausstrahlung verbarg und seitdem wusste er, wonach er sich ein Leben lang gesehnt hatte. Sie fehlte ihm jetzt schon und er nahm sich vor, heute Nachmittag endlich seinen Mut zusammenzunehmen, ihre Nummer zu wählen und sie für den Abend zum Essen einzuladen. Nachdem er diesen wagemutigen Entschluss gefasst hatte, konzentrierte er sich wieder auf die Vorgänge im Raum.

Der Chief Inspector kam auf ihn zu. »Keine Einbruchsspuren und, wie Sie selbst bereits versichert haben, es scheint nichts zu fehlen. Fällt Ihnen sonst noch etwas auf?«

Der Astronom schüttelte verhalten den Kopf.

Der Lichtkegel der Taschenlampe huschte über das Gemälde von John Harrison und von dort auf die Wandvitrinen, in denen die ersten Nachbauten von Larcum Kendall lagen, kostengünstig ohne Verzierungen gefertigt, aber präzise im Gangverhalten. Danach fiel das Licht auf weitere Exponate, die die Entwicklung der Chronometer bis heute aufzeigten, glitt quer über den Fußboden zu den vier Panzerglasvitrinen in der Mitte des Raumes, über die drei großen Uhren und schließlich erhellte der Lichtschein die silberne Taschenuhr und blieb darauf ruhen.

»Schönes Stück«, murmelte der Polizeibeamte anerkennend. »Von wem ist die?«

»John Harrison. Ein sehr berühmter Mann. Die drei großen Uhren stammen auch von ihm.«

»Hm. Merkwürdig. Muss plötzlich eine ziemlich filigrane Ader bekommen haben, dieser Mann. Spontan dachte ich an eine Frau.«

»Da täuschen Sie sich, Chief Inspector. Glauben Sie mir, es gab keine Uhrmacherin.«

»Wie Sie meinen. Nun gut. Für uns gibt es hier wohl nichts zu tun. Gehen wir.«

Als die Männer unverrichteter Dinge den Raum verließen, war ihnen der weibliche Schatten längst vorausgeeilt und zwischen jenen Menschen verschwunden, die geschäftig durch die Straßen liefen, während die Sonne sich gemächlich über der Stadt erhob und ein neuer Tag begann.

***

Nachwort

Tausende Menschen verloren bis ins 18. Jahrhundert hinein ihr Leben auf dem Meer, Reichtümer fielen in den gierigen Schlund Poseidons, da sich der genaue Längengrad auf See nicht bestimmen ließ. Schiffe zerschellten im Nebel an den Klippen, weil die Steuermänner das Land aufgrund ihrer ungenauen Orientierungsmethoden in weiter Ferne wähnten, so wie bei dem Unglück am 22. Oktober 1707 vor den Scilly-Inseln, bei dem über 1500 Menschen ums Leben kamen. Nur wenige Minuten zuvor ließ der Kapitän einen Matrosen wegen Meuterei aufknüpfen, weil dieser sich in die Positionsbestimmung des Schiffes eingemischt hatte. Womöglich hätte er mit seinem Wissen das Unglück verhindern können ...

Das britische Königshaus schrieb 1714 das hohe Preisgeld von 20 000 Pfund Sterling für eine Erfindung aus, mit der sich der Längengrad auf hoher See präzise bestimmen ließe. Dazu war lediglich eine sekundengenaue Uhrzeitbestimmung notwendig, doch an der Lösung dieses Problems waren bereits so geniale Köpfe wie Galileo Galilei und Isaac Newton gescheitert.

Die Geburtsstunde dieses Romans schlug im Jahr 1997, als ich ehrfürchtig im Königlichen Observatorium zu Greenwich vor jener silbernen Taschenuhr stand, mit der John Harrison nach einer plötzlichen Kehrtwende seiner erfinderischen Überlegungen als »Vater der Zeit« in die Geschichte eingegangen war. Verwundert betrachtete ich die elegante Ausführung der Taschenuhr aus dem Jahr 1759 genauer, das wunderschön verspielt bemalte Zifferblatt, und dabei schoss mir ein Gedanke durch den Kopf: Hier muss eine Frau ihre Finger mit im Spiel gehabt haben.

Dieser Gedanke reifte zu einem historischen Roman, in dem sich Fakten und Fiktion zu einer eigenen Geschichte vermischen. Ich habe mich im Roman sehr eng an die historisch belegten Tatsachen gehalten, in den zahlreich erhaltenen Quellen im Archiv der Guildhall Library in London recherchiert und aus dem wertvollen Fundus ausgewiesener Spezialisten zu diesem Thema geschöpft, darunter William J. H. Andrewes, Jonathan Betts, Rupert T. Gould, Humphrey Quill und Dava Sobel. Gleichzeitig habe ich mir erlaubt, die dunklen Lücken in den Quellen mit dem Licht meiner Fantasie zu erhellen.

Historisch ungeklärt ist die Frage, weshalb John Harrison (1693–1776), ein gelernter Tischler und Autodidakt in der Uhrmacherkunst, nach dreißig Jahren der Hingabe an den Großuhrenbau, im Alter von siebenundsechzig Jahren den Glauben an seine drei überdimensionalen Zeitmessungsmaschinen aufgab und sich binnen kürzester Zeit in die Welt des Kleinuhrenbaus einarbeitete. Dabei entwarf er ein neues Hemmungsprinzip mit Diamanten, überdachte den Antriebsmechanismus und die Temperaturkompensation und verwirklichte schließlich mit der Taschenuhr eine Erfindungsidee, die er Zeit seines Lebens für undenkbar gehalten hatte. Was war die Ursache für seinen plötzlichen Sinneswandel?

Ein weiteres Rätsel rankt sich um John Harrisons lebenslangen Kampf um die Zuerkennung des Preisgeldes von

20 000 Pfund Sterling. Niemand weiß, warum diesem Uhrmacher trotz der hervorragenden Gangresultate seiner Taschenuhr, die auch auf den ausführlich dokumentierten Erprobungsfahrten nach Jamaika (1761/62) und Barbados (1764) unter Beweis gestellt wurden, immer neue Hindernisse in den Weg gelegt wurden.

Die für die Preisvergabe zuständige Längengradkommission, bestehend aus Astronomen, Mathematikern, Marineangehörigen und Parlamentariern, hegte Zweifel an der Urheberschaft John Harrisons, wie ich den Sitzungsprotokollen und der erhaltenen Korrespondenz entnehmen konnte – allerdings fehlten dem Gremium die Beweise. Das Zerlegen seiner Taschenuhr vor Zeugen, das Kreuzverhör der Uhrmacher sowie die unglaubliche Forderung zum Nachbau seiner Uhr ohne jegliche Vorlage legen den Schluss nahe, dass man ihn mit allen Mitteln zur Wahrheit über die Entstehungsgeschichte seiner Erfindung zwingen wollte. John Harrison kämpfte wie im Roman beschrieben bis an sein Lebensende gegen die Kommission, die in letzter Konsequenz auch nicht davor zurückschreckte, die von Queen Anne im *Longitude Act* erlassenen Wettbewerbsbedingungen zum Nachteil Harrisons zu ändern.

Dafür zeichnete insbesondere Nevil Maskelyne (1732–1811) verantwortlich. Dieser ehrgeizige Konkurrent und Erzfeind von John Harrison verfasste in kühler Distanziertheit eine Autobiografie und führte jahrzehntelang penibel Protokoll über sämtliche Ereignisse. Dadurch konnte ich den aufstrebenden Werdegang dieses Junggesellen zum Königlichen Astronomen (1765–1811) nach dem Tod des an Eingeweideentzündung verstorbenen James Bradley sehr genau nachvollziehen, bis hin zu jenem Tag, als John Harrison sämtlicher Uhren und Konstruktionspläne enteignet wurde und seine empfindlichen großen Zeitmesser mit einem Pferdekarren abtransportiert wurden.

Darüber berichtet auch William Harrison (1728–1815) ausführlich. Obwohl sich John Harrisons Sohn nie sonderlich für den Uhrenbau interessiert hat, nahm er die beiden Erprobungsfahrten anstelle seines zu schwerer Seekrankheit neigenden Vaters auf sich und begleitete ihn im Alter zur Längengradkommission.

Auf der Reise nach Barbados erwähnt William in seinem Tagebuch einen Freund namens Thomas Wyatt, dessen Spur sich später wieder verliert, zudem berichtet William von dem Streit mit Nevil Maskelyne, über den sich Kapitän Lindsay und Maskelyne selbst in ihren Notizen ausschweigen. Monatelang unterwegs, trauerte William fern der Heimat um seine Frau Liz, die rund ein Jahr nach der Geburt des gemeinsamen Sohnes John im Alter von sechsundzwanzig Jahren verstarb.

Auch wenn ich nicht weiß, ob William gerne barfüßig lief, Shakespeare liebte und das Montagu House besuchte, aus dem sich das heute weltbekannte British Museum entwickelte, so ist seine erneute Heirat mit seiner zweiten Frau Susannah aktenkundig und es bleibt ihm zu wünschen, dass er mit ihr so glücklich wurde, wie er das im Roman war. Tatsächlich kehrte William nach dem Tod seines Vaters der Werkstatt den Rücken und hatte nie mehr etwas mit dem Uhrenbau zu tun.

Als John Harrison am 24. März 1776, an seinem 83. Geburtstag, die Augen für immer schloss, gehörten ihm 18 750 Pfund Sterling. König Georg III., dessen Leben ich im Roman anhand der historisch bekannten Details nachgezeichnet habe, war beeindruckt von der Taschenuhr und wurde 1772 tatsächlich zum Rettungsanker für John Harrison – sämtliche

Korrespondenz darüber ist erhalten. Der aufgrund seiner Volksnähe als »Bauer Georg« bezeichnete König, der in seinen späteren Regierungsjahren dem Wahnsinn verfiel, testete den Nachbau der Taschenuhr höchstpersönlich in seiner privaten Sternwarte in Richmond. Währenddessen wies Larcum Kendalls Zwillingsuhr dem Entdecker James Cook den Weg durch die Südsee. Die Aussagen des berühmten Kapitäns über die Reise, die lobenden Worte über die Taschenuhr, stammen in eigener Übersetzung aus dessen Aufzeichnungen.

Dank der Fürsprache König Georgs III. im Parlament nahmen John Harrisons Auseinandersetzungen mit der Längengradkommission kurz vor dem Tod des Uhrmachers nach Jahrzehnten ein Ende. John Harrisons vieldeutige Worte am Schluss des Romans sind seinem Brief an die Längengradkommission entnommen.

Heutzutage würde man die Kommissionsmitglieder als befangen oder parteiisch bezeichnen, da diese neben ihrem womöglich berechtigten Misstrauen gegenüber dem Erfinder der Taschenuhr selbst an einer astronomischen Lösung des Problems arbeiteten und somit eigene Interessen in der Erlangung des Preisgeldes verfolgten.

Die Namen der Sitzungsteilnehmer sind authentisch und deren Aussagen in den Roman eingeflochten, einzig Kapitän Werson mit seiner zynischen Boshaftigkeit ist durch meine Feder zum Leben erweckt worden, wobei ich auch hier eine historische Tatsache im Roman verankert habe: Der berühmte Kapitän George Anson (1697–1762) segelte 1741 um Kap Hoorn und während seiner Irrfahrt auf der Suche nach den rettenden Juan-Fernández-Inseln verlor er Hunderte Matrosen an Skorbut, weil er sich für die falsche Richtung entschieden hatte. Kapitän Anson überlebte die Reise und gehörte, nach seiner Rückkehr zum Admiral ernannt, der Längengradkommission an, die sich in der Tat auch mit solch abstrusen und pseudowissenschaftlichen Vorschlägen befassen musste, wie Kapitän Werson diese im Roman zu erdulden hatte.

Auch eine einzige Frau war tatsächlich unter den Bewerbern. Ihr Name war Jane Squire. Sie beschäftigte die Längengradkommission bis 1743 mit ihrem einhundertsechzig Buchseiten umfassenden astronomischen Lösungsansatz, ehe sie nach zehn Jahren aufgab, weil ein anderer ihre Ideen gestohlen hatte.

Mit dem Diener Walter Hamilton hatte Jane Squire lediglich in der Welt des Romans eine Rechnung offen und obwohl ihr durch ihre gesellschaftliche Stellung gewiss viele Kaufleute begegnet sind, teilte sie ihr Lebensglück nur auf diesen Buchseiten mit Zacharias de Lomel, dessen Zuckersiederei sowie seine Lebens- und Handelswelt allerdings auf historischen Vorbildern beruhen.

Mit Sicherheit aber kannte Jane Squire den Uhrmacher Thomas Mudge, in dessen Werkstatt in der Fleet Street Nr. 128 der Pariser Uhrmacher Ferdinand Berthoud (1727–1807) Anfang des Jahres 1766 zu Abend speiste. Nach dem vergeblichen Besuch bei Harrison hob sich Berthouds Laune erst, als sein Freund Mudge ihn in die unlängst in Erfahrung gebrachten Geheimnisse der Taschenuhr einweihte.

Thomas Mudge (1715–1794) baute als Erfinder der freien Ankerhemmung – eine bis heute in mechanischen Uhren häufig verwendete Technik – seine eigenen Chronometer und nahm im Kampf um Anerkennung bei der Längengradkommission Harrisons Stelle ein. Da der Preis nicht namentlich vergeben worden war, reichte Mudge seine beiden innerhalb von drei Jahren gebauten Schiffsuhren ein und verbrachte die nächsten rund zwanzig Jahre in Auseinandersetzung mit Nevil

Maskelyne, bis er ein Jahr vor seinem Tod insgesamt 3000 Pfund zugesprochen bekam.

Zurück in Paris fertigte Ferdinand Berthoud seine »Horloges Marines«, mit denen er den französischen König Ludwig XV. überzeugen konnte und deshalb zum »Königlichen Uhrmacher« ernannt wurde. Dennoch setzten sich die später als Chronometer bezeichneten Uhren nur zögernd auf den Schiffen durch, da die Kapitäne für einen Bruchteil der Kosten ein Exemplar von Maskelynes *Nautischer Almanach* erwerben konnten, wofür man die lebensgefährlichen Nachteile der astronomischen Methode in Kauf nahm.

Larcum Kendall versuchte sich nach dem Tod seines Freundes John Harrison an preiswerteren Nachbauten, wozu er anstelle der Diamanten Rubine für die Spindellappen verwendete sowie auf das Remontoir und sämtliche Verzierungen verzichtete. Währenddessen nahm James Cook die Zwillingsuhr, später kurz als K1 bezeichnet, am 12. Juli 1776 erneut mit an Bord. Diese dritte Seereise endete für Kapitän Cook 1779 in der Kealakekua-Bucht auf der Insel Hawaii bei Auseinandersetzungen mit Einheimischen tödlich. In diesem Augenblick soll die K1 einer Legende zufolge stehengeblieben sein.

Auch die K2 wurde unter Kapitän William Bligh Zeugin eines unvorhergesehenen Zwischenfalls: Nach der Meuterei auf der *Bounty* gelangte die Uhr nach einer abenteuerlichen Reise in die Hände eines Walfängers und erst im 19. Jahrhundert zurück nach England in den Besitz der englischen Krone.

John Arnold (1735–1799) und Thomas Earnshaw (1749–1829) ist die Weiterentwicklung und schließlich fabrikmäßige Fertigung der Chronometer und deren weltweite Verbreitung zu verdanken.

Während der präzise Gang der Chronometer auf hoher See mithilfe des Sternenhimmels überprüft wurde, stellten die Kapitäne auf der Themse ihre Chronometer nach einem anderen Signal: Eine auf dem Turm des Königlichen Observatoriums angebrachte rote Kugel saust seit 1833 tagtäglich um Punkt 13 Uhr an einer Stange hinunter, ein Ritual, das bis heute sekundengenau zu beobachten ist, aber nur noch von den Touristen mit Spannung erwartet wird, weil sich die Kapitäne mittlerweile auf Funk- und Satellitensignale verlassen.

Viele Menschen legen heutzutage Wert auf den genauen Gang einer Uhr. Die Genauigkeit einer mechanischen Uhr liegt mit rund neun Sekunden Gangabweichung pro Tag bei 99,99 %. Ein hochwertiges und präzises Schweizer Uhrwerk darf die Bezeichnung Chronometer rechtmäßig führen, wenn das Uhrwerk während eines fünfzehn Tage andauernden Tests bei der unabhängigen Prüfstelle des Schweizer Observatoriums Contrôle Officiel Suisse des Chronomètres (C.O.S.C.) in fünf verschiedenen Lagen und drei unterschiedlichen Temperaturumgebungen eine Gangdifferenz zwischen plus vier und minus sechs Sekunden pro Tag einhält.

Die silberne Taschenuhr, heute in Nachfolge der drei zuvor erbauten Zeitmesser kurz als H4 bezeichnet, wurde 1759 ohne computergestützte Fertigungsmaschinen und bei unzureichendem Licht gebaut – nach einer sechswöchigen Schiffsreise wies sie eine Gangdifferenz von nur drei Sekunden pro Tag auf.

Im 21. Jahrhundert ist der Besitz einer Uhr in unseren Breiten beinahe selbstverständlich geworden. Bis es jedoch soweit war, sorgte eine rüstige Dame in London dafür, dass die genaue Uhrzeit zu den Menschen kam. Die unter dem respektvollen Namen »Greenwich Mean Time Lady« bekannte Ruth Belville stieg jeden Montag den Hügel zum Observatorium in Greenwich hinauf, ließ sich dort die präzise Uhrzeit geben und trug diese mit ihrem Chronometer, den sie liebevoll ihren »Arnold« nannte, hinunter in die Straßen Londons, um dort die Zeit zu verkaufen. 1943 starb sie im hohen Alter von neunzig Jahren.

Elisabeth Harrison schied knapp ein Jahr nach ihrem Mann John am 5. März 1777 aus dem Leben. Ihre Gebeine sind zusammen mit denen ihres Mannes unter einem großen Grabstein auf dem Friedhof von Hampstead beigesetzt. Hoffentlich war sie an ihrem Lebensende so glücklich, wie sie es durch Merit und ihre Familie wurde, die mit ihr in der Welt des Romans gelebt haben.

Der Augenblick, als ich William Harrisons Testament im Archiv der Guildhall Library fand, war sehr berührend und ich habe mir erlaubt, seinen letzten Willen hinsichtlich der Vererbung der berühmten silbernen Taschenuhr auf Sönke zu übertragen. William schreibt auch von einer uns nicht näher bekannten Ann, die mit ihrem Mann John und ihrer neunzehnjährigen Tochter Elisabeth am Oberen Belgrave Platz wohnte.

Die Jahre vergingen und es dauerte bis um 1920, ehe die Uhren wieder auftauchen. Rupert T. Gould (1890–1948), ein Marineoffizier, entdeckte sie »in defektem Zustand, allesamt verschmutzt und korrodiert, besonders die Nummer eins sieht aus, als wäre sie mit der *Royal George* untergegangen und hätte seitdem auf dem Meeresgrund gelegen.« Rupert T. Gould war kein Uhrmacher, dennoch erhielt er die Genehmigung, die Uhren zu restaurieren, und für das kommende Jahrzehnt wurden er und »die Harrisons« zu einer Familie. Er arbeitete unentgeltlich und rückblickend bemerkte er gewisse Parallelen, »dass Harrison und ich in einem Boot saßen.«

Mehr noch, nachdem er die erste Uhr von rund fünfzig Gramm Grünspan befreit hatte, erarbeitete er sich mit jeder Drehung seines Schraubenziehers Harrisons Gedankengänge und stellte schließlich mit ehrfürchtigem Humor fest: »Die Nummer drei ist abstrus, mehrere Vorrichtungen sind einzigartig, Vorrichtungen, die keinem Uhrmacher auf dieser Welt einfallen könnten, aber Harrison erfand sie.« Mehrere Tage benötigte er, um die Technik zu verstehen, mit der die Zeiger an der silbernen Taschenuhr angebracht sind. »Mehr als einmal glaubte ich, sie seien angelötet.«

Dennoch, am 1. Februar 1933 konnte er die Arbeit an den vier Uhren erfolgreich beenden, »gegen vier Uhr am Nachmittag, es stürmte, Regen prasselte gegen das Fenster meiner Mansarde und nur fünf Minuten später tickte die Nummer eins wieder« – rund 165 Jahre, nachdem John Harrison sie zum letzten Mal gesehen hatte.

In Greenwich ist die Zeit stehengeblieben. Eichhörnchen mit silbergrauem Rücken huschen durch den Park, Tau glitzert auf der Wiese, als ich an einem sonnigen Oktobermorgen erneut von der Anlegestelle an der Themse am Queen's House vorbei durch den Park gehe und den Hügel zum Königlichen Observatorium hinaufsteige.

Ich gehöre zu den ersten Besuchern an diesem Tag, im Museum ist es noch ruhig, alleine betrete ich den Raum, den die drei großen Zeitmesser mit ihrem singenden Ticken erfüllen.

Eine Museumswärterin in dunkler Rockuniform steht neben dem Wandgemälde, auf dem John Harrison seine Taschenuhr präsentiert und beobachtet mich, wie ich langsam an den Panzerglasvitrinen vorbeigehe. Mittlerweile habe ich alles über diese Uhren gelesen, ich kenne die handschriftlichen Briefe, die Zeichnungen Harrisons und jetzt stehe ich zum zweiten Mal dieser silbernen Taschenuhr mit Herzklopfen gegenüber.

»Interessant, nicht wahr?«, spricht mich die Frau an.

»Ja«, antworte ich ihr gedankenverloren.

Sie lächelt, verschränkt die Hände hinter dem Rücken und entfernt sich ein paar Schritte, um mich das Geheimnis der Uhr erspüren zu lassen.

Was in jenen Tagen wirklich geschehen ist, bleibt ein Geheimnis der Zeit.

LONDON 1746

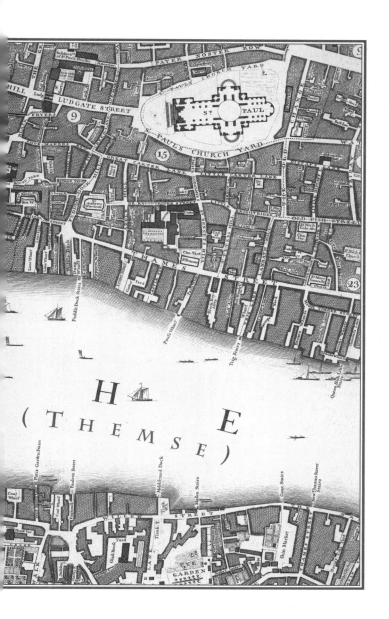

Glossar

Back: Mehrdeutig, u.a. Bezeichnung für die Aufbauten auf dem Vorschiff oder den Kombüsentisch. Häufig auch in zusammengesetzten Wörtern, z. B. Backbord: vom Wortursprung Back = Rücken, als das Steuer auf der rechten Seite des Schiffes (Steuerbord) angeordnet war und sich die andere linke Seite (Backbord) hinter dem Rücken des Steuermanns befand.

Backschaft: Jener Mannschaftsteil, der gemeinsam am Kombüsentisch (→ Back) die Mahlzeiten einnimmt.

Besteck: In der Seefahrt die Bestimmung eines Ortes auf hoher See nach geografischer Länge und Breite. Als Werkzeuge dienen Zirkel, Dreieck, Lineal, die Seekarte und der Sextant (früher → Oktant oder Quadrant).

Bimetallstreifen: Streifen zweier Metalle (z. B. Stahl und Messing), die fest miteinander verbunden sind. Da sich die Metalle abhängig von der Umgebungstemperatur unterschiedlich stark ausdehnen, biegt sich der Bimetallstreifen und lässt sich daher als Fühler für die → Temperaturkompensation verwenden.

Breitengrad: Wie Ringe liegen die Breitengrade parallel zum Äquator um die Erde. Ausgehend vom Äquator wird die geografische Breite sowohl zum Nord- als auch zum Südpol von 0° – 90° gezählt. Der Breitengrad konnte, im Gegensatz zum → Längengrad, methodisch einfach z. B. anhand der Höhe der Mittagssonne oder des Polarsterns bestimmt werden.

BUTTERLAND: Durch Luftspiegelungen oder Wolken- und Nebelbänke vorgetäuschtes Land, das sich bei Annäherung des Schiffes in Luft auflöst.

EWERFÜHRER: Der für Hamburg typische Berufsstand des Ewerführers besorgte mit → Schuten den Warentransport auf den → Fleeten.

FLEET: Die Fleete bildeten in Hamburg ein eigenes Wasserverkehrsnetz, durch das die Waren von den Hochseeschiffen mit → Schuten direkt zu den Lagerhäusern gebracht werden konnten. Entstanden aus den Mündungsarmen der Alster und der Bille, erreichte dieses Verkehrsnetz im 18. Jh. mit 29 Fleeten seine größte Verzweigung. Einen eigenen Berufstand bildeten die Fleetenkieker, die in den Kanälen nach angeschwemmtem Hab und Gut stocherten. Heute sind die meisten Fleete zugeschüttet und überbaut, dennoch gilt Hamburg noch immer als »Klein-Venedig«.

GEGENGESPERR: John Harrison erfand das Gegengesperr, welches während des Aufziehens der Uhr dafür sorgt, dass die Antriebskraft erhalten bleibt, denn selbst ein kurzzeitiges Nachlassen des Antriebsmoments führt zu Gangungenauigkeiten.

GISSEN, GEGISSTES BESTECK: Abgeleitet von engl. *to guess*: schätzen, vermuten. Bis ins 18. Jh. war die Ortsbestimmung des Schiffes auf hoher See nur ungenau möglich, da schlechte Sichtverhältnisse, Winde und Meeresströmungen die Berechnung von Fahrtzeiten, Richtungen und Geschwindigkeiten (Koppelnavigation) verfälschten oder unmöglich machten. Der englische Begriff für »gissen« lautet bezeichnenderweise *dead-reckoning*. »Gisst das Besteck!« war der Befehl, die Position des Schiffes zu bestimmen.

GRASSHOPPER-HEMMUNG: Erfinder: John Harrison. Vorteil: Keine Beeinflussung der Ganggenauigkeit durch störende Reibung. Eignet sich jedoch nur für den Großuhrenbau. Der Name leitet sich von der grashüpferähnlichen Form und Funktionsweise des Hemmungsmechanismus (→ Hemmung) ab.

HEMMUNG: Wird vom Pendel oder der → Unruh gesteuert. Verhindert, dass sich die Kraft der Aufzugsfeder oder der Gewichte innerhalb eines kurzen Augenblicks über das Uhrwerk entlädt und die Zeiger über das Zifferblatt rasen. Hemmungen gibt es in unterschiedlichen Ausprägungen, benannt nach dem äußeren Erscheinungsbild oder dem Erfinder. → Grasshopper-Hemmung, → Spindelhemmung.

KIMM: Seemännische Bezeichnung für den Horizont. Die Linie, an der sich Himmel und Meer scheinbar berühren.

KÖNIGLICHES OBSERVATORIUM: Engl.: *Royal Greenwich Observatory* (RGO). 1675 im Auftrag von König Charles II. auf der höchsten Erhebung im Greenwich Park erbaut, um »mit allergrößter Sorgfalt und Gewissenhaftigkeit die existierenden Tabellen über die Himmelskörperbewegungen und die Position der Fixsterne zu korrigieren, damit das quälende Problem um die Längengradbestimmung gelöst und die Kunst der Navigation zur Vollkommenheit geführt würde.« In der Sternwarte fanden 1954 die letzten Himmelsbeobachtungen statt. Das im Laufe der Jahrhunderte mehrfach erweiterte Gebäude ist heute Museum.

KÖNIGLICHER ASTRONOM: Engl.: *Astronomer Royal,* dt. auch Hofastronom: vom herrschenden König auf Lebenszeit ernannt und von Amts wegen Mitglied der → Längengradkommission.

KOMBÜSENBESTECK: Ironischer Seemannskommentar für das ungenau → gegisste Besteck, für die vagen Ergebnisse der Schiffspositionsbestimmung.

LÄNGENGRAD: Als Halbkreise auf der Erdkugel vorstellbar. Verlaufen im Gegensatz zu den → Breitengraden senkrecht zum Äquator und treffen an Nord- und Südpol zusammen. Schwierigkeit bei der Bestimmung des Längengrads: Die genaue Uhrzeit zweier Orte (Standort und Bezugsort) gleichzeitig zu kennen.
Die Zeitdifferenz von einer Stunde zwischen einem geografisch bekannten Ort und der aktuellen Position entspricht einer Längengraddifferenz von 15°, da sich die Erde in 24 Stunden einmal um sich selbst, also um 360°, dreht.
Die Wettstreiter vor der → Längengradkommission teilten sich in zwei Lager: Befürworter einer astronomischen Methode (→ Monddistanzen) und John Harrison mit seinen → Zeitmessern.

LÄNGENGRADKOMMISSION: Engl.: *Board of Longitude* od. *Commissioners for the Discovery of the Longitude at Sea.* Gründung 1714. Aufgabe: Finanzielle Unterstützung vielversprechender Forschungsprojekte und Entscheidung über die Vergabe des Längengradpreises. Erste Sitzung der von Amts wegen zur Kommission gehörenden Naturwissenschaftler, Marineangehörigen und Parlamentsmitglieder am 30. Juni 1737 aufgrund John Harrisons erster Erfindung – dreiundzwanzig Jahre nachdem die Kommission ins Leben gerufen worden war.

LOGGE, HANDLOGGE: Historische Methode zur Ermittlung der Schiffsgeschwindigkeit. Das an eine lange Leine geknüpfte Logscheit wird über Bord geworfen, wo es auf der Stelle treibt, während sich das Schiff weiterbewegt. In einer mit der Sanduhr bemessenen Zeit werden die Knoten gezählt, die sich in regelmäßigen Abständen in der ablaufenden Leine befinden. Die Maßeinheit Knoten für die Geschwindigkeit hat sich bis heute für See- und Luftfahrzeuge gehalten.

MARK BANCO, MARK KURANT, AUCH MARK COURANT: Im 18. Jh. gab es in Deutschland eine Vielzahl unterschiedlicher Währungen. Der Nominalwert entsprach dem Materialwert dieser Kurantmünzen (Courant von frz. *courir* = laufen, daher: umlaufende Münzen). Gewicht und Legierung bestimmten den Münzwert. Die Kurse wurden in Valuationstabellen festgehalten. Zur Vereinfachung des Geschäftsverkehrs und zur Währungsstabilisierung wurde 1619 die Hamburger Bank gegründet, bei der die Einlagen in Mark Banco verrechnet wurden. Die Mark Banco wurde nicht als umlaufende Münze ausgeprägt und war eine ausschließlich im Geschäftsverkehr verwendete Rechenwährung.

MONDDISTANZEN, MONDMETHODE: Astronomische Konstellationen können überall auf der Welt zum gleichen Zeitpunkt beobachtet werden. Für den → Nullmeridian vorausberechnet und später auf hoher See beobachtet, kann die Differenz zwischen der Uhrzeit am Nullmeridian und der astronomisch bestimmten Ortszeit errechnet und somit die geografische Länge der aktuellen Position bestimmt werden.

Aufbauend auf den Mayer'schen Mondtafeln ließ Nevil Maskelyne jeweils für ein Jahr die Distanzen zwischen dem Mond und anderen Himmelskörpern vorausberechnen und veröffentlichte sie in seinem jährlich im Voraus erscheinenden *Nautical Almanac*.

Nachteile der Methode der Monddistanzen: Abhängigkeit von Wetter (Bewölkung) und Mondzyklus.

NULLMERIDIAN: Internationale Meridiankonferenz 1884: Längengrad durch Greenwich wird internationaler Nullmeridian, Zählweise 0° – 180° östliche oder westliche Länge. Zuvor willkürliche Festlegung der Nulllinie nach politischer Interessenlage: z. B. an den westlichsten Punkt der damals bekannten Welt, Ferro (heute El Hierro), nach Paris, Rom oder St. Petersburg.

OKTANT: Nautisches Instrument zur Winkelbestimmung. Zirkelähnlich aussehend, die Schenkel sind mit einer gebogenen Messingskala verbunden. Diese entspricht einem Achtelkreis (45°). Durch die Spiegel im Strahlengang lassen sich jedoch auf der Skala Winkel bis 90° ablesen. Der Oktant wurde zunächst nach seinem Erfinder begrifflich verwirrend als Hadley-Quadrant bezeichnet. Die unhandlichen Quadranten waren die Vorgänger der technisch fortschrittlicheren Oktanten. Abgelöst wurden diese durch die Sextanten, die mit einer Skala von 120° entscheidende Vorteile bei der Messung der Monddistanzen boten.

PORTUGALESER: In Hamburg geprägte Nachahmungen portugiesischer Goldmünzen aus fast reinem Gold. Wert ca. zehn Dukaten. Hauptsächlich für Repräsentationszwecke oder als Geschenke.

Rah, Rahe: Rundhölzer, waagrecht am Mast befestigt, daran aufgehängt die viereckigen Rahsegel. Zur Ausrichtung der Segel nach dem Wind (brassen) sind die Rahen um den Mast drehbar gelagert.

Rasmus: Ein Schutzpatron der Seeleute. Abgeleitet vom heiligen Erasmus, im 3. Jh. Bischof in Kleinasien, einer der vierzehn Nothelfer der kath. Kirche. Auch euphemistisch in Redewendungen: z. B. »Rasmus wäscht das Deck«, das bedeutet ein schweres Unwetter und eine über Bord schlagende See.

Remontoir: Allg. Begriff für den Kronenaufzug bei Taschenuhren. Hier: Von John Harrison verwendete zusätzliche Aufzugsvorrichtung. Angeordnet zwischen Hauptaufzug und Räderwerk. Für den gleichmäßigen Gang der Uhr verantwortlich, liefert ein stets gleichbleibendes Kraftmoment an die Hemmung.

Rostpendel: Zur → Temperaturkompensation für Pendeluhren. Erfunden von John Harrison. Stäbe aus zwei unterschiedlichen Metallen sind senkrecht wechselweise (wie bei einem Gitterrost) angeordnet, sodass sich die temperaturbedingten, unterschiedlichen Ausdehnungen der Metalle gegenseitig aufheben und die Gesamtlänge des Pendels konstant bleibt.

Schute: Einfache flachbodige Lastkähne, eingesetzt für den Warentransport auf den → Fleeten zwischen Hochseeschiffen und Lagergebäuden.

Skorbut: Durch Vitamin-C-Mangel hervorgerufene schwere Krankheit. Früher auf Überseeschiffen weitverbreitet, in Notzeiten auch auf dem Land auftretend. Erste Anzeichen: Zahnfleischbluten, Erschöpfung und Müdigkeit. Muskelschwund, innere Blutungen und hohes Fieber können bis zum Tod durch Herzversagen führen. Die Wirkung gegen Skorbut war namensgebend für die chemische Bezeichnung des Vitamin C: Ascorbinsäure.

Spindelhemmung: Eines der ältesten Uhren-Hemmungsprinzipien. Unterschiedliche Ausprägungen in Turmuhren mit Waagbalken, Pendeluhren, Taschenuhren. Bestehend aus einem kronenförmigen Hemmungsrad und einer fest mit dem Schwingsystem verbundenen Achse, auf der in einem Winkel zueinander die → Spindellappen so angeordnet sind, dass sie abwechselnd in das Kronrad eingreifen und dessen Bewegung hemmen.

Spindellappen: An einer stabförmigen Achse angebrachte zahnartige Gebilde (Paletten). Harrison verwendete in der H4, seiner vierten Uhr, besonders geschliffene Diamanten als Spindellappen, um durch den hohen Härtegrad und die damit verbundene glatte Oberfläche die Reibungsverluste zu verringern. Die außergewöhnliche Formgebung der Spindellappen ermöglichte ein viel weiteres Ausschwingen der Unruh als bei bisher gebräuchlichen → Spindelhemmungen, was zu den ausgezeichneten Gangresultaten beitrug.

Spökenkieker: Die im norddeutschen Sprachraum beheimateten Spökenkieker sollen in der Lage gewesen sein, in die Zukunft zu sehen. Sie wussten Unheimliches und Furchterregendes zu berichten und prophezeiten oftmals Krankheit und Tod.

TAKELAGE: Umfasst als Begriff alle Masten, dünnere Rundhölzer (z. B. → Rahen), Segel sowie alles Tauwerk.

TEMPERATURKOMPENSATION: Die Umgebungstemperatur hat großen Einfluss auf die Ganggeschwindigkeit und damit die Ganggenauigkeit einer Uhr. Deshalb bedarf es einer entsprechenden Kompensation. Ganggenaue Pendeluhren haben auch heute noch → Rostpendel. Bei Uhren mit → Unruh kann ein → Bimetallstreifen verwendet werden, um die Länge der Unruhfeder zu verändern und damit die Schwingungsdauer zu kontrollieren.

UNRUH: Metallener Ring, der über Speichen auf einer Achse sitzt. Durch eine an der Achse und am Unruhkloben befestigte Spiralfeder schwingt die Unruh gleichmäßig hin und her, wobei sie jedes Mal die → Hemmung auslöst. Gleichzeitig erhält sie von der Hemmung einen kleinen Antriebsimpuls, der den Reibungsverlust kompensiert.

VORSETZEN: Eine breite Uferstraße in Hamburg, seinerzeit mit Eichenbohlen befestigt, an der Schiffe direkt am Ufer festmachen konnten.

ZEITMESSER: John Harrison verlieh seinen Zeitmessern angesichts der Präzision, mit der sie die genaue Zeit unter den rauen Bedingungen auf hoher See behielten, die poetische Bezeichnung *Timekeeper*, was wörtlich übersetzt vielmehr Zeitwächter oder Zeithalter bedeutet.

Den Federn,
die Flügel verleihen ...

Ich danke:

Ihnen, weil Sie dieses Buch immer noch in der Hand halten und mir damit Ihre kostbare Lesezeit zum Geschenk gemacht haben. (Es sei denn, Sie haben die Angewohnheit, am Ende zu beginnen. Dann heiße ich Sie an dieser Stelle herzlich willkommen!)

Bernd Eckel für seine Geduld, die er als Uhrmacherlehrling einer Schriftstellerin entgegengebracht hat, wobei er einen wertvollen Bruchteil seines unendlichen Wissensschatzes bei vielen Besuchen in seiner Werkstatt und in unzähligen Mails mit mir geteilt hat. Er besitzt als einer der wenigen Uhrmacher in Deutschland die Kunstfertigkeit, antike Uhren fachmännisch zu reparieren, und gibt in Uhrenseminaren gerne auch sein Wissen über moderne Uhrwerke an Laien weiter. Wer einmal in den schönen Ort Kirchheim unter Teck fahren kann, dem sei ans Herz gelegt, im Ladengeschäft am eigens für Besucher eingerichteten Kaffeetresen Platz zu nehmen und dem Meister bei der Arbeit zuzusehen. Alle anderen können sich zum Trost auf seiner Homepage www.mecanicus.de festlesen.

Gloria Clifton vom National Maritime Museum, Stephen Freeth und Ruth Barriskill von der Guildhall Library in London, die unermüdlich stapelweise die Manuskripte aus dem Archiv »gehoben« und stundenlang mit mir nach Antworten auf knifflige Fragen gesucht haben. David Westcott für die persönliche Führung im Observatorium von Greenwich und seine Erklärungen, denen man lauschen konnte, ohne zu bemerken, wie die Stunden vergingen.

Meinem Agenten Thomas Montasser, der irgendwo unter seinem Schreibtisch eine Glaskugel versteckt halten muss. Eine andere Erklärung habe ich noch nicht gefunden für seine Gabe, der Zeit immer einen Schritt voraus zu sein und alle Geschehnisse vorherzusehen. Zudem ist auf ihn immer Verlass, er ist für mich da, noch ehe ich ihn rufe.

Allen im Heyne-Verlag, die für mich unsichtbar gearbeitet haben, bis *Die Herrin der Zeit* in die Buchhandlungen gelangt ist. Der engagierten Arbeit von Doris Schuck ist es zu verdanken, dass Sie mich auch bei Lesungen erleben können.

Eva Spensberger für die hervorragende und feinfühlige Redaktion. Und besonders meiner Lektorin Anne Tente, die mit großer Herzenswärme behutsam die Rädchen der Geschichte bewegte, bis keines mehr klemmte.

All den wichtigen Menschen in meinem Leben, die die Entstehung des Buches Stunde um Stunde begleitet haben, auf die ich jede Minute zählen kann, und denen das Kunststück gelingt, die Zeit anzuhalten, wenn sich die Welt um mich herum zu schnell dreht.